*Fosa común*

# Fosa común

## JAVIER PASTOR

LITERATURA RANDOM HOUSE

Primera edición: enero de 2016

© 2015, Javier Pastor; Casanovas & Lynch Agencia Literaria S. L.
© 2016, de la presente edición en castellano para todo el mundo:
Penguin Random House Grupo Editorial, S. A. U.
Travessera de Gràcia, 47-49. 08021 Barcelona

Fotografías: pp. 439, 444 y 445, cortesía del autor; pp. 440 y 441, cortesía de Foto Santos;
pp. 442 y 443, cortesía de la familia Calvo-Ortega

Printed in Spain – Impreso en España

ISBN: 978-84-397-3087-3
Depósito legal: B-25750-2015

Compuesto en La Nueva Edimac, S. L.

Impreso en Limpergraf (Barberà del Vallès, Barcelona)

RH3087A

Penguin
Random House
Grupo Editorial

a la memoria de Esther Tusquets,
*vieja dama indigna* tan querida

# ÍNDICE

# I

# UN ENTONCES

Se es de donde se hace el bachillerato.

Max Aub


será mejor la vida que vendrá
al conquistar nuestra felicidad

Quilapayún

Suelta la pila de libros sobre la mesa del comedor con estrépito testimonial, por si alguien se compadece de la dimensión de su fastidio y la magnitud del esfuerzo que lo aguarda. Pero (a su pesar) le encanta el olor a libro virgen, a cola, tinta fresca y papel recién guillotinado, repeluco que se repite siempre a principio de curso y que por primera vez le escuece un poco, debe de ser, piensa, el único o el último de la pandi al que le pasa algo tan tonto (si exceptúa a las niñas, más formales, estudiositas y *sensibles*, sobre todo a los olores) cuando los abre. Sí, le encanta estrenar libros aunque sean de texto, en ellos se oculten variedades de martirio para condimentar el año por delante y encima suene maricón. Las cubiertas ya son otra cosa: no le parecen lo suficientemente *adultas* o tan adultas como las de, ejemplo, los libros de COU, ni se diga los de Ingeniería de Caminos que hojeaba su primo Gabriel con desgana, tirado en la cama, la última vez que fue a Madrid. Más o menos ahora se estará examinando, reincidió en suspender *todas* en junio y con seguridad vuelve a repetir 1.º. Será su tercer 1.º, una carrera de tuno. Se lo confesó según llegaban (tarde) trajeados a la comunión de Nena y creyó que no había oído bien. Andaba a lo suyo, quemado por la impuntualidad (es intolerante con la impuntualidad propia y la ajena) y porque juzgaba indigno ir dando tumbos de paquete en el Vespino cuando Gabriel habría podido sacar a pasear la Guzzi V50 de su hermano Germán, el mismo que le regaló a los catorce una Cota 74 (¡ahora tiene una Cappra 360!) sin papeles y repintada de negro mate para hacer el gamba campo a través por la finca de los abuelos Farina. Gabi aprobó el carnet según cumplió dieciocho y dispone de un Vespino, una

Cota, una Cappra, coge prestada la Guzzi cuando quiere y va a cambiar sus esquíes, botas y apresquís, una chupa Belstaff y no se sabe qué más por un escarabajo de cuarta mano, esa porción de la familia está siempre metida en trueques, chanchullos rarísimos, dobles consonantes (Cappra, Guzzi, Belstaff, Ossa) y chollos de lo más discutibles. Y él ya ni bicicleta a los catorce, se encontraron el trastero forzado a vuelta de vacaciones. Claro que a Gabriel le crece de siempre un clavel en el culo, nació tan descolgado que hasta tiene dos sobrinas mayores que él, sus padres son como sus abuelos, sus hermanos como padres de recambio y todos le han dado y le dan mucha cuerda, más aún desde que su padre (tío Germán, un tiranuelo en tiempos) arrastra un cáncer y se ha desentendido de su antigua autoridad y de lo que pasa alrededor. Sí, se sentía ridículo trajeado y de paquete en un ciclomotor, en unos meses será más alto que el mayor de sus primos (aunque difícilmente más que *el más alto* de sus primos) y ya pesa casi lo mismo, es bochornoso eso de ir dos tíos grandecitos hundiendo los amortiguadores, con los neumáticos bajos, el escape roto y las corbatas al viento. Hace no tanto usaba corbatas de gomita. Un Vespino está bien para llevar a una niña o para que una niña te lleve (hasta ahí) A su primo parece darle igual y le jode tanta indiferencia: pero también mola tanta indiferencia, molan sus Rayban curvadas hacia abajo, los Levi's pitillo hechos polvo y los Sebago a los que faltan bellotas, todo de marca pero hecho una mierda y destrozado con la misma chulería. Quizá peca de *demasiado estilo*, pasó una semana de huésped en casa el año anterior y tuvo mucho éxito entre las titis cuando lo presentó en la Deportiva. Es automático, llega alguien de Madrid y todo el mundo se fija y toma nota. Ejemplo, entonces contagiaba Acqua Brava (que chifla a las niñas) y ahora Old Spice (que les chifla más) En realidad no sabe si se trata de *demasiado estilo*: es el mismo de sus amigos, ropa de pasta maltratada con desdén aristocrático que les mangaría para cuidarla como se debe, aunque cuidar la ropa sea de cateto. Y colonias caras que les compran según dejan el Nenuco a los dos años (y también les mangaría) Iban a tope de acelerador sorteando coches, olía en su nuca la Old Spice intentando concentrarse en la Old Spice para distraer el acojono de una hostia inminente en cada tumbada, por reflejo contrapesaba hacia el lado opuesto hasta que Gabi gritó que dejara de hacer el gilipollas y tumbase con él porque iban a acabar dándosela. Así que tumbó con él aquí, tumbó allá, en plan Bala Roja a lo cutre, cada vez más rápido gracias al reparto de pesos coordinados y entre llantazo y llantazo de bache en bache volvió a gritar 'Tengo una resaca del copón' y el miedo a la *hostia inminente* se incrementó dos puntos 'Estuve celebrando hasta las siete' gritó y tumbó 'que me han suspendido' tumbó y gritó 'la única que creía haber aprobado' Y ya candando el Vespino, en un susurro 'Aún no se lo he dicho a nadie' Se sintió orgulloso de ser el confidente de su resaca y de su desastre académico y de que nadie de la familia tuviera ni idea (por poco tiempo) de que había vuelto a no dar un palo al agua. Gabi sabe que puede confiar en él. Más que él en Gabi. Pero lo escandaliza que por segunda vez no apruebe *ni una*, se supone que es *lo que quiere estudiar*, lo que ha elegido estudiar *libremente* (aunque también pesa la tradición y en las dos familias sobran ingenieros) como él estudiará *libremente* Medicina dentro de cuatro años. De aquí a cuatro años. Cuatro años más ¡todavía! en lugar de los tres de hace nada, antes de que insertaran de matute ¿para qué? el maldito 3.° de BUP entre 2.° y COU.


Contempla esas cubiertas tan poco adultas (aunque reconoce que marcan diferencia con las de 8.°) anunciando asignaturas que le importan un bledo y que ha decidido, tras considerar otras opciones, tapar con Aironfix negro y rotular con cinta de Dymo. También negra, van a quedar imponentes. Habrá quien se ría, los capullos que tienen los libros hechos un asco a medio curso o los que no ven más allá del forro plasticoso y el papel Cello. Eso *no* es estilo. Eso es *lo de siempre*. A sus padres lo del Aironfix negro les ha parecido demasiado llamativo y poco práctico. O sea, demasiado caro. Siempre la puñetera palabreja aplicada a cualquier ocurrencia, 'es poco *práctico*' 'es muy *práctico*': algo puede ser horroroso pero si es práctico tiene el pase con éxito asegurado. También son partidarios de no llamar la atención ('Va a parecer que llevas una colección de misales' y bobadas así) pero al final han accedido a hacer el gasto extra con esas medio sonrisas que últimamente significan 'Mira qué carácter gasta el pollo' O el *capullo*. Esto es, su madre ha accedido a hacer el gasto extra (y el dependiente de Mainel encantado y superservicial) en Dymo y Aironfix, es a quien hay que convencer en asuntos de administración doméstica incluido el dinero de bolsillo de su marido el capitán. Buah, reconoce que a pesar de las sonrisitas sarcásticas lo toman más en serio desde que tiene DNI, aprobó la reválida de 8.° (está convencido de que ha desaparecido de todos los colegios de España salvo del suyo) y lo seleccionaron para ir a un campamento nacional de promesas de balonmano. Ahí está, una joven promesa del balonmano español, tres en toda la provincia y los tres del mismo colegio, una potencia en canteranos. Se van añadiendo otros motivos para que lo dejen de tratar como a un niño, crece y ensancha a buen ritmo y le ha cambiado la voz, al teléfono lo confunden con su padre, han empezado a consultarlo en lo que lo atañe, simulan escuchar sus opiniones a la hora de la comida y hasta puede fumar algún pito en casa, sin pasarse. Ha terminado de forrar el tercer libro cuando mamá entra en la habitación y se planta al lado con su *sonrisita*, en esa actitud *educativa* que lo pone cada vez más nervioso. Así actúan, a ratos vuelven al esquema infantil anterior, a ratos improvisan nuevas formas semiadultas de jodienda, a ratos no los pilla ni en una cosa ni en otra. Se tantean. Y detecta que según la situación están tan inseguros como él. Pero lo disimulan mejor y al cabo disponen de la última palabra o (como diría Álvaro) de un *principio de autoridad* inapelable.

Claro que 8.º fue medio tormentoso, aquella tarde tonta de novillos en grupo que acabó en escarmiento colectivo, expulsión temporal, el discursito de las malas influencias, el líder y sus esbirros y etcétera *marcó un antes y un después*. Vale: estuvieron tocando los huevos a los frailes todo el año, pero se han desquitado suspendiendo en septiembre a Rodrigo (se cambia al instituto) a Berto (¡lo mandan *interno* a Las Quintanillas!) y a Gumo, repite sin moverse o por no moverse. Va a ser raro verlo en el recreo, seguirá izando bandera y formando en el patio por la mañana con el resto de los *medianos*, ellos mismos hace sólo tres meses. Gumo ha estirado este verano, lleva entre media cabeza y dos a sus compañeros de clase. Humillante. Se corrige: los frailes *negociaron* con los padres de Rodrigo, Berto y Gumo aprobarlos a condición de que desaparecieran del colegio (¡muy legales, los tipos!) y han cedido al chantaje (¿o aceptado el soborno?) dos tercios de los implicados. Así que los únicos de la pandi que han pasado de curso y siguen en la SaFa son Cisco y él pero, atención, Cisco en 1.º A y él en 1.º B, hasta eso han previsto para que su disgregación sea perfecta. Sí, en 8.º se rieron como nunca antes y está claro que fue más risa de la que digiere un fraile. Su madre lo desaloja de la silla, acaba de confirmar que con tanto desperdicio de Aironfix no llega ni de coña para forrar el resto y no está dispuesta a comprar un metro más. La cabrona ha previsto que le iban a quedar burbujas, saca una Schick envuelta en papel higiénico del bolsillo, ya está practicando diminutos cortes y deshinchándolas. Atento a cómo se hacen Bien las cosas, ya es mayorcito para chapuzas. Ser *mayorcito* supone demostrarlo minuto a minuto y la *chapuza* está descartada bajo ese techo. Es Madame Cognazo cuando él pone empeño insuficiente (es *su* opinión) en algo y sofoca como puede el impulso de gritarle que lo deje en paz y barrer los libros con el brazo, son suyos y es él el que va a tener que joderse cargándolos y estudiándolos. Plantarla y que medite. *Por listonta.* Pero la listonta acaba de forrar sin errores ni defectos el de Ciencias Naturales con un 70 por ciento del

Aironfix que habría empleado él y en la mitad de tiempo: toca refrigerar ímpetus y acular astutamente. Le pide que repita con otro para fijarse mejor y la tía pica, es una máquina-para-todo (lo mismo tapiza que empapela que restaura una mesa que cose unos visillos que endereza una fractura que conduce una furgoneta que redecora una buhardilla que carga un sofá que asa medio cordero que pinta un óleo que da clases a los pobres, es decididamente *diferente* a las madres que conoce) le cunde el día como a nadie y encuentra el gusto a cualquier tarea por mierdosa que resulte, nadie ha limpiado más culos de niños, enfermos y ancianos. A sus padres sólo les sirve el *trabajo bien hecho*, hay que poner *afán de perfección* en lo más nimio y luego ya se llegará hasta donde se llegue dependiendo de las facultades y conciencia de cada uno. Las facultades serán las que sean, pero la conciencia cristaliza en la *satisfacción del deber cumplido*. Por eso cuando lleva notas mediocres a casa o algún suspenso suelto lo miran con severidad y sueltan 'Esto es impropio de tus *facultades*' (y de su conciencia, clarinete) o cualquier otra frasecita parecida con 'sentido de la responsabilidad', 'inteligencia', 'sentido del deber', 'capacidad' de comodines. Su padre tira a directo y suele rematar 'De lo que se sigue que *te estás tocando mucho los cojones*' También es ingeniero: pero militar, lo que lo apea con cierto desdén de los piques tontos entre los Industriales y los Químicos de la familia propia y la política. Capitán, profesor de la Academia de Ingenieros del Ejército y el espíritu mismo de la competencia, la honradez y la justicia. Papá y mamá, mamá y papá, tal para cual y los dos iguales cada uno a su manera, a ratos hasta directamente intercambiables, compenetración que antes no lo agobiaba tanto. Sospecha que de niño era una miniversión de ellos y cada vez se encuentra menos parecido. Entra la miniversión del momento, su hermano pequeño, para cecearle que Cisco, Cizco, está al teléfono, pasa por esa edad en la que mola atender llamadas y posa con mucho cuidado el auricular en la percha de una caja musical, regalo de los tíos de San Juan de Luz (se ocupa de darle cuerda y coge el gran berrinche, ha sacado el pronto de la familia, si lo hace alguien por él) que entretiene las esperas con *Para Elisa*. Cisco anuncia que ya ha forrado los libros, es un manazas y los habrá dejado penosos. Y un tocapelotas, hasta 7.° tapaba con un papelito el CAL de los libros de CÁLCULO. Él sí que no puede contar con su madre, siempre amargada y quejándose a la rosa de los vientos de que el niño le hace la vida imposible. Tampoco es para tanto, sólo es un mal estudiante con ocurrencias fuera de lugar. Queda tarde por delante, las clases empiezan dentro de tres días y en viernes, como siempre, para distribuir los grupos, pasar lista, acertar la quiniela de profesores, enterarse por encima del contenido de las asignaturas, copiar los horarios y asistir a misa general. Así el lunes no tendrá excusa quien llegue tarde o se confunda de aula o traiga los libros equivocados y empezará el puteo desde el minuto cero, se da por hecho que los ausentes serán informados por sus compañeros durante el fin de semana. Cisco propone inaugurar la máquina nueva del Copacabana antes de ir a la Bolera y ser los primeros en tantearla porque a Rodri y a Gumo no los dejan salir, a Ruiz le da pereza (vive más allá de La Concepción) y a Berto lo exiliaron a Las Quintanillas el domingo pasado.

La despedida del viernes, el sábado lo tuvieron en capilla, fue tirando a tristona. Se fumaron dos paquetes de Chester con sello de Decomisos, el homenajeado se los había distraído a su viejo (en vista de su futuro inminente se la sudaban las represalias) y circuló mucha cerveza y una botella de Licor 43, jarabe que él sólo puede beber en cubata o se pone malo. La alegría era a ratos espontánea y a ratos un poco forzada, Berto se deshuevaba heroicamente pero de golpe se le vidriaban los ojos anticipando el domingo, despidiéndose de sus padres en el aparcamiento, vaciando la maleta en una taquilla, compartiendo dormitorio y taza con otros veinte o treinta tíos que huelen a pies y sobaca, treinta tíos matándose a pajas y dando por culo al novato en las duchas. Aunque esto no se atreve a mentarlo nadie y hasta autocensuran sin acuerdo previo los chistes de maricas. Madurez. Empalmaban pitillos, lo invitaban a la siguiente, lo imaginaban ahogando sollozos en la almohada, compartían una ira silenciosa: sus padres son unos *auténticos* cabrones y se felicitan a regañadientes por la buena chamba, en comparación, de su sorteo parental. Berto fue a peor y acabó pelando en la cepa de los alibustres que bordean el canal, las ratas iban a empacharse. Lo acompañó ('Yo me ocupo') (al fin y al cabo, va a ser médico) guiándolo en la oscuridad y sujetándole el vientre y la frente como una madre mientras se vaciaba. Berto sudaba frío, la mano resbalaba en esa frente con mil granos bañada en sudor frío y el olor a sudor y vómito le provocó arcadas pero aguantó la apuesta y cuando pasó lo peor se sentaron, lo arropó con su (mejor) jersey (preocupado por si lo salpicaba con restos de mascada) y le pasó el brazo por los hombros respirando (disimuladamente) hacia el lado opuesto. Berto dejó poco a poco de temblar, volvió a reírse, soltó su pararapapá pararapachín, tentó a ponerse en pie despacito un par de veces. De vuelta al Rincón se detuvo de golpe, le juró con mucha seriedad que era su mejor amigo y él por piedad le juró lo mismo 'No me trates como a un borracho' tartajeó Berto 'No estoy pedo. O ya no estoy pedo. Lo digo muy en serio' El aliento le olía a alpargata flambeada con Licor 43 y pronunció *munsigrio*. Así que renovó el juramento *muy en serio* y muy arrepentido de perjurar. Las bromas fueron piadosas, estiraron un poco más las risas antes de acompañarlo a casa, lo abrazaron en el portal como si se estuviera yendo a la guerra o a esa cárcel de Valdenoceda de siniestro recuerdo aquí. Con él tardó más tiempo en separarse en nombre del rejuramento reciente y se sonrojó, entre molesto y avergonzado. Vamos a ver, Berto es *muy buen amigo* pero no su *mejor amigo* y eso de *mejor amigo* no tiene el sentido de un año atrás. De hecho, empieza a dudar de su sentido. Gumo se puso a hacer payasadas, a nada que la situación sea un poco solemne le entra la paridera, alguien chistó (¡y sólo eran las diez y media!) rematando con un Mecagoendioro vibrante y de pronto Berto ¡ya no estaba! ¡y con su mejor jersey puesto, joder! Ruiz: '¿Le has regalado un *jersey de despedida?*'·'¡No! ¡Jjjoder!' Tendrá que pasar a recogerlo y saludar a sus padres aunque ahora le caigan peor que regular. Solidaridad del momento, por lo demás son bastante *normales* y hasta buena gente. Antes de separarse Cisco confirmó que Gela, Mariajo y Lourdes se han integrado en una pandilla de 2.º y todos coincidieron en que son unas pobres desgraciadas y unas creídas perfectamente prescindibles: Mariajo se lleva la puntuación más alta en *feto*, Gela en *petarda* y Lourdes en *tortillera*. Esto último lo dice Gumo, quedado con Lourdes y rechazado por Lourdes desde los once años. Muchísimo mejor así, disimulando con garbo el escozor de que se hayan ido con *tíos mayores*. Aunque sólo sean un año mayores y probadamente gilipollas. El sábado sólo pudieron ver a E. con sus hermanitas de la mano la media hora escasa que pudo alejarse de la familia, sus abuelos estaban de visita y habían salido a pasearlos y merendarlos en el Molino. Como cualquier mañana de domingo frente a la capilla castrense, resultó raro ver a todo el clan de bureo. No gusta demasiado a sus padres, son meapilas del Opus y él fuma, bebe, lo han sorprendido malhablando, para su disgusto está colado por la tercera de los seis retoños que acopian de momento y está casi casi seguro de que a ella le pasa algo muy parecido. Queda con Cisco en el Copacabana con el desacuerdo explícito de su madre ('Lo que se empieza se acaba') El caso es que mientras estaba al teléfono La Bestia ha forrado otros dos libros y buah, sólo quedan el grimosillo de Formación Religiosa y el de Francés, muy elemental, está por dejarlos tal cual para no darles la misma categoría que al resto. Y queda muuucho tiempo hasta el viernes o, mejor, el lunes, cuando *de verdad* empiezan las clases.

La máquina tiene una pinta espectacular pero la han calzado apurando los topes, los petacos están separados por un palmo y las tres bolas (en lugar de las cinco *reglamentarias* ¿o no?) bajan a toda mecha y tienden a colarse directamente entre rebotes enloquecidos, calculados de las setas al hoyo, un timo rematado por la facilidad con que se hace falta, salta el maldito TILT al mínimo meneo de más. Pavo gastado, pavo tirado. Se aburren de ella, buscan a quién sacar punta entre el paisanaje. Un turuta borracho lloriquea Amor Amor Amoooor de Lolita inclinado sobre la gramola y empiezan a descojonarse poco discretamente. El chavalote ni se percata. Hunde la frente en el brazo, lleva el compás con el cuarto solysombra y berrea sin ruborcillos por la novia que dejó en el pueblo, al menos tiene un callo como él para darse la paliza en los permisos aunque entremedias le crezcan los cuernos. No sabe qué opina de hacer la mili, le han contado de todo, buenísimo y horrible. Mal, más bien opina mal. En cuatro años lo sortean y aventurar destinos le provoca una ondulación diarreica por ahí abajo. Cuatro años otra vez, cuatro años más para tener dieciocho y que empiece lo bueno, películas S, carnet de conducir, volver a las tantas de la madrugada, tías que han dejado de ser unas estrechas, la universidad, la música para sordos en un piso compartido, leer sin censura. Y lo chungo: que lo tallen ¡y a servir a la patria! Empieza a afeitarse los cuatro pelos (literalmente: calcula que le crece barba sobre un 6 por ciento de la cara pero se la afeita completa para que cunda el ejemplo) y ya se lo están recordando los voluntas de la barriada, se nota la influencia militar y lo rápido que se hacen mayores *los demás*. La combinación reciente de espuma Gillette mentolada y Floïd vigoroso sumada a la bisoñez con la maquinilla dejan la piel viva dos días, se consuela fantaseando que ha inventado un remedio fulminante para acabar con esas motas de papel higiénico teñidas de sangre, los resultados son de momento inciertos. En la Bolera está ¿¡Ruiz!? ('Pero ¿no te ibas a quedar en casa, macho?' 'Me aburría, macho') con Alicia y su hermana Rosa, un año mayor, a la que conocen poco pero resulta ser igual de maja, rubita, monísima y chistosa. Y sorpresa, también E. Le queda lo justo para comprar un paquete de Record y pagarse un par de cañas, hoy no puede ser rumboso. Hay quien gasta rumbo y quien no, Ruiz y él son de los primeros y los veinte duros que mangó anteayer del bolso de su madre casi se han extinguido en la mierda de máquina del Copacabana y en invitar a Cisco. Cisco es de los segundos, invierte la paga y las sisas domésticas en cosas para él y que apoquine una ronda es un milagro. Siempre pelado pero de pronto aparece con unos Lee de loneta de puta madre o unos castellanos de bocado con ese nuevo grabadito hortera de LG. Él puede fardar de unos *antiguos*, sin chapitas dando el cante. Eso sí, heredados de Gabi. E. tiene que estar en casa a las diez, las Saldaña a las once si van juntas, ellos se jactan de volver cuando quieran pero es pura chulería y tampoco tienen con qué seguir bebiendo. Remolonean, los padres se ponen pesadísimos justo antes de empezar el curso, cuando se les acaban las vacaciones quieren que se acaben para todo cristo. E. se despide y se corta de acompañarla a pesar de que se moría de ganas (está seguro de que lo ha mirado de forma *especial*) Eso viene a ser comportarse como un *auténtico gilipollas* pero pasa de mostrar al público a qué punto está quedado con ella y la deja ir sin más, regodeándose en su gilipollez. Ruiz deja ascender el humo sin tragar por el bigotillo y lo sorbe por la nariz como una catarata invertida, graciosísimo. Se lo ha copiado a su hermano, un ligón destacado, elegantón, popular, un cachondo aunque Ruiz opine diferente, lo sufre en casa. Se lanzan a ensayar la catarata invertida con entusiasmo hasta que Rosa rompe a toser en plan salvaje y se le pone la cara color berenjena, ya de por sí es coloradita. Alicia se precipita a asistirla (parece habituadísima a esta clase de ataques) y tras un rato mediocre y un vaso de agua y respirar hondo varias veces articula que tiene asma desde niña y no debería fumar. Pero le importa un bledo y enciende otro pitillo para subrayarlo. Un ¡ooooohhh! incrédulo y hasta escandalizado acompaña el chasquido del Clipper. Reprueban su valor, su hermana le arranca el pitillo de los labios y aplastan los suyos en los ceniceros de mudo acuerdo. Madurez. Están más cocidos (también de humo) de lo que sospechaban y manifiestan. Lo dejan en su portal, el resto vive algo más lejos. Alicia está en clase de Cisco y Rosa empieza 2.º. Vinieron de las Damas Negras aprovechando el convenio entre los dos colegios y corre el chascarrillo de que la SaFa va a acabar siendo la SeFe, Sección Femenina, al ritmo que lleva la transición a mixto en sólo tres o cuatro años. A sus padres les hizo gracia cuando lo contó en la mesa. Los enanos se deshuevaron sin enterarse de nada.

Le gusta reír y hacer reír. La competencia es dura en la pandi, ellas y ellos son más o menos ingeniosos, maliciosos, peligrosos, varía la rapidez y la mala hostia de una respuesta (Lourdes, ejemplo, era muy hijaputa: pero se ha ido) y hay quien tiende a pasarse, quien se queda corto, a todos les mola aflojar la carcajada a la menor ocasión y lo propician aunque sea a costa del de enfrente, un amigo del alma, dependiendo del parte de hormonas del día. A él le daba por pasarse de cachondo en clase y lo castigaban regularmente, confusa popularidad cuyos beneficios sopesó en cuanto dejó de tolerar que le pusieran la mano encima. Etiqueta nada originalmente a la mitad de los frailes de auténticos tarados, tipos que disfrutan de veras provocando dolor sin juzgarlo vicio de confesonario, diestros en lanzar capones de trayectoria diversa, escalpar patillas y arrancar orejas, muy liberales repartiendo collejas, bofetones y zarandeos, precisos lanzadores de tizas, llaveros y borradores. Los hay directamente peligrosos, sin remordimientos: el hermano Arsenio, el Masca (-brón) trinca por la patilla a la víctima, la arrastra detrás del mapa y da comienzo una sinfonía de sopapos, la estrategia consiste en tirarse cuanto antes al suelo gritando Pare Pare Pare Hermano Pare: y para. El truco no sirve con el hermano Melitón, Meliputón, un rústico que entra en calor según suelta el primer guantazo o el primer reglazo, sigue con los puños y llevado por el entusiasmo activa el pie zopo, cuatro dedos de plataforma aplastando tibias y costillares. Cisco lo sabe bien, está condenado a desquiciarlo. El curso pasado lo camuflaban a la salida de clase formando pantalla entre Rodri, Berto y él, se acuclillaba detrás y lo pasaban de matute ante las mismas narices de Pie Grande. Cisco tiene la mala costumbre de reírse por puro nervio cuando lo zurran aunque lo estén haciendo polvo y eso exaspera más y más a ese anormal, se nota el segundo en que se le ha fugado el último destello de inteligencia porque se le ponen los ojos mates y se atasca en un gesto fijo, hay que sujetarlo y gritarle en los pelos de la oreja Déjelo Ya En Paz Hermano Por Favor. No es raro que el osado se lleve una hostia perdida antes de que Meliputón salga de su enajenamiento gruñendo, sudando, con jeta de no creerse lo que estaba haciendo. El año pasado se le puso superchulo cuando le soltó por sorpresa un reglazo en las nalgas. Humillante, joder, lo habría preferido en la cara. Se volvió dispuesto a romperle los morros y se quedó con el puño temblando en el aire, completamente encarnado. Notaba que se le iban a saltar las lágrimas de rabia y se trompicó 'No… vuelva… a hacer… eso' se le atragantaban las palabras, repitió 'Do… vuerjvacer… esjo' y la clase quedó en silencio, aguardando un escarmiento memorable. Pero Meliputón ¡bajó la vista! y dio media vuelta gritando con su acento de gañán '¡Es que no haces labor! ¡Es que no haces labor!' agitando los brazos como aspas. Qué triunfo. Berto le dijo que su cara le había dado miedo hasta a él y se sintió orgulloso de haber parado a Pie Zopo. Y de paladear lo que es *dar miedo*. De verdad. Bueno. De verdad verdad lo da el portero del equipo de juveniles, Dámaso, macarra de Gamonal, un armario chiquito que va a los partidos con una cinta roja al estilo kungfú ciñéndole las crenchas y le plantó la navaja de talla húngara delante de los ojillos la última vez que tuvo la ocurrencia de atizarle. Meliputón se quitó del paso rapidito con su '¡No haces labor, no haces labor!' La historia se sigue contando tres años después y ahí sigue Dámaso. En el escalón descendente de matones está Pinueve (π9) (gasta más narigo que Pinocho) o Culodoble (2q) el hermANO LuciANO (quizá le toque este curso) de quien cuentan que se cabrea poco (normal, tiene a todos aterrados de antemano) pero cuando lo hace *tiembla el misterio*, expresión cuyo significado ignora pero, vaya, impone. Salvo a Dámaso (¡otra vez! ¡es un macarra con suerte!): cuando lo amenazó con partirle la cara el tío farruco apartó el pupitre, levantó los puños y lo desafió '¡A ver, a ver!' y el Pinueve se riló y *tampoco pasó nada*. A lo mejor es el único lenguaje que entienden estos locos, topar con alguien todavía más loco y entre locos se entienden. Dámaso mete pavor aunque sea bajito, es medio gitano, luce unos dientes blanquísimos cariados en el filo de las encías, sonríe antes de meter un viaje, mira fijo *siempre* y sube y baja la cuerda a pulso dos veces seguidas haciendo la escuadra. Está fortísimo el cabrón. Él también sube y baja a pulso pero le pesan demasiado las piernas para escuadrarlas aunque se mate a abdominales. Sus piernas son demasiado gordas. Duras, sí: pero gordas. Y tirando a lampiñas salvo por una mierda de vellito rubio bastante infantil, un corte. Por no hablar de las proporciones inquietantes que viene adquiriendo su nariz. En el equipo de juveniles acompañan a Dámaso unas cuantas bestias, Paz, el central titular, su modelo en la cancha, otro mediogitano con unos brazos y unas espaldas modelo Maciste y los dientes mellados en uve invertida. O Fideos, muy alto y muy pálido y muy flaco, pura fibra recubierta de venas saltonas y jeta de tronado, las comisuras de la boca siempre blancas de saliva seca y famoso por celebrar sus goles con unas carcajadas de manicomio. O Toncho, otro mazas, un virguero volteando nunchakus y haciendo volatines con la navaja, ha visto unas sesenta veces Kárate a muerte en Bangkok, otras sesenta Operación Dragón y es el tipo más pacífico que uno pueda imaginar salvo cuando el pívot contrario tiene la ocurrencia de achucharlo, se transforma en un auténtico hijoputa. Su *estilo* no es el suyo pero tienen *carisma*. Machotes de barrio obrero que los sábados abrillantan los botines de plataforma y se van a la disco cargados de cadenas, sortijas, esclavas, luciendo patillas de hacha y melenas cardadas con raya al medio a meterles la lengua a las chorbas hasta la campanilla o a partirse la cabeza con los peras si hay suerte o han quedado, un pasatiempo local que se crece en batalla legendaria cuando topan El Tazas (rey del clan macarra) y La Torre (paladín de los pijos más fachas) a quienes no conoce ni de vista: flotan en una bruma tapiada por escoltas letales. Él se supone clasificado entre los *mediopijos* o *casipijos* pero no entre los fachas, aunque *hijo de militar* y *facha* sean con frecuencia (y más aquí) sinónimos absolutos.

Los jugadores de balonmano se entienden de puta madre saltándose diferencias políticas, de edad, de ingresos y de barrio, los mayores vacilan a los enanos, los enanos admiran a los mayores, de alevines a juveniles el balonmano es una obsesión común avalada por los innumerables campeonatos locales, provinciales, regionales, nacionales que han ganado o para los que se han clasificado, la gran vitrina de trofeos en el vestíbulo reserva un espacio ya escaso para las copas por venir. Ser temibles en cancha ajena y casi invencibles en la propia es prestigio indiscutible del colegio y según progresa la liga los partidos se llenan de público, profesores, alumnos, familiares y (fundamental) novias en potencia o en acto o en secreto a las que se dedican los mejores goles, los bloqueos suicidas, ese amago de bofetadas con el cachas del otro equipo que ataja el árbitro, la sangre discurriendo heroicamente por la nariz, el codo, la rodilla. Los campos desuellan, son de asfalto o cemento y no hay caída buena. Frailes, padres, compañeros que los rompen a abrazos y enhorabuenas cuando ganan y los consuelan sentidamente en las que han bautizado (¿fue Ruiz, fue Cisco?) *derrotas pírricas*: y vuelven a ser los mismos cabrones implacables en el colegio y en casa, ya podían dar ejemplo de coherencia. Sin reconocerlo explícitamente, los jugadores titulares y de entre los titulares los *figuras* gozan de un palmo más de tolerancia cuando vuelven a la realidad del aula y ese plus de popularidad (el partido épico del último sábado) propicia segundas y terceras oportunidades. Como a Dámaso, el portero bajito y loco dejando de tallar su taco de madera para poner la navaja ante las napias del Meliputón. Han vuelto del verano más duros, más grandes, más peludos (él no) y hasta hay quien ha criado varices en las pantorrillas. Topó el otro día con Valcorba (*su* lateral derecho y amigote desde que fueron al campamento de promesas) corriendo por La Quinta, tenía el pecho como si se lo hubieran ensanchado. Y varices en las pantorrillas. Aunque es un año menor ya huele a carnero.


Más tipos de mano nerviosa: el hermano Rafael, clavado a ese García Lorca de Párraga del libro de Literatura, le sacudió por detrás, en 5.°, un bofetón memorable en la oreja que le dejó colgando un pitido durante dos días. Luego fue su entrenador, acabó nombrándolo capitán (hasta hoy) y se hicieron todo lo amigos que se pueden hacer un fraile y un alumno sin pecar. Hasta lloró un poco cuando lo trasladaron a Barcelona. El recuerdo se vuelve amable y ahora cree que se mereció esa hostia porque se estaba descojonando y haciendo muecas para la galería, pero le queda el escozor de que se la diera sin verla venir. Así que durante unas semanas se refirió a él como el Chuloputa aunque a los once años no supiera ni por asomo lo que era un chulo de putas, pero le pareció que el mote lo clavaba por chulo y por hijo de puta (desdeñando un insulto terminal, camay, como el jabón, por CAbrón MAricón HIjoputa: debería escribirse camahi pero nadie lo hace en el tímido EL ARSENIO ES UN CAMAY, ejemplo, trazado con tiza en el hormigón) Luego están los que *amenazan* pero les cuesta pegar: los hermanos Melchor, Conrado, Flores, ejemplo, suelen acudir, dependiendo de la gravedad de la falta, al protocolo de: uno ¡un cero! dos ¡al pasillo! tres ¡al despacho del hermano director! Hay quien logra los tres trofeos de una tacada. No sabe cuáles son las modalidades de castigo para los mayores, queda un poco fuera de lugar eso de que te manden ¿al pasillo?

estudiando COU. Sospecha que para entonces se han perdido las ganas de pasarse en clase. Este año se estrena ese invento del 3.º de BUP y los que iban a pasar justo de 2.º a COU escupen de rabia, a él también lo pone malo empezar Medicina un año más viejo pero tiene tiempo para resignarse. Se desahogó con Quique Rullán, con el que mantiene relación medio al margen de la pandi, trajo su guitarra (él ha aprovechado los restos de Aironfix negro para recortar las letras J, A, I, M, E y personalizar la suya) y estuvieron tocando toda la tarde, estrenó su aplicador de armónica *en público* y cuando se hartaron de despellejarse las yemas se embebió en el clásico discursito, podría empezar la carrera desde YA, empezar a estudiar ahora mismo lo que más le gusta en este mundo sin soportar cuatro años más de colegio, de frailes, de asignaturas que le importan una mierda y no le van a servir para nada para nada para nada a la hora de abrir una tripa o serrar un hueso. Quique acabó deshuevándose, implorando piedad '¡Que sí! ¡Queee síííí!' pero él insistía en incrementarse el sofocón hasta que se calló bajo amenaza de estampía inmediata. Quique es un tío muy enrollado, mal estudiante, dos años mayor, tocaban en la misa de los miércoles hasta que decidieron dejar de hacer el gilipollas de mutuo acuerdo y ahora ensayan por su cuenta a Crosby, Stills & Nash (tarareando) y si encontraran a un tercero montarían un trío tipo America (pero de ningún modo se llamarían España sino algo estilo Montana) Lo lleva a tascas mugrientas como el Patillas y sale con tíos mayores, rojos, comuneros, barbudos, tías muy simpáticas y vacilonas, guapas, medio jipis, fuman porros. Él pasa de momento, lo que le gusta es beber. Además, dicen, alcohol y chocolate combinan fatal, ignora en qué proporción. Son majos y *diferentes*, lo acoquinan un poco, no tiene experiencia previa a que acogerse. Se los presentó por primera vez de fiesta en un piso compartido de la Llana que apestaba a sándalo desde la calle, forrado de pendones de Castilla y pegatinas del PCE, iba estrechando manos y dando besos diciendo 'Qué hay' y el más barbudo y grandón, un tal Pedrolo del que Quique le había anticipado que era un figura y un cachondo, le soltó '¿Eres yanqui o qué, macho?' y se puso granate sin entender nada y el capullo 'Que si eres un puto yanqui' y él 'No' y él 'Entonces por qué dices okay' y él 'Digo que qué hay' y él 'Dices oquei' y él 'Digo qué hay' y él 'Oquei' y él, ya encendido '¡Qué hay! ¡Jjjoder!' y menos mal que una de las chicas, estaba repantingado en unos cojinazos así como orientales con una a cada lado, dijo 'No seas cabrón' dándole un manotazo en los rizos y un buen muerdo pero ya daba igual que parase, se sintió ridículo, la entrada en escena fue una mierda y quedó claro que en *ese* ambiente era un *pijo*. Quique lo tranquilizó, Pedrolo era un poco picudo pero también y de verdad un tío legal, de verdad, un tío cojonudo. Y buah, se bajó un par de tercios y mantuvo el tipo en la órbita de Pedrolo y es cierto, soltaba unas paridas de morirse pero si alguien intentaba superarlo lo ponía en su sitio con muy mala hostia. Estuvo hasta simpático con él porque sólo abría la boca para reírle las gracias, no era difícil a la vista del peligro. Le saca como cuatro o cinco años y mordía a fondo entre chiste y chiste con la chica que le había echado un cable, una morena clavada a Mimi, la hermana guapa de Joan Baez. Estaba buenísima. Lo atacó una envidia ciega y deseó sobre todas las cosas tener a un cañón así colgada de él. Cómo se hace eso con catorce años de mierda.


Llega más tarde de lo comprometido pero no hay bronca aunque sus padres lo miren *con intención*. Las Saldaña olían de maravilla cuando se han dado los besos de despedida. Se pajea en la cama alternando a una y a otra, imaginarse con las dos a la vez le da corte. Por poco tiempo. Después siente el escrupulillo de haber puesto los cuernos a E., aunque sea de pensamiento y no estén saliendo ni haya propiamente engaño de ningún tipo, así que antes de dormirse mata el remordimiento haciéndose otra gallarda *con ella* y Nilsson cantando Without You muy bajito en el casete. Hay que cambiar las pilas, la cinta llora.

Tienta un comienzo de ¿cuento? a propósito del primer día de clase: *El aire de las nueve menos cuarto, frío para mediados de septiembre, huele a colonia a granel rebajada con agua. Chillidos y carcajadas entusiastas, como si apeteciese volver a sufrir.* Para en seco, sofocado. Cuando intenta sonar *literario* se siente ridículo pero el impulso de *disciplinarse* en escribir es tan fuerte como las ganas de enfrentarse a una mesa de disección y demostrar que *vale*. Nada le impide ser un *médico de prestigio* y *célebre escritor* como Marañón o (muchísimo mejor) una mezcla de Conan Doyle y ese tal doctor Bell que le inspiró Sherlock Holmes: hacer diagnósticos infalibles a primera vista y escribir cuentos que te mueres. Pero *cuesta mucho* seleccionar los *detalles* y el resultado es un fracaso invariable: *el aire de las nueve menos cuarto* (?) *colonia a granel rebajada con agua* (?) *carcajadas entusiastas* (?) Y un aburrimiento, la verdad. En un rapto de confianza leyó a su madre un folio que (creía) le salió emocionante sobre ese momento en que X se está cambiando en el vestuario antes de un partido y empieza a crisparse el nervio imaginando en un torbellino salir al campo a dar lo mejor, superarse sin cesar y aprender de las derrotas porque la auténtica victoria aguarda al final, todo muy potente, ella escuchaba con mucha atención (o paciencia infinita) hasta que lo atajó (¡antes del *final*! ¡¡la *auténtica victoria*!!) con un '¿Sientes siempre *todo eso* antes o durante o después de un partido?' que le sentó como poco fa-tal. Pero después de dos días hablando con ella sólo lo imprescindible (a la muy capulla le entraba la risa con sus monosílabos) y de releer unas doscientas veces el maldito folio pensó que a lo mejor tenía un *poquito* de razón y sonaba de lo más santurrón y gilipollas y hasta *pomposo*, como dice su abuelo Álvarez Gómez (odia los discursos *pomposos* y a la gente *frívola*) Lo rompió en pedacitos y en pedacitos rompe ahora ese *aire de las nueve menos cuarto* pero (en esta ocasión) decide dar trascendencia al acto quemándolos en un vaso con alcohol. El vaso cruje, tiene el temple de ahogar la llama poniendo el cuaderno encima, el cristal aguanta y pasado el sofocón se felicita por imbécil. Recuerda la desinfección de las dos herraduras que tiene clavadas en la puerta. Bajo la dirección de Gumo, *experto en desinfectar herraduras*, salieron al balcón, las rociaron con alcohol, las prendieron y al borde de su extinción el genio decidió que faltaba combustible. La llama trepó por el chorro, inflamó el botellón (de los de litro y cristal de la Farmacia Militar) y Gumo aulló, intentó posarlo, lo soltó con las manos ardiendo, el botellón rodó sin romperse derramando llamas por la boca balcón abajo sobre la acera, una auténtica Catarata de Fuego a cuatro pasos justos de la portera, pasaba por allí cabreada de antemano con el inútil de su marido. Se quitó el niqui, cubrió el botellón, lo enderezó y apagó el niqui a pisotones. Su *mejor* niqui. Gumo se miraba las manos sin creerse que estuvieran enteras, el ambiente olía a pelillos quemados y no pasaba nada grave salvo su mosqueo, las manos de ese subnormal le importaban cero. Si fuera *disciplinado* escribiendo habría registrado con detalle el chivatazo de la portera, el broncazo de sus padres y etcétera, pero cada vez es menos disciplinado y de hecho intenta cagarse en la disciplina lo que le dejan. Pero siempre con miedo. Con una conciencia profunda de la infracción. De la *traición* a sus iniciativas más sinceras. De ahí el gustazo de perpetrarla.

Saluda a mucho compañero de clase y de equipo antes de hacer corro en el patio cubierto con E., las Saldaña, Alejandra, Gumo, Cisco, Quique y Álvaro, a estos dos se los ha traído a rozarse con la pandi. O más bien con sus restos, hoy cuentan con cinco miembros menos que hace dos meses, las tres desertoras recientes se parten de risa al fondo con los capullos de 2.º y más que nadie Mariajo, la Pijcui por ese pescuezo que gasta: ya no tendrán que oír sus cacareos y que les aproveche, no apetece ni besarle el codo. O vaya usted a saber, uno de los dicharachos de Paz es *la picha no tiene ojos* cuando alguien muestra escrupulillos en darse el lotazo con un feto. Con las manos metidas en los bolsillos y soplando vaho en septiembre, una mezcla de alegría histérica y resignación, novedad y repetición, el mismo olor de los libros por estrenar, de la colonia a granel aguada. Andan apostando por quién les tocará o no en las asignaturas hueso cuando Cisco señala con la barbilla a un nuevo, un nuevo plantado bajo una canasta de minibasket con las piernas abiertas. Grandón, engominado y una expresión tipo *Qué manga de chavalines* insultante en un *nuevo* y más si forma en la cola que más o menos agrupa a los de 1.º, ni siquiera es un nuevo *mayor*. Cisco ha radiografiado de un vistazo los Sebago (conservan todas las bellotas) los calcetines ejecutivo, los Levi's de pana fina, la chaqueta de lana Shetland, la camisa de cuello abotonado y el Patrico alisando los rizos 'Mirad a ese *guapo*' Hasta un oportuno golpe de aire transporta a las napias la colonia del guapo (que es corpulento, vaya) y resulta ser tan descarada como la pose de su usuario, densa, perfumada, no está muy seguro de que sea masculina al uso. Cruza una mirada lenta con el guapo, tiene unas orejitas diminutas ocultas por una jeta ancha con chapetas gloriosas. Se la sostienen sin antipatía, fingiendo desapego hasta que nota una grieta en su aplomo (al fin y al cabo es un *nuevo*) y simpatiza con esa grieta, no es por ser más macho, simpatiza con esa grieta porque se ve retratado en el primer día de colegio de los cinco colegios que ha pisado como nuevo, fingiendo ese aplomo en los cinco primeros días de los cinco colegios que recuerda sin error uno por uno desde el parvulario, la falsa seguridad del tío que observa y se siente observado y calibra esos grupitos que exageran los gestos de mutua camaradería con el propósito de que el nuevo se sienta aún más nuevo: nadie demuestra el menor interés por acercarse y el nuevo está deseando acercarse a alguien o (mucho mejor) que alguien se le acerque (sin chulería, claro) antes de que el profesor lo trate de *nuevo* y toda la clase (salvo los escasos nuevos que han superado o aguardan su turno de sofocón) se vuelva a mirarlo. Siempre ha tenido una suerte horrible, sólo ha coincidido con otro nuevo al lado en toda su vida, se imantaron por puro desamparo y lo cambiaron de colegio al mes de hacer migas. O sea, por primera vez podía compartir desamparo a pesar de que el otro nuevo era un tontolaba que ni sabía que los Reyes Magos son papá y mamá y eso que ya gastaban ocho años ¡joder, él estaba de vuelta de reyes y papanoeles antes de los seis! Dio el disgusto de su vida al muy gilipollas, a lo mejor hasta por eso lo cambiaron de colegio. Ahí está el nuevo abriendo una grietita a pesar de que finge más flema de la que él haya fingido jamás como nuevo y sigue el impulso de hacer con él lo que nadie ha hecho jamás con él, bajar en dos saltos los escalones, acercarse, sonreírle, presentarse y en cinco minutos presentarlo al corrillo 'Pablo Benavides' 'Me llaman Lalo' corrige el nuevo con voz ronca y farruca cuando suena el timbre, el hermano Sabas abre las puertas y se agolpan ante las listas, están en la misma clase y confirma lo que ya sospechaba 1) lo han separado de Cisco y 2) hay poca suerte con los profesores. Sigue el coñazo de siempre. Su tutor es el hermano Flores (al que llaman el Paddington o el Paddy sin que se sepa muy bien por qué: ¿por elegantón?) Es el que ha rotulado en la pizarra BIENVENIDOS AL CURSO 1976-77 sobre su nombre y apellidos, entre el horario y un retrato del hermano Gabriel Taborin, fundador de la orden, pintado con tizas de colores que no se borran si no es con agua y esponja, cuesta el triple de esfuerzo que borrar la tiza blanca. Reconoce que el tío dibuja de maravilla y se pone a copiar el retrato a BIC mientras el otro se explaya con el horario y sus asignaturas, Historia de las Civilizaciones y Dibujo Técnico. Finaliza exigiendo, es la costumbre, *silencio*, *orden* y *aplicación* hasta que llegue el siguiente profesor. En cuanto sale se monta la bullanga de siempre hasta que ¡de golpe! se abre la puerta y el hermano Luciano se planta en el umbral. Pinueve, con quien sólo se ha cruzado en los pasillos y siempre con un escalofrío. Es un poco menos calvo que Kojak y pasea por la clase unos ojos grises clarísimos, del color de la nieve pisada: inmovilizan cuando miran, se siente

Mowgli ante Kaa cuando se detienen un segundo en él. Los ojos de los frailes son casi siempre marcianos y no pocos gastan la misma clase de gafas de pasta, pesadas, rectangulares, con unas patillas gordas que les deforman los soplillos y cristales ahumados o ala de mosca semejantes a catalejos invertidos, los ojillos pequeñines titilando allí en lo hondo de sus pozos con un brillo muy poco tranquilizador, a más de dos palmos no se distinguen y entonces ya es tarde. El Pinueve no necesita gafas de supervillano para infundir pavor, sube a la tarima caminando muy despacio hacia la mesa, las manos cruzadas en el regazo, el bolsillo de la bata repleto de bolígrafos. Por debajo asoman unos pantalones acampanados de tergal gris y (vaya) ¡unos botos camperos negros con taconazo para compensar su enanez! Con otro se habrían descojonado a gusto pero durante la media hora que ha pasado anticipándoles lo que se les viene encima (variaciones, combinaciones, permutaciones, trigonometría y no sabe qué más salvo que sonaba igual de horrible) no se ha oído ni mu. Tiene una voz de tenor joven que no pega ni aposta con su jeta de viejo tronado y cuando se pira gastando la misma lentitud, los tacones cotocloc cotocloc, se miran silbando fuiii fiuu, resoplando y pasándose el índice por la garganta. En Francés toca el hermano Conrado, el Hombre Lobo, su tutor en 8.º, un cabrón peludo, grasiento y falso al que antaño han puteado lo que les dejaba, puteo que incluye una marca no superada de 189 pegotes de papel mascado pegados en el techo en 50 minutos de clase, se daba la vuelta y plof plof plof, empezaron con bolitas calibre garbanzo y acabaron mascando cuartillas hasta amasar auténticas albóndigas con la boca, hubo quien ensalivó hojas de apuntes tiñéndose labios y lenguas y encías y mandando grandes plastas azuloides al blanco inmaculado. Castigo colectivo, prevaleció la ley del silencio a pesar de la preguntita reglamentaria, quién empezó, quién empezó. Pues *los de siempre*, joder, parece tonto. *Parecía* tonto: poco después, entre él y el Fofó, recién ascendido a director, expulsaron en masa una semana a Gumo, Cisco, Berto, Rodrigo y Juan Miguel, entonces militaba en la pandi, por fumarse la tarde víspera del puente de febrero. Yyyy ¿por qué no a él, el promotor de los novillos? Porque su padre, el capitán, se plantó temprano y de uniforme en el despacho del Fofó, dejó apoyada la carta de expulsión sobre la cartelita de la mesa (*Hno. Dtor.* ATANASIO SALVADOR) y argumentó cortésmente que a su hijo no lo expulsaba Nadie, incluido usted, una semana si su delito no era otro que faltar a una clase de Trabajos Manuales y a otra de nosequé. Su padre es un tiarrón que acojona y de uniforme más. El Fofó, un mierda completo. Cedió, aunque librarse de la expulsión no lo libró del castigo doméstico. El Hombre Lobo no lo preocupa a pesar de ese pasado borrascoso, sabe más francés que él porque su madre, justo, nació y se crió exiliada en Francia, lo ha mamado de rebote y hasta las primeras palabras que recuerda son *mon p'tit chouchou*, cómo va a competir el francés de Assimil de ese *salaud* que soltó sin inmutarse que *casse-croûte* era *una especie de piscolabis* con el suyo. Así que cuando al final de la presentación del programa (ya le ha lanzado tres o cuatro *miraditas*) remata en plan irónico 'Y si tienen alguna duda en mi ausencia, se la consultan a Arzain' creyendo que lo pone en evidencia consigue lo contrario, en realidad se sonroja de orgullo mientras proyecta su respuesta mental con esas ondas de máxima intensidad alfa que taladran el cráneo 'Te jodes te jodes te jodes TE-JO-DES tteejjjooooooodddeees' El nuevo lo observa con curiosidad durante ese pequeño duelo. Ha ido poniéndolo al corriente de la fama de cada profesor y de las cosas varias del colegio. Si pregunta algo que no sabe se lo inventa. Hay que ver cómo apesta el tipo a Patrico y a esa colonia calentorra. Al que nadie conoce es al hermano Telmo, el nuevo profesor de Ciencias Naturales, recién llegado del colegio de Madrid. También lleva gafotas de pasta y cuando sonríe da repeluco, un completo hipócrita. Y qué nombre, Telmo, vaya nombrecitos gastan estos frailes: en 5.º de EGB el tutor se llamaba Saturnino y después ha sufrido a un Melchor, un Justiniano, un Críspulo…, el hermano Folgoso (se vino a morir a España después de casi toda una vida en misiones) les contó que se lo cambian cuando se ordenan: resultado, él pasó de Celso a Terencio, un acierto pleno. Quizá les toca rebautizarse con el santo del día en cuestión, como se hacía con el natalicio de los niños y salías llamándote Arcadio o Ataúlfa, la ruleta del santoral condena a apechar con esa catástrofe el resto de tu vida y a contestar 'Qué' cuando alguien dice 'Ulpiano' Le gustan mucho las Ciencias Naturales, hasta hace no tanto quería ser biólogo o mejor, *naturalista* como el Amigo Félix y no médico (pero Rodríguez de la Fuente es odontólogo, lo que vuelve a confirmarle que ser médico permite *además* compaginar un sinfín de ocupaciones, escritor, naturalista, explorador, etcétera) Este año va a ser duro por lo que cuenta el Telmo entre sonrisitas chungas: cristalografía, botánica, morfología… A continuación debería haber entrado el Atanasio, Fofó (más raramente Satanasio) para explicar el programa de Lengua y Literatura (y el de Religión si es que hay propiamente *programa* de Religión) pero estaba organizando con los dominicos la misa inaugural. No hay quien entienda por qué un capullo como el Fofó ha sucedido en la dirección a uno que caía fetén a todo el mundo, el hermano Caños, el Patriarca, un figura. Al Fofó no lo traga nadie. Su sobrina es compañera de curso desde que el colegio se hizo mixto, inmediatamente le cayó el mote de la Butanera por el color de sus pantalones, pobrecita. Es muy tímida y se sonroja todavía más que él, ha sacado la napia de payaso y el pelo rojizo estropajoso de la familia, no se jala un rosco. O vaya usted a saber, cuando uno se cree el más salido sale otro que le da cien vueltas, capaz de darse el filete con la Butanera y hasta de casarse con ella. *La picha no tiene ojos.*

El maldito Fofó los convocó en su despacho al día siguiente de los novillos para avisarlos de la expulsión y repartirles las cartitas famosas, tenían que dárselas a sus padres en mano (clásico recochineo *sutil* con el siempre pedagógico fin de *forjar carácter*) Era fiesta, el colegio cerrado, el edificio en silencio. Rarísimo, siniestro. Los hizo esperar en una clase vacía durante dos horas para que meditasen sobre sus pecados y cuando tuvo a los seis enfrente, bastante acojonados pero con unas ganas contradictorias de mondarse de risa por la crispación acumulada (y porque desde hace algún tiempo y quién sabe por qué han perdido la facultad de permanecer serios en casi ninguna circunstancia) abrió una libretita con tapas de hule negro (¡la famosa *Lista Negra de Satanasio*!) y fue nombrándolos y declamando a cada uno las notas que le dedicaba. Ahí es donde, dicen, lleva el registro de qué alumnos salen con qué alumnas, un enfermo. Cisco empezó a respirar muy muy hondo, síntoma que anunciaba algo fuera de lugar, Berto revolucionaba los ojos como Marujita Díaz, de siempre anda algo tocado, Gumo enfocaba al infinito en una moldura, Juan Miguel movía los pies a punto de mearse, Rodrigo cruzaba y descruzaba los brazos y él estaba a punto de desgarrarse a mordiscos el interior de las mejillas mientras el Fofó nasalizaba con parsimonia '… Su maliciosa contumacia en perpetuarse como el Payaso (¡payaso! ¡el Fofó llamándolo *payaso*!) de la Clase es inaceptable, no respondiendo a reconvenciones ni castigos…' blablablá, parecía mentira que cupiese tanta mierda en esa libretita. Llegó a Cisco, se detuvo, lo examinó como si fuese a quemarlo en la hoguera y después de silabear los dos nombres (qué raro resulta oír llamar Francisco Javier a Cisco) y los dos apellidos con lentitud, se arrancó '… Tres palabras bastan para definirlo… Pinta… Pirata… Astuto…' y ahí Cisco reventó, incapaz de aguantar más, aunque logró, de siempre ha sido un actorcete de primera, sofocar la carcajada en una especie de sollozo (hasta le salió un moco disparado) y el resto aprovechó para engancharse. Durante un par de minutos interminables ocultaron la cara en las manos, sacudiendo los hombros como si sufrieran convulsiones y expeliendo berridos, hipidos y bufidos extrañísimos, contagiosos, un desafuero. Cuando lograron dominarse descubrieron unos rostros descompuestos, congestionados, empapados en lágrimas. La expresión del Fofó delataba una satisfacción inenarrable: ¡cuán *se felicitaba* del mal rato que les estaba haciendo pasar! No, el mal rato vendría en casa y el tipo es un gilipollas incurable. Pues sufren al gilipollas de profesor este curso por primera vez y sin duda tiene en cuenta a los supervivientes de la escabechina, ha sido el responsable directo de disgregarlos en tres colegios, dos cursos y dos grupos. Tampoco asoma la profesora de Música, da sólo una hora a la semana. Queda tiempo por delante hasta la misa, pueden pasarlo en el patio. Ahora aprieta el calor y se quedan en mangas de camisa o en niqui, luciendo bronce antes de que se vaya por el desagüe. El portón está abierto, salen a la calle (ya son de 1.º y los de EGB se joden dentro salvo Gumo, se niega y hasta amaga un cabreo ante las bromas de devolverlo al redil) para echar unos pitos. Sorpresa, el nuevo no fuma algo que le cuadre, tipo Chester o Winston (o Habanos, ya puestos a fumar negro) sino Celtas cortos, como un turuta cualquiera o como Rebollo, uno de los más pobretes de la clase. Es su *tabaco de siempre* 'Ni siquiera me gustan los Celtas con filtro' Claro, el estilo *avanzado* también reside en esos contrastes y cuando el viejo y elegantísimo Cacho Álvarez lía su irrenunciable caldo de gallina no comete una catetada chocante con su estampa británica sino que añade un punto de simpática extravagancia a su distinción. E. está, está… *indescriptiblemente* guapa, cada día más guapa, le sienta de miedo su Fred Perry blanco ajustadito (ha echado unas tetas espectaculares y va a tener que cambiar de talla) los Lee a medio desteñir y el jersey rojo anudado. Se le repujan las costuras y el cierre del sujetador. Diosss, las tías se están poniendo buenísimas. Los tíos parecen a medio cocer en comparación. Y si hay una que haya pegado un cambiazo a mejor en sólo un verano es Isa, luce unas caderas y un culo que de pronto llenan unos vaqueros gastadísimos y ceñidísimos, se le marca la hucha. Benavides no le quita ojo, mira a las niñas con un descaro de la hostia y de camino a la iglesia le ha susurrado 'Nunca han sentado mejor unos Levi's *españoles*' Los peras desdeñan los Levi's de etiqueta naranja y cinco remaches y luego fardan de españolazos. Fumar Celtas cortos, quién lo diría.

A la misa inaugural acuden los de los cursos superiores, los alumnos hasta 8.° la tuvieron a primera hora. Pobre Gumo, anda muy jodido y cuando se han separado se daba de cabezazos contra la pared por haberse tocado los huevos a dos manos el curso pasado. Lo acompañan otros cuatro repetidores, los más vagos, el más cachondo, el más burro. Benavides no se le ha despegado y se sienta al lado en el banco ante la sorna de Cisco, mosqueado por la intimidad repentina que ha creado el *guapo*: se siente excluido, barrunta los futuros riesgos de estar por primera vez en clases diferentes y también quiere hacerse amigo de ese nuevo tan pijo, de vuelta, parece, de un par de cosas más que ellos. Lalo es un año mayor, se lo ha preguntado, repitió 8.° (por eso miraba con compasión no fingida a Gumo) se afeita las patillas hasta la raíz y huele a Loef o algo así que no le suena, también se lo ha preguntado y ha sonreído por una comisura 'Salió hace poco. No se parece a ninguna' Joder, es cierto. Su techo está en mangarle los sábados un chorretón de la Atkinsons de Reyes a su padre. O la Jean-Marie Farina cuando su madre la compra en un arranque de esplendidez porque le recuerda al suyo, querencia que mosquea un poco al capitán, no acaba de asimilar oler a su suegro por temporadas. Y menos ahora, cuando el abuelo casi ni se levanta de la cama y su dormitorio está impregnado en Jean-Marie Farina, la adoptó en Francia cuando empezaron a prosperar un poco después de pasarlas putas y cuenta que nunca olvida el olor de aquel primer frasco 'Verano del cuarenta y seis' Y de pronto una colonia huele a enfermo, un aroma que despierta placer o evocación pasa a provocar melancolía o inquietud. Su otro abuelo es fiel a Álvarez Gómez, queda claro que las dos familias prefieren colonias frescas y clásicas y él querría distinguirse por algo menos camp aunque no tan perfumado como la Loef de marras con su deje a sándalo o a harén de Fumanchú. Aunque lo que de veras hiede a harén es el maldito pachuli, hay quien dice pachulí y hasta pashulí como si la pronunciación mejorase esa peste, señal de aviso de una tía jipiosa, venga pachulí en el foulard y en la blusita ibicenca, fue un bochorno llegar a casa dando el cante después de haber bailado dos agarrados donde Pedrolo con una chica feíta, mayor y condescendiente. *De hecho*, una tía buena está *menos buena* si huele a pachuli. No, al nuevo le va el sándalo, todo en él tira a exagerado y a galán de los cincuenta sin bigotillo. Gasta unos andares contoneantes, casi cómicos, balanceando los brazos a dos palmos del cuerpo y dejando clarinete que se cree aún más grandón de lo que es. Concelebran el padre Agustín (los confiesa y sermonea en las misas de miércoles) y el padgue Andgués, gasta fguenillo. El Fofó ya estaba instalado frente al atril, rompe a nasalizar 'Cooonmong brotens de olivooong...' y encogen los hombros por reflejo ante la irrupción de su poderosa y horrísona voz amplificada por doce bafles como doce apóstoles, el tipo redobla su ímpetu '... en torngno an Tun meeesang, Seennguiooor...' animándolos fogosamente con los brazos a que se unan y ay de quien ni siquiera mueva los labios. Pero no acaban de arrancarse y se está cabreando '... ASIN SONG LOS HINJGOS DE LA INGLESIAANG...' hasta que *los de siempre*, les gusta dar la nota, desgarran de pronto el aire chillando la letra como verracos, el nuevo se empieza a descojonar, va a más, quiere hablar pero la risa no lo deja (vale, ya sabe que cuando se ponen aposta a cantar *mal* lo hacen *muy bien*) y por suerte están más o menos discretamente situados a mitad de bancada porque ha empezado a llamar la atención de los hermanos distribuidos estratégicamente aquí y allá para abortar los desmanes de los poco piadosos '¡¿Los higos de la inglesa!?' logra bufar Benavides y vuelve a doblarse, se incorpora congestionado y suelta '¡Pe-pero ¿de dónde ha salido este..., este... BOCACHOCHO?!' Lo han oído los veinte de alrededor y un alarido de risa colectivo se mezcla con *Y tu esposa en el medio de tu hogar será como una viña fecunda*. Bocachocho, ya nunca más Fofó ni Satanasio, empieza a taladrar hileras y filas con sus catalejos invertidos a la caza de los revoltosos con la cooperación de los hermanos-satélite movilizados de súbito y mientras chistan al nuevo '¡Sssht! ¡Sssssshhhhtt! ¡Jjjoder! *¡Que es el director!*' oye correr por los bancos '¡Bocachocho! ¡Bocachocho!' El sector infame se sosiega y fingen recogimiento aunque eso sí, pasando muy malos ratos cuando Bocachocho se arranca con Alma Mía Recobra Tu Calma y otra de los carismáticos que le mola un porronazo, Ven, Espíritu Santo, tema muy movido, moderno y bailable que lo lanza a la pista dando saltitos sin el menor sentido del ridículo, de pronto metamorfoseado en Torrebruno triunfando en el Festival de Benidorm. El nuevo lloraba de risa presionándose los párpados con índice y pulgar. El éxito de los carismáticos es asombroso: llegaron hará tres o cuatro años, los acogieron en un local de la nueva iglesia de los dominicos y ya han multiplicado por veinte la comunidad inicial, una peste que ha contagiado a dos puñados de alumnos y (a la vista está) también a Bocachocho, padece de fiebres desde que un gusano se le metió en la oreja cantando 'Consolador buenísimo / dulce huésped del alma' Lo de Consolador buenísimo es un chiste de pandi muy jaleado. Hasta Juan Miguel (ahí fue cuando se distanció) y uno de los Rullán (Quique se lo toma a ratos de coña, a ratos muy mal) se han apuntado al club. Y Quílez, un tío clavado a Bugs Bunny, de tan simpático resulta empalagoso. Cuando se hartaron de hacerse de rogar Cisco y él accedieron a acompañar a Juan Miguel ¡estaba entusiasmado! a una de las reuniones en el local recién estrenado. Los sentaron en círculo con otros veinticinco o treinta conversos, todos veteranos. Qué ilusionados y cariñosos y reidores se mostraban entre ellos, así debe de ser el plató de Los Chiripitifláuticos. Acababa de fichar a la más guapa del corro cuando un tipo con melena de ricillos, barba de pobre, una sola ceja y la guitarra colgada del pestorejo como un Cat Stevens de aquí al lado (lo rebautizó, tras anunciarse como Marcelo a los bisoños, *Cateto*

*Esteban* guardándose mucho de soltar la parida hasta reunir al resto, Cisco se las fusila si hace la tontería de anticipárselas) plantó una silla en el centro y se hizo el silencio. Cantaba bien, tocaba bien, las cejillas le salían limpísimas, en medio minuto tenía a la basca haciéndole voces y acompañándolo con palmas estilo vivalagente con un fervor acoquinante y empezaron a pasarlo medio mal para contenerse, evitando mirarse, mirando en direcciones opuestas. Daba igual, lo peor estaba a punto de merengue para llevarse por delante cualquier resistencia. Tras un par de oraciones al Espíritu Santo (no se parecían a un padrenuestro ni de chiripa) la parroquia hundió la cara en las manos cayendo en un profundo examen de conciencia, lo que les vino requetebién para templar el sofocón. Pero ay, un chalao cagó tanta meditación incorporándose de un bote y gritando brazos al cielo '¡¡Intercede por mis pecados, oh Espíritu Santo!!' y como un eco loco saltó otro '¡Gracias por tus muchos dones, oh Espíritu Santo!' animando a una chica '¡Guíanos por tu senda, Espíritu Santo!' a la que siguió ¡horror! ¡la Guapa! '¡No nos dejes caer en el error, Espíritu Santo!' (con esta santurrona no hay quien muerda, fijo) y de pronto se desató un sindiós colectivo, todos gritaban y manoteaban, Juan Miguel se puso en pie invitándolos a sumarse a las gracias, perdones y buenos días mientras ellos apenas podían mantenerse en las sillas (no importaba, ahí se desencajaba hasta el ES) así que aprovechando el empalme con la siguiente canción (¡la puta *Ven, Espíritu Santo*, por si hicieran falta refuerzos!) y la danza tribal a que se habían entregado esos fanáticos se fueron escurriendo, brincando, bailando, cantando, salieron por piernas y hasta hoy. Ahí se *deterioró* definitivamente la relación con Juan Miguel. Hablan de vez en cuando, siguen siendo *medio* amigos pero ni quedan fuera de clase ni se cortan de descojonarse de él cuando toca. Se ha vuelto superamanerado y empieza a dar un poco de dentera: hasta el cafre de su padre le llamó *maricón*, lloriqueó una tarde en confianza, cuando le dio por comentarle 'Qué tío más guapo' de uno que pasaba. Lo consolaron pensando que era idiota. O maricón, claro. No se sueltan esas cosas si no eres tía, aunque las pienses. Y menos a un padre. Cada vez más afectado y rellenito. Fuma con la derecha (todo el mundo sabe que *los tíos fuman con la izquierda*) y en hípica lucía unos pantalones reventones. Ya no monta ni juega al balonmano, en gimnasia corre colgando la muñeca y frotando los muslos como las nenas. Y encima se hace carismático.

29 de septiembre, miércoles: después de hípica (en lugar de despedirse sin más para estudiar el examen de matracas del día siguiente) paran en la Bolera a beber algo. Lo curioso es que las niñas ya están allí sin haber quedado, es raro verlas entre semana en su Rincón y más con un examen duro a la vuelta. No hablaban ni se reían de nada en particular, más bien fumaban mucho y E. tenía los ojos brillantes. Todos parecen haberse reunido allí sin saber muy bien por qué, arrastran unas sillas, se sientan con cubatas de 43 en vez de cañas como si fuera un día especial y las paridas, pocas, se celebran sin ganas. Comparten en silencio lo que nadie quiere mencionar hasta que Gumo, es un botarate y se le notaba despistado en ese ambiente raro, pone de repente cara de sorpresa y suelta '… Pe-pero…, pero si hoy hace justo un año que murió Cristina…' Es como rajar un escaparate de una pedrada y E. grita '¡Que…, que *mataron* a Cristina! ¡Cojjjóbar!' y rompe a llorar, llevaba un rato conteniéndose. Nunca la ha visto llorar y la sorpresa le resta reflejos, pretende consolarla, se muere de ganas de abrazarla pero las Saldaña se han adelantado y se la llevan flanqueada hacia las pistas de tenis. Le parece *normal*, claro está, pero le sienta de pena y se insulta por dentro y por lento antes de participar con entusiasmo en la granizada que le está cayendo a Gumo El Patoso, sentado muy tieso y pasando un mal rato. En casa, más tarde, peleando con las variaciones, piensa que en realidad es un inocente y tampoco era para tanto, no tiene la culpa de ser tan bocas. Pero la reunión se acabó de golpe. Al día siguiente, E. tenía ojeras. Se pirra por

sus ojeras, está aún más guapa con ojeras. Volvió a sacar bastante mejor nota que él en el examen.

Cojóbar es un pueblo a unos veinte kilómetros y E. ha convertido el nombre en mediotaco, es casi lo más fuerte que se permite soltar y cuando lo hace resulta muy gracioso. Pero esa vez sonó casi como una blasfemia. De veraneo en Asturias pararon a comer en un chigre con un cartel colgado sobre la barra: LA BLASFEMIA ES UNA CONFESIÓN VERGONZOSA DE COBARDÍA E IMPOTENCIA, CASTIGADA POR DIOS Y LAS AUTORIDADES. EL HOMBRE VALIENTE NO BLASFEMA NUNCA.
    ¡Cojóbar!

El fin de semana pasó volando, luego otro y otro, están a pleno ritmo y (naturalmente) es peor de lo que imaginan. Hasta 8.º han estudiado tonterías, 1.º de BUP es otra cosa. La otra madrugada vio con su padre cómo Pepe Durán perdía el título mundial contra Castellini, lo dejaron trasnochar bajo promesa de responder a la mano ancha apretando en los estudios. Pero es muy jodido aguantarse cuando Bocachocho ganguea los prefijos de raíz griega y latina aunque se lo está pasando de miedo con el epi-, hipo-, para-, meta- y etcétera, después seguirán los afijos y sufijos, un festival eso de saber qué se oculta en las palabras. Hasta le apetece empezar con el latín el año que viene a pesar de su fama de hueso y de coñazo. Se ha sentado de modo que tiene a E. delante a la izquierda, el curso pasado la tenía a la derecha. No sabe por qué le cuesta escribir su nombre completo. *Elena.* Es raro, uno de los poquísimos motivos para ruborizarse solo. Su madre ha empezado a calarle los escondrijos, seguro que lee sus cuadernos a pesar de que rotula siempre en la cubierta TOP SECRET y EL QUE ME LEA ES UN FISGÓN. Creerá que no se entera: lo que no sabe es que ha aprendido de las novelas policíacas a dejar pillados papelitos al cerrar los cajones y la puerta del armario y en cuanto ve uno caído fuera de lugar sabe si le han repuesto los calzoncillos o *alguien* se ha querido pasar de *lista*. Mamá lo tiene más difícil desde que sospechó de sus inspecciones periódicas: vació un cajón redistribuyendo la ropa y le puso un candado. Eso sí, quedó como un completo idiota porque sacando del todo el cajón de encima se metía mano sin problema y estaba cambiándolo por el de bajo la encimera, desatornillando y atornillando de nuevo las hembrillas cuando ¡justo! apareció la responsable del trajín '¿Qué haces agujereando el armario?' y '¿Crees que aquí andamos mirando lo que no nos importa?' y etcétera. Pues claro que *aquí* miran lo que no les importa, le desaparecieron dos botellines de avión de licor de plátano que pilló a Fala por cinco pavos (una gilipollez, sabía asqueroso) y a ver quién los reclama, más vale ir de desmemoriado por las dos partes. Y vaya, como si él no lo hiciera: controla el contenido de cajones, armarios, aparadores, roperos, botes de la despensa, las llaves ocultas en cajitas de limoges, sabe dónde esconden los regalos de cumpleaños y navidad, los toffees de Dos Cafeteras, los Vasquitos y Nesquitas, los Lui y los Playboy franceses que se traen de matute visitando a la familia (si suben a San Sebastián aprovechan para pasar la frontera) y hasta el sobre anaranjado con la nómina de su padre, bajo llave en una cajita metálica a la que su madre se refiere, tiene gracia, como el *coffre-fort*. Sí, tiene la casa supercontrolada. Escribía E. en sus cuadernos pero seguir haciéndolo no tiene sentido (y a pesar de ello, cuando escribe *Elena* completo siente que le arde la cara) Acaloramientos que suelen culminar en un buen pajote susurrándose '… Elena…, Elena…' mientras una Elena desfigurada en muecas muy improbables lo estrecha gimiendo '… Jaime…, mi amor…' Mi amor, mi único amor.

Para pajas confesas (una minoría entre tanta paja inconfesable) y hasta mancomunadas las desatadas por la profesora de Música, la señorita Margaret. Es muy delgada y adicta a unas blusas (bastante) desabotonadas que los ponen a cien cuando se agacha aunque las peritas no le den ni para amagar un canalillo. Pero (o por eso) no usa sujetador y cuando se le endurecen los pezones tensando la tela ahí no aprende el dorremí ni dios, obsesionados con los pezones y ese meneo de culo mientras enlaza blancas y corcheas en la pizarra. No paran de inventar dudas y preguntar bobadas para que se incline sobre el pupitre ahuecando su perfume de pija y entrever sus tetitas y olerla, ay, es guapa, joven y pija. Suelen discutir acerca de si se da o no cuenta de los efectos de su proximidad. Él sostiene que *sí*, a la tía le mola tenerlos embobados y empalmados, su *naturalidad* no resulta natural y es muchísimo más, cómo decirlo, *experta en gustar* que cualquiera de las chicas que les gustan 'Como una geisha' apunta Álvaro con gesto docto y ante las muecas de incomprensión 'Una puta japonesa' 'O una squaw' interviene Gumo, anda leyendo a Zane Grey con poco provecho. Benavides está fascinado por ella y hasta le parece factible tirársela. *Factible*, dijo. Se van conociendo, es un rato fantasma. Le ha confesado sin darle importancia el porqué de haberlo mandado fuera de Valladolid: juró *ante testigos* matar a un tío que se atrevió a abofetear a su novia 'Aunque ya no salíamos, pero seguía…, sigo muy enamorado de ella' y sus padres consideraron *conveniente* alejarlo una temporada 'Es que iba a matarlo. Seguro. A lo mejor todavía lo hago, mejor no encontrarnos…' Lanza una mirada torva muy novedosa, subrayada por la revelación de que el potencial fiambre es hermano de la *novia*. Vaya. Él también desea matar a alguien casi todos los días y hay hijoputas a los que habría matado varias veces o quiere matar según los avista de lejos…, pero *matar-matar…*, hoombreee, se quedaría bastante tranquilo haciéndoles la cara papilla, sin más. Eso sí: papilla. Benavides empalma 'Tuvieron que pararme entre tres' con tal seriedad que toca poner jeta de circunstancias en lugar de descojonarse y hasta concederle un alzado de cejas que recompensa largando acerca de la tal novia o exnovia 'De familia riquísima' (con un énfasis que viene a significar 'De familia aún más rica que la mía') y 'Una auténtica cabrona con mucha clase' como demostraba un escándalo reciente en una de esas fiestas de esmoquin y vestido de cóctel. La sorprendieron en la misma cama con otros dos nenes de la alta sociedad y cuando salió 'Medio desnuda…, erguida…, sin prisas…' de la mansión o el palacete o donde mierda estuvieran seguida de los coléricos anfitriones, los detuvo en seco '… Según el chófer le abría la portezuela del Jaguar…' (¿quién dice *portezuela*?) arrojándoles un puñado de billetes de mil a la cara. Y ya acomodada, la *cabrona* había tenido la *clase* de bajar la ventanilla y preguntar al público petrificado '¿Queréis más?' soltando al viento otro puñado de verdes según arrancaba el coche. Lalo se dobla con risotadas explosivas mientras repite '¿Queréis más…? … ¡Queréis…, más! … ¡Qué *clase*…, tiene…, la cabrona…!' Con franqueza, no está seguro de compartir su admiración: eso de tirar billetes por la ventanilla del cochazo le suena más bien a mafioso hortera que a tía con clase. Tiene veinte años (¿se lo cree? ¿no se lo cree?) y está comprometida con un tío de *otra familia riquísima* que trabaja en un banco de Nueva York, nada menos 'Claro que yo no tenía mucho que hacer y me advirtió desde el principio que sólo íbamos a divertirnos…, pero me enamoré perdidamente…, y cuando me caló me dejó tirado *después de una última noche inolvidable…*' Joder, sigue enamorado de una guarra que se mete con dos tíos en la cama mientras su novio está a seis mil kilómetros. De ser su hermano le habría soltado cuatro sopapos en vez de uno, ya se encargaría de Benavides. Suena a cuento bien contado y consigue que expresiones como *enamorarse perdidamente* o *noche inolvidable* pierdan el matiz ridículo (si a alguno de la pandi se le ocurriese soltarlas las carcajadas se oirían en Sebastopol) Decir 'me he enamorado de ti' en lugar de 'me gustas' 'estoy quedado contigo' o 'quieres salir conmigo' rechina un huevo salvo en las películas y hasta en las películas. Aunque oír a tu chica decir 'Estoy… tan enamorada de ti' debe de dar un gustazo del copón y algo de miedo. No sabe si los adultos hablan así, a lo antiguo, en la intimidad.

Así que Benavides considera *factible* tirarse a la Margaret. Apareció con el Made in Japan de Deep Purple, la tía va de enrollada y avisó en la clase anterior de que se traía el picú (ella dice picap) para ponerse al día, dijo, de la música que oían sus alumnos. Como si fuese su abuela, no debe de pasar de los veintisiete. Él llevó Nashville Skyline de Dylan, Rocky Mountain High de Denver y el del sofá de Crosby, Stills & Nash para fardar de que está al día en folk, country y costa oeste. No como el hortera de Sevilla, con el cerebro devorado por ese gordo capado de Demis Roussos y su triqui triqui triqui triqui triqui monamuuur y el infeliz de Rebollo con Las Grecas y T'estoy amando locamenti. Hasta hubo quien apareció con los singles de Los Golfos, Qué passa contigo tío o (esto ya tiene delito) la Ramona de Fernando Esteso. Lo sacan de quicio esas pachangas catetas tipo Hay que lavalo o Saca el güisqui cheli (aunque ésta tenga su gracia) de los últimos veranos. Pero ahí está el amigo Lalo quitándose de enmedio a cuatro postulantes y su mierda de disquillos, atacando por la directa con Smoke on the Water y cabeceando al ritmo de la entrada tchantchantchan-tchantchan-tcharán 'Ian Paice' dice 'es el mejor batería del mundo' mientras simula el chiquichí chiquichí en un platillo invisible, pam pam pam en una caja invisible, pom pom pom en un bombo invisible 'Se han separado este año, una putada' se duele con expresión trágica y vaya, la Margaret parece encantada y sigue el compás con el pie hasta el final (sin descruzar los brazos) Benavides se pasa tres pueblos (realmente gasta mucha jeta para ser un nuevo) enlazando sin concesiones y entre protestas The Mule. El gran Paice lleva ¡seis minutos! aporreando los tambores en solitario, amenaza rebelión, él saca por fin a Dylan de la funda diciendo 'Voy a poner el dúo con Johnny Cash' y así como al paso 'Y el mejor batera (*batera* por *batería* es aportación de Quique) del mundo es Bill Bruford' por joder, aunque es verdad que alucinó ese verano oyendo el último de King Crimson en el cuarto de su primo Josecho 'No, es Ringo Starr' se cuela Sevilla muy mosqueado blandiendo su triquitriquitriquitrí y aprovechando la inmediata denigración '¡Ringo Starr! *¡El Maleta de la Baqueta!* ¡Estás a la última, Sevilla!'* planta el disco en el plato cuando Benavides irrumpe, tomándose la revancha 'Mejor pon Lay Lady Lay' y…, vaaale, 1 a 1: la alternativa es buena a pesar de que quería dejar a todos acojonados con el vozarrón de Johnny Cash, hay que oírlo en el concierto de San Quintín. A media canción el sector cazurro está desesperado o valsando entre los pupitres, la Margaret retoma el control de la situación con palmadas poco enérgicas. Todos tienen derecho a poner su música, hay que respetar los gustos de los demás, blablablá y jua jua jua y demasiado tarde, casi arranca el brazo del picú quitando el disco, se ha vuelto a su sitio, Benavides lo sigue con una sonrisita majísima que lo pone a hervir. El resto de la clase ha sido un disparate triquitriqui y güisqui cheli hasta que Bocachocho ha asomado la nariz alertado por el barullo y ahí ha sido la Margaret la que se ha agranatado hasta el escote. Que se joda. *Además*, al final se ha quedado hablando con Benavides y luego el mamón se le ha acercado pavoneándose de que el viernes está invitado a oír su nuevo cuadrafónico 'La tía se ha comprado un amplificador Marantz, un plato Lenco con aguja Shibata y cuatro bafles Kenwood' recita como un lorito. Los peras se detectan entre ellos y si son lo suficientemente peras no les importa la diferencia de edad a la hora de enrollarse, es lo que sugiere el guiño de Benavides acompañado de una de sus risotadas: ya ha dado *el primer paso*. Que se vayan a la mierda él, la Margaret, el cuadrafónico, el Lento, la Chivata. En su casa hay un disco (Esto es el Sonido Cuadrafónico) que compró su padre cuando estrenaron el tocadiscos y están condenados a oír en estéreo, de ilusión también se vive. Benavides remata, la Margaret tiene grabaciones cuadrafónicas de Rick Wakeman y Pink Floyd y un salón como una sala de conciertos. Y qué coño hace esa niñata dando clases de música, se pregunta. Que-se-vayan-a-la-remierda.

La ha cagado, la ha cagado, la ha cagado. Bien cagada. Con el Telmo, ya rebautizado Tartufo. Eduardo le lanzó en clase de Ciencias una pelotilla que le había pasado Toño, había dibujado medio mal pero con mucha gracia a Aurora, la Pelos, desnuda y despatarrada en una cama gritando '¡No, no, más no! ¡ja ja ja ja!' y cuando se estaba descojonando, la Pelos mirando de reojo hacia atrás mosqueadísima, el Tartufo se interrumpió 'Arzain, tráigame ese papelito' pero en lugar de obedecer empezó a doblarlo otra vez en diez mientras se oía contestar 'No' alto y claro para sobresalto del tipo y del resto (incluida Elena, volvió la cara asustada hacia él) '¡Que me traiga el papelito!' y él 'Se lo llevaría si lo hubiera escrito yo. Pero como no lo he escrito, NO se lo llevo' ¿Madurez? Al cabrón le hicieron pum las venas de las sienes 'Deme Ese Papelito INMEDIATAMENTE' y en ese instante se le agotó la última reserva de testiculina. Pero tenía que mantener la chulería porque ¡total! ¡ya estaba completamente perdido! así que se incorporó casi tirando la silla y se lo tendió arrastrando los tacones de las camperas en plan El Bueno, el Feo y el Malo, todo irreal y a peor porque nada más cogerlo el chalado lo arrojó contra una ventana (cerrada) chillando '¡¡Lo ha cambiado!! ¡¡Éste *no* es el *papelito*!!' y él, de pronto estupefacto '¡Sí, hermano, *sí* es el *papelito*!' y el otro volvió a chillar '¡¡*NO* es el *papelito*!!' y él '¡*sí* es el *papelito*!' y a pesar de las palpitaciones notó que le entraba la risa nerviosa a cuento de tanto *papelito* pero el conato fue aplastado por un aullido '¡¡FUEERAAAA!! ¡¡FUERA DE LA CLASEEE!!' y hala: al corredor a hacer el ridículo ante los pasantes. A todos les parecía cachondísima su cara de circunstancias 'Qué habrás hecho, qué habrás hecho' 'Aaanda y vete, cohete' Sonó el timbre de cambio de clase y el Tartufo salió hecho una furia, amenazándolo con *romperle la cara* la próxima vez que se pusiera farruco. Jjjoder, saca media cabeza y media espalda a ese mierda y le clavó los ojos en la puta diana de los ojos mientras retumbaba un eco en su cabeza 'A ver si tienes huevos evos evos vos vos os oss osssss' y tras un segundo de lo más eterno sosteniéndose las miradas sin achantar el tipo se najó con un bufido y *ahí quedó la cosa* ¿No? Creía. Edu venía riendo y atornillándose la sien con el índice, había recogido el célebre *papelito* de un rincón y dejado en su lugar otro de contenido completamente inocente, piensa en todo. Benavides se permitió soltar 'Los héroes han muerto, Jaimito, los héroes han muerto' palmeándole el papo y casi se le escapa una galleta, se perecía de ganas de sacudir a alguien. Le ha dado por llamarlo Jaimito cuando ni dios lo llama Jaimito y cualquiera que lo conozca sabe que detesta a muerte que lo llamen Jaimito, no digamos ya la clásica gilipollez de 'Cuenta un chiste de Jaimito, Jaimito' en todas sus variantes. Contraataca llamando a Lalo *Pablito* pero parece sudársela. Elena lo contemplaba con expresión de 'Eso no está *nada* bien' o 'Eres una calamidad' Qué hacer sino encogerse de hombros con una sonrisa de resignación y fantasear hasta la hora de comer con la oportunidad inminente de mejorar *aquel beso* idiota mientras susurra 'Estoy enamorada de ti' entregada, asombrada de reconocerlo, de reconocerse. Debe de sospechar que si se ha puesto tan chulo ha sido (aparte de no tolerar el deshonor de ser un *puto chivato*) porque *ella estaba ahí*. Cayó una paja de sobremesa para matar tanto nervio.


En el minuto uno del día siguiente el Tartufo lo saca a la pizarra y depositando en su mano (con suavidad) un *algo* octopentadodecaédrico, sólo había visto un *algo* así en sus pesadillas, dice (con suavidad) 'Señale los ejes senarios' Señale. Los. Ejes. Senarios. Con. Suavidad. Le tiembla el pulso cuando sostiene ese multiprisma satánico ante los ojos, una debilidad no prevista porque desea, *necesita* parecer tan seguro de sí mismo como ayer. *Parecer* tan chulo como cuando demuestra que *es* un chulo suele funcionar. No hay modo. Empieza a inventarse ejes imaginarios, no exactamente senarios, aquí y allá, el temblor se le ha contagiado a la voz. Carraspea. El Tartufo lo deja explayarse con gestos aprobatorios, asintiendo, gana seguridad, prosigue, cree que ha hallado el *Secreto del*

*Algo* hasta que lo interrumpe un suspirito decepcionado 'Esos en mi pueblo se llaman *planos*' Mecachis, es verdad: no ha dejado de señalar *planos* con el canto de la mano en lugar de *ejes* con la punta del índice, nota la sangre incendiándole el pelo, la rabia, la rabia, la rabia. La clase guarda un silencio acogotado, ni una risita, Elena mantiene la cabeza hundida en los apuntes 'Vuelva a su sitio. Unnn ceroo coma…, veamos…, ¡setenta y cinco! Por el desplazamiento' disimulando su gozo como puede, muy mal. No recuerda el trayecto hasta el pupitre. El siguiente convocado es Eduardo. Misma figura, mismo examen. Ha aprendido de la patochada previa y señala *ejes* sin ir más allá de algún secundario ¡un 2,75! Vuelve a su sitio con calma y arrastrando los pies, detalle que se agradece. Y tras un silencio teatral, Tartufo llama a ¡Toño! O sea, el hijo de la gran puta había seguido la trayectoria del *papelito* desde el origen al último destino y no delatar a nadie no libra a nadie del castigo. Los saca al estrado los tres días restantes de la semana, estudiando a la desesperada ha conseguido sumar al 0,75 un 2,75, un 4,75 y un 5,75 'Progresa usted' afirma el Tartufo con un tono muy sincero y amplia sonrisa de hijo de la gran puta. Ha empezado a prevenir a sus padres 'El de Ciencias me tiene enfilado' 'Ah, vaya. Yyyy ¿por qué?' 'Eeeeeh…, está muy loco' Es la primera vez que los previene de un suspenso. Raro. La mirada de su padre es rara. Se acabó la recién nacida confraternización paternofilial compartiendo veladas de boxeo. Ejemplo.

El ambiente anda revuelto desde antes de las vísperas del Primer Aniversario. Se aprendió de memoria el principio del Testamento (*Españoles: Al llegar para mí la hora de rendir la vida ante el Altísimo y comparecer ante su inapelable juicio pido a Dios que me acoja benigno a su presencia pues quise vivir y morir como católico…*) Estaba clavado con chinchetas en la corchera, encima del pupitre que ocupaba y al lado del Primer Discurso: *En esta hora cargada de emoción y esperanza, llena de dolor por los acontecimientos que acabamos de vivir, asumo la Corona del Reino con pleno sentido de mi responsabilidad ante el pueblo español y el respeto de una tradición centenaria que ahora coinciden en el trono...* No paraban de repetirlos por la radio y la tele y ahí siguen los dos inicios columpiándose en su cabeza: pero en lugar de oír su propia voz cuando los rememora oye a Arias Navarro fingiendo un sollozo como un pésimo actor o el acento nasal de un francés afincado en la Costa Brava. Del Testamento le subía un repeluco cuando llegaba aquello de *No olvidéis que los enemigos de España y de la civilización cristiana están alerta*, suena a últimas palabras del Cid, el Capitán Trueno o el Guerrero del Antifaz ¡mejor aún, de Roberto Alcázar! Últimas palabras de Roberto Alcázar: *No olvidéis que los enemigos de España y de la civilización cristiana están alerta.* Expira y Pedrín sufre un ataque de histeria. La despedida *Quisiera, en mi último momento, unir los nombres de Dios y de España y abrazaros a todos para gritar juntos, por última vez, en los umbrales de mi muerte, ¡Arriba España! ¡Viva España!* le recuerda a su abuela Farina llorando en silencio (nunca la había visto llorar) cuando al Carnicerito de Málaga, así lo llamó y no dijo más, se le escapó ese pucherito de bebé. No lloraba porque se había muerto Franco sino porque ese enano les había jodido la vida expulsándolos de su Arriba España, lloraba de alegría y de pena mezcladas por los años de exilio y la vuelta a un país de mierda, por los nombres de familiares y amigos y conocidos muertos en España o lejos de España que le atascaban la cabeza mientras su marido descorchaba la botella de Château d'Issan 1938 (adquirida el mismo año de su primer frasco de Jean-Marie Farina en recuerdo del año de su expatriación) que se había jurado orear cuando palmase el *indigno*, nunca lo llamó de otra manera salvo en presencia de sus consuegros nacionales, cortesía de vieja escuela. El corcho se desmigó, el vino arruinado por tanto año y tanto trajín de aquí para allá: pero brindaron solemnemente dando un sorbito testimonial y sin aspavientos a aquel líquido turbio y teja. Arias Navarro sollozaba Arriba España, ha pasado un año de aquello, el mismísimo rey lo ha botado del gobierno o eso dicen, lo mandó a veranear sin cargo y los fachas del colegio van a vengar la afrenta en fecha apropiada. Lolo le enseñó en la plazoleta la cánula de una pipa con el filtro de tornillo afilado en una muela, va a pinchar a todo rojo que se le cruce, los Hermosilla aparecieron con camisa azul en el colegio, Fidel (tan tímido y agradable) y su hermana María (tan callada y modosita) empezaron a decir barbaridades acerca del rey y de Suárez, nunca los había visto tan exaltados, Daniel cantó el Cara al Sol en el examen de música y hasta hizo zumbar en el patio la antena de coche que lleva plegada en el bolsillo 'Es una fusta de rojos' cuando no tiene un cuarto de hostia (con o sin antena) y aspira a ser notario como su padre. Hasta Elena ha soltado (le ha parecido) un par de comentarios bastante fachitas pero vaya, *discretos* en vista de que su viejo también es militar y la familia al completo del Opus. Pero de eso no hablan nunca: el que no es del Opus es franciscano seglar, carismático o de la Cofradía de San Lesmes.


Si no del Palmar de Troya. Ese matrimonio de canarios tronados que recién llegados a la barriada quisieron hacer migas con sus padres prestándoles un librito con fotos de un tal Clemente con jeta de éxtasis, mil rosarios colgando del cuello y los brazos en cruz como un perchero de rosarios y más fotos del ¡¿milagro de las Luces?! ¡menuda estafa de milagro para tontolabas, un cielo fotografiado a contraluz con lente prismática! Los canarios, él es capitán y andan por los treinta, fueron al Palmar con sus cinco hijitos y volvieron más trastornados que si hubieran visto a san Pedro levitando, largando de los estigmas y las visiones de Clemente, entusiasmados cuando un arzobispo coreano o de por ahí lo ha ordenado *obispo* este año. Es para morirse de risa ¡ya son *adultos*, joder! Y de miedo, porque el Obispo de Pega se dio un hostión en coche unos meses después y aunque se libró de milagro (¿de *milagro*?) de zambullirse en el infierno se ha quedado ¡aibá! *ciego*: ahí asoma

Dios castigando su audacia como Satán en La Profecía, un libro que lo tuvo tres noches sin dormir y lo empujó a leer el Apocalipsis de cabo a rabo completamente acojonado. Satán mata, Dios ciega. Los mongólicos se llaman Pepe y Pepa, el hijo mayor Pipo, la siguiente Pipa y luego vienen en orden Papo, Pipe y Pipi (tiene año y medio y pinta las paredes del pasillo con sus cacas, una asquerosidad) Sus padres devolvieron la porquería de librito después de leer en alto unos párrafos que los pusieron a llorar de risa (los enanos salvo Juan, un poco, no se enteraban de nada pero se partían igual) y después no han ido más allá de saludarse así como al despiste. Pepa está a punto de diñarla (mejor *palmarla*) cada vez que da a luz y la última vez que se cruzó con ella volvía a estar embarazada de un Popo o una Pupa. Su madre dice que es una inconsciente y una irresponsable y no hay palmares ni troyas que justifiquen dejar cinco huérfanos. Su padre los tacha, sin más, de fanáticos descerebrados. Completo acuerdo con distintas palabras. En fin: quién más quién menos exhibe un ramalazo supersanturrón y que los padres de Elena oigan el resto de la misa arrodillados después de consagrar lo sorprende lo justo. Elena es mucho más creyente que él y aunque no le molesta que se le escape un mecagoenlahostia intenta reprimirlo cuando están juntos. Un lujo que no se permite salvo en pandi o entre turutas de cuadra, sin distinguir si el repelús de proferirlo proviene de censuras elementales de la urbanidad que ha mamado o si ese dios en el que cada vez cree menos pero, *teme*, se le ha manifestado (y de ahí más repelús: también Dios teme perder a Jaime Arzain) en la Tocata y Fuga en Rem de Bach oída a oscuras y en un arcoíris doble con los cuatro extremos anclados en el valle de Frías.

El telediario y los periódicos informan de que el domingo (cayó en 19, no en 20) hubo cien mil personas en la Plaza de Oriente. Cien mil, como la última vez que Franco salió al balcón para soltar aquello de *la conspiración masónico-izquierdis-*

*ta en contubernio con la subversión comunista-terrorista*, buenísimo y más cuando consultó *contubernio* en el diccionario y resulta que además de *alianza* significa *amancebamiento* ¡¡¡joder con el vejete! El facherío local ocupó el centro, de Capitanía a Plaza Mayor y Espolón con carta blanca (tras los obligados discursos, misas y homenajes) para tomar la calle, emborracharse, gritar, insultar, provocar y esas cosas que estaban deseando hacer y se resumen en acojonar a los paisanos. Los reyes y el gobierno, rojos y traidores al Movimiento por todas partes: a ver quién tiene los huevos de sostener la mirada un segundo de más a los tochos que montan guardia en los tenderetes de Falange y Fuerza Nueva, nada les mola más que mandar al hospital o al cementerio a un pobre desgraciado por jipioso y melenudo aunque sea un porrero de lo más inofensivo y apolítico, pasaba por ahí. Dejan resbalar una tarde insólitamente despoblada en la Depor, es un nido o *contubernio* de fachas que se han pirado al centro a agitar banderitas. Incluidos los padres de Rodrigo y la madre de Ruiz, muy taciturno. Se retiran temprano y remata en su cuarto El Señor de Ballantrae, tan emocionado que los ahogos lo despiertan a media madrugada, lo habían enterrado vivo. El lunes, fecha real del aniversario, se inaugura con misa general en los dominicos. Empieza a hastiarse difusa, confusamente de tanta misa y tanto facha ligados. Y le parece increíble que haya pasado *un año entero* desde que su madre abrió la puerta de su habitación anunciando 'Franco ha muerto' y murmuró 'Coñññ...' dio media vuelta en la cama y siguió durmiendo.

Elena y él están saliendo ¡por fin! *De verdad*, no como la primera vez, eran unos críos y se dieron un beso (*aquel* beso) bastante idiota y sanseacabó, ella perdió interés instantáneamente. Seguro que la besó fatal. Se declaró durante un guateque en casa de Rodrigo, sus padres pasan fuera los fines de semana con una frecuencia que podrían imitar los suyos. Los dos mayores van colmando los deseos de ese señor con bigote marcial y esa señora de melena leonada y labios perfilados con lápiz de ojos. Parecen salidos de una película de la India colonial, a él le sentaría de maravilla un salacot, a ella que el servicio la llamara *mensahib*. Tienen ordenanza o asistente, un enchufado de esos que hacen mili de lujo y cuya mayor ocupación es llevar el capacho de la compra a la mensahib o apilar leña en el jardín 'O follársela' se arrancó en tiempos el animal de Berto, si se entera Rodrigo lo mata. Pero tampoco se muestran demasiado satisfechos, en el Sáhara disponían de tres o cuatro moritos a su servicio, jardinero, cocinera, chófer y esas cosas. El primogénito (Nuño) ya es teniente, artillero como su padre, el segundo (Pelayo) guardiamarina embarcado en el crucero de instrucción alrededor del mundo en el Juan Sebastián Elcano. Y si Rodrigo lograse ser piloto de caza, su desvarío es aprobar el ingreso en la Academia, se completarían la panoplia de armas y la felicidad de la familia. De momento el teniente coronel lo obliga (como a sus hermanos a partir de los catorce) a llevar las patillas a altura reglamentaria y tiene rigurosamente prohibidas las melenitas que gasta el resto de la pandi. No creen que tanta disciplina capilar vaya a mejorar su expediente, Rodri es muy buena persona pero un paquete en los estudios: repitió 6.° y le quedan siempre entre cinco y siete en junio, parece imposible que pueda ponerse siquiera a los mandos de un avión teledirigido y sus mismísimos padres (peores son los cabrones de sus hermanos) lo tratan como si estuviese destinado de antemano a estrellarse, así sea en el examen de ingreso. Una pena. Se ven con menos frecuencia desde que lo cambiaron al instituto y no montan un guateque desde el verano, están encantados sin parar de soltar paridas a cual más idiota mientras mezclan y revuelven la leche pantera en una olla siguiendo la receta militar, un cuarto de kilo de leche condensada por botella de Larios (aderezada con canela y corteza de limón para añadir *aroma* por ocurrencia de Quique, es un cocinillas) y sin mariconadas como el chorro de pipermín que echan en el Chapandaz de Madrid aunque la tiña de un color verde fosforito muy molón bajo la luz negra. Rodrigo entra en el Salón Prohibido para buscar una ponchera (queda más fino que una olla) en la vitrina de la vajilla buena y aprovechan para colarse, se mantiene bajo llave y es para uso exclusivo de los padres y según qué visitas. Ahí está: amueblado con un tresillo regio tapizado en terciopelo color champán y una biblioteca maciza con la Espasa Calpe, la Durvan y el Cossío, decorado con decenas de recuerdos de El Aaiún, pufs de cuero repujado, bandejas de cobre grabadas, alfombritas árabes (Rodri: *kilims*) óleos con tuaregs y dromedarios, faroles colgantes de hierro cuajados de cristales multicolores y muchas fotos del TteCol más joven, rodeado de compañeros abigotados con la barra marca de la casa (y más entre los *africanos*) ante carros de combate y piezas de artillería, pasando revista, en una jura de bandera. Pero lo que los atrae de manera inmediata son las grandes geodas y rosas del desierto expuestas entre los dos cristales de la mesa de centro…, antes de descubrir las dagas (Rodri: *gumias*) con adornos de plata y nácar que se apresuran a empuñar para hacer el gamboso mientras el anfitrión se desespera '¡No toquéis nada, joder, no toquéis nada!' Ay, cómo no se va a montar instantáneamente una Lucha A Muerte En El Oasis hasta que se ponen nerviositos de más, es tan excitante acojonar a otro con un cuchillo, Gumo se pincha el muslo, si será bobo, aúlla, la suelta y al golpear el suelo se desprende una piedra azul de la filigrana. *Como Gumo con su gumia* se consagrará en dicharacho pandi para concretar cualquier patochada futura. Se hace un silencio propiamente desértico, inmovilizados en posturas de ataque y defensa. El cutis de Rodri vira a picota. Posa la ponchera. Recoge la piedrita. Extiende las manos exigiendo pronta devolución de las armas. Está echando unas manoplas descomunales y la alianza (lleva una alianza gruesa de plata con su nombre en árabe grabado por fuera, asegura que se pronuncia *rudirigu* porque en árabe no existen ni la *o* ni grupos consonánticos) se le hinca en el dedo como a esas abuelas que no pueden sacársela ni hundiéndolo en aceite. Se lo comenta (muy oportuno) y contesta bastante amoscado que forma parte de su lado saharaui y ahí se queda. Pues feliz gangrena, macho. El resto ha descubierto en el mueble bar una botella de litro y medio llena de algo que parece pis aguado con una etiqueta en caracteres chinos o japoneses, lo único que se reconoce en cristiano es SAKE. Qué casa más exótica. Aprovechando que está abierta concluyen la incursión en territorio enemigo echando un traguito a morro y sí, sabe a pis aunque nadie confiese haber bebido pis. Rodrigo logra largarlos y echa la llave. Ha empezado a llegar gente, las niñas, las hermanitas vecinas, los primos de Quique. Se pone con los discos, hoy tiene dos picús, un lujo para hacer mezclas, al rato Elena se queda al lado y mientras va quemando las etapas de Música Para Hablar y Música Para Bailar Suelto le renueva los vasos de leche pantera, le hace peticiones para alternar arena y cal, nunca ha estado tan pendiente, tan tan insinuante, tan tan tan reidora con sus partos. Ante ustedes se presenta el rey de los pinchadiscos chistosos y vaciada la segunda ponchera y con la parroquia medio pedo ha llegado el momento de poner a Murray Head y sacarla a bailar, deja indicado a Cisco seguir con Procol Harum y Peaches&Herb aprovechando una tregua en sus ataques (infructuosos de momento) a Álex. Siente a Elena más *blandita* que nunca entre los brazos. Después de la animación de hace sólo un minuto está muy callada, esperando algo ¿o no? Quizá a que aumente suavemente la presión, a que le acaricie la espalda con tiento, a qué a qué a qué, da igual, ella ha respondido *a la primera* apoyando la cabeza en su pecho, *rendida*, colgándose de su cuello como si quisiera asfixiarlo. Sudan sin palabras, la calefacción de la casa de Rodrigo siempre echa humo, sudan por el calor y el alcohol y el sofocón emocional, se siente empapado y casi desfalleciendo cuando traga al fin esa bola de futbolín atascada en la nuez y susurra, tras considerar todas las formulaciones *clásicas* y desechar ocurrencias fuera de lugar, un muy original '¿… Quieres… salir… conmigo…?' Tocar su oreja con los labios, aspirar su calor, el olor de su pelo, nada huele tan maravillosamente bien, aspirar su sudor de mujer en embrión y su colonia sin vueltas, notar la presión de sus pechos duros contra el pecho y la presión del empalme contra su hebilla lo mantienen levitando en un espacio privado que acaban de inaugurar estupefactos, la música ha desaparecido junto con el resto cuando aprende que es posible abrazar aún más estrechamente lo que se estaba abrazando *al límite*, es lo que hace Elena, enseñarle a abrazar *de verdad*, a hablar con el cuerpo sin hablar antes de alzar la barbilla para hundirlo en sus ojos y respirarle *Sí* (¡¡síííí!!) y ofrecerle los labios abiertos y un amago de puntita de lengua detrás. Los párpados filtran un flash rosado.

Se sientan, hablan, ríen, se besan, bailan en silencio. Necesita ir al baño desde hace una hora pero se resiste a separarse de ella un segundo. Se decide aprovechando un lapso de desempalme, participa su entusiasmo a los que va topando, todos estaban ya al cabo de la calle y hasta sorprende algún destello de puta envidia. Pues jajajajajá y jódete machote. Rosa consolaba a Sole de algo en el dormitorio de Rodrigo cuando se ha asomado a la vuelta, la pobre estaba deshecha, llorando, pasaba un rato malísimo y cuando pregunta por señas si necesitan ayuda (lo último que deseaba, lleva siete minutos lejos de Elena) Rosa le indica también por señas que se vaya y no se preocupe, un alivio. Sole está en clase de Rosa y todavía la conocen poco, se les unió hace un mes, es sensata, estudiosa y muy deportista pero cuando toca beber se anima rápido, supera su timidez y se pone divertidísima. Esta vez ha debido de pasarse o vaya uno a saber, a él también le entran de cuando en cuando unas ganas incontenibles, novedosas de llorar sin ningún motivo y se le saltan las lágrimas (casi siempre de rabia) con una frecuencia ridícula. La tarde se ha esfumado, Elena mira el reloj y se despiden entre sonrisitas y felicitaciones beodas. La deja a dos esquinas de su casa, apenas se han dicho nada por el camino, sonreían como lelos. Los besos en las mejillas tienen un tacto diferente con los labios hinchados, estrechan una mano con disimulo. Felicidad y vacío y ansia de día siguiente. Tiene dos verruguitas en la mano izquierda. Le gustan tanto como el resto de ella. Quién iba a esperar que se puedan *adorar* dos verruguitas.

El colegio se ha transformado en colegio electoral para el referéndum. Sus padres han decidido celebrar su voto a favor de la *posibilidad de votar* (¡joder, aún tres años y medio para hacer algo así!) comiendo en La Pedraja, miércoles de fiesta. La pregunta era ¿Aprueba el Proyecto de Ley para la Reforma Política? y casi el 95 por ciento ha dicho sí. Votar para votar. Mundo, cabeza y cuerpo se enredan en ritmos vertiginosos que sólo coinciden por casualidad.

Elena es el pretexto cotidiano para descentrarse ¿cómo es posible que siga sacando esas notazas *si le pasa lo mismo que a él*? Lo aguardan unas navidades contradictorias, entregadas al arrebato amoroso y recuperar cristalografía. Pero ese antagonismo es desplazado sin contemplaciones por el secuestro de tío Lorenzo en San Sebastián, camino del trabajo el 20 de diciembre, aniversario del despegue de Carrero. Lo sacaron del coche y lo cargaron en una furgoneta. Semidrogado durante cuarenta y ocho horas, lo despertaban para interrogarlo y comer. Patinazo: iban por el director de la empresa y secuestraron al ingeniero jefe. Su padre salió pitando para allí y (a pesar de lo breve del malísimo rato y el final feliz) cuando se reunieron en Madrid en Nochebuena el abuelo Álvarez Gómez cargaba cinco años más y a la abuela no le había dado un perrenque porque el marcapasos no deja que se le pare el corazón aunque quiera. Han tenido una suerte loca (esto es, sus oraciones y el inminente nacimiento del Hijo de Dios han obrado el milagro) porque debe de ser el secuestro más corto de la historia, los asesinos se percataron de que habían metido la gamba hasta el fondo. Pero también les podía haber dado un ataque de obcecación (*hidrofobia*, repetía el abuelo) y ejecutarlo, ya lo justificaría la *lucha armada contra el invasor*. El que daba las órdenes era un tipo nervioso y agresivo que amenazaba una y otra vez con matarlo si no les decía la verdad. La *verdad* es que repitió y repitió quién era, el cargo que ocupaba y el monto exacto de su cuenta corriente, no llegaba a las 90.000 pesetas. Lo comprobaron mediante algún esbirro infiltrado en el banco y (milagro, milagro) lo soltaron sin confesarse miembros de ETA ni del FRAP ni del GRAPO, dijeron que eran *quinquis*. Su padre hizo unas cuantas averiguaciones, ha habido escisiones recientes en ETA, surgen comandos que hacen la guerra por su cuenta y no atienden a las órdenes de la dirección. Esa, dice, puede ser la causa de que en abril mataran a Berazadi, el director de Sigma, después de tres semanas de secuestro y cuando la familia había logrado pagar buena parte de un rescate colosal (¿doscientos millones de pelas, dicen? ¿alguien puede pagar esa pasta?) por la retabufa y pasando de las órdenes de Fraga. Sí, han tenido una suerte loca o Dios se ha apiadado de su familia, da igual, el reencuentro en Madrid es emocionante y jamás había participado sin la menor vergüenza en tal cascada de lágrimas de alivio y alegría. Y a pesar de lo caliente que está todo o quizá por eso mismo, tío Lorenzo ha decidido irse de la tierra en que nació y nacieron sus hijos y va a negociar el traslado a Madrid con la empresa. El objetivo original, Borja Larrañaga, amigo de la familia, está pensando justo lo mismo: se ha librado de pura chiripa. Los problemas son otros, cómo asimilar que te echen de tu casa, de tu trabajo, de esa ciudad bellísima, de ese mar y esos valles que has hecho tuyos, *son tuyos*. Que te expulsen de tu vida, tus amigos, tus vecinos, tu colegio para volver a empezar de cero mientras tienes aún puesta la cara de susto. La cara de susto deja rastro después de pasado el susto. A un vecino de la barriada le viró el pelo a blanco después de un amago de infarto pero las cejas se le han conservado negro hollín, rarísimo. Cuando se peina se acuerda del susto. Como podrían estar enterrando en ese momento a tío Lorenzo la mudanza se considera un *mal menor*, es curioso que una Gran Putada sea un Mal Menor y 'Ante la muerte, todo es mal menor' sentencia el abuelo a pesar de ser católico ferviente y creer a pies juntillas en otra vida de gozo y alegría, la verdadera vida frente a esta mierda de *tránsito*, dicen los frailes. El asunto le ha dado de rebote cierta popularidad en el colegio a pesar de que lo lleva con discreción y sólo comenta detalles con la pandi. Dijo a su madre que todo había salido tan bien que las navidades le habían parecido más navidades que nunca, destello de *madurez* que ella agradece.

Adiós vacaciones. Repasa y repasa, la recuperación es en dos días y cree saber más cristalografía que un geólogo. Comparó el último de morfología con el de Arnáiz, el empollón de la clase: salvo cuatro detallitos y una pregunta que dejó a medias los juzga prácticamente iguales. A Arnáiz le ha puesto un 9,75 y a él un 5,75, cuatro puntos de diferencia ¡po-por dos chorradas! Era un examen de 8, joder. O de 7,75 aunque lo llevara más flojo que otras veces. Está harto de ese 0,75 que parece rubricar todas las notas del Tartufo pero cuando aprueba con un 6,25 lo humilla echar de menos ese medio punto de más confirmando la manía. En el resto va cómodo y ha estrechado lazos con el Gracián, el Yeyé por las melenillas de pato y los botines de beatle. Da clases de Literatura en COU y de Inglés extraescolar, le cayó en gracia en la biblioteca leyendo Kim, hablaron de Kipling y London y Stevenson y a final de curso se marcó un punto prestándole para leer en verano, como poniéndolo a prueba, La ciudad y los perros. Buenísimo, va a buscar más libros de Vargas Llosa. Hasta se sintió más *adulto* cuando lo terminó. Y hoy aparece con Cien años de soledad (le suena de oídas García Márquez) y La muerte de Artemio Cruz (ni idea de quién es el tal Carlos Fuentes) El Yeyé sabe muchísimo de literatura *buena* y si le comenta que está leyendo a Aldous Huxley (tienen una docena y media de sus novelas en casa) o a Poe o se ha atascado con el monto de aqueos en La Ilíada le da unas palmaditas en la espalda 'No vayas a descuidar…, tus…, tus otras asignaturas. O sea, *las asignaturas'* remata aparentando sentirse un poco culpable. Si se trata de Jardiel Poncela o Platero y yo ('De Juan Ramón, la poesía') alza las cejas y curva una sonrisita hacia abajo. Y cuando se le ocurrió juntar en el mismo paquete a Sven Hassel y El exorcista se puso serio y lo dejó plantado susurrando que no perdiese el tiempo con *chorradas.* A los tres pasos se volvió 'Aunque leer chorradas también proporciona *criterio.* Siempre que no se abandone *lo otro* para leer sólo chorradas' Volvió a enfilar el corredor, volvió a pararse 'Las chorradas proporcionan criterio para, justo, no leerlas' y se piró (definitivamente) Es el único fraile que dice palabras como *chorrada* o *capullo.* Estudió en Cambridge, cuando se lo dijo entendió Greenwich (estas navidades se enteró de que la Loef de Lalo se escribe Loewe) No se atreve ni de coña a confesarle que sigue leyendo Tintín, Flash Gordon, el Príncipe Valiente (daría un meñique (Rebollo dice *manique*) por ser capaz de imaginar y dibujar unas historias tan a-co-jo-nan-tes) y que en realidad carece de voluntad para no pulirse lo que cae en sus manos sin distingos ni *criterio*, Mortadelo o Lily, manualidades y patrones del Telva, Ser Padres, el Reader's Digest, revistas de decoración y del ejército. Hasta las novelas de internados femeninos de Enyd Blyton, Torres de Malory, Santa Clara, un disparate que hizo a escondidas para no crear malentendidos. Mantiene fresca la emoción de comprar, hará un par de años, el n.º 100 de Spiderman en el quiosco del Perlético (ni el Paralítico ni el Perlésico: es *el Perlético*) y el frenesí con que se intercambiaban los libros de Alfred Hitchcock y Los Tres Investigadores

INVESTIGAMOS TODO
???

A pesar de que los únicos buenos buenos de verdad eran los diez o doce primeros se tragó los otros veinte como un completo anormal. Es un poco ridículo (¿no?) pasarlo teta con *Un mundo feliz* y con *Casino Royale* aunque empiece a distinguir los que son *más* escritores (Vargas Llosa o Huxley) de los *menos* escritores (Forsyth o Morris West) o las *intenciones*, más o menos trascendentes, o el *poso*, más más o más menos permanente. Lo que no calcula es el *impacto*: ahí tiene dificultades, se deja *impactar* por *casi* todo y (ejemplo) nunca confesaría a nadie que después de leer La guillotina seca de Belbenoit soñaba que se insertaba en el sieso una funda de puros con billetes enrollados (¡el coffre-fort de los presos de la Guayana!) o se despertaba atufado por el olor a hígado asado en las brasas de la mismísima pata de palo del propietario del hígado y de la pata.


Bueh, ha vuelto a comprobar recientemente que sólo le impacta *casi* todo gracias a Benavides, despachó con la suficiencia habitual que su *autor favorito* es un tal Nich, de quien no ha oído hablar, un filósofo alemán, asombrándose teatralmente de que *ni le sonara* la teoría del superhombre. Qué decepción: resulta que el único superhombre de que tiene noticia es Superman y se escaquea encogiéndose de hombros, el granate subido. Otro motivo para detestar a ese imbécil, pero una semana después Lalo le presta con mucha solemnidad un libro 'El que más me gusta de Fredrich Nich aparte del Zaratustra' de un tal Friedrich Nietzsche, Más allá del bien y del mal. Título majo en principio, poderoso, rimbombante, un bigotudo cejijunto medio desenfocado en la cubierta enseña el blanco del ojo como un caballo de caña 'Pensó *lo que nadie había pensado antes*. Por eso se volvió loco' Caramba. Cierto, la pose y el gesto son de tronado. Estupendo, se corresponde con su idea de filósofo. Pierde un par de tardes tratando de descifrar el prólogo y las primeras quince páginas. La superstición del alma, la superstición del sujeto, la superstición del yo. El bigotón se arranca 'Suponiendo que la verdad sea una mujer...' y luego larga acerca de lo poco que entienden los filósofos de mujeres. O sea, *de la verdad*. Pues está apañado. Espigando aquí y allá topa con frases tipo almanaque *No existen fenómenos morales sino sólo una interpretación moral de los fenómenos* o *El traje negro y el mutismo visten de inteligencia a cualquier mujer*. Lo primero lo caza a medias, cree. Lo segundo, supone, tiene que ver con el escaso conocimiento de los filósofos acerca de la mujer. Otrosí, de la verdad. La verdad, *la verdad*, no sabe para qué mierda sirve la filosofía o más propiamente, dado su conocimiento inexistente de la cosa, adónde quiere ir a parar ese loco de Nich.

Aprovecha que el sábado cenan en casa el páter Nicasio y el páter Emmanuel, lleva con garbo ese nombre de cantante o peluquero, para enseñarles el libro. Son curas castrenses pero sorpresa, en comparación con los no pocos que ha soportado, leídos y casi progres, pueden contar que se quitaron la *matrícula* (así llaman a la tirilla) y se vistieron de paisano para ver Jesus Christ Superstar sorteando a las beatas que rezaban rosarios por el alma de la cola. Sus padres consumen las sobremesas de sábado (o cuando caen) hablando con ellos de Renan, Papini, Díez Alegría, Miret Magdalena o Garaudy, asiste callado a esos cócteles apasionados de citas variopintas. Ahora basta que chamulle 'Es de Fredrich Nich' para que Emmanuel se descojone. Literalmente: despatarrado en el sofá acompaña su *habitual* estallido de carcajadas, es un galleguiño muy jovial, con un *habitual* y vigoroso restriegue de compañones, pasmo *habitual* para los espectadores de turno ¡del que ni se percata! 'Más bien se pronuncia Niitzshe, Friidrij Niitzshe' Se ha sonrojado lo justo, al cabo puede hacer pasar un apurito al pedante de Lalo, le consta que Emmanuel se doctoró en Teología en Alemania. Nicasio lo está hojeando 'En el prólogo habla de Sócrates y Platón ¿sabes quiénes son?' y él 'De…, de oído' lo que les parece otro chiste muy gracioso 'Tranquilo, hombre. Me parece *normal* dentro de lo que cabe, pero me pregunto si tu amigo ha leído a Platón antes de Nietzsche, es difícil entender a alguien sin saber los antecedentes…, a quién comenta, a quién critica…, mmmm…, tienes que saber sumar antes de multiplicar y dividir antes de sacar una raíz cuadrada…, o algo así ¿no? Por cierto, Sócrates no dejó nada escrito y buena parte de lo que sabemos de lo que supuestamente dijo se lo debemos, justamente, a Platón' 'Y para su vida, Jenofonte' apostilla Emmanuel. Entendido. Enlazan con una breve disputa entre ellos acerca de si Nietzsche está incluido o no en el Índice. Que sí. Que no. En la edición de tal año. Nicasio concluye 'Que no. Nietzsche no está incluido *explícitamente* en el Index porque se le presume miembro *ipso facto*…, como Marx' 'O porque no los han leído: *envuelta en sus andrajos, desprecia cuanto ignora*' ríe en surtidor Emmanuel sacando brillo a la entrepierna y etcétera etcétera.


Cuando lo devuelve sigue la recomendación simple de no echarse pegotes 'No lo he terminado' 'Ah… ¿Por qué?' 'Me cuesta entenderlo' Lalo estira la boca pequeña en la cara enorme 'Claro…, es que para *entenderlo* deberías leer antes la Introducción a la Filosofía de Tal y Cual…, y el libro sobre Nich de Fulanín…' La respuesta que le pide el cuerpo es *Pues métetelo por el culo gilipollas porque cuando presto un libro a alguien no es para hacerme el listorro sino para que le guste lo que para empezar supone entenderlo y ni siquiera sabes cómo se pronuncia el autor que más te mola y en Alemania ni sabrían de quién coño estás hablando* pero murmura 'Creo…, creo que se pronuncia Niitzshe' barriendo la sonrisita de superioridad ensayada '¡Sí hombre! ¿Cómo? ¿Niche? ¿Nidche? ¡Juajuajuá!' 'No, no…, Niitzshe' '¡Puesnoseñor! ¡Nich! ¡Nich!' 'Vaaale, Nich o Niitzshe…, de todas formas se supone que debería haber leído antes, yo qué sé…, según el prólogo…, a Platón, para enterarme de…' '¡Claro! ¡De Platón…, hay que leer el…, el Fedrón! *¡Fundamental* para entender a Nich!' '¿El…, el Fedrón…?' '¡Por supuesto!' 'Y también menciona a Sócrates…' '¡Naturalmente! ¡En casa tengo *las obras completas de Sócrates*…!'

¡Bingo! *Ahora entiende por qué no entiende*, para empezar, los subrayados de Lalo, hasta podría haber subrayado a voleo para que parezca que lo ha leído. *Todo* es subrayable cuando no se entiende. También se pueden subrayar partes diferentes del mismo texto para concluir cosas diferentes del mismo texto. Recuerda un pío sermón del padre Agustín el curso pasado: un sacerdote español de vacaciones en Inglaterra (*¿un… sacerdote español de vacaciones en Inglaterra?*) coincidió en el compartimento de tren con una anciana que subrayaba a regla una biblia muy manoseada, aprobándose con cabeceos. El sacerdote ligó hebra, se ganó su simpatía y (cotilla como todos los curitas) acabó solicitándosela con el pretexto de buscar una cita. Para su estupor, la encontró *completamente* subrayada de cabo a rabo en media docena de colores 'Compruebo con admiración que es usted una mujer piadosa y conoce bien las Sagradas Escrituras, pero… ¿cuál es el objeto de…?' '¡Es sencillo, padre! En amarillo lo que creía de niña, en violeta lo que creía antes de los veinte, en rojo lo que creía entre los veinte y los treinta, en verde lo que creía entre los treinta y los cincuenta, en marrón lo que creía entre…' etcétera '…Y en negro *lo que creo ahora*' '¡Así son los *protestantes*! ¡Y y y… se llaman *cristianos*…!' clamó el Agustín '¡La Palabra es Una pero *ellos* la interpretan a su pobre entendimiento y conveniencia egoísta! ¡El Pueblo de Dios es Uno pero…, pero *allí* cada uno tira por su lado pretendiendo que seamos dos y diez y doscientos pueblos!' Buah. A lo mejor el cura topó con una vieja loca y encontró pretexto para generalizar. Aquí se generaliza mucho. Lo que irrumpe en su cabeza en este Instante Nich es el amigo Benavides fardando de que en su familia comen los espaguetis como los italianos, enrollándolos con el tenedor sobre la cuchara. Una compañera fugaz, María Scarpellini, una hija de cónsul que sólo estuvo medio curso, le aclaró (ella, claro, pronunciaba *spaghetti*) que eso sólo se hace fuera de Italia por falta de pericia. Aunque es todavía más intolerable partirlos en pedacitos, ni los niños. Pero hay quien impone como más *auténtico* y elegante enrollarlos con dos cubiertos en lugar de con uno. Nich y los espaguetis, Lalo Benavides.

El caso es que ese roce involuntario con el tal Nietzsche lo ha dejado tocado sin calibrar la presión exacta *¿No existen fenómenos morales sino sólo una interpretación moral de los fenómenos?* Suena justo a lo contrario de lo que repiten los frailes todos los días y los curas los miércoles y domingos. También le mola que la Palabra deje de ser Una pero opone resistencia a que le mole. La misma que le encoge el estómago cuando está a punto de actuar *libertinamente* en lugar de *libremente,* da miedo que guste demasiado. Benavides remata 'Los *mejores filósofos contemporáneos* han concluido que *el infierno es esta vida*' y se queda tan pancho. Vale. Así que en la otra sólo aguardaba el paraíso.

Siguen invictos en la liga ¡los únicos en todas las categorías! Enchufa nueve goles como nueve soles a Rodrigo en el partido del sábado, el primero en el campo del instituto. Resultó rarísimo verlo de portero del equipo contrario y cuando se abrazaron al final el tío estaba hecho polvo por haber sido justo él el que lo había breado, se sentía ridículo a pesar de que es muy buen portero (o precisamente por ello) pero qué se le va a hacer, hay días en que uno está sembrado, le sale todo y defensa y portería son un coladero 'No es culpa tuya, tenéis una defensa pésima' lo consuela reprimiendo las ganas de vitorearse, ha triunfado. Pero es cierto, los del instituto son muy bestias (mientras habla nota cómo se le hincha el pómulo izquierdo y se le enfría dolorosamente el hombro gracias a un bloqueo salvaje del lateral derecho, un mongólico de quien se vengará en el partido de casa) pero poco coordinados y no muy listos, abren unos huecos de lujo en cuanto les empalman dos fintas. Por eso se estira esa tarde invitándolo a un brandy alexander en el Molino, les encanta esa guarrada cuando hay pasta y Rodrigo casi siempre anda peladísimo, sus padres son tirando a rácanos, controlan hasta la última peseta de sus carteras y no hay modo de distraerles veinte pavos de cuando en cuando. Cisco se suma a la invitación echando el morro de costumbre, con la de Elena ya son cuatro copas y empieza a preocuparse por la duración de los fondos, queda día y medio hasta el lunes. Pero buah, está eufórico, las niñas han visto el partido, Elena es la que más ha chillado (eso sí, partiéndose de risa) y hasta lo ha mirado con ojos de Ese Es Mi Chico cuando el árbitro lo ha felicitado 'Tienes una muñeca de oro, chaval, cuídala mucho' al firmar el acta. Sí, es un equipazo formidable, el año que viene será aún mejor…, y ¡¡¡joder! no jugará en él. Su padre avisó a vuelta de verano y se pone malo de pensarlo. Asciende este año y dentro de un mes empieza el curso de comandante en Madrid, donde es *factible* (Lalo) que lo destinen aunque de siempre haya soñado con un regimiento en la costa 'Quien vive junto al mar vive dos veces' suele repetir mientras en una pupila se le instala el Igueldo y en la otra el Urgull y entre ambas la isla de Santa Clara y más allá el Cantábrico, aunque en las presentes circunstancias no pediría destino en San Sebastián ni harto de chiquitos. Es quien lo enseñó a nadar en Ondarreta o a saltar desde un trampolín, a remar, pescar y hacer champas, a respetar el agua y entenderse con el agua, a divertirse con las olas altas y dominar los nervios si lo pilla la resaca. A sus diez nadaron juntos hasta el gabarrón, a los once hasta la isla, ni recuerda el primer pédalo, el primer piraucho en el que se despellejó las manos. Casi siempre han veraneado en el mar y conoce más playas que todos sus amigos juntos, más de uno y más de cuatro sólo las han visto en postal. Su madre adora tumbarse en la arena con el sol tostándole los costurones de la cesárea y la peritonitis, dos cornadas que impresionan lo suyo y luce sin complejos, es de las escasísimas mamás que se ponen biquini, la única que usa vaqueros desteñidos y camisetas y si la dejaran iría en pelota, se nota el ramalazo francés en su educación. Encima nada gastando estilazo, llama la atención entre tanta gorda chapoteando alrededor dando grititos o de tertulia flotante, con sus vacunas formato huevo frito en hombros y jarretes, casquetes de goma cuajados de floripondios de plástico y trajes de baño minifalderos, con esa especie de faja de la que asoma justo el triangulito del coño entre dos muslos gordísimos y más y más floripondios estampados, se pirrian por los floripondios y en cuanto se juntan tres (de hecho hay tres coronelas a las que llaman Las Tres Gracias por las jamonas de Rubens) parecen un Ramo Gordo de Floripondios. Forma parte del ritual del verano descojonarse señalando tetazas y lorzas abombando floripondios y disimular los empalmes cuando aparece una verdadera maci, entre macis y menos macis van a una media de veinte trempadas por cabeza en una mañana de piscina. Las niñas de la pandi son guapas pero (de momento) no pueden competir con los diecisiete años de Lorena o los veinte de Cuqui: asoman con la toalla arrollada a la cintura o se quitan el vestidito de algodón para quedarse en traje de baño y se guarda un minuto de silencio en veinte metros a la redonda. Buah, resignación: ellos tampoco pueden competir con Gelito Pardo, tan estirado y espigado (su hermanita es un proyecto de tía cañón) o el muy atlético y chistosísimo Pepo, héroe del picadero, dos modelos deseables de futuros hombres. Sí, se muere de ganas de que llegue el verano, de ver a las niñas mostrando piel y curvas. Ojalá se animaran a enseñar el ombligo porque nunca se han atrevido con el biquini, les parece ir en ropa interior. En Gandía es completamente diferente, las tías son mucho menos pacatas a la hora de enseñar carne o no enseñar, sólo tratan de tener la menor superficie posible de piel blanca y llevan con mucha naturalidad (o sea, en cuanto les crecen dos mandarinas, hasta ese momento van en braguitas de baño) unos biquinis bastante más escuetos que los que osan lucir aquí Aurora la Pelos y sus amigas. En fin, se lo pongan o no, da tanto gusto contemplarlas tomar el sol medio amodorradas, con el vellito rubio brillando en los antebrazos y los muslos…, o recién salidas de la piscina, con piel de gallina y los pezones duros de frío, justo antes de arrollarse la maldita toalla… Mucho, muchísimo gusto, están gloriosas y algunos chavalotes mayores, en el colegio o en la Depor (¿dónde estaban el año pasado *los muy listos?*) empiezan a buitrear aquí y allá con bastante descaro, son un peligro y aunque de momento sólo les hayan levantado las tres menos populares o más prescindibles de la pandi (Gumo vuelve a opinar diferente, estaba muy quedado con Lourdes y cuanto peor lo trataba esa cabrona más se derretía por ella, hasta en eso es un pardillo) controlan minuciosamente en ellos y entre ellos los niveles de desarrollo. Le ha cambiado la voz muy pronto y casi sin gallos y crece a un ritmo de cinco o seis centímetros al año pero casi todos tienen las piernas y los sobacos más velludos. Sólo le sale vello de hombre en el pubis (tampoco se trata de ir asomando los pendejos por la cinturilla del Meyba para demostrar que ya puede hacer un hijo) y pelos en el bigote y *un solo lado* de la perilla, mortificante. Eso sí, la nariz se expande por las tres coordenadas y las crecederas le tienen hechas cisco las tetillas, apenas soporta el roce del niqui y pellizcarlas es la típica broma de vestuario, ya se le han escapado por puro reflejo dos sopapos de los de pedir disculpas. Elena se abre paso, siempre se abre paso, se corrió en la cama soñando que le lamía las tetillas doloridas. Muerden los fines de semana en sofás en penumbra, en rincones discretos de la Deportiva a la caída de la noche, en las casetas de apuestas detrás de las tribunas de la pista verde. Nunca lo suficiente para *saciarse*, es su opinión. A Elena le dan corte los besos con compañía o con demasiada luz o demasiado largos o demasiado seguidos y domina sus emociones mucho mejor que él, cuando la *cosa* empieza a ponerse de verdad caliente y se le van las manos corta por las buenas, se deshace de su abrazo, nunca de mal humor, siempre riendo y siempre *terminante*. Besa de coña, solía ensayar con Lourdes unos morreos espontáneos de tortillera que lo dejaban tiritando, le da escalofríos imaginar haber aprendido a morder con Cisco o Berto. Se han cogido el tranquillo y esa lengüita lo pone superloco pero no hay manera de pasar de ahí y darse una paliza en condiciones, vuelve a casa con los huevos acalambrados. Su madre empieza a mosquearse con tanto encierro en el cuarto de baño según llega. Diooss. Está deseando que llegue el verano y que el verano no llegue nunca. Qué pasará con Elena cuando se vaya. Qué pasará con la pandi cuando se vaya. Qué pasará con el equipo cuando se vaya. Nada, simplemente será sustituido en los muerdos de Elena, en las risas de la pandi, en los triunfos del equipo. *Todo seguirá sin él.* Jamás se ha sentido tan desdichado, tan profundamente jodido y dolido por un cambio de destino y van unos cuantos, es el Puto Rey de los Nuevos. Se caga en su padre y en la profesión de su padre. Elena. Se pone malo. MALO.

Anteayer vio Los Vikingos, buenísima, Janet Leigh estaba supermaciza. Lo bueno de las pajas es que uno puede tirarse imaginariamente a cualquier tía del universo pasado o presente, Barbara Carrera, Victoria Principal, Marisol, Sandra Mozarowsky, la Perla de Labuán, la Margaret o la vecina de arriba, una mamá reciente que lo ponía a cien hasta embarazada de ocho meses. Podría hacerse tres macucas al día con tres tías diferentes durante diez años y aun así le quedarían millones y millones para darse gusto. Las cambiaría a todas por tener a Elena desnuda y real bajo las sábanas.

Vuelve del colegio con lo que su viejo llama un *cabreo sordo.* Sordo estará él porque según abre la puerta se entera la familia al completo, ya podía ser un cabreo mudo. Acompañó a Lalo a su portal a mediodía, el tío fantaseaba con lo que haría si tuviera pasta 'pero pasta de verdad': *secuestrar* a su ex novia o pseudonovia (sigue quedadísimo con ella) meterla por las buenas en un avión privado y bebiendo Dom Perignon a cascoporro (han debido de estrenar las pelis de James Bond en Valladolid) aterrizar en Tánger ¿¡Tánger!? Qué carajo se le habrá perdido en Tánger y más después de la Marcha Verde. Si Elena y él acordaran fugarse se la llevaría a una cabaña de troncos a orillas, ejemplo, del lago Louise, el de la foto que abre el capítulo del Gran Libro de Viajes dedicado a Canadá. Osos y lobos merodeando, una cuadra, una gran biblioteca y cientos de discos para entretener los inviernos, una chimenea enorme y tres o cuatro hijos a los que enseñaría (sin distinción de sexos) a montar, nadar, cazar, pescar, vivaquear, remendar heridas y sobrevivir en el bosque. Amarrado en el muelle, un pequeño hidroavión para visitar a sus pacientes porque sería ¡naturalmente! el médico del territorio, en un rincón de su despacho-consulta habría una emisora de radio encendida las veinticuatro horas, el vecino más próximo viviría a no menos de cien kilómetros. O millas. Benavides sigue largando, qué coño dice ahora, si tuviera pasta encargaría una edición de lujo con encuadernación *personalizada* de las obras completas del bendito Nich (¡¡Niitzshe, joder!!) mientras él se autoenfocaba en picado con una camisa escocesa de franela y una pelliza de piel de grizzly abrazando a Elena junto al lago Louise a mediados de otoño, el atardecer inflama las laderas en amarillos, anaranjados, rojos, salmones y nutrias rompen el espejo perfecto de la superficie, se contemplan colmados de felicidad, esperan su primer hijo. Nacerá en la cabaña, él mismo lo traerá al mundo. Una mujer embarazada ¿puede follar? Lalo saca de la cartera la foto de un pollo de veintitantos, delgado, castañito, guapo, tumbado bocarriba en la arena con una rubia al lado en biquini. Una rubia de A Mí La Legión. Cae de golpe el telón de las Montañas Rocosas, se trata, sorpresa, de su admirado hermano mayor tomando el sol con una *amiga* ¡página central del Playboy inglés, jura! en una playa cerca de Tánger. Vuelta a Tánger. Su héroe y él no se parecen ni por el forro, Lalo suena a desliz de la madre pero resulta que no, el pequeño se afirma clavado a su padre así que el desliz debió de ser el mayor. Lalo iría de antemano *recomendado* ante lo mejor de la *colonia extranjera* de

Tánger, su hermano mantiene amistades sólidas entre los más cultos y más ricos y más blancos de allí, no podía ser de otra manera 'Yo no soy racista pero soy *clasista*' quiebra 'A mí me entra un moro o un negro con dos carreras y tres idiomas y oye, mis respetos. Y hay por ahí unas cuantas negras a las que haría un favor *sin perder demasiado tiempo* juajuajuá…, fíjate en las de Boney M…, preciosas. Ahora…, me viene un oficinista o un funcionario españolito con la faria y la quiniela, una mierda de sueldo, una mierda de trabajo y una mierda de piso en un barrio, no sé, un barrio…, *como este barrio*, dándome palmaditas y *haciéndose el igual* y le suelto… Mira, macho ¿cuántas veces te he dicho que *no me tires de las melenas del culo?*' Risotada. Los dicharachos de Lalo siempre suman un plus de singularidad sobre los cansinos *incinérame el cilindrín* o *te azotaré con el látigo de mi indiferencia* 'O sea, lo desprecias' Silencio 'Pues sí' Toma aire mientras siente bombear la sangre en ascenso 'O sea, *nos* desprecias. O sea, *me* desprecias' Benavides aparenta sorpresa antes de sonreír concediendo una evidencia '¡Hombre…! No es que te desprecie, pero… seguramente *no te aprecio en todo lo que vales…*' Silencio 'Vale. Adiós, *Pablito*' dejándolo plantado en ese portal que siempre atufa a berza. Le ha culebreado el brazo y se le ha mediocerrado el puño, tenía que haber respetado el impulso y dejar que se estrellara en esos dientecitos de muñeca de la abuela. No seguiría acumulando ese cabreo. Sordo. Si al menos hubiera soltado algo más agudo que ese *adiospablito*. Pero en los momentos de verdad cruciales no se le ocurre la frase *aplastante*. Sólo *sacudir*, como a un mastuerzo. Y encima se corta.

*No lo aprecia en todo lo que vale.* Por ser hijo de un puto militar y vivir en esa mierda de barriada. *Clasismo.* A lo que apesta Madrid cuando pasa una temporadita con la familia y su círculo de conocidos. O hasta Gandía, donde coincide estacionalmente parte de la fauna madrileña. En San Sebastián, evidente.

Sí, ese *no te aprecio en todo lo que vales* carbura en su cabeza alimentándose de lo peor de sí mismo, un combustible de octanaje desconocido hasta el momento. Vale: el indudable beneficio de rozarse con la capital al menos un par de veces al año, así lo reconozca medio a regañadientes y aparte de comprar (más a menudo heredar de Gabriel o de Josecho) ropa molona que se ve poco en *provincias*, es que (aunque le joda) se gastan dicharachos, expresiones cachondas, poses, formas de fumar o simplemente de *estar* muy aplomadas y chuletas que importa a la vuelta y le copian sobre la marcha. Sin esfuerzo irradia *estilo* en el terruño, basta fijarse, apropiarse de esto y aquello, adaptarlo, adoptarlo y ensayar ante un público prudentemente alejado de la fuente de origen. Ahora bien, cuando en casa se pone pelma con lo de tener o no *estilo* (o sea, lo practica) sus padres lo sermonean ipsofacto con que el estilo es una manifestación más de la *personalidad* y si no hay personalidad detrás el estilo es cascarón vacío, pura apariencia de *nada*. O sea, nada de nada. No parece que mimetizar lo que hace Fulano o Mengano o media docena de tíos mayores sea exactamente poseer personalidad, la cual supone *criterio* (otra vez: como el Gracián con los libros) para no dejarse influir por lo que hagan o digan otros. Y discernimiento para saber lo que está bien y lo que está mal y valentía para rechazar lo uno y defender lo otro. Personalidad, criterio, discernimiento, responsabilidad, valentía, salmos que no dejan de cantarle como si se naciera con ellos tatuados en las meninges y hubiesen mantenido opiniones suyísimas y originalísimas ante cualquiera desde que aprendieron a hablar, proyectos de mártires como los santos niños Justo y Pastor. Él es él y es distinto de cualquier otro, está seguro: de hecho, cada día que pasa es más él que el anterior. Pero *saben de sobra* que depende muchísimo de quién se tenga enfrente, hay tipos que lo machacarán siempre-siempre diga lo que diga, fulgurantes y despiadados, especialistas en el ridículo ajeno y la risotada con aplauso, su prestigio se agiganta pisando cuellos. Los más bordes tienen siempre la última palabra y qué pasa cuando uno desea *de verdad* ser un borde temible porque le iría mejor que siendo el que se come los borderíos y al tiempo *sabe* que nada hay más despreciable que un matón, lo sea a puñetazos o palabrazos. Pues que no se tiene *personalidad*. Pero esa personalidad tampoco tiene nada que hacer frente a la *autoridad*. De hecho, afirmar la propia personalidad ante esos padres que tanto se la reclaman supone buscarse problemas *siempre*. Y con los frailes es como hacerlo ante la guardia civil, palmar por principio mientras le aseguran que tiene que pensar por y responder de sí mismo antes de que haya llegado a ninguna conclusión de sí mismo por sí mismo, aparte de pasar como de la mierda de ser cura, militar o guardia civil. Un lío ¿verdad? ¿Acabará esta porquería de edad que sólo permite ver películas de un rombo? Lo consuela la hipótesis de que hay mucho cabrón que oculta y compensa su *complejo de inferioridad* enanizando al prójimo, perspectiva o íntima defensa de las que carecía. Se podría aplicar hasta al pigmeo de Franco. Madurez.


Madurez es pasarse al Habanos. Ha ensayado tosiendo a solas hasta acostumbrarse, es un tiro. Un 50 por ciento más caro que el Record o el Ducados: pero sale a cuenta porque fuma menos y cunde cuando ofrece, el que prueba no suele repetir y los espectadores se rajan a la vista del salpicón de bofes. Y (importante) sólo conoce a dos tíos que lo fumen, el Habanos distingue como un Zippo de diez rayas. Entre los negros sólo fardan más el Coronas por bueno, el Krüger por TNT y los dos por escasos, hay que bajarse a Canarias o comprarlos de contrabando. El maqui del Fala se sacó unas pelas trayéndose cartones de matute cuando hizo la mili en Tenerife. Allí se llevaba morcillas de arroz, parece que hacen furor entre los turutas guanches. El tabaco pase, *traficante de morcillas* es un cutrerío.

Han pasado trece días desde *lo de Valladolid*. Vaya, desde que estuvo en Valladolid. No tuvo nada que ver con Benavides, ahora se muestra simpatiquísimo a su manera. Ejemplo, alabó mucho el polo del equipo de rugby de su colegio irlandés que le regaló Josecho, a franjas horizontales en blanco y azul cobalto, precioso (y hace parecer más cuadrado por arte de magia o de franjas) Pero dos semanas después (por una vez a su rebufo) apareció con el suyo blanquinegro de El Salvador y otro de color arena que le había firmado el ala de la Universidad de Granada, récord de ensayos en la temporada 75-76 y patatín patatán, en un minuto redujo su polo a equipín de tres al cuarto. Y luego le preguntó a bocajarro si estaba saliendo con Elena. Lo negó, a este gilipollas se lo iba a contar. Que se lo confirme su informante, ya se enterará de quién ha sido para darle el toque preceptivo. Sospecha de Cisco o de Gumo y va acopiando unas ganas desatadas de gastar una putada al bobo de Lalo. *De darle un auténtico disgusto.*

Han pasado diecisiete días desde lo de Valladolid y no se le pasa el pánico a que Elena o sus padres lean esa mezcla de orgullo y sofocón en su cara. El único que ha parecido coscarse un pelín es Cisco, ha amagado tirarle de la lengua un par de veces pero desde hace algún tiempo (¿desde que les cambió la voz y se afeitan cuatro pelos?) es el peor confidente posible y no sabe guardar un secreto así jure sobre diez biblias, el bocas ya le ha buscado algún que otro lío malintencionado que ha estado a punto de acabar en sangre. Pero al final le perdona la vida: es raro que de cuando en cuando ese amigo del alma pida que le rompan la cara, Alicia y Ruiz le han contado por separado que el muy fariseo lo pone a parir en cuanto desaparece cuatro días. En fin, ya se verá. Tampoco entiende por qué está tan rabioso con el mundo.

El único que *lo sabe*, si sabe algo, es Ricardo y no lo cree (o no quiere creerlo) Aprovechando la incorporación al curso de comandante sus padres montaron un plan de fin de semana en Madrid con los Pedreira, dejaron a los pequeños en casa de *tía* Charo (una viuda de militar sin hijos, es como de la familia) y a él en Valladolid cuando pasaron a recoger a los padres de Richi. Hace año y medio que no lo ve, desde su última fuga en dirección norte. Y ya entonces coincidían en poco aunque siguen tratándose con el afecto de los viejos tiempos, cuando lo embarcaba en algunas de las peores macarradas que haya cometido nunca y nunca puede evocar sin bochorno (ejemplo, ensartar de un flechazo al gato de la portera, ejemplo, freír ranitas en azufre) con la autoridad de tres años de diferencia y unas ocurrencias más allá del *límite* exasperando aquel célebre discernimiento entre el bien y el mal, optando por el mal decididamente y embarcándolo sin hallar valentía para oponerse ni miedo para rajarse. Un estudiante pésimo y un manitas excepcional, lo mismo construye con madera y lona una maqueta de aeromodelismo de dos metros de envergadura que desmonta y monta el motor de su Minicross o arregla la lavadora o un casete. Eso sí, a su aire y que no le pidan nada. En Valladolid, ahí destinaron al coronel de Farmacia Pedreira hace tres años, son más modernos, dejó de cortarse el pelo y orea unas greñas estilo Neil Young con unto, no se descalza unos Wrangler y una cazadora vaquera que se tienen en pie de mugre, arrastra un zurrón caqui y unos botos hechos polvo y (cuenta) cuando entra en clase le tararean la canción de Kung Fu. Cierto, con un chambergo mierdoso clavaría al Pequeño Saltamontes. Suele escaparse de casa en moto o a dedo y en un par de ocasiones ha aparecido en la suya por sorpresa aunque ello le suponga someterse a una desinfección completa: no hay resistencia, edad ni condición que valgan ante Madame Scotch Brite cuando de roña se trata, le vacía el zurrón en el bidet antes de meterlo en la lavadora y expedirlo a la ducha entre protestas.

Acompaña a Elena a casa al filo de las diez, los santurrones de sus papás toleran pocas tonterías con la hora de llegada pero la convence para dar un rodeo cortito y alargar un poco la vuelta por calles menos transitadas (aunque a partir de las nueve por ahí se transita poco) o menos *comprometidas*, se moriría del corte si *esa clase* de conocida cotilla los sorprende abrazados o cogidos de la mano o besándose en un rincón y va con el cuento a su mamá, la del velo negro en misa y labios rojo picota. Es improbable, sólo la besa en los rincones más discretos de la Deportiva o en casas con padres ausentes, siquiera rozar los brazos cuando pasan por la barriada le da calambre, siempre con miedo y mil ojos. Con el Habanos se ha iniciado en el cubata de MG, adiós para siempre a esa porquería de Licor 43. Ha empalmado tres (demasiado rápido) y está decidido a progresar en la relación en una doble vía, *física* (aunque sólo sea sobarle a gusto las peras y el culo por encima de la ropa, por algo se empieza) y *social*, ya está bien de mostrarse en público (esto es, *en cualquier sitio* salvo los tres que ella ha decidido y con la compañía que ha decidido) en plan *sólo buenos amigos* como las idiotas del Semana '¿Sois novios?' 'No, *sólo buenos amigos*' Pues no. Quiere que empiece a comportarse como *su chica* y que demuestre claramente que él es *su chico*, lo que tendría la ventaja añadida de disuadir a los moscones, un tío de 2.º y uno de COU le tiran los tejos con bastante descaro y dependiendo del día se pone nerviosito de más. Al de 2.º lo tumba fijo, a Infante ni de coña, se conocen de cuando hacían judo. Su casa queda de camino a la de Elena, a veces coinciden yendo al colegio, el hijoputa le da charleta y se despide con retranca cuando él se acerca. Hoy se siente impulsivo, los cubatas atizan un calorcillo muy agradable del estómago a la raíz del pelo y va a comprobar cómo responde a su iniciativa de ensanchar la relación. Si vuelve a las mismas proyecta cabrearse en serio. Jamás se ha cabreado con Elena, le gusta a morir. Incluso cuando la hierba recién segada le provoca una crisis de estornudos (también tiene alergia a las manzanas ¡como Blancanieves!) y se congestiona como un bebé, coloradita, llorosa y mocosa, se la comería. Tiran hacia el Parque de Automóviles, la Base, bordeando la barriada por la parte más innoble, la mitad de las farolas están fundidas y el público no pasa de un par de soldados de garita. Cuanto más efusivo se pone (pero sólo le ha pasado el brazo por la cintura) más tensa y desganada para seguirle las gracias está ella, la va guiando hasta la que ha calificado de lejos la Esquina Perfecta, la abraza, se dispone a besarla y meterle por la espalda la mano que ha calentado previsoramente en el bolsillo pero ella susurra (se puede susurrar a gritos) que No y *No* y sube la voz AQUÍ NO, JODER, la suelta, se separan con la cara ardiendo, tartamudea Po Po Por qué AQUÍ NO y repunta POR QUÉ AQUÍ NO, JODER, y Elena llora PORQUE AQUÍ VI-VÍA CRISTINA, JODER ya cuesta que Elena chille, suelte JODER dos veces y llore, siente que la sangre se fuga de su cabeza y en ese cráneo vacío retumba una voz, su propia voz recitando *Soy Un Imbécil Soy Un Imbécil Soy Un Imbécil Soy Un Puto Imbécil* sin que tal evidencia desate la menor contrición, muy al contrario: la testosterona con cubata de MG posee registros sorprendentes y en este momento le muestra la senda NI AQUÍ NI CASI EN NINGÚN SITIO, JODER equivocada, senda equivocada en la que (naturalmente) persevera con un Y-YA-ESTÁ-BIEN-JODER. Paso del que se arrepiente según lo precipita al vacío ¡ah, se siente! Junto a las expectativas de Elena ha traicionado uno de los principios elementales del deporte, *leer la jugada* del contrario. Cegado. La realidad se descorre, un chorchi se descojona del dramón en su garita, menuda guardia para contar luego, Elena ha dejado de llorar y lo observa con una fijeza desconocida. Ha cruzado los brazos sobre el pecho a la defensiva, las pupilas le titilan como a Heidi. Enfila el camino de su casa a buen paso, corre detrás, sacude los hombros con violencia y otro NO cuando pretende…, pretende.., qué pretende. Se aleja, dobla la esquina. Así que ésta ha debido de ser su primera bronca. Todavía le resuenan las carcajadas del turuta entre las sienes. Ojalá te metan un paquete, capullo.

Y lleva tres días casi sin hablarle dentro o fuera del colegio y haciendo lo posible por no quedarse solos ni medio segundo. Supone (bien) que desea una disculpa y él, con los efectos de la ginebra más que disipados, no tiene la menor intención de disculparse. Quería besarla en la calle y sentir el calor de su carne, no darse el filete encima de una tumba. Se culpaba de haberle puesto los cuernos pero ahora que va de castigadora se le han evaporado de golpe los remordimientos y se alegra. Se alegra. Una liberación.

Ya hace un mes de lo de Valladolid. Richi y él se dieron un buen abrazo de reencuentro, olía tan espeso como siempre y después de las despedidas y las pesadeces de costumbre 'Vacía ya la mochila para que no se aplaste la ropa' 'No hagáis tonterías' se fueron ¡por fin! Desde la ventana Richi les dedica (sólo a sus viejos, aclara) unos cortes de manga (*odia* a su padre y *desprecia* a su madre) Le sacude unas palmaditas, guiña un ojo (los tiene de un color mezcla de azul cielo y gris pizarra con pintitas doradas, son muy raros y bonitos) y aparta una silla encajada en un rincón entre la pared y el ropero. Se agacha, manipula algo y saca con mucho cuidado el último LP de… ¡Víctor Manuel! Vaya con Ricardo: todavía dale que te pego a Víctor Manuel, no pasan los años. Cuando eran vecinos, lo único que oía (en un picú que le dejaron para arreglar y arregló y no devolvió) aparte de un coñazo de canciones vascas de aldea era el disco de Víctor Manuel Y Su Tierra, tenía rayado hasta el papel de alrededor del agujero. No sabe las veces que tuvo que oír El Abuelo Vítor poniendo cara de emoción o Paxarinos bailando al son de la gaita y muriéndose de risa. No es que esté mal, pero el tío es un fanático ('El único defecto de Víctor Manuel es que no es vasco') como los Pipos con su Palmar y su Clemente o Sevilla con su Demis Roussos. Al incorporarse ha dicho 'He construido un compartimento secreto en la pared para *mis cosas*, a que no lo jipias' y es cierto, al primer vistazo no nota la menor diferencia o corte en el empapelado y suelta un '¡Para nada!' admirativo y cuando va a examinarlo de cerca Richi le pone el disco directamente en los hocicos, se llama Canto Para Todos y el Víctor Manuel de la cubierta no es aquel pueblerino majete enseñando los pelos de los pies en un pajar sino un melenudo repeinao con gesto de tío baranda 'Lo tengo que esconder ahí para que mi padre no lo queme' Caramba. El padre de su amiga Paloma le pisoteó los discos de los Rolling, un facha y un tarado. Él tiene suerte, un día que se entusiasmó metiendo caña a Quilapayún y gritando El pueblo unido jamás será vencido y lo único que le dijo el capitán (comandante próximamente) fue 'Recuerda dónde vivimos, hijo mío' bajó un poco la música y se acabó el problema. Tiene clavados en su habitación, entre otros (Katayama tumbando a izquierdas, Barry Sheene fumando con el casco puesto justo antes de la salida, Sagarribay en suspensión) un póster de Emiliano Zapata, otro del Che, otro contra la guerra de Vietnam (un esqueleto con el índice extendido surgiendo de un cartel roto del Tío Sam con aquello de I Want You For U. S. Army) y un calendario de la Revolución de los Claveles, siempre se los han respetado y hasta les hace gracia enseñar la leonera a según qué visitas. Empieza a sonar el disco y entiende por qué corre peligro. Hoy Caperucita / se merienda al lobo / dentro de la cesta / lleva el Libro Rojo / dos y dos son cuatro / tres y dos son cinco / voto sobre voto / llega el socialismo. Richi corea con fervor, puño en alto. Pone el disco entero, no hay forma de iniciar una conversación, lo interrumpe o se interrumpe '¡Oye esto, oye esto!' Socialismo en libertad / la roja bandera, la solidaridad / la roja bandera vencerá, vuelve a hablar, vuelve a interrumpir 'Cucha, cuuucha' Ya no hay yugos ni flechas contra el hombre / hemos ganado la paz sin condiciones, justo antes de largarse a cantar en, debe de ser bable, un algo así como Páliru páliru páliru ¡cuélebre! y definitivamente a Richi no le ha gustado que le ataque una risa tontísima y menos que repita '¡Ponlo! ¡Ponlo otra vez, por favor!' mientras se naja al baño, casi se mea encima. En fin, si le va la canción protesta (como a casi todos) debería salir del Hoyo VM y renovarse, hay donde elegir, ahí andan Víctor Jara y Quilapayún y Silvio Rodríguez o Paco Ibáñez y Lluís Llach o tíos más raros como Labordeta o Claudina y Alberto Gambino (Gumo puede convertir una tarde en una pesadilla si se le ha metido en la cabeza aquello de En este mundo traidor / transigir es lo mejor / el que diga basta va a parar a la canasta / y el que sea opositor / va a parar al asador) Hay un montón de buenos cantautores, Serrat a la cabeza, pero pone cara de asco o de aburrimiento según los enumera y se descuelga con que se deje de sudacas y catalanes y oiga a Mikel Laboa. Sí, hombre, el vascuence se entiende de puta madre y el tal Laboa debe de ser un experto en himnos llorones como ese Urko que pone Josecho en los últimos tiempos 'Bueno ¡y qué! Lo entenderás más o menos como a Dylan ¿o Dylan no es canción protesta? ¿Sabes inglés desde que no nos vemos?' Coño, no le falta razón: no para de oír música en inglés y no entiende ni papa de inglés, como el 98% de los que le rodean incluido Richi, ha pronunciado *dailan* 'Buah, no vas a comparar a Dylan con…' da igual, le importa un pimiento lo que diga, ha abierto el armario, descuelga su chupa vaquera de siempre, da un pase torero esparciendo el tufo y… ¡tachaaaan! ha cosido una ikurriña a modo de forro, su padre lo estrangula si se la ve '¿No es ilegal?' 'Nanais, chaval. Desde enero. Pero en el partido de diciembre de la Real contra el Athletic Iríbar y Cortabarría salieron con la ikurriña' lo demuestra con un recorte arrugado que saca de un cajón lleno de mierda 'Y ya la han izado en el Ayuntamiento de Pamplona y en muchos más' Se la pone fingiendo el mismo espasmo de placer que debe de sentir de veras una asistenta probándose el abrigo de chinchilla de la señora 'Cada día estás más pijo, macho' suelta. Le viene a la boca 'Y tú más vascongado de opereta que nunca, macho' pero se corta, quedan muchas horas por delante y no es cuestión de joderla desde el principio. Richi odia a su padre por facha (lo es, pero en versión *blanda*) y porque considera a su primogénito un inútil, un balaperdida y (sobre todo) porque le ha dado en herencia un apellido gallego cuando el que quisiera por delante es el de su madre, Ortueta, a la que en cualquier caso tiene en muy poquito, por *gallina* frente a su marido y por *poco entusiasta* con sus orígenes. No se diga ya a él, apellidándose Arzain y desperdiciándose de madrileño, un traidor a la causa porque ese cuarto de su leche pesa *necesariamente* más que los otros tres juntos 'Da igual. Vamos, pijillo' Buen comienzo. Quizá le da vergüenza presentarlo a sus amigos, una Secta de Pequeños Saltamontes en la que claramente desentonan sus Lee y sus Castellanos. Pero no: van directamente del pabellón del coronel a la cantina de tropa, un tugurio agresivo, verbenero y apestoso, lo habitual. Piden tercios y llevan un litro de petricol ('Aquí se llama calimocho' aclara Richi 'Lo inventamos los vascos y allí se escribe kalimotxo (saca un boli y lo escribe en la mugre de la mano) como debe ser') a una mesa donde corre la bota, se destripan chorizos y se vuelcan latas de sardinas en tajadas de hogaza, menudas navajas de rústico manejan esos amigotes a los que es presentado 'Jaime' con un movimiento amplio de brazo y advirtiendo con retranca 'Hijo de capitán, firmes ¡ar!' Y hala, planazo, devuelve la cheira, da lumbre al truja, venga esa bota, untando curruscos en el escabeche de los mejillones circulan las revistas 'Enseña ésa a Jaimito, es muy verde y está muy verde' (alemanas y francesas, de dónde las sacan) más asquerosamente guarras que haya visto jamás, ejemplo, una tía (¿qué hace ahí ese bellezón?) con tres tíos (¡uno negro!) que se la meten por *todos los agujeros* a la vez ¡es…, es la hostia! Y tampoco se le había ocurrido que la boca fuese propiamente un *agujero*. Los chorchis vigilan sus reacciones con curiosidad y bastante chunga, corromper a un pipiolo distrae sus días iguales. Hombre, algo lo habrá curtido hartarse de pasar horas con los soldados de caballerizas en el camaranchón de las literas, bastante más asqueroso que esto (aunque las revistas son sólo de tías desnudas en poses guarras) jugando al mus con unos naipes que se pegan a las yemas y contribuyendo a pagar el petricol (o calimocho o kalimotxo) a cambio de oír burradas. Si les caes bien te dejan cepillar a los caballos, repartir avena o engrasar sillas y arneses cuando el capitán se va de bureo. Media docena de tontolabas haciendo su trabajo por ellos, un chollo. No comprenderían que aparte de Elena nada huele mejor que el cuero, la grasa, un caballo limpio, la paja, un deje de zotal. Richi sostiene una revista con una mano y con la otra se restriega el paquete a través del bolsillo, se la suda lucir ese cerro en la entrepierna hasta que un cabo primero al que llaman Pirulo grita '¡Coño con el Erri! ¡Anda y cáscatela de una vez ahí detrás que nos vas a salpicar el condumio y voy a tener que meterte una manita de hostias!' y otro remata 'Y después te meo encima para que huelas a hombre' Grandes carcajadas a las que Richi contesta 'Bueno' con mucha naturalidad antes de enfilar hacia un patinillo, al fondo. Al cabo de unos tres minutos se oye correr agua ('Litros de lefa se ha bebido ese desagüe') y reaparece secándose con un pañuelo que avergonzaría al trapo de un mecánico. Encaja el descojono general con bastante flema, debe de ser escena corriente. 'Tardas lo mismo que un conejo y eso no gusta…, a los conejos' 'Como si no supiera lo que le gusta a un conejo' responde sacando y metiendo la lengua muy rápido 'Ya ves, a éste le va bajarse al pilón' '¡Maricón y pilonero!' Ay qué atragantón de risotadas ventilando sin complejos unas dentaduras necesitadas de un decapado, Richi es uno más, con la costra de un uniforme de faena en versión cowboy y los dientes caqui, un soldado de paisano en su salsa. Con lo que odia *lo militar*, por vasco (de chiripa: nació ochomesino durante una visita a la familia de Sestao, entonces estaban destinados en Córdoba) y por su viejo, claro. Pero ahí conecta a tope, es una especie de mascota aunque cumpla dieciocho este año (y enfrente tienen a dos voluntas con diecinueve raspados) y se da por hecho que la mayoría de edad bajará de los veintiuno a los dieciocho cualquier día de éstos, con lo que pronto podrá dar un corte de mangas en la cara de sus padres. A la vista de lo bien que se desenvuelve tiene la mitad del trabajo hecho. A él lo horroriza imaginar dieciséis meses en compañía de esta gente, buena gente si se quiere pero bien para un ratito y no para dieciséis putos meses pajeándose, mamándose y apestando a chotuno. Los turutas salen y entran, unos a cumplir bastante cocidos y otros a seguir cociéndose después de cumplir, vuelan blasfemias que supondrían la expulsión instantánea de su colegio y pullas al cabo Pirulo, enchufado de un general, no da un palo al agua. Richi hace un gesto de aquí hemos acabado, se despiden hasta más ver 'Mucho cuidado con Erri, en cuanto te descuides te pervierte' '¡O te sablea!' y ya cogiendo la avenida 'Oye ¿por qué te llaman…, cómo es…, Erri?' 'Porque me llamo Errikarta, joder, Ricardo en euskera. O sea, se acabó Richi' '¿Errikarta? Parece coña' 'Pues Erri suena de cojones. Si me llamas Ricardo o Richi a partir de ahora no te contesto' '¿Vale Errichi mientras me acostumbro?' Ni puta gracia. Pero al rato se para y lo mira con sus chispitas doradas '¿Tú no estás pervertido?' La verdad, no sabe qué responder 'Yo sí' se contesta él mismo pasándose la lengua por los labios de una manera bastante asquerosa (otra vez) De siempre cría saliva seca en las comisuras. Lo de *bajarse al pilón* lo ha dejado un poco trastornado, ya le dará dos vueltas.

Cisco le cuenta que en el aeródromo de Villafría han abierto plazo de matriculación para un curso de paracaidismo (cinco saltos) y los hijos de militar mayores de catorce pueden hacerlo, con autorización paterna, por un precio de risa. Molaría, quedan en proponérselo a sus viejos y que se lo vayan pensando ¿Que se lo vayan pensando? El suyo le contesta de inmediato y sin resquicios '*Taxativamente* no' y cuando se revuelve 'Pero joder, papá, si tú eres paraca' (todos los años va a hacer su cuota de saltos a la base de Alcantarilla) corta y cierra '*Precisamente*. Porque soy paraca, la respuesta es más NO' El viejo de Cisco se quedó mirándolo, empezó a reírse y seguía riéndose cuando colgó la gorra a su vuelta esa noche. No pasa año sin que su Cisco se haga cisco un hueso, es el rey de la escayola decorada 'Me has alegrado el día' le dijo dándole unos cachetitos. Se sintió *muy* humillado.


Valladolid. Richi ¡*Erri*! propone ir al cine y por el camino (a pata porque aún no ha mangado el carburador para la Mini-cross (no es la Rompehuevos sino la Súper, aspira a una Cobra)) se explaya sobre la (su) mili inminente (porque ni se plantea tripitir COU) y si decidirse por hacerla de voluntario y elegir destino o sortear y que su padre lo reclame después del campamento (o pida a algún amiguete que lo reclame) a un destino cercano con pernocta. Qué raro es odiar tanto a alguien y dar por supuesto que va a hacerle un favorazo: sí hijo mío sí, dónde me has dicho que te apetece ir a tocarte los huevos, a cambio quemamos a Víctor Manuel envuelto en la ikurriña y matamos dos pájaros de un tiro… ¿No para de dar la murga con que su única obsesión es pirarse de casa cuanto antes y ponerse a currar en una ebanistería o un taller de motos o un astillero? Y ¿por qué no se niega a hacer la mili, con un par? Ahora larga con que va a ir de volunta (¡*veinte* meses sirviendo a la Patria!) a la Farmacia Militar para, uno, tener barra libre de pastillas y dos, sacarse unas pelas con esas pastillas entre la disco y la tropa '¿Qué… *pastillas*?' Como Errichi esperaba la pregunta sigue una pausa demasiado larga que acaba en una sonrisita jodona, repensándose si debe dar información tan valiosa a tal pardillo 'Qué pastillas van a ser. Pareces tonto del culo' observando con placer cómo se agranata '¿Optalidones…?' arriesga por recuperar nivel '¿¡Optalidones!? Juajuajuá ¡Menuda mariconada! Dos optalidones y un café o una cocacola son lo justo para *empezar el día con alegría* y poco más' Vaya. Sus padres empiezan el día con dos cafés y un optalidón, así están de marchosos 'No se puede comparar con las anfetaminas, macho. Dos dexedrinas y tres cubatas, eso empieza a ser un pedo. O barbitúricos. O la yumbina. Se la echas en la bebida a una tía y te la follas aunque no quiera, las pone cachondas como perras' Jamás habría pensado que Richi pudiera pronunciar palabras como *dexedrina* o *barbitúricos*, había limitado el techo de su competencia verbal a *árbol de levas* o *muñón del cigüeñal*. Que no es poco. Lo de la yumbina le suena por las visitas del veterinario a las cuadras cuando una yegua no se deja cubrir, se lo contó un soldado que oficiaba de mamporrero 'Pero es lo que se da a las yeguas cuando no tienen celo o lo tienen flojo. Para ponerlas altas' 'Pues eso, joder: las tías se ponen en celo salvaje al segundo trago y te las tienes que quitar de encima' 'Ya… Y ¿lo has probado?' Sabe la respuesta 'Clarinete, chaval. Una vez. Y la tía me hizo todas las guarradas que se me ocurrieron' Se pregunta si se lavó antes porque debe de tener la minga como un cubo de requesón 'Y ¿sabes lo mejor? Al día siguiente no se acordaba de nada. ¡De nada! ¿Imaginas despertarte y no saber por qué te duele tanto el chocho?' Richi se parte. Perezoso como siempre para sacar la cartera, se deja invitar a botellines y patatas fritas. El programa doble era una mierda y para mayores de 18, entra con un poco de cague pero el portero ni lo mira. La primera es Los Kalatrava contra el Imperio del kárate, no ha visto una porquería igual en su vida a pesar del éxito entre el público, en su mayoría chorchis de sabadete crujiendo pipas y haciendo tiempo antes de bajarse a la disco. El plato fuerte es la segunda, una peli francesa, iba de un tipo que se acuesta con su secretaria a pesar de que su mujer está buenísima y acaba rompiendo con las dos y tirándose a una tercera, tres jamonas de quedarse tieso (literalmente) a pesar de que el fulano era feo, canijo y calvorota. Se ha puesto a cien y Richi se ha metido las manos en los bolsillos, por los movimientos y el jadeíto se la ha cascado hasta el final, debe de tener los gayumbos como papier maché. Es imposible escapar de los chorchis y en cuanto se juntan dos, no digamos doscientos, no paran de gritar basteces. También él se anima a gritar una bastez aprovechando las cervezas, la oscuridad y el ambiente, pero ha sonado fatal y no se ha reído nadie. Es que aunque le haya cambiado la voz le falta costumbre. Richi se ha burlado, claro. Un ridículo absoluto.

Caen en alud los exámenes de la 3.ª evaluación con resultados catastróficos, está castigado. El Paddy le ha suspendido Dibujo cuando sabe que sólo Bedoya (y según qué cosas) dibuja mejor que él y hasta el Tartufo (que lo odia) alucina con el mimo con que copia sus pizarras de morfología. Pasa también que este año es dibujo técnico y no artístico, no acaba de coger el tranquillo al tiralíneas y escupe unas proyecciones bastante puercas. Raspa los borrones con la gillette intentando no agujerear el papel pero no hay caso, se pone al trasluz y delata zonas casi transparentes y agujeros de compás del tamaño de un gua. Y Bocachocho ha rematado cateándole Religión. Jamás ha suspendido Dibujo y Religión y el bajonazo en el resto de las asignaturas ha sido de llorar. El Paddy ya había dejado testimonios de su insatisfacción bajo el apartado Observaciones y Firma del Tutor: *Su actitud deja algo que* etcétera o *Al parecer necesita* etcétera o *Sigue algo mejor pero* etcétera o como ahora *No presentó algunos ejercicios* y etcétera. Recuerda la letrita remilgada del Hombre Lobo puteándolo el curso pasado *De acuerdo con la reunión de profesores, se le da un plazo de una semana para que mejore su trabajo y actitud. Si no se nota mejoría, seguramente nos veremos obligados a expulsarle del colegio una semana*, menos mal que se le acabó el espacio porque vuelve a repetir *semana* y *mejorar*, un tío con recursos. Según firma la cartilla, su padre (ese fin de semana toca) se arranca 'Has bajado en *todo*, pero que te suspendan dos marías es ya una vergüenza y significa...' y se permite completar '..., que me estoy tocando mucho los cojones' Silencio '¡Hooombre...! El niño nos ha salido cantante' Resultado (y eso que se mordió la lengua para no cantar 'Pueees cóóóómprameee un Rooootring'): toque de queda, del colegio, los entrenamientos y el picadero directo a casa y *sólo* puede salir los sábados por la tarde hasta las diez, *ni un minuto más tarde*.

Jamás lo habían castigado por culpa de las notas, se ponían serios, le daban el típico repaso, apretaba un poco sobre la marcha y los tranquilizaba rápido. Antes de volverse a Madrid su padre quiere asegurarse de que le espera una porquería de mes por delante. El que no traga es el cate de Bocachocho, un subnormal que los obliga a llevar un cuaderno dedicado *exclusivamente* a las *canciones de misa* bien pasadas a limpio ¡y lo corrige y califica! Benavides no se lo creía, hace falta conocer el colegio para no quedarse turulato. Es como seguir haciendo ejercicios de caligrafía o tablitas de gimnasia en el acto de final de curso, pensar que dos años antes le hacía ilusión que lo seleccionaran para hacer pinopuentes y chorradas del estilo. Mira el puto cuaderno y le entran ganas de limpiarse el culo con él (aunque debe de raspar más que el papel Elefante) y con esas cancioncitas que dan vergüenza Yo he sido un esclavo de mi libertad / yo he sido un esclavo de mí mismo / yo he sido una vida en el abismo / yo he sido un recluso en el presidio. O sea, justo una canción *antiprotesta*, hay que ver la cantidad de tiempo y de paciencia que ha perdido copiando con buena letra esas gilipolleces carismáticas que ciegan al tipo, Dios es amor, Cristo es amor, la Virgen es amor, el Espíritu Santo es amor, el cuadernito de mierda chorrea amor y a Bocachocho el amor se la trae floja. Maldito Bocachocho, maldita religión, maldito tiralíneas.

Richi también se convida a un cubata de coñac y unas bravas antes de volver a casa. Había olvidado las llaves y abre la interna (también tienen cocinera dos veces a la semana) El tipo no la saluda ni los presenta ni la mira, se pierde en el pasillo a pesar de que es una morena de veintipocos, bastante guapa al estilo pueblerino, sanota, con buenas tetas y estrechita de cintura. Además su sudor huele estupendamente, se medio empalma según dice Hola. Sonríe con unos dientes blanquísimos, al fondo suena la música de Simplemente María. Vaya, también ella: el éxito de Simplemente María y la Señorita

Francis excede su comprensión, arrasan. Los Pedreira viven en un señor piso de techos altos, con dos salones y dos cuartos de baño más el de servicio. Richi está asomado a la habitación de su hermana echándole una bronca, *también la odia*, ella grita que se vaya a la mierda y que llame antes, él pega un portazo. Cuando pretende llamar para saludarla, al fin y al cabo Amaya y él se conocen desde niños, el tipo le agarra la muñeca y hace ademán de darle una hostia 'Ni se te ocurra. Es una hija de la gran puta' pero se lo sacude sin demasiado esfuerzo y le mete un empujón mediano para que se lo piense. Y se lo piensa 'Cooño. Lo que ha crecido el enano' Toca aliviar tensión 'Oye, es mona la..., la chica' '¿La chacha? ¿Valen? ¿Te gusta la Barriuso? A mí me da *asco*' Enciende la tele en la salita, la apaga, se tiran en su habitación, saca un número de Motociclismo donde se explica cómo cambiar el bulón 'Mira, pone que es una reparación sólo apta para expertos, yo lo cambio con los ojos cerrados' y le propina media hora de bulón, un-co-ña-zo como *en aquella época* en que cada dos por tres sacaba el Arias-Paz pringado de grasa y se enrollaba con la afinación de un carburador de doble cuerpo, las juntas, la mariposa del estárter y la cabeza como un bombo. Y en este momento vuelve a tener la cabeza como un bombo por lo que ha bebido y fumado y por la basura de peli de los Calatrava y el bulón de los cojones y para colmo de la desesperación Richi se dispone a clavarle *otra vez* el disco de Víctor Manuel 'Es que cuando están los viejos en casa no puedo' 'Vaaale. Me voy a leer un rato' Su habitación es la del hermano pequeño, lo han metido interno desde que amagó con seguir los pasos del mayor. Richi se enfurruña, sube el volumen a tope y se tumba en la cama lanzando aros al techo, le salen de pena. Toca en la puerta de Amaya pero ya se había dado el piro aprovechando la orfandad temporal. Intenta leer un poco de Cuerpos y Almas de Van der Meersch, una novela que extirpa (Rebollo dice *estripar de raíz*) las ganas de ser médico desde la página uno, los estudiantes bombardeando con despojos a un condiscípulo en la sala de disección. Lo tiene absorbido y no demasiado tranquilo aunque supone que algo habrán cambiado los tiempos entre Doutreval y el Doctor Gannon (el que de verdad le mola es Marcus Welby) No se concentra. Al fondo se interrumpe con un rayón Víctor Manuel en pleno páliru páliru y al rato Richi manifiesta la profundidad de su mosqueo despidiéndose, ha quedado y ¡hasta mañana! ¡Bueenoo! Que le den. Solo, se ha quedado solo, perplejo, arrepentido y *muy* cabreado, pensar que hasta le apetecía el plan cuando se lo propusieron. Se flagela imaginando cómo habría pasado el día con la pandi y qué hará Elena y de qué charlará Elena y en quién pensará Elena. La chica se asoma, sus padres están al teléfono, típica llamada de control 'Sí, todo muy bien, en el cine, no, ya no vamos a salir, estamos oyendo música y hablando, sí sí sí vale que os divirtáis sisí hasta mañana un beso' etcétera. Se queda con una mano apoyada en la percha, el auricular en la otra. Está acostumbrado a mentir lo justo y a mostrar con franqueza sus cabreos. Ha mentido de más, se ha tragado el cabreo y ¡ha colado! ¡ha mentido sin vacilar, apoyado por sus graves casi recién estrenados y con la ventaja añadida de no tener los ojos de su madre delante, sólo la voz! ¿También estaba pimpladilla? Da igual, progresa en técnica. Madurez. Ahí está otra vez la chica, preguntando si quiere cenar algo. Cuelga. Pues claro que sí, joder, de golpe baja el desgaste del partido de esa mañana (12-23 a La Salle, 7 goles más en su culata) (ya podían parchear esa mierda de campo porque casi se rompe dos veces) la excitación del viaje (corto, pero sin hermanitos y al cabo sin padres) y del reencuentro con Richi, de la cantina y del alcohol mal empapado, de sentirse abandonado por su amigo y hasta (le cuesta confesárselo) de no haber dado un par de besos a Amayita y fichado cómo se ha puesto, ya tiene dieciséis y hace tres que no se ven, gastaba los ojos de su hermano bajo unas pestañas larguísimas. Ya está sentado en la mesa de la cocina, la chica se llama Valentina (como la chiripitifláutica, piensa pero se lo ahorra, debe de estar hasta el moño de que le pregunten si se lo monta con el Capitán Tan o de qué murió Locomotoro) pero es Valen para todos (ya) y sabe que él es Jaime, un amigo de Erri, los señores han llamado antes para lo mismo (controlar la situación) y después se han ido pitando primero una y después el otro, no para de hablar mientras fríe lonchas de jamón en una sartén y huevos en otra, saca un cuarto de queso de la fresquera, posa una botella de tinto en el hule, corta tajadas de rosca. En un instante están papeando como en familia, lo que ha hundido Richi lo remonta esta chavala tan maja y cada vez más guapa que-es-que-no-para-de-hablar, disfrutar de no rellenar silencios es consustancial a ese instantáneo bienestar, dos desamparados encantados de conocerse *de toda la vida*. Se guasea de su voracidad ¡sí, qué hambre de repente! y se han bajado la botella antes de darse cuenta, el vinacho dejó de raspar al tercer chato. Estrenan otra y hasta se le ha pasado el cabreo con Richi, ni se acuerda de Richi, ella ha parado de beber, le brillan los ojos, le han florecido dos chapetas de bocado…, cuando viendo ahogar el tercer bostezo se resigna a abandonarla por piedad '¿Te ayudo a recoger?' 'Nooo, esto no es nada. Aquí la que da trabajo es la familia. Y la casa, es muy grande' Se levanta apagando el pitillo, se anima a despedirse con dos besos sonrojados 'Muchas gracias. Son los mejores huevos fritos que he comido' '¿Te han gustado? De mi pueblo' muy orgullosa 'Como el vino' '¿De dónde…?' 'De Tórtoles de Esgueva' riéndose de su cara de pasmo 'En Palencia' Su olor al besarla vuelve a ponerlo a cien y se lava los dientes (le ha propuesto enchufar la tele pero no le apetece nada verla solo) decidido a cascarse un par de pajotes históricos, uno dedicado a la peli francesa y el otro a Valen, valentinapalentina, canturrea. Acopia papel higiénico, se pone el pijama y se tira en la cama con el libro, posponiendo la primera macuca para que dé más gusto. El mocordillo, la excitación al alza, la digestión lenta facilitan poco leer hazañas médicas y al cabo se levanta para cotillear las estanterías, no puede decir que le interesen mucho los libros del hermanito pero sorpresa, le han endilgado los cuatro volúmenes de Historia Natural que leyó y releyó en tiempos de vecindad, se los pedía prestados a Richi de uno en uno y vuelta a empezar. Qué lejano queda aquello de ser el sucesor del Amigo Félix. Se mete en la sección Insectos y Arácnidos, tiene unas láminas preciosas y antes de darse cuenta ya está repasando la respiración traqueal, los espiráculos y las traqueolas mientras se jorunga en paralelo, sosteniendo al ralentí un empalme al que va a prestar la debida atención en dos minutos, minuto y medio, un minuto, han llamado suave a la puerta. Ajá, el cabrón de Richi para disculparse por dejarlo tirado. ¿Disculparse? No, hombre, no: para rematar la noche hasta las tantas dando la matraca con alguna de sus historias de sexo y grasa, amaga apagar la luz y hacerse el dormido pero dice '¡Pasa!' con bastante mala hostia y cómo ha podido ocurrírsele que Richi iba a llamar a la puerta *con delicadeza* y menos con dos tetas bailando sueltas bajo un camisón crema y una bata azul purísima. Valen entra, echa el pestillo y se acerca a pasitos rápidos sobre sus pantuflas de pana, se cubre el empalme instintivamente con un tirón de colcha, ella se descojona (hay quien ha empezado a distinguir *se desconeja* si se trata de una tía) quitándose la bata y las pantuflillas y se tira a la cama en plancha, como un colega o su hermano pequeño cuando quiere cosquillas '¿Qué estás mirando? ¡Qué porquería!' El aliento le huele a Close Up, la piel a Lux, una chica de anuncio. *Y así empezó todo.* Creía que la iniciativa era cosa de tíos. *Para nada.* Ahí empezó y siguió lo que lo ruboriza de orgullo, esa felicidad difusa que cualquiera (ni se diga Elena o sus padres) teme, puede fichar en su cara.

Ha seguido casi (siempre *casi*) a rajatabla la cuadrícula del plan de estudio obteniendo una mejoría de notas rotunda y (sorprendentemente) le queda más tiempo que nunca para leer (Diagnóstico final, de Hailey) o progresar con la guitarra, hasta bosqueja no sabe muy bien si canciones, poemas, cuentos, novelas o tratados de cirugía, de momento sigue rellenando un cuaderno con lo que cree que le ocurre. Ha pedido a su madre la Olivetti justificándolo con un súbito arrebato por la mecanografía (*naturalmente*, ella escribe a 250 pulsaciones por minuto) con éxito nulo y la recomendación no solicitada de que se concentre en recuperar suspensos antes de (retintín) *ampliar estudios*. Apenas puede echar un pitillo con la pandi a entrada y salida de clase y no es que pasar cuatro o cinco horas los sábados con Elena, siempre en grupo, esté beneficiando mucho a su…, su *relación*. Tanta ausencia implica al paso pensar de más en los dos (amenazan ser tres) fulanos que pueden aprovecharse de este desapego (¿temporal?) y se consume en celos carroñeros imaginando gestos de ternura hacia cualquiera de esos tarados, encantada, ejemplo, de que ese capullo de COU le tire los tejos. Síííí, se agarra unos cabreos monumentales y grita a Elena, grita cosas horrorosas que no vienen a cuento ni de las que se entera ella, claro, ahí en su habitación gritando a solas, un completo mongolo. Pero como a ratos se siente culpable (y un poco *traidor*) se esfuerza en ser muy considerado y cariñoso, el más chistoso y ocurrente, deslizando un mensaje sórdido cuando cree triunfar: No hagas tonterías, nena, mira lo que puedes perderte. *Nena*. Colará a la larga porque después del cabreo… Después del cabreo nada de nada, después del cabreo sigue aguardando sus *sinceras disculpas* y consideración, cariño, chistes y ocurrencias no contrapesan la ausencia de unas sinceras disculpas o mejor, sean bienvenidos después de unas sinceras disculpas. Pero *debería darse cuenta* de que ese despliegue es *también* una forma de pedir perdón y no simple patosería y orgullo mal digerido ¿no? Acompañados, claro, de unas demandas carnales que (de momento) no le da por satisfacer. Cuando se despidieron la otra noche le desvió al pómulo el segundo piquito murmurando 'Estás raro'


El domingo se levantó con los tolones de misa de doce percutiendo en el occipucio, había oído los pasos cautelosos de Amaya hacia las tres y media y a Richi tropezar soltando un mecagoendiós hacia las cinco, mucho después de que Valen se despidiera metiéndole la lengua hasta la campanilla. Un premio sorpresa, esquivó los besos en los labios haciéndolo y repitiendo (y sin apagar la luz, maravilloso) Un instante antes de saltar de la cama susurró 'No me olvides' (¿o fue 'No me olvidarás'?) propinándole un bocado en el lóbulo de la oreja que le arrancó un grito. Sabía lo que hacía, le había tapado la boca de antemano y de inmediato le entregó el premio sorpresa. Asegurado que *no va a olvidarla jamás* desapareció cerrando la puerta con suavidad fantasmal y arrastrando las pantuflitas por el pasillo.

Hace cuatro derribos, el último estrepitoso, en el concurso de primavera. Cisco lo ha hecho mucho mejor, sólo uno (pero penalizando tiempo, tiene la sangre gorda) Ruiz arrastra un esguince desde el último partido de tenis y Rodrigo ni aparece, está echando humo en su mesa de estudio, sus padres se han puesto duros hasta que no aligere la acumulación de cates. Cuatro derribos, joder: y con el cuarto casi se mata. Una pena porque el Congo, un negro cenizo de alzada imponente, la cruz le queda a la altura de la visera del casquet, es el mejor caballo que ha montado nunca. Les falta compenetración, han podido entrenar dos tardes. Es la versión que se está dando de momento por amor propio: en realidad es todavía mucho caballo para él, quizá con dos años más de monta, con diez centímetros más, con diez kilos más. Aquí nadie tiene un pelo de tonto y la falta de dominio ha sido evidente pero no ha habido escarnio ni el propietario, Carolo, ha mostrado su cabreo, más bien le ha dado unas palmaditas de ánimo forzando una sonrisa. Como Ruiz no participaba le prestó el habit rouge, le caía justito pero todo el mundo le dijo que estaba muy guapo, iba de aquí para allí con la cara del color de la casaca. A lomos del Congo se ha sentido de la Policía Montada como poco, Elena se moría de risa pero se le notaba el puntazo de orgullo (antes de salir a pista, claro: luego de lástima) Vuelven a llevarse bien, a estar *solos a ratos* como al principio y hasta despuntó un filetillo en un festolín improvisado en casa de Sole. Él sí que se siente orgulloso contemplándola desde ahí arriba, de pronto más mujer con la raya en los ojos y el brillo de labios, le encantaría auparla a la grupa y hale, al galope sin parar hasta Canadá. Aunque se conformaría de momento con desmontar en Fuentes Blancas, primera etapa y en dirección contraria. Durante el concurso de los mayores se dispersan, hay quien se queda trasteando por ahí, quien enfila el Molino, las niñas han aguantado la dosis justa de caballo y se citan todos una hora más tarde en La Garrocha. De pronto está solo pero no, se le ha pegado el hermano de Lourdes, Andy Ballester. Un proyecto de gallito completamente idiota, suda para que le ría sus chistes malos ¡joder, es peor que Felipito Takatún! y él va de buenazo o de gilipollas por aguantarlo. Sale a la pista Leo, la hermana mayor de Ruiz, lleva medio recorrido sin derribar, suave y sobrada de tiempo, encara un doble con fondo un poco forzada, casi un tranco corta, el caballo no pasa los pies y sale despedida por encima de las orejas, da una voltereta incompleta en el aire, grita, cae ¡*de cabeza*! y se queda bocarriba, inmóvil. En un momento están a su lado el capitán Durán y un par de soldados de las caballerizas, Ruiz corre medio a la pata coja desde el otro lado de la pista, el doctor Barriuso se apresura (dada su legendaria parsimonia sus saltitos son muy comentados) y se arrodilla al lado de Leo, hablan (ella parece muy tranquila pero no mueve nada aparte de la boca y los ojos) y medio minuto después uno de los chorchis sale pitando para llamar a una ambulancia. El bobo de Andy rompe el silencio y la consternación en trocitos 'Que le echen un buen polvo y verás cómo se levanta' Vaya. Se lo lleva detrás de un seto con la mano pinzada en el cuello y le suelta una hostia antes de saber propiamente lo que hace, por suerte todo el mundo estaba absorto en la pista. Pero no hay duda, ahí balbucea algo el mamarracho, despatarrado, restregándose el mofletón, retrocede aturdido sobre su culo gordo y como parece dispuesto a gritar o berrear se le sienta a horcajadas sobre el pecho (es mucho más fácil que montar al Congo) tapándole los morros, le susurra clarito en la oreja '¿Cuento a Ruiz por qué te has llevado una hostia? *A él y a sus hermanos les va a encantar*' y lo deja ahí, moqueando, hipando y restregándose ese papo de imbécil. Antes de salir del seto se sacude las rodillas y recoloca la corbata. Madurez. Inmovilizan con un collarín a Leo y directa al hospital, la familia detrás de la ambulancia. El concurso sigue y Pepo se lo lleva de calle como antes, como siempre, parece mentira que sólo haya montado en los permisos, es vitoreado cuando cruza meta a galope reunido y tocando la visera con 0 puntos y el mejor tiempo. Pensó con envidia que Pepo *sí* que parecía un casaca roja acometiendo alguna heroicidad: una carga suicida…, a la que encadena una novia guapísima (la suya de ahora)…, llorando desolada sobre el telegrama que da noticia de su muerte…, y una estatua de bronce en el patio de la Academia. Aprobó el ingreso en Aire con nota a la primera y a diferencia de Rodrigo (él sí que se muere de envidia ¡y de miedo anticipado!) es un empollón, aparte de un supermán que lo hace *todo* bien y (encima) el tío más encantador y cachondo que uno pueda tener delante, seguro que va a ser el mejor piloto de combate desde el Barón Rojo. Sale con Lorena, una de las princesas de la Deportiva y un carácter, muy ocurrente y decidida. No se sabe muy bien quién está más quedado, no paran de reírse, cuando están juntos destellan. Ruiz llamó al día siguiente, Leo tenía dos vértebras rotas sin afectar a la médula y no hay el menor peligro de que se quede parapléjica como temieron pero eso sí, tiene que llevar un corsé de escayola no menos de cuatro o cinco meses. Habría sido horrible verla en silla de ruedas como Orlando Ortiz, el Viejo Comandante, íntimo de Paco Goyoaga. Se partió la espalda en el 57 en las cortaduras de La Zarzuela (esa bestialidad que se inventó el marqués de Los Trujillos) y los veteranos de Caballería siempre se refieren a él con un Olé Sus Cojones. Se tiró por la Mariana y la Gran Trujillos ni se sabe las veces pero la última se quedó debajo del caballo y de dos más que venían detrás. Cuando aparece empujado por cualquiera de sus hijos da nosequé verlo contemplar los concursos con los ojos empañados, en silencio, a lo sumo cabecea aprobando o desaprobando. Dicen que sabe de caballos más que nadie pero debe de dar las lecciones en su casa a la hora de comer porque jamás lo ha oído hablar más que para saludar y despedirse, siempre muy cortésmente y vocalizando raro.

Sus padres llegaban hacia la hora del aperitivo y aprovechó que Richi obraba en la taza para colarse en su dormitorio y examinar su escondrijo secreto, tiene intención de copiarlo y disponer de uno más seguro que esa mierda de cajón candado. Quitó la silla del rincón y miró y buscó y palpó y apretó, la pared seguía lisa y dura, sin cortes ni arrugas. Hasta que se le ocurrió simplificar la estrategia, pesquisar detrás del ropero y ¡equilicuá! como decía el hermano Saturnino a propósito de cualquier cosa, ahí estaba el jodido disco encajado entre un simple listón de madera clavado de moldura a moldura y el fondo del armario, con una ikurriña bien doblada (¡qué fervor!) y dos o tres revistas guarras pertenecientes, clarinete, a la colección del Hogar del Soldado. Pe-pero... ¡coño! ¡menudo pegotero! ¿¡No se enrolló con que lo había abierto con rompemuros, enfoscado con yeso, llana y paleta y reempapelado después de acoplar una puertita encajable!? Hizo, dijo, los cortes con gillette (Rebollo dice *un asilei* en lugar de *una yilet*, no se le ocurre mayor catetada) para que no se notaran las uniones. Vaya vaya: si sigue tirando de inventiva lo convence de que se abre con combinación ¡por eso no lo dejó acercarse dándole con el disco de ese pelma en los hocicos! Durante el desayuno hablaron lo justo para acordar dónde habían estado el día anterior: vieron una peli muy mala de los Calatrava, montaron en los coches de choque en las barracas y jugaron un par de vacas al mus con los soldados, se retiraron pronto y remataron con charleta y música. Richi lo observaba con expresión mosqueante cuando Valen entraba para traer más café o más pan y él no lo arreglaba ruborizándose cada vez que daba las gracias y ella volvía a sonreír con esos dientes preciosos que saben a Close Up. Disimuló dando charleta a Amaya (pues sí, estaba guapa, un poco demasiado rechoncha para esos ojazos y esas pecas tan graciosas pero muy guapa) y eso sulfuraba todavía más al cabrón de su hermano. Estuvo a punto de preguntarle por la directa si le pasaba algo ('¿Qué narices pasa contigo?') pero le dio pánico de que respondiera con un borderío desatado de los suyos o una frasecita de doble sentido y se liaba. Qué puede sospechar o saber el tío. Llegaron los viejos, aparentaron tragarse la historieta a pesar de los ojos inyectados, las ojeras delatoras y el aliento espeso, comieron en un asador cerca de la Plaza Mayor y se despidieron después de un paseíto digestivo por el Campo Grande. Richi y él se abrazaron jurando verse pronto. Los dos tenían la seguridad de que no desean volver a topar en la vida.

Benavides se le acerca en el Molino, no suele ir a la Deportiva y menos acompañando a Julianín, un figura que cojea desde que se clavó una espuela de gallo hasta el fondo del empeine gracias al Cadaqués, un bayo pequeño, muy fuerte y muy cabrón que se le fue de caña y frenó lanzándolo contra las tablas del picadero cubierto. Él fue el sustituto, le tocó en (mala) suerte los meses siguientes y lo tuvo a punto de besar tierra cuatro veces. Julianín empalmaba operaciones, la infección fue de aúpa (no hay nada más guarro que una espuela bien pringosa de sangre, sudor y pelos de caballo) y casi pierde el pie. Pero en el Hospital Militar quedan unos cuantos cirujanos veteranos de la Guerra Civil, expertos en heridas mucho más horrorosas que un agujero de espuela por muy infectado que esté. El abuelo de Cisco remetió el paquete intestinal por las buenas a un herido en un bombardeo y le echó un cosite a voleo, el pobre tipo agonizaba y sólo pretendía darle una muerte decorosa, un par de años después el moribundo apareció en la consulta para crujirlo a abrazos llorando de gratitud. También hay quien dice que el que entra en el Hospital Militar sale peor o no sale (su padre sostiene la chunga de que es a donde sus colegas llevan al abuelo 'también suele ser militar y de mayor graduación' cuando empieza a dar la lata y de ahí flechado al camposanto 'qué bueno era el yayo') Lalo los invita a un gin tonic 'Que sean de Beefeater' Acaba de recibir el sobre mensual más el de cumpleaños (dieciséis tacos, qué suerte) y anda boyante, se ha mordido la lengua por no darle ocasión de fardar de inversiones presentes y futuras, de momento estrena Martegani y un Dupont de plata. Lo felicita, vaya. Y después del segundo copazo tan amigos, aquí no ha pasado nada ¿verdad? Hasta que empieza a dar rodeos evidentes para acabar en que lo de *aquel día* iba de coña. Que es un poco demasiado *susceptible*. Que sólo quería ver *cómo reaccionaba*, si será mamón. Pues ya lo sabe, entonces y *ahora*: 'Hombre…, *ahora* me vienes con la chorrada de que soy muy susceptible y tú ni te plantaes si fuiste insultante' trocando de inmediato la calidez incipiente en ostentosa frialdad. Madurez. Lalo insiste un poco pero acaba disculpándose a regañadientes 'Tío, no era mi intención ofenderte pero si lo hice perdona y tal y cual' y bueno, afloja y acepta las excusas. Y según comanda la tercera ronda ya lo está arreglando de nuevo 'Además, tu familia es *de lo mejor de aquí*' Pe-pero ¡¡es…, es gilipollas!! ¡¡¡no va a aprender nunca!!! Nooo, vuelve a pisar terreno firme y a gastar más aplomo y gracejo que Curro Jiménez, invita hasta a la del estribo sin que valgan protestas (tibias) y al despedirse lo abraza gritando '¡Jaimito! ¡Jaimito!' (los de rugby saben abrazar fuerte, vaya) soltando unas carcajadas estruendosas que sólo engordan sus ganas de gastarle una buena putada.

Está hecho polvo. Han roto. *Ha* roto con Elena. A la salida se retrasó diez (¿quince?) minutos hablando con el Yeyé y la pilló a punto de volver a casa con Infante, el cabrón de COU. No hacían *nada* pero la charleta era animadísima, ella no paraba de reírse. Elena se ríe con la cara, con las cejas y los ojos y la nariz y las orejas y el cuerpo entero o por partes, es maravilloso verla y oírla reír, es risa cristalizada, *sólo él tiene derecho a hacer reír así a Elena* y se le rompía el corazón a ciento cincuenta pulsaciones por pedazo cuando enfiló hacia ellos '¿Por qué no te acercas a Elena cuando estoy con ella, cabrón?' y el tipo 'Pero ¿qué le pasa a este tío, es tu mari¡PUM!?' Sí, le ha salpicado un PUM con muuuchas ganas en mitad de la sonrisita, Elena grita y el Cabrón no cae de culo como (hasta ahora) acostumbraban los Cabrones sino…, sino que tras dos segundos (desaprovechados para repetir intentona) de dolor y asombro lo ha enganchado por el cuello con un brazo y aspira a ponerle la cara guapa con el puño libre, sube el primer upper, sube el segundo, Elena grita, nunca le habían caído *dos* hostias aunque vengan mal dadas (es zurdo y le sacude con la derecha) y la tercera va a ser La Buena. Inspira, lo trinca por el cinturón, lo desequilibra por su lado bueno para impulsar una tercera de cadera (tsuri goshi) suicida por el malo y ¡el Cabrón pica! y ¡lo que pesa el Cabrón! Ha intentado rodar pero cae debajo según canon y en la duda inmediata entre tentar una primera estrangulación (nami juji jime) o hundirle el codo en los piños va a descabalgarlo (le lleva doce kilos, por bajo) voltearlo en el siguiente segundo y bueno, *matarlo* pero… ¡milagro! ¡está volando! ¡vuela lejos del Cabrón! Manotea en el aire, una voz cazallera ríe al oído 'Tranquilo…, chaval…, tranquilo' mientras Toncho incorpora y contiene al Cabrón sin apenas esfuerzo 'Qué pasa, Infante, ahora te das a pegar a los críos' dándole cachetaditas cariñosas en el papo y limpiándole la sangre del morro con su pañuelo, Paz afloja la presa y puede posar los pies en el suelo, sus brazos como muslos lo han sacado de un *auténtico problema* '¡Empezó el puto enano, jodd…!' 'Algo habrás hecho, capullo' ataja Paz mostrando esos dientes en sierra que ponen los pelos de punta 'Muy buen partido el otro día' se despide llevándose al Cabrón, parece manso manso aunque no se ahorra volver una mirada de repeluco diciendo alto y clarito 'Te voy a rajar la cara' 'Veenga, Infaante, veenga, la navaja para el queso' se descojona Toncho palmeándole la chepa mientras se alejan. O lo alejan. O se lo alejan. Otra enseñanza de hoy aparte de meditarlo a fondo antes de enfilar hacia una bestia: es capaz de sostener la mirada a un Cabrón mientras se caga por dentro. Ha tenido una suerte loca y cuando se vuelve flota como si Paz lo siguiera teniendo en vilo, ve a Elena entre la pandi, la pandi entre curiosos de todos los cursos, dos pequeños lo jalean, qué coño sabrán ellos. Cisco le ha pasado un brazo por los hombros diciendo algo que no entiende, suena a ánimo pero él sólo quiere estrangular a Elena. No la había visto tan pálida desde que se cogió medio moco en la fiesta de la piscina cubierta, de pronto le han florecido ojeras, está guapísima y le tiembla la voz 'Estás loco. No pasaba nada. No me gusta Infante' ¿*Gustar*? ¿¡*Infante*!? ¡Podía haber dicho ESE TÍO ME DA ASCO! Tose 'Ya' Gumo le está tendiendo los libros, tose 'Gracias' Un genio: Ya. De nuevo, de nuevo querría haber soltado la frase más hiriente pero intuye que se deshonraría *hiriendo* a esa niña, a *su* niña, la más irrepetible, maravillosa y ahí está, la más estúpida y detestable criatura de la tierra. Tiembla entero. Como cuando firma el acta del partido, como la voz de Elena. *Ya.* Lo mismo que dar las gracias al bueno de Gumo después de haberle recogido los libros del suelo. Cisco se ofrece a acompañarlo (*Ya-Ya-Ya-Ya*) (¿*YAAA-YAAA-YAAA-estás-contenta-hija-de-puta*?) tose 'Gracias' y luego 'No' en lugar de 'No, gracias' Enfila a casa concentrado en trazar una recta impecable con pasos de longitud idéntica, pausada. Melancólica. Acelera el tranco en cuanto dobla la esquina del contenedor.


Saboreaba el óxido de sangre en la lengua y dos dolores casi juntos, en el pómulo y el lóbulo, más los palpaba más punzaban, a salvo de miradas (cree) escupió unos lapos de sangre en las cepas de los alibustres, tanteó las muelas de ese lado (firmes) comprobó las manchas en la ropa (sacudibles) y entró en la cocina por la puerta de servicio, directo a la nevera para vaciar una gaveta y confiando en no topar con…, precisamente, su madre meneando la cazuela de bacalao. Empezó la inevitable ronda de justificaciones 'Qué ha pasado' 'Nada, un codazo defendiendo' alzado de cejas mientras le alcanzaba un trapo limpio 'Medio partidillo improvisado entre juveniles de primero y segundo año, me he colado' improvisó vaciando la gaveta de espaldas 'Son unos bestias' 'Déjame ver' 'Ha sido Pa–Paz' tartamudeó 'Sin querer' a la desesperada 'Que me dejes ver' 'He querido pararlo' se oía mentir 'Así me ha ido' Quiere desaparecer, su madre sabe por fan y por coñazo cotidiano que Paz es Paz, una mole, fue elegido mejor jugador del sector el año pasado y es llegado el momento de najarse con el hielo pegado a la mitad izquierda de la jeta camino del baño mientras ella concluye el diagnóstico, MENTIRA. Echó el pestillo, hizo enjuagues con 1/4 de agua oxigenada + 3/4 de agua corriente, remedio infalible recomendado por Richi, error, Erri, para cauterizar las extracciones molares y buche a buche el rojo se aclaró en rosas. Tanto hielo y tanta asepsia no han impedido una inflamación mediana de coloración vistosa, su padre lucía una expresión contradictoria cuando ese fin de semana (tocaba) le clavó los ojos 'Y oye ¿cómo quedó el *partido*?' Pues empate, joder, empate. Por mediación divina.

Es la primera vez que pasa un partido entero en el banquillo, decisión de Jacobo 'No quiero tener la más mínima responsabilidad de que te peguen otro…, otro raquetazo' Cuando le preguntaron por la cara en el colegio (nada sabían de un *partidillo improvisado* y menos con *incidente*, es como llaman los frailes a lo que no controlan y no les hacen puñetera gracia las bofetadas si no las reparten ellos) largó otra trola, ahora localizada en la Deportiva, un raquetazo jugando a frontenis. Pero eso no cuenta con Jacobo, majo a más no poder y el mejor entrenador que han tenido nunca. Los Vadillos siguen siendo unos melones, en el segundo tiempo han salido a desfogarse los reservas y al fin se está enterando de lo penoso que es pasar cincuenta minutos chupando banquillo y la furia caníbal con que salen a comérselos. Anima y salta, al principio gastando un pelín de guasa y luego como un poseso, catorce arriba y el segundo zurdo, Bedoya, aspirando a titular fijo a partir del próximo sábado. Le cunde el curso de Charles Atlas, era un tirillas blancuzco y ahora luce rocoso de verdad. También es la primera vez que Elena no está ahí saltando, hasta las Saldañitas la ven cada vez menos. Le ha dado por volver a quedar con Lourdes, Gela y Mariajo, las desertoras y su cuadrilla medio del colegio medio del centro. Rosa y Alicia también están jodidas por su fuga y lo culpan de esa especie de autoexpulsión instantánea de la pandi. Oiga, perdón: aquí el que está jodido es él. Jodido y culpable, al tiempo que la ausencia de Elena le ha hecho el día a día más fácil y eso lo hace sentir aún más culpable. Se ven en el colegio y luego se pierden de vista. Rompió con ella *formalmente* en el Molino el sábado siguiente a lo del Cabrón, de pronto *vio* las dos verrugas manchando esa manita que no volvería a coger y *supo* que sus dedos no volverían a jugar con esos dedos ni sus labios a apretar esos labios. Desde entonces la ha jipiado un par de veces a media distancia con el Cabrón, el que ha escrito (seguro) ARZAIN ESTÁS MUERTO en los servicios, lo avisó Gumo y se dispuso a tachar su apellido y poner INFANTE en su lugar pero *lo meditó a fondo* (bendita experiencia reciente) y dibujó debajo a un macarra patilludo, bigotazo de herradura, una cadena en una mano, un navajón toledano en la otra y marcando paquete con cara de muy mala hostia al que enganchó el globo, justo, de ARZAIN ESTÁS MUERTO, salvando la cara ante Gumo '¡Muy bien, muy bien!' y de paso ante el resto. Reconoce (no en público) que el Cabrón lo tiene un *poco* acojonado: le cicatriza un corte guapo justo en mitad del labio, de esos de soplar bien la sopa antes de sorberla. Pues ya tiene un trecho de mili progresado si quiere ser el corneta de la compañía, a los aspirantes les parten la boca propinando un golpe seco en el pabellón cuando andan concentrados en pleno tararí, quinto levanta tira catapum, a enfermería, un par de puntos y felicidades, muchacho, así vas a afinar mejor. Si lo pilla desprevenido (o prevenido, da igual) podría darle un susto *serio*. Pero Paz ratificó su amparo acercándose a él dos días después del *incidente* y bien a la vista del Cabrón para repetir 'Tranquiiilo, chaval' con tono de 'En serio, ni te preocupes por ese tío' y conforta. Lo justo. No es fácil, el Cabrón sigue mirándolo fa-tal. Pensar que por ese tipo rompió con Elena vaciándose de toda la mala leche acumulada y sin detenerse en nada bueno (y vaya si lo ha habido) Ella se retorcía las manos, callada como si no supiera qué decir, es muy elocuente y sincera cuando quiere pero esa tarde se obstinaba en callar, en otro sitio, de cuando en cuando protestaba un poco, él aplastaba la protestita bajo otro as, hasta se remontó a *aquel primer beso* y lo quedado que estaba con ella aunque fuesen unos críos y cómo lo había destrozado que después pasara de él y cómo había tardado dos años en reconquistarla para que ahora le vacilara una y otra vez con ese Infante. *Que le gusta aunque se empeñe en negarlo.* Y etcétera. Fue muy triste verla retorcerse las manos. Pero él estaba *cargado de razón*. No soporta que le provoquen celos gratis día sí y día también. Y de pronto no quedaba nada por decir. O por hacer. O por intentar ¿verdad?

Lo de Sole es extraño, rapidísimo. En un guatequillo en casa de las Saldaña (sus padres se fueron al cine y a cenar por ahí prometiendo que no volverían antes de las doce: ya podrían aprender *otros*) está más simpática (y más mona, maquillada, los ojos brillantes) que nunca, dejándolo rajar y consolándolo con mucho sentimiento, tanteándolo ('Si estás tan hecho polvo es que a lo mejor sigues quedado con ella... Pero lo de Infante, claro...') en plan sólo de amiga, creía, beben con alegría, bailan suelto, pincha, venga charleta, el segundo agarrado (suena If You Leave Me Now de Chicago) resulta ser su canción favorita (por su parte, él ha prohibido que suene *ni de coña* Murray Head) y *jamás* ha querido bailarla antes con nadie, más claro agua, se le aprieta y remata el final con un piquito ¡qué cosas! ¡no hay nada mejor que beber y bailar! De pronto suena evidente por qué la sorprendió llorándole a Rosa en la fiesta de Rodrigo, cuando empezó a salir con Elena y lo proclamó a los cuatro vientos: estaba quedada con él en secreto o no tan en secreto, al menos Rosa estaba en el ajo. Parece lejanísimo y fue antes de navidades, por cuánta peripecia está pasando este curso. Su último curso *ahí*. Sole le lleva un año y medio justo, cumplió dieciséis en enero, es superempollona como Elena y superdeportista como él, la capitana de las cadetes de baloncesto. Y además…, además también va a ser médico, pediatra como su padre, es el que hace la revisión médica en el colegio hasta 8.º ¿Sabrá Sole que lo llaman el *Descapullador* ('El jueves cámbiate de calzoncillos, toca Descapullador') porque aparte de hacerles una radiografía y mirarles las amígdalas (casi nadie conserva las amígdalas) los descapullaba para comprobar si tienen fimosis o algo raro ahí abajo? Así se enteraron, ejemplo, de que a Arroyo sólo le colgaba un huevo porque el otro no le había *descendido*. Él no va a contárselo, clarinete. Cuando le preguntó por qué especialidad le gustaba, soltó por decir algo 'Alguna cirugía' pero todo va tan rápido con esta chica que está a punto de convencerlo de que haga también pediatría y abran consulta o hereden la de su padre. Menudo vértigo, sólo le faltaba acabar con el Descapullador de suegro. O un vértigo ha sustituido a otro, ya no siente ese vacío tan angustioso en el estómago cuando piensa en el tiempo menguante de ascenso y destino de su padre. Anticipar la separación de Sole no es lo mismo que anticipar la de Elena y corresponde a medias tanto entusiasmo, a ratos hasta le apetece pirarse de ahí y salvarse a tiempo de descapullar a los enanos de su antiguo colegio. Pero reconoce que tiene una chiripa de la hostia, Sole es un rollo guapísimo, mola salir con una tía mayor y aunque lo lleven con la *clásica discreción* (el salido de Bocachocho va a tener que andar muy vivo si pretende añadirlos a su libretita negra) se ha acabado aquello de morder sólo en la Deportiva o en casa de alguien, es mucho menos estrecha que Elena. La última vez que salió de vinos con Quique y sus primos se le acercó uno de ellos en La Mejillonera 'Conque con Sole ¿eh? ¡Jodido crío!' Se sintió un auténtico pechotoro durante un rato aunque se lo había dicho con un tono entre cachondo, admirativo y *cabreado*: ¡a ver si también va a estar quedado con ella *en secreto*! El sábado siguiente se puso tan tierna que pudo tocarle (por fuera) *casi* todo. En realidad, la única no-estrecha de verdad es Valen, sigue fantaseando y soñando y pajeándose más de la cuenta con la posibilidad de volver a Valladolid y aguantar al chalado de Richi-Erri sólo para *estar* con ella otra vez. Aunque se rila dudando de si *aquello* fue una especie de excepción o favor o ventolera de loca. O quizá ni trabaja ya en casa de los Pedreira o aparece y resulta que está de visita en su pueblo o o o, es tan complicado. En cualquier caso Sole es un peligro y en pleno magreo y mientras se susurran gilipolleces le parece *factible* de pronto que lo suyo fragüe y solidifique *para siempre*. Buah qué peli: estudiando juntos la carrera (aunque ella siempre iría un curso por delante) (mejor, sus apuntes de clase son espectaculares) en Madrid o Valladolid, casándose en San Lesmes o en la catedral, abriendo una consulta en el centro (Los Felices Pediatras) y echando al mundo cinco hijos seguidos a los que descapullar desde bebés. Le entra un repeluco violento que ella interpreta como el hallazgo de un punto sensible, así que insiste en pellizcarle la cresta del omoplato hasta el calambre.

Vuelve con unos morros modelo Legrá, su madre le pregunta si le han dado otro codazo, pesadísima, es entrar en casa y ser inspeccionado como cuando viste traje y corbata, el olor, los labios, el cuello por si detecta chupetones. Pues va de culo porque odia los chupetones, se lo advirtió a Sole desde el principio. Pero le encanta vacilarle subiéndose el cuello del niqui y aparentando disimular el cuerpo del delito, mamá se mosquea muchísimo y él se parte sin dejar escapar media sonrisa.

Las tías pueden ser muy putas entre ellas. Sole le echa los brazos por sorpresa (y por primera vez) a la salida del colegio y le pega un muerdo descarado. Qué premio, hasta se ruborizan. Cuando quiere darse cuenta (se hubiera negado a hacer el paripé de saberla *ahí*) Elena se aleja rapidito con la cabeza gacha, Lourdes la alcanza arrojándoles de paso una mirada asesina. Está claro que Sole las pesquisó de lejos y quiso marcar territorio al paso de sacudir una bofetada de celos a la pobre Elena ¡¡¡joder, con lo amigas que parecían hace nada! Y con lo buena persona que suele ser salvo cuando juega al baloncesto y se transforma en una cabrona (y qué: a él le pasa lo mismo desde siempre, en cuanto pisaba el tatami o salta a la cancha) Pues resulta que también puede ser cabrona sin partido de por medio. Se alejan, Elena se estremece, Lourdes la enlaza y consuela diciéndole (segurísimo) que es un *perfecto hijo de puta* y no merece la pena pasarlo ni medio mal por su culpa. Rabia con que Lourdes es (definitivamente) tortillera y aprovecha el momento bajo de Elena para tentarla a cambiar de acera. O sea, sin duda añade 'Es un hijo de puta *¡como todos los tíos!*' No le gusta *nada* lo que ha hecho Sole. Se siente *utilizado*. Más que disgustado, decepcionado. No volverá a permitir que se la juegue. Que se la *jueguen*, ni ella ni nadie. Y se promete no jugársela a nadie. Madurez.


El colegio ha invitado a un periodista del YA a dar una conferencia y reúnen a los alumnos de BUP y COU en el salón de actos el viernes a final de tarde. Pues sí, es interesante lo que cuenta de la profesión y los casos truculentos que ha investigado (antes trabajó en El Caso) tienen embobados a la mayoría pero les causa la impresión de ser un fantasma (sobre todo viniendo del YA, ese periódico de meapilas) largando acerca del papel democratizador *fundamental* de la prensa cuando vivía Franco. Ahora está tirado echarse el pegote de demócrata y va a resultar que el YA era más crítico con el régimen que La Codorniz o Hermano Lobo (*semanario de humor dentro de lo que cabe*) o Triunfo y Cambio 16, multados y censurados y secuestrados cada dos por tres. Pues no: según el tipo, gracias al YA (y a El Alcázar y El Imparcial ¿no?) cayó la dictadura (en la Barriada Militar pueden llover hostias dependiendo delante de quién se diga *dictadura* aunque se esté hablando de Julio César) Pero ¿han secuestrado alguna vez una edición del YA? El tipo repite y repite que la prensa fue un *cuarto poder real* y que ya a fines de los sesenta se había constituido en verdadero *parlamento de papel* alternativo a las Cortes franquistas, se le llena la boca de *cuarto poder* y *parlamento de papel* pero llegado el turno de preguntas Cisco levanta la mano el primero y suelta con mucho desparpajo que no entiende muy bien eso del poder del Cuarto Poder cuando en el 71 el gobierno había cerrado por las malas y para siempre el diario Madrid 'Que era *algo* más crítico con el régimen que el YA ¿no?' Qué morro. El ya rebautizado Reporter Tribulete enmudece momentáneamente mientras se vuelven doscientas caras hacia ellos, han colocado a los de 1.º atrás del todo. Bocachocho estira el cuello desde el escenario tratando de localizar al impertinente con sus catalejos y Tribulete titubea 'Eso…, eso fue…, eso fue el último coletazo de un régimen agonizante' el micrófono hace masa piiiiiiiiiii y va a quedarse tan pancho cuando Cisco remata alto y claro '¡Buen coletazo, hasta se llevó por delante el edificio!' y después de un silencio breve explota un descojono general que Bocachocho y el Paddy atajan lanzando miradas furibundas al fondo del salón, se alzan tres o cuatro manos más, preguntas normalitas ('¿Dónde se hace uno periodista?' etcétera) sosegando el cotarro hasta el momento de agradecer la presencia del famoso redactor y aprovechan el blablablá y la proximidad de las puertas para salir pitando. Ya se les enfriará el cabreo a los frailes durante el fin de semana ¿no? En la Bolera Cisco se lleva muchos palmoteos de admiración, el tío está encantado, brillante, en su salsa. Pero Bocachocho inaugura el lunes con una homilía que no refiere a nadie en particular (Cisco cuenta en el recreo que ha dicho lo mismo en su clase clavándole las gafotas): Si *los más jóvenes* no saben *guardar la compostura* cuando *una figura del periodismo* (¡cáspita! ¡el…, el Gran Tribulete!) hace el *honor* de visitar el colegio, un *verdadero acontecimiento*, a lo mejor hay que pensar en excluirlos de cualesquiera *verdaderos acontecimientos* futuros en provecho de dos horas invertidas en *menesteres menos excepcionales*. Imaginan que se refiere a caligrafiar y rotular las putas canciones en el puto cuadernito con más mimo que cuando tocaba ponerse a los murales del Domund por equipos. O a estudiar bajo la mirada del cándido del hermano Sabas o del marica del Ángel. Hace tres o cuatro años los visitó Francisco Umbral (publica una columna semanal en el Diario, su madre es fan) pero sólo pudieron entrar los de COU y los padres de alumnos. Y se armó el gran alboroto cuando un vecino comandante gritó que a su padre lo habían matado los rojos y que qué coño hacía un rojo ahí, a lo que Umbral contestó que a su padre lo habían represaliado los azules y ahí estaba, alternando con el búnker. Ya podría haber vuelto Umbral en lugar de ese figurón del YA salido de la Oficina Siniestra. La pregunta de Cisco era *buena* y merecía una respuesta en condiciones, no una gilipollez ni una amenaza de represalias. Siguen tratándolos como a críos o tontos del culo, no quieren que dejen de ser críos o tontos del culo.

Las notas de la 4.ª evaluación son las mejores del curso, va de notable alto y hasta el archijoputa del Tartufo, odia a muerte a ese fulano, ha condescendido a ponerle un 6 por primera vez, cualquier otro *sin marcar* iría de 8,75 ¡por lo menos! Sus padres están encantados pero sin demostrarlo, claro, consideran una lástima (y hasta un *fracaso educativo*) que saque buenas notas bajo castigo (que ya le han levantado) y no porque sea lógico y normal. Su padre se enteró por teléfono, sigue en su curso y le dio un poco de rabia que no fuera él quien firmara la cartilla, sólo las viudas firman las notas de sus hijos. Siguen invictos en la liga de balonmano, nunca les había pasado algo así, Jacobo los previene de que no se lo crean (también está entusiasmado bajo la cara de mastín) y exige cada vez más en los entrenamientos. Puteo que soportan con alegría, se dan cuenta de que arrasan y al paso se están poniendo berroqueños, da gusto oír crujir el larguero como si fuera a partirse cuando se estrella el balón y disfrutar de los ojos en blanco del portero ante ese primer aviso, no habrá más. Sole le ha devuelto Cuerpos y Almas confesando que no ha pasado de la página 30, le parece una barbaridad, una exageración, una novela de terror en lugar de una de médicos y le asegura que lo que hace su padre no tiene nada que ver con *eso*, lo ha acompañado a tres hospitales y media docena de consultas de amigos y conocidos y todo es moderno, higiénico, los médicos son unos tíos educados, cultos, cordiales, comprensivos, sí, ya, en suma, repone él, *cojonudísimos* 'Leyendo estas cosas no vas a ser médico jamás' 'Que te lo has creído' Aunque no será, ya está seguro, inspector de frenillos infantiles como ella: puestos a examinar bajos ajenos se especializaría en ginecología. Es un misterio eso de acostumbrarse a tener a una mujer tumbada y despatarrada (Rebollo dice *esparrancada*) delante sin ser poseído ipsofacto por los *bajos* instintos. Se lo escribe a Berto a Las Quintanillas y le contesta 'Todos los ginecólogos son maricones' rematando 'Como los peluqueros ¿No te da grima cómo te soban la cabeza cuando te lavan el pelo?' Qué ocurrente el cabrón. Hasta echa de menos oírlo contar por enésima vez su porquería de chiste de Un padre y su hijo van en tren y el niño pregunta '¿Parará, papá?' y el padre contesta 'Parará, Pachín' '¿Parará, papá?' 'Parará, Pachín' y pararapapá pararapachín pararapapá pararapachín. Por suerte no ha vuelto a repetir eso de que es *su mejor amigo* cuando se ven, debió de ser efecto de aquel pedo (aunque también le pica y quisiera que *todos* le dijeran que es *su mejor amigo*, el gran confidente, el que da los mejores consejos, el tío justo y generoso) Le entra nostalgia de Berto, no lo sueltan hasta dentro de dos semanas, cómo se deshuevan cuando se pone a recitar con dos copas el poema del Piyayo (de hecho lo apodaron Piyayo durante un tiempo hasta que dejó clarinete que Piyayo vuestro padre)

> ¿Tú conoces al Piyayo,
> un viejecillo renegro, reseco y chicuelo;
> la mirada de gallo
> pendenciero
> y hocico de raposo
> tiñoso…?

¡*raposo tiñoso*! y cuando llega a lo de

> Y este pescaíto, ¿no es naaa?
> ¡Sacao uno a uno der fondo der maaaa!
> ¡Gloria pura eeee!
> ¡Las espinas se comen tambiééé!

llevan un buen rato llorando de risa y no de tristeza, lo que demuestra el fracaso del ridículo poetastro aunque no es imposible que la gente gimotease medio siglo atrás con esa porquería. Les obligaron a aprenderla enterita en 5.º. Habría que oír al amigo Lalo.


En el Rueda, sin niñas. Con el segundo clarete Álvaro propone que los alumnos deberían decidir por votación qué profesores quieren tener y el resto a la basura, basta de aguantar a un mamarracho largando las mismas idioteces curso tras curso '¿En la universidad no eliges profesores o qué?' Pues la verdad. Ni idea. Dependerá. Álvaro es un proyecto de científico loco y cuesta sacarlo de casa, tiene instalado un laboratorio en el desván al lado del cual el Kiming o el Cheminova parecen sonajeros. Se pasaron 8.º ensayando variantes de pólvora con éxitos probados y algún imprevisto que no pasó a mayores. Ejemplo, lograron montar un nubarrón de humo verde de tres pisos, perforar un agujero de 73 páginas en el libro de Francés con una chapa al rojo blanco, abrir un cráter de 1 x 1 en la pradera del castillo con un tubo de Redoxón bien cebado y hasta diseñar cohetes de triple carga dirigidos a la ventana del Meliputón, sólo pudieron lanzar dos. Se quedaron cortos y estallaron sobre el patio con un estampido que ni el del río Kwai. Sin un cristal roto, lástima, pero aun así los frailes se pusieron como hidras, interrogaron a todo cristo (ellos incluidos) y habrían acabado por pillarlos chivatazo mediante 'Tanta vigilancia y tanto infiltrado nos van a impedir afinar la aerodinámica' Se ríen recordando la mofa del año pasado, cuando el Sacarosa explicaba que el símbolo del antimonio era Sb pero ni idea de por qué y sonó la voz de Álvaro 'De stibium' El Sacarosa se quedó parado y trinó 'No te jeringa el listo ¿Y el Na del sodio?' 'De natrium' y el hermano empezó a hacer sus aspavientos de mariposón siguiendo la broma '¿Y la K de potasio?' 'De kalium' 'Requetebién, niño sesudo. Si vas por nota ¿el Hg del mercurio?' y Álvaro se quedó mirándolo fijo con esos ojos serios que sabe poner detrás de las gafas tic tac tic tac tic tac y justo cuando al Sacarosa le asomaba una sonrisita de triunfo en esa cara de potaje soltó 'De hidrargirium' Hubo un pum de risas y aplausos mientras el sarasa volvía al estrado '¡¡Requetebién requetebién, niño sessudo!! Ya tienes un 5, el otro 5 que te lo pongan en latín dentro de dos años' pero no había pasado ni un mes cuando se percató de que Álvaro le daba cien vueltas y no volvió a desafiarlo, al contrario, se dedicó a putear al resto 'Lo que pasaría con las votaciones es que algunas clases estarían a reventar y otras completamente vacías. Y para llenarlas se rebajaría el aprobado a ganga...' 'Sí' lo interrumpe Álvaro (va a empezar el tercer vino y no está acostumbrado) 'A tomar por culo el principio de autoridad y que quede claro lo que vale cada uno, profesor y alumno' se calienta 'Puto principio de autoridad, el colegio funciona como España y ahí no vota ni su padre como no sea para decidir chorradas, si la fiesta de fin de curso se hace en Hortigüela o en la playa de Lerma' Gumo 'La playa *artificial* de Lerma' Cisco 'Y acabamos en Cardeñajimeno, una filfa, hacen lo que les sale de los huevos' '¡Pucherazo!' concluye Ruiz (a quien por otro lado da igual, va a los maristas) Dentro de un par de meses se celebran las primeras elecciones generales en cuarenta años 'Cuarenta y uno' (Cisco) y hasta Fuerza Nueva se presenta como *partido*, pero la bomba es que ¡han legalizado el PCE! ¡en Sábado Santo, con dos cojones! Los fachas han gritado *traición* y juran venganza, es para tenerles miedo después de lo de Montejurra o lo de los abogados estas navidades. Lucho Hermosilla y Lolo fardan de ir con pistola a pegar carteles de FN. El fantasmón de Lucho la enseñó de tapadillo el otro día, Lolo es un pobre hombre que se zurró hace un par de eurovisiones con un tipo al que le daba igual que ABBA hubiese ganado a Mocedades y le sacudieron hasta en la foto del DNI. Los del PCE de aquí (¿hay PCE aquí?) asoman poco la cabeza, discreción. Pedrolo, ejemplo, es trotsko y tiene una bandera de la LCR clavada en la cabecera de su cama, otra cosa es que (por farruco que sea) la ondee en la calle para que lo maten los lolos y los hermosillas. En Madrid se manifestaron decenas de miles de personas después de la matanza de Atocha y ahí es donde, dicen, Suárez repensó dar un acelerón a la legalización del PCE antes de las elecciones, no después…, cruzan información, rascan noticias y opiniones de aquí y de allá, discuten. A final del año pasado, los padres de Rodrigo y Cisco comentaron cada uno por su lado que el capitán general había vuelto muy ufano de la reunión del alto mando con el presidente (al de Rodrigo, es *afín*, le confió 'Es *de los nuestros*') y se la han metido doblada. Pues ¡toma! El último verano fue a imponer medallas en la Deportiva en chanclas y albornoz (su padre comentó: 'Ha hecho lo correcto, no merece vestir uniforme') Pues ¡¡toma!! El ambiente está revuelto, la gente dividida, esperanzada, acojonada, encabronada y más cosas, selectivamente o a la vez. Es imposible atisbar ese *término medio* que les machacan los adultos desde que les dio por no adoptar sus términos medios y en ningún caso abundan los ejemplares de ese adulto modélico en el término medio. El término medio. Su abuelo Álvarez Gómez se ha enganchado al Vota Centro Vota Suárez siendo un caballero muy católico y no poco de derechas. Le encantaba que le contase cómo en el 33 rellenó el sombrero de pelotas de papel de periódico, cogió el garrote de roble en lugar del malaca 'Por si había que practicar esgrima de bastón' y se echó a la calle 'Para defender el orden ciudadano y proteger a los votantes de la CEDA' Un viaje de trabajo a la fábrica de Skoda en Pilsen, tres años después, lo libraría de ser paseado en Madrid mientras su futuro consuegro vadeaba el Bidasoa y pisaba Francia con la bala de un guardia civil alojada en el muslo.

Carrillo ha aceptado la monarquía y reconocido la bandera rojigualda. Traidor. Desde los dos extremos lo atacan, es un hijoputa falso y mentiroso, aguarda otra guerra civil y es cosa de nada que la reserva espiritual de Occidente se hunda en la Unión de Repúblicas Socialistas Españolas.

Desde que mejoraron las notas y su padre aparece dos fines de semana al mes se ha relajado ese *principio de autoridad* (doméstica) que obsesiona a Álvaro y entra y sale con una libertad desconocida, mamá ha aflojado la presión, tiene que bregar por dos, no da abasto con los enanos y él logra sortear con astucia creciente sus peticiones de ayuda, de ningún modo quiere convertirse en imprescindible (y nada más coñazo que cuidar de los enanos) Entre las implicaciones, pasar más tiempo con Sole y empezar a estar un poco harto de Sole. Se vengó de Benavides con una macarrada de la que se arrepiente según el día pero (sería hipocresía negarlo) lo ha dejado bastante campante: ha acertado donde duele y Lalo gasta menos humos, sabe que tiene un enemigo al acecho. Ha adelgazado unos kilitos y se le ha aflojado el papo, conjeturó que a consecuencia del sofocón pero no, se había puesto a régimen: esto es, quiere dejar de ser un *gordo fuerte* y quedarse en *fuerte* a secas. Como demostración de su recién adquirida ligereza hace una demostración bastante vistosa de lo que considera pegarse. No sabe muy bien qué ha podido decir el pobre Bañeza (fofito y pálido, un queso con pecas, pasa bastante desapercibido) porque charlaba con Gumo, un poco alejados, pero Lalo responde a la provocación (¿Bañeza? ¿provocando?) con una tijera de lucha libre (¡Cómo mola! ¿al cuello? No, entre cadera y lomo bajo) que aun así lo derriba contra pronóstico (pero claro, Bañeza…) y se asienta en sus costillas amenazando arreglarle esa cara de señor mayor. Bañeza se muestra más estupefacto que apelotado, contempla los ochenta kilos de *furia desatada* ahorcajados encima y el puño a un dedo de su cara (de señor mayor) con franca desaprobación y conserva dignamente las gafas de alambre colgando de una oreja. Ahí se acaba todo, se levantan, Bañeza se aleja sacudiéndose la ropa, entre malhumorado y no poco perplejo y Lalo ¡sorpresa! se ha abierto un gran siete en los Levi's de pana que descubre una herida fea fea, ha hecho polvo la rodilla contra el asfalto. Menuda victoria. Requiere esfuerzo no cagarse de risa mientras el fantasma alardea de llaves y *proyecciones*, así ha llamado a su mamarrachada de saltimbanqui cojo y posa de duro sin dar importancia a la sangre que debe de haber empapado ya el ejecutivo burdeos. Tragicómico. Le proponen acompañarlo a enfermería pero el listo contesta que mejor se desinfecta en casa y ya lo excusarán ante el Paddy, con una tarjetita de justificación se libra de clase hasta la tarde. Revientan cuando se aleja moviendo los brazos como aspas sin permitirse la más leve cojera 'Fijo que aúlla de dolor en cuanto doble la esquina' No puede evitar acordarse de sí mismo doblando la esquina tras el *percance* con Infante. Comparte esa clase de amor propio aunque le escueza. El Cabrón se ha unido a la nueva cuadrilla de Elena. Avalado por ella, supone.

La Proyección Mongola anima al ganso de Gumo a ensayar tijeras horizontales en cuanto pisa suelo un poco mullido y alterna auténticas virgueradas con unas hostias medianas, un espectáculo 'Macho, intenta no matarte, o lo haces de puta madre o te rompes el cuello' se enerva Cisco, sus huesos finos guardan la memoria de unas cuantas escayolas en diferentes extremidades y asimila mal que Gumo se desternille ('¡Ay que me destOrnillo!' chillaba la mema de Gela) con cada trompazo 'Como en el amor y la vida: o lo haces de puta madre o te rompes el cuello' susurra Sole enigmáticamente erizándole la nuca con su aliento. Qué raro oírle decir *de puta madre*. Como en el amor y la vida. *Cuando menos se espera las tías lanzan cargas de profundidad*, suele sentenciar Ruiz.


Un problema con Sole, *el problema de Sole* es que arrastra un complejo de culpabilidad pasmoso y si surge ocasión de flagelarse por *lo que sea* es la primera de la cola. No se le puede pedir perdón (el sábado, ejemplo, llegando veinte minutos tarde al Morito) sin que conteste que *la culpa es suya* 'La culpa es mía, he llegado demasiado pronto' y de nada de nada sirve repetir que basta con que lo perdone, joder, es injusto y un poco estúpido anotarse faltas que no le corresponden. No pasa sólo con él, claro. Rosa se disculpó al devolverle una pulsera de pelo de elefante, rompió un par de pelos en un enganchón y Sole se arrancó 'La culpa es mía…' y él empalmó '…, por prestártela' y vaya, iba a coger un mosqueíto fino con la parida 'No. Iba a decir…' y él '…, que no vuelvo a prestártela' pero acabó por reírse, típico de ella unirse a las carcajadas aunque sea lo último que le apetece en ese momento. Ya no pasa esas caritas compungidas y ante un 'La culpa es mía porque…' corta con un parto o propinándole unos azotitos (gasta un estupendo culazo de deportista) mientras silabea '¡Que-e-so-no-se-di-ce!' o '¡Te-voy-a-dar-tas-tas!' o (*esos* días) '¡Estoy-hasta-los-huevos de que siempre te responsabilices de lo que no…!' y etcétera cuando lo único que de verdad da mínimo resultado es ponerse en plan papá de película y razonarle con mucha paciencia '*No*. Tú *no* tienes la culpa de esto ni de lo otro porque blablablá…' La pandi también se cachondea del tic y ahora se corta un poco más, da un poco de pena percatarse de lo que le cuesta dominar el impulso. O sea, propiamente no se corrige sino que frena derrapando y de lo más mortificada por quedarse sin la Medallita A La Más Culpable, sea por perder un partido (¡sólo dos en toda la temporada!) o porque le han puesto (¡¡a él!!) un aprobadillo 'Te estoy quitando tiempo para estudiar' (lo que por otro lado le encanta) ¡despachándolo como una abuelita aburrida de que le den charleta! (por cierto, picado en matracas, el Culodoble lo marca de cerca: '*Decepcionante*, Arzain') Es la que más lo anima en sus partidos (Elena a su lado era una parada) y le pareció de una gratitud elemental asistir a los suyos, quién lo iba a decir, amoratarse las manos aplaudiendo baloncesto femenino. Ella lo agradece a lo bestia y si ya es la mejor del equipo (corre, bota y encesta *casi* como un tío) con él delante se luce en plan figura, está más o menos chupado porque las oponentes, hay excepciones, suelen ser unas paquetes. Lorena juega de pívot y se controla (es jodido) para no estar más pendiente de ella que de Sole, está bue-ní-si-ma en pantaloncitos y camisetita y (siempre desafiante) suele dar unas caladas en los tiempos muertos para gran cabreo de Cote, el entrenador. Cuesta admitirlo pero le ha cogido gusto, vaya, jamás se le había pasado por las ganas ver *entero* un partido (colegial) que no fuera de balonmano y menos jugado por tías. Peligro ¡peligro! Asoma un plan de novios-novios que a ella le va mucho-mucho y a él nada-nada, ha empezado a colarle excusas y queda con amigos extrapandi alegando exigencias familiares o académicas. Sin remordimientos, esos descansos de Sole le sientan de maravilla aunque ella se quede como mustia y obsesionada con que no se han visto *por su culpa*. Pues un poco sí, joder. La otra tarde estrenaron un tampón de Alicia sumergiéndolo en el canal y alucinaron con lo que absorbe ese cilindrillo de algodón, en un segundo multiplicó su volumen por cuatro o siete y Sole se le reveló en ese Tampax: es aún más absorbente que un tampón y no puede ni imaginar lo que sería vivir con ella en el famoso lago Louise. Evoca con embarazo esas fantasías canadienses, empiezan a ser de *un otro* en quien se reconoce a medias pero en su fuero interno no ha abandonado la idea de vivir solo en un lugar perdido, conectado con la civilización por un camino de pezuña olvidado. Elena, futura esposa y amorosa madre de un puñado de niños asilvestrados, *sale* con Infante. El Cabrón ha triunfado, se demuestra que ya estaba quedada con él antes de averiarle los hocicos (al menos les ha impedido morder a gusto una temporadita) y esas sonrisas de chuloplaya destellando de lejos lo salvan al fin, supone, de que le raje la cara. Elena está amujerada, ha cambiado de peinado, se pone rímel y el domingo en misa calzaba zapatos de medio tacón. Lo enferma imaginarlos besándose, no se diga ya al Cabrón besándole las tetas al aire. Según el rato especula con matarlos. Rompió él, por qué llora. Que sean muy felices.

Proyectan hacer una acampada de final de curso y a las niñas, sorpresa, no sólo les entusiasma el plan sino que además Sole propone el *lugar ideal*: una chopera a orillas de un arroyo, afueras de Revillarruz, al lado del chalet familiar. Un sitio precioso, asegura, aparte de que (en eso hay acuerdo unánime) facilita *mucho* los permisos respectivos tener unos padres encima (¡médico y enfermera para más chamba!) responsabilizándose de ellos, o sea, *controlándolos*. Y con el pueblo ahí al lado para bajarse unas cañas y comprar lo que haga falta. Claro que el éxito de asistencia depende de las notas finales de todos y cada uno, la única que va de verdad desahogada es Sole y el resto, incluido él, entre normalito, regular y fatal, así que se conjuran para pegar un apretón, aprobar lo posible y que la acampada sea una especie de larga fiesta de despedida. *Su* despedida. Suena a confirmado que destinan a su padre a Madrid, fue la bombita del último fin de semana. A su madre se le ha disparado el resorte organizativo, ha empezado a hacer gestiones, tantear fechas aproximadas de traslado y ese etcétera tan consabido y tan horroroso. Conocer Madrid, tener cerca a la familia y a Josecho y ese resto que supuestamente endulzaría el trago no lo ayuda a mentalizarse, ejemplo, para volver a la condición de *puto nuevo*. Cuando se menciona el asunto en la mesa (y ya no hay comida en que se soslaye) reprime el más leve gesto de interés, desenfoca el plato y mastica con intensa concentración, sin preguntas ni protestas. Sus padres están preocupados por él, misión cumplida. Y a ratos directamente mosqueados 'Menudo ejemplo das a tus hermanos' 'Un poco de entusiasmo, hijo, para nosotros tampoco es plato de gusto' 'Juanito parece mayor que tú' Allá ellos con sus chorradas, encima no va a besarles el culo. A cuento de qué lo comparan con sus hermanos si les da igual aquí o allá, son unos críos que se adaptan a lo que sea, como él a esas edades. Ahora es distinto, ahora es *injusto*. Vale que por momentos está hasta las narices de este poblachón. Y qué. Comparado con Madrid será un poblachón de mierda pero es su poblachón de mierda, con su cierzo y su maravillosa catedral mugrienta, con caballos y piscinas y balonmano, el año que viene serán aún más equipazo, Sole está superquedada (aunque eso sea *en parte* un problema) y nunca ha disfrutado (ni disfrutará, está convencido) de mejores amigos, se conocen a fondo, se ríen por todo, de todo y de todos, se cuentan intimidades con una sinceridad que ni atisbaban dos años antes, prodigan confidencias, se abrasan en amor, la vida vibra con una frecuencia alterada que anuncia riesgos, complicaciones, expectativas, placeres, recodos. Y *exige* tantearlos y afrontarlos y resolverlos en *terreno conocido*, en el que es propiamente el primer terreno conocido que pisa en su vida, en *este* terreno y no en el que vuelven a imponerle. *Necesita* a *esas* amigas y *esos* amigos, sus *verdaderas* amigas, sus *verdaderos* amigos. Y separarse de ellos, si toca, cuando corresponda: después de COU y cada uno a su facultad, a su academia, a su tienda, a su chiringuito, a recorrer mundo, a lo que sea, al menos aprovechar tres años más hasta romper esa barrera de los dieciocho que los facultará legítimamente para compartir piso, charlar, beber, oír música o follar hasta el amanecer en vacaciones y fines de semana, ya quedaría el resto del año para dormir a sus horas, estudiar mucho, trabajar y esa mierda. Y el colmo sería formar un grupo, como Quique Rullán con tres colegas hace un mes, Nubarrón se llama al final (entre los mil nombres consideraron El Abuelo de Heidi por contrastar) Lo acompañó a un ensayo en un local por San Cosme y en los descansos le dejaron hacer el gamboso con el bajo, la batería y las guitarras eléctricas. Qué emoción y qué gozada. Sí, no hay nada mejor que esos días con los amigos, cuando se despiden a la Hora Límite a regañadientes, cenicientas que no han agotado ni mucho menos ese *misterio de la vida* que no ha hecho más que asomar y los tiene en vilo permanente. Han establecido un pacto irrompible ¿no? Como cuando Rodrigo y él se hicieron hermanos de sangre a los trece y se lo recuerdan juntando las cicatrices (vale, *cicatricitas*) de las muñecas. Rompen en y entre ellos barreras que ni presentían, las penas compartidas se aligeran, unos a otros se hacen mejores y de súbito se siente muy capaz de lograr Algo Importante para la Humanidad En Su Conjunto gracias al apoyo incondicional de sus amigos y se le enfrían las coqueterías de comer salmón ahumado y fresas silvestres en compañía de lobos y osos si no es para salvarlos de la última extinción. De niño pasaba la hucha el Día del Domund y no dudaba de que gracias a los niños repeinados como él se acababan el hambre y la enfermedad y la miseria para siempre, había que ser panoli (su padre le contó que en su infancia engordaban bolas con el papel de plata de los bombones y las tabletas para mandarlas a misiones, nunca supo para qué…, a lo mejor las colgaban de las palmeras en navidades) pero *ahora* aspira a, ejemplo, descubrir la vacuna contra la enfermedad del sueño, suele fardar soltando *tripanosomiasis* sin equivocarse. No, no quiere largarse de ahí, no quiere empezar en otro colegio, no quiere pudrirse de nostalgia y de lástima de sí mismo a doscientos cuarenta putos kilómetros de *su territorio*.

Catástrofe en la 5.ª evaluación, suspenso con Pinueve y bajonazo en la mitad de las calificaciones. El Tartufo lo mantiene en 6, a pesar del puteo no puede rebajar más la nota a riesgo de que la injusticia cante demasiado (¿y qué? ¿iría su padre a hacerle una *visita*?) Su padre (precisamente) tocaba ese fin de semana. Después de la bronca ('Te estás desperdiciando...' 'No das ni la cuarta parte de lo que puedes dar...' 'Se te está pasando la edad de actuar como un irresponsable...') *pública* (donde hay confianza da asco y no puede desperdiciar una ocasión de oro para ejemplarizar: había que ver las caritas de sus hermanos) cae rapapolvo a su madre a puerta cerrada, se supone que lo tiene demasiado suelto desde que falta y así le van las cosas, su madre responde muy firme que no puede llegar a todo sola, se siente desbordada y le queda un verano infernal por delante, él patatín, ella patatán, tras un buen rato sin achantar ninguno de los dos van bajando la voz y de pronto su padre irrumpe poniéndolo firmes ¡ar! 'Ocúpate de tus hermanos, no quiero oír zumbar una mosca' Se arrastran dos horas (mortales: no puede con más briscas, ocas y tres en rayas, la cabeza en la Bolera, en Sole, en un cubata) antes de que se asomen, pasados por la ducha, severos en plan relajado, compartiendo guiños y risitas y bromitas privadas. Vuelta a prisión, las recuperaciones antes de la evaluación final son a lo largo de las dos semanas siguientes y si no apecha palman acampada y verano. Al resto de la pandi le ha ido mejor que nunca (es un consuelo y una coz a su dignidad) y lo celebran, justo, en la Bolera. El permiso quincenal de Berto y el cumpleaños de Alicia no conmueven a sus viejos, la reclusión ha empezado YA. La semana pasada ganaron la copa de la liga y sólo queda un partido contra el vencedor del Aranda-Miranda para *coronarse* campeones de provincia y competir por el podio de Castilla, nunca han llegado tan lejos. Menos balonmano y más matracas es la directriz doméstica en este momento, de qué sirve llegar tan lejos.

Sole cansa *mucho* (y eso que se frecuentan menos) y una mínima manifestación de fatiga la mustia en picado. No puede evitar que se le escape un '¿¡o-tra-vez…!?' o algún borderío y aunque se arrepienta sobre la marcha ya no finge el papel de papá paciente. Ella se atribuye la culpa de cómo están las cosas sin darse cuenta de que las cosas (también) están como están por empeñarse en tener la culpa de cómo están las cosas. Y al tiempo siente una pena horrible por ella y más desde que le confesó (¡hablando de papás!) algo *tremendo* que jamás había contado a nadie. Ni a Rosa, su mejor amiga. Juró secreto absoluto, sabe que puede fiarse. Y quién quiere compartir esa porquería. Una noche, tenía trece años, estaba viendo la tele con el Descapullador (su madre y sus hermanos pasaban unos días en casa de la abuela) y el tío se mostraba muy alegre y bromista, descorchó una botella, se fue animando, la invitó a un sorbo, soltaba unas paridas impropias de ese cara de palo y Sole supuso que había tenido un día estupendo o se guardaba una noticia grandiosa hasta que empezó a vacilarla con lo mayor que estaba y tal y cual y de pronto intentó besarla con lengua mientras le deslizaba la mano por debajo del pijama. Sole pegó un brinco y un chillido, su padre viró a color folio y empezó a balbucear perdón perdón perdóname, de pie y de rodillas, no sabía qué había pasado, le había recordado a mamá cuando eran jóvenes, no tenía costumbre de beber y toda esa mierda. Imaginar al Descapullador propasándose con su hija le desató una crisis de histeria entre el '¡Voy…, voy a matarlo a hostias!' el '¡Tienes…, tienes que contárselo a tu madre!' y el '¡Vamos…, vamos a denunciarlo!' que acabó alarmándola y no cedió hasta *convencerlo* de que había sido un ataque de locura momentánea 'Un *episodio de enajenación*, en serio' Tolera mal el alcohol, sufrió alguna especie de alucinación y de verdad de verdad de verdad no era consciente de lo que hacía. Además, propiamente *no ocurrió nada* porque lo paró en seco. Joder, qué sórdido. *No sabía lo que hacía.* Qué fácil, hijoputa. Bedoya, hijo de suboficial (no añade *patata* desde que se codea con un par de hijos de *patata*) le contó que su vecino, un sargento de banda, *obligaba* a su hija a *echarse la siesta* con él según terminaban de comer, pilló a la mujer de ese cerdo llorándole a su madre en la cocina, decía que según apuraba el solysombra ordenaba 'Tú, a la cama' Le da un asco que se jiña enterarse de que hay padres así y ya tiene otra misión en la vida: exterminarlos con dolor. A raíz de la Confidencia Inmunda pasaron por una breve temporada de reconciliación plena, mimaba a Sole como en las primeras semanas y ella se dejaba, prometiendo un progreso lento (pero consistente) en *permisividad táctil.* Ay, su tic ha vuelto, más inoportuno y desatado que nunca y aún peor, le entra la sospecha de que ha inventado (en todo o en parte) esa historieta para (contradictoriamente con la nueva culpa derivada de no haberla mantenido en secreto) provocarle lástima (bingo) sacar su instinto más protector (bingo) y que no se le pase por la cabeza *romper,* por pura compasión y porque es una de esas pruebas de confianza insuperables que atornillan a una pareja *para siempre.* Y qué tienen que ver la lástima y la compasión con el amor. Se avergüenza de esas ocurrencias pero *romper* es justo lo que no deja de zumbar en su cabeza. Con un picor nuevo. Muy desagradable, la zumba chincha con que *él es el culpable.* Sole le gusta, le gustaba (*mucho,* teniendo en cuenta que le gusta una cantidad de mujeres inabarcable en tiempo y espacio, en pasado y presente, en los anuncios de Belcor y los carteles del Teatro Chino de Manolita Chen) y la juzgaba una *amiga* cojonuda. Pero no estaba *para nada* quedado con ella como con Elena, negarlo es una idiotez. Y dudar de su historia otra. Y le jode que le joda haber sido el confidente de de…, ¿dónde han quedado sus propósitos de *que todos le dijeran que es su mejor amigo, el gran confidente, el que da los mejores consejos, el tío justo y generoso…*? No agradece esa revelación, demasiado compromiso no solicitado. Está saliendo con Sole porque su *intensidad* era irresistible, era irresistible enamorar a una niña así sin mover un dedo, sin más que haber coincidido. Que *existir.* Se ha aprovechado, se está aprovechando de ella y *se prometió no jugársela a nadie.* Mierda de madurez.

Devuelve los libros al hermano Gracián, casi se siente con derecho a llamarlo, sin más, Gracián. Luce menos yeyé y más alicaído cuando pregunta qué le ha parecido Cien años de soledad. No sabe muy bien cómo explicar..., cuando llegó a la última frase se quedó diez o equis segundos en blanco, estaba en su habitación y en Macondo, sufría una especie de infarto cerebral, el Gracián lo interrumpe con una de sus carcajadas limpias, nunca ofenden, pasando de preguntarle por Fuentes o quizá reconsiderando su decisión de prestarle *esos* libros y no otros más *adecuados* a quién sabe qué edad o librándolo del apuro de sudar otra tanda de opiniones *más emocionales que académicas* 'Ha sido..., una respuesta más emocional que académica. Un 7 en la barra del bar, un 1 en mi clase' respondió el Melchor al negado (y chivato) de Quirce cuando declaró (es más bobo de lo que parece o tiene una jeta que se la pisa) que La Desesperación

> *Me agrada un cementerio*
> *de muertos bien relleno,*
> *manando sangre y cieno*
> *que impida el respirar,*
> *y allí un sepulturero*
> *de tétrica mirada*
> *con mano despiadada*
> *los cráneos machacar*

había hecho que *se cagara de miedo* añadiendo que Espronceda (sólo se lo han atribuido) *debía de ser muy mala persona para haber escrito ese poema.* Por cierto que cuando dijo a su padre que lo habían aprendido al hilo de La canción del pirata, el tío entrecerró los párpados y recitó

> *Me agradan las queridas*
> *tendidas en los lechos,*

*sin chales en los pechos*
*y flojo el cinturón,*
*mostrando sus encantos,*
*sin orden el cabello,*
*al aire el muslo bello…*
*¡Qué gozo! ¡Qué ilusión!*

y se descojonaron un buen rato, da gusto conectar con los viejos. Los jesuitas de San Sebastián ordenaban arrancar y entregar de inmediato y sin leer (siquiera posar los ojos en ella era delito de confesión) la página del libro de Literatura que contenía el tal poemita, así que se conchabaron entre una docena para memorizar rápidamente una estrofa cada uno y lo reconstruyeron como los Hombres Libro de Fahrenheit 451 'Habría algún verso ausente, trastocado o inventado, supongo' Sonó el timbre de vuelta a clase, el Yeyé le dio una mano blanda, le alegraba mucho el éxito con los Cien años, había, dijo, alumnos de COU que se habían perdido al segundo Buendía 'Ahora que empiezas a saber de qué va lo bueno, sigue por ahí y tira a la basura a Sven Hassel y chorradas similares' La verdad es que el Legionario y Porta y el Hermanito le quedan ya un poco lejos pero lo promete de todos modos. *Los tiempos están cambiando,* los amigos de su padre lo confunden con él cuando contesta al teléfono. Las elecciones están a tiro de piedra y le jode más que nunca que le falten *tres* años para votar 'Además' casi grita el Gracián desde el final del pasillo '¡Me consta que ese farsante vive en Barcelona!' soltando otra carcajada. No entiende nada pero también se ríe jajajá ¿Sven Hassel? ¿En Barcelona? ¡El Yeyé es muy buen tío pero está grillado!

Ya puede decir QUINCE cuando le preguntan la edad, el sábado invitó a una copa a la pandi y a media docena de fuerapandis en el Molino y aunque todavía es un número pelín ridículo y mola el triple inaugurar los *dieci-*, es mil veces preferible a seguir confesando *catorce* salvo en cines y discotecas.

Hicieron pocha y le han regalado un Zippo de seis rayas, La isla (de Huxley, faltaba en casa) y El Año de la Moto 1975, un poco atrasado pero ni a Luz y Vida ni a Santiago Rodríguez ha llegado el de 1976. Así es el pueblo, seguro que en Madrid lo tienen pero no compensa la mudanza. Sole, por su lado y mientras el resto cantaba que-se-be-sen-que-se-be-sen (un cortazo y una capullada que inició el cachondo de Gumo) le regaló (envuelto en un papel decorado por ella, precioso) el X de Chicago, el de la tableta de chocolate con tacháááán, temazo n.º 4 If You Leave Me Now, siempre había pinchado el single. Hasta su canción favorita se titula Si Me Dejas Ahora y aun sin enterarse de lo que viene después sugiere un futuro siniestro. Bien, deja claro su deseo de que no la olvide jamás por caminos diferentes a los de Valen. Y estuvo tan dulce. Un cumplete memorable y una moña de mearse.

Con el sobre de regalo de los abuelos Farina se ha comprado sus primeros etiqueta roja, se ducha con ellos y deja que se le sequen encima. El ritual ha teñido de azulón las piernas, el culo y el paquete en chorretones irregulares que (espera) salgan con un par de duchas sin pantalones, el Meyba queda penoso con las piernas azules aunque hay quien pretenda sacar partido. El pera de Gelito Pardo asomó el verano pasado con las piernas azules y fardó sin darle importancia 'Acabo de estrenar' alegrando la mañana a Chacho, le da igual Rok, Lois, Levi's o Wrangler y es un reconocido tocapelotas 'No, si vas a tono con la piscina' o '¿Te dan calor los pantys?' o 'Debes de tener los huevos de color azul coz' Mamá contenía los nervios contemplando sus garbeos y persiguiendo rastros añiles donde pisaba. Le quedan *perfectos*, no existen en el mundo vaqueros mejor hechos ni más molones y tienen por delante un montón de lavados siempre que no encojan al ritmo contrario al que ensancha. O sea, ojalá los putos muslos detengan su engorde mutante. Menos mortificantes que la nariz, empeñada en recriar el mismo grano cabrón sobre una punta cada día más alejada de la cara. Hasta su padre *la nota* en sólo dos semanas de ausencia '¡Hombre! ¡Estás echando el porrón de las dos familias juntas!' Un cachondo de los de estrangular 'Has adelgazado, hijo mío. Deja de meneártela como un macaco' Jjjoder, papá. Nájate ya a tu cursito.

Últimas traducciones libérrimas de Tempus Fugit ante el reclamo de la relojería del Espolón, ni recuerda cuándo improvisaron la broma. Ruiz 'Se nos hace tarde' Cisco 'Fúgate a tiempo' (nunca ha sonado más oportuno) Alicia 'Lo bueno corre que se las pela' Alicia es una monada y el tiempo vuela para todos pero más para él, recuperó matemáticas (el Pinueve lo felicitó derrochando su gran sentido del humor 'Mi sincera enhorabuena, Arzain. Si no me equivoco y *yo me equivoco poco* rimó con sorna 'en ningún caso superará el suficiente en la nota final') el jueves 16, el día siguiente a las elecciones, volvió pitando a casa para confirmar los resultados: UCD 166 escaños (3 locales) a un pelo de la mayoría absoluta (176) segundo el PSOE con 118 (1 local) y tercero ¡el PCE! con 19, 3 más que AP, los más fachas del panorama porque ni las Falanges ni Fuerza Nueva ni la CEDADE han rascado un escaño ¡asombroso! Sus familias se han repartido entre el PSP de Tierno Galván, UCD y AP, la guerra y postguerra de cada una definen el abanico de voto. En el telediario aseguran casi un 80 por ciento de participación, muestra colas gigantescas. La SaFa repitió de colegio electoral y tuvo un día de matute para preparar el examen merecedor de la *sincera enhorabuena* del Pinueve. Qué habrán votado los frailes, tan demócratas desde que cambiaron la sotana (¡una pérdida, aquellos vuelos que arrancaba de su sotanita el Sacarosa!) por la bata blanca, algo entre Fraga y Blas Piñar cual aconseja la superioridad. Semana entrante, notas finales. Después del partido épico contra Aranda (remontaron un inexplicable 0 a 7 y acabaron un gol arriba) asoma el torneo de Castilla y estira media hora los entrenamientos machacando suspensiones, rectificados, combinaciones o penaltis con Portolés, Bedoya y quien se apunte, ni cristo aparte de Portolés y Bedoya, tres obsesos y un balón. En la Deportiva siguen limpiando las piscinas familiares pero la olímpica ya luce de película, apenas la frecuenta nadie si se sortean las horas en que la acapara el equipo de natación. Han inaugurado temporada, el agua muerde y la salida es peor, nada como entrar en calor encadenando macarradas desde las palancas. Y no es que las niñas hayan estrenado o no biquinis: es que hasta ahora se limitan a desconejarse de sus payasadas y tiritonas con el jersey bien a mano y apurando cada ráfaga de sol. Más insisten ellos en que se animen, más se mondan.

La tiranía de la hormona, el verano incipiente, el recuerdo de Valen (ha roto los *poemas secretos* (tres) donde disecaba en palabras algo que nada tenía que ver con su calor, sus olores, su piel, su humedad, sus caricias, su culo frío, sus tetas llenándole las manos) lo mantienen en turbación y masturbación efervescentes. Se decide a escribir una carta (ya había hecho unos cuantos borradores ensayando caligrafías falsas a vuelta de Valladolid) con las iniciales M.ª C. B. J. en el remite (Rebollo dice *remitén*) Es menos sospechoso si es una María del Carmen o María Consolación, elige la B por la inicial del apellido (como si fuese una prima) y la J por su propio nombre propio (confía en que de esa J final brote un espontáneo grito de entusiasmo) El problema, otro problema, está en que se le quedó enganchado fácilmente el Barriuso pero no recuerda ni de coña el pueblo de la moza. Palencia. Entre la Durvan y un mapa de carreteras se decide por Belmonte de Campos, no tan novelesco como Palacios del Alcor ni tan sugerente como Valdebustos o Villanueva de los Nabos, sabrosos descubrimientos. Repasa unas sesenta veces la carta, la ensobra, chupa el sello y va a echarla. Muy decidido. Tampoco es que le diga más allá de que la recuerda con *mucho cariño*, le gustaría (tanto) *volver a verla*, tanto tanto que quizá (sugiere entre líneas) podrían *quedar* sin que se enterasen los Pedreira (ni, obviamente, el capitán y su señora) añadiendo cuatro o cinco chorradas tipo 'Vamos a jugar el campeonato de Castilla' o 'El curso no me ha ido mal' pero más que nada por hacer bulto y disimular que se muere de ganas de volver a meterse en la cama con Valentina, de meterse *dentro* de Valentina. Indica en posdata que si quiere contestar ponga en el remite el nombre de un compañero de clase que se mudó hace un par de años a Tarragona. Según se acerca al buzón (en el centro, a ocho buzones del de la barriada) empieza a dudar (por enésima vez) de si está cometiendo una auténtica gilipollez, a lo mejor a Valen le da por partirse de risa ante lo evidente, a saber a cuántos tíos se ha pasado por la piedra o le han escrito idioteces y ahora aparece el *crío* salido este. O Richi (que le den por culo al *Erri*) descubre la carta y la lía porque es un cotilla sin escrúpulos, la gente le importa una mierda y no hay nada que le mole más que montar un buen follón. O en el mejor de los casos Valen le contesta que cómo y dónde van a quedar viviendo a más de cien kilómetros (y él con una autonomía de *crío*) O o o. O. Ooooh. Más se acerca al buzón elegido, más se le desbocan el corazón y la cabeza, imagina a Valen y a Richi en la cama *revolcándose* (antes o después de revolcarse) con sus tonterías *vamos a jugar el campeonato de Castilla, el curso no me ha ido mal* imitando su voz recién estrenada y se sofoca de ira y de asco, se apoya en el buzón mientras pasa la náusea, inserta media carta y queda en trance sin soltarla hasta que un '¿Te decides o no, chaval?' le provoca un respingo y toca guardarla a toda prisa, un tipo con pinta de funcionario de ventanilla (o de secreta) con el bigotito cano manchado de nicotina y gafas ahumadas lo mira muy cabreado, amagando sopapearlo con un taco de sobres marrones. Se sienta en un banco del Espolón, espera a que se le pase el amago de vahído. Menudo sobresalto, la carta de los huevos no se le ha escapado por los pelos. Por los pelos de los huevos. Habría sido su perdición. Habría tenido que vaciar un bote de gasolina de Zippo en el buzón y prenderle fuego, un delito *auténtico*. Despacito, con método, la rompe en mil pedacitos que distribuye en las papeleras camino del España, dos parroquianos, se sienta en la barra y empalma tres *pre-*

*paraos* de Gerardo. Todavía le queda pasta del cumpleaños para permitirse algún lujo. Jjjoder, Gggerardo. Cada día tiene la jeta más deteriorada, el tío. Ha clavado con chinchetas una foto firmada de Ricardo Chibanga, *El Africano*, un torero ¡negro! dando un pase de pecho. Está bastante cabra pero es simpatiquísimo, siempre mamado, regando ese pedazo de napia color berenjena. Vuelve a casa caminando para que le dé el aire, remoja unas galletas camperas en un colacao y se tumba a leer en la cama. Imposible concentrarse. Ni se siente mejor ni piensa con más claridad ni resuelve si tenía que haber mandado la carta con dos narices, pasara lo que pasase. Más vueltas da al tiempo desperdiciado proyectando escribirla, rompiendo borradores y yendo a (no) echarla en un buzón que está a tomar por culo, peor se siente. Un completo mongolo. Peor: un cobarde. Un niñato fardando de hombre.


Fin de curso, todo aprobado y todo a la baja ¿Iba a caerles simpático este año? Pues a la bajajajajarajajá. El Tartufo lo ha calificado con un Bien, nunca ha trabajado tanto para recibir a cambio una mierda de nota. Culodoble no mentía, sufi con media de 5,9. Qué putada podría hacerles. Si tuvieran coche les rajaba las ruedas. Y ha demostrado que el resto de las asignaturas se la traía floja, así que era de esperar que no se estirasen. Sus padres tienen otras prioridades, han dado por *práctico* el resultado (por una vez lo práctico coincide con lo deseable) y a otra cosa, un asunto menos de que ocuparse. En una semana empieza el campeonato de Castilla. Se juega en casa, en la cancha de los salesianos: los han tallado y pesado, es el segundo más alto del equipo. 1,78 m, 71 kg. Benavides se evaporó sobre la marcha con un suspenso en matracas (le da igual, encantado) y bastante *desapegado* cuando se abrazaron por ¿última? vez. Tampoco estará ahí el próximo curso, su año de exilio (*exilio*, decía el gilipollas) ha terminado.

Ha cortado con Sole. Como con la carta a Valen, no se decide por el arrepentimiento, el alivio o un reposo con tisanas, ahora mismo se siente *fatal* y poco más sabe rascar de ahí. *Posiblemente* ha sido injusto. Justifica esa injusticia. Contradicción. Sole lo tenía frito, vaya. Fue en casa de las Saldaña (donde empezaron a salir) sentados en el sofá de la salita del fondo (testigo de dos filetillos) y solos aunque en cualquier momento aparecerían Ruiz y Álex o Gumo y Vito (una novedad, amiga de una de sus siete hermanas) o Cisco con una tía del centro recién incorporada, tiene fama de salida y nombre exótico, África. Cisco está pelín acoquinado con tanta soltura pero muy bien dispuesto a adquirir experiencia. En tres semanas ha cambiado el panorama sentimental. También para él, a peor. O a mejor. A peor. A mejor. Le dolía la cabeza, seguía a medias lo que largaba Sole, no le apetecía *nada* hablar (quizá pinchar discos *sin compañía* allí al fondo) y decidió ponerse cariñoso, nada como darse un lote sin palabras, ella se interrumpió gustosa y bueno, respondió a las babas y los ronroneos con entusiasmo, durante un rato pensó que estaban progresando *de verdad* y era cuestión de un poco más de tiempo y paciencia tentar el siguiente capítulo, *paja mutua*. Tales felicidades futuras se prometía, al fondo cantaban Cánovas, Rodrigo, Adolfo y Guzmán

> *cuando sobre el sofá*
> *empiezo a pensar ¡ya está!*
> *te niegas con educación*
> *y calma fascinantes*

pero en este caso ella lo rechazó sin educación ni calma ni fascinación posibles, *con violencia*, susurrando (a gritos) (recordó a Elena susurrando a gritos bajo el balcón de Cristina) '¡Para! ¡Suelta!' y se puso en pie de un brinco arreglándose la ropa y el pelo y abandonándolo ahí, semidespatarrado. Confusión absoluta y un *burto* de los de saltar los botones de los Levi's (Álvaro: 'Finalizado el ballet, la seora esposa del seor

Menistro manifestó su disgusto porque a los bailarines se les notaba demasiado *er burto*') ¿Un ataque de claustrofobia? Tenía la cabeza a diez mil revoluciones, condenado, está condenado a que las tías le peguen unos cortes espantosos en el mejor (o peor) momento, iba a escribir una carta de despedida a Valen antes de precipitarse desde la terraza de las Saldaña, iba a iba a iba a 'Jjjoder, si quieres paramos..., pero..., pero ponerse así' De pronto posa de tranquila, la situación bajo control 'No..., no, si la culpa es mía' Vuelve a sentir los 125 voltios de *aquel* calambrazo, de crío metió una horquilla en un enchufe y casi se queda tieso 'Es que no me doy cuenta de cómo os ponéis los hombres' (¡*hombre*, lo ha llamado *hombre!*) 'Justo lo que pasó con mi padre, tendría que ser menos ingenua, menos tonta, lo que para mí era cariño de hija lo interpretó como yo qué sé, es la naturaleza o las hormonas, es así y es así y por alguna razón no me doy cuenta del *poder* de las *mujeres* (¡*mujer*, se ha llamado *mujer!*) Así que el otro día le pedí perdón ¡por fin! y porque parte de la culpa fue mía por inocente y estuvo..., estuvo..., supercomprensivo, también me pidió perdón, nos abrazamos como no nos habíamos abrazado en tres años y me suplicó que lo olvidáramos y no volviéramos a hablar nunca nunca nunca más de *aquello...*' y patatín patatán, no da crédito pero barrunta que Sole ha pensado lo que dice, le sale un discursito fuera de cacho pero muy bien ligado (¡*hormonas!* ¡el *poder de las mujeres!*) al tiempo de volverse loca (¿*pedir perdón a su padre* tres años después de *aquello?*) Y él con ella. Las palabras rebotaban en su cráneo y se oyó decir 'Se acabó' Sole calló de golpe y repitió 'Se acabó' incorporándose y apartando a Ruiz, entraba con Álex, se abalanzó al pasillo, a la escalera, a la calle, a recuperar el aire que le faltaba. Caminó por La Quinta arriba y abajo hasta el anochecer lanzando unos mil puñetazos al aire en todas las trayectorias, imaginando que sacudía al padre de Sole delante de la mema de su hija, cuanto más gritaba y lloraba Basta Déjalo Basta más duro y más preciso golpeaba a ese hijoputa *supercomprensivo* que ha dejado a su hija tocada para siempre.

Y cuando al fin, agotado (sudaba cuando entró en casa) lo abandonaba hecho una piltrafa, Sole se arrodillaba y besaba sin parar ese chuletón revenido que le había dejado por jeta mientras sollozaba 'La culpa es mía la culpa es mía la culpa es mía' Pues claro que la culpa es tuya, mema. Siempre lo ha sido. Se siente fatal. Fatal.

Cuando cuenta por teléfono a Cisco que *lo han dejado* responde por las buenas, es un tío pragmático 'Pues más nos vale en pensar en otro sitio para la acampada…, pero sin Sole y sus padres cerca…, no va ni una niña' Teme, es normal, quedarse sin saber si África justifica su leyenda y las circunstancias lucían óptimas 'Y de nosotros, alguno lo puede tener crudo, ya conoces a los padres de Berto…, Rodrigo…' divaga, se pierde media hora en futuribles y cayendo del guindo 'Oye, lo siento mucho' Jjjoder. Se nota, macho. Por lo demás, todos han ocultado a la autoridad que los padres de Sole no van a estar propiamente *cerca* salvo durante el (único) fin de semana. Trabajan hasta agosto y el chalet queda a treinta kilómetros de carretera mala, un poco a trasmano para ir de noche y volver de madrugada, de paso hacen su vida y reposan de descendencia durante julio, los niños quedan al cuidado de dos muchachas en el chalet y conclusión, los alegres campistas iban a disfrutar de ausencia de vigilancia. Duerme mal, le ronda abalanzarse sobre el Descapullador cuando lo tenga delante. Deja correr dos o tres días sin quedar en las piscinas pretextando órdenes de la superioridad, alega el empaquetado de sus cosas y ayudar con el resto y los enanos y etcétera, aunque su pobre madre le da poca turra de momento, ya vendrán tiempos peores. Y como tampoco le apetece socializar ha adiestrado al enanito telefonista para cecear que ha tenido que salir cuando preguntan por él. Es tan eficiente que contesta que no hay nadie pregunten por quien pregunten (lo que ha valido otra minibronca al irresponsable del primogénito) Ni se ha enterado de si Sole ha llamado o no, las dos respuestas posibles son 'un chico' o 'una chica' Mejor. Mil veces mejor que estar soltándole cosas que no quiere decir o improvisar las que ni siquiera se le habían pasado por la cabeza. Y cuando una pareja corta sin explicaciones es porque *los dos saben de sobra lo que hay* sin necesidad de decírselo ¿verdad, verdad? ¿Madurez?

El campeonato empezó de maravilla y acabó de angustia. Se juega por eliminatoria, tumbaron a Palencia y a Soria pero tuvieron la pésima suerte de cruzarse con Valladolid (¡el *maldito* Valladolid *siempre ahí*!) en lugar de con Salamanca. Juega un partido horrible, por primera vez en su vida de *promesa* marca ¡dos goles! ¡dos goles de mierda! (nunca había bajado de cinco) y eso que el ya comandante ¡enhorabuena! estaba de permiso y había ido a verlo *por una puta vez*, mamá y hermanos forman de siempre entre los fans de final de liga. Llora de rabia en los vestuarios, la cara hundida en la toalla. Los de Valladolid celebran la victoria armando una bulla de lo más maqui, sofoca espasmos de llanto homicida. Mataría llorando. Lo aplasta la conciencia implacable de que esa porquería de partido es su último partido: el año que viene se les unirán los que transitan de infantil a cadete, hay tres buenísimos que se obcecarán en ganarse un puesto entre los figuras veteranos (se incluye en los últimos sin vacilaciones y no pensaba ceder un minuto salvo lesión) y formarán un equipazo con no pocas papelas para aniquilar a estos matasietes y lograr el pase al Nacional. En esa fase se imaginaban ahora mismito. *Pero no estará ahí.* En una temporada se habrán olvidado de él, de sus cuatro años de capitán, de haber formado con Valcorba y Portolés el trío de laterales y central más potente de la categoría desde Paz, Toncho y Fideos. *No estará ahí.* Es el último en ducharse y se castiga por su juego y por llorón con cinco minutos de agua fría que le trompican el aliento y cortan las lágrimas. Al paso deshincha esa jeta de plañidera. Un *fracaso.* Está claro, no sabe perder (¡¡ni los de Valladolid ganar!!) (lo que vuelve a demostrar que no sabe perder) Recuerda las horas y horas de paliza después del entrenamiento intentando mantener la suspensión de Sagarribay (a un portero le suele gustar Pagoaga y a un lateral izquierdo Albizu, es raro que el ídolo de un central sea un lateral derecho) y ensayando su latigazo, intentando imitar la astucia y la rapidez con que adivina el hueco un instante antes de que se abra, cómo se coloca, pide, finta, desequilibra, bota, se eleva, engatilla petrificado en el aire mientras la gravedad hunde a la defensa y pum, dispara un pepino a la escuadra ligando los movimientos en menos de tres segundos. Creía que el Sector iba a ser inolvidable, si no el primer paso de una *consagración* la mínima recompensa *exigible* por el putadón de dejar el equipo. Pues no, sólo quiere olvidarlo. Esto es, va a ser inolvidable por olvidable. Sus padres hablan con otros padres, los enanos aplauden y se le abrazan cuando lo ven, lo consuelan, todo muy sentido y cariñoso, o sea, repelente, palmadas y besos y ánimos, esa mierda y tal. Les deja la bolsa, logra sablearles cuarenta duros explotando la tragedia y el público asistente y se va a celebrar la derrota (el *fracaso*) con la pandi, ahí al fondo. De camino abraza a los que quedan del equipo, mañana a las doce tienen la concentración de despedida en el colegio, Jacobo soltará el último discurso de la temporada y él (se teme) volverá a llorar como el filifi de hace sólo un cuarto de hora. Pero la pandi está ahí al quite, afónica después de dejarse la garganta abucheando al contrario y en cada gol de casa y Sole (ha ido a los tres partidos) gasta la simpatía de siempre, la de *antes de salir*, eso sí, poniendo gente de por medio y evitando quedarse con él a solas ni un segundo, se morirían del corte. Sacan dos ristras de fotos partiéndose, metidos cuatro o cinco cada vez a palanca en un fotomatón. Recuerdo de un día patético que remonta a golpe de cañas, juntan unas mesas en el Pancho, llueven los partos sin ton ni son, les llaman la atención desde la barra, se disculpan, vuelven a armarla. Sole confirma que *por supuesto, por qué no iba a seguir adelante la acampada* (le echó una mirada de reojo) y en cuanto decidan las fechas informa a sus papis, encantadísimos de tenerlos de vecinos una semana, vaya ¡se muestra tan convincente! Respiran con alivio, sube la bullanguita, vuelven a avisarlos *en serio,* vuelven a disculparse (quién va a tomarse *en serio* tales disculpas) y salen en tromba a rematar en el Manitas de arriba. Esa noche llegan a casa a una hora casi infantil para asombro de padres, forma parte de la estrategia de preacampada. Puntualidad, docilidad, obediencia y responsabilidad, asegurando sin contradicciones (Cisco: 'Y con jeta de puros y castos en palabras, obras y deseos') que llevan tres tiendas, una para las niñas, otra para los tíos y otra para mochilas y víveres. Ya se repartirán como les cuadre. Todo organizadísimo y (¡por supuesto!) muy sanote y abstemio, canciones de campamento y cuatro esquinitas tiene mi saco. Al día siguiente (lloró, lloró en la despedida de Jacobo y el equipo) se descojonan remedando la cara de los viejos, persuadidos de que esa noche se pasaban de rosca y caía una bronca de libro, cuando llegaron a media peli y pelín alegres en lugar de arrastrar uno de esos mocordos de The End y Buenas Noches desde la puerta que aseguran una visita en el dormitorio cinco minutos después '¿Te pasa algo?' o '¿Te encuentras bien?' o '¡Mírame a los ojos!' o '¡Échame el aliento!' Los disfrutones de montar el tararira (ejemplo, los padres de Rodrigo o la madre de Cisco) se quedaron sin darse el gustazo y *de eso va la cosa,* a partir de ahora se trata de no hacer tonterías, completar el inventario, espigar conservas y macarrones en la despensa familiar, despistar alguna botella. Lo imprescindible está cubierto, el que no ha sido de la OJE, los Junior o los Scouts tiene hermanos mayores que han cumplido. Cisco y él decidieron inscribirse en los Scouts hacia los doce, subieron a un piso por ¿Huerto del Rey, Llana de Afuera? y se pararon ante un timbre de pezón con el cartelito Llamar Antes de Entrar y una placa que decía Asociación Diocesana de Escultismo. Se miraron, se preguntaron en voz alta '¿Asociación Diocesana de Escultismo? ¿ASOCIACIÓN… DIOCESANA… DE… ESCULTISMO…?' Cisco se arrancó un esparadrapo de la rodilla, lo pegó al timbre, salieron zumbando escaleras abajo y hasta hoy.

Hojea los libros de ese curso antes de embalarlos, herencia para sus hermanos. El Aironfix rozado, las esquinas dobladas, los desgarrones en los lomos, los rótulos de Dymo medio arrancado, las fotos pintarrajeadas, los macarras a BIC negro en los márgenes. Se recuerda forrándolos, vuelve un deje del olor original. Hace mil años.

Llega la esperada, prodigiosa mañana de trasladar los caballos al mercado de San Amaro, tres semanas de cuenta atrás hasta el concurso del Campeonato Nacional. Se vacían los boxes para alojar a los pocos competidores locales y los muchos visitantes y los chorchis se aplican a cepillar, fregar y desinfectar con zotal, reparan coces en puertas y enfoscados, barnizan y repintan, repintan las tribunas, el escudo de la Deportiva y las casetas de apuestas donde aprendieron a tragar el humo, repintan las leyendas del muro norte del picadero cubierto

DE LOS JINETES DE TRIBUNA... ¡LÍBRANOS, SEÑOR!
DE LOS QUE ENSEÑAN LO QUE NO SABEN... ¡LÍBRANOS, SEÑOR!

repintan las franjas de las barras y los obstáculos, siegan el césped de la pista verde y del Molino, replantan calvas, los aspersores tshtshtshtsh escupen sin tregua, reponen y rastrillan y riegan la arena de los picaderos, hectólitros de pintura y agua y zotal se desparraman sobre la zona hípica dejándola de película, es una inversión anual preceptiva a costa de la desratización del antiguo canal de remo, tampoco sobraría allanar la pista de hockey, cambiar la depuradora de la piscina cubierta o habilitar un dormitorio y una sala de guardia decentes para los turutas de las caballerizas, el mus de despedida (se fija más en todo desde que se le escapa) en el camaranchón lo dejó abochornado, la guarnicionería parece una suite del Landa. Es el segundo año que Ruiz, Rodrigo, Cisco y él se reúnen con el resto de voluntarios de la Tanda Especial en la herrería. Seis de la mañana, Gumo juró que no volvía a castigarse con semejante madrugón y ha cumplido. *La disciplina no es un castigo sino un privilegio* recitaba el maestro de judo corrigiéndole la posición de pies con un barrido (un deashi harai incompatible con su envergadura de nueve años) que le hacía morder el tatami antes de pesquisar qué coño hacía mordiendo un tatami. El capitán Durán versiona en castellano rudo ese dicharacho tirando a oriental soltando un manotazo de mongolo en la grupa del Tabaco al medio minuto de montarlo (el Tabaco: esos muslos (fuertes y maldita sea, *gordos*) lo mantienen grapado a la silla y le dan *siempre* los caballos con ojos de loco) Un tábano formato cucaracha se entretenía chupándole unos litros, notó el nervio y el temblor del anca, la manopla del capitán se ha anticipado y consigue lo que no había conseguido el jodido bicho, el Tabaco bota anunciando caña instantánea, los caballos salen exaltados por ese madrugón que les recuerda y promete un desfogue muy diferente a la noria del picadero. Pega las orejas y hunde la cabeza con un respingo pero conoce a este y otros cabroncetes que ha hecho saltar por-co-jo-nes y le han devuelto unos sustos de-co-jo-nes, tira con firmeza hasta resituarle los ollares a un palmo del estribo, espolea a contraestampía, lo empuja a estrellarse a ciegas contra el portón de la herrería y la bestia achanta, clarinete '¿¡Estááásdormiiidooooquéé!?' 'Ya no. Jjjoder, capi. Te juro que ya no' '¡Atento, Arzain! ¡Atento todo cristo! ¡Coño!' Salen a la ciudad en columna de a dos y al paso, el corazón vuelve a sus pulsaciones a la altura del busto del general Yagüe, masca la ocurrencia de llevarse de matute esas gafotas de bronce y quizá es llegado el momento de pedir prestadas unas cizallas o un escoplo (¿o un soplete?): qué peor recuerdo y cuánta honra en tal gamberrada. Portada del Diario, fijo. El capi luce un cabreo mediano, la convocatoria ha resultado floja y aunque Gelito, Chacho o él mismo guían caballos extra, ensillados y con cabezada de cuadra, han dejado unos cuantos atrás y queda un segundo madrugón para probar vocaciones. Tiene la piel de gallina debajo del chubasquero, va en manga corta (en cuanto sude hace un burruño y lo mete en el bolsillo) y nota el roce helado de la tela impermeable. Los edificios de la barriada multiplican el eco de los cascos contra los adoquines, piedras rodando por un barranco 'Castañuelas cósmicas' ríe Ruiz leyéndole el pensamiento antes de alargar el trote a la Pruna, una yegua muy fibrosa, infatigable. Se asoma un tío con la cara enjabonada y camiseta de tirantes, la ventana de una cocina enmarca un cabezón con rulos y redecilla, la pareja que espera al autobús se arranca a aplaudir en plan Desfile de la Victoria, saludan con guasa a imaginarias multitudes. El capitán ordena compostura ¡ar! y *concentración*, ya ha habido algunos sustos *con chispas*, él acaba de sufrir uno y aún no le ha bajado el color tomate (el Señor de las Moscas lo ha castigado por la ejecución del tábano): los clavos patinan, ayuda la rociada, sacando chispas y lascas de los adoquines, los caballos se despatarran con riesgo de romperse y romper al jinete. Acaban de ventear La Quinta, cabecean y bufan y manotean amenazando caña pero ah, ya pisan el aparcamiento del Plantío y el asfalto promete menos pifias. Doblando la pasarela de madera, Loreto, menudita y bravucona, se desvía así como al despiste y la enfila con la Piba (una yegüita, la más ligera de la tanda) ante la jeta demudada del capi, no se ha percatado a tiempo y maldita sea, no hay modo de hacerla recular. Vuelve a ponerse tomate mientras la pasarela cruje y se escora unos graditos a izquierda…, a derecha…, a izquierda…, a derecha…, los cascos retumban en los tablones, la chiquillada acojona, están absortos en la chiquillada, ese río que apenas murmura ruge más caudaloso que nunca. La Piba se planta con un brinco ansioso en la otra orilla y sobre los bufidos y silbiditos de alivio (gritar o aplaudir supone arriesgar una espantada) se eleva la voz de Loreto '¡No paséis ni de coña!' (carcajadas de tronada) y '¡No volveré a hacerlo *en mi puta vida*!' tan marimacho y bocanegra como siempre '¡Te vas a enterar! ¡¡Te…, te te te vas a enterar!! ¡Coño! ¡¡Coño!!' aúlla Durán a punto de congestión cerebral, la cara mudada de tomate en lombarda. Trescientos metros más allá embocan la pasarela de hormigón en fila india y calca el vértigo del año pasado, la vibración de la estructura, los remolinos, un cuerpo de media tonelada bajo el culo. Según tocan tierra aflojan riendas, los caballos no esperaban más para calentar, galopan corto en ochos y semicírculos mientras acaban de reunirse, en cuanto el capi empieza a abroncar a Loreto (como oír llover) lo distraen amagando las primeras arrancadas en dirección oeste, ahí se quedan si quieren, ya están batiendo tierra, hierba y hojarasca, exprimiendo bajo las herraduras zumo de tierra y hierba y hojarasca, los chopos zumban a los costados, sortean hoyas y raíces al aire y rocas medio enterradas y balsas de lodo, gran frenada antes de volver al asfalto y al paso. Las caras arden, secan las lágrimas que les ha arrancado el aire fino y frío, ríen sin ton ni son, los caballos resoplan sacudiendo crines y bridas, qué reputísima felicidad en estado puro. Palmea el cuello del Tabaco, en cuanto lo abandonan un ratito a su elemento se le olvidan las manías y se muestra alegre y noblo-te, como casi todos (el Retorcido sigue teniendo que ir en solitario porque cocea a los de atrás y muerde a los de delante) si les dan ocasión de romper su patética rutina del picadero al box y del box al picadero (el Quito lleva veintitantos años aguantando lo inaguantable sobre sus lomos) y transitar de las barras de tranqueo bajo techado a una buena galopada saltan-do cercas y empapándose en tomillo y romero cuando rozan una mata. Los caballos humean, se quita y pliega el canguro a pesar de que el sol no acaba de despuntar a su espalda y en-frente aún cuelgan estrellas sobre un azul profundo, al otro lado del río la ciudad empieza a animarse con claxonazos sueltos, las persianas crujen abriendo rectángulos de luz. Queda un trecho hasta la última galopada en el paseo de la Isla y los cua-tro apuestan un paquete de rubio por cabeza para el que se encienda antes un pitillo a galope tendido. Se adelantan al despiste como Loreto antes, toman posiciones (no son los úni-cos que despejan horizonte para saldar piques o simplemente disfrutar) y según encaran el paseo, aprovechando que el pen-co (el Palmarés nada menos) que arrastra el capi lo tiene frito y amenaza con endosar las riendas al pringado más a mano, espolean. El Tabaco bufa y pega un tirón, lo deja alargar el tranco poco a poco, rápido y regular, todavía van más o menos parejos, estabiliza el galope y siente *ese* vacío en el estómago antes de sentarse en las riendas. Ya tiene las manos libres y saca el pito, muerde el filtro, el resto menos Rodrigo (de siempre es partidario de las cerillas) (ahora se retrasa, le ha entrado la risa tonta y no va a volverse para saber por qué) lleva Zippo, no hay ventaja previa, golpea de canto la rueda a lo chisquero, apantalla el hornillo y el tiempo se suspende en una llama vacilando a dos centímetros del pito, sólo siente el viento secándole los sobacos y al caballo ondulando entre las piernas, es la galopada de despedida, no volverá a repetir la macarrada de encenderse el pitillito, no volverá a cruzar la ciudad dormida imaginando ser un hidalgo errante. No volverá a saludar a los Astolfi, tan esbeltos, repeinados y atentos a que sus caballos bajen la rampa de los remolques sin percance, no volverá a ver saltar en la pista verde a Basail o Álvarez Cervera, ni al duque de Aveiro ni al amigo Chindra, no volverá a apostar cinco duros por otro 0 de Martínez de Albornoz, el Pichi, montando al negrito Amar. Da lumbre al Habanos y recupera las riendas, es el penúltimo en hacerlo (a Rodri se le volaron las cerillas) y Ruiz el primero que ha soltado una bocanada de humo, Cisco insiste en un empate (mira que le jode apoquinar un paquete) con las pestañas chamuscadas por una llamarada del Zippo recién cargado. Lo observan con zumba '¿Dónde estabas?' '¿Te has privado?' '¿Has sufrido una ausencia?' y el Tabaco manifiesta su irritación por esa falta de competitividad y pundonor inexcusables con tirones de bocado y cabeceos cabreadísimos.

Sí, faltaba gente al día siguiente para acabar de vaciar las cuadras pero no se presenta voluntario. Qué más da que el capi o quien sea lo consideren un blando o un farsante, la verdadera despedida de los caballos fue en San Amaro, casi llora (¿por qué llora tanto? ¿por qué se agranata tanto?) dando una zanahoria al Cadaqués, el enano cabronazo que peor se lo ha hecho pasar de seguido. Después de dejar cojo a Julianín lo tuvo asignado cinco meses y cuando ¡por fin! lo pusieron a rotar con la remesa nueva de potros polacos lo había dejado razonablemente *suave*, creía, hasta que volvió a postularse al récord de cañas y puteos con los desdichados sucesores. Estará mal, pero reconoce que se partía de risa por dentro. El Cadaqués mordisqueó la zanahoria haciéndose el interesante, como si todavía no le perdonase dejarlo tirado tras ganarse, tras *concederle* su respeto. Un puto caballo le creaba mala conciencia, es increíble. Se demoró más, quién sabe por qué, en el box del viejo y paciente Mambrú, ganó sus escarapelas entre los seis y los ocho años y a sus lomos sabios supo lo que es compenetrarse con un caballo. Aspirar a pensar como un caballo. Y en el del Obi, el tordo tuerto con la mancha amarilla en el ojo izquierdo y rarezas de solterona. El final del final, si breve mejor.

Suárez jura su cargo el mismo lunes en que abordan temprano el único bus al pueblo de Sole y alrededores. Hacia las diez y después de demasiada parada allí está, esperándolos en el apeadero con manifestaciones de alegría muy alentadoras, algo más parcas con él. Caminan despacio (entre mochilas, tiendas y víveres acarrean una buena carga) y desparramando paridas, sin acabar de creerse esa semana de independencia por delante. Detrás han quedado Rodrigo haciendo codos con seis cates, Ruiz ayudando en la zapatería y África contra todo pronóstico. Su fama ha llegado no se sabe cómo a oídos de sus padres (conquenses y devotos de Guerra Campos) y le espera un verano de clausura para mosqueo sin fin de Cisco 'No me hables, tío, estoy *muy frustrado*' Gumo y Vito (lástima, era un encanto) han roto después de tres semanas (¿quién puede aguantar a Gumo?) pero Álex parece relajada y disponible o vaya, no muestra demasiado pesar porque Ruiz se ha quedado encabronadísimo en horario laboral de mañana o tarde según pete a su madre, ha tenido la amabilidad de ponerlo a media jornada para que al menos pueda darse un chapuzón y alternar un poco en la Deportiva. Ya no se respeta ni el verano, joder. Alicia y Rosa están guapísimas (como Sole) (como Álex) (como todas) y si no sonara mariquita diría en alto que también ellos están *guapos*, hasta Berto con ese careto tan granudo y difícil pero tan *masculino*. Es la primera vez que aprueba limpio en junio desde los ocho años, sus padres felices y el curso que viene vuelta a Las Quintanillas 'Si llego a saberlo me apunto a la táctica de Rodri' Pero no puede hablar en serio con ese sonrisón de orgullo, está ahí como *premio* y ya pensará (cuando toque) en el siguiente año de encierro, no tiene intención de perpetuarse en el internado hasta COU. Por fin se acaba el descampado, la solana empezaba a pegar duro y el frescor de la arboleda aventa el sudor incipiente, respiran. Doblan el recodo de una tapia de piedra tras la que asoman los tejados de una casona de respeto y Sole sonríe, se sonroja 'Esa es mi casa, luego venimos' mientras silban de admiración. Los guía por un senderito hasta un pequeño claro entre chopos, a orillas del riachuelo y a unos trescientos metros de la Posesión, suficiente independencia. No exageraba. El sitio es muy bonito, es *perfecto*. Descargan los fardos con más silbidos y oohs maravillados, se tiran en la hierba para descansar antes de la explosión de actividad, en apenas una hora plantan las tiendas, desbrozan un círculo amplio para la fogata bordeado de cantos rodados y organizan el *asunto letrinas* aunque está claro desde el principio que las niñas van a hacer sus necesidades, al menos las *grandes necesidades*, en un cuarto de baño civilizado a trescientos metros, ventajas de su sexo en este caso. Como ducharse con agua caliente mientras se da por hecho ('Vosotros no cogéis cistitis' Pe-pero ¡qué cara!) que *ellos* se van a enjabonar las partes en el arroyo. Helado, lo comprueban sobre la marcha remangándose las perneras para solar con piedras planas una hoya con murete bajo el sauce, su futura bañera, entre partos acerca de la drástica jibarización de las pelópidas, ya comprobará que alguno no las ha sumergido en toda la acampada por si se convirtiese en permanente. La casa de Sole es un chaletón imponente construido en la misma piedra de la tapia, un castillito moderno con un torreón cuadrado y chato, un jardín como El Plantío y una piscina soberbia que los tíos de la furgona aparcada en la puerta están vaciando mientras reparan la depuradora, con suerte estará limpia, llena y en funcionamiento en tres o cuatro días. Nadar unos largos o echar unos partidillos de waterpolo va a ser el no va más. Les presenta a las muchachas, dos primas muy majas de ahí al lado, Hontoria de la Cantera, de donde (como sabe *todo el mundo*) salió la caliza de la catedral 'Y de esta casa' responde Sole cuando la listilla de Álex ha soltado el dato. Atiza. Saludan a sus siete hermanos, vaya si molan los niños al pediatra y su señora porque van a uno cada quince meses tirando por alto 'Buen ritmo' se le escapa 'Yo creo que Gito' Sole señala muy seria al enano de la troupe 'va a ser el último' Glup. La ha cogido al vuelo. Bueh, es el ritmo de chachachá habitual en esas familias ¿no? La madre de Gumo ha parido trece hijos en menos de veinte años y en las tiendas los tratan como a la Gran Familia por la peli, aunque los famosos Alonso eran quince, dieciséis si se cuenta a ese abuelo más bebé que el jodido Chencho. Han organizado una comida de bienvenida y después de la primera vuelta de reconocimiento por los alrededores, los pequeños ya iniciando siesta, se sientan a una mesa con bancos corridos (apretados cabrían diez por banda, calcula) bajo el porche de la cocina, el principal es una prolongación del salón con dos sofás y cuatro sillones de mimbre y unos ceniceros de ágata formato Camelot. Descapullar suena rentable. No había vuelto a enfrentar soperas y fuentes rebosando esos volúmenes de gazpacho y esas superficies de macarrones gratinados y escalopes y patatas fritas desde aquel 3.º de EGB cutre y mediopensionista en su tercer colegio, el único impasible ante continentes y contenidos es Gumo. Están pedo a pesar de que sólo beben agua de limón, ingieren cantidades jactanciosas provocando el pasmo y las carcajadas de esas primas que se alternan en vigilancia, servicio y cocina. Los movimientos, las perlitas de sudor lo devuelven a Valen. Eso sucedió en *otra dimensión* ¿no? Después de la piña en almíbar queda bajar el bolo o sucumbir a una siesta, Rosa, Berto y Gumo se instalarían en horizontal inmediata a juzgar por sus bostezos de Pepepótamo pero se dejan espabilar sin esfuerzo. Revisan candados, cremalleras y vientos ante la sonrisa de Sole 'Por aquí sólo pasa algún pescador de trucha. O alimañas y perros vagabundos, no dejéis restos de comida y bolsas de basura a la vista' Siempre suena juiciosa, sugiriendo que sus padres han determinado follar con goma o marchatrás o largando acerca de las hormonas masculinas, un recuerdo penoso. Siguen el curso del arroyo, agotan la sombra de la chopera y según asoman, pronto, las primeras quejas por el calor (vagan entre lo de siempre, llanos pelados y capas de surcos ardiendo de sol) los conduce a una tasca a las afueras del pueblo. Los catetos que se resignaban a otra tarde igual de tute subastado y dominó callan de golpe, inmovilizados en su dirección con un descaro acoquinante, las niñas no pueden evitar partirse de risa sin cortarse y sus escoltas sienten ese calambrazo de testiculina propio de machitos novicios tentando un territorio tan meado. Situación bajo control, pues. El bar es una cochambre pero ponen chatos de rancio a 2,50, tiene petaco y una tragaperras en la que junto a lo típico aflamencado (Manolo Escobar, Peret, Lolita, Rumba Tres, Las Grecas) y otros horrores (Luis Aguilé o Palito Ortega) sobreviven una docena y media de singles de los Eagles, los Rolling, Dylan, los Carpenters, Carly Simon o (¡¡¡joder!) Chicago. En dos minutos están meneando esa máquina del año de la tana y lanzabolas de llave, cuanto más rancio embuchan más bolas sacan a rodar a la vez, cuatro, cinco, siete, un completo descojono que acaba contagiando a los rústicos. Qué alegrón de tarde, se desdentan con sus partos, estos tontolabas de ciudad tienen su gracia y tal y cual y al paso jipian a las niñas, Rosa y Sole llevan vaqueros cortados, sandalias y docena y media de ojos clavados en el culo ¡atento a la mesa y al conteo que el compa te está abroncando con razón, machote! Recolecta calderilla y de momento selecciona Angie, Hotel California, Don't Go Breaking My Heart, American Pie, Hurricane, hay lo que hay. La patrona se enjugaba un ojo con la punta del delantal cuando se acerca a pedir otro rancio, lo mira *con intención* (de liarlo en algo) y se enrolla por las buenas: ¡resulta que está poniendo la música de su hijo! 'Un moderno' hipa 'tan buen mozo como tú' y la supuesta semejanza y esas canciones que nadie pincha 'Desde que se fue a Melilla a hacer la mili' se lo recuerdan, lleva tres semanas sin llamar ni escribir, cantan Elton John y Kiki Dee, a secarse otra lágrima (¿se puede llorar con Elton John y Kiki Dee?) y es que entre los guarros de los moros y cómo está *aquello* y la Marcha Verde no duerme, otra lágrima, su marido enjuaga vasos en el otro extremo interrumpiendo cada equis 'Ea, estará bieeenn' 'Ea, vendrá más hombre' 'Ea' 'Ea' 'Eeeeaaaaa, mujeeer' y ya se arrepentía de haberse arrimado a la barra mientras el resto se lo pasa teta (parte de las risas van dedicadas a su pringada) cuando revolotean las primeras notas de If You Leave Me Now, se vuelve como un rayo hacia la tragaperras, ahí está Gumo cogiendo el relevo y cagándola, Sole se pone rígida y pregunta por los servicios.

Esa noche (bastante mamados, se han llevado dos botellas más prometiendo devolver los cascos) los informa de que ya sabe dónde va a vivir en Madrid, en un piso que les alquilan sus abuelos en Víctor Andrés Belaúnde (como si les dice Lista o General Mola) a precio de familia mientras corre la lista de espera para una casa militar en El Pardo. Su padre ha ocupado destino en la Compañía de Transmisiones de la Guardia Real (lo mantuvo en suspense hasta el último momento) y el segundo día, contaba bastante cabreado, recorrió despachos, oficinas y dependencias con otro comandante, amigo desde la General, ordenando que desapareciesen todas las fotos y retratos del Caudillo y de José Antonio 'Ese cantante de tangos' En ausencia de responsable se subía a una silla él mismo a descolgarlos. Luego comentó riendo que la guardia mora tardará algún tiempo en ser *realmente Real* pero despedía inquietud. Sí, sus padres están preocupados más allá del palizón del traslado y el ambientazo, don Juan ha renunciado a sus derechos hace un par de meses y a Juan Carlos lo han bautizado Juanito el Breve. Hay quien dice que los falangistas, quien los comunistas y quien Vilallonga, ese señorito cabrón (sería la única coincidencia posible entre los tres) Anticipando la partida casi le tira el pedo gracioso a moco llorón. Pero ahí estaban todos animándolo, ahí estaba Alicia.

Alfabetizar el resto de la acampada es otra manera de asumirla.

### ALICIA

Alicia y él se habían enrollado *en secreto* dos días antes, durante un paseote en pandi a Fuentes Blancas. Les dio por improvisar una especie de juego del escondite de intenciones poco claras, dos pochaban, el resto se dispersó colina arriba solo o en compañía. Pasaron del resto sin mutuo acuerdo, en diez minutos se habían ocultado en un hueco entre arbustos desde donde dominaban la explanada y en otros diez, fumando y charlando tan a gusto, ahí acurrucaditos, empezaron a vacilarse. Ella muy vacilona, él muy vacilón, cada vez más cerca y de pronto catapum, un muerdo estupendo, besa de puta madre, con mucha alegría y sin deslizar trascendencias ni absorciones ni peticiones ni exigencias desde el minuto uno, es de lejos la más cachonda de la pandi y él sin darse cuenta. Una tía maravillosa y muy relajada, le encanta besar y tocar y acariciar y reír, resultó tan sencillo y natural, chica ideal para una comuna jipi. Nanay, se la levantaban fijo. Pues en esa Christiania que según leyó han montado en Copenhague, cuatro paredes, una huerta, gallinas, perro y porros, parece mentira que a los quince no haya dado una calada a un porro. Al principio de la acampada fueron muy discretos, se escabullían un rato al descuido o *tropezaban* en la misma tienda, se encargaron del primer pedido del pueblo tomándose su tiempo. A los dos días se había coscado todo cristo así que dejaron de cortarse salvo cuando Sole estaba presente. Que también se coscó sobre la marcha y acusó a Rosa de habérselo ocultado (pobre Rosa) en plan ataque de celos, Rosa juró que no tenía ni idea. Fue sincera pero no convincente. Sole disimuló su mosqueo a la perfección siempre que estuvieron en grupo. No volvió a sonar Chicago en la tragaperras.

### FISGONES

1) El segundo día ¡su madre! 'Para ver cómo estáis instalados' ¡Coñño, habían llamado desde casa de Sole según entraron por la puerta para decir que estaban *requetebién instalados*! Los pilló medio pedo, en traje de baño y con Berto y Gumo escurriendo cada uno por un brazo a Álex en el arroyo. De milagro (quizá se apiadó o le dio apuro transitar de la madre más *moderna* a la más *fisgona*) no se lo llevó puesto de vuelta y abortó el planazo. Al final (la verdad es que estaban simpatiquísimos) le entró la risa y se bebió un botellín a morro entre grandes vítores. Pues viva su madre, pero se podía haber quedado en casita en lugar de andar jodiendo. Cuando se las piró pidió disculpas en su nombre.

2) Javo, hermano mayor de Gumo. Es vendedor de maquinaria agrícola y esa semana le tocaba *zona sur*. En los ratos libres pesca o echa unos reteles en algún regato escondido, había ido a recogerlos en el arroyo del Pradillo después de cerrar una venta en Cogollos. Los dejó secando al sol en el campamento (vuelvo por ellos pasado mañana, dijo) y se bajó tres rancios sin melindres. Eso sí, no correspondió con un puto cangrejo de las cuatro o cinco docenas que chorreaban en el saco de arpillera.

### PEDOS

Todos los días acabaron en pedo. Sin excepción. Nunca se habían tirado una semana completa pedo. Cavaron otra poza donde refrescaban el rancio y los botellines, por la mañana tocaba devolver cascos y reponer suministros. Fumaron como nunca. Ventajas del Habanos, se llevó un cartón y volvió con dos paquetes, sólo lo aguanta él. Aunque Alicia le fue encontrando el gusto y le solicitaba un calote de cuando en cuando. Mola una chica fumando Habanos, no conoce ni una.

PERCANCES

1) Como consecuencia directa del apartado PEDOS, hubo bastante vomitona. Berto batió el récord masculino y Álex el femenino.

2) El cuarto día Gumo emprendió (mamado) la ascensión de un olmo, pisó una rama seca y se desplomó desde unos cinco metros, el hostiazo retumbó a la redonda y (como siempre) se incorporó descojonándose hasta que se percató del dolor y prefirió sentarse en la cepa. No se rompió nada pero tenía el pecho y los brazos ('¡y el paquete!' aullaba) escoriados y con raspones en carne viva por la corteza y las ramas que había ido tronchando en la bajada. Lo peor fue un tajo de susto en el labio, se lo mordió estampando la barbilla contra un muñón y pensaron que había que darle unos puntos pero ahí quedó la cosa, sin ambulancias ni padres tirándose de los pelos. Sole desplegó el botiquín casero (podía montarse un puesto de socorro con ese maletín) y le hizo las curas. Salvo en las pelotas. Por la manera en que lo tumbó con la cabeza recostada en sus muslos y cómo lo consolaba tuvo un repunte de pelusa, justo lo que pretendía ella: transmitirle un 'Ojalá fueras tú' con la mirada. Quizá en su caso sí le habría curado las pelotas. Vaya. Cogió el bote de mercurocromo y se pintó con el gotero una raya sioux de pómulo a pómulo, Rosa empalmó con una en la frente, Alicia se marcó de sien a boca y cuando Cisco se echó unas gotas en la lengua Gumo soltó la carcajada de su renacimiento y la gasa cuádruple que le taponaba el desgarrón se empapó de rojo. Una cabeza feliz entre los muslos de Sole.

3) Rosa tuvo un corte de digestión *brutal* y adelgazó dos kilos de un día para otro. Todos coincidieron en que la mala cara la había guapeado. Antes era una guapa *lozana*, ahora una guapa *espiritual*.

4) La mañana siguiente a la visita de Javo los despertó (¿las siete? ¿las ocho?) un vozarrón de borracho con mal vino y

según gateaban frotándose las legañas, prestos a dar la vida ante la amenaza, encararon a un guarda forestal agitando los brazos tipo Meliputón (serán del mismo pueblo) y gritando que ¡pescaban cangrejos en veda! ¡el círculo de la hoguera no tenía el *diámetro reglamentario*! ¡una multa! ¡dos multas! ¡tres multazos como tres pedradas! Un retaco poseído, un bigotazos con zamarra verde y chapa de latón, el sombrerito tieso de mugre y el aliento cantando más que el de los presentes al completo. Se les había caído el pelo y no había manera de convencerlo de que los reteles no eran suyos 'Pero busque cangrejos o *restos de cangrejos* en algún sitio, por favor' suplicaba en vano Álex, quiere ser abogada como su padre (odia a los papis de sus amigas) y 'Buen hombre' añadía Cisco cada vez. Un rollo malísimo, quedó en volver por la tarde con un 'Más os vale estar aquí' muy amenazante. Guardaron los reteles en la tienda de víveres (hubo discusión, olían lo suyo) cagándose en el hermano de Gumo, ampliaron el dospierre de la hoguera y aguardaron, acojonados y descojonados, una invasión de fuerzas forestales que no llegó nunca. Bigotazos debió de pisar un cepo para guardabosques borrachos. Es un enigma. En serio.

### ROLLOS

Rosa y Berto tontearon con bastante gracia, Cisco lo tentó con Álex y no le fue ni regular pero cuajaron a la vuelta, África seguía en cautiverio y Ruiz había conocido a otra chica en las piscinas. Luego le contó que su interés por Álex se había *deteriorado* cuando le preguntó 'Oye ¿por qué te llaman Ruiz?' Es la pregunta que más odia Ruiz, se llama Amando. Y a ella le entró la risa tonta. Pero *tonta tonta*, enfatizaba Ruiz.

### TRAGEDIA

Lo más horrible que ha vivido *de cerca* aparte de lo de Cristina y su familia. La penúltima mañana racaneaban tranquilamente en la hierba, charlando y leyendo y bostezando cuando salieron unos gritos fortísimos del chalet. Brincaron y zumbando, una Sole palidísima repetía diosmío diosmío mientras corrían. Las voces venían del fondo del jardín, de la piscina, una muchacha gemía alejando a los niños, la otra chillaba en el borde, los niños chillaban, Sole empezó a chillar, no sabe muy bien cómo se encontró saltando al agua haciéndose polvo los talones, no cubría un metro. El pequeño, el último, flotaba bocabajo. Tampoco recuerda cómo le dio la vuelta y lo cogió en brazos, se le desmadejaba, tampoco cómo lo izó mientras Cisco y Berto lo alzaban desde el borde, de pronto estaba arrodillado al lado de Sole, la muchacha sacudía al niño por los tobillos gritando su nombre, él gritaba '¡Suéltalo! ¡Suéltalo!' Rosa la abrazó, le abrieron la boca y chorreó una especie de flema gris mientras los miraba con ojos entreabiertos, pringosos, como untados de pomada. Le culebreó una arcada mientras le bajaba la lengua con dos dedos, tratando de aplicar a la desesperada el minicursillo de primeros auxilios impartido en la concentración de balonmano pero se le mezclaba el ahogamiento con la electrocución, tranquilo, tranquilo, ponerlo de lado para que suelte agua, el niño soltó agua y una especie de eructo que los llenó de esperanza, ahora bocarriba, enrolló su camiseta y se la encajó bajo la nuca, Sole había empezado con el masaje cardíaco, paró, él tomó aire, apretó los párpados y sopló, tomó aire y sopló, el cuerpo le respondió con otro eructo, dominó otra arcada, Sole siguió con el masaje, él volvió a insuflar y a insuflar aire, cambiaron, empezaron a contar en voz alta cinco bajones de esternón, tres bocanadas de aire, uno dos tres cuatro cinco, uno dos tres, con método y determinación, cuánto tiempo estuvieron tratando de reanimar ese cuerpecito. Sole seguía metiéndole aire a la desesperada, él se sentó sobre los talones y la abrazó diciéndole suave al oído 'Está muerto, Sole, está muerto' antes de romper a llorar el único llanto justificado de ese año llorón. Sole miraba a su hermano sin verlo, le acariciaba la cara susurrando 'Gito, Gito, Jorge, deja de hacer tonterías' con mucha ternura. Sigue una foto fija de pie, abrazándose, llorando, ambulando sin creer lo que pasa, lo que ha pasado, evitando mirar hacia ese cadáver diminuto que confirma, certifica *lo que ha pasado*. No sabe el orden en que discutieron o decidieron llevarlo a la casa o esperar a la guardia civil, llamar a Urgencias, taparlo con una sábana, abrir una sombrilla, iban de un lado a otro, se reunían, se disgregaban, el jardín fue llenándose de gente, tricornios, un médico, camilleros, los padres demudados. Se retiraron a las tiendas, Rosa y Alicia quedaron atrás acompañando a Sole, Álex no podía cortar la llantina y los hipidos, Cisco se esforzaba en calmarla con poco éxito, asomaban las ganas de comprobar si un bofetón guillotina un ataque de histeria. A la caída de la tarde se pusieron los niquis más decentes y fueron a dar el pésame a los padres y a despedirse, cerraban la casa unos días. Una escena lamentable, sentados en el salón en silencio con la cara descompuesta, el Descapullador los observaba con severidad (¿responsables quizá de que Sole no estuviera *donde debía*?) y la madre murmuraba 'Hicimos la piscina para ellos y nos los mata' o algo así con expresión perdida. Sole lucía destrozada y convencida, claro, de que *la culpa era suya*. En ese momento tuvo una visión de ella vaciándose un frasco de pastillas (en esa casa atiborrada de pastillas) en la boca y casi se vomitó encima lo que no había comido. Esa noche bebieron como nunca, incluida una botella de coñac que Sole había distraído de la bodega de su padre el día anterior para celebrar la despedida. Brindaron con mucha seriedad sin nada que celebrar y cada uno echó el resto de su último vaso a la hoguera, lenguas azules en memoria de un niño.

Se reencuentran con Sole en San Lesmes, funeral de Gito. Tiene la cara deformada por la tristeza, parecía una hermana mayor de la que fue *su chica*. Todos lloran en algún momento de la misa. Un plan *perfecto* es una gran llorera.

El nuevo gobierno y el traspaso de Juanito al Madrid acaparan discusiones. Su padre sostiene que el ministro de Defensa, Gutiérrez Mellado, el Guti, es buen militar y un tío sensato y lo va a tener jodido con los *garabiteros* (por extensión de los héroes del cerro Garabitas a los alféreces provisionales que copan medio mando del ejército desde la guerra) o sea, lo más facha del mando de generalato abajo. Además, Íñiguez del Moral (su mejor profesor en la Academia de Ingenieros) es uno de los asesores directos y entre uno y otro y alguno más alberga esperanzas firmes *si no pasa nada raro* de que en unos pocos años la mayor parte de los garabiteros repose en reserva forzosa, las elecciones han demostrado que el apoyo civil es casi residual 'Pero muy poderoso' Después de la comida, el páter Nicasio y el páter Emmanuel de invitados, cuenta (¡asiste a una conversación *muy* adulta!) que la UMD se ha disuelto formalmente 'Ellos mismos han declarado que la UMD no tiene sentido en una democracia' y cómo tres años atrás lo citaron de paisano dos de los úmedos, así los llaman despectivamente los del búnker (Restituto Valero, infante confraternizado en la BRIPAC, y Luis Otero, ingeniero de su promoción) en una cafetería para una entrevista de sondeo y posible captación. Después de un par de copas los advirtió muy en serio, suscribía de pe a pa el ideario pero suspendían en estrategia y por lo que le llegaba de aquí y de allá (siempre ha tenido orejas fiables en unos cuantos sitios) eran *muy poco clandestinos* y los pillaban sí o sí. Como de hecho ocurrió muy poco después. No se apuntó, se le encharcan los ojos (lo pilló en el cine soltando el moco con El violinista en el tejado) a la que creía una *causa noble y necesaria* pero *perdida* de antemano 'Unos suicidas ¡joder!' Intentó disuadirlos, Resti y él se quieren mucho (se ha traído de Madrid ejemplares para regalar de Qué son las Fuerzas Armadas, escrito con Fortes y recién publicado) y Franco estaba muy muy muy cascado, el panorama cambiaba en breve y militares como ellos iban a ser más necesarios que nunca contribuyendo a reformar el ejército, eran grandes profesionales arruinando gratis su carrera, un poco más, sólo un poquito más de paciencia. Y ya a la desesperada '¡Pensad en vuestras familias, coño, en vuestras mujeres y en ese montón de hijos!' Se despidieron tan amigos y sin progreso por ninguna de las partes, ahí quedó todo (ríen cuando se pone en pie y escenifica la salida de la cafetería subiéndose el cuello del abrigo y mirando a los lados) hasta que unos meses después del consejo de guerra lo visitaron por sorpresa dos oficiales del servicio de inteligencia militar para interrogarlo acerca de la tal entrevista. Su padre aborrece (casi diría que *desprecia*) de siempre a los soplones del SIM. Admitió el encuentro, su propósito y contenido sin entrar en detalles y los crujió soltando que le había parecido tal *chapuza* que conjeturó, justamente, una encerrona del SIM para meterlo 'Ustedes ya sabrían por qué' en un lío. Los tipos se mosquearon bastante. Lo ve ahí, repantingado en el sofá, grandote, los dedos entrelazados en los de su mujer, riendo (pero llevan tiempo *riendo preocupados*) y le entra un insólito ataque de admiración por él, por ella. Por su amor. El páter Emmanuel se restriega las pelotas.

Pasan una semana en Madrid organizando la casa después de la mudanza y arreglando el traslado de matrículas, suya y de sus hermanos. Ya sabe dónde va a estudiar 2.º (en vista de su historial no se atreve a conjeturar dónde tocará 3.º) y es, *como siempre* (de siempre el criterio ha sido el de cercanía) en el colegio más a mano de la nueva casa, el instituto Santamarca. Alucinó con la cantidad de pintadas dentro y fuera, nunca había visto nada así salvo cuando acompañó a su primo a la Complutense para recoger suspensos. PCE, LCR, Acción Comunista, PSOE, PSP, Bandera Roja, los ácratas (JODEOS FACHAS TENÉIS LA SANGRE ROJA Y EL CORAZÓN A LA IZQUIERDA) y hasta Euskadiko Ezkerra (¿en Madrid?) y el POUM, pensaba que había desaparecido en el 39. Las pocas pintaditas tímidas y pegatinas de Fuerza Nueva o de las Falanges están cubiertas de lapos secos, una asquerosidad estupenda. Para su consternación, también luce algún que otro GORA ETA. Es el mundo al revés de donde viene, le entra el descojono imaginando los muros y los servicios de la SaFa cubiertos de hoces y martillos, estrellas rojas, puños cerrados o ese ME CAGO EN DIOS que acaba de descubrir rodeado de ¡Y YO! Y YO y YO

MÁS, los hermanos infartados y los militares exigiendo sangre tras la aparición de un GORA ETA en el mismísimo corazón de su barriada, de su ciudad, de su Castilla la Vieja, de su España caqui y negra. El Santamarca. Va a perder de vista (¿o acabarán en un piso de El Pardo o Mingorrubio y ya será el horror completo?) las sotanas y los uniformes, las misas de los miércoles, los desafines de Bocachocho, el izado de bandera, el ángelus a mediodía, el busto de bronce del general Yagüe en la puerta principal de la Depor (cuánto le habría gustado dejarlo sin gafas) y a Elena y su Infante, los amigos y conocidos engullidos por las academias militares y los seminarios, el Opus o los carismáticos, la media docena de camisas azules en el patio el día del Aniversario con el plácere de los hermanos. Y le parece cojonudísimo, o sea, *muy excitante*. Pero claro, nada compensa la pérdida de la pandi, de Alicia, la Deportiva, la hípica, ni siquiera sabe si el Santamarca tiene equipo de balonmano y se acabó ser el próximo Sagarribay. No es mucho mejor tener que compartir habitación (el piso es más grande que el que abandonan pero tiene un dormitorio menos) con su hermano Juan, empiezan a salirle los primeros gallos, los primeros granos y está insoportable. *Una gran putada.*

Faltaba un papel de la secretaría y una fotocopia compulsada y vuelve con su padre, también tenía que cerrar un par de gestiones, a pasar una noche (en el Almirante Bonifaz, mola el plan de hombres solos, comieron en el Gaona el mejor lenguado de su vida y le dejó beber dos copas de vino) (pero no la tercera, se resarció después) y mientras se fumaban el cigarrito, el viejo con el DYC y él con un cortado, le deja claro que podía volver al hotel a la hora que le diera la gana *dentro de un orden*, sus mejores amigos de allí le habían organizado una cena de solteros en el Rimbombín y él también tendría su propia juerguecilla. Eso sí, como siempre 'Con la bragueta bien cerrada' (provocando un recuerdo instántáneo de Valen y una turgencia bajo la servilleta) 'Y tú…, tú también, supongo' Se deshuevan. Empiezan a hablarse de otra manera. Al menos a solas, con la familia presente es otra historia. Arregla lo del colegio, un par de sellos sin pasar de conserjería, el señor Huarte (usa siempre el mismo modelo de zapato de rejilla y suelen apostar de coña a que se los venden con los agujeros de los juanetes hechos de fábrica) lo mira muy mosqueado, de siempre han impuesto respeto esos bolsones negros debajo de los ojos, cuando le pregunta si sale de veraneo 'El *veraneo*, para los niñatos como tú' Joder, sólo quería ser simpático. Que le den, no va a volver a verle los juanetes. Adiós, retablo.


Topa con Benavides en mitad de la plazoleta. Casi más lo ha delatado el tranqueo porque cuesta reconocerlo con ¿diez? kilos menos y sin gomina, rizos al viento. Acaba de llegar de Valladolid acompañado de Adolfo (un superpijo al que invitó un fin de semana hacia principio de primavera) y una amiga (¿diecinueve, veinte?) muy flaca y muy guapa con tres botones de escote al aire y ojos de viciosa o de ida cuando se quitan las Rayban para besarse. También va a que le sellen el papelito de marras ('Pues te lo soluciona el Huarte sin pasar por secretaría…, ah, pregúntale dónde va de vacaciones') y vuelve a El Salvador 'Quiero pelear el puesto de ala, he bajado casi dos segundos en los 100 y ya no paso por pilier' Señala con la barbilla (hay que ver lo que se le ha descolgado el buche y destensado el Lacoste) hacia un Mini Cooper precioso, rojo y con el techo plateado, calzado con neumáticos de rally 'Estamos acabando de rodar el coche de Adolfo, le ha rectificado el motor. Cincuenta minutos justos desde Valladolid' 'Ya. Bonito, muy bonito…, joder, lo que has cambiado en un mes' 'A que sí. Con unas pastillas cojonudas, un diurético que te vacía tres kilos por semana, doce y medio desde fin de curso' Se ofrece a esperarlo y tomar algo luego 'Que nooo…, en cuanto arregle esta chorrada salimos quemando goma, paso de quedarme en esta mierda de pueblo un minuto más' Sus amigos confirman la opinión con risitas. Tanteando una última complicidad lo felicita por huir igualmente de *esa mierda de pueblo*, no está nada nada mal irse a vivir a la capital 'Aunque tampoco es que sea Londres' Jjjoder... 'Ni mucho menos Valladolid..., ¡vamos!' Se sostienen la mirada, cotejan estaturas y envergaduras. Si se estimaron alguna vez no queda rastro de aquello. Lalo le da su número, ya lo llamará ¿verdad? ¡fijo, fijo! en cuanto tenga teléfono en Madrid ('Diré a mi hermano que te manden una tarjeta de socio del Bocaccio, es íntimo del relaciones públicas') se abrazan, la chica saca un porro liado del paquete de Winston con un gesto de aburrimiento muy convincente, los ve alejarse. Lalo es otra persona imitando sus andares. Gastado. Ha debido de soltar uno de sus típicos escarnios porque la tía vuelve la cabeza doblándose de risa y eso que no ha dado ni dos caladas. Cuando llega a la Deportiva le sube y baja el tinte bermellón, tampoco sabe si es para tanto pero tiene la certeza de que han cruzado las últimas palabras y Hasta Nunca, Gilipollas. Y se felicita sin el menor remordimiento por haberle gastado *aquella putada*. Espera que no la olvide *jamás*.


Pasan la tarde entre la Bolera y el Molino. Faltan Sole (de nuevo esa mezcla de alivio y de tristeza, de añoranza y hasta de repeluco porque *la familia ha vuelto al chalet*) Berto (con sus abuelos santanderinos en Cóbreces) y Álex, en Torremolinos. Hacia las ocho bajan al centro para seguir la fiesta, paran en el Tizona (hay que empapar lo que siga y nada como esos huevos rellenos, bañados en bechamel y rebozados, auténticas bombas) en La Mejillonera (no hay mejores bravas) y están entrando en el Polvorilla cuando ve salir del Manitas de abajo (grandes carcajadas) a su padre con los amigos (¡menudas chapetas lucen! ¡y la calva del páter Nicasio resplandece!) Se escabulle pidiendo paso, cada uno a lo suyo y qué fácil es cruzarse con quien no quieres en cuanto penetras en un radio de medio kilómetro alrededor de la catedral. Unas gildas en el bar del Orfeón, unos tigres en el Pancho, insiste en pasar por el España para despedirse de Gerardo, su padre le ha soltado ¡1.000 calas! guiñando un ojo 'Ni una palabra a tu madre' y las está quemando (menos cuarenta duros para comprar una pulserita de pelo de elefante a Alicia) y Ruiz ha cobrado, Rosa cumplió dieciséis mientras estaba en Madrid y hasta Cisco se muestra hoy dispuesto a compartir su capital oculto. Pues a brindar por el negrito Chibanga en la arena de la Maestranza. Brindan y brindan y brindan. Gumo propone a la salida (está pedo) acabar en la Roma, donde suelen darles la vuelta antes de pisar el primer escalón pero ajá, Ruiz ha fingado a su hermano un taco de invitaciones de la Armstrong (reciente, mucho más espectacular, porteros liberales) con descuento en la segunda copa, guardaba la sorpresa para el final. Ítem más, las niñas pasan gratis. Argumentos contundentes para vencer la resistencia de Cisco, ahí se enrolló con África y lo cohibía un miedo inconfesable a topar con ella (quizá le han aflojado el castigo) en pleno filete con *otro tío* en los mismos pufs. Y sin Álex ahí para darle una réplica vengativa. Bailan, Alicia chispea bajo las bolas de espejos, la luz negra traspasa la tela dibujando su sujetador bajo la blusita, los rizos rubios le caen sobre los hombros, guapísima. Guapísima, jjjoder. Vuelve a estar envuelto con ella en la misma manta, la fogata ardiendo como una pira funeraria, medio apartados del resto, acurrucados en la cepa del bautizado Olmo de Gumo con los sacos de almohada, en silencio, acariciándose, susurrándose, el *instinto de procreación* disparado después de la experiencia cercana de la muerte, sus pezones pequeñitos y puntiagudos, la frontera de su vello, su respiración trompicada, supersalidos. Ambos saben en qué habrían acabado de estar solos pero no se han atrevido, no se atreven a decirlo. Quedan unas pocas horas de verse hasta quién sabe cuándo y quizá por eso la nota lejana, muy cariñosa (como todos) y *rara*. La ha vacilado con ir un rato a *charlar* a un rincón oscurito pero esa noche no hay nada que hacer, ha decidido despedida en grupo. Lo que no le impide citarla por la mañana aprovechando un agarrado con esa cursilada (pero si te ríes funciona) de Torn Between Two Lovers, se ha hecho de rogar lo justito, casi nada, un alivio. Intuyen que han creado, podrían crear algo extraño y valioso pero se han conocido (de veras) demasiado tarde y *no van a joderlo con palabras.*

Madurez. Se estrechan un poco más. Les sobra un rato de día siguiente para joderla con palabras. Vuelve a retumbar Boney M, Alicia se despega y se desmelena, él va por renuevo. Se clava en seco a medio camino, los graves le patean el diafragma, la tarde y la noche suben en un golpe de calor. Alcanza la barra, se apuntala con ayuda de un taburete, contempla a la pandi cimbreándose o dando brincos por la pista mientras cede el desenfoque, ni un cuarto de discoteca lleno, el tiro de los 501 le estruja los huevos. Un bajón de constantes por fortuna breve. Aspira hondo, ya pasó. Ahora se anuncia un pedo llorón (¡otra vez!) Enfoca el reloj, medianoche. Infantil, podría estirar sin problemas. Adiós. *Adiós.* Según inicia el camino de salida agitando el brazo hacen corro gimiendo teatralmente 'Peroperopero macho…, vamos a apurar, es la última en…, en una…, *temporadita*' Arriesga una última parida con acento de Jim West 'No. Quiero recordaros…, bailando' y por ensalmo se cuela ABBA, atruena Dancing Queen y le hacen un pasillo danzarín, contoneándose como gogós enloquecidas entre carcajadas. Quién puede sustituirlos. Hasta dentro de nada, se prometen alargando sin alargar los abrazos y los besos, sostienen heroicamente que todavía le queda una escapada este verano y en navidades y en el puente de nosequé *y así para siempre,* el reencuentro está a la vuelta de la esquina y sólo son 240 kilómetros ¿verdad? Bailan para él, *para que los recuerde bailando.*

El nudo se desata desembocando en el Vena, rompe a hipar cruzando el puente, se asoma llorando a esa mierda de riacho, se aplaca bajando esa horrible avenida de los Reyes Católicos sembrada de solares y grúas, bordeando San Lesmes vuelve a lagrimear recordando el funeral, a Sole, a Gito. Se fuma un pito esquinado en la calle Vitoria, respirando despacio y llamándose imbécil, la entrada del Bonifaz a la vista. El recepcionista aparenta no fijarse en los ojos de cebollino al tenderle la llave. Llena el lavabo con agua fría y sumerge la cara, ha leído que Paul Newman lo hace todas las mañanas en una pila llena de cubitos de hielo y por eso no aparenta ser un carraca de cincuenta tacos. Al cabo de equis inmersiones juzga satisfactorio el resultado aunque tenga la jeta tintada del mismo color que el Mini Cooper de Adolfo. Lleva un rato tumbado en la cama con la cabeza a 10.000 rpm, dudando entre aparentar que lee o hacerse el dormido cuando oye toser al otro lado de la puerta. Opta por lo primero, es más adulto. Su padre ha logrado entrar a la segunda, se sorprende y alegra sinceramente de la instantánea desaparición de una preocupación sobreañadida (casi *oye* la maldición correspondiente a encontrar una habitación vacía) y se explaya un rato con los chistes y anécdotas de la velada. Risas, carraspeos y expectoraciones preludiando una noche de ronquidos, cuando no lo ve mamá alterna Ducados y Bisontes y tiemblan las paredes. Como ahora. La tristeza y los ronquidos funden a negro hacia las cinco.

Por el zurrón jipi de Alicia asoman la toalla y un tirante del traje de baño, adivina debajo una novela de Delibes, un bote de crema de la vaca, una barrita de cacao de labios, Tampax, un cuadernito y un par de rotus, un lápiz de ojos marrón, la funda de las gafas, poco más. No le ha quedado tiempo ni ocasión ni pasta para comprarle una pulserita, no ya de pelo de elefante, siquiera de puto cuero. Se argumenta que habría estado *fuera de lugar* reafirmarse en lo imposible, pasan de mentirse y en Fuentes Blancas (hace nada, hace un siglo) pactaron *divertirse* sin compromisos ni malos rollos, cuando él se pirase se acababa la historia y oye, encantados de haberse conocido *mejor*. Pero una cuña entre el proyecto y la realidad no encaja, le gusta Alicia muchísimo más que un mes atrás y no tiene claro que a ella que a ella que a ella ¡*qué jodido!* le pase lo mismo.

Bueno, ahí está, ha colaborado en el achuchón con piquito y la charleta fluye fácil, cómo acabaste anoche y tú y eso, pequeña crónica del moco, Rosa y ella se deslizaron al bies y llegaron a su habitación sin mayor tropiezo, dentro de un rato se enterarán, corrige, se enterará de la llegada del resto. Ruiz se vació de camino y Gumo casi se hizo pis encima en un ataque de risa, tuvo que sacársela a toda velocidad y mear de cualquier manera, tapándose y salpicándose, un número. Muy simpático todo pero sigue estando *rara*. Se decide a preguntarle, quizá se trate sin más de la tristeza por separarse, el respeto a las reglas que se impusieron, el mismo bamboleo que lo tiene en vilo, algo así. Ella lo piensa un minuto y toma aire 'Mientras estabas fuera Cisco me dijo que te lo habías pasado…, *muy bien* conmigo' poniendo cara de guarra y pronunciando el *muy bien* con una entonación asquerosa, cachondísima si no hubiese visualizado ipsofacto a Cisco vocalizando 'Jaime me ha contado que se lo pasó…, pero que *muy bien* contigo' con la mueca y el tonillo de hijoputa que estila cuando pide que le partan la cara. No puede evitarlo, es un vicio como morderse las uñas. Se inflama 'No es verdad. No es verdad ¡joder!' 'Prometimos no mentirnos, tío' '¡Y no te miento, joder! ¡Te lo juro! No he dicho *nada a nadie* y menos a ese bocazas…, cabrón' Insiste, insiste hasta que ella se relaja y vuelve a reír como siempre y concede 'La verdad es que nos lo pasamos *muy bien*' 'Y…, y tanto…' mientras planea meterle una hostia preciosa a Cisco así le ponga los morros a tiro, lástima haber quedado con su padre a la una y más sabiendo que exige una puntualidad de tren alemán. De él debe de venirle la manía. El rato restante se esfuma charlando como en los mejores días y noches de acampada y friéndose por dentro. Entran en la Deportiva, se camuflan detrás de un seto y se besan, se abrazan, se estrujan las manos prometiendo escribirse, llamarse y quién sabe qué más, la vida da muchas vueltas y Alicia presume de ojos más verdes que nunca. La observa alejarse entre las pistas de tenis (*definitivamente* mueve el mejor culo de pandis pasadas y presentes) a punto de emocionarse. Enfila el camino de vuelta a pasolobo, ya llega justito, con la boca llena de su sabor y los labios pegados a las patillas de una pila de petaca. Pero en lugar de mitigar las ganas de ajusticiar a Cisco ensaya lo que va a decirle justo antes de partirle los piños. Pasa por delante de la casa de Cristina, recuerda sus ojeras, su aplicación, la mano alzada en clase a pesar de su timidez. Su seriedad, su sonrisa. Tan simpática y triste. De esa esquina se najó Elena cuando trató de besarla. No ha vuelto a verla desde las notas ni de lejos, el Cabrón debe de pasearla por…, por…, por donde sea, joder, siente otro repunte de celos perfectamente injustificado. Enciende un pitillo dejando atrás el patio y la cancha de sus amores y de nuevo se le instala la jeta de Cisco delante, advierte la familiar sacudida en el brazo derecho cuando vaya, ahí…, todavía lejos…, asoma el odioso y odiado Tartufo de camino al colegio para el vermutito y se le desboca el pulso, no hay desvío ni escapatoria salvo girar en U, una bajeza. Se precipitan ocurrencias y venganzas, estamparle un lapazo con flema, soltarle una patada y un *hijoputa*…, cuánto le ha hecho sufrir ese…, ese *gentuzo* que lo vaciló con *romperle la cara* cuando medía cinco centímetros menos. Sí: sabe que *debe* hacer algo. Según se aproximan el tipo estira su sonrisita de impostor y en ese momento…, hiperestimulado por un profundo, mareante calote (y aniquilando en ese mareo frases *adultas* 'Debería darle vergüenza llamarse *hermano*' o 'Lo recordaré siempre con odio') arroja la colilla ofensivamente cerca de los pies del fulano, en su cráneo campanea ¡ESTÁ ACOJONADO! y el acojonado aún se permite un '¡Caramba! ¿Ya nos deja el madrileño?' cuando sin detenerse dispara la mano abierta a esa jeta de farsante. Es un carroza de cuarentaytantos pero conserva buenos reflejos o la experiencia lo ha prevenido de la inminencia de un *incidente* porque gira la cara y la pilla de refilón, lástima, vuelan las gafas, trastabilla con un brazo alzado a la defensiva y ya ha dejado de verlo, acortando el paso, sin volverse, sin miedo: la sangre latiendo en el cuello y el pecho reventón de alegría. Desea con todas sus fuerzas un grito a sus espaldas, una amenaza temblona que justifique rematar la faena o alzar con desprecio el dedo corazón. Silencio.

Nunca lo ha traspasado una alegría así, se estremece de puro regocijo, jamás se ha sentido tan fuerte, tan seguro de su fuerza. Doblando la curva de Cruz Roja se arranca a trotar, suave y suelto al principio, alarga la zancada enfilando hacia el Arlanzón, cruza el paso de cebra, el río, feliz de que la gente se voltee hacia ese loco corriendo, se adentra en La Quinta despidiéndose de lo que está quedando, queda, ya ha quedado atrás y esprinta largo entre la pasarela y el puente Gasset. Escupiendo los bofes entre gargajos de Habanos, las manos apoyadas en el tronco de un chopo, lo zarandea una risa descontrolada que le hinca aún más el doble limaquillo en los costados y el dolor le provoca más risa, tose, gime, ríe, gime, tose, ríe alternando ayes y juajuajuás y cuando consigue incorporarse abraza el tronco, hunde la mejilla en la corteza y se oye jurar en voz alta que nunca, nunca más volverá a pasar miedo. Inmadurez.

# II

# UN DESPUÉS

A la angustia de los primeros tiempos la suplantó una impresión extraña, que persiste todavía y cierra el episodio cada mañana: la increíble sensación de estar vivo ante el interminable desfile de fantasmas.

J. J. SAER

Un día perfecto comienza por la muerte, por la apariencia de la muerte, por una honda capitulación.

J. SALTER

ahora que vamos despacio
vamos a contar mentiras tralará

Popular

Acechan unos pocos muertos de aquellos tres o cuatro años –demasiados y demasiado tempranos por un lado y remisos, cachazudos por el otro– con muy distinto mordiente: Carrero Blanco, Cristina Moradillo, Franco, el hermanito de Sole. Algún tiempo después Lalo Benavides, según supiste no hace tanto por un amigo común. *Algún tiempo después, no hace tanto.* El tiempo se despedaza en segmentos apenas unidos por tendones pelados, tu tiempo empieza a cumplirse cuando el presente gana en despiste cotidiano, el horizonte carecía de definición hasta que la Cierta da un sustito asomando la calva y esos ángulos del pasado, resignados a ser sombra ante una opción entre las posibles de bienpasar –entre los posibles– con la que en algún momento comprometiste tu vida, sosteniendo o arrastrando su porción de consecuencias, se iluminan bajo una luz agria. No siempre. Pero da igual: la sorpresa es lo que cuenta ahora, esa desarticulación, la percepción dislocada de lo que se disfrazó de continuum. Un rincón en penumbra ha soportado que la luz se le pose, *algo* ha pulsado el interruptor del flexo y el sobresalto es proporcional a las décadas de fotofobia. Y entonces, entonces la sorpresa de la resurrección, el milagro de la resurrección se hace oxímoron, milagro cotidiano: y *los muertos* manifiestan una energía y una estrategia incompatibles con su hacinamiento en esa fosa sin custodia, muertos

> *que un día adquieren una insumisa libertad*
> *y someten a examen nuestro dolor*
> *y lo desautorizan*

A los otros los preservas en tumbas singulares y dignos cementerios, en su momento decretaste a quién llevar flores con mayor o menor devoción, a quién descuidar y a quién sacudir el polvo de la última cama, *Excuse My Dust*. La dirección que das al taxista con cara de circunstancias y un ramo de crisantemos o la hilera de nichos que perdías para siempre.

Emocionalmente inerme, así te sorprende la resurrección, desvalimiento que ella misma alimenta. Tu padre ha salido a dar un paseo desde su tumbita en el cementerio y aunque carezca de tumbita y de cementerio sale a dar un paseo desde *tu* tumbita, desde *tu* cementerio y *se aparece* sin avisar a mitad de una celebración familiar, disculpándose por el retraso. Luce fresquísimo, jovial, elástico, los ojos virgulados chispeando sobre un cerro de regalos y según lo ayudas a descargarlos y te dispones a besarlo y estrecharlo, todo él presencia, olor, tacto, tan sobrado de la hombría y el humor que te faltaban a los quince, *resucita*. No es él: lo has resucitado y lo que has resucitado no es él. Tampoco tienes quince años. Resurrección bastarda que de golpe vomita la estopa del relleno por sietes y costurones y te yergue en la cama, lloriqueando 'papá' y eso. O quizá te despierta con suavidad y el dulce privilegio de una almohada húmeda, lengüetazo que pega el sello del reencuentro asomándoos a la profundidad correspondida de vuestro amor o escupitajo en la póliza que certifica el bienestar de su defunción y la vehemencia de vuestro odio. O te precipita a la secta más a traspié y descubres una forma de esclavitud cantarina que escandalizaba tu vida anterior. O a leer el *Libro de los Muertos* puesto hasta las cachas de peyote o a apoquinar una pastuza a esa célebre médium dotadísima para la psicoestafa, caben tantas reacciones paranormales ante una resurrección.

Hay otras fosas, fosas comunes que tú excavaste y cubriste de tierra aunque lo hayas olvidado para mejor olvidar ubicación y relleno, tierra fecunda que engorda un plantón de chopo, amamanta la zarzamora, endereza la avena loca. No has invocado a sus habitantes, su ámbito no es la acongojante realidad del sueño. Pero el desamparo ante su asalto es el mismo, fugado de tu presente, ignorante y feliz, resguardado en cada día, cada día aplastando al padre día y a la madre noche, consumiéndose al ocaso en su esposa noche para alumbrar al día unigénito que aplastará su memoria. Un nubarrón impaciente vacía su vientre negro sobre la zarzamora, el chopo y la avena loca: no para nutrirlos sino arrancarlos y desnudar la tierra al desamparo. Nada acopia tantas generaciones como los días y su sencilla, resignada lejanía se funde en extrañeza y desamparo.

—Qué haces aquí y hablándote de tú

—Reanimando a una mujer muerta, inclinándome sobre su ataúd y besando sus labios como Cristo a Lázaro, el príncipe a la Bella Durmiente, Leopoldo María a Felicidad, Marcel a su abuela

—Los gases de la putrefacción engendran respuestas imprevistas, hay testimonios fiables. Una súbita, crepitante incorporación en ángulo recto que infarta a los veladores, envueltos en un ambiente entre esperanzado, aterrado y… hediondo en cualquier caso

—Suficiente aspiración: un simulacro que se constituye en *señal*. Aguardar una señal y de pronto helo, *hélas!* ¡su simulacro!

Median muertes, persigues muertes. Acabas de reponerte del miedo a una muerte —ya no más miedo, ya sucedió— y su duelo conjura a otras, proponiendo un consuelo sabio pero despiadado. No acabar de entender ninguna entonces, tampoco ahora. Entender, entender: retórica. A propósito de la ascensión de Carrero Blanco, un alumno de los pequeños se explayaba antes de izar bandera con que esa mañana habían matado a un cordero blanco —espantado por la leyenda de Herodes y la remuerte de ese bebé Jesús justo a punto de renacer como Mitra en cuatro días ¡*daño colateral* de esas iconologías arcádicas, bucólicas y mesiánicas que os enculaban! ¿Y el Fiambrísimo, un par de años después? Media vuelta en la cama, una horita más de sueño y a disfrutar de una semana entera de tristes vacaciones, el luto nacional había clausurado una ciudad de suyo mortecina y hasta unos perdigonazos en La Quinta para distraer Tanto Silencio retumbaban con eco punible. Nada de celebraciones triunfalistas a deshora.

La ciudad mortecina, la ciudad moribunda. La ciudad moribunda se agita. La sequedad y un frío bien jodido. Uniformes y sotanas. Un humor, por ensotanado y uniformado, soterrado bajo humorística disciplina —y ese recelo tan de pueblo que se complacía en practicar la totalidad del Estado salvando alguna playa del sur, alguna ínsula depravada y tres o cuatro barrios de dos o tres ciudades demasiado grandes y convenientemente distantes. La orgullosa de sí, la autárquica a contracorriente, la chiquinina, la del caudillo embabiecado blandiendo capa al viento la espada de renombre legendario por los hectólitros de sangre infiel que derramó allí donde zumbaba, la gran acomplejada sostenida por su autoridad inapelable en sostener la autoridad inapelable de Lo Viejo: latía la ferocidad de lo propio, lo correcto y lo bien hecho desde siempre y para siempre en misas y desfiles, oponía la ciudad al resto del mundo su opulencia anterior a ¿1575, dice? y cumplía cuatro siglos bandeándose en una ruina ensimismada como ruinoso es su castillito, de magnificencia invariablemente idealizada en los paisajes oficiales

> Los reyes de Castilla, teniendo aquella fortaleza, tienen título al reyno, e se pueden con buena confiança llamarse reyes dél, porque es cabeça de Castilla e cámara de los reyes

y di, cómo resistirse a embrujo tan repulido, a la ceñuda persuasión de sus ventanas cegadas a las nueve de la noche —a las siete en invierno— o apenas flambeadas por tristes arañas de seis brazos con dos bombillas útiles de doce vatios. A la arrogancia de los campanazos del centenar de iglesias y la catedral inverosímil —sus torres, falanges de la ciudad sepultada tendidas al cielo— metal contra metal tolón talán aventando la inmortal vigencia de san Lesmes, el Curpillos, san Pedro y san Pablo y de Sandiós si hubiere sido hazaña de un nativo desviar de un manotazo la lanza de Longinos, talán tolón talán contrapunteando las cornetas de las inexcusables paradas militares para mejor prensar ese zumo de identidad eternamente idéntica a sí misma proclamada por un escudo condenado, él sí, a perpetuarla bajo el busto de Fernando III coronado de oro, rostro de carnación, pelo de sable: *Caput Castellae* —¡quién iba a decapitar tal cabezota! Tizona y Colada a la altura legendaria de Durendal, Joyeuse, Excalibur, el tío Paco entallado en las armaduras de Fernán González y Rodrigo Díaz de Vivar como en ese mural del boliviano ultracolonizado Arturo Reque Meruvia, Kemer, la desopilante (¡desopílese después de horripilarse!) *Alegoría de Franco y la Cruzada*: un fantástico albondiguilla acorazado rodeado de falangistas, monjas, frailes, soldados, enfermeras, catedráticos y requetés postrados en adoración. Santiago Matamoros galopa al viento a lomos de un Pegaso áptero, la espada nuda y sedienta, nimbando ese cabezón relleno con una farsa de lacón, cristo, sangre, colón, imperio y bosta.


También la ciudad ha resucitado en ti como una novia de juventud desde que es viudo —pe-pero debes llegar *ya* a alguna especie de contrato o al menos de tregua con pronombres y personas del verbo, con el presente, con los pasados que inevitablemente conjugarás. No es éxito pequeño lograr escribir *viudo* o quizá no has necesitado hacerlo hasta ahora, a qué violentarse copiando cien veces *soy viudo* cuando uno es tratado como tal cotidiana, administrativamente. Ay: no deja de atormentarlo, también cabe aquí el *él*, la certeza —así es la presunción de objetividad según el grado de manía— de que sólo la muerte de su mujer ha propiciado resucitar la entraña de esa fosa común que nada tiene que ver con ella, previa a ella y que nunca salvo ahora había deseado compartir con ella. Egoísmo, aprehensión marrada o sobrestimación de las cualidades del ausente, del peso de la ausencia del ausente, de la culpa contraída con su desaparición. Vuestras hijas, tus hijas.

No has pisado esa ciudad en casi cuarenta años, te forzaron a abandonarla a los quince y harás el viaje en tren por el impulso impreciso de *evocar*. De evocar una llegada a *esa* estación, solo por primera vez a vuelta de un campamento deportivo. Venteaste entonces lo que no sabrías identificar sino mucho después como un aviso desperdiciado, un husmo de despedida, un olor leve a descomposición, a nostalgia anticipada de tu antiguo cuerpo y tu antigua vida en esa ciudad antigua, *tan* antigua. Abonado por esa podredumbre te hiciste más visible. Los niños no eran tan visibles como ahora, el cuerpo inconcluso y el bozo pelusón y la voz saltando octavas tenían que ganarse la presencia.

—Me sorprendió mucho…, nos sorprendió a todos tu resurrección después de
—Treinta y ocho años justos. Ventajas de las redes sociales para rastrear los senderos del bosque donde nos extraviamos, advirtiéndolo o no. Obviando los perjuicios de su mal uso: conozco a tres o cuatro parejas de novios a los veinte que se perdieron de vista, se reencontraron en Facebook tras dos divorcios y tres hijos y se lanzaron a *arrancarse la espinita*, gastando el mismo infantilismo de aquella porquería de Garci el redicho
—Toca madera al soltar según qué nombres
—*Asignatura pendiente*… Esa lerda fantasía masculina justamente condenada a la obsolescencia en la mismísima mesa de montaje

—Y les salió bien

—Un fracaso absoluto. *Es como si hubiera metido en mi casa y en mi cama un cadáver congelado,* describió una amiga. Pero tú y yo jamás fuimos pareja

—Juajuá. El criptogay era yo, no tú. Y no milité en *la causa* hasta unos cuantos años después y con las debidas precauciones. Si soltabas un avión lleno de los de aquí en San Francisco te virilizaban Castro a garrotazos en una semana. Viví un par de años en un *lower flat* muy cuco entre Castro y la 20

—Muy cuco. Pero *aquí* estás

—Puede parecer un bromazo si te has movido un poco por ahí afuera, pero estas piedras tienen tirón…, te precipitan en contradicciones. Contradicciones *sospechadas* antes de irte. Te aseguro que no es fácil romper el embrujo, no hablo ya de vínculos familiares. Por lo demás, topé con una universidad recién estrenada en la que dar clase y me enamoré del tío más majo de este hemisferio. Hay no poco reintegrado. Tú también estás aquí

—Fugazmente. Una breve estancia sentimental. Espectral, más bien

—Y por qué, más allá de lo que me has contado en tus correos. Quiero decir, son tantos años sin parar siquiera una hora…, verbigracia de camino a Donosti…, ¿no tenías parientes cercanos allí? Aunque fuese por, pongamos, ver el Papamoscas a las doce y bajarte unos claretes y unas bravas, por no dar un telefonazo

—El que me pegas tú cada vez que pasas por la capital, macho. Y sí, dejé de ir a Donosti —confieso que ya llevaba décadas dándome una pereza casi invencible— cuando los dientes apretados de Arzalluz mascullaron aquello de que en una Euskadi independiente los españoles serían tratados como los alemanes en Mallorca. No, en serio: jamás formulé un rechazo consciente a volver, simplemente no encontré motivo para hacerlo

—Sin ofender

—Claro, coño. Y perdona por lo que creas que te toca

—Ibas para médico

—Aguanté un curso de medicina, uno de biología y uno de periodismo antes de descartar *definitivamente* la universidad para disgusto y decepción *profundos*, míos y de mis padres: los pobres esperaban, justificadamente, una inversión más responsable de sus esfuerzos. Empecé a buscarme la vida a los veinte y de pronto ¡de pronto! me encontré trabajando diez, doce horas en garitos y fanzines y desparramando las restantes en el, ejem, *mítico* Madrid de los ochenta, me enamoré de una rockera argentina, nos amancebamos, improvisamos la agencia, la productora, vinieron las niñas, me desintoxiqué, me formalicé, esto es, me formolicé y hasta hoy

—Eso mismo, hasta hoy

—A las dos semanas de la muerte de Nora las chicas trajeron un par de amigas para aplacar la casa de su presencia, me partía el corazón olerla al abrir un armario…, o su mandil de jardinero con las tijeras de poda y el escardador asomando. Ni siquiera había mandado a reciclaje la botica acumulada, sólo la aligeré de cuatro blísters de morfina —para tiempos peores…, o yo qué sé, la vieja vena polidopa volviendo a palpitar en un momento de debilidad: fue una temporada un poco…, un poco giróvaga. Las niñas llenaban cajas mientras desentrañaban otras, arrumbadas en altillos desde la prehistoria. Una de ellas rotulada JAIME HIJO con la letra de mi madre, era obvio que llegó con el resto de la herencia y Nora la había guardado cumpliendo con ese designio de preservadoras de la memoria y sacerdotisas del fuego eterno que tienen o tenían hincado las hembras de la tribu en el genoma, mi madre y mi mujer en grado acusadísimo

—¡Hoombree…! Como recurso está algo sobado

—Tendrá que funcionar. Adivinas que en la caja de marras estaban apilados con primor álbumes de cromos con marginalia…, imagínate, anotar álbumes de cromos, qué crío más pedante

—Pero si recuerdo que en no sé qué curso forraste los libros con Aironfix negro y los rotulaste con Dymo negro, un embrión de Nouvel

—Lo confirmo…, jjjoputa

—Procede

—Álbumes de cromos y carpetas reventonas de dibujos —al parecer fui un pinturero más entusiasta de lo que recuerdo— que se disputaban el espectro completo entre el combate naval, el desfile de la victoria, el Matra de Jackie Stewart y la lámina anatómica. Cuadernos pautados repletos de poemas píos, canciones pías y un etcétera en el que se contaba el único diario que he escrito en mi vida, un registro sin fechas del último curso *aquí*, tan completamente arrinconado en el último desván de la memoria que lo leí con la curiosidad perversa y el sentimiento de culpabilidad propios —si es que nos queda un rescoldo de *esa* conciencia— de estar entrometiéndome en la privacidad de otro

—Claro, eras *otro*. Cuál de tus otros ha mantenido esa conciencia más engranada en el canon, más rectificada o emputecida o cuál de esas conciencias reaccionó con pudor

—Fueron las únicas horas en que logré olvidar que no volvería a contemplar a Nora desmadejada en la cama, la mirada perdida más allá de la ventana. Esa estampa grotesca condensaba la rutina de los últimos meses y su caída en picado arrastró los recuerdos comunes. Una amnesia selectiva, desalmada con esos flashes de felicidad a los que uno se aferra tópicamente para desplazar el dolor a un espacio menos ancho, aunque sea un ratito. Pretender evocarla era, sin error, imaginarla en su negación, en aquello que no había sido ella antes del cáncer. Topar con el diario fue un regalo no solicitado que recibí con gratitud: suavemente y sin remordimientos me dejé llevar a un tiempo previo a ella, sin ella invadiendo y contaminando la mitad de mi vida con una caricatura injusta, también por omnipresente

—Vaya

—Vaya vaya. Me decían que la saña de la memoria se aplaca y vuelve a asomar un pasado balsámico…, consolador… Si no el tiempo, la costumbre. Mientras me llega la cucharadita de fierabrás, lo único que me ha sacado de un ensimismamiento devastador fue ese diario que podía haber escrito cualquiera, tú mismo. Devolviéndome los despojos de una ciudad ensoñada que fue la mía. Y que además y por alusiones, no se parece ni por el forro a ésta

—Recordar solo es recordar sin alegría… Por eso te he pedido que me recogieras en la facultad, para que contrastes el Hospital del Rey o el Paseo de la Isla con los que fueron cuando llevábamos los caballos a San Amaro. Sobre todo con un solete tan salido de estación como el de hoy


*Tu* estación, ejemplo, como tus tumbas y cementerios, es la *antigua* estación o la *vieja* estación. Tú mismo, antiguo y casi viejo. La nueva está al norte, a seis kilómetros, se llama Rosa de Lima y aguarda ansiosa a que el AVE diplome su caché. Así que ni vas en tren ni pisas esa ciudad como no sea de memoria y de momento, no le dé por desplomarse sobre la antigua y la reentierre recién puja por exhumarse. Estás ahí. No estás aquí. La vieja estación será demolida, reposa en finca codiciada, la ciudad crece a golpe de oferta sin demanda y los vándalos quieren hacer de su abandono deshonra del magnífico edificio afrancesado, amansardado, la yesería de los arcos contrastada con el ladrillo bermellón. Aquel jardincillo de acceso, parco y florido…, los coches trazaban una elegante curva en rededor y te depositaban ante un palacete. La animosa locomotora verde y roja taraceada en el suelo del vestíbulo humeaba un zurullo de hollín y un niño, tú, la dibuja en su cuaderno. El reloj de doble faz sobre el andén principal, puntualidad de bronce suspendida en una breve voluta art déco, la esfera de doble numeración de I a XII romana, de 13 a 24 arábiga, de nuevo una roja, la otra negra. No es posible pisar *tu* estación en este circo de salvajes, palpar el frío amable de las columnas esbeltas, alicatadas en gresite negro jaspeado, sosteniendo las marquesinas de hormigón que sustituyeron a la hermosísima de dos aguas en fábrica de hierro y vidrio. El teselado del andén, tan semejante, entrecerrando los ojos, al del impluvium de esas villas de *peli de romanos*, entonces ni de guasa se decía *peplum*.

Acampados a dos pedradas del caserón de los padres de Sole, en la margen de un riachuelo a las afueras de Revillarruz. De camino dejabas a la izquierda el acceso al palacio de Saldañuela, la Casa de la Puta del Rey, construido para esa Isabel de Osorio que hay quien identifica en la Dánae de Tiziano. Algo más adelante Cojóbar, justo la interjección favorita de Elena. Aprendiendo a domar las primeras resacas con cerveza matutina oísteis los gritos de la muchacha ¡María, María! Su familia llamaba María a Sole, sorpresa: os mirabais como si alguien invocara a la Virgen a voces, manifestación, según dónde y a qué horas, *entonces* frecuente. Corrió despavorida, el resto detrás. Su hermano pequeño flotaba bocabajo en la piscina del chalet de sus padres, piernas y brazos en aspa. Estaban empezando a llenarla, algo tarde ese año por una avería en la depuradora: logró ahogarse en cuatro palmos de agua. Jamás habías cargado ni has vuelto a cargar con un cuerpo muerto ni, ya tendido en el césped, has enfrentado unos ojos de niño mirando sin ver el formidable azul purísima de un cielo castellano a principios de julio.

Y seguramente los intentos de resucitarlo, respiración boca a boca y masaje cardíaco aprendidos en un campamento en que se cantaba el caralsol de cara, justo, al lorenzo despuntando, sometieron al diminuto cadáver a una ineficiencia que rozó la vejación. Así fue: llevaban unos días acampados bajo la chopera que sorteaba un riacho extramuros de la fortaleza, donde moría el camino en hierba aplastada y renacía un poco más allá senderito de ribera. Se emborrachaban a diario y a gollete con el vino rancio que suministraba sin distingos ni DNI una tasca a medio kilómetro en la que una y otra y otra vez pasaban en la tragaperras *I'm In You* y *Hotel California*, desdeñando a Las Grecas, *Saca el güisqui Cheli* o Lolita entre el rijo de los parroquianos y los pucheros de la dueña. Otras actividades escultistas: bañarse a medianoche, colarse por un ventanuco mal cerrado en la bodega de la fortaleza, salir triunfantes con una botella de alcohol grueso (sólo una: la hija de los señores era, con toda la certeza que fuesen capaces de gestionar entonces, *su amiga*) y hacer votos de fraternidad conmovedores y efímeros discursos fúnebres con las mejillas resplandecientes de etanol y cálidos destellos de fogata.

Eran cada uno y eran todos, quiénes se cayeron del olmo aunque fue uno, quiénes fueron reprendidos por las escandalizadas madres que los sorprendieron mamados y empapados aunque fuera una sola madre, quiénes fueron besados en los pezones o recibieron osadas caricias primerizas aunque fuesen una y uno o quizá dos y una o tres, quiénes fueron intimidados por un forestal borracho, quiénes perdieron a un hermano aunque fuese una, quiénes robaron en la bodega aunque fuesen uno y uno. *Regalo de Sole.* Lo corriente: esos embriones de promesas, bravatas, declaraciones de amor y desafío, llantos compartidos, poses heroicas, apetitos inconfesados, confidencias fiadas a la eternidad del instante se investían de autoridad —sin que ninguno hubiera perdido un segundo en considerar dónde arraigaba tanta confianza— en lealtades y perjurios, fanfarronadas, declaraciones abruptas, círculos viciosos, llantos tontos, apetitos sin estrenar o recién estrenados y blasfemias proferidas con grave voz salpicada de gallos. Comprometiendo *lo más hondo* de todos —y tal era el empuje de la generosidad prodigada por el uno que la cicatería o la inseguridad del otro cedía y se escabullía sin testigos, aplaudiendo una silenciosa gratitud mutua, la de quien había dado y recibido y la de quien había recibido y dado. Sin más. El espejismo adolescente de una comunidad primitiva, endogámica, autosuficiente, promiscua.

Así fue. Tres óvalos añiles enmarcaban sus ojos de película velada y su boca, en las comisuras se secaba una baba amarilla de fumador viejo. Ojos de película velada, no eres capaz de reunir los rasgos de esa mueca formolizada en un rostro. Agotando la incredulidad entre lágrimas y escupitajos se preguntaban qué horror quedaba aún en la recámara de la adolescencia, corría el Año II Después de Franco.


—Pero aun así no tuvimos el cuajo de aplicar el remedio de aquel criminal doctor Rosado. Y mira que podíamos ser descerebrados

—Qué gentuza medra a costa de la ajena estupidez. Proclamar a las puertas del verano y en la única televisión que abarquillaba los sesos de la ciudadanía que el procedimiento más eficaz para revivir a un ahogado consistía en cauterizarle las fontanelas apagándole una brasa…, fue el comienzo de la carrera delictiva de este pollo

—Seguido de *Mujer, aseguro bajo contrato la desaparición definitiva de tu vello*

—Sí, el problema estuvo en ese *bajo contrato* seguido de *definitiva*. Y más quemaduras, en este caso faciales, axilares, inguinales

—Le gustaba jugar con fuego

—Y con otras cosas, lo pillaron con…, con *lodos curativos de Sudamérica* impregnados en cocaína. Dos toneladas de barro sanador en el chaletito, creo recordar por pura aberración

—A mí las aprehensiones de droga me dan pena y mal rollo. El pobre Ruiseñor de las Cumbres arrojando el consumao por la ventanilla del coche…, es sorprendente que el tío llegara a los pedales

—El *fantástico* doctor Rosado. Debería haber dimitido en bloque la cadena de mando que lo contrató y permitió la difusión universal de sus despropósitos. Qué será de ese fantástico elemento

—Pues mira, tu tableta te viene al pelo

—Paso, paaaso. Guglear, lo justo…, ese puntillo de tirarse un pegote inofensivo con, pongamos, una mención a Isabel de Osorio y la Dánae de Tiziano. Rastrear la penúltima reencarnación de un buscavidas de tercera me parece indigno

—Un hurra por los últimos puretas

—Ríete, ríete…, y supón que aquellas tatas semianalfabetas tan majas, solas y abandonadas a sus recursos y su desesperación, reprodujesen en un rapto de agudeza las indicaciones de un anormal (doblemente prestigiado por su condición de médico y telestar) aseverando mientras te clavaba esos ojos de perlón: si te pilla un ahogado a mano aplástale la chicharra de la faria en la intersección de los ejes craneales

—Es que *la chicharra de la faria* suena científico. El embrujo fue breve pero prendieron unas pocas fogatas cefálicas en playas y pantanos antes de la intervención de la autoridad

—Que se te ahogue un pariente y asumir que lo has ultrajado postmortem montándole un cristo en la coronilla

—Un montecristo, sí. Basta, tengo la piel de gallina. Deberíamos renunciar a la última, te estoy viendo la cara, estoy reconociendo *aquella* cara

—Vosotros sí que habéis cambiado poco. Lo asombroso fue comprobar que la muerte de Gito no había dejado

—Gito

—Jorge, al hermano de Sole lo llamaban Gito, también lo había olvidado hasta que me leí saltando a la piscina, explotó la cuadrícula de gresite azul, noté un calambrazo vestigial en los talones y el frío instantáneo del agua de pozo congelándome de pelotas abajo mientras comprobaba por la directa la validez de la frase *pesar como un muerto*. Y eso que era un niñito alzado por un jovenzano fortachón y carburado por un pico histórico de adrenalina. Pesar como un muerto. *Pesaba más de lo que debía.* No sé si en ese lapso de puro reflejo disparaté que era por el agua que había embuchado o porque algo lo arrastraba desde el fondo, se resistía a entregarlo

—Lo único que conservo de *aquello* es a Álex y a mí atenazándonos los cuellos y rompiéndonos los tímpanos a gritos

—Haber olvidado el peso de ese cuerpo me daba alguna esperanza de remodular la memoria de Nora. De que los bienintencionados tuvieran razón: Memoria es una estricta gobernanta sadomaso que acaba felizmente en madama acomodada, misericordiosa y ¡milagro, milagro! olvidadiza. No me postulo a un alzheimer pero un grado aceptable de dolor tras soportar un grado inaceptable de dolor es una transición a la que es legítimo abrazarse. Sin preguntas ni vacilaciones. Pero resulta que no había olvidado ese peso.

Ni más cosas.

*Revolver el pasado es un empeño idiota. ¿No es mejor dejar que los muertos se acostumbren a estar muertos? Restaurar el pasado, hacerlo otra vez presente, modificarlo. Ponerse a pensar intensamente en lo que pasó, revivirlo, unificarlo, darle un sentido. ¡Como si la realidad de las cosas que han pasado se agotara en su sentido! Muy al contrario, a la realidad la caracteriza su insoportable exceso. Hay un exceso de detalles, un exceso de verdades comprobables pero que transcurren inapercibidas, un exceso de equipaje para el pequeño hecho histórico que es el único que somos capaces de retener, de recordar y de modificar. El pasado tuvo a su paso una realidad total, una verdad total (con su acompañamiento pegadizo de detalles inesenciales), una inmodificabilidad. Pero el sedimento residual (que todavía puede ser captado) de esa masa sólida como una piedra, que se hunde incesantemente en el abismo del tiempo, no está ahora sino constituido por pálidos engramas en algunas mentes confusas. A partir de estas memorias que continuamente se autodeforman es como podrá ser intentado el prodigio de la resurrección. Estas mentes confusas no serán capaces de recordar claramente. Tampoco serán capaces de comunicar completamente lo que total y parcialmente recuerdan. Intentarán dar una versión parcial de lo que casi han olvidado. Se dejarán llevar por la pauta de sus odios, de su pasión o de lo que equivocadamente juzguen su interés. Y de estas declaraciones tor-*

*pes, de estas aberraciones afectivas iremos extrayendo una construcción fantasmal.*

Es cita de cita. Original en *Tiempo de destrucción*. La tropiezas buscando al azar un fragmento *adecuado* para malconsolar a esa amiga veterana que anda regular. En la media hora previa a bajar las persianas autoblocantes y dar doble vuelta a los anclajes, implicaciones y complicaciones las justas *ahora* ¿no? Cuándo vas a reclamarte sino ahora. Tus hijas te han insertado en un tren con la maleta hecha, una tablilla de última generación en el *attaché* y una estancia óptimamente negociada a la baja en tu tímida sugerencia, el Almirante Bonifaz si aún existe. La puedes prolongar *razonablemente* en bloque o en rebanadas, así de solvente se muestra de momento el tenderete que montaste con su madre y han reconducido, diversificado o especializado, últimamente no discurres con claridad, pero administran y logran perpetuar en pentalingüe y tiempos de miseria con una mezcla admirable de energía, optimismo y *nonchalance* —lo último seguramente adquirido entre la Universidad de Barcelona y la beca en Manchester. Ya saben más que tú de *casi todo*, quién lo duda: y adivinan, mejor, comentan entre ellas que tu trabajo, eso en lo que te precipitaste para reparar lo menos posible en tu nuevo estado civil, te aburre mortalmente por primera vez y estar al día —¡estar al día!— y atender a llamadas antes apetecidas o acudir a ferias y festivales antes ineludibles o bajarte en el Four Seasons dos botellas de ese premiadísimo Napa Valley y media de Woodford Reserve con un yanqui delirante y borrachín cuya simbiosis os ha proporcionado un cacho de bienvivir a ambos, incomparablemente más modesto en tu caso, es ya cualquier cosa menos una vocación, desde luego, una necesidad, una distracción o una deferencia hacia tu hígado. Ya has demostrado tu talento de pelotari diestro y pundonoroso en el negocio: *que siga empatizando su puta madre*. Mientras, hay que decirlo, tu apatía y un par de coladuras antaño inconcebibles han sido novedades mal acogidas en la empresa. Antes cazabas esas pelotas.

Un punto de orgullo ofendido te impide admitir que te arrastras por la agencia de aquí allá segregando un manifiesto desnorte. Y pisar un desnortado es muy enojoso. Y embarazoso si se trata del cofundador.

Hasta la vista, papi: estrecha a tus fantasmas, a los fantasmas que doblan las esquinas y repican las campanas de una ciudad que conocemos de unas decenas de fotos con abuelos, tíos o unas primas segundas tan de adorno como los márgenes troquelados de un paleozoico analógico. Tómate el tiempo que quieras en completar tu ANNO II DF y trata de serenarte, de no envejecer a este paso tan poco elegante. Qué contrargumentas a unas mellizas veinteañeras a quienes tu esposa y tú adiestrasteis en afrontar con firmeza y eficacia *cualquier* problema y de siempre actúan como un biúnico organismo: *jamás* han discrepado y *jamás* ha habido la menor posibilidad de contrariar a una sin sublevar a la otra.

Estirándolos, los *engramas* mencionados por Martín Santos podrían hasta sugerir experiencias no verbalizables de dolor, traumas latentes, impresiones involuntariamente adquiridas —ejemplo, su marido la ha noqueado a Vd. de un martillazo y en semicoma ve sin ver oye sin oír sufre sin sufrir cómo remata al hijo que trató de defender— cuya reaparición obedecería a no pocos verbigracias: la impunidad con que desbarra el seso cuando se pone a ello, lo enigmático per se de la arbitrariedad, los frutos de una neurocirugía eficaz o una terapia bien dirigida, la ignorancia en decidirse por una, otra o esta recién improvisada hipótesis de sobremesa, la pereza por bautizarla y ahuecarle sitio en un vademécum. En el contexto inicial, *revolver el pasado es un empeño idiota*, tejen esa sobreabundancia de realidad que carga de suyo —el claxonazo lejano, el golpe de viento, la mosca en el cristal, la punzada de sed— el acto banal y banalmente percibido junto a residuos inconsistentes que macizamos en un *recuerdo* apenas fiel a lo acaecido y peor, durmiendo en la frontera de lo inefable: sólo un lamparón sepia se extiende por la cartulina desvaída que inútilmente examinas bajo flexo y lupa, la imagen quemada de una fotografía olvidada en la cubeta del revelador. Y además ¡además! cómo escapar a la influencia del observador sobre el fenómeno observado, ordinariez familiar a investigadores científicos y sociales ¡tan *verificable* en la evocación más simple!

Modificar lo que se recuerda por el mero acto de recordarlo, dotar de sentido lo que nunca aspiró a un sentido ni reclamó un sentido. Esas muertes, ejemplo, que has arrojado a puntos distantes del estanque con la esperanza de que sus ondas interfieran, se encabalguen, creen nuevas ondas, se anulen.

—¿Te acuerdas de Benavides? ¿Pablo…, Lalo Benavides?

—Cómo olvidarlo. Aquel fantasmón… Aunque…, pst, tenía su… ¿encanto?

—Sí, *llamaba la atención*. Un niño bien de Valladolid, el cebo para generalizar a partir del representante y respaldar los topicazos que estilizaban el complejo de inferioridad local…, no sé si se detestaba más al vallisoletano o al bilbaíno, por tocar dos de los ocho vecinos potencialmente odiosos ¿Ocho? ¿Es la provincia que acopia más vecinos, siempre tan odiosos?

—Ni idea. Se me fugan los mapas mudos del Arsenio, aquellos telones tras los que reinaba la infamia y el sopapo

—Benavides se declamaba *exiliado* sin sospechar un gramo de ofensa —no tomarás el nombre del exilio en vano, joder: en la mitad de mi familia, en muchas familias, *exilio* era una palabra con solera de cuarenta años– ni menosprecio a un territorio de acogida que baremaba de auténtica porquería

–Qué hacía aquí entonces

–En cuanto tuvimos un palmo de confianza me largó que sus padres lo habían expulsado temporalmente del paraíso porque juró matar a otro niño bien, en su cara y ante testigos

–Iiiiimaagííínate, ya a esas edades, vaya tipo. Se proclamaba el mejor jugador de póquer de la comarca

–Sí, hombre. Las legendarias Timbas del Amanecer

–Me invitó un par de veces con las ganancias. Generoso era, porque debieron de ser las dos únicas veces que salió con…, acaba de venirme Julianín a la cabeza…, la diñó en un accidente de moto a los veinte, te enteraste. De paquete. Bueh, me contó que en la timba Lalo palmaba sin excepción para su beneficio directo y el de Viqui

–Qué impostor…, si Julianín no te vacilaba

–Era vacilón pero el raspa de Vicario apoyaba el cuento. Bajo cuerda, lo justo para saciar la vanidad ante la peña y que una indiscreción no les cortara la fuente semanal de ingresos

–Debía de ser el único lugar en que sometían a Lalo a un severo correctivo de ego. El tapete pone a uno en su lugar, dicen

–Aun así supo hacer de esas derrotas victorias para el público. Nunca dudé de que era un maestro del naipe y se sacaba un plus con faroles legendarios

–Exacto: tanteaba la credulidad ajena con un aplomo descacharrante. Empeñado en ensanchar los límites de mi estupidez me endosó la historieta de que un amigo –un ex tahúr obligado a reciclarse en prestidigitador de sala de fiestas tras serias amenazas de muerte por parte de la mafia del juego, esas cosas– le había enseñado a servir una escalera de color baja y servirse una real en la misma mano. Me entró la risa tonta y se sulfuró una barbaridad pero a mi petición simplex de que lo demostrase se blindó con que el cartomago –a quien por supuesto vetaban la entrada en Las Vegas, Montecarlo y Estoril– le hizo jurar *secreto profesional* bajo pena de no sé qué horrenda venganza corporativa, amputarle los dedos, las manos, los codos, sacarle los ojos con una cucharilla de postre, algo así. *Y no me vacilaba*, dijo, era un tipo curtido entre gángsters, jugadores de ventaja con la navaja de afeitar calada en el elástico del calcetín de canalé y blablablá, Lalo era un monstruo a la hora de urdirte una fantasía delirante con la parafernalia gestual y la mirada suasoria de un adulto. En fin, sí: vaya tipo. Volviste a tener noticias de él

—No, pero sé quién puede tenerlas. Si te interesa *muchísimo*, un refrescón de vínculos con Llorente apetece tanto como un sorbete de guano. Llorente, sabes. Charly el Perfumo. En unas calles en que todo el mundo topa con todo el mundo entre dos y cuarenta veces al mes, logramos saludarnos siempre de puente a puente

—Me interesa, me interesa *muchísimo*

—Toparé con él, entonces. Resignación y generosidad por deferencia a este reencuentro imaginario. No me hagas muchas más peticiones que expongan el delicado equilibrio levítico del lugar a tensiones improcedentes

—*La ciudad se mecía en brazos de una modorra levítica y conformista*, el Cronista dixit. Mis disculpas y mi gratitud

—Es sencillo. Llorente no falla a las 14.14 h tomando el vermut en la barra del Ojeda, pone los relojes en hora como Kant en Königsberg. Es su tercer hogar aparte del propio y el Círculo de la Unión, forma parte de la junta directiva

—Joder. Qué coherencia

—No se ha quitado el loden y las chaquetas de tweed con solapillas y coderas de ante desde los dieciocho, chaval. Y en temporada se va a abatir becadas a Navarra con sus coleguitas del Opus. Pero en lo que nos interesa, coincidió con Benavides en la facultad de Derecho en Valladolid y renovaron su relación del colegio

—El Perfumo. Caramba. Sigue derramándose los frascos de colonia encima

—Media onza líquida antes del desayuno y media después de la merienda. Y calzando los zapatos más espejeantes de la *rive droite*, trota sobre dos farolillos con cordones

Lalo Benavides era seguramente el fulano más arrogante que haya pisado el patio del colegio. A ver: los había arrogantes y hasta más arrogantes, pero ninguno tenía quince años. Las piernas abiertas, las manos hincadas en los bolsillos con los pulgares asomando, una carpeta de anillas forrada de adhesivos de caché (Pachá, Cerebro, Bocaccio, Penélope, un cavallino de Ferrari) los faldones de un *trench coat* Burberry color arena recogidos en la espalda, Sebago de bellotas abrillantados en las pantorrillas, el etcétera conjeturable de marca, camisa a medida. Rizos aplastados con gomina, hombros apaisados y echados atrás como la cabeza, media sonrisa torciendo la boca escueta. Tufo de macho alfa avalado por una facha solidificada en metro setenta y mucho y ochenta y tantos kilos: jugaba al rugby desde benjamín en El Salvador y aventaba su temperamento de *chamizo* a la menor ocasión. El irrecuperable Almodóvar declaró en una ocasión que la primera exigencia de un actor es *saber caminar*, talento menos trivial de lo que parece. Con seguridad habría dado el pase a los aparatosos andares de Benavides, al balanceo generoso y despegado de los brazos, el tranco abierto con los pies en ángulo obtuso y ese mentón alzado proclamando alto la satisfacción de ser quien era, una residencia en el mundo insolente, risueña y descortés, una feroz pertenencia a la casta del señorito. Ajeno ya, parecía, a la adolescencia y sus desmadres porque el peaje entre la niñez y la juventud se puenteaba en su caso sin apenas un brote de acné en el bigotillo haciendo un suplicio de los primeros afeitados. Sueles pillarlo cruzando la plazoleta calva del Dos de Mayo desde la ventana de tu habitación, un minuto antes de salir hacia el colegio. El foulard de seda desanudado ondea los flecos, el empuje decidido de su masa arrugando el aire desprende la desenvoltura de quien posee por derecho, el brío erecto del vencedor, la costumbre de la propiedad. Si esa pose terrateniente fue adquirida en el plazo de apenas un par de generaciones por una de esas mutaciones postbélicas de menestral en millonario —seguida de un esmero ejemplar en absorber usos y consumos, ostentaciones de estatus y destinos de reposo de las clases solventes veteranas– o el bienestar de la familia se remontaba a cuatro siglos de cohabitación con cualquier régimen permaneció indistinguido para ese público de ultraprovincias que sojuzgaba con soltura. Podría haber endilgado uno, tres o diez épicos pasados familiares improvisados sobre la marcha. También por reírse: reía caudaloso, sin precauciones ni complejos tontos y en cualquier sitio, en medio del ángelus o las permutaciones.

Una clase en enfoque picado destazaría al alumnado en tres tribus más o menos obvias –no obstante el boceto por principio movedizo, difuso de las fronteras– a las que acogerse o resignarse. Entre *los que se hacían notar* no destacaba el empollón si no compensaba tan impopular lastre inicial con *carácter*. En aquel lugar, en aquel tiempo, a aquella edad, *entonces*, el carácter se reducía a unas pocas cosas: la corpulencia física, la fuerza física, la chulería físicamente exhibida, la titularidad ganada y mantenida en el equipo de balonmano (*deporte rey* del colegio) de prealevín a juvenil, cosa física. Despuntar en Física ganaba el mismo prestigio ante el profesor de Educación Física que ante sus musculados favoritos, luego discreción y recato eran cualidades apreciadas en los empollones.

–Aaalto aaahí, ahora con ésas. Si no recuerdo mal, tú formabas entre esos *musculados favoritos* de siempre, musculado favorito. Por cierto, quién te ha visto y quién te ve
–Tú estás guapísima. Y tan franca como siempre, pero te recuerdo que en el cretácico te gustaba o gusté. Menos que tú a mí. Pero sí, la última dominada debió de caer hacia finales de COU y esta poderosa lorza que me envuelve de fondillo a papo ha sido costosamente esculpida durante quinquenios. Y a pesar de las tendencias siniestras que me atribuyes implícitamente, salía en defensa de Sombrita cada vez

—¿Sombrita? ¿El pequeño de los Ferrero?

—Justo, cada vez que en mi presencia, digo, se pasaron con él y su mancha roja en la cara. Ítem más, sufrí sin represaliar a un empollón de manual, hijo único de una viuda prematura que fiaba la compensación de un porvenir venturoso a la voluntad hipertrofiada del muchacho. Invariablemente pulcrísimo, fibroso, menudo y aceitunado como un fondista marroquí, el único que llevaba el pantalón del chándal con raya

—Lo sufriste

—Su apellido precedía al mío y esa educación cretinizada practicaba dos veces por semana el deporte del examen oral: Arnáiz era el único, tenaz voluntario. Y ante la invariable ausencia de candidato alternativo, el siguiente por indolencia alfabética era Arzain, servidor

—La Amenaza Arnáiz habría sido una motivación estupenda para auparte la media

—Preferí ejercer de musculado favorito y a la quinta pirula lo trinqué por las solapas en el vestuario y traté de convencerlo de que realmente no necesitaba tal acumulación de dieces, cuatro o seis le daban un diez de media en la evaluación y se podía ahorrar los otros diecisiete

—Pobrecito

—Qué va. Tranquilo no estaba, pero me soltó lo mismo que tú '¡Pues estudia más!'

—¿Y lo indultaste magnánimamente por…, por ese derroche de arrojo?

—Pues sí. Me limité a alzarlo y dejarlo colgado por la capucha de la trenca de una de aquellas solidísimas perchas, de verdad era un peso mosca

—Pobrecito Arnáiz

—Basta. Los cojones. Que no. Redujo su exhibicionismo en no más de un siete por ciento. Ejemplo, nombraba los afluentes del Volga —Oká, Unzha y no sé cuántos más— dejándose *uno*. O o o…, yo qué sé, los sucesores de Akenatón menos tres…, pues Arzain, diga los tres que se ha dejado su compañero. Mi *compañero*. Con las manos esposadas a la rabadilla, contemplando desde el estrado un punto fijo por encima de nuestras cabezas y pivotando sobre los dos pies, undós undós mientras recitaba como un magnetofón bípedo. Lo di por imposible. Nunca fui capaz de pegar a un gato con gafas y mucho menos si está poseído

Luego, *el grueso*, un *colectivo* de gente *normal* en el que cabía *todo*, reticente a asomar el entrecejo sobre ese horizonte pautado, cumplidor con lo incuestionable. La fantasía moldeable de un tiranuelo con sotana. Quizá más sensibles a la imbatibilidad de lo real porque a diario enfrentaban una situación en su barrio, en su calle, en su casa, en su cama, también, *por el momento*, imbatible. A la espera, pacientes, bandeándose entre unos y otros, tan deseosos como cualquiera de atención pero poco prestos o inhábiles para reclamarla y tacaños para prodigarla. Realistas, pragmáticos.

Los *escarnecidos*, carne de cañón curtida en la autoafirmación ajena, vivían tiempos duros: despojados de participación en el botín, a su costa prosperaba una inesperada floración de yoes acompañada de pelos, granos, gallos, tetas, culos, mucho complejo y peor mala hostia a la hora de hacerse sitio en un mundito de mierda. Sobrevivía poco outsider segregado de categorías que con frecuencia se solapaban —tuviste que cambiar de ciudad para ensanchar cabalmente tu concepto de *tribu* y frecuentar a friquis sin pánico a ir de tales.

*Lo físico.* Tu mujer, groupie desde los doce años de un batería sobredosificado a los veintisiete y baqueteada en escenarios de cuero, dopa y testosterona una década antes de follaros, se escandalizaba cuando con ocho copas, ocho porros, un gramo y compañía apropiada sufrías ataques de regresión espontánea, te arrancabas a asperjar machadas, cómo te habías partido la cara en cada uno de tus colegios, esa clase de residuo. Había presenciado, nunca admitió participación, desde el escenario o a ras de barra los estilos diversos de usar una silla, un extintor o una botella rota en tres continentes pero mostraba una repugnancia visceral a la mención de un escolar derrotado por un supuesto igual en lugar de haber sido aplastado por la Autoridad en su implacable y legítimo ejercicio. Bueno, partirse la cara con bravura suponía formar entre los que se hacían respetar *explícitamente* y −¡encima!− no suspender ni una en junio un extra de autoridad intelectual: casi como repetir cuatro cursos, aunque esta opción parecía condenada a irradiar un aura contraproducente en plazo previsiblemente breve.

Cuánto extrañas, cuánto te lastima extrañar aquellos hachazos que entonces reías, tolerabas o devolvías dependiendo de la mezcla y proporciones disueltas en tu sangre. Nora cercenaba esas expansiones abominables con un tajante 'Cuando termines, sacá la basura' o un displicente 'Y daale, boludo…, qué te hacés el canchero, si te cuesta multiplicar' o un enternecedor 'Huuy, sonamos…, Carlitos Monzón se levantó patotero…' −ahí tocándote la fibra sentimental, sabía de tu admiración por la bestia del ring y de tu repugnancia por el defenestrador− o un enigmático 'Pero che ¿quién sos, chabón…? ¿Jaime…, Karadagián?' mucho antes de saber lo que supusieron Martín Karadagián y sus Titanes en el Ring para las cabecitas de su generación, algo así como los Payasos de la Tele para tus hermanos. Y toca llorar. Otra vez.

En un periódico, sección Cultura, topas con una cita más para citarte. Es de Perec, *Tentativa de agotar un lugar parisino: Lo que generalmente no se anota, lo que no se nota, lo que no tiene importancia, lo que pasa cuando no pasa nada salvo tiempo, gente, autos y nubes.* Perec, Martín Santos anotan con nivel diverso de ironía la viabilidad improbable de una *conciencia de lo infraor-dinario*. La que reclamas. La que te paraliza en juicios.

Sin esfuerzo aparente Benavides procedió a segregar *estilo*, consciente, por otro lado, de que casi nadie podía ponerse a su altura sino a lo sumo emularlo. Las camisas bajo su influencia pasaron a ser —ya que no a medida— sin heterodoxias, de cuello abotonado: y las madres sometidas a la exigencia de tunear las viejas pero comprensiblemente renuentes a afanarse abriendo y cosiendo ojales fijaban con un botón, sin más, los ángulos de las alas a los delanteros. Y colaba. Colaba salvo, como es costumbre, para los muy puretas. También había líneas rojas evidentes: nadie se atrevió a usar camisas de cuello y puños bicolores como las dos que se hizo confeccionar después del estreno de *El gran Gatsby* —que volvió a ver y a rever y *à rêver* mientras se mantuvo en cartelera. Nadie podía permitirse los tres o cuatro pares de Martegani que calzaba como alternativa a los cuatro o cinco de Sebago pero proliferaron las chaquetas shetland, las variantes de loden, los Levi's de pana fina, los Lee lavados, los Pulligan de punto, los *golf* de Castellanos. Y a vuelta de navidades Benavides se encontró rodeado de una pequeña, patética corte de clones inconclusos, económicos, jactanciosos, compitiendo como cachorros que se disputan la mejor teta por la originalidad y renombre de la última adquisición, impropia hasta en segundas rebajas de los modestos ingresos de esos padres consternados por el reciente, aplastante poderío de la Apariencia y la Marca sobre un adolescente. Se acabaron las cazadoras de antelina.

Su capacidad de triturar simulacros corría pareja a un precoz conocimiento de *casi todo*, incluida, *sobre todo*, ríes ahora, la sastrería. Examinaba la superficie de la víctima con ojo clínico y soltaba a propósito de las mortificantes burbujitas de tela que habían surgido como un eccema 'Se ha *soplado* el cuello al plancharlo. *Es lo que pasa* con las camisas de saldo' o en plan sangrante 'Te asoma el negro de la uña por la costura del yanku. *Es lo que pasa* con una mala pedicura y las imitaciones de chichinabu'

No logró imponer, ejemplo, los Celtas cortos que fumaba: en su incongruencia proletaria con el personaje distinguido, un nuevo rasgo de *estilo*. O ejemplo, su teatral manera de pelearse, tipo *catch-as-can*, la única vez que se le cruzó un cable en público o ante su público, proyectando una tan imponente como desairada tijera de piernas a la cintura −rolliza− de su −estupefacto, inofensivo− oponente. Le costó desollarse una rótula al derribarlo, herida inexplicablemente aparatosa para una victoria tirando a vergonzante.

Un *personaje*: y su innata vocación de personaje lo convierte a esta distancia en fácil personaje, *persona o animal que toma parte en la acción de una obra literaria o cinematográfica,* una ficción que reclama una estructura, continente que no vas ni a sugerirte ¡de ningún modo! Si Lalo Benavides se arroga el papel de virgilio zarrapastroso de tu memoria es porque encarna, no sobre cualquier otro −sobraba excedente de patrones para un mozo ingenuo y poroso− pero sí con una peculiar nitidez de la que carecen otros más evidentes, por cercanos o sostenidos −la madre, el padre, el hermano mayor, el tío joven, el amigo corrido, el yayo reciclado− ese modelo cercano con el que se crean, así sea en un breve lapso de tiempo, vínculos *incomprensiblemente indestructibles*: ha bastado con que la necesidad de cercanía fuera ávida, mutua, carencial, por principio descompensada y breve, lo suficientemente breve como para que no llegue a estallar esa mezcla volátil de conflictos irresolubles y principios jurados de la amistad adolescente −de la, también por sometida a caducidad, ineluctable dependencia del modelo. Vínculos, al fin, *comprensiblemente destructibles* −y destruidos de facto. Las ciencias del cerebro llevan décadas viviseccionando esa edad fútil a la que una sociedad próspera y un futuro inabarcable abrieron la cancha de par en par. *Rebel Without A Cause* se contempla con incredulidad y bastante guasa: los momentos que uno presume de mayor tensión se han reducido a una farseta de comportamientos desquiciados, pero en 1955 se consideró el retrato tipo de una buena porción de mozalbetes midelclás y troqueló los gestos, poses, vestimentas y mamarrachadas sin fin de la colosal porción tercermundista que no se había enterado de que ser adolescente era *eso*. Hoy los adolescentes se refieren a sí mismos como Nosotros Los Adolescentes en una sociedad arruinada, con un futuro inexistente o preemigrante y una boutique infinita empozándoles las entendederas. Resulta que siguen siendo los mismos gilipollas de hoy, de ayer y de siempre, el gilipollas de Werther oreando dos tercios de gayumbos y cubriéndose de logos bien visibles.

—¿Alguna vez formulasteis una frase que empezara por 'Nosotros los adolescentes…' etcétera? Quiero decir, con intención seria

—A…, ¿a quién?

—No importa a quién. Me refiero a si, cuando éramos adolescentes, justificar, yo qué sé…, un acceso de llanto o de ira o de risa desatada con una frase del tipo 'Es que nosotros los adolescentes…' mmmmh… 'somos emocionalmente muy inestables' o algo así habría sonado a parida feliz y celebrada como tal

—Ya, por eso el *a quién* importa. Si entre amigos y con la cara de muslari pertinente, una parida con probabilidades de éxito. Si a mi padre, por ejemplo, sorprendiéndome con un camisón de mi madre, un hostión bien enderezado inmediatamente después del 'inestables'

—Sí que tenía la mano suelta, sí. Y mira que era majo

—Demasiado hijo varón en casa, más aún que en la tuya, para permitirse y permitirnos olvidar quién era el torito bravo capitán de la manada…, pero bueh, en sus últimos años se le impuso la majeza a la testiculina. Claro que entonces habría tenido que soltar las muletas para lanzar media bofetada y habría estado feo intentar pegar a los padres de sus nietos antes de caerse de morros. En cualquier caso, nunca dije ni nos oí decir algo así como 'Nosotros los adolescentes patatín patatán' La adolescencia era una enfermedad sin vacuna, más o menos virulenta, tolerada con más o menos paciencia o humor por parte de la autoridad y desprestigiada por esa pancarta de Edad del Pavo que nos agrupaba de antemano bajo Lo Ridículo. O eras un crío o eras un mozo, tonterías en el tránsito las justas

—Autoafirmarse grupalmente cuando lo que te falta es autoafirmación íntima es elemental

—Pero bastante idiota a medio plazo

—A no ser que fueras irremediablemente idiota

—Había un cupo limitado en número y/o calibre de capulleces antes de que te expidieran, si era familia de posibles, a Campillos o a los franciscanos de Onteniente

—O los…, ¿cómo era? Los…, eso, mercedarios de Olivenza

—La amenaza de ese perverso internado donde nos iban a meter en cintura junto a los rebotados más contumaces y temibles de todos los colegios de España

—Brrrrrr. Oye, a cuento de qué ese *nosotros los adolescentes*

—Joder. Hace unas semanas me permití, es la vejez, picar un poco al hijo de una amiga a propósito de la levedad de sus obligaciones en relación al esfuerzo insuperable que parecían requerirle. Sostuvo la guasa hasta que viró sin aviso a una mueca de compunción profunda, le asomó una lágrima, luego otra, las dos se despeñaron por las mejillas frutales y susurró '¡*Para* de una vez! *A nosotros los adolescentes* está tirado sacarnos de quicio' najándose con un desgarrado '¡Sois los culpables de *nuestro* complejo de culpabilidad!' y un portazo

—Quizá es un mozo hipersensible

—Y afecto al retruécano freudiano

—Y con una conciencia generacional acojonante

—Me dejó tieso. Mi amiga, mujer sensata y con veintitantos años de experiencia en secundaria, me aseguró que *todos* los adolescentes desde hace unas hornadas se autorefieren con la intensidad combativa del líder negro empezando un discurso 'Nosotros, los afroamericanos…' desplazando características inalterables —vaaale, gracias a Michael Jackson descubrimos que un cincuentón negro puede mutar en quinceañera zíngara— al territorio de lo por principio mudable

—Que adquiere una consistencia desconocida hasta ese momento

—Y falta de caducidad a la vista, derivada de esa rocosa consistencia… La Gran Adolescencia, macho, prorrogable hasta que te dejen y puedas pagártela, es real: y más desde que viven, algunos, tantos tantos tantísimos años, proliferan gimnasios y cirujanos plásticos, se folla gratis por internet, han sintetizado el sildenofilo o te anuncian como auténtico notición que los brazos de murciélago pueden reducirse con carboxiterapia y radiofrecuencia. Niños y papás corren, saltan, patinan, compiten juntos y se pirran por los mismos gadgets, el móvil, la consola

—O un dron artillado…, también comparten gimnasio y ortodoncista. La ortodoncia une mucho

—Con nosotros a lo sumo compartían un rato entusiasta de tren eléctrico o Scalextric, las fijaciones *de lujo* de niños de postguerra

—Recrecidos. O de balón de fútbol, icono esférico de la hispana relación entre padres y retoños en la playa, la campa, el parque, la plaza

—No, a nosotros *no nos dejaron ser así* y la entrada en Zona Adulta se tanteaba entre toda clase de interdictos ajenos y cautelas propias…, ¡amenazaban Campillos…, Onteniente…, estoo…, Olivenza!

—La prueba es la cantidad de segundas y terceras adolescencias que padecemos o presenciamos pasado el medio siglo, revancha anteprovecta de la que no nos dejaron sufrir y disfrutar en condiciones

—Basta verte a ti, ejemplo: los trapecios trepándote a las orejas, el pelo revuelto —tan abundante, aunque haya perdido el color original— el vientre plano y esa preciosa BSA vintage

—Una Gold Star DB34 de 1955, mi único capricho, la criatura de mis desvelos, toda ella pieza original menos el cuero del sillín

—Con la que atruenas deliciosamente los pabelloncitos de mujeres un cuarto de siglo más jóvenes que cuando te quitas el casco vintage y la chupa vintage piensan 'Oye, ese tío vintage debe de tener guardado en el trastero un polvazo vintage'

—Pasan las décadas y sigues siendo aquel hijoputa tan salao

—Tío…, no me digas que no las shockeas cuando las enteras con la segunda copa de que has sido camarógrafo de guerra, colaborador de *National Geographic*, heterosexual, soltero y ¡sin hijos! Coñññ…, menudo golpe de efecto. Y qué desafío derrotar a esa Steel Maiden estéril engendrando de ti un bebé de 1200cc

—Tan salao tan salao. No shockeo a nadie, nos conocemos casi todos y como has dicho, puestos a ello se folla gratis y cerquita de casa por internet. Hasta *aquí*

—Para consolidar la hipótesis y mi autoestima te informo de que ha desaparecido la china de la petaca desde el último pitillo que te has liado a mi costa. Me pasó lo mismo cuando fui a armar un porro de reanimación con mi amiga tras el portazo y resultó que su lacrimoso vástago se la había apalancado entre cigarritos de buitreo y sorbetones de mocarra

—Estupenda goma con la que acabo de prensar una chapa entre las yemas para fundirla a continuación sobre blando lecho de hebra…, nos estás, nos estamos invitando a un porrazo para purgar tu vacío sobrevenido y ese cabreíto de señor mayor con querencia talibán

—A la *chapa* la llaman *peseta* ahora. Con cara de estar creando una denominación de origen, créeme

—Y a lo que vives tú *adultolescencia*, créeme

—Y a lo que vives tú *gerontolescencia*, créeme

–No discutáis, parecéis los idiotas de entonces. Es que el adolescente ya no es obsolescente, creedme

Todos son de derechas y todo es de derechas hasta que se destapen esas numerosas, latentes, insospechadas pulsiones democráticas y libertarias que florecerán como amapolas en trigal abonadas por la descomposición del cadáver del Bigotillo, ese nativo de El Ferrol del Bigotillo o por ahí. Qué puede replicarse: a Iríbar también le quemaban la capitanía y la camiseta de la selección española pero la guardia civil lo remolcó amablemente de vuelta a puerto cuando el barco lo dejó tirado el 23F aproando la costa francesa. Amapolas carmesí contrastando con ese ecosistema caqui y negro sotana que sostenía la general ignorancia de alternativas a la Única. La camisa militar, las botas de chorchi y los vaqueros son una combinación pijo-*skin* de calle tan resultona como, quién lo diría, el calceto blanco –después tan depreciadísimo que a los usuarios les daban la vuelta en la puerta de las discotecas– con mocasín oxford, tan *mod* aunque ni se pispara qué carajo era un *mod* bajo esas gárgolas. Se lucen las primeras parkas, más *mod* infiltrado, las trencas marrones, verdes, grises, azul marino uniforman los brotes tímidos de un desaliño rojeras de barbas ralas, grasa sustituyendo a la gomina, delirios comuneros, Quilapayún, Pink Floyd, Triana, Phil Ochs, Serrat, Deep Purple, Cecilia, la Velvet, los conciertos del Olympia, Joaquín Díaz, Jethro Tull y Agapito Marazuela, porros mal liados y botellines tibios. Qué follón. Vaqueros, botas y camisa de chorchi –corrupción de sorchi, corrupción de sorche, supuesta corrupción de *soldier*– sin la menor amenaza de que a uno lo llamen filonazi por las pintas porque un tercio de tus conocidos y saludados tiran a acéfalos y no, no acaba de estar mal visto dar o tolerar un *repaso político* de cuando en cuando a un incauto representante, pasaba por ahí, de esos mediojipis con pulseritas, pendón de Castilla en el chaleco de flecos y tufazo a pachuli. Carlos González Martínez, veintiún años, comulgaría dos balas al grito de Viva Cristo Rey en la calle Barquillo —sí, la misma a la que se precipitó esa desdichada, tierna, jovencísima Sandra Mozarowsky que protagonizó la diezmilésima parte de tus pajas adolescentes— conmemorando a los últimos fusilados y Arturo Ruiz García, diecinueve años, comulgaría más plomo al grito de Viva Cristo Rey y un par de años después José Luis Alcazo sería crismado a golpe de bate en el Retiro por *melenudo* entre gritos de Viva Cristo Rey. Un comando de fascistas ejecutaba a cinco abogados laboralistas en su despacho: su incompetencia asesina dejó a cuatro medio vivos o muy perjudicados pero los incompetentes no se tomaron la molestia de ocultarse mucho y hasta vistieron de arrogante azul falange en el juicio, apoyados por un monto acoquinante de gorras de plato. Ese detrito hasta hoy mismo irreciclable autodenominado País Vasco y Libertad, Euskadi Ta Askatasuna, amasaba pelotillas entre las manos a la vista de la pesca con dinamita que sacaría a la superficie lo más logrado de su miseria moral, menos de setenta muertos en 1978, menos de noventa en 1979, un centenar en 1980: *aquel año de un muerto cada sesenta horas* que tituló Espada, mientras la piedra de amolar arrancaba chispas de los sables. Ya son muertos sumados ¡coño! Cristo Rey y ETA mataban y en los ratos libres quemaban librerías. La policía mataba. María Luz Nájera se manifestaba por el asesinato del mentado Arturo Ruiz cuando se extinguió por el impacto de un bote de humo dirigido, claro, a extinguirla. Un follón.

—Hombre: los de la prensa han pillado a Emilio Hellín
—¿Hellín? ¿*Aquel* Emilio Hellín?
—Ahora firma Luis Enrique Helling. Sí, el que dio *un paseo a Yolanda González por una España grande, libre y única*, cito de la reivindicación suscrita por el Batallón Vasco Español aunque el pollo dirigía…, veamos, el Grupo 41 de Fuerza Nueva. El que en compañía de otros tres hombretones sacó de su casa a una chiquilla de diecinueve años que se pagaba los estudios

fregando suelos y después de darle el peor rato de su vida le metió dos balas en la cabeza en un descampado. Cuarenta y tres años de condena —y tres fugas, la última a Paraguay bajo protección de Stroessner— reducidos a catorce cumplidos y tan campante

—¿En qué hoyo estaba escondida la alhaja?

—De hoyo nada, macho. Leo: *es uno de los principales asesores del Servicio de Criminalística de la Guardia Civil..., participa en investigaciones judicializadas sobre terrorismo y delincuencia, imparte cursos de formación a agentes de este cuerpo, de la Policía Nacional, el Ministerio de Defensa, Ertzaintza, Mossos d'Esquadra...,* Interior le paga por dar conferencias y etcétera..., *New Technology Forensics* se llama su chiringuito

—*Forensics...* Mira tú. El aroma añejo del salvajismo impune..., la Brigada Político Social y sus rebautizos..., aquel siniestro matarife, el *supercomisario* Conesa

—*Garbancito*, por nano. Implicado en la detención de las Trece Rosas cuarenta años antes, instructor de los escuadrones de la muerte de Trujillo en los sesenta, un carrerón

—Y su sicario..., Billy el Niño..., nosecuántos Pacheco..., aquel macarra excretado por un cocido western de Tabernas

—¡González Pacheco! Condecorado, condecorado por el actual presidente de Endesa y penúltimo de Sogecable cuando se disfrazaba de ministro de Gobernación

—Y del que por alusiones se conservan tres álbumes de fotos brazo en alto cuando era gobernador civil de Barcelona, otro astutísimo reciclado

—El sucesor de Conesa..., Ballesteros..., descorché una botellita ante su necrológica, hace seis o siete años, mira tú qué infantilismo..., pero el hermano mayor de una novia valenciana, rojeras, pasó por sus manos y el prometedor economista salió convertido en el inválido de la familia. Parece que durante el interrogatorio el muchachote tuvo los redaños de gritarle una juvenil gilipollez..., así como... '¡Todo va a cambiar y seréis los primeros en caer!' A Ballesteros le entró la risa tonta, le dio unos cachetitos paternales, lo besó en la frente llamándolo *imbécil* con muchísimo cariño y lo mandó de vuelta a lo que fuese, la parrilla o…, la tabla o cualquier otra imaginativa variedad de joderte

—Pero a este pollo…, lo recuperó Barrionuevo ¿no?

—Barrionuevo…, Vera…, Roldán…, la continuidad. La patada en la puerta o *corcuerina* se quedó en gatillazo de milagro. El forense Etxeberria lo dijo clarito: *heredaron la metodología*

Las camadas de religiosos y militares que parieron aquellas promociones debieron de ser las últimas esperanzadoras en número de reemplazo, espejismo que ocultaba la futura sequía en academias y seminarios. Lo más a mano era adherirse a alguna variante, así fuese descafeinada, de facherío —si no es injusto llamar así a ese orden bienpensante, soldado al régimen, sus fines y procedimientos como para sentir un pánico elemental a su extinción: orden reglamentado que detectaba con asombrosa celeridad la menor heterodoxia y la reprimía o extirpaba con una eficacia sólo posible en un ambiente tan saturado de marcial aprobación que cualquier miramiento se juzgaría debilidad. La Barriada Militar, la Ciudad Deportiva Militar, la Residencia de Oficiales, la Academia Militar de Ingenieros, el Hospital Militar, la Farmacia Militar, el Economato Militar, el Parque Militar Móvil, la Brigada y el Parque de Artillería, la Capitanía General de la VI Región Militar, a qué seguir, el Gobierno Militar donde serían sometidos a consejo de guerra los últimos etarras, los últimos FRAP, los últimos condenados a morir por la mano trémula y despiadada de un anciano dopado. Concepcionistas, franciscanos, teresianas, salesianos, adoratrices, dominicos, maristas, damas negras, cistercienses, clarisas, carmelitas, esclavas, paúles, claretianos, recoletas, descalzas, agustinos y agustinas, jesuitas y jesuitinas, a qué seguir, triscaban por doquiera corregidos, sostenidos, pastoreados amorosamente por el báculo de Su Excelencia Reverendísima D. Segundo García de Sierra y

Méndez, arzobispo a quien, como tal, en las festividades principales se rendían honores de arma sobre el hombro y marcha de infantes. Ya no. Un miércoles lejanísimo pintó una cruz de ceniza sobre tu frente de niño.


Así fue: mientras el Archimandamás, legítimo sucesor de los apóstoles y cabeza de cuatro diócesis —entre las que se cuentan dos vascongadas, Bilbao y Vitoria, para desdoro de sus jerarcas y feligreses, nacionalistas con sordina de un imaginario de ese *país*, fracción de otro país imaginario— deja con desgana el frescor de su palacio, suda la badana de la mitra y abandona el anillo pastoral a los relumbrones del sol para pasmo de gañanes, el capitán general de la VI Región Militar prende medallas en el pechobombo de los cadetes distinguidos bajo el mismo sol recio y poco jocoso que incendia las pistas de tierra batida donde, retiradas y plegadas las redes, aguardan impasibles la lipotimia. Mateo Prada Canillas, fibroso y luciendo bronce, hace su aparición envuelto en albo albornoz una hora y media tarde: lo han sacado de la piscina casi a la fuerza porque ya han caído a plomo tres cadetes —distinguidos. En la Academia tocaban a rancho justo cuando pinchaba la primera aceituna del aperitivo. El resto de subordinados aún en pie se cuadra ante ese macarra en albornoz, uniforme de mariscal de balneario que ni siquiera Goering osó lucir en los juegos olímpicos de Berlín. El escudo bordado de la Ciudad Deportiva Militar campea de única condecoración o indicio de grado, el aliento le canta a vermú con ginebra, su mirada de hastío no se adivina tras las Rayban de aviador. Es el único que se baña sin ridículo gorro de goma porque se pasa por el forro de los albornoces la ejemplaridad de la orden que él mismo firmó a comienzos de verano obligando a usarlo, por primera vez, sin distinción de sexos.

Así fue: un caballero se bañaba destocado en la piscina de adultos y fue apercibido de la reciente Orden –con exquisita precaución, no había modo de saber cuántas puntas sumaban las estrellas ocultas en el braguero de un Meyba– por un soldado de reemplazo. Los destinados a ese sector vestían de tenista años veinte, zapatillas, niqui y pantalones blancos. El caballero abandonó la braza indolente y bostezó

'En efecto, en efecto. Y ¿sabes quién ha firmado esa Orden, muchacho?'

'El capitán general firma esas Órdenes, señor'

'En efecto, en efecto. El superior a quien estás interrumpiendo el baño. Queda derogada la Orden'

El mozo petrificose en firmes transpirando en plan copioso, el superior continuó completando largos con parsimonia. No disfrutó mucho tiempo de la cacicada: primero uno, luego otro y otro más, una turba de testigos de la inmunda chulería se precipitaron a remojar melenas, bigotillos y pendejos y vaciar vejigas. El caballero, disgustado, salió de la piscina, se ciñó y anudó el albornoz so la sombrilla

'La Orden vuelve a entrar en vigor, soldado'

El chorchi expulsaba enérgicamente a los jovenzanos blandiendo el recogehojas cuando avisaron de que un capitán médico reanimaba cadetes en las pistas de tenis. El caballero acababa de pinchar una aceituna. Chasqueó la lengua, calzó las chanclas, apuró la media combinación de Cinzano y Larios y enfiló con pachorra a imponer condecoraciones.


Un viejo déspota sin complejos –hasta marcaba cañoncito con bragas modelo Mark Spitz, muy comentadas– salvo, quizá, el de padecer a un hijo de bucle aceitoso y caídas de párpado desaforadas cuyo ingenio nada castrense hacía las delicias de las damas matrimoniadas con el gremio y alimentaba la chufla clandestina de sus maridos. Fue uno de los altos mandos *estafados* por Suárez a propósito de la legalización del PCE en la reunión de septiembre de 1976 –ya en enero

Carrillo había entrado clandestinamente en territorio nacional disfrazado de padre de Mike Kennedy. Justo el que salió del palacete de La Moncloa gritando 'Presidente ¡viva la madre que te parió!' según cuenta Cercas. Ocho meses después el PCE era legalizado y en algunas ciudades y capitanías se temblaba de miedo y de ira más que en otras.

—Piso esta ciudad con mala conciencia. La distorsiono. Creo que fui más feliz yéndome a tiempo: pero largarme *a tiempo* no fue mi elección..., y en ese momento fue un destrozo. Me desvío. ¿Era tan facha como la recuerdo, vivíamos tan confortable y naturalmente, sin protestas ni disensiones entre tanto uniforme y tanta sotana? Joder, soy hijo de un cadete que en la madrugada de un San Fernando trepó a la estatua del Cid para imponerle el cordón y las charreteras de Ingenieros jugándose un correctivo serio

—Y un hostión de tetraplejia

—Me parecía una machada admirable hasta que empecé, fuera de *aquí*, claro está, a tratar con gente que *de verdad* deseaba la aniquilación del ejército, de la Iglesia o la monarquía por el procedimiento que fuese y lo mismo aplaudían la última carnicería de ETA que añoraban una higiénica quema de conventos. Aquella proclama revolucionaria de no descansar hasta ver al último noble ahorcado de las tripas del último cura

—Facha, muy facha: recuerda a mi madre ejerciendo de viuda del régimen, tan ortodoxa y dominante. La mitad de sus hijos logramos, quién sabe cómo, salir rojos —y ateos gracias a Dios, como Buñuel. Cambió rápido, hasta aquí se ocultaba un deseo furioso, casi histérico de desencorsetarse... La invasión de música, política, estupefacientes, kermesses comuneras y festivales del PCE rompió la homogeneidad o..., digamos, aisló y desenmascaró al núcleo duro, mucho más reducido de lo que hacía suponer aquella vociferante cohesión del 75

—Hacía nada

–Muy facha. Aunque una mayoría se deslizase hacia la así llamada derecha *civilizada* ¡imagínate, Fraga y su *delfín* Verstrynge! Tierno, ese tunante existencial, lo mentaba Fershtringuer. De la que no os libráis, por cierto…, como en Madrid. En mi caso transité de una barriada militar y un colegio religioso a un bautismo por inmersión en el centro de educación pública más progre, izquierdoso y militante de la capital, no recuerdo cuántos días de clase tuvimos de 2.º a COU entre huelgas, paros, encierros y carreritas delante de los últimos grises y los primeros maderos. Mis padres, escandalizados

–Qué relajación de la autoridad, así de golpe. Y qué espejismos, la identificación del nacionalismo católico, burgués y ultramontano con la izquierda progresista, verbigracia. Releer los pregones de Ferlosio en Villalar a las escasas luces de ahora…, qué lucidez, carajo


El modelo es una lupa que aberra esa aberración de suyo llamada *realidad*. Una porción, variable pero siempre significativa, de la realidad que uno desea pertenece a su modelo. Realidad que no posee el imitador y que en puridad puede no alcanzar nunca, pero que ya ha escapado del nivel de la facticidad para aposentarse en la del deseo, deseo irreflexivo y potencialmente orate bajo formas diversas: rencor, envidia, celos, deseo de venganza. Presa de amok brincaste un día en el vestuario desierto sobre los últimos Martegani de Benavides hasta dejarlos medio descangallados. Ahí está el tipo un rato después, calzándoselos con el mismo movimiento que el capitán general activa con las chancletas de condecorar. Se agranata en picado al pesquisar que el fino tafilete y las puntadas de virguería lucen severamente dañados. Blasfema. Amenaza al aire. Blasfema. Alza los zapatos para mostrar el estropicio. Ya duchado y cambiado, lo observas desde la escalera y sueltas un *hace falta ser hijoputa*. Tienes razón, hijoputa. *Hace falta ser hijoputa* es una burbuja locuela que revolotea, irisada de mierda, sobre la cabellera mojada de veintitantos adolescentes medio en pelota hasta ser empitonada por ese torete que cabecea tratando de identificar a la próxima víctima de una letal tijera de piernas seguida de un concienzudo chaparrón de puñetazos. No asimila la intención, la vileza de ese atentado. *Quiere matar.*

Se suspende la acción, se adensa un silencio en parte atemorizado, en parte empático −todos han deseado ya matar a alguien, cosa de la edad. Una capa baja de testosterona embiste contra una capa alta de adrenalina, un fuego de San Telmo inflama sus rizos sirviéndose del Fijador Natural Patrico de conductor, está tan cegado que ni siquiera juzga raro que no te hayas acercado para compadecerte y consolar amigablemente lo irreparable del daño. Ahí te quedas, contemplando a mitad de escalera cómo retiene las lágrimas, no el llanto, las lágrimas de puritita rabia, las que acompañan a *matar* de rabia: y tu remordimiento apenas contrapesa la alegría de haber encontrado un punto débil en el modelo. Unas semanas antes, Benavides se había acercado con ojos chispeantes, esta vez de felicidad '¡Jaimito! ¡Estoy perdidamente enamorado!' O sea, estaba *quedado*: nadie decía *enamorado* ni mucho menos *perdidamente enamorado* '¡Enamorado, estoy enamorado!' 'Me alegro... Coño. De quién' '¡De *qué*, de *qué*! ¡De unos Martegani que he visto en el escaparate de Dickens!'

Dickens, Bravo, Parlotti, la media docena de tiendas con ínfulas de boutique que trataban de satisfacer las demandas locales de exclusividad 'Vaya. Te felicito' '¡Ya los he señalado y me los compro a primeros de mes!'

A primeros de mes, Lalo, un chavalote de quince años, recibía el equivalente a unos ochocientos euros de hoy mismo para sus gastos. Te permitiste pisotear su *amor* y la mitad de su paga. Su manutención se abonaba en sobre aparte: vivía en casa de sus tíos, rama que por él habría inexistido en la medida en que fisuraba el caché, antigüedad y justicia distributiva de la fortuna Benavides. Su tío era *suboficial* y como tal vivían de su *sueldo de suboficial* su mujer y su hijo de diez años en un *piso de suboficial*, modesto y aseadito, cuya superficie apenas excedía en un tercio su *dormitorio con terraza y baño en suite* del dúplex paterno. Y ¿por qué se había visto obligado a cambiar el dúplex y una ciudad bulliciosa y próspera, el decimotercer municipio más poblado de la nación por el trigésimo séptimo, tan montaraz y recoleto, por qué había abandonado a sus amigos, camaradas de clase a su altura para perder en el trueque por una desleal y socarrona tropa de snobs? Provincianos todos, él incluido: pero hay categorías de provincianismo. Tu aparente credulidad, tu curiosidad y buena disposición hicieron de ti el confidente propicio para ensanchar las de por sí generosas proporciones de esas hechuras —aunque ya hacían falta cuajo y convicción para espetar que en la cosmológica conjunción de innumerables circunstancias finalmente confluentes en acabar fumándose un pito juntos, la causa eficiente se concretaba en haber proferido graves amenazas de muerte y asegurado su cumplimiento fatal ante testigos. Ay Lalo Lalo.

—No sé si la culminación, pero sí un pico insólito de aquella época más bien bárbara y su pestazo a cadaverina entre postbélica y predemocrática fue el asesinato de Cristina y su familia a manos del padre

—¡Coño! ¡Claro! ¡Cristina! Pero, hombre, aquello fue una salvajada

—Una salvajada a veinte metros de mi portal, éramos vecinos de la barriada militar

—La tenía enterrada en

—La fosa común, sí. Como yo hasta hace no tanto. Hasta antes de Nora. De lo de Nora. Bueh. Perdón. El asunto no recibió la menor atención por razones que se antojan obvias. Y qué privilegio tener a una historiadora a tiro corto para refrescar el contexto, como McLuhan apareciendo en *Annie Hall* para poner al pedante de la cola en su sitio

—Tu amigo está coqueteando conmigo. Y no sé de qué habláis

—Perdón de nuevo. Ni siquiera vivías aquí. Un capitán patata…, un capitán de la escala auxiliar mató a tiros a su mujer y a sus hijos antes de suicidarse. La hija mayor era de nuestra edad, amiga del barrio y compañera de clase. En total seis muertos, seis

—Y eso fue en

—1975, finales de septiembre de 1975

—No es mi campo por sólo un par de siglos, pero…, las últimas ejecuciones de muerte…, Otaegui, Garmendia. No, a Garmendia se la conmutaron…, y…, Baena, los del FRAP

—Fueron cinco

—Dos de ETA y tres del FRAP. Olof Palme pasando la hucha por las aceras de Estocolmo para auxilio de las familias…, y la embajada de España en Lisboa

—¡En llamas!

—Un *terremoto* diplomático…, con embajadores llamados, devueltos, expulsados. Pero además, claro, Franco estaba en las penúltimas

—Penultimísimas…, se infartó en dos o tres semanas y

—Y a pasarlas putas hasta el final

—Encarnizamiento terapéutico. Justo estrambote a morir matando. Vino, más vino

—Y los Tripartitos…, o sea, la Marcha Verde…, a principios de noviembre

—Ya nos estamos yendo de bareta en cosa de mes y medio o así. Es fácil porque la sombra de la catástrofe planeaba todos los días sobre esta católica nación, todo pasaba muy deprisa

—Tiempos muy muy muy moviditos

—Tanto tanto tanto que estoy convencido de que la información sobre esa pequeña masacre provinciana provocada por un oscuro capitán enajenado fue sellada con el tampón de Gravemente Peligrosa

—Pero eso era de…, de las calificaciones morales de las pelis en la cartelera del…, del *Ya* ¿no? Para mayores… Para mayores, con reparos… Gravemente peligr

—Eeera una forma figurada de hablar. Decía que se sofocó cualquier posibilidad de convertir el hecho en noticia: sólo faltaba en *ese momento* que el ejército estuviera manifestando síntomas de demencia en particulares y tirando de la armería doméstica para añadir una cuota extra de pánico al, este…, *malestar general*, no, al más particular, el miedo en tu casa, a la comisión de un asesinato múltiple…, horroroso, joder, por parte de un representante, así formara en la calderilla, de uno de los tres pilares del Estado

—Con la Iglesia y la Falange

—Sssacto y mil durazos más para el concursante: el amable público constatará que la morralla de aquella Formación del Espíritu Nacional impartida por el hermano Conrado tiene más vida que la del plutonio 239. Un curita enculando a dos monagos sobre el altar antes de suministrarles y suministrarse unas hostias envenenadas habría obtenido la misma condena, *ausencia de tratamiento*

—Qué *expresivo*

—Es la influencia del affaire Maciel

—Y te has puesto a hurgar por ahí

—Apenas. Recordaba que no hubo la menor mención en el telediario. Guglear a tientas entre conversación y conversación imaginaria con vosotros me ha proporcionado la noticia del *ABC* y un breve de *La Vanguardia*, en verdad brevísimo: pero el acrisolado diario local carece de hemeroteca digitalizada, como carece nuestro horrendo país de una Hermosa y Gran Hemeroteca Digitalizada que muestre en negro sobre blanco, a inmediata disposición del ciudadano informatizado y aún no desahuciado, las mentiras y vilezas de nuestros gobernantes y periodistas desde que alguien se puso a imprimir noticias para alguien en este puto país

—Hacia el XVIII. Voy a descorchar otra botella de este riberita de La Horra, te estás poniendo estupendo

–Y yo a llamar al nuevo redactor jefe del *Diario*..., un viejo colega que puede hacernos el favor de una consulta

–Magnífico, mil gracias. De dejarla salir, la noticia amaneció el 30 de septiembre

Se cumplió el primer aniversario de la muerte del Jefesito y grandes fueron el recogimiento y presumiblemente la expansión, aunque las celebraciones seguían siendo clandestinas, contenidas y prudentes en paralelo soterrado a un duelo más dolido y público que nunca –y extremoso a un punto que de ningún modo se habría tolerado bajo su mandato. La ciudad volvía a demostrar su vasallaje a la memoria, por fin a la memoria y ya sólo a la Memoria de quien había dirigido los destinos de la patria desde el palacio de la Isla antes de desdeñarlo por el de El Pardo

*Pues en este palacio de la Isla se albergó y trabajó durante toda la Cruzada de Liberación el otro Fernán González; que si el primero fundó la nación española, Francisco Franco la salvó de la destrucción y la consolidó y afirmó por los siglos.*

Para según quién, algo tan imperdonable como esa *compensación* del todo insuficiente, un puto polo de desarrollo en lugar del Monumento a los Caídos (¡a Guadarrama!) y el Museo de la Cruzada (¡a Toledo!) ya que no la tan merecida capitalidad definitiva (¡a Madrid!) Habían hecho los deberes mejor que nadie: primera guarnición en declarar el estado de guerra, principalísima en reclutar carne, mandarla al cañón y recibir fiambre a cambio, inflexible en desinfectar la retaguardia y diezmar la quinta columna, bastión estratégico fundamental para la victoria final en el frente cantábrico, en el Ebro y en la sierra de Madrid. Toma, toma y toma. Y a cambio de tanta sangre moza y buena, de tanto celo en purgarse con sosa y ricino, de tanta firmeza alzando un palio que impedía ver el cielo, en pago a arrojarse gozosamente a besar esos piececitos de niño cada vez que la Ocasión lo había requerido —¡el Milenario de Castilla! ¡el X Aniversario de la Exaltación a la Jefatura del Estado! ¡la inauguración de esa estatua de ese Cid (su autor, Juan Cristóbal, discípulo de Benlliure, fue paradójico cofundador de la Sociedad de Amigos de la Unión Soviética) al que (¡milagro, milagro!) aventajaba en estatura! ¡los XXV Años de Paz! ¡pe-pero qué cosas más abyectas ha festejado este pueblo sometido!— se les limosneaba un polo de desarrollo en competencia indigna y cizañera con Aranda de Duero. El título de *Capital de la Cruzada* concedido tres años antes podía ser interpretado como rechufla a estas alturas: un cuarto de siglo pasándolas canutas sin gimoteos a la espera de una recompensa rumbosa —o al menos una indemnización justa— a los colosales servicios prestados se quedaba en propinas.

*La ciudad —mayoritariamente identificada con los vencedores de la contienda fratricida— no se explicaba que, con la buena disposición que había mostrado al bando nacional, la dejaran sumida en el abandono y la desmemoria tras la retirada de la capitalidad.*

Se puede incensar sin perder dignidad ni orgullo. Si eso es lo que se practicaba en el resto del territorio y hasta en lo más asilvestrado y refractario a las buenas costumbres del resto del territorio, con mayor fundamento en su semilla poderosa, su tronco altivo: la Cuna y la Cabeza de Castilla separadas por sólo cuarenta kilómetros…, ¡no puede ser casualidad! ¿Y qué significa eso? ¡Pues Madre y Padre de Españññña! ¡¡Coññño!!

Qué se le va a hacer: si algún calostro quedaba para amamantar a esa caricatura de franquista local capaz de jibarizar aún más su modelo era el que se secaba en la teta helada de la ya para siempre excapital. Aunque chillón, intimidante y con más peligro que un morlaco resabiao, el hiperfacha no daba crédito a su involuntario tránsito a *minoría* entre una multitud entre estupefacta y pastueña, una manga de hipócritas y tibios fingiendo pena. Llegado el momento del aniversario, por segunda vez doble, de las muertes del Gran Ausente y del Ése —enterrados para su eternidad en Cuelgamuros como un matrimonio gay mal avenido— y a la manera concentrada y resonante de un fanatismo sin doblez, los fieles aventaron sus miedos en proclamas y pareados conmovedores, si bien en ocasiones pelín confusos (imprescindible gritarlos con insólitas sinalefas y oportunos signos de admiración sembrados a voleo)

Franco resucita / España te necesita

en alternancia con

Queremos otro Franco (bis, bis, bis, bis, bis)

que ni parea ni reclama al mismo Franco, a tal punto es fruto del desespero. Y seguían infatigables, *emitidos por una sola garganta*

Gobierno dimisión / por perjuro y por masón

Procuradores / sois unos traidores

Suárez, dimite / el pueblo no te admite

Tarancón al paredón

Éste es de concisión medieval, como el reciente y ya archidemócrata *A por ellos como en Paracuellos* de signo antagónico: aunque podría haber enfilado sin mayor problema el delito consonante de *por perjuro y por masón*. Empalman

con un sorprendente etcétera de ripios feroces de autor anónimo proferidos por ese *pueblo* del que tenías escasa noticia,
algo muy novedoso y emocionante entonces. Jamás habías
asistido a manifestación alguna, jamás habías oído esa canción
fracturada, jamás habías sentido retumbar en las costillas la
pasión de diez mil voces. En voluntariosa mímesis de esas
cien mil afortunadas atronando la plaza de Oriente, rebotan-
do en las venecianas clausuradas del ático de Bergamín, escenografía ideal que calca regular que bien ese resto del diminuto orbe postcolonial excluido, lástima, de participar acto
seguido en la gozosa riada que exige brazo en alto la bandera
a media asta ante la DGS, arranca los carteles de *El adefesio* de
Alberti y quema una furgoneta de reparto de *Diario 16*. Por
cierto que una empresa dedicada a *poner las cosas en su sitio*,
recientemente extinta por el pésimo polvo conjeturable entre
la crisis y unos gobiernos que maltoleran poner las cosas en
su sitio en una democracia que maltolera poner las cosas
en su sitio, calculó con precisión que el aforo de la conspicua
plaza no puede acoger, bien apretaditos, a más de *cuarenta mil*
voceras —que ya son voceras atronando las orejotas del pobre
Bergamín. En tales ocasiones, dícese, se veía obligado a aguantar a un par de números de la policía o de la guardia civil en
el salón, mandados al efecto de impedir que un viejo colérico
entrometiera distorsión o arrebatos de bilis en esa liturgia
embriagada de patriótica cazalla. Si fuere cierto, pues…, pues
caramba, *eso es prestigio*. Dos bigardos con porra para custodiar
a un ancianito de salud precaria y legendaria mala hostia.

*Todas las protestas habidas obedecen a una conspiración masónica-
izquierdista de la clase política, en contubernio con la subversión
comunista-terrorista en lo social, que si a nosotros nos honra, a ellos
les envilece.*

Último nanodiscurso del Perjuro. Lo recuerdas en su voz. Recordar su voz no tiene ningún mérito —¿seguía escribiéndolos de propia minerva o tenía de negro a un subnormal?

Cuarenta mil. Nunca pudieron estabularse más de cuarenta mil autómatas en esa plaza de los cojones. Corregir la propaganda histórica y prevenir desbarres presentes y futuros es una ruina empresarial. No conviene saber el número real de asistentes a una Diada o una borbónica proclamación.

—Hacía no sé cuánto tiempo que no veía a tres niñas saltando a la comba y cantando *El cocherito leré*. El cocherito leré. Leñe. Me paré en seco. Fascinado por una regresión al trompo, el hinque, las canicas, la rayuela. O la goma ¿se llamaba *jugar a la goma* esa diabólica mezcla de kárate, zortziko y salto de altura que ejecutabais en nivel de dificultad creciente, subiendo una goma hasta...?

—Nosotras éramos más de rayuela, comba y quisiera ser tan alta como la luna

—Y de soy la reina de los mares. No será que te estás paidofiliando, ese tópico que os inficiona a los cincuentones justo cuando os descienden los niveles de testosterona y sus epifanías

—No llevo sotana y mis ojos eran más inocentes que los de ellas, os lo aseguro. A fuer de desmaquillados

—No recuerdo una sola mirada inocente por tu parte en el tiempo de nuestro trato

—Venga. Quieres decir que me distinguía y distingo, deduzco, por mirar como un cerdo

—No... Todos mirabais como cerdos, la verdad. Y si algo ha regalado la edad a algunos, a ti, es registro, una hipocresía gestual eficaz y más o menos automatizada. Tu facilidad para ruborizarte si eras sorprendido con los ojos empalmados en un culo o unas tetas restaba ofensa a esa jeta de tratante de ganado que sostenías medio segundo antes

—Es un alivio. También esa ventaja derivada —y desperdiciada entonces, maldición— de la mortificante propensión a virar a escarlata. Bueh, es difícil mirar sin intención cuando estás poseído por primera vez en tu vida por la Gran Hormona y no acabas de asimilar ese priapismo implacable dirigido a la Jembra

—Ni el ridículo y violencia que apareja

—Sí, claro, te pasas el puto día entre la exhibición y la competencia…, un asco de ceguera de lo más excitante

—Paradójicamente útil en un mundo *hostilmente* masculino

—Reconoced que algo os debía halagar que de un año para otro os mirasen esos culos y tetas sobrevenidos. Cuyo incremento y formato comparabais mutua, constantemente en el espejo ropero de mamá

—Para mí siempre fue un agobio, tío

—Pero en fin, nadie podía negarte ciertas destrezas…, aprendiste a besar bien muy rápido

—Y durante una temporada hasta tuviste el morro de ponerte Nenuco desafiando las viriles colonias que se estilaban o se destilaban…, para despertarnos los instintos más primarios

—El Nenuco. Lo confieso. Qué memoria más cabrona. Oye ¿me funcionó?

—Psé. Poniendo música no te las apañabas mal

—Es curioso que… Una noche en que supuestamente debía velar a Nora después de una tralla de quimio y aquel detestable *factor de crecimiento* me quedé irresponsablemente frito en el sillón. Soñé que os llamaba por teléfono a todas las chicas de la pandi y…, a una le pinchaba los Carpenters, a otra Chicago, a otra Janis Ian, a otra Frampton, a otra Murray Head, a otra los Rolling y etcétera, ya sabéis qué lote os ha correspondido a cada una

—Yo sí

—Yo no

—¡Jjoder…! Te juro que la primera vez que oí *She's A Rainbow* fue tirado en la moqueta de tu cuarto y…, da igual. Descolgaba el teléfono ridículamente anticuado, marcaba en el disco un número de seis cifras ridículamente anticuado, pinchaba el single de *vuestra* canción —o la que sostenía, era vuestra canción— en un picú ridículamente anticuado: esa canción que no he podido oír durante los sopotocientos años siguientes sin que me acudieran ipsofactados, sin importar dónde o con quién estuviese, un eco de risa, un destello de ojos, la voz, el olor de cada una

—Todo muy muy sensorial…, oye ¿no te acudía alguna frase inolvidable, ingeniosa, *sesudísima*…, adherida a esas voces?

—No en este sueño en particular…, humillo, humillo, sigues siendo aquel estilete…, termino ya. Os enchufaba en el auricular un minuto de ejjjeeumm *vuestra canción* y colgaba sin identificarme o soltar uno de esos tan simpáticos como aniquiladores ¿quién soy? ¿quién soy? al final

—Pues adivina adivinanza…, uunn ¡psicópata!

—La *ya inminente* ronda es mía…, no me reía tanto desde mi noveno cumpleaños, justo después de operarme de fimosis… En fin: os largaba la canción y colgaba el teléfono con la convicción de que, como tú hace un instante, ninguna de vosotras amarraría el cabo que estaba lanzando

—¿Con desesperación? ¿Con nostalgia?

—Con un lanzacabos. Con nostalgia, joder, *con nostalgia*…, la desesperación la tenía ahí esquinada, me sentí el capullo más despreciable y desdichado del universo cuando me espabilaron un taquicardiazo y mi mujer implorando un vaso de agua…, en ese momento fue lo mismo que suplicarme cicuta para acabar de morirse. Aquella noche la nostalgia consoló a la desesperación

—Cuando a menudo la exaspera

—Justo. Lo que demandaba el sueño era una llamada anónima a continuación, un guiño imposible correspondiendo a ese impulso absurdo

—Que yo misma, por abreviar, sin ser yo, te llamase por teléfono y escucharas de pronto…, escucharas de pronto

—Qué

—Vaya…, tu *canción*

—Qué canción. Ése era el poso del sueño. Yo tenía una para ti pero no había dejado en ti, en ninguna de vosotras, una canción que os remitiera a mí cada equis años, en un ascensor o en un aeropuerto, en una fiesta de empresa o una velada íntima y *prometedora*. Era una iniciativa si no de psicópata, tu hermanita ha dado en el clavo en cuanto al abordaje, sí de neuro…, neuroalgo

—Cumpliendo en un arranque y un rato con obligaciones insoportablemente pospuestas

—Y enfrentando su imposible respuesta

—O de egópata. O de acomplejado

—Vaaale. *Touché*. Complejo de inferioridad y hasta proyección grosera de mis viriles frustraciones, no haberme pasado por la piedra a la porción femenina completa de la pandi. Puedes añadir un brochazo de rencor atávico por no ser el Primer Hombre de todas sin excepción

—También tocabas la guitarra

—Buen giro en U. Rompí el mástil durante un Gran Pedo y se acabó. Fue en la misma transición temprana en que murieron el balonmano, la hípica, el dibujo, la medicina, la universidad y todo aquello que para mi asombro ocupó mi cabeza y mis horas y mis proyectos aparte de la Jembra mencionada. Quedó el lector disperso, el crítico diletante, el pésimo ejemplo, el pinchadiscos, el trasnochador, el camarero borrachuzo, el relaciones públicas con perpetuo escozor en el narigo, el indeseable de la familia por temporadas, el respetado agente, el padre, el proyecto de gordales, el cornudo, el corneador, el enfermero, el viudo. Qué quieres que te diga y a-cuento-de-qué-la-puta-guitarrita

—La siguiente es mía, sigues gastando unos prontos graciosísimos. Pues a cuento de que te explayes, hombre ¿te casaste con una millonaria?

–En serio, se me van a saltar los puntos del frenillo. Aportamos distinto acento y el mismo ajuar, perra: clase media funcionarial, selectividad aprobada, gusto por el golferío y en su caso exilio familiar durante el videlazo y problemas con los papeles de residencia

–Peeero tíííío, si me acuerdo de tu guitarra..., la tenías decorada en plan escayola..., con un JAIME campando en mayúsculas de Aironfix negro..., como tus libros. Y en cuanto podías colabas *La casa del sol naciente* y *Un caballo sin nombre*. Silbando, porque de inglés ni pajolera idea y de voz flojito flojito

Ah, transcurría ese año bisiesto en que el castor Amik –menos grotesco que naranjitos por venir pero tan sonrojante como toda esa prosopopeya ramplona con fondo de bandera– representaba al queseyoqué canadiense en los Juegos Olímpicos de Montreal. Juantorena volaba en cuatrocientos y ochocientos para penúltima gloria de su régimen ¡tan antagónico! mientras Mariano Haro apuraba su integridad física y la decepción nacionalsindicalista. Y un angelito ojeroso volaba sobre el suelo o la barra fija o las asimétricas sumando dieces y enamorándote en aquella escasa definición de 625 líneas –la desnudez bajo la malla se acentuaba en blanco y negro, entornando los párpados asomaba el espejismo de un pubis lampiño– lanzando desde la pantalla los dardos de su ligereza, su fibra, su flexibilidad, de su mirada triste y sus muslos abiertos en compás, los abductores tensos, dardos que se hincaban hondo en el cerebro y la jodida carne exigiendo el inmediato desembalse de tanta sobreabundancia generativa. Ninguna gimnasta, ninguna sucesora en dieces por prodigiosa que fuese apagó en tu memoria, no digamos en tu corazón y en tu verga de catorce años, el resplandor, el calambre de Nadia Comaneci.

El aliento arrebatado de diez mil voces nada olímpicas sabe sin error dónde caen los acentos, dónde interrumpirlo breve, pro/cu/radores // soisunós/traidores, juancarlos/sofía // elpueblo/nose/fía y no disuena un solo vivaelrey entre esa borrasca de ceños fruncidos y chicarrones bien alimentados. Plantones de la Triple A (sí, Alianza Apostólica Anticomunista ¡toma!) el semillero del Batallón Vasco Español, futuros Guerrilleros de Cristo Rey, jóvenes fachas de azulón y negro formados como camisas pardas en ese Espolón que los sábados hiede a soldadina: reconoces a los Hermosilla, los Rodri, los Salcedo, Moncho, Lolo, los mellizos Dávila, gomina espesa de pura esperma partiéndose la cara una o dos veces al mes por afición, adictos al relato crudo de botellas rotas atornilladas en el vientre, porras de cable telefónico con los cobres al aire abriendo mejillas en canal, destornilladores hallando acomodo entre las costillas, machetes, navajas, bates, nunchakus o *chacos*, puños americanos, cabezazos quebrando cejas y narices, artes marciales —o estilos heterodoxos, distinguidos: Moncho se descalza, se enguanta los Yanko de antifaz y reparte, por así decirlo, patadas con los puños con reconocido estrago de dentaduras. Aunque nada sea comparable a distinguirse por la precoz, ilegal, arriesgada posesión de un arma corta.

En cuanto se juntan dos, uno con labia se basta, el competitivo crescendo de truculencias expelidas con frialdad y desengaño existencial acoquinantes emboba a un público de menores que —tras interminable titubeo, tal es el embrujo de ese vacío en la boca del estómago que conculca principios elementales— aplauden las salvajadas más absurdas, excitadísimos ante la posibilidad al parecer cercana de machucar una boca a taconazos, puentear un coche y estrellarlo contra la puerta del Tucán o participar en una violación colectiva, hambrientos de un bautismo de sangre, de lefa, de grasa, de lo que sea mientras fluya. Ciertos nombres se agigantan, se señala con un discreto cabeceo a Fulano o Mengano susurrando sus hazañas, las cicatrices de tanta guerra en el cráneo, los brazos, los nudillos. Siempre son *muy malos* y casi siempre están *muy locos* pero cuando tienes la impagable fortuna de aproximar tu órbita resultan *superbuenagente* y los *mejores colegas* que uno pueda desear. *Darían la vida por ti.* También por eso están tan locos.

El gusto por delinquir, por lesionar y lesionarse es predilección común a ambas fratrías, pijos o peras —apócope del niño-pera o pollopera— y maquis o maquéis —apócopes de ese *macarra* que se ha desligado del *maquereau* para emparentar con el *teddy boy*. Afinidad con respecto a la que apenas sostienen diferencias de fondo, quizá el atraco como intención primaria, rito de paso o daño colateral, la preferencia por los chacos o la porra, la automática o el machete, el cubata de MG o el solysombra, Rumba Tres o Simon & Garfunkel, los peculiares idiolectos de la provocación, tan distintivos. Por lo demás se repelen, no se toleran cerca, dejarse ver en el horizonte salvo en treguas sociales de inevitable promiscuidad y bullanga autoafirmativa supone una provocación, estar donde no se debe: es inconcebible un estar neutral que no convoque un corro de aludidos muy cabreados. Centro y suburbio polarizados, violencia urbanita, aún y por poco tiempo más social que política si uno quiere regodearse en distingos bobos: hijos de burgueses *nacionales*, asimilados, prósperos, caza de posta y aperitivo en Ojeda, Pinedo, el Círculo o el Casino enfrentados a hijos de, ejemplo, Gamonal, barrio de aluvión excrecido sin plan ni orden al amparo del polo de desarrollo —que tampoco resultó, a despecho de los nostálgicos de armaduras y espadones mandobles, limosna escasa. Hijos de padres enflaquecidos por el agro o represaliados por filiaciones non sanctas fugados de sus vidas y paisajes anteriores al reclamo de Taglosa, Firestone, Celebusa —Seat y Fasa-Renault se las habían rapiñado en el primer reparto de lotes las detestables Barcelona y Valladolid. O de los criados bajo la sombra eiffelesca de la chimenea de La Cellophane Española: sus 180 metros, 160 (enrasando la ciudad a unos simbólicos 1.000 sobre el nivel del mar) o 150 según la fuente, doblan los de la legendaria Torre Perdida de la catedral y se equiparan a la altura conjeturable del faro de Alejandría. Visible desde cualquier punto de la ciudad, empenachada sin interrupción por un humo sulfuroso que acorta la vida y ennegrece sin distingos de clase bronquios, bragas tendidas, enfoscados miserables, la arenisca de fachadas palaciegas o la caliza de Hontoria que se afiligrana en las simpares agujas caladas de Santa María. No queda familia sin lacerar después de la Puta Guerra, tan extrañamente cercana, tan combustible y bien dispuesta a que le afollen los rescoldos. Unos ganaron, otros perdieron. Pues a vomitar.

Violencia que culmina simbólicamente en citas *históricas*, rememoradas, magnificadas sin síntoma de agotamiento mientras permaneciste allí, antes de cambiarlas por cromos nuevos: orujazo alquitarado de años de escaramuzas, provocaciones, incursiones impunes en territorio prohibido, venganzas pospuestas. Acordado el campo del honor, un solar discreto y pelado, dos pequeños ejércitos —peras con una minoría de disciplinados fascistas, macarras tan desorganizados como apartidistas— se detienen, se contemplan, se miden, se vejan, se deconstruyen. Al frente de los macarras El Tazas Montoya, musculadísimo animal que confecciona sus pesas y mancuernas con tubos de andamio y moldes de queso rellenos de cemento, destripa cerdos moribundos en Campofrío desde los dieciséis y la fama de su hoja oscila, sin dobles sentidos, entre los veinte y los cuarenta centímetros, pero *los que saben* —ah, siempre los que saben— aseguran que en cada puño encaja un cuchillo de desollar con mango en T, de hoja corta y ancha afilada como un escalpelo. El líder consensuado de los pijos es Torres-Cuasante, La Torre, un verraco de dos quintales y tres arrobas expulsado, por incompatibilidad con cualquier especie conocida, de cuatro o cinco de esos internados temibles cuya nombradía emparenta con el correccional. Autoproclamado escolta de Blas Piñar —¡la *Guerra no ha terminado!*— incluso antes de conocerlo, es ambidextro y voltea un bate de alevín tachonado con clavos modelo Cofre del Cid en la derecha y un saco de lona con rodamientos de acero en la zocata. Rodea a los campeones una guardia de corps de karatekas tarados —Bruce Lee se ha impuesto al doctor Gannon en la siembra de vocaciones— hambrientos de patear jetas más allá del limitado horizonte de un tatami y súmanse dos o tres capas semicirculares de chavalotes deseosos de arruinarse la vida o en el mejor de los casos trepar un escalón de la pirámide. El Tazas luce compacta melena zaína hemipartida desde la que se precipitan esas patillas masivas de galán de fotonovela que sólo después podrán con propiedad llamarse *setenteras* —las repuso de moda un expresidente argentino que mufa a quien lo nombra, Nora decía invariablemente Méndez o Nemen. La Torre, pelo pajizo arado en suaves ondulaciones hacia la nuca y patillas rasuradas hasta el nacimiento del pabellón, genuinas antipatillas que también contribuyen a definir el perfil sociopolítico de Lalo Benavides. Hermosos sementales, guapos *de aquella manera*, consecuentes con una existencia tan alocada como abocada a Nada y deseados por las reinonas de sus ambientes, comparten —además de esa hiperbólica heterosexualidad que vaya Vd. a saber qué pulsiones homoeróticas enmascara— la *insensibilidad al dolor*. No es poco mérito, hay que degollarlos o desmembrarlos para que dejen de bendecir en torno tanta desolación, motores de sangre cuyo único fin es bracear como molinos de espanto y asperjar picadillo para escarmiento de salchichas ¡fíjate y aprende, salchicha!


—Seguir fumando bajo la opresión de este Estado-mamá tan hipócrita y punitivo y más a nuestras edades empieza a ser exotismo o lujo

—Asiático. Sólo en India y China sumamos seiscientos millones de aficionados

–Una ruina para la salud, el bolsillo, las arcas de una seguridad social en grave riesgo de extinción…, toda esa matraca,
sí. Lo dejé hace…, veamos…, doce, no, trece años ya y sigo
pensando que me privé de uno de los grandes placeres de la
vida. De los grandes *grandes*

–Ningún problema, salvo que a igual consumo gastarás el
triple que entonces. Tus ingresos te lo permiten, vuelve a
empezar sin remordimientos

–Qué hijo de la gran puta… Lo que se añade al tirón de
la abstinencia es el gusto por la macana de la boutique del
fumador…, una pipa de brezo bien tallada, una petaca de piel
de cerdo, un bonito encendedor…, tengo la macana de tres
generaciones de fumadores arrumbada en uno de esos cajones que no abro nunca

–Tu abuelo echaba un chorrito de whisky en las latas de
Dunhill Medium, qué pestaza más acojonantemente inolvidable invadía la casa cuando pasaba a buscarte. Pues pon a
rendir la herencia, coño. Lúcela, tu corazón brincará de alegría y alquitrán

–Basta de meterme el dedo en los alvéolos, carajo: mi padre y mi abuelo murieron con enfisema, si no de un enfisema. No volveré a fumar. El clink-ras-plak de tu Zippo también me ha recordado el estrago del acompañamiento, las
resacas de tabaco, el silbido de bronquios, las toses de tuba, los
sobreagudos rematando las apneas

–Qué chaikovski te ha vuelto la abstinencia. Toma, toma,
recuerda su peso, su tacto, deléitate con su, eeeste, ku-klux-
klan y aspira ese deje a nafta, elixir de juventud

–Dame, dame, te creerás que me da miedo recaer por culpa de tu mecherito, de *un mecherito*, capullo. Bueno… Un Zippo de espejo clásico con tus iniciales casi borradas, los dos
abollones de rigor y tres toques secundarios, bisagra con poca
holgura, tapa con buena presión y aceptablemente cuadrada
con la carcasa para el uso que delata tanto rayado, mecha pelín
al límite, fieltro húmedo en el test de labios, piedra de repuesto debajo, enciende a la primera, llama regular…, confirmo

que éste en particular percute en clink-ras-plak y caramba…, ¡nueve barras! Es de los cotizados, aunque los había hasta de

–Ibas muy bien… Pero aprovecho que me lo has puesto a huevo para destruir el mito

–No, no…, por san Zippo…, otro mito no…, *ese* mito no

–Gime mientras disperso las cenizas de tu adolescencia, miserable mortal: las barras no se corresponden con aquellas fantasías de *mejor aleación* de la carcasa o *número de baños de cromo* y qué sé yo qué que desprestigiaban a golpe de barra el del resignado poseedor de uno de, pongamos, sólo tres. Los Zippos se empezaron a *fechar* a partir de los cincuenta con puntos, estrellas, barritas verticales, inclinadas a derecha o a izquierda, con números árabes y romanos. El único prestigio que te proporcionaban las tan envidiadas barritas era *el año de fabricación*

–Te aborrezco…, cuántas horas ridículas invertidas en piropear…, en *codiciar* los Zippos de aquellos gilipollas hinchados como pavos…, tus Zippos, gilipollas

–Los tuyos, gilipollas


De hecho hay gilipollas que aprietan fuerte un Zippo en el puño antes de partirse la cara cuando, lo sabe cualquier aficionado mediano, las lesiones de mano retiran a más boxeadores que las oculares o cerebrales. Ahí siguen, enfrentados, párpados de un mismo ojo: ¡mira, salchicha, mira! ¡el escarnio mutuo de peras y macarras sube de tono, vuelan lapos desgarrados en parábolas góticas junto a promesas y juramentos de que Ése Será El Último Día De Muchos! Qué gozo. En figurado, horrísonos rugidos de carburador y horrísonos mugidos de novillo trempado anuncian la arrancada. Qué ilusión. Con las mejillas al rojo cereza como escapes de Bultaco Metralla se abalanzan una contra otra dos fuerzas ameboides, completa y mutuamente repelentes para desempeñarse juntas en este pasar atribulado. Queman goma, rascan pezuña, las mismas manadas de borrachos aterrados de cuarenta años antes inician la embestida y el paso firme del camarada es gasofa que inflama al coleguita, gritan de pánico y dolor y furia mientras golpean tenaces, a ciegas o con criterio. Entre añicos y barullo destacan pronto la velocidad gatuna de El Tazas y la osezna ferocidad de La Torre: animados por un ingenio de aniquilación inserto en algún pliegue de su alma triste dilatan ese perímetro de respeto donde los lugartenientes justifican sus galones, se otean entre remolinos de polvo calculando el tiempo y la distancia que los separa de Aquello que aguardan sus mesnadas, comparsa cuyo único papel es preludiar, corear, dar brillo al libreto de una chacinería: la Gran Chulería, la justa final de sus campeones. Que ya se aproximan por caminos erráticos, impremeditados, abiertos y cerrados al albur del ataque y la defensa, del embate y el rechazo, caminos fugados hacia una encrucijada inexorable, guiados, atraídos por los imanes invisibles de su misterioso aborrecimiento. Jamás han hablado, a qué desperdiciarse en *hablar* –ni mucho menos se han rozado si no es para golpearse. Nada sino falsedades y exageraciones constituyen el ser del Huno para el Hotro: no son individuos autónomos vinculados por agravios íntimos y vendettas familiares sino excrecencias de un odio de clase fosilizado en dos –sólo dos o casi dos– clichés.


Predestinación dual que los salva de más prolijas o finas consideraciones. Sus miradas se han enganchado y ya no se sueltan, el campo de visión se enturbia y despeja a ráfagas y el trueno de la berrea se desvanece tras un muro circular que sólo los abraza a ellos, embriones del mismo óvulo, gemelos antagonistas a quienes acaban de franquear paso retirando las bajas. El Tazas, cuchillos y puños teñidos de dolor reciente, tendones y venas culebreando bajo la piel aceitada, baila encorvado una extraña danza alrededor de ese goliath que rota sobre la cabeza su saco con refuerzos de cuero y media arroba de metal chorreante mientras tienta distancias, flemático, avanzando una cachiporra que hoy también ha bebido lo suyo.

Amagan aproximaciones, derrochan bellísimas fintas en el vacío, uno lanza una patada alta, el otro deja caer el brazo con furia medievaloide, las hojas abandonan relámpagos en suspenso, el bate pone el aire a chiflar en agudo, los rodamientos en fricción suenan a guijarros lamidos por las olas de la estupidez.

Al cabo, la fatiga y la concentración abotargan los rostros despiadados. Resuellan atentos al mínimo desfallecimiento del adversario, a un breve descuido en la guardia, a ese conato de deceleración imperceptible para el profano que propiciará la entrada del primer mazazo, del primer tajo, el principio del fin. Fin variable según se cuente en el matadero o en la montería, en los jesuitas o en el instituto, te la narre el tío duro con botines de plataforma, pantalón acampanao y jersey currito o el tío duro con vaqueros pitillo, mocasín lustroso y aura de Brut For Men —¡hay tanto *tío duro* y a tal punto se puede estar bien codeado si uno es cristiano abierto y contemporizador!

Oh, al fin. Es el fin. Y en fin: el fin es el que se quiera, invención y fábula como el resto, una tolva tragamierda atascada de miedos y fantasías, raptos delirantes y épicos ajustes de cuentas, la cabeza de un adolescente que se cree único y no se sacia de practicar una facultad nueva, la de mentir sin barreras. Ese adolescente único se cuece los sesitos en compañía de adolescentes únicos que mienten sin barreras y así van atascándose la cabeza de mierda unos a otros. Así que quizá El Tazas alarga de más un paso de su baile, es la segunda vez que se descubre en el mismo movimiento y La Torre se arriesga a perder una de sus armas arrojando el saco a bulto, un aerolito de rodamientos impacta en la raíz del cuello y un par de trancos, un par de porrazos hendiendo la polvareda bastan: ya ha desgarrado una oreja, ya ha crujido una muñeca, ya curva el esternón del vencido bajo su rodilla antes de descargar un *golpe fatal*, riéndose de la arrogancia de esa mano inerme empeñada en retrasar lo inevitable. Todo ha durado nada. El batallón macarra se estremece, los ojos facetados en lágrimas. La Torre alza el brazo y el Tazas, aplastado, aún grita por última vez.


O La Torre, justito de fuelle y comprobando con alguna inquietud que el gran enemigo incrementa la velocidad y cercanía de la mortífera, cual se pretende, trazada de sus cuchillos, augura un desenlace de lo más indeseable y se arriesga a aprovechar el que juzga segundo descubierto de su adversario descargando su imbatido Doble Movimiento, avalado por impoluto palmarés de 38 a 0 y culminado inopinadamente con una rodilla hincada en tierra. Y aún trata de volver a asentar las plantas antes de asimilar que El Tazas acaba de segarle una corva hasta el blanco del hueso y sorpresa, resopla a su espalda, la también imbatida (42 a 0) Voltereta Lateral ha resituado un argumento rubricado por una *chigo chagui* o patada de hacha entre los omoplatos que le hace (¡literal, literal!) tascar tierra mientras siente las hojas pasearse con suavidad por la canal de la nuca y la trastienda de las orejas, como decidiendo la calidad del corte —y una risita casi inaudible gorjea triunfo, triunfo, triunfo y triunfo antes de descargar el *golpe fatal*. La Torre grita por última vez. Todo ha durado nada. Los peras ahogan un sollozo en las nueces, curioso injerto. Qué pasó.


¡Pues nasti de plasti, macho! Una forma común y honrosa de dar por terminado el *asunto* recurría a la intervención súbita y ruidosa de la guardia civil en el solar, la desbandada o la razzia final y hasta el leal auxilio al derrotado. Farsa sobre farsa, los años se suceden como se suceden Tazas y Torres, Vampiros y Gutis, Locos y Bestias, la misma apisonadora planchando el encéfalo de unos adolescentes que ansían y absorben lo que otros adolescentes inventan para ellos y expelen lo que inventan para otros adolescentes compitiendo en ignorancia enciclopédica, pésimos interlocutores y peores informadores que paradójicamente fomentan y preservan un crédito de máxima fiabilidad. Hay que mantener hirviendo esa caldera: ¿cómo tres puntos en la ceja y un par de vasos rotos en una disco de pueblo alcanzan proporciones de población arrasada? Prensándolos en la tolva tragamierda que atornilla un adolescente sobre los hombros. Les ha cambiado la voz y el formato, luego tantean una fase nueva de la confianza y credulidad ajenas. *Yo estuve ahí.*

Credulidad en la que participan por igual ignorancia, petulancia, inocencia y jactancia, repelentes damitas de honor de la puta adolescencia. La tuya, explotando como un grano entre las uñas.

Quieren dar miedo sin dejar de sentir miedo. Se ríen del miedo que les inculcaron los rudos cuentos infantiles de *entonces*, antes de que prosperase la pandemia de sus versiones sin espoleta: han superado aquella linterna en contrapicado apuntada al mentón en una tienda de campaña mientras se susurra la horripilante historia del Meneas, soldado tronado y masturbador en serie, tiniebla y viento colándose, tremolando las paredes de lona, arrancando inquietantes modulaciones de los vientos tensos. Ahora juegan a la botella, a la ouija, a rey y verdugo o a la peseta. La peseta…, mojar o ensalivar el borde de un vaso y pegar una de esas servilletas de mandanga tensa como el parche de un tambor, posar una rubia en el centro y quemar por turnos el perímetro con un cigarrillo, pierde quien provoca la quemadura fatal que la precipita al fondo. Fijando prendas cada vez más atrevidas o dolorosas que has olvidado más allá de besos o cintazos. Juegos con castigo, dimensiones del miedo. El *pánico* ya lo representa, ejemplo, el *pinchazo o pellizco* que —aseguran *los que saben*— triunfa en las periferias de Madrid para acojonar al burguesito incauto que oh cielos, en adelante ha de tener la precaución de llevar un mínimo satisfactorio de pasta encima a riesgo de que *a*) lo rajen o *b*) le arranquen un pezón con alicates. En un siglo sin distingos morales pueden arrancarte un pezón a ti o a tu abuela, pobrecita, apenas pisa la calle por pavor a esos rojos, vuelve el terror y la quema de iglesias y el despezonamiento de monjas. Vuelve la guerra.

Sí, quieren seguir sintiendo miedo y calibrar la respuesta al miedo que inspiran y les inspiran. Jugar a la microdelincuencia, medirse con el miedo. Una amenaza se escurre de cada mirada, de un portal oscuro, de esa esquina ciega, de un auto de choque. Así empezó tu vida allí, afinando tus facultades de vigilancia y el instinto de elusión. Así fue: la ciudad ensanchaba sus límites y jugabas en las márgenes del río Vena rodeado de grúas altaneras y solares de soberbia superficie, presagio del nuevo ensanche que acogería a una porción de la burguesía con posibles. El patio de tu tercer colegio era bajo cubierta, una cochera inmunda y sin supervisión donde un tal Carlitos te localizaba en el minuto dos —no existía la menor posibilidad de ocultarse en ese ortoedro sellado— te derribaba, se ahorcajaba sobre tu pecho y te sacudía alegres bofetones a dos manos hasta que alguno de los mayores se apiadaba, descabalgándolo y mandándolo a paseo. Siempre tarde, en tu opinión. Tenías seis años.

Los que ahora se parten la cara en masa son los guachupinos en el polígono de Villalonquéjar. Lo lees en el diario local y esa naturalidad para referirse a los *diferentes* —*extranjeras* eran las suecas— casi invariablemente gitanos —la única experiencia de negritud peninsular se concretaba entonces en Machín, Legrá y Basilio— vuelve lozana y renovada: si se quiere especificar origen por qué no decir, sin más, *ecuatorianos*. Qué coño es eso de *guachupinos* ¿*sudacas*?: los *morenos* latinoamericanos han pasado a ser denominados *quilapayunes, palacagüinos, payoponis* —esto último es chufla gitana, justamente: el agravio del agraviado. Quizá el así llamado Negrito Barullo no se sentía más discriminado que el Payaso Poquito o —incluso nominalmente— sus veteranos colegas Valentina, Tío Aquiles o el Capitán Tan, comprobado que Locomotoro se precipitó en una hoya espaciotemporal: y quién podía poner en duda que Barullo era un *negrito*, el *negrito* Barullo. La historia ha preservado el nombre de todos los actores que perpetraban Los Chiripitifláuticos salvo el del negrito, de quien sólo resta el alias Santiago Barullo. Además de negrito, inclusero. O ¿quizá *de verdad* se apellidaba... *Barullo*?

Que alguien te saque de este barullo. Ejemplo, los chinos de ese localito cercano al arco de Santa María con la puerta flanqueada por los carteles

REGARGA AQUÍ TU MÓVIL

y

HAY PAN CALIENTE

disponen sin la menor duda de la versatilidad lógica que te falta.

—Y qué..., ¿logró... acostarse Lalo con usted?
—¿Lalo...? ¿Lalo?
—Benavides. Un vallisoletano afecto a Deep Purple
—Deep Purple... ¿Aquel muchacho..., un muchachote..., gordo? ¿De fuera?
—De Valladolid. Le parecía *factible* tirársela, afirmaba
—Es desconsolador..., lo increíblemente majaderos que podíais llegar a ser ¿Cómo has dicho que te llamabas?

Qué cosas han dejado de practicar en apenas un par de años y contemplan con desdén. Jugar al hinque, *clavo* en otras latitudes. Y a las canicas, adiós al *triángulo* y al *huevo*, especialidades locales. Ensayar formas diferentes de silbar. Tocar la guitarrita en la misa de los miércoles. Competir a escupir y mear más lejos o peer más crepitante, la convivencia con niñas los ha desbravado un poco y resulta feo aplicarse un mechero encendido al culo para inflamar ángeles azules. Golpear sucesivamente en el sobre del pupitre con índice, índice y corazón, índice y meñique y canto del puño, cada vez más y más rápido, pierde el primero que se equivoque. Da igual lo que pierda: *pierde*. Las versiones indígenas del escondite, el churro-mediamanga-mangantera —o mangotero— tula, balón prisionero o balontiro: esconderite —más crujiente aún cuando se proponía un *esconderite inglés*— punzón-tijerillas-ojobuey, toba, campos quemados —late un desarraigo elemental en llegar a un acuerdo íntimo para decidirse por seguir llamando *lápiz* verde a lo que tu madre castellaniza en *creyón* verde y aquí llaman *pintura* verde. Arrojarse ramas de plátano de una acera a otra con intención de descalabro después de la poda anual, lanzar tacos de papel en clase, abrasar a gomazos las orejas del pobre desgraciado sentado delante, cazar moscas y amarrarlas a un pelo, liarse a pedradas o castañazos con cualquier pretexto. Amasar una bola de nieve alrededor de un guijarro, esa vileza. Madrugar en pos de uno de los dos números 100 de Spiderman recién llegados al quiosco del Perlético. Montar en bicicleta —por un principio de solidaridad elemental: muchos comparten dos con ocho hermanos, otros sólo han conocido la *tabla*, un patinete construido con un pentágono irregular de conglomerado grueso, tres rodamientos de acero y un listón a modo de manillar, se apoya una rodilla y se impulsa con la pierna libre, alternándolas. Las dos acaban por desollarse a pesar de los petachos. Tolerar petachos en los pantalones: como mucho, coderas. Echar *pimientas*, partidos de fútbol de pasillo con una pelota de tenis. Patinar en las aceras. Jugar a las tinieblas y al rey de la montaña, coleccionar cromos, practicar a escondidas con el diávolo de las hermanas. Los saltadores de muelle.

Eso han dejado.

Y qué han empezado a tantear. Beber. Fumar. Hablar y hablar. Blasfemar con un pequeño escalofrío. Devorar música mientras se habla, se bebe y se fuma. Rivalizar en modelar los mejores aritos de humo. Vacilarse ¿Me estás vacilando? Masturbarse. Ver películas de dos rombos sin perdonar un solo capítulo de *Heidi* —de hecho, los sábados se queda *después de* Heidi, un pequeño avance en la aproximación intersexual de sensibilidades: un muchachote puede mostrarse blandengue por vía manga animado y llorar sin escrupulillos ni desdoro en el último capítulo. Reunirse para beber y fumar y hablar y hablar en no más de tres o cuatro escondrijos que hacen *suyos* durante un período antes de cambiarlos por otros más confortables o menos frecuentados: el *rincón* de la Bolera, las casetas de apuestas abandonadas salvo durante las dos semanas de torneo hípico, un discreto lienzo de hierba barrido por los sauces a orillas del canal. Masturbarse. Aprender a hacer el perrito, el dormilón y el columpio con el (genuino) yo-yo Russell —que a su vez propicia nuevos motivos de comparación y envidia según se posea el normal o el súper, tenga tres o cinco estrellas. Registrar todos los cajones y armarios de sus casas, poco hay más excitante que una cerradura obligue a descubrir su llave, nada más irritante que Lo Prohibido se empecine en prohibirse: todo parece referir a Lo Mismo. Por extensión, más que asaltar, inspeccionar y si es el caso, saquear todo lugar vetado pero accesible, sótano, pasadizo, desván, ruina. Hay quien ha empezado a practicar en las casas de los amigos, ejercicios de amoralidad precoz. Masturbarse. Componer canciones de amor –en *Lam* si se trata de lamentar una ruptura o una pasión no correspondida, en *SolM* si se trata de celebrar la mutua combustión– con no más de cinco acordes de guitarra, uncirse un aplicador de armónica y toma Dylan de saldo. Jugar al mus, al jiley y al póquer. O al quinito, variante de dados de la familia del alcoholismo lúdico que obliga a beber al perdedor o a la mesa –y se pierde, se pierde. Masturbarse. Aliviar de dinero a los padres en cantidades progresivamente indiscretas. Reventar sapos a perdigonazos en el río, disparar ocasionalmente a las ancas de un perro vagabundo por verlo najarse aullando son maldades veniales. Hay quien complementa su dieta con pajaritos de La Quinta cazados con liga, cepo o carabina y con bermejuelas de ese Arlanzón ya corrompido, un repelús. Fabricar pólvora y construir variantes de artefactos explosivos de cuyas deflagraciones salen milagrosamente indemnes. Masturbarse. Aprender a cerrar la mano, abandonar las bofetadas *para siempre* y pelearse a puñetazos. Peleas brevísimas, nada que ver con la de Gregory Peck y Charlton Heston en *Horizontes de grandeza*. Alternar Homero con Sven Hassel ¡y encontrar analogías! En las estanterías ya no hay libros prohibidos o inconvenientes y lo más que provoca en tu casa ser sorprendido con Vicky Baum o *La familia de Pascual Duarte* es un chasquido de lengua y una sonrisa en semiceño. Coleccionar adhesivos relacionados con *el mundo del motor* (STP, Champion, Gulf, Bultaco, Bel-Ray, Michelin, Total…) con los que empapelar carpetas y ventanas, renunciando a unas vistas por lo general prescindibles –las niñas forran sus archivadores de anillas con el flou apastelado de Leif Garrett, Iván, Pedro Marín, David Cassidy, Miguel Bosé, Camilo Sesto, Sandro Giacobbe, Umberto Tozzi, Kabir Bedi (¡Sandokan!) Pablo Abraira o Miguel Gallardo para befa de sus condiscípulos. Prestarse libros y discos, apropiárselos, fingarlos en Música y Deportes. O en El Corte Inglés cuando bajas a Madrid y mira que abulta un LP pinzado bajo el sobaco por un brazo al que restan unos cuantos centímetros para cumplirse. Por alusión, aumentar exponencialmente la frecuencia con que se comprueba el estado de revista de los sobacos (fingiendo secarse la frente como lo haría McEnroe antes del saque) y del aliento (apantallando la mano ante la boca) Exigir el final definitivo de los cortes de pelo a flequillo. Legar o regalar los álbumes de cromos y los libros *ilustrados, resumidos, condensados,* simulacros de los libros *de verdad,* recordatorios de una edad que quieren dejar atrás a toda prisa. Masturbarse. Compulsivamente. Y los hay mucho más compulsivos. Todo es incomparablemente más interesante, variado y neurótico que ¡oiga! ¡hasta hace nada!

Y mucho más, claro. La memoria amasa una nada cruzada de impulsos cimarrones sometidos a una disciplina exigentemente grupal, el subargot de pandi excrecido de un argot de clase que no tardará en ser permeado, la comunión en un porcentaje elevadísimo de rechazos y de querencias, acuerdo o competencia en lo chistoso, la *pose* en perpetua pugna con la *personalidad,* ese fetiche: ensayos previos a un ensayo general que uno aguarda traspasado de un sentido del compromiso desconocido hasta entonces. Navegante solitario o rey de la discoteca, instalados en una confortable polaridad que no permite gradaciones. Lo *in* pasa a ser *camp* a velocidad fulgurante, la misma que se llevó por delante la palabra *camp.* Sin embargo *In* ha sobrevivido opuesta a su natural *Out* para designar lo mismo, la caducidad, la necesidad de *estar ahí* mientras dura y transcurre la desgarrada ansia de novedad y de acceso a lo diferente y lo distintivo que pulsaba entonces, como ahora —descomunalmente— en aquellos embriones. A ser reconocido como igual entre iguales mientras se aguarda a ser ese otro que por fin reconozca sin error a sus iguales, mucho más escasos, *especiales.* El aprendizaje, la construcción de una estructura regular entre tanta confusión.

—Eras de los que contribuían a la pésima fama de una niña. Tan *veleidoso*

—Desde que he llegado me encuentro hablando de *entonces* a la defensiva y no podía ser tan influyente, con franqueza. No tenía edad ni recursos ni me recuerdo abusando de un precoz instinto de manipulación. No como

—Lo cierto es que siempre *cortabas* tú

—Lo que no siempre había *iniciado* yo. Y ese *siempre* agiganta una experiencia que estaba lejos de poseer

—Por comparación con el tipo medio resultabas muy convincente

—Sería el vozarrón

—Y la falta de sensibilidad hacia lo que significaba ser tachada de *guarra*. Ser *dejada* por dos, tres tíos. Cuántas veces no os habremos sorprendido hablando de una o de otra en términos de caza a la guarra

—*Especificidad.* Teniendo en cuenta que nosotros no éramos calificados de guarros porque todos los tíos sin excepción éramos unos Guarros. La divina providencia nos había tocado con la gracia de los apetitos desordenados

—La *guarra* no era una chica más *liberal* o más dispuesta a magrear y dejarse magrear, sino a ser usada y tirada en función de esa fama que le habíais adjudicado y que iba, cómo no, creciendo en función de los tíos que supuestamente se la habían pasado por la piedra o casi

—Bueh, había de todo. Desacelera la ingesta de vino, tenemos tarde por delante y te estás obcecando. Además, me eximo graciosamente de haber participado en esas conjuras

—Vengaaayaaa. Estabais fijados con ese arquetipo que os iba a bajar los gayumbos presa de sus instintos desatados. Y si no, había procedimientos para enconar esos instintos o mejor, *anular la voluntad*

—Voluntad invariablemente refractaria que justificaba el célebre motto *follar aquí no es pecado, es milagro.* Esa pasividad perfecta que tanto excitaba a Berlanga..., a ver, cuenta, cuenta

—Pues mira, sin ir más lejos..., aquello de hacernos fumar un porro con tiritas de plátano secas

–¡Hooombre! ¡la… la bananina! No, no…, la ¡la *bananadina*! Pero…, ¡pero eso era un bromazo! Hasta pasaba la censura, ahí Tony Leblanc explicando a Landa sus virtudes en… en *La dinamita está servida*. Toma mito del cine

–O la aspirina machacada batida de matute en la cocacola

–Esa mezcla tenía un nombre de lo más garrulo, estooo…, calientaburras. Creo que el mayor peligro residía en una gastritis. Un caramelo de menta en lugar de la aspirina prometía los mismos efectos

–Pero qué bestias

–Salidos, estábamos muy salidos y muy desconcertados. Tan desconcertados que *Un ramito de violetas* se juzgaba el hermoso homenaje de un amor duradero en lugar de una abyecta historia de sumisión…, y no omitiré la agravante de laísmo: ese *la mandaba un ramito de violetas* nítidamente vocalizado es de juzgado de guardia. Pero a la vista de la cantidad de caspa legendariamente afrodisíaca que estás decapando, entre el amor

–Tan breve y turbulento

–y la violación…, tuvisteis suerte de que entonces no circulara la burundanga porque presumidas nuestras tendencias acababais literalmente *jodidas*. Y se habría cumplido la pretensión secundaria de que no os acordarais de *nada*, archisórdida elusión del Principio de Responsabilidad

–Archisórdida de verdad. Qué coño es la burundanga

–Escopolamina. Anula la voluntad y no queda rastro de abuso en la memoria, sólo la percepción estupefacta de sus consecuencias. Y una guarra desmemoriada no despertaba ni un ápice de mala conciencia en nosotros, los jóvenes homo heidelbergensis fugados de Atapuerca ¿no?

–Empiezas a dar miedo. Para no haber participado en *esas* conjuras *criminales* entiendes un rato

–Psé… Ahora filman tu violación y la ponen en circulación mundial una hora después ¿Has sido feliz con tus hombres?

–Por ensayo y error. Contigo un rato, aunque no eras propiamente un hombre. Con el último no me va mal, cumplimos siete años juntos y además no te importa. Lo único que quería decir es que la guarra no era más que una tía con el corazón destrozado y mucha necesidad de amor

—Bueeeno. No sé por qué sabes tantísimo de la psicología de la guarra si tú no lo has sido nunca. No bebas. Y deja espacio al ejercicio de esa enriquecedora promiscuidad que precedió al sida y modificó el estatuto de guarra en *liberada*, en *sólo me desnudo por exigencias del guión* y esos quioscos polimamarios forrados con *Interviú, Lib, Pen…, Yes* y…, y *Bazaar*

—Pero te has empeñado en bucear más hondo que eso. En aquel *cuando* en que una tía que tenía tres novios al año era una guarra y un tío un ligón y un machote, eso sí, poco fiable

—Qué bien: eso es hablar *de entonces como entonces*. Volvemos al principio. Volvamos al principio. Que no bebas más, leñe


En el colegio no ha dejado de izarse bandera a los compases del himno nacional a las 8.55 h. Al filo justo del recreo se reza de pie un ángelus, lo precede por megafonía una *ominosa musiquilla* ¡resulta ser de Bach & Gounod! en la que se abre hueco una voz de actorcete, resonante, viril

*El Ángel del Señor anunció a María*

y al malunísono se contesta

*Y Ella concibió por obra y gracia del Espíritu Santo*

en libertad condicionada para que cada uno lo interprete como quiera. Los miércoles, de 9.00 h a 9.30 h, estudio o examen de conciencia previos a confesión y misa en una capilla de la misma superficie y formato que las aulas pero distinguida con vidrios de colorines insertados en llaga de cemento. Se reparten los sobadísimos cuadernillos de ese torturador del pentagrama, el marista Cesáreo Gabarain: y a cantar *Una espiga dorada por el sol* y *Juntos como hermanos* antes de que la irrupción de los irresistibles himnos carismáticos –tan conmovedores como ese *Al mundo entero quiero dar un mensaje de paz* de los anuncios navideños de cocacola (adulteración nacionalcatólica del poco espiritual jingle *I'd like to buy the world a Coke*, traición a su vez al himno flowerpower *I'd like to teach the world to sing*) o *De qué color es la piel de Dios* de Viva La Gente: muchedumbres de mozos y mozas de ortodoncia perfecta, pelo sin grasa y minifalda muslera exportando el esplendor de la raza yanqui para exoftalmia del gañán hipostasiado en Landa– demoliese esas cansinas cadencias de nota mustia con percusiones ultramarinas y un entusiasmo de vudú garbancero o *black spiritual* castizo lindante con la posesión. Posesión justificada y robustecida por su divina fuente: sobre esas carismáticas fontanelas planeaba Palomo Parakletos en círculos centrípetos, tal que un pichón teogenéticamente rectificado, desencadenando unos tornadillos místicos que les descorchaban plop plop plop las entendederas durante los cónclaves semanales. La llamada Renovación Carismática Católica o Renovación Cristiana Católica en el Espíritu Santo (¡¡toma!!) empezó a contracolonizar en 1975 esta provincia, pelín más chica que Connecticut, merced a los adelantados Díaz Britos y Segundo de Chomón: y la inicial desconfianza de los nativos, cristianos viejos, cedió en plazo brevísimo gracias a la cálida y doctrinalmente cuestionable, podría argüirse, acogida de los por su parte poco renovables dominicos –detentadores de un prestigio mantenido sin rayones en la carrocería desde que su santo fundador nació ahí, a vueltaesquina– y ¡a qué dudarlo! al auxilio de ese pajarraco desnaturalizado hacia el que en lugar de escopetas apuntaban botafumeiros de corcheas expelidas en trance semilisérgico, instaurando en un tris una campechanía en el trato con Lo Alto chocante para la sobria servidumbre al uso. La úlcera de ese Vaticano II tan mal digerido sangraba y sangraba, como se demostró en plazo brevísimo, un flujo de fe cordial, de demanda de una fe menos grave y circunspecta y más aclamativa y festivalera,

FeFestival al que acudieron con éxito cantantes y bandas de diversos estilos y The Charismatics triunfaron, un crack imprevisto entre jóvenes y menos jóvenes ¡quizá hasta los *protestantes* –un par de años atrás se había establecido un pastor (¿anabaptista? ¿evangélico? ¿mormón? ¡se achicharraba Tanto Tonto en el error más allá de aquellos píos muros!) con su familia en el barrio– no sólo no eran tan temibles sino que tenían más que un pasar! Las cuatro hijas escalonadas, pelirrojas como el padre y divinas como la madre uuaaajjeemm sin ninguna duda. El exotismo de sus colas de caballo herrumbrosas…, de la piel láctea asomando entre constelaciones de pecas…, delicadísimas, monísimas, aseadísimas. Gastaban un caprichoso acento anglosudaca y una ausencia de afectación enchilada con tal soltura para sincronizar la carcajada abierta con *ese* rubor de pelirroja genuina que que que ¡quiquiriquí! habrías renunciado a la fe de tus mayores, rebautizándote por inmersión en el río San Medel sólo por establecer vínculos conyugales con cualquiera de ellas –o con las cuatro caso de, en efecto, tratarse de esos benditos mormones. Pero qué listísimos son estos herejes y qué buena sangre crían.


Se te atasca la cabeza de mierda como a un adolescente. Suspendido en ese espacio de penumbra que precede a la resignación. A qué declamar a tus mellizas *Llegó como un muerto de hambre emocional, solicitando primero con afecto y delicadeza y después con una insistencia embarazosa que esta ciudad le devolviera lo que no está en la mano de nadie devolver. Aquí perdió algo.* Lo perdiste. Pero te sentiste atracado. Pobrecito lerdo.


No hay para tanto. La ciudad relumbra y la capilla castrense desde cuyo púlpito te asperjaron una improbable mezcla de fe y absurdo está sellada y con dos metros de cepa ocultos por grafitis. Ahí está. Espesando, macizando el hielo de la desmemoria.

*Parecía una reina recorriendo todos los días sus dominios para veri-*
*ficar, menos con el fin de exhibir su poder que con el de experimen-*
*tar una exaltación íntima, que cada uno de los elementos que los*
*constituían seguía estando en su lugar.* Pero aunque esté en su
lugar, nada está en su lugar.


En el portal fresco y desangelado de su casa de adopción, un
Benavides doctrinario excreta su pedagogía de amigo mayor.
Lo sueles acompañar a vuelta de clase y apuráis charlando el
cuarto de hora previo a mear, lavarse las manos y sentarse
a comer. Comenta otra vez eufórico la profundidad y definición con que el tiro de los vaqueros de Isa, vecina y condiscípula, se le hinca en la hucha: ya es raro que su padre la deje
salir así de casa '… A no ser que se la folle' aunque luego,
reflexivo 'Mmmm… No la dejaría salir así si se la follara' Bedoya te informó hace un año de que su vecino de enfrente, el
sargento de banda, *obliga a su hija a echarse la siesta con él todas
las tardes.* Y ante tus protestas ingenuas, cortó 'Un padre que
obliga a su hija a echar la siesta juntos es un auténtico cerdo'
Y tú un completo idiota. Pero ya no. Benavides quiebra entre
el fondo de berza vaporizado por la escalera del bajo derecha
'A ver qué gallofa me echan hoy en el plato'


Los soldados de las caballerizas imparten en el camaranchón
de guardia clases intensivas de envilecimiento que la querencia común por depravarse asimila a velocidad prodigiosa. Han
perforado a la altura del pubis y con diámetro a elegir los
cuatro colchones de gomaespuma de las literas y una aguada
ocre uniformiza esa funda remotamente celeste con floreci-
llas azafrán estampadas. Se embuchan juntos hectólitros de
petricol, Savín con pepsicola, costeado, salvo cuando no hay
más remedio, por los chavalotes que se les arriman para

inocularse un poco de escoria existencial. Los chorchis disfrutan dando lecciones de Todo aunque ¿paradójicamente? ahí cumplan catetos de primera, desflorados con cabras o gallinas —*por eso son tan putas* aclaran *si cagan huevos les caben rabos*— y diestros con el ganado. Un destino tan mugriento como vilipendiado por los enchufados, esos albos figurines que dan lustre al servicio militar obligatorio vacilando a las hijas de sus superiores en la caseta de entrada y avizorando en las piscinas los fugaces, blanquísimos destellos de ingle, teta, culo y planta del pie que han escapado al bronceado. En compensación a no dejarse ver salvo en cuadras y picaderos la superioridad tolera que vayan hechos unos puercos y ellos se toman muy a pecho heder a Jornada Mundial de la Juventud mientras disfrutan a ras de tanda de las rítmicas subidas y bajadas de unos poderosísimos culazos de amazona, rara vez superan los quince años por nalga, embutidos en *breeches* elásticos color carne. No es poco estímulo para el pajote previo a fajina auparlas a la silla a rodilla doblada, aspirando el repeluco de ese sudor tan maculable mientras unos culazos de gloria bendita pasan a milímetros de su sarro.


Se las follarían a todas sin distingos y así lo participan al fraude de sinvergüenza que apoquina el petricol, desdeñando por principio la posibilidad de que sean las amigas, las hermanas, las adoradas de su oyente. Tras un brote (tímido) de indignación bien irrigada de una súbita conciencia de clase —*Pe… pero ¿qué…, qué se está permitiendo…, siquiera…, imaginar este gañán?*— el fraude corea las risas y reconoce (ofuscado) que sí, vaya si le gustaría follarse a casi todas y en especial a un par y sobre cualquiera a *ésa*: y que ¡coño! o mejor ¡qué coño! ya es hora de pensar y sentir y comportarse como un *hombre*, como esos machos hirsutos, robustos y curtidos que proclaman sin pestañeos hipócritas Nada Desea Más La Jembra Que Una Buena Polla arquetipo de las suyas, las que *meterían por el culo* ¡de…, *de tu primer amor*, se ha atrevido a *nombrarla* el hijoputa sin saber que se trata de tu primer amor –pero tienes la certeza de que lejos de arredrarlo saberlo lo habría espoleado a medirte la talla– *hasta sacarle los ojos*, qué barbaridad! Por el culo: ni se te había apetecido que a una mujer se le diera por culo, esa porquería de nefandarios recluida en internados, correccionales, carabancheles y hostales sórdidos. *Pues sí.* Y resulta que por motivos nada misteriosos tú también deseas poseer una polla como esas Pollas, una polla de culto, una célebre polla, una polla como una porra eléctrica, una polla faunesca y jovial, categórica y postvictoriana como la de Tarzán picándose a Maureen O'Sullivan sobre un par de pieles hediondas en el hall del chozo, allí en la acacia de la izquierda a media altura. Una polla sin restricciones cuya mera turgencia rompa bragas por control remoto, una polla tan fatua como la de esos desdichados que se quilan un colchón de gomaespuma un par de veces al día con Ágata Lys desplegada en página central bajo las babas.

En la *cumbre de su popularidad*, José María Íñigo protagoniza el papel de un galán liliputiense ante el que se inauguran los muslos más macizos y reticentes por arte de magia presencial. Así. Sin más. Se le abren por bigotes –¡pues mira, eso mismo deseas para tu Polla! Al paso, recuerda confirmar fecha de consulta con ese proctólogo amigo de tu hermano.

Qué nivelazo. Adolescentes codeándose con chorchis, adolescentes, chorchis, chochos, Íñigo, chichis, chorchis y adolescentes. *País*, empezaban a popularizar entonces los monigotes del Forges a modo de interjección entre incrédula y resignada.

Cita de la prensa. Ya no lees, leer prensa no es leer. Por eso procura contento y satisfacción. No has leído, ejemplo, a Don DeLillo, quien al parecer, es cita y quién se fía, ha escrito en su novela *Punto Omega*

La verdadera vida no es reducible a palabras habladas ni escritas, por nadie, nunca. La verdadera vida ocurre cuando estamos solos, pensando, sintiendo, perdidos en el recuerdo, soñadoramente conscientes de nosotros mismos, los momentos submicroscópicos.

Tendrá razón. Ejercicio n.º X: Relacionar los *engramas* de Martín Santos con *lo que generalmente no se anota, lo que no se nota, lo que no tiene importancia, lo que pasa cuando no pasa nada salvo tiempo, gente, autos y nubes* de Perec con los *momentos submicroscópicos* de De Lillo. Con el *sobrante de la vida* de Joyce que evocó aquel encantador joven notario amigo de tus hijas, tan versátiles. Que el n.º X lo resuelva Rita. Rita siempre se ocupa eficazmente de lo que se le endilga.

Otra cita de la prensa en mitad de los huevos:

Los progres que se preparan para manifestarse contra el Papa en Madrid esta semana gritarán todo tipo de consignas –"De mis impuestos al Papa, cero" y tal– pero en el fondo lo que les motiva es un rechazo visceral ("Fuck off, Ratzinger!") a la Iglesia. Porque en España uno difícilmente puede ser progre si no es anticatólico. La gente vive presa del pasado, incapaz de liberarse del trauma religioso del franquismo, encadenada emocionalmente a la Iglesia *in saecula saeculorum*. ¡Qué aburrimiento! ¡Libérense ya! Pasen del papismo de una santa vez. Que los jóvenes católicos vayan a orar con su pontífice en paz, que entre ellos, como en todo el mundo, hay gente buena y gente mala.

No es De Prada después de echarle un tripi en el mosto, es John Carlin con tres gintonics. Curioso que este viajado y perspicaz anglosajón finja no reparar en hasta qué punto la religión es un problema colosal aquí y en nueve décimas partes del mundo. Profecía: lo será en las diez. En lo que te afecta, *aquí* y *ahora mismo.*

—Por eso gratifica leer periódicos

—Ahí está. Parte de su adicción consiste en sentirse una y otra vez redirigido al punto cero de la experiencia moral

—Voy a acercarme al colegio. A enterarme de cuántos hermanos siguen ahí o siguen vivos

—No seas memo, de eso hace mil años. El que no haya fallecido o salido por pies —sé de al menos cuatro o cinco secularizados, la asociación de antiguos alumnos funciona pasablemente y las bodas de plata de la promoción fueron la apoteosis del trasvase de cotilleo— estará periclitando en cualquiera de las residencias que tienen dispersas aquí y acullá

—Qué bueno mantener amigos bien relacionados

—Oyeoye, ya me he enterado de que vas tirando de agendas de contactos de la expandi en nombre del pasado bizarro. En lo que toca a Benavides, aquel matasiete. O a lo de Cristina, por ejemplo ¿Cristina? ¿Es una promesa? ¿Un hobby para amortiguar la pena de la viudez? No quiero ofender en algo tan delicado pero

—Ningún problema con la versión local de la sinceridad baturra…, por otro lado, siempre has sostenido con coherencia el honesto remoquete de *que te pidan favores es una putada*

—Eso, eso es. Una putada

—Y aquí estamos, viendo llover manso sobre el Espolón y tan a gusto: me estáis sentando tan bien que ni un gramo de Nora ocupa esa silla vacía. Nunca la ocupó. Yo no lo diría así, pero supongo que algo hay de *hobby de viudo*. Pasó que murió y su peso sacó a flote otros muertos que le eran tan ajenos como a mí sus dos amigos de facultad desaparecidos en el videlazo. Por cierto que sin Videla no nos habríamos conocido, no sé si es algo a

—No, no es algo a agradecerle, no te ofusques

—Pongamos que me puedo permitir alargar el duelo lo que me plazca con la complicidad absoluta de mis hijas. Absoluta: de hecho están encantadas de que aparezca lo justito y tenga algo en que entretenerme. Y me entretengo, qué duda cabe. A costa de tu paciencia. Estás más jodido de paciencia aún que yo

—Es una tontería pasarte por el colegio

—Quería ver qué jirones se quedaron enganchados en esas púas. Antes de lo que propiamente ha sido mi vida, me explico

—Lo que propiamente ha sido tu vida *es* tu vida, basta de fingir. Hemos sido demasiados *mismos* a estas alturas


El hermano Angelito tenía la cara picada de viruela, aficiones musicales y maneras de delantero punta cuando con barrocos revuelos de sotana se soltaba la tonsura en el patio a la hora del recreo, sorteando a sus pupilos con el balón pegado al empeine, airosos cabrioleos y cimbreos de su cintura de bailaor. Te tiró los tejos cantándote baladitas a la guitarra a clase vacía hasta que fue reprendido por la Dirección, demasiadas atenciones y ningún testigo —¡pero en realidad no pasó *nada*! ¿Verdad? Y tampoco entendías *nada*, así que deberías liberarte. De este recuerdo prepederasta o antepederesta sin consumación. Amén.


El hermano Melitón, un rústico con un pie zopo y grave déficit intelectual, propinó gozosas golpisas al mismo chaval durante los dos cursos en que se relacionaron como profesor y alumno. Bajo esas condiciones, una eternidad. El timbre de final de clase preludiaba un chaparrón de sopapos sólo sorteado cuando sus compañeros lo salvaban al trote camuflándolo en una maniobra de distracción coordinada. Tienes que liberarte. De este recuerdo. Amén.

El hermano Arsenio ocultaba al elegido tras un mapa desplegado y formaba parte de la tradición oral de autodefensa tirarse al suelo, cuanto antes mejor, expeliendo aullidos que lo arrancaran de su alelamiento paidicida. El mapa político de aquella Europa se agitaba y estremecía aullando entre restallantes cachetadas, una alegoría fácil: pero fiel y muy instructiva. De la que has de liberarte. Y de su recuerdo. Amén.

Una anomalía prolongaba las de por sí densas jornadas del hermano Atanasio mientras dirigió el centro, actualizar la información acerca de los alumnos que llamaban desfavorablemente su atención y con preferencia de las tiernas parejas potenciales o de facto que amenazaban germinar y crecer y amarrar un rayo de sol bajo su asfixiante copa, voyeur morboso aleteando sobre las vidas ajenas como un ángel de la guarda ahorcado en el proscenio. Acoso del que tendrías que liberarte. De su penduleo. Del acoso del recuerdo de su penduleo. Amén.

El hermano Saturnino –un lacayo que llamaba *mi coronel* al hijito menor del coronel Díaz del Río– rompió la así llamada *regla*, un listón de pino cepillado de $50 \times 2 \times 1$ cm sin milimetrar, sobre el tierno cráneo de un niño de *siete* años, condiscípulo de *su coronel*, con el pedagógico fin de despertarlo de la siestecilla que las mentecatadas del hermano Saturnino habían sin duda provocado. Y qué risotada insolidaria destripó aquel mediodía. Tienes que liberarte de su eco. Del eco del chasquido de la regla, del eco de la risotada. Del recuerdo de sus ecos. De ese abyecto *mi coronel*. Amén.

El hermano Luciano adjuntaba al prestigio del genio matemático un mal genio temible, doble prestigio: la transición de la serie infinita de los números reales a una serie finita de reales sopapos se anunciaba mediante prodigioso repujado de venas en el cráneo lirondo y unas irisaciones de cutis semejantes a las de un calamar cromatóforo. Libérate y corre. Huye, huye de su recuerdo. Amén.

Los colmillos superpuestos del hermano Críspulo, una delgadez ascética y dos pozos con verdín sumidos tras las gafas infundían de suyo tal pánico que rara vez necesitaba redundar en pugilatos para alcanzar sus fines. Imbuido de la misma certidumbre que el versículo de Lucas —XII, 2: *Porque nada hay encubierto que no haya de ser descubierto, ni oculto que no haya de ser sabido*— era un interrogador ducho y paciente ante el que resultaba casi imposible ocultar nada: el alumno más leal a los suyos y reluctante a chivarse se rilaba ante su helada suavidad. A la Amenaza que se ocultaba tras ella. También tú te traicionaste ante él y no olvidas las lágrimas de rabia por una exsaculación, al cabo, inofensiva salvo para ti. Libérate y ya. No recuerdes. Amén.

Aquel tropiezo con el hermano Telmo a principio de curso te costó una rebaja de 3 puntos en todos los exámenes de tu asignatura favorita, media final 6,5. Hay que ver lo que aprendiste para renta tan mediocre, benemérito magisterio acerca del poder del poder y el poder del rencor que te endureció para apechar con tragos más amargos por venir y atisbar las aberraciones de los criterios de calificación que según quién —ahí podían competir (asombrosamente) en insensatez el profesor de Física y el de Gimnasia, militar en los ratos libres— tensaban el blasfemo horizonte de lo posible: el 10 no existe, el 9 para Dios, el 8 para el profesor, el 7 para el que sabe más que el profesor ¡y la ejemplar devoción con que se recogía el Tartufo (que empero no aplicaba el tal baremo sino, sin más, el de su malísima hostia) en misa después del santo puteo! Aprendiste una barbaridad de Ciencias Naturales por puro placer y sin que la tiranía de una calificación condicionara tus futuras ambiciones. Pueees libérate, hommbree. Olvida.

Aaaaaah-meeeennnn.

Libérate de las monjas ortopedas que corregían la zurdera de tu hermano amén de los curas tonantes y los confesores tronados amén de la lista interminable de preceptos cuya observancia aseguraba amparo feliz ante el peor de los miedos, ofender Al De Ahí Arriba amén. Ofensa de la que te enteraban puntual y dolorosamente sus representantes de Lo Bajo. Amén. Había que acorazar esas almitas contra la eterna bajeza del mundo, *las propias bajezas,* la bajeza de lo humano por su propia naturaleza, el gusto por meter el dedo en los pliegues más mugrientos de la vida –ajena. Hay que vencer al Mal y la Materia y cualquier momento era bueno para entonar un tedeum.

Amén.

Y ¿en qué requeteputo pleistoceno florecía tanta y tan próspera intransigencia, tanto sebo emplasteciendo tanta caspa, tanta hostia real y figurada? Pues a la vuelta de la esquina y anteayer como quien dice, en el corazón de Castilla la Vieja, con el corazón seco del dictador amojamándose al fresco de su mausoleo por los siglos de los siglos. Hasta el bellaco que escupió *La guerra civil no ha terminado* iba a cumplir un siglo sobre sus sarmientos oreando fugas del mismo laimotín, *la reconciliación escondía la revancha y la reforma la ruptura* cuando –hace nada, oiga– se le ha arrimado la Calva. Y ésa sí que cuando se arrima se arrima, Blas.

—Anteayer..., *a la vuelta de la esquina*... Hoombreee, se cumplen cuarenta años de la muerte de la Culona. Un tío de cuarenta años nos parecía un retablo y ya cascamos unos cuantos más

—Joven, sigo sintiéndome jovencísimo, jjoder. Hecho un chaval


Panorama desde la terraza de Pinedo, así lo hayan echado a perder. Trota una mujer con hechuras pueblerinas, decidida, se adivina sin dificultad la belleza racial de cuarenta años antes. *Casi* cuarenta años antes. Das un saltete en la silla, ha reflorecido en ti aquella moza y su aliento y su sudor, tu *primera vez*, durante aquel fin de semana en casa de Richi —no saliste *pervertido* de allí, pero sí menos atontao. La primera vez que te sentiste bravamente deseado: disfruta de esta leve erección prehistórica. Despejó tus dos pavores principales disuadiéndote, reconoce que no tuvo que insistir, de que Richi o su hermana fueran a asomar de improviso, era cómicamente incongruente con su historial de sábados y de hacerlo sería en estado de noria, más considerando las infrecuentes y bien aprovechadas ausencias de los viejos. Y dejarla embarazada, imposible. Se alzó el camisón, deteniéndose en tu estupor antes de sacárselo por los hombros, mostrándote un cosite tortuoso sobre un mayestático vellón pubiano, ante tus napias *por primera vez*. El Origen del Mundo duplicado por una cicatriz de matarife que narraba el pasado de una chiquilla con el futuro fracturado por un aborto de factura criminal a los dieciséis, superviviente de su sangría. Te enseñó la cicatriz con la arrogancia de quien podía elegir a quién alegrar la existencia. En aquella ocasión a ti, un chavalote virgen. Y luego —objetivamente— *te poseyó*.


Qué pasiones. El mundo teñido de rojo pasión —ya no *rojo chillón* porque remite a las palizas en comisaría. Se agolpan los planes extravagantes que vas repuliendo en un Gran Plan para volver a follar lo antes posible. Cómo ante las obvias dificultades proferiste el juramento solemne y fantasioso de tu retorno, alto, barbado, macizo, con el carnet de conducir recién estrenado en el verano de tu mayoría de edad y

*quimera estupefacta*
*usurpando sin trato ni violencia*
*el lugar de la cordura*

al volante de un Mini Cooper tuneado como el del amigo de Benavides o mejor: revolucionando el motor de una Guzzi V50 como la de tu primo ¡llevarte de paquete el chocho de Valen para estupor de sus señoritos y mortificación de tu ya examigo! —examigo consumido en la doble dentera del rugido del motor y los futuribles con esa tía cañón que maltrataba a diario. Y colmadas las ansias de tanta espera —la mutua entrega sería elemental, indiscutible, tres años de inmersión previa en la promiscuidad y el kamasutra te habrían cualificado para instruirla en refinamientos que esclavizarían su placer en adelante— y mil veces expresada una ternura eterna y sin reservas, desdeñando anacrónicas promesas de fidelidad mutua y asegurado el futuro ejercicio de vuestro derecho a roce partirías hacia el norte en pos de los potorros burgueses de tus antiguas novias: los ya desabrochados o *liberados* de las fugadas a la acracia y el canuto y los excitantemente reticentes de las que aguardaban la marcha de Mendelssohn para ofrendar la membranita en hecatombe. La verga marcial, la hipersensibilidad de artista, la iniciación enteógena en aperturas de conciencia al infinito, una libertad nudista y bohemia, esa *experiencia de primera mano* que sólo se adquiere haciendo miles de kilómetros a través de idiomas y acentos y pieles de todas las texturas y colores —merced, por supuesto, al ejercicio brillante y bien remunerado de una profesión polivalente— esculpirían a Ese Seductor desligado de vínculos, errante la mitad del año, sofisticado nómada curtido por vientos de todo nombre.

*Tú.* Un español cosmopolita, polígloto y seguro de sí mismo que no hace gárgaras con Varón Dandy después de mascar una cabeza de ajo. Buena ocurrencia empezar por esas breves novietas antes de ensayarse en otros predios y pezones: lo cierto es que no volviste, no ya a ver a Valentina, sino a saber de ella. Ni de las exnovietas. Y para mayor aburrimiento, pasados unos años te enteraste de que habías formado brevemente en el ejército innumerable de frustrados émulos de Chatwin, un tipo coherente con sus arrebatos de la adolescencia.

–Lo cierto es que ibas de muy sobrao
–Puro simulacro, como corroboré años después gracias a una amante junguiana
–¿Ves? Lo mismo de entonces con otras palabras

Estás enfermo, te sientes viejo. Hablarías con tus condiscípulos, tus amigos, tus primeras novias si te diera por pisar esa ciudad y no superponerle la película de tus quince años: pero quién quiere invocar una realidad inevitablemente garbancera que borrará sin piedad un pasado aún tibio en ti. Ahí, cuando ese edificio de doce plantas era un descampado El Tazas y La Torre concelebraban sus degollinas, como ahora Ñetas y Trinitarios entre las Tetas de Vallecas. Tu primer brandy alexander en el recién estrenado Molino, la prueba de nula salubridad de las tapas de Garilleti –clavar un palillo al bies en un chorizo que seguía clavado al bies semana y media después en el mismo chorizo– o la primera tetita llenando el hueco de tu mano bajo ese sauce. El rastro casi estupefaciente de cada libro leído, la emoción de otro y otro descubrimiento en radio, cinta o vinilo, la hipermasturbación neurótica, el cine como excepción y fiesta, la fascinación de los prefijos griegos y la química orgánica, el placer de fatigar el cuerpo y la inteligencia en combinación con una molicie insuperable, el último aliento de invierno a finales de junio y el primero orillando septiembre. En ese seto un vecino, coronel de Intendencia retirado y Caballero Mutilado, resurge abroncando en compañía de su pointer mutilado a un soldado por blasfemar al mutilarse un dedo con las cizallas de poda: *Quién te crees que eres tú para cagarte en Dios*. Lo que sugiere que había quien sí podía. Él mismo, probablemente.

Jean-Claude Carrière: *Más tarde Buñuel se jactaría delante de mí varias veces de pertenecer al pueblo más blasfemo y sacrílego de la faz de la tierra. "Nadie puede igualar a los españoles a la hora de blasfemar" decía. De hecho todavía hoy, cuando me sucede una desgracia, un "Me cago en Dios" acude a mis labios. Este "Me cago en Dios" me parece la cima inigualable del insulto. Eso si damos por hecho que para cagarse en Dios es necesario que exista, de lo contrario el ejercicio es fútil. No puede ser blasfemador todo aquel que lo pretende.*

Antonio Machado: *La blasfemia forma parte de la religión popular. Desconfiad de un pueblo donde no se blasfema: lo popular allí es el ateísmo. Prohibir la blasfemia con leyes punitivas, más o menos severas, es envenenar el corazón del pueblo, obligándole a ser insincero en su diálogo con la divinidad. Dios, que lee en los corazones, ¿se dejará engañar? Antes perdona Él —no lo dudéis— la blasfemia proferida que aquella otra guardada hipócritamente en el fondo del alma o, más hipócritamente todavía, trocada en oración.*

Franco, ejemplo, podía cagarse en Dios. En la madrugada del 27 de febrero de 1975 Pablo VI hizo una última llamada para pordiosearle los indultos de Baena, García, Paredes, Otaegui y Sánchez Bravo pero había dado orden tajante de que no lo despertasen así el mismísimo papa estuviera arreando baculazos en el portón de El Pardo. Si eso no es cagarse en Dios.

(¡Y encima…, después de rezar las Cuatro Esquinitas!)


—Qué. Sigues machacando a Víctor Manuel

—Caago en Dios…, si aquello no me duró ni dos telediarios, pareces tontolculo. Eskorbuto, Kortatu, La Polla Records, Barricada y *Bahía de Pasaia*, eso era música de combate

—Hombre. Adónde te estás yendo. Digo yo que algo oirías en el intermedio entre Víctor y el Radikal… ¿Karina, por el culto a la K?

—PunK y sKa, por lo mismo.

—Y qué sentías cuando sonaba aquello de *somos los hijos de los que perdieron la guerra civil* como señorito hijo de un vencedor incuestionable

—Pues mira, no me habría importado que le metieran dos balas o siete al hijoputa del *vencedor incuestionable* ¡cagoendiós! De hecho, estuve a punto de sugerírselo a un par de colegas cuando pasó a la reserva y nos mudamos a Sestao. Simple información, horarios y rutinas, los paseítos entre el quiosco y el poteo

—Siempre os llevasteis de maravilla…, me pregunto por qué no culminaste. Pero hombre…, tú en ese ambiente de obreros en paro, población industrial, heroína

—Distribuida por la policía, demostrado

—y abertzalismo desatado y gora ETA encajabas regular como pensionista de un mando asesinado…, aunque si tuviste los cojones de gastar aquellas pintas en Fachadolid, rebautizarte en euskera y llevar una ikurriña de forro en la chupa tenías medio camino hecho

—Trabajo con las manos de toda la vida, tronco. Y estoy sindicado en LAB desde los dieciocho. Tú gastas manitas

—De ursulina, sí

—Peor, de follachachas. Eso sí que es ser *señorito*. O te has olvidado

—Cómo… No, no he olvidado… No he olvidado nada. Y tú qué sabes

—Todo. La Barriuso y yo nos teníamos mucha confianza. Pero *mucha*. Te estás poniendo de color fresón

—No, me estoy poniendo malo. Tío…, me dijiste que te daba asco

—Y me lo daba. Ese costurón en la barriga, esa…, *cosa* de vaca salida… Pasé de repetir. Y mira que podía ponerse pelma. Decírtelo fue allanarte el camino, tontolaba. Se te habría arrugado de saber que se tiraba lo primero que

—No te creo, joder

—Estuvimos esperando carta tuya. El que probaba a Valen se quedaba con añoranza después de licenciarse…, me caago en…, acopiaba un repertorio acojonante de ñoñerías de cateto y bastece en una lata de galletas

—Que…, que tú fisgabas…, violabas cuando te salía de los

—Nos reíamos juntos, tontolaba

—Sigo sin creerte una mierda. Y paso de seguir hablando de

—Pero no te vayas, matxote. Termina la birra. Me da igual que te lo creas o no

—Pero a mí no me da igual que…, que me pongas rejones cuando te pregunto por tu *compromiso*. Era pura curiosidad. Como por, no sé…, que dos palentinos apellidados Troitiño se conviertan en matarifes de la causa vasca

—Buen desvío

—El tuyo previo

—Eso demuestra que aunque os empeñéis en sostener lo contrario, el movimiento abertzale no es excluyente sino integrador

—De ahí el número de gudaris maketos o hijos de maketos

—De ahí, de ahí

—La justicia de la causa convocando a idealistas allende sus fronteras, unas Brigadas Internacionales a escala

—No está mal visto

—¿Has dicho en serio eso de soltar información para que mataran a tu padre?

—Para que lo considerasen, no es lo mismo ¿Te acuerdas de aquella camada de gatos que rescatamos debajo de la pasarela?

—Como si no hubieran acertado con el río al tirar la caja. Cuatro gatitos, uno muerto. Te quedaste con el más bonito

—La gata tricolor

—Y yo con dos que casi provocan un shock anafiláctico a mi vieja. Tu gata amaneció ahogada en el platillo de leche

—No se ahogó, la ahogué. Por *sentirlo*. Y…, caaagondiósss…, para peor sentirlo después. Ahora tengo siete gatos correteando por la finca

—La finca

—El caserío, tontolaba. El mayorazgo se mantiene según dónde


El charol de las castañas nuevas brilla entre los restos de su erizo roto, la polvareda del gentío enturbia la chopera cuando llegan las *barracas* —nunca la *feria*. Temporada alta, navidades, fiestas locales, Corpus. Temporada baja, el resto más Cuaresma y Semana Santa. Algo apartado del remolino de algodón de azúcar y manzanas de caramelo, a la sombra de esa noria que siempre ha constituido un desafío a tu acrofobia resuelto una y otra vez en fracaso, las guirnaldas de bombillas engarzadas en un collar prohibido llaman al Teatro Chino de Manolita Chen, antro legendario al que añaden morbazo el discutido sexo de la primera vedette y empresaria, esposa o esposo del a su vez empresario y lanzador de puñales señor Chen Tse-Ping —a qué escribir novelitas con tanta vida bizarra suelta— y las habilidades del enano Nicomedes, cuya enhiesta dotación lo capacita, dicen *los que saben*, para rotar sobre la mesa del prestidigitador como una perinola fálica ¿ha visto *de verdad* alguno de tus informantes la legendaria *reolina del Ni*? Tú no ¡en absoluto! —pero *la has visto*. La mueca chulesca de Nicomedes cuando se practica una sajadura en el glande para salpicar al público que Lo Suyo no es prótesis permanece ahí, clavada en el tablón sin márgenes de una memoria que decidió no establecer distingos entre lo oído, lo presenciado, lo leído o lo falsificado y pasa su factura de infidelidad justo cuando empiezan a desmoronarse monótona, implacablemente aquellos contornos de hasta no hace tanto incuestionada precisión.

Demasiada confianza sostenida en su indeformabilidad: como si las esquirlas que en nada recuerdan al todo del que saltaron fueran semejantes a esos prodigiosos nanomuelles que recuperan la tensa espiral tras haber sido sometidos a condiciones de temperatura y presión delirantes. Fabular sobre una arqueología fiable de lo propio, compartido o no, si compartido condenado a pugnar con los propios ajenos, aún vivos o ya muertos: reconstruir la cratera del fragmento, el cráneo del diente, un mamut del ADN de un pelo, el universo de un meteorito, Dios de una indisposición intestinal son empresas con un pasado, un presente y un futuro verosímiles, respaldadas por una teoría y una praxis apabullantes. No esta vanidad de dar cuenta de sí culminada en un siempre vano simulacro de darse cuenta de sí.

No valieron retos, chulería ni arrestos que te animaran a penetrar en la noche cutre del Teatro Chino haciendo cola detrás de turutas beodos, obreros beodos, viudos beodos, viejos verdes beodos y matrimonios pequeñoburgueses, él beodo y ella persuadida de que ahí dentro todavía cantaban Marifé de Triana o Juanito Valderrama. No, mujer, ya no: tu marido ha tapado con el cuerpo los affiches de la entrada y sólo cazas un atisbo del moño gemado de Manolita mientras te precipitan a la penumbra. Entérate de que los tales proclamaban verdísimas rotundidades en competencia con la despampanante antigravedad mamaria de Eva Miller y Pola Cunard, estrellas de la competencia en el Teatro Argentino. Mira, mira, a sólo dos pasos.

El enano Nicomedes se agazapaba, paciente, ladino, en las tinieblas de tanta expectativa: y durante un breve período compitieron en desmayos entre el público femenino su número y *El exorcista* –¡una gloria! Breve. Pero gloria.


–Estás sacando algo en claro de tus…, tus escapadas al álbum de fotos

–Sacar en claro, sacar en claro… Me está distrayendo. Me distrae de la ausencia de tu madre. Un retorno facticio a lo que no conoció. Pero he recuperado viejas amistades…, es sorprendente, después de tantos años. A veces me da por enorgullecerme de lo que supimos, no sé, plantar antes de los quince… ¿Conservas amigos de antes de los quince?

–Sí…, tu otra hija. Por ejemplo. No seas memo. Los conoces a casi todos, incluidos los de antes de los quince

–Ya. Y dónde anda tu hermana, por alusiones

–Pinchando con Pelacha en el Motor Sound. Decías. Las amistades recuperadas

–Sí, bueh…, en la medida en que nos separamos sin mucho más trauma que poner distancia de por medio. Es importante. Creo. No hay necesidad de fingir que nos queremos, luego parece cierto que nos queremos

–Y qué hacéis además de quereros. Paseáis, os emborracháis, intercambiáis batallitas

–Pssssí, básicamente un poco de todo eso. Nos ponemos…, con cautelas hepáticas y cardiopáticas pero nos seguimos poniendo…, divagamos y luego divago a solas sobre lo que hemos divagado…, es confortador recuperar sin esfuerzo ese nivel de divagación mancomunado. Divagamos, silenciamos

–Algún oscuro secreto del pasado, algún rencor enquistado entre…, entre tantísimo divagante

–No. Y no ayudaría la desmemoria compartida

–Menos mal que guglear os ajusta el calendario

–No sé a quién carajo has salido, a mí el haschís me amansa el sarcasmo…, pero yaaa…, a tu abuelo uruguayo, aquella aleación de tupamaro y barrabrava que tuviste la fortuna de no padecer… Sí, la desmemoria compartida. Es curioso que algo tan cercano resulte tan impreciso

—¡Tan cercano! Estás de coña

—Nenita mema. Comprobarás por ti misma, si no lo has avizorado ya, el crudelísimo *décalage* entre la edad mental y la física, la cronológica y la…, ontológica, la fugacidad atroz de la vida y

—Supongo que lo último se te ha escapado

—Sí. Pues sí y no. No. No sé. Qué tiene de malo

—Mamá. El sinmamá más bien, está muy tierno

—También para mí, pero no soy tan jodidamente susceptible

—Y aparte de jodidamente desmemoriados

—No tan irreconocibles como yo, el cierzo los mantiene jamones

—No me refería a eso. Pero ahora que lo mencionas, has vuelto a engordar

—Devuélveme el porro, desdichada. Todavía voy a arrepentirme de la educación que acordamos impartiros

—¿Y amores de infancia? ¿No te has llevado alguna terrible decepción? ¿No te ha dado por culminar eso que dejasteis a medias?

—Quee noo. Si hubieses leído las implacables críticas cinematográficas de tu padre cuando mozo —reunidas en *La linterna de petaca*, ochenta y dos ejemplares vendidos y unos veinte calzando mesas en casa y oficina— sabrías que detesto esa mierda de las asignaturas pendientes. Y decepciones, las que me invento. Si no estuvieras tan insoportable

—Recuerdo la cubierta…, el haz de luz iluminando un respaldo de terciopelo rojo con la chapita esmaltada

—te confesaría la frivolidad de haber descubierto que la única mujer de mi edad —dos años mayor, traiciono un error de pasaporte que ocultaba de buen grado— capaz de abocarme a su sinsentido era tu madre

—Eso, eso, una frivolidad. Te he pillado escaneando a toda

hembra entre los dieciséis y los sesenta desde que tengo uso de razón. Voy a matar esa chicharra, gordito

—Menos mal que tu hermana está pinchando con esa tal Potoka o me breáis. En fin. Cómo te defiendes

—Cómo me defiendo de qué

—Cómo engañas la pena. De vivir sin mamá

—No nos defendemos. Seguimos consultándola en todo

—Como entonces

—Como entonces

—También acerca de mí

—También. Como entonces

—¿Y…? ¿Y?


Lalo Benavides te arrastra a un rincón con un guiño mientras proyecta la mandíbula en ese escorzo de sonrisa que precede a una *lección*, todavía os conocéis poco pero ya te ha impartido unas cuantas. Te pasa un par de Celtas cortos, hurga en el paquete y extrae con esos dedos gordales y desuñados hasta la raíz un rectángulo de papel de plata que desenvuelve para mostrarte un segmento de ¿regaliz? Nononó ¡bobón! nada de eso, es *chocolate*, un chocolate que tardarás aún unos meses en fumar y ha muleado desde Valladolid por encargo de Vicario, Viqui, tertuliano de la timba de los jueves en casa de Julianín, en la de los Hermosilla o en el Torrington, garito britanizante que ofrece sin complejos caldo con clarete a mediodía y café irlandés en la sobremesa —¡bienvenida sea esa cópula contranatura entre San Lesmes y San Patricio para alivio del frío cabrón que soportan sus fieles respectivos! Un talego. Vaya. Esa laja de pastilla Starlux es un talego. De *chocolate* —durante un tiempo indeterminado, referirse a *un talego* no es decir *mil pesetas*: es *un talego de* y el conteo en talegos tarda en desgajarse de su parentesco cannábico. Un talego de costo: caro y pequeño, qué prestigio. En el bar de la Residencia, doscientos cortos de caña. Lalo vuelve a envolverlo sin prisa, la elección del ángulo oscuro entre la capilla y la sala de profesores añade chulería a lo que además de delito es pecado. Saca otros dos Celtas, acomoda el talego, reintroduce los celtas, salís al patio, cruzáis el patio, salís del patio, encendéis los que te dio al principio y aspiráis el humo de la hombría. Siente y sientes que te ha iniciado a *algo*, otro grado de conocimiento. Por mostración, porque por humillar te podría haber sacado un polvillo blanco, marrón o negro, cristalitos verdes, una raíz mohosa, perejil picado o un higo seco: las formas en que uno aspira, fuma, se inyecta, traga y se envenena para mejor conocerse, mejor pasarlo o mejor patear los huevos de la salud y la familia, de la educación obligatoria, los vecinos, la iglesia, el Estado y la seguridad social son la hierba tonta que pasta una credulidad desinformada por ¡ejemplo! ese *Reader's Digest*, puntual en tu buzón, de boca de padres llorosos, millonarios californianos destruidos por los estragos del jipismo en sus retoños. Hay algo más allá del océano llamado *polvo de ángel* y qué requetebién suena, qué vértigos aguardan tras denominación tan polisémica. Nada sabes de formas, colores, procedimientos, texturas, efectos. Los porros ¿no te los vendían ya hechos? Y ¿no es inevitable empezar fumando porros y acabar chutándose caballo en un pispás? Despreocúpate, en un rato vas a ver liarlos en directo aunque no te apuntes: y el caballo, bueh, es *otra cosa*. Viqui es el portero titular del equipo juvenil, un turetiano que escupe lapos formato mostacilla entre el hueco de las paletas con frecuencia de estenógrafa. Pues ya sabes algo más de él: *se droga*. Y también del indiscreto, jactancioso Lalo, palmeándote el morrillo mientras exige un silencio que él mismo no está respetando —o a su manera quizá sí y es señal de que *te considera* al punto de romperlo. O quizá no y es señal de que mantener su licencia doble cero no observa reglas, bastardeando una intimidad que administra con mucha más soltura que tú. Otro secreto sumado a los que van abismando vertiginosamente un sendero antes holgado, llano y bien señalado: hasta esa edad en que has transitado de entreabrir los visillos para ver jugar en la plaza a la niña que te enamoraba a tener a la púber carnal y viva, admirable, reposando sus pechos cargados de prohibiciones y promesas en el sobre de un pupitre a tres pupitres del tuyo, la coleta de bucle meloso de la que no puedes apartar la mirada, ciego y sordo a esas sutilezas de la cotangente proferidas desde una pizarra lejanísima. El repeluco del secreto. La certeza de que si ella estuviese detrás no se abstraería un segundo en tu nuca. En la que asoman y progresan, como en la barbilla o en la punta de la nariz unos granos opulentos, cáusticos. Repulsivos. Y felicítate, te rodean cutis que son auténticos potajes. Tras un mes de uso continuado puedes peritar la Clearasil como una estafa, nada como lavarse la cara con jabón Lagarto antes de meterse en la cama.

Qué estimulante confrontar no tanto los mismos hechos compartidos o sus rastros más o menos dispares —asunto al cabo frecuente en relaciones longevas— cuanto el tufo común a bravata perpetuada empapando el recuerdo de esto o aquello. Ejemplo, la mentada presencia, el *yo estuve ahí*. Un efecto no contemplado de tus escapadas: sobrestimular la memoria de los que te rodean, huéspedes, anfitriones, acreedores, cualquier interlocutor homologado para interpelarte acerca de ellas se desplaza ipsofacto de *tus* recuerdos a los *suyos*. Para qué carajo preguntan. La gente se ha despeñado en recordar a tu alrededor como si les hubieras reempalmado el mismo cable roto. Conversar es recordar, escuchas bien lo bien que recuerdo, muy agradecido por haberme dado el pie, es tan bonito recordarme. Sí, es tan bonito porque siempre recuerdas y te recuerdas *mal. Muy mal.* Y de ahí derivan peores vicios. Ejemplo, la jactancia de la precocidad. El tipo con el que fumaste el primer porro de ambos te espeta a cuarenta años vista que llevaba ya tres poniéndose ciego cuando os liasteis aquel peta, de milagro y tras ocho tentativas, en la Llana de Arriba ¿Desde *tres años antes que yo* poniéndote ciego, chalao? El tipo que te devolvió llorando la edición sin adulterar de *Pinocho* cagándose en Walt Disney, ese farsante, aseguró que jamás vio la condenada peli ni le prestaste el libro porque sus papis, modelos de criptoprogresía de catacumba, le prohibieron intoxicarse con propaganda imperialista y le leyeron el prístino *Pinocchio* desde el destete. No, hombre, no: el italiano lo empezó a chamullar muy malamente el verano pasado en Formentera con un ligue milanés. Todo se anticipa reinventándose en el tiempo, el primer polvo, la primera pelea, la primera hostia en moto, la primera copa, las primeras experiencias comunes y *memorables* en relación con un universal rito de paso inexplicablemente petrificado, quién iba a suponerlo. Fui el primer novio de fulanita, fui el primero que se acostó con menganita, zutano y yo puenteamos un coche a los doce, perengano me chutó el primer pico a los quince, mentiras odiosas sucedidas de 'Ah ¿no lo sabías?' o 'Ah ¿no te lo dijo ella?' o peor aún 'Ah ¿no te acuerdas?' No te... *¿No te acuerdas?* Pero *¿no te acuerdas* de cuando entramos en el Teatro Chino? Que no y que no y que no, jjjoder..., ¡pero..., ¡pero bueno...!! ¡Creen que montas la misma marmita que ellos encima de los hombros! ¡Creen que llevas cuarenta años insuflándote ego como ellos a costa de olvidar quién fuiste, de recrear un mamarracho que sigue complaciéndose en acaparar el absurdo prestigio de la *presencia* y la *precocidad*! Pues no. Tú NO estabas allí ni en aquel cuando.

Y qué. La distorsión de la fecha original se solapa a las mentiras pasadas, presentes y futuras, engorda una mancha de galipó burlón que se extiende imparable, contaminando tiempos posteriores —cada vez más imprudentemente cercanos— con su negra plasta. La que salva, esa capa de mugre superficial que oculta la mugre profunda. Y sólo ahora te das cuenta de que una porción del gas que te mantiene suspendido sobre esa ciudad *de entonces* es la ira provocada por el sostenimiento numantino de un almanaque trucado ¡pero te dispones a hablar con los que puedas arrinconar para obligarlos a contrastar sus pobres recuerdos con el Tuyo y enfrentarlos a sus mentiras: los va a pillar por sorpresa tu presencia enferma, tu voz gri-

pada, tu memoria prodigiosamente exacta de Todo Aquello
–secuela permanente de tu extirpación de *ese entonces*, única
entre quienes conociste y te conocieron! La ira, la ira: por
morir en silencio –sí, te sientes morir– para ahorrar sufrimiento, imposturas y tiempo a tus niñas, tan traumatizadas, cali-
bras, por una madre adorable fallecida prematuramente. Y por
acuñar el inalienable amor a la verdad de un moribundo que
vuelve, sin nada que perder, sobre el Gran Silencio tendido
sobre Todo Aquello.

Estás tarado. Quebrar el hielo de la desmemoria. Soldar el
hielo de la desmemoria.

*Un recuerdo sustituye a otro recuerdo, insensiblemente, como el fon-
do encadenado del cine. Y acapara la verdad.* Quién.

¡Mira, otro chiste en las páginas de Cultura!: va un novel tontolaba que ha ganado un premio de redacción y suelta que
usar adverbios en *–mente* es pura pereza *mental*. Juajuajuá. Hala
hala, vete a embaucar a esa madre adorable que aguarda y
aguanta tus tonterías desde que aprendiste a bilabiar ma-ma,
ni se diga desde que le dio por escribir al nene. Leer el periódico ¡es tan divertido! O cada vez más divertido. La última
conseja de tu hermano el Dostó antes de irte fue *No leas periódicos.* Y *Hazte los putos análisis.*

De golpe te contemplas en un pasado remoto ofreciendo los
servicios de tu entonces agencia a ese prometedor novelista al
que emborrachas de ego y mint julep en Del Diego y te alegras en lo más hondo –i.e., no te alegras– de que te hayan
jubilado. Además, tu exagencia ahora publica o representa a
letristas, músicos, modelos y DJ. El gremio global de tus ni-

ñas…, qué capacidad de seguir adelante y anteponer el futuro y una prematura idea de sucesión a la tristeza, qué qué qué ímpetu en reinventarse, ahora ha dado por llamarlo resiliencia. *The force that through the green fuse drives the flower drives my green age* te percute como en otro entonces, cuando empezabas a chapurrear lo justo para ligar con angloparlantas y te encontraste compartiendo tu cochambrosa buhardilla de Lavapiés con una pelirroja de Swansea que recitaba de memoria medio Dylan Thomas. Tópica como una postal de la Plaza Mayor, exótica como una cordobesa que se larga a declamar a Juan de Mena. Una semana después se esfumó dejándote su ejemplar de los *Collected Poems* sobre el hule y un calcetín verde puñeta con topos butano bajo la cama. Sin una palabra de más. Adorable. Ésos sí, tiempos adorables.

De una libreta, sin fecha ni autor: *Recuperar el tiempo es recuperar la impresión auténtica bajo la opinión ajena que la recubre; es, por consiguiente, descubrir esta opinión ajena en su calidad de opinión extraña; es entender que el proceso de mediación nos aporta una impresión vivísima de autonomía y de espontaneidad en el preciso instante en que dejamos de ser autónomos y espontáneos. Recuperar el tiempo es acoger una verdad que la mayoría de los hombres pasan su vida rehuyendo, es admitir que siempre se ha copiado a los Otros a fin de parecer original tanto a sus ojos como a los propios. Recuperar el tiempo es abolir una pequeña parte del propio orgullo.*

Anotaste en un margen *Recuperar el tiempo es abolir el orgullo.*

No andas bien dispuesto. Seguramente por no saber cómo.

—¿Qué te pasó la última vez?
—Me puse enfermo. O me sentí muy enfermo

—Y has estado ¿seis meses…? en coma. Habíamos quedado para cenar y me recordaste al tipo que baja a comprar tabaco y su mujer le dice Empiezo a freír las croquetas

—Y al cabo de treinta años el fuguillas reaparece y la impertérrita le sirve cuatro tizones mohosos en el plato, sí. Lo siento. Te llamé un par de días después

—*Una semana* después. Pero como el día anterior a la llamada recibí un ramo de rosas suplicante hasta la exageración, pues…, pues me encontraste aplacada

—Perdona y perdona y perdona y poerdoenea

—¿No decías que ya no tenías secretaria?

—Y así es. Me encargué yo mismo, cabrona

—Mmmh… Recuerdo la primera y única vez que me llamaste cabrona. Me dijiste *qué bien has jugado, cabrona* después de un partido contra las teresianas, 28 puntitos y 10 asistencias. Unas mantas, las pobres. En aquel entonces ibas a verme jugar y me sobresaltó que mi chico, un caballero en miniatura, me llamase *cabrona* pero por alguna razón me puso cachonda. Como tu sonrojo a continuación. Te sonrojabas cada dos por

—Ya ya ya me han sugerido que esos ruborcillos que me sacaban de quicio tenían efecto humectante…, como los bigotes de Íñigo

—¿Los *qué*?

—Nada. En la cancha eras una fiera, querida. Me superabas en entrega, cada uno en lo suyo. Me alegra haberte descubierto el punto G de *gabroda* sin ponerte un dedo encima, infiero que desde entonces lo has explotado

—Infiere, infiere. Lo he colapsado. Pero todavía me acuerdo de aquel *cabrona* inaugural, fíjate si soy

—Raro que no me lo confesaras, eras de una sinceridad compulsiva en asuntos que tocaban fibras mucho más íntimas

—No me diste, justo, cancha. *Impulsiva*, de una sinceridad impulsiva pero sólo con dos personas, tú eras la mitad. Incluso ahora me pasa un poco lo mismo, no sé…, es *raro*…, al cabo de taaanto me sigues provocando ganas de largar. Me aborrecí durante años por largarte de más

—Bienvenida a aquella casita de papel. Pero…, que no dijeras *me pone que me llames cabrona* después de aquel besazo triunfante de final de partido

—Insistes. Insistes por coquetería. Si me hubieras dado tres meses más habríamos ensayado el primer marchatrás y aprendido a conjugar *excitar* en reflexivo

—Fuiste demasiado…, paciente

—Bonita forma de expresarlo por parte del impaciente. Un *genuino primer amor*. Mi primer amor. A tu pesar, capullo. Mi siguiente novio se llamaba igual que tú sin pareceros ni por el forro. Le pedí que me susurrase *cabrona* la tercera vez que follamos, lo entendió mal

—Está claro que nos perdimos algo. Estoy negado para enmendar nada pero no sé si volver a disculparme

—Aquella sinceridad no era una pose

—Lo sé, lo sé, loo sééé. A una edad descomedida en poses tú ya eras bastante Tú. Sin duda más de lo que yo me palpaba como *yo*. Si quieres que me declare incapacitado para asimilar la carga de tu…, vaya, *madurez* de entonces, cedo al ridículo recurso de justificarme en los mismos términos en los que uno se justificaba…, *entonces*. Asumir la pérdida de un hermano o el daño de un padre de manos largas

—¿A…, a qué te refieres?

—A tu sinceridad, joder. De la que lamentabas haberme hecho precoz depositario hace un rato

—Explótala de otra manera. Preguntándome cómo me acepté lesbiana

—Veeenga. Eras más propensa a culparte que a culpar. Como si…, cuando me contaron que Elena saltó de COU a numeraria del Opus —qué campanazo y qué tristeza, creía que había escapado de arder en el pentáculo opusdeitarra— no lo atribuí al cociente final de su (odioso) idilio con…, con aquel cabrón…, cómo se llamaba…, me puso el careto como un cromo… ¿Quijano…? ¿*Cabrón*?

—A lo mejor te molesta que te diga que ya de jovencito quemabas a quien se arrimaba

—Buen quiebro…, a botepronto no hay modo de desviarme a que tu lacerante experiencia conmigo o la previa de Elena os condujo a ti a ser lesbiana y a ella a ser… cuasimonja…, pero como episodio piloto de una teleserie sería un crack

—Puedo consolarte respondiendo que tu inmadurez aceleró nuestro proceso de conocimiento en cuanto a preferencias sexuales y vocaciones trascendentes

—Sería adjudicarme un donjuanismo muy halagador que contradice el grueso de mi vida…, esteeee…, *amorosa*, créeme. Desprecio a los donjuanes y ese priapismo de origen estadístico ¡hay tanto agujero aguardando su tapón! amparado en la cata y desecho o más finamente en el ensayo y error o más falsariamente en la incongruencia biológica de la monogamia para ir dejando cadáveres en la cuneta sin conceder una oportunidad al…, al remordimiento

—Pero me interesa saber por qué en nombre de mi sinceridad has mencionado ¿cómo lo has dicho? a *un padre de manos largas*. El *daño* de

—Tendría que improvisar un discurso en paralelo acerca de la culpabilidad de *entonces*

—¿La tuya o la mía de *entonces*?

—Y no soy capaz, cedo la razón sin reservas a tu arrepentimiento por depositar una confidencia en la persona equivocada a la edad equivocada

—Eso…, eso pregunto ¿qué confidencia?

—La… la de tu padre…, tu padre…, ¿no? Tu padre se…, se…, pasó…, pretendió pasarse contigo

—¿De…, de qué me estás hablando?

—Oye…, lo había olvidado por completo…, lo encontré de golpe y fresco en mi…, diario de aquel año

—¿Un diario? ¿Fresco? *Querido diario*…, pero si eras un mentiroso enfermizo… ¿Es el que te está sirviendo de guión para tus advenimientos en nombre de… de una estrafalaria recuperación de qué sé yo qué? ¿Mi padre me metió mano?

—Lo intentó. Besarte y meterte mano. Es lo que me confiaste entonces. Te llevaste un susto de muerte

—Mi padre habría sido *incapaz* de algo así. Y falleció hace dos años. Gracias por la cena

—Todavía no nos han puesto nada delante

—Suficiente

—Pe-pero ¿te vas a ir *así*? ¿Sin sentirte…, *culpable…*?

—Reconoce que ibas a añadir… *cabrona*. Pero claro, ya no me conmueve. Sigues siendo el mismo jovenzano creído que hizo un burruño conmigo, me tiró a la papelera y no sé…, no sabemos por qué has vuelto


Unos años después completaste lo que seguía a *If You Leave Me Now: If you leave me now you'll take away the biggest part of me Uh uh uh uh no baby please don't go And if you leave me now you'll take away the very heart of me Uh uh uh uh no baby please don't go Uh uh uh uh girl I just want you to stay*


Uh uh uh uh. Uuuuuuh. Ni el tiempo cura nada ni genera memoria. Uh. Y sin embargo, sin embargo mañana la ciudad a la que vuelves, no abarcas y *perteneces* te reclamará brillando como sólo brillan las ciudades bajo penumbra dos tercios del año, colando el azul, acogiendo la luz en lugar de devolverla a un cielo velado de vapor, caldeando la piel de sus huesos helados. La ciudad. Una viejuca sumida que ha dejado de zurcir calcetines en la enea desfondada de su sillita bajo el último sol, ya agradecida, hospitalaria y afable, cepilladas las aristas centenarias de aquella viuda cuarteada por el resentimiento. La ciudad. Impulsada por el enésimo viento de su empresa y su destino, remozada, demolida, remodelada y peatonalizada, la ciudad celebra findes y puentes gastronómicos a un coste de cama y condumio de lo más competitivo, organiza visitas a las bodegas D. O. Arlanza y D. O. Ribera del Duero y a la fábrica de cerveza San Miguel, al Complejo de la Evolución Humana proyectado por Navarro Baldeweg, al osado CAB encajado junto a San Esteban ¡qué shock! y los maravillosos monasterios sembrados en las cercanías, a los yacimientos de Atapuerca: el colosal *peso histórico y patrimonial* que amenazó despachurrarla se marida admirablemente, en apariencia, con su *apuesta por la creatividad y la innovación*. Imposible acostumbrarse, claro, a que hayan desnudado la catedral de aquellos churretones de hollín que la vestían de novia de carbonero para exhibirla lustrosa, carnal y deseable como una moça santillanesca a la que han decapado el estiércol con un hervor de lejía. Los restos de policromado que maquillan de rosa la Puerta del Perdón acentúan su aspecto de colosal vagina, los labios bien abiertos, el clítoris ahí justo donde el Sello de Salomón, las piernas alzadas hacia lo alto embutidas en medias caladas y coronadas por tacones de aguja. Y un Coñito Menor a cada lado. Pero qué perversos eran estos…, estos…, góticos, te dices tiritando y no es sólo el cierzo que expulsa al viandante de las aceras en sombra, lo arrima al abrigo de fachadas y soportales y ladea su trayecto hacia las manchas de sol.

Ahí mismo, miente no sabes qué leyenda urbana, piadosas nativas mutadas en hembras bíblicas o ménades ebrias obligaron a besar los escalones catedralicios uno a uno y al arrastre al desdichado mensajero de un gobierno que (sostenían) *quería vender la catedral a los americanos* —y después del *dominum vobiscum* de la misa oficial, antecedente de Franco ciscándose en la silla de san Pedro. Con resultado de muerte: los mensajeros, es sabido, se arriesgan a consecuencias aciagas según cumplen con la entrega, tanto si se entiende el mensaje como si no. Ah, la muerte. Sucedió, dicen, a finales del XIX, venganza precoz, injustificada, marrada pero clarividente, lo normal, del inescrupuloso expolio que iba a arramblar, ejemplo, con la sillería del coro de la catedral de la Seo de Urgell para amueblar el llamado *Refectory* de San Simeón, comedor del inverosímil Xanadu real (¿real?) de Hearst donde una mañana inverosímil de un viaje inverosímil consagraste el desayuno con un *Pange Lingua Gloriosi* y un *blueberry muffin*, santificando la resaca compartida con una docena y media de colegas, una docena y media de culos hincados en los sitiales de nogal y redundando en ofender, antes de que os llamaran al orden, a ese simulacro trasplantado a unos diez mil kilómetros de donde generaciones ya extintas de protosantos coincidían en afinar hacia lo Alto. O (ejemplo) la reja de la catedral de Valladolid que –acopiada por el mismo glotón– has contemplado una decena de veces en el MET como si fuera un tigre disecado en el baño de Blesa o una vaca de Hirst en el porche de un futbolista. Cosa de esos locos años veinte del siglo veinte. Presagiando esos veinte lavaron a la piedra las encías de un desdichado mensajero, el recién nombrado gobernador por más señas, garantizando la continuidad de unas buenas costumbres que no crujieron hasta que cascó el Casquillo y amaneció la aurora de la nueva ola y las identidades. De la heroína cebándose en el suburbio y distorsionando la armonía familiar de la bella burguesía.


Eso, eso: el caballo ya no es sólo para consumo poligonero de esos macarras de José Antonio de la Loma postestilizados en los chavalotes de *Deprisa, deprisa* con fondo de Los Chunguitos. Lalo Benavides luce inquietantemente delgado la última vez que topas con él. Él y un amigo flanquean a una chica que sería aún más guapa si esos ojos no abarrotaran tanto rímel y vicio para su edad, no digamos para la tuya. Despliega su cordialidad desenvuelta, impostada, de nuevo más condescendientemente improcedente de lo que requeriría, juzgas, la altura o la profundidad de ese curso. Te presenta a sus compis, esos ojos te acoquinan tanto que casi olvidas besarla en la segunda mejilla, lapso de protocolo que provoca risitas en todos menos en ti. Lalo comenta que ha descubierto *un diurético cojonudo* y ha desestibado una arroba larga de lorza en cuatro semanas. Hacéis votos por veros, te da el número de teléfono del solar familiar. No volverá por aquí, tú tampoco, estáis rematando la última gestión colegial y aunque aún no lo sepas vas a soltar una bofetada al hermano Telmo mañana mismo, coincidencia feliz sólo una hora antes de que te desarraiguen. Os despedís *para siempre*, vuestros votos por el reencuentro traicionan la sinceridad más al ras según se formulan. A él nunca le ha interesado *la gente como tú*: se acogió a ti porque le facilitaste −sin solicitarlo, privilegio adquirido de antemano− superar el primer desamparo en una ciudad, un barrio y un colegio impropios *de él*. Y a ti te deja de interesar para siempre la gente *como él*. Globos de tebeo falsificando una porción de vida que en ese momento se ha diluido en pura prodigalidad de futuro, queda tanto tiempo por delante, queda tanto tiempo para regalar y perder. Rubrica con autoridad un capítulo que olvidarás durante el resto del que sigue −de momento− siendo tu transcurrir por Esto: *no te fíes ni de tu padre*. Verdad como una sinagoga que se narraba según la variante, muy poco considerada con los cánones actuales, del padre judío que deja caer a su hijo de espaldas desde lo alto de una mesa, tras asegurarle que va a recogerlo, cuando el muchacho le anuncia que va a diasporizarse allende los mares. *No te fíes ni de tu padre*. Modesta −y abominable, en la medida en que podía perder al hijo antes de lo previsto por descalabro− *leçon d'abîme*, de lo más oportuna ahora. So fachada de despedirte con un mínimo de apostura adulta 'Me alegro de haberte visto, he quedado y llego tarde…, te llamo para contarnos…, y darte mi número cuando lo sepa' se desparrama por la acera un *darte qué*. Darle una mierda como la que te está dando. No, la que te ha dado, un curso completo consumido en una frase sólo formulada en tu cabeza mientras os alejáis '¿Os dais cuenta de *qué gente* he tenido que soportar este año…?' coreado de risas mientras por tu parte te asombras en un '¿No se da cuenta de lo que le cuelga el pellejo?' cruzado simultáneamente con un '¡Jjjo-der…, qué tía!'

Unos meses antes, en ese portal al que lo acompañabas porque adivinabas que lo incomodaban tanto la cortesía como la despedida envuelta en una fragancia permanente a legumbre con berza −algo menos flagrante en los bloques de jefes y oficiales− impartió otra lección práctica de esa destreza: erais de clases diferentes, matiz del que nunca habrías osado *poner al corriente* a nadie de extracción más modesta o modesta sin más. Te habían instruido justo en lo contrario: y *entonces* y *allí* la delación por la facha, los dichos y los gestos era mucho más obvia, ajustada a la conciencia interiorizada, pactada, compartida de cuál era el lugar de cada cual en el mundo. En ese segundo Benavides dejó de ser propiamente un proyecto de amigo para devenir en espécimen. Otro. Alguien a quien observar con curiosidad y precaución a triple distancia de la que él imponía de suyo. En el Épodo de su querido entonces y tu querido ahora −o aún− *Más allá del bien y del mal* se lee

¿es que no *hemos sido* amigos? −¡Oh palabra marchita, que en otro tiempo olió a rosas!

En lo que toca al clasismo local, benavidiano, donostiarra o madrileño eras objeto de un comportamiento consuetudinario para el que aún no disponías de la palabra *displicencia*. El pijerío provincianísimo anclado en el ensueño de un clasismo sin clases −esto es, paternalista y caritativo− desdeñosamente atento a lo que se lleva o se diga en ambientes foráneos más sofisticados no se distingue del resto del pijerío, heredado o de nuevo cuño, capitalino o no, en cuanto a su fin implícito, *comprar diferencia*. Comprar diferencia gastando, son otros orígenes, una estampa más autoconsciente que la del mecánico hijo de agricultor que desea para su hijo una empresa de transportes: empeño cuya gracia, por la energía que se invierte en impostar la apariencia, reside en que −justamente− carece tanto de fin cuanto −finalmente− de finalidad. Atinar con el modelo que representa unas aspiraciones de arribismo tan legítimas como las del soldado que aspira a ser oficial no implica atinar con el siguiente modelo, capítulo inexorable que seguirá al cumplimiento del anterior en un libro sin última página: si se ignora dónde quiere parar uno no hay techo y hasta Jehová tiene Algo por Encima, a qué va a seguir marcando Divino Paquete. Sólo uno de cada diez mil *parvenus* se instala confortablemente tres escalones por encima de su peldaño de nacimiento y es admitido en el club de los veteranos de clase, avenidos en el pacto siempre silencioso del dinero fresco borrando eficazmente pasados cercanamente deshonrosos —o deshonrosos de siempre pero cuya deshonra sólo ahora se exige lavable. Benavides, en su ambigüedad, hijo de empresario frutícola, pariente de bodegueros de la Ribera y sobrino de brigada, gastaba modales excluyentes y una franqueza grosera cuyo ejercicio se difuminaba entre la falta de doblez del gañán y la arrogancia del condesito, la facultad de soltar *lo que te venga en gana* con una mezcla indiscernible de insolencia y simpleza. Celtas cortos y Loewe Pour Homme, los límites de un *personaje* precoz que mostraba la posibilidad cierta de sostener una pose hasta durmiendo —antes de que el mundo confirmara que sin pose no sólo se limitan drásticamente las posibilidades de supervivencia en la esfera a la que te han pertenecido sino en las por venir, tan jugosas, si concentras tus esfuerzos en un abuso ascendente de marcas de prestigio que acaba atañendo a los cordones de los zapatos. Las que han mamado otros antes que tú sin darle mayor importancia. El duquesito consorte Aguirre con su tarjetero de terrateniente y los puñales sobresaliendo del bolsillo pectoral: afectaciones de *parvenu*. La muerte se ha llevado —previo encarnizamiento quirúrgico que hay quien celebra, quien lamenta y quien juzga mínima justicia retributiva— la odiosa vocecita de aquel viejo desalmado pero su eco rebota en las catacumbas en que acechan ETA, GRAPO, la derechaza ultramontana, los militares golpistas y todos los que van a limpiarse el culo explícitamente con la Constitución del 78. De pronto estalla en el horizonte cercano una España ingenua y fatua con privilegios de meritaje, no de casta. Se puede llegar a presidente del gobierno sin integrarse en el Opus ni alquilar casa en el pueblo costero en que veranean los capos del régimen ni poner a tus hijos a jugar al fútbol playa con los de Herrero Tejedor ni *jurar por el propio honor* que el PCE jamás será legalizado.

—Y qué dicen tus hijas de todo esto
—Lo corriente. Que la Transición fue una completa porquería y lo de ahora es consecuencia de aquello
—No hay modo de argumentarles eso de que no se hizo tan mal sino que pudo hacerse mejor
—Ahí, ahí. Se alternaron acampando en Puerta del Sol y no se pierden una manifa. Y el tuyo
—Mi Héroe de las Humanidades —sacó un nueve largo de media entre COU y Selectividad y lo invirtió en hacer Historia y Filosofía, manda huevos— me pone so la napia su tablilla con la lista de apellidos perpetuados en política, finanzas y etcétera desde el franquismo. Interminable, chico

Sí, aquellos años te ilustran en los primerísimos rudimentos de una destreza indispensable —y siempre perfectible, es lo apasionante— para esa vida que asoma, la de soltar con naturalidad un 'Oye, esos zapatos parecen comodísimos' como una mina antiestima cuyo pum suena '¿No te los podrías haber comprado más feos?' A no fiarse de nadie, a mentir y omitir mejor, a corromper la confianza sirviéndose de la sinceridad y la decencia sólo para evidenciar o restituir la diferencia a favor, a pervertir la sinceridad y la decencia. Esto es, a denodarse en actos espurios de autoafirmación por carecer propiamente de forma. *A partir de ahí habrá que comportarse según las circunstancias.* Las circunstancias imponen que uno sea Uno o sea Otro, justo, según las circunstancias. La fidelidad a aquellos tempranos cánones de lealtad y bonhomía, la posibilidad de progresar en amistad y en amor han de subordinarse al doble juego de ascender en la jerarquía de piezas o de naipes y leer el tablero o los descartes. Caballo mejor que peón, sota mejor que siete. Depende mucho, oiga: hay que saber dónde se acurrucan ese peón y ese siete. Piezas. Naipes. Leer el tablero. Los descartes. Pero tú vuelas: pisoteaste los Martegani de Benavides aunque ahora estrene otros aún más molones y vas a abofetear a un genuino, irrepetible cabrón al día siguiente. *La justicia existe.*

Ahí donde pisas discurren despojos escenográficos, esa cinta confín ante el moribundo. Los dobladillos desdoblados cuatro veces, escala desteñida que milimetra el crecimiento del niño ese año, los calcetines zurcidos con el huevo de madera que no falta en ningún costurero, los sastres afanados en reciclar abrigos y americanas dándoles vuelta y cambiando el forro. Las mujeres, abrigos por las rodillas, botas de cremallera ceñidas y rebasadas por el elástico de los calcetines superpuestos a las medias, pañuelos en la cabeza para defenderse del sol o conservar la permanente como si no se hubieran colado veinte años desde *El Jarama —las chicas traían pañuelos de colorines, como Paulina, con los picos colgando—* y aún se ve a arriscadas montando de paquete a la amazona, suspendiendo las piernas juntitas sobre el cófano izquierdo de la Lambretta, los muslos agarrotados, el bolso aplastando el revuelo de la falda. Los hombres esputan con liberalidad en las aceras, un gargajo consistente se abre paso a través de bigotes nicotinados y dentaduras almenadas que se escamondan con la uña del meñique, limada con mimo según patrón botánico —lanceolada, ovada, acumitada, elíptica— y más polivalente que una navaja suiza. Los moqueros se desdoblan con sonido de velcro y en fin, la gente es católicamente guarra y el pestazo de un autobús en verano o del aula a vuelta del recreo es nauseabundo pero *hay costumbre.* Se siguen abriendo cartillas a los recién nacidos en la Caja de Ahorros del Círculo Católico y ahora el depósito inicial es de cien durazos: tiempos si no de prosperidad sí de optimismo postbabyboom no obstante la incertidumbre, en este caso una mezcla de pánico y de esperanza tan justificados como imbéciles –y quién se paraba a pensar mucho entonces. Triunfan los zapatos de rejilla, patrimonio residual que se mantendrá dos décadas en pies de conserjes rancios, la rejilla se abre como una flor rara ante la pujanza de esos juanetes que amenazan ser consustanciales al oficio. Te han mangado, forzando el candado del trastero, la bici de tres piñones que te compraron en El Nisio cuando cumpliste doce años y con la rabia también se ha ido sin disgusto un buen cacho de infancia y florecido la legítima aspiración a un ciclomotor, siquiera una Mini Marcelino, en ese horizonte halagüeño de los dieciséis. El mundo *prefriki* se perpetúa en el retorno estacional del Bombero Torero y el éxito masivo de sus llamadas *charlotadas*, aunque nada como el Platanito Y Su Troupe llenando el coso. El Platanito. Olvidado de su afición veinte años después, sustituido el traje de luces por un acordeón de lotería colgado del pestorejo, le compraste un décimo saliendo de una mariscada en Reyes y le pediste que te lo firmara, demasiado albariño. Y se ha traspasado por veintisiete –incluso para la época– *miserables* millones de pelas a Juan Gómez *Juanito* al Real Madrid para cabreo de una afición que ha testificado cómo su equipo ha pasado de rozar la tercera división a ascender a primera merced a la malísima hostia de ese chiquinín ('Soy de una estatura de Tercer Plan de Desarrollo') subastado por 166.000 euros –da muchísima risa pensar que ya se ha multiplicado por *seiscientos* un fichaje de fútbol– a quien no volverán a cantar

> *¡Adelante, Campeadores!*
> *Al amor del Arlanzón*
> *demostrad que los mejores*
> *siempre juegan con el corazón.*
> *Sobre el césped leal de El Plantío*
> *sentirás con ardor nuestra fe*
> *que te quiero a rabiar cuando ganas*
> *y si pierdes te quiero también*

etcétera. Himno que sin duda radiografiaba el carácter berroqueño del mentado, a decir de nostálgicos *connaisseurs*. Ejercicio n.° Z: resolver *de una vez* si los himnos de fútbol superan en sandez superlativa y crujido prosódico a los castrenses. La letra de tu himno nacional ya se sabe cuál es. Antes un tarareo y ahora un abucheo.

Ahí estás, alternando tu peso sobre uno y otro pie entre una plaza de toros y un estadio, ante una barriada militar sobre la que asoma una cruz: una lata de España condensada, coñño. Esa sociedad taurinoreligiosodeportivomilitar con la estética relegada a último plano –cominería de intelectuales, artistas y maricas, a veces hasta coinciden las tres propiedades en el mismo depravado– sigue fomentando la posibilidad real de la pervivencia del *héroe*, las heroínas se limitan a Isabel la Católica y Agustina de Aragón, a elección de la instrucción y tendencias de cada mengano, sea Manolo Santana o el soldado Joaquín Fandos, caído en la defensa de Telata durante la guerra de Ifni. La ultimísima transmisión *eficaz* de unos valores de preguerra triturados en la tolva de una guerra, justo antes de periclitar con mucha más determinación y apoyo de los que jamás recabaron los contados yeyés y los estudiantes a los que clausuraron la universidad en el 65 ¡cuatro años antes del último Estado de Excepción! –ah, ese momento *candente* en que tu país se desliza del así llamado *autoritarismo tecnocrático* de los sesenta a esa pretransición democrática que (dicen) desbordó el dique imaginario alzado por la muerte y sucesión del Bocinilla. Y tú matándote a pajas.

—Es patético volver sobre el estrago del caballo entre los comunes. Cada vez que te plantas aquí gastas la prepotencia del memorioso desmemoriado

—Es por una promesa. Y yo también me alegro mucho de verte

−No, joder: bienvenido. Quiero decir que el quintal de nada que arrastras saca del fondo la mía, la nuestra

−O de quicio. Y eso que no estamos hablando ni propiamente recordando

−No lo dudes

−Por qué lo del caballo si sólo mencioné de pasada la tardía…, absurda y por suerte breve adicción de nuestra Rosa

−He empezado mal. Tenía que haberte dicho, simplemente: acabé por *topar* con Charly Llorente en el Ojeda, nos saludamos como lo que somos, efusivos de siempre, nos acercamos al Landa −quería que oliese el cuero de su Cherokee nuevecito− y en algún momento antes de lograr apearme del cochazo y del planazo pronosticable le pregunté por Benavides

−Cáspita

−Magia, chaval. No vas a creerlo pero el Zippo que llevaba encima era regalo del amigo Lalo. Lo había cargado para celebrar de antemano una presunta victoria militar sobre Corea del Norte, lo reserva para tales imaginarios. Es del *USS Forrestal*, hay que joderse por dónde discurren ciertas cabecitas

−Tienes razón. No me lo creo

−Haces bien. Sacó el mechero, era con el que había estado dando vidilla a los puritos holandeses que empalma, me lo puso ante las napias

−Y soltó solemnemente aquello de

−*Lalo me regaló este Zippo en junio de segundo, justo antes de perderlo de vista*

−Lo perdió de vista

−Pero no de oído. En Valladolid hizo migas con un primo Benavides que lo tenía más o menos al corriente de sus peripecias

−Sonadas

−Otra historia igual de la época. Lalo había coqueteado ritualmente con el caballo pero acabó enrolándose en la bohemia champán local con entusiasmo, todo muy divertido y excitante y novedoso, escapadas al Londres punk, a la Ibiza postlisérgica, a Tánger

–¿Ta-Tánger?

–Qué

–Nada… Jjjoder. Es a donde quería fugarse con una novia de adolescencia, me parecía una especie de cutrez extravagante hasta que supe del paisanaje occidental que convocaba Tánger…, da igual

–Conforme camaradas y novias palmaban o sus papás los desaparecían en lejanos centros de desintoxicación el tío fue abundando en sordidez, empezó a frecuentar a gente decididamente siniestra que no dejó pasar la bicoca del pobre niño rico, siempre estiloso, siempre con un libro sesudito pinzado en el sobaco

–A siete, ocho talegos el gramo de jaco entonces…, el que pagaba todas las rondas

–O hay disgusto. Extorsiones, palizas, lo recogían de cuando en cuando hecho una lástima

–Y la familia entre la Desesperación y el Hasta los Cojones. Me suena de cerca

–Parece que su hermano fue particularmente despiadado a la hora de convencer al resto de la familia de que se trataba de un desecho no reciclable…, acababa de superar su segundo coma breve por sobredosis después de vender no sé qué cubertería o regalo de pedida de su madre

–Ten un modelo para esto

–Qué

–Su hermano. Su ídolo

–Ni idea. Acabo. No supieron de él durante no sé cuánto tiempo y una mañanita temprano, en el felpudo de la casa paterna

–Un Lalo erguido, aseado, engominado y con la dentadura recompuesta, algo pálido pero con sus legendarias chapetas resplandeciendo, mira de frente a la anciana ama de llaves y atruena una carcajada '¡Estoy *de vuelta*…, Angustias!'

–Casi. En el felpudo de la casa paterna han dejado de humear los intestinos de Lalo, se abrió el poco vientre que le quedaba con un cuchillo jamonero

—Aaadiós

—Sí. *Pareces exactamente un gilipollas*

—Mis disculpas

—Charly me observó *intensamente*, escudriñando el efecto. Y repitió '¡Se hizo el harakiri, macho! ¡El harakiri! Y ¿sabes el libro que tenía en el bolsillo? ¡El de un japonés que también se hizo el harakiri!' *¿Escuchas a Charly?* '¡Un tal…, Sashimi!' y volvió a *penetrarme* con sus ojillos antes de sacar el mechero, contemplarlo pensativo y chasquear la lengua fintando una lágrima

—Mishima… Me has llamado gilipollas por especular chorradas antes de enterarme de una muerte horrible pero nos estamos descojonando por tu culpa

—Reproduzco fielmente las palabras del Perfumo, tío. Y el descojono nos defiende de la muerte


Estalla una rosa de fuegos artificiales con el careto de Benavides uniformado de scout a los diez años, una foto que mostraba ufano de su sonrisa sobria y sus orejas diminutas. El postín con que exhibía el Ronson Varatronic o ese Zippo del *Forrestal* o detallaba cómo a su hermano le sobresalían los pendejos por encima de la cinturilla del Speedo talla S 'Un provocador' Su risa estrepitando. Un seppuku ibérico. Eviscerado en el umbral en el último, pavoroso gesto de gran histrión, invitando a una familia cristiana que no concibe hijos pródigos a que pisotee, ya no figurada o simbólicamente, sus asadurillas. Vivir con eso ¿verdad? Su madre, su padre, el cabrón de ese hermano endiosado sobreviviendo a *eso*. Sin el milagro de un abuelo de Cisco que remeta el fardo y eche un zurcido a tiempo. Como todo personaje *auténtico*, Lalo representaba la promesa de algo más que el resto y de pronto reposa en su sitio, el felpudo de la casa paterna. Él también creía en la venganza como variedad, abyecta pero variedad al fin, de justicia.

—Mira, tío, tu perfil se definía a botepronto: hijo único y chuleta madrileño con apellido y deje vascos

—Eskerrik asko, matxote, lo tenía todo para caer de angustia. Claro que la penetración psicosocial del españolito medio raya en la porquería ofensiva y ejemplo, he conocido no menos de una docena de hijos únicos que no se parecían ni por el forro. De hecho, repreguntar a la pregunta 'Se nota que eres hijo único ¿no?' un simple '¿Por qué?' jamás obtuvo una respuesta en la que asomara algo sensato… 'Nos conocemos desde hace tres años y jamás has mencionado a un hermano' ni valeroso 'Por caprichoso, consentido, sobreprotegido…' y ese etcétera manido. Resulta que ahora todos son hijos únicos y aquel prejuicio podría reformularse en 'Oye, se nota que tienes hermanos ¿no?' Contesta a un porqué, contesta

—Entendido…, toma aire. Después de una comida de trabajo con un…, no viene al caso, el tipo señaló mi camiseta de Tintín '¿Aficionado al cómic?' 'No' dije 'Gay' Se le puso un careto estupendérrimo. Claro que si me hubiese dicho '¿Gay?' habría contestado 'No, aficionado al cómic' Pero algo tendrías para convocar acuerdo

—Es lo que pasa con los primogénitos, los no versados nos confunden con los unigénitos. Bueh, no andaba mal de autoestima y mis hermanos me importaban un bledo. Los quería, claro, pero aprendí a apreciarlos, a estimarlos, a escucharlos cuando crecieron un par de palmos en estatura y carácter

—Qué…, qué hermanos

—Muy gracioso. El médico, el militar y el muerto

—Vaya, lo siento. Y tu papel también empezaba por eme para conjuntar

—De Malejemplo, sí. El pequeño era otra joya pero no tenía que ser modelo de nadie. Y su dispersión parecía destinada a cristalizar en algo raro y valioso, la mía no

—Un primogénito poco ejemplar era un petardo en el sieso de la sórdida tradición que nos troquelaba

—O hace más consistentes a los que van detrás. Por repulsión

—Por ganancia del puesto, tío. El podio de primogénito se cotiza y más si corre sangre de hereu por las venas

—No paro de descojonarme con vosotros…, y mira que mis niñas son dicharacheras y se han esforzado por quitarme la expresión de Dolorosa. Pues pasaba por Donosti una o dos veces al año y otras dos por Madrid, lo digo para anticiparme a los laimotines postpuestos, la chulería y la vasquez: no me daba tiempo a impregnarme. Y ni entonces ni ahora he logrado sentirme propiamente de ningún sitio

—No sé si eso es un problema

—Pues depende de dónde caigas, joder. Yo tuve suerte. Y mi rechazo a ser *demasiado* de ningún sitio no es sólo de orden intelectual, tiene que ver con las mil leches que tengo batidas dentro. Pero que me espetaran 'Se nota que eres hijo único' 'Se nota que eres de Madrid' o 'Tú eres vasco, ¿no?' era como que me barritaban, no entendía nada de nada

—Y facha ¿hein?

—Por hijo de militar. En cuanto se enteraban me impostaban cara y pistola de Sáenz de Ynestrillas Jr.

—De ahí tu autoestima

—De ahí, de ahí…, soy el superviviente de innumerables lapidaciones a topicazos


Tu cuarto, último hermano, simplemente, *desapareció*. De siempre se había entregado con seriedad fanática a sus intereses del momento, fueran los Madelman, el piano, el balonvolea, perdón, voleibol —se prohibía por cordura los deportes de contacto— o la teoría de juegos, su paso por la vida y la adicción fue ligero. Apenas os dio tiempo a empezar a inquietaros por su delgadez, era fibroso de suyo y tan reconcentrado como dado a maravillosas expansiones de cólera, ingenio y amor en las reuniones familiares. *Un anarquista nato pero muy sensato* versificaba tu madre cuando te ponía al día —hasta su último viaje no se independizó, propiamente— de cómo alternaba bolos de jazz en locales de mierda con la vendimia en Burdeos, la inmersión frenética en el COBOL, el ajedrez, la química orgánica o la recolección de firmas contra Sevilla '92. El horario ácrata, los días ensimismados en una música *enervante*, decía mamá, no sabía si ensayaba escalas o *algo*. Los *Estudios* de Ligeti coronaban una pila de partituras cuando entraste en su habitación por última vez.

Siempre hay una última vez a la que remitirse, el tiempo no sana nada. Uh uh uh. Anunció que se iba a pasar una *temporada de mundo* con los ahorros, cargando el petate de la marina regateado en el Rastro aquella mañana en que os obligasteis a comer caracoles en Los Caracoles para mejor vomitarlos. Hacías la mili después de agotar todas las prórrogas, de seguido te prorrogaste en una sostenida embriaguez politoxicómana durante trece meses desde diana a silencio y hasta te permitiste iniciar a tu hermanito durante aquel permiso. En su decimoctavo cumpleaños lo invitaste a fumar su primer chino, rito de paso —elevaba de categoría el jaco a diacetilmorfina por el mero acto de chutársela, pesquisando sus fantásticos efectos en el organismo como en su momento las fracturas de ritmo de Monk— para llorar de remordimiento cuando volvió vestido de pino un año después, un regalo oriental enviado desde algún lugar situado entre Laos y Camboya con un certificado que os informaba

Cause of death: UNKNOWN

y os preguntabais, vuestros padres deshechos, en qué os habíais equivocado. Tú crees saberlo ¿no? Y tu hermano ¿no era *otro* personaje? Un muerto que no te busca ni te reclama: *descansa en paz*, no sabes por qué. Te libraste de *aquello*, él no. Su pasaporte lucía estampillado ese último año en los aeropuertos de Miami, México DF, Bogotá, La Paz, Lima, Bangkok, Rangún, Vientián. Una heroica peregrinación heroínica.

El jaco también perdonó a alguno que otro. Te enteras con alegría de que Juanito Mediavilla, a quien habías dado por muerto a la edad de Tamburini, sigue ambulando por ahí cerca. Sí, heroína y gasolina se llevaron no pocas vidas en sus primeros veinte mil kilómetros al volante, al manillar, al émbolo de máquinas excedidas de caballos o de pureza.

Qué queda en ti de aquel inconsciente. Te detienes en el dorso de tu mano izquierda, ahí se alarga la cicatriz de una incisión que perpetraste con la intención de completarla con tres palotes horizontales y marcarte para siempre con una E, la inicial del *amor de tu vida*, así eran los amores de tu vida entre los doce y los catorce. Te quedaste en una I por fortuna, piensas ahora: aunque entonces te despreciaste y te llamaste, justo, *rajado* porque el dolor de ese tajo solitario te disuadió de seguir autolesionándote y preferiste atribuir ese aborto de machada a un accidente doméstico antes que a una declaración de amor inscrita en carne y regada con sangre. Suficiente sangre.

–No me seccioné un par de tendones de chiripa. Con la navaja de talla húngara ¿Qué habrá sido de esa bizarra *talla húngara* que ocupó dos cursos de Trabajos Manuales?

–Trabajos Manuales. Al menos lo que los sucedió en el siguiente plan de estudios…, o en la transición a BUP…, aquel engendro, cómo se llamaba…, EATP…, enseñanzas y nosequé técnico-profesionales…, la EATP aspiraba a formación *práctica*. Cocinitas…, diseño…, electricidad…, un segundo idioma extranjero. Uno puede afirmar con orgullo: si hoy soy fotógrafo de las modelos que me follo fue gracias al laboratorio de EATP

–Responde a si en el plazo de tu existencia y en el universo conocido un ente externo a nuestro colegio ha tenido que aprobar la utilísima *talla húngara*

—Un anhelo sobrevenido en mis últimos años es haber viajado y vivido *poco* todavía

—Suerte, salao. Pero de dónde salió esa puta *talla húngara*, a quién se le ocurrió ese grotesco reciclaje del 0,0000001 de los millones de navajas que acopiaban los hogares y bolsillos españoles, era una especie de herramienta nacional

—Antes de incorporar regla de medir cangrejos, no digamos ya GPS

—Céntrate. Seleccionabas un par de navajas de esas que andaban en el cajón de la cocina, de los tornillos o de la mesilla de tu padre y el afilador las biselaba a mitad de hoja

—Los afiladores se distinguían por el toque de castrapuercas, cada uno el suyo. No sé qué escritor porteño decía que lo primero que había añorado de Buenos Aires en su ciudad de exilio era la gente silbando por las calles. Yo echo de menos el petardeo de los motocarros y los toques de castrapuercas, todos los días pasaban dos o tres afiladores bajo la ventana. Piruriruriruliiiiii ¡pruittt! Hágame un inglete de ±45°/50° bien aguzado

—Justo. Y con la piedra de amolar al lado nos aplicábamos a tallar tarugos de madera blanda siguiendo el mismo patrón inamovible, cuadrados y/o rectángulos divididos en ocho triángulos rectángulos a los que vaciábamos las aristas con estrago de pulpejos, no había clase sin torniquete

—Lo que demuestra su triple utilidad: el aprendizaje de *a)* una artesanía cotizadísima en Hungría y *b)* técnicas básicas de primeros auxilios, amén ¡amén! de *c)* adiestrarse en mantener una viril impasibilidad ante la sangre

—Para el caso nos podían enseñar a tallar flautas

—O ya puestos castrapuercas

—Ya puestos. Cosas que soplas y suenan, una satisfacción y un contento. Sacas *El cóndor pasa* y a fardar con las niñas bufando en tu flautita de caña flambeada a mechero y tres plumas grapadas colgando de la punta

—Confieso padre que tallé húngaramente dos traviesas y armé un crucifijo con ellas

—Ajajá, ibas por nota. Y yo la tapa de un joyerito para mi mamá. Me quedó de angustia pero lo celebró como si el nene fuese maestro ebanista, cuánto amor. Es donde guardaba los cabos de lapicero

—El afán en instruirnos en esa artesanía eslava está, he caído por la flauta, en los orígenes pastoriles del Meliputón, nuestro conducátor zopo en la materia. A ternísima edad y antes de alistarse en la orden uno de los zagales del mayoral le mostró cómo entretener tanta hora de balde haciendo el húngaro con la navajita entre desahogo y desahogo con esta o aquesta churra

—Sí que era límite el cabrón, sí. El pelota de Quirce le talló durante unas vacaciones en…, en Budapest debió de ser…, una especie de báculo maorí para que le zurrara las nalgas y de paso al resto

—Antes de que quilarse churras se incluyera en planes académicos le hallaron acomodo en la orden por su pericia en marqueterías y en esa denominada talla húngara de la que no tenían la menor noticia en Pécs, ciento cincuenta mil habitantes, cuando me precipité entre los muslos de una veinteañera húngara precipitando al paso mi tercer divorcio

—¡La marquetería! ¡La sierra de marquetería

—*Segueta* en mi casa

—y el presupuesto en pelos rotos! Los manitas usaban pelos del veinticuatro y los manazas del dieciocho, yo mismo. Entrar en una carpintería semejante a la fragua de Vulcano para que te vendieran medio metro cuadrado de plancha de ocumen

—Que resultó ser okume

—Qué gracioso lo de estos nombres abollados: pedimos al bueno de Díez que consultase en el inventario de la farmacia de su madre existencias de la mítica yumbina antes de enterarnos de que se buscaba por yohimbina

—Díez se cubrió las espaldas, de tonto no tenía un pelo y seguro que tampoco había mucha semejanza que pesquisar en la Y del vademécum…, a ver si se metía en un *compromiso*,

cinco jovencitas bramando como jabalinas butiondas antes de colapsar

—De cuántos peligros hemos escapado: la talla húngara, la segueta saltando, el correccional por homicidio libidinoso en grado de tentativa

—Del saturnismo provocado por los perdigones que guardábamos en la boca cuando íbamos a pegar tiros en La Quinta

—O por prensar las plomadas de pesca con los dientes


Estás a puntito de prensar este lugar entre los dientes. En el colegio te ha atendido un fraile jovenzano con rizos acondicionados, barba de una semana y arito de plata en la oreja, soplan otros vientos hasta aquí: pero no orean el olor. El olor. El escombro del *mismo olor* sobreviviendo a fragancias juveniles de nuevo cuño y una higiene indiscutiblemente más escrupulosa. Localizas tu hueco imaginario entre las orlas de COU desde las que te contemplan dos tercios de pandi congelados. Te asomas al abominable campo de ese futbito abominable que usurpó *tu* cancha de balonmano, te pasean por la ampliación —ahí se pierde *el olor*— cruzándote con grupos de alumnos que saludan con naturalidad y afecto al cicerone, soplan otros tiempos. No queda ni uno —*ni uno*— de los que trataron, morirás sin saber con qué hondura, de marcarte las entendederas con un hierro indeleble. Tampoco aquí ha quedado el menor rastro de ti, ni una esquirla de espejo en la que reconocerse: así que desviarte hacia La Horra estaba decidido antes de permitirte un coqueto, insustancial debate interno a favor o en contra, el déficit de combustible coopera y asoma el reclamo de una gasolinera tras aquel cerrillo.


Mientras aparcas una señora llama a la puerta de la Casa y un hermano —¡uno! ¡es *uno de ellos*, carajo! ¡es él! ¡por fin un careto familiar!— se asoma a un balcón, píamente enojado, pidiéndole ¡¡por-fa-vor!! que deje de pulsar el *botoncito*, ahora mismo le abren.

–¡Perdone! ¡Oiga! ¡*Es que* como no oía el timbre!

*Es que* en lugar de rrriiiinnn lo que suena a lo lejos es un carillón polifónico de lo más redicho, señora. Aprovechas esa articulación shakespeariana para blandir el muy tochete *Fundaciones de los Hermanos de la Sagrada Familia en España* del que es autor y te han obsequiado en la escala previa.

–¡Hermano Flores! ¡Soy un *antiguo alumno*!

Y tan antiguo. Paso franco, te introduce un lozano ejemplar de ama de cría con guantes de goma, la asistenta objeto de visita de la pariente sorda. Interior más que fresco, penumbra en su hábitat, vigila un rincón del vestíbulo un ninot escala 1:1 del fundador, hermano Gabriel Taborin ¡vuelve el amiguete Taborin, la de veces que habrás dibujado a este beato fulano junto al santo Cura de Ars en murales y cuadernos! El Paddy baja las escaleras, sonríe con la mano tendida, te presentas, te lleva a una sala propiamente umbría. Alza la persiana dos palmos. No se acuerda medio pijo de ti.

–Sí, hombre…, me parece…, claro, *Arzain*…, estoy seguro de que… ¡Eras así, como ahora…, gordito, grandón…, torpón en gimnasia! ¡Un hacha en matemáticas! ¿Verdad?

*¿Verdad?*

–Verdad, verdad. Sigue teniendo una memoria fantástica, hermano Flores

Y así te reservas abrumarlo con tus recuerdos de él si fuere ocasión. Se conserva admirablemente, admiras sin mentir. Posas su libraco en esa mesa congresual, lo abres por el capítulo

X, *Comunidades*…, etcétera, ¡pág. *666*! –lo juras: en este infiernito patalean no pocos demonios de tu pasado. Vas señalando con criterio cronológico, el que le va.

–Y ¿qué fue del hermano Saturnino?

–Ah, se secularizó. Se casó…, un desastre de matrimonio…, separación…, divorcio

–El hermano Rafael

–Cuida de los hermanos ancianos y enfermos en la residencia de Valladolid

–Era un gran tipo

–Lo es, lo es

–Melitón

–Está en la SaFa de Sigüenza

–Enseñando talla húngara, supongo

–Pues…, pues no…, no lo sé

–¿Y el hermano Celso?

–Terencio, sí

–Volvió tocadillo de misiones

–Pasó muchos años en las comunidades de… Costa de Marfil y Benin ¿o… Burkina Faso? Aquello es duro. En Valladolid, *acabando de envejecer*, cuidado por Rafael

–Sé que el [puto] hermano Telmo murió hace poco

–El pobre, sí. En estos años…, ¿de qué promoción eres?

–Habría salido con la 6.ª de no haber destinado a mi padre cuando acabé 1.º

–Hijo de militar, sí…, me acuerdo, me acuerdo. Pues en estos muchos años nos han dejado Telmo, Justiniano…, éste era muy mayor…, Arsenio, Luciano…, Sabas…, el hermano Caños

–Hombre. Un hermano muy querido

–Huy, era un santo. También murió Ángel…, joven

–El hermano Angelito…, ¿de qué?

–Se secularizó recién cumplidos los treinta…, y falleció de enfermedad, de una enfermedad antes de los cuarenta

–Ya. Y oiga, hermano ¿quién más se secularizó?

al Paddy se le tintan los soplillos pero no pierde la sonrisa

—Pues unos cuantos…, Saturnino, ya lo he dicho…, Conrado

—Caramba, Conrado. Gastaba un francés de nativo

—Sí, casi perfecto. Se casó, se separó…, Melchor

—Melchor. Un tío majo

—También se casó

—Y se separó

—No no, éste no. Y Gracián

—¡Gracián! Vaya. Apreciaba mucho a Gracián, no me dio clase pero sí me descubrió unos cuantos libros. Se salía un poco de…, este…, la regla

—Lamentablemente, se suicidó

—No me diga

—Un hombre… atormentado

—Tenía razón. Sven Hassel vivía en Barcelona

—Có…, ¿cómo?

—Perdone. Una broma que nos gastábamos. Qué tristeza. Y Jacobo

—Jacobo se salió

—Bueeeno…, éste estaba un poco cantado ¿no? Guapazo, cachas, el entrenador, un tío popular

—No se me había ocurrido. La Vocación no distingue entre guapos y feos, simpáticos o retraídos

—Como la Tentación ¿no…? Perdone…, vaya ¿Y qué pasó con él?

—Pues…, se enamoró, se casó, se…, se

—Separó

—Sí. Mira, hace un par de años nos reunimos aquí los hermanos en ejercicio y los secularizados, fue una gran fiesta

—Guais, estoy seguro. Uno no deja de ser hermano nunca ¿no? *En cierto modo*, quiero decir

—Eso es. Ser hermano deja una marca indeleble aunque haya dejado de profesar los votos

—Me suena…, como ser exalumno pero en versión platino

—Bueno, aquí estás tú ¿no, Arnáiz?

—Arzain, Arzain: Arnáiz era un figura en balonmano y un manta en matemáticas. Y usted es el único que cree que estoy aquí. Eeeste…, ¿qué hubo del hermano Atanasio?

—Atanasio se ordenó hermano sacerdote. Sabes, siempre ha habido un par de hermanos sacerdotes miembros del Capítulo. Para necesidades internas de la orden, misas, confesión, extremaunciones

—No le faltaba Teenta diigo Vocación, tal como lo recuerdo. Y ¿el hermano Críspulo?

—¡Hombre! Ése está aquí, conmigo, haciéndonos cargo de la Casa, lástima que no puedas saludarlo, tiene que traer a tres tandas de padres de, justo, antiguos alumnos. Como TÚ. Por cierto, voy a enseñártela

No pocas bajas y deserciones. Y eso que en absoluto has apurado los nombres de todos —hubo excepciones, las hubo— los que te prepararon precoz pero poco eficazmente para los hectólitros de lágrimas que anegan este jodido valle. Con, no se pierda de vista, el *respaldo incuestionable* de una Divina Vocación que ¡vaya! iba a crujir por las Divinas Cuadernas poquitos años después, frailes desnaturalizados impartiendo cánones de realidad. Resumen breve: el Sacarosa, aquel desmelenao que cantaba para ti a clase vacía después de aplicarte un castigo peregrino pilló un sidazo fulminante según se rasgaba la sotana. Atanasio, ese hideputa narcisista, saltó a la superioridad y satisface su patética voluntad de dominio husmeando las patéticas entrepiernas de sus Hermanos en Cristo a fuer de las bragas y braguetas de sus alumnos. El desdichado Gracián no digirió su hipersensibilidad y evidente *desviación* y se quitó de en medio. Ingresar en estas sectas incapacita para el amor y la vida corriente. Que el único cursillo de sexualidad que os impartieron —nunca hubo expectativas mejor decepcionadas— antepusiera la fe, la procreación irresponsable, el compromiso espiritual y todo un etcétera lisérgico a su objeto, el *sexo*, allí al fondo de la sala intentando asomar la cabeza o que la masturbación se liquidara con la filmina, ahí no decía diapositiva ni el petete, de una verja herrumbrosa con las lanzas torcidas infligió un daño irreparable a estos vírgenes ignorantes, probablemente los únicos que se tomaron esa peli cómica en serio. Pero acabáramos, algo vas sacando de este encuentro fantasmal y ya sabes a quién deslizar —incluso te recompensaría con una botella de La Tâche, aparte de vengativa es persona detallosa y con posibles— que el Meliputón sigue vivo para abreviarle los días bajo tormento. Lamentas no estrechar la mano huesuda del Críspulo, ese interrogador de la Stasi cuya insuperable aportación a tu ignorancia fue garantizar que si en el aula se hiciera el vacío flotaríais en estado de ingravidez. Tus padres casi te cambian de colegio cuando te jactaste de ese conocimiento recién adquirido.

—Hazzffalta tener cojones
—¿Cómo dices?
—Queee…, vaya fresco…, de bemoles. Con perdón
—*Eso* es sano

Por *eso* se mantiene como una tonelada de peras conferencia en la cámara frigorífica: para sana la sana alegría del más coqueto y repeinao de los hermanos, es contagiosa. Mira tú, los militantes vivos concelebraron una farrita con los secularizados vivos ¡he ahí tu idea de un auténtico fiestón, mejor aún que un partidillo de futbito! Se desplaza con chispa, obviando algún crujido de senectud y esa semisordera tan de agradecer. Atosigas sus meninges de anciano durante el trayecto '¿Sigue dibujando y pintando?' 'No' '¿Conserva aquella corbata tan bonita a franjas azules?' '¡¡No!!' por distraer la obcecación en mostrarte las dependencias del casoplón desierto y oscuro —¡dejad entrar la luz y el aire de este día espléndido, cojóbar!— iluminándolas con heladoras baterías de fluorescentes o bombillitas mortecinas o una cópula de ambas, el horror lumínico empeorando una escenografía desangelada, sin gusto ni calidez, sembrada de cuadros de hermanos fundadores y laicos benefactores, láminas y crucifijos que no se han movido un milímetro desde la primera piedra, sofás que te devuelven la palabra *curpiel*, mobiliario de vario saldo acopiado para mejor testificar su nulidad de uso, su *pero ¿qué coño hago aquí?* La cursilería áspera de la austeridad, la desnudez alternada con el kitsch: te vuelve, tan familiar, la distinción con que la supuesta frugalidad cristiana se decora con la vulgaridad ramplona de un paisaje doméstico que invita al suicidio de madrugada, a mediodía, al anochecer. Cómo unos ladrillos apilados del modo más ordinario y unas paredes estancas puedan contener alegría de vivir ha sido para ti un misterio desde la primera vez que pisaste el umbral, ejemplo, de las Siervas de María en el esplendor cerúleo de su falta de ventilación. Bajo otro santo ninot, el de María Soledad Torres Acosta.


Se suceden las estancias a golpe de picaporte o de llavero abultado –igual a todos los llaveros abultados, igual al que alguno de sus cofrades gustaba de proyectar a la cabeza del gracioso contumaz como primera advertencia. Llaveros, tizas y borradores, puedes nombrar a un par de pitchers que habrían hecho carrera de nacer en Brooklyn. La biblioteca, paupérrima, anafrodisíaca para lo que entiendes por una biblioteca, ornada en el mucho hueco con fotocopias de cartas de pioneros enmarcadas, más benefactores, ediciones de libros píos y ejercicios espirituales de interés escaso, edición y ejercicios, pero muy vistosos colorines, el archivo documental –él mismo ha ido poniéndolo en orden durante años con meritoria dedicación, al cabo es el cronista de la orden– apretándose en un pañito. Otra sala, recreación de un aula de los *primeros tiempos* con sus pupitres de tortura, pizarra, mapas postcoloniales, bola del mundo, tinteros, escuadras y cartabones originales columpiándose en sus escarpias, se echan de menos palmetas y varas de avellano. Otra con aperos de labranza también centenarios, hay que agradecerles la introducción de cepas prefiloxéricas en 1909 y la modernización de la agricultura vitivinícola en la Ribera del Duero. Pues mire usted, ahí sí ha tocado una fibra y tus respetos. Otra: un comedor escolar para, vaya, no menos de medio centenar de comensales. Qué vacío. El patio pelado, pilas de trastos bajo voladizos de uralita. Un desorden razonablemente barrido y desempolvado merced, conjeturas, al ama de cría y sus primas. Ignoras empleo y finalidad de tanto metro cuadrado y tanto gabinete clapado: hasta donde sabes, en ese pío hostal anacrónico sólo viven él y ese Críspulo ausente —cuánto te habría gustado sostener *ahora* esos ojinos helados que os paralizaban, calibrar su poderío, cerciorarte de que son los de un anciano nazi. Quién lo apodó el Mengele. Una llamada telefónica había anunciado la llegada inminente del primer grupo de PPAA y helos, retumba el eco del jodido carillón mozartiano por los pasillos vacíos, el Paddington se altera como una abuelita antes de que la feliciten los veintidós nietos. Lo dejas lidiar con la turba de matrimonios anteproyectos —tú mismo anteproyecto dentro de nada, si alcanzas— y la bullanga agolpada en dos filas ante la puerta de los aseos.

—¡Por favor…, por favor! ¡Tenéis más servicios aquí a la izquierda y al fondo de este pasillo y al final del comedor y…!

Dan igual seis o sesenta años, los nietos, hijos, padres, abuelos, educandos siguen respondiendo a idénticas pulsiones y al profe sólo le ha faltado acompañar las orientaciones con enérgicas palmadas de atención o pitidos ritmados. Firmes. *Cubrirse*. Firmes. *Cubrirse*. Redistribuidas las vejigas reventonas, empiezas a despedirte no sin antes rogarle que te firme su libro. La misma firma que ornaba tu Boletín de Evaluaciones cuando fungió como Il Tuo Tutore

Al exalumno Jaime Arzain
con cariño y en el recuerdo

la misma caligrafía inglesa, pulcra y adornada –pero te ha privado de *su* A mayúscula, del trazo izquierdo prolongado en volutita de notario que te fascinaba– y no demasiado temblona aún. La que certificaba a tus padres

1.ª Eval. 8-11-76. Su actitud deja algo que desear. Al [aaah, esa A] parecer <u>necesita estudiar más</u>
2.ª Eval. 22-12-76. Sigue algo mejor. Pero <u>no lo suficiente</u>
3.ª Eval. 26-2-77. <u>No presentó algunos ejercicios.</u> Su rendimiento y actitud empiezan a rozar <u>lo deplorable</u>

etcétera. Picas aquí y allá, te concede los minutos de la basura mientras los visitantes acaban de desaguar. Cuando mencionas los consejos de guerra del 75 te sorprende, lo dejaron asistir de *oyente* a los del 70

–Quizá por mi condición de religioso
–Una oportunidad impagable para un historiador, supongo

lo has piropeado por joder

–¿Es verdad aquello de que el tribunal tenía desenfundados los sables sobre la mesa?
–La verdad..., no me acuerdo..., o no me di cuenta

Eso, eso: permítete el ramalazo pureta de anteponer a su tiempo y su hospitalidad, aunque no te haya ofrecido un vaso de agua o un vinito prefiloxérico, aquella retreta a cuyos compases echaban a la puta calle a los periodistas mientras dejaban aletear a este frailuco sobre los morituri.

Declaráis vuestros sinceros deseos de un reencuentro. Reencuentro con quién, con qué. Mutuo agradecimiento. Sin ironías: ojalá el resto de los hermanos, cada uno en su terreno y ocasión, hubiera tenido la correa y mínima competencia que demostró siempre este vejete agitado como gallina clueca. Si los soplillos le ardían al rojo cereza más valía tomar precauciones, pero hasta ese preaviso cromático de ira terminal delataba honestidad. Desnudez. Era de escuela recitativa y ortodoxa, desapasionado salvo si le mentaban las desamortizaciones o la Segunda República, amante de esquemas y resúmenes contenidos en un sinfín de llaves de trazo impecable, más sintetizador que excursivo… Fuera cual fuese su penetración pedagógica, se tomaba su vocación religiosa y educativa con indudable abnegación, sin violencia apostólica ni la retranca vengativa que distinguía a unos cuantos: jamás puso la mano encima a nadie, mostró inclinación a urdir castigos sórdidos o se enceló en la aniquilación ejemplar de un revoltoso. Exigía orden, era hombre *muy* de orden. Fiable, riguroso y –a pesar de su empeño en representarse– indulgente como todo verdadero maestro. Deseabas haber topado con su contrapunto al lado, un Telmo, un Críspulo, un Arsenio, un Melitón, un Conrado, alguien a quien cantar el pareado ¡Hay que ver lo que aprendí con usté, hermano / mercé a lo dura que tenía la mano! Y sobre todos al aparatoso, arribista Bocachocho, un acomplejado sin vigorexia ni bigote pero con la facultad ahora sobrevenida de impartir hostias y extremaunciones a sus exiguales, legitimado para apoderarse de las miserias del que se acerque a su rejilla –anhelo cumplido de la época en que era un hermano director anotando gorrinadas en su agendita negra. Quien te ha acogido por primera y última vez, ya sin amenazas de castigos y suspensos ni malos sueños ni extorsiones, resulta ser uno de los tipos más decentes que jamás se haya subido al estrado de esas aulas que abandonaste con una mezcla indiscernible de aborrecimiento y desgana y nostalgia anticipada

–¿Recuerda la muerte de la familia Moradillo? La mayor, Cristina, también fue alumna suya. Brevemente, claro

–Sí, sí. Aquello fue una gran desgracia. Muy doloroso para todos

Quede en paz y en su dios, hermano Flores.

Sí, poco trecho te queda junto a esta ciudad que ya te abandonó una vez. Tu antigua barriada sigue manteniendo aquel aspecto costroso y casi indigno según el tramo, enmascarado en la plazoleta por la envergadura que han adquirido chopos y plátanos en cuarenta años de ausencia. El colegio dobló su superficie tras correosas negociaciones con el Ayuntamiento, y Capitanía y hasta los pisos militares lindantes con el gran solar del Parque de Automóviles –también liquidado, en su lugar se alza una urbanización maciza, con pretensiones– están en venta o alquiler, te has perdido otro pase de manos inconcebible *entonces*. Y poca inmigración ¿verdad? aunque quizá no estás pateando los barrios adecuados: pero dispones de una cantidad insólita de otros acentos, otras pieles y otras lenguas porque sólo entre la catedral y el Museo de la Evolución aspiran a redondear un millón de visitantes al año que ¡además! pueden optar por cualquiera de los tres circuitos (dos diurnos y uno nocturno) que oferta un insólito trenecito moc moc ¿o puuh puuh? –¡no, no! ¡el chuchutrén, el chuchutrén!

–Vamos a darnos un garbeo en el chuchutrén
–Ni harto de grifa y claretes, macho
–Hazlo por mí. Un chuchutrén. Yo invito. Estoy eufórico después de haber exorcizado mis espectros de sotana y bata blanca
–Que no. O…, sí…, cuando incluyan un paseíto por Gamonal mientras rellenan la Gran Zanja para escarmiento de tiranos…, *sic semper tyrannis!*
–¿Quiénes, quiénes?
–Lo ves, lo ves. El gran capo pasa desapercibido allende los límites de esta

*pequeña ciudad sórdida, perdida,*
*municipal, oscura*

—Y aquietada hasta que Gamonal se alzó en rebeldía

—Eso es. Gamonal En Rebeldía. Llevan medio siglo pisándoles el cuello y ya hubo un preanuncio en 2005 a propósito de otro aparcamiento subterráneo

—¡Otro aparcamiento subterráneo! Qué querencia por el subsuelo... Gamonal..., campo de gamones..., prado de asfódelos, el inframundo homérico

—A lo mejor hasta les puedes dar una charleta acerca de sus homéricos antecedentes en el local de la iglesia. En un barrio en que los vecinos dejaban el coche en segunda fila sin freno de mano para abrir hueco iban a hacerles la pascua, aun apoquinando los veinte mil pavos de concesión por una plaza subterránea..., tío, veinte mil pavos de golpe en Gamonal por algo que no van a heredar tus hijos..., no jodas

—Y el capo detrás

—Detrás, el capo..., el Tenebroso. El dueño de periódicos y padre de constructoras adjudicatarias de Casi Todo, el condenado a siete años de los que cumplió nueve meses, el inhabilitado por doce años de los que cumplió cuatro, el compadre de Ansar y amiguete de presidentes autonómicos y ministros y alcaldes sin importar la filiación, el socio de gachós pringados en Gürtel, el que ha convertido el diario local en una loa desvergonzada de su paso por el mundo, el fulano que alterna la filantrópica presidencia de la Fundación Atapuerca y la Fundación Silos con

—Vale, lo capto. Podríamos estar en cualquier otro sitio de la españeta..., la lista amenaza no tener fin, es desolador. Y cómo se llama el pícaro potentado local

—No se puede pronunciar su nombre en un lugar público

—Mira que tienes gracia. Susúrramelo

—*Míchel*. Lo llaman... Míchel. O El Jefe. No puedo decir más

—Para eso está la red. Pero me acabo de acordar de que en

Gamonal se armó ladediós el año en que me fui. Fue a la vuelta de un partido…, una final de alguna de esas copas de los cojones. Volvían los hinchas del Athletic camino de casa…, ni idea de si habían palmado o son así ganen o palmen. Empezaron a lanzar mendrugos de pan y pesetas desde el tren y los autocares

—Ni me suena

—Sí, hombre. Vizcaya se había abastecido de pan de las provincias limítrofes durante una reciente huelga de panaderos y puede que además de *miserables pobretones* estuvieran tachando a los locales de *esquiroles*

—Y a su paso por Gamonal

—La pedrea fue…, masiva, decenas de autocares sin una luna intacta y tipos macerados

—Conjeturo algún conato de linchamiento

—Creo que hasta el alcalde de Bilbao salió perdiendo sangre

—Imagina tal catarsis en esa sociedad de orden

—De orden injusto, ergo de orden

—Pues seguíamos igual de compactados en lo que toca a Ausencia de Disidencia y de pronto… Gamonal. Consiguieron parar las obras y que se envainaran su Bulevar. Maravilloso por sí mismo, joder. Y aquí más maravilloso aún. De pronto se abrió un rayito de esperanza

—Esperanza de qué

—De esperanza para la esperanza

—Os espero en la próxima jugarreta de este Cacique Bueno mesetario, me permito augurar otra alcaldada con…, yo qué sé, la plaza de toros. Vamos a coger el chuchutrén, paapa


Hay quien reclama que la Ciudad Deportiva sea lugar natural de paso y disfrute para esos dos barrios olvidados que agrupan al cuarenta por ciento de la población, Gamonal y Capiscol. El nombre *capiscol* daba escalofríos ¿verdad? Emprender con arrojo la trasera de la plaza de toros y cruzarlo en bicicleta pisando charcos a toda velocidad fue un improvisado rito de paso que contemplaba de cerca la probabilidad de un sopapo *a toda velocidad* –habría bastado clavar la rueda en una hoya o estrellarse contra una mano merecidamente interpuesta en la trayectoria de los morros– con la desaparición asegurada de la bici entre risas y palmeos. Merecida, por salpicar con barro la dulce jeta de esos gitanillos desdentados con más huevos que tú, el tonto de la bici. Un capiscol es un chantre o sochantre, el canónigo que dirige el coro. El coro de Capiscol era puro flamenco raspao saliendo de las troneras taladradas en las dos hileras de chabolas que malalineaban una calle empantanada antes de recuperar asfalto bajo la rueda, encarar los desfiladeros de hormigón fronterizos y torcer en L a una vuelta relajada al punto de partida, el campamento amigo. Hoy es un barrio de chándal y ladrillo visto semejante a su vecino, sembrado de rotondas con esculturas abyectas cual viene procediendo desde que se inventaron las rotondas. La plaza de la iglesia, de la combativa, aglutinadora parroquia de El Salvador apenas ha cambiado, horrorosa pero inexpugnable. Sí, el paisaje sigue siendo descorazonador. Y en medio una isla esmeralda: ahí se tienden las trece hectáreas de la Deportiva, vacía salvo por un viejo mando –ese bigote de barra también inexpugnable lo delata– dando vueltas a la pista de atletismo a trote cochinero. Te ha costado entrar, ya no hay pases para invitados. La seguridad del recinto corre a cuenta de una empresa privada a lo sumo desconcertada por tu cortesía y –sin dudarlo– por tus sonrisitas de señor mayor disfrazado de incongruente. Sólo la intervención casual de una anciana mujer de la limpieza que recuerda al capitán Durán y sus garbosos alumnos de equitación merece confianza a esos chuletas uniformados –'Yo me hago responsable' ha dicho mirándote a los ojos– para que transijan a contrapelo, los trata como una madre. Muy agradecido, señora. Dos kilómetros largos de tapia encierran este pequeño paraíso infrautilizado y elitista que poco tiene que ver con aquella cochambre ofensiva de según qué zonas, un hurra por las reformas, el mantenimiento, la jardinería, las manos de pintura y barniz, la limpieza general de asfalto, pistas, canchas, césped, piscinas y canal, la pulcritud británica de la Bolera, el Molino, La Garrocha –tres bares y los tres cerrados, maldición: es temprano– y hasta por un retrazado de senderos que te despista un par de veces. Este vacío alucinógeno sólo ocupado por el del bigote resoplando se llena de voces y de caras y de risas y de cólera y de gritos y erecciones y llantinas y vomitonas y calambres musculares, confidencias, abrazos, infidelidades, besos, despedidas, brindis, sudor, ansia y miedo del futuro. Ahí sobrevive el Rincón sin el corro de sillas, ahí la última caseta de los pitillos clandestinos y los corazones flechados trazados a tizón y lasca de ladrillo, ahí la esquina sur de la pista verde con el mismo banco al que os escapabais Elena y tú, *vuestro banco*. Entras en el olor limpio –heno, estiércol, grasa, zotal y bestia– de las cuadras, ahí sigue el altillo con las pacas de paja en el que sesteabais las tardes de verano. Los caballos estiran el cuello sobre la puerta de los boxes con curiosidad, tu corazón se trompica en un segundo. Taquicardia y sorpresa: has alargado la mano para acariciar la estrella a ese alazán y no le gusta oler tu miedo, piafa retirando la cabezota, enseña el blanco del ojo. Eres un extraño, *un nervioso*, un tipo de palmas sudadas que jamás se ha acercado a un caballo. Todos te miran a la vez con las orejas plegadas y la bemba temblando. Huye. Ya lo entenderás luego, salva tu honra y tu estupor convenciéndote de que fuiste a intimar con el caballo equivocado. Llegas al picadero. Cardiólogo. Urólogo. Analítica completa.

Tanto tanto tanto vacío. Ahí siguen las divisas y el escudo: de los jinetes de tribuna líbranos señor, de los que enseñan lo que no saben líbranos señor, cuántas veces pasaste trotando a la inglesa por debajo de jinetes de tribuna y de listontos en ese arenal que también servía de ocasional escenario fuera de hora para *quedar* y partirse la cara en combate singular, viril tradición heredada de las academias militares. Te espero en el picadero a las cinco. Fuera, fuera. O basta, basta. Tus hijas: sufi, sufi.

Te arrancas hacia la salida mascando el deseo concreto de que abran en canal de nordeste a sudoeste o como mejor proceda ese falso paisaje de tu memoria para *sano esparcimiento* de los humildes barrios colaterales, una señal honesta de *voluntad de integración*, amén ¡amén! de ahorrar no poca vuelta al cuarenta por ciento de la población. Sí, te najas sin permitirte mirar atrás salvo para verificar que han retirado el busto del general Yagüe antes de que te decidieras a desgafarlo. Y en cuál de tus mil traslados estarían arrumbadas las gafotas de bronce del general Yagüe cuarenta años después de arrancárselas.

Pues mira, después de reproducir —abandonado a la cuestionable exactitud de una demolición y recomposición drásticas de los parajes de *ese último trayecto* que recuerdas con fidelidad más que cuestionable— una guapa senda cuajada de ciclistas, corredores, parejas, padres con hijos, abuelos con nietos disfrutando de este sol raro de octubre que iluminará La Quinta hasta el paseo de la Isla para despedirte como propiamente no llegaste, decides llevar puesto el regusto de unas bravas de La Mejillonera, he ahí una aproximación razonable a lo que nunca has buscado. Ni serán las mismas ni tu lengua arrasada por décadas de tabaco, alcohol, wasabi y chile habanero reconocerá aquéllas en las actuales pero no dejarían ¿no? de liberar una evocación prístina y hasta proustiana. Satisfactoria, sin pretensiones. Toma: CERRADO POR REFORMAS ¡hasta esa fruslería de última hora se te niega! A dos pasos está la tasca que sirve las mejores bravas del territorio —en sentido amplio— según quién. Adentro. Jjjoder. Pe-pero ese tochete que gobierna la barra ¿no es *aquel tochete*? Desfilan por tu cabeza las muy incorrectas calificaciones que os dirigíais entonces: mongólico o mongolo, subnormal, aborto, ortopédico, tarado, talidomídico. Y semánticamente indecentes en la medida en que se proferían pretendiendo sinonimia con, sin más, retrasado mental o *tontolculo*. Entre jarras de barro como la que el ciego estrella en los piños del pobre lazarillo campan cuatro décadas de fotografías jactanciosas, desafiantes: el tochete, su familia y sus compadres vestidos de azul falange con correajes inclinando la bisagra ante personajes de fama deplorable, Rayban de aviador, mostachos beneméritos, gomina y sobaca. Ahí sigue, entre camareros patibularios, hace unos cuantos kilos que no os veis pero sigue gastando el mismo, inconfundible torrao de un obcecado de capirote —y ahí, ahí excrecen las gafas del general Yagüe sobre el puente roto de tu nariz. Las bravas, psé. El tochete está en su salsa brava departiendo con lo más faccioso de la parroquia. Meas las dos cañas en un retrete acorde con tu época y retornas a esa tormenta de caspa que bate la barra —qué feliz, insospechada devolución a la mugre en un instante.

—¡Eh, tú! ¡Ya puedes tenerme la capa lista para pasado mañana!

grita el tochete a un pasante.

—¡Que sí!
—¡Que la tenemos si no!

La capa. La caspa. La capa. La capa de tuno, la capa de la Legión, la capa de la guardia civil. Qué carajo de capa casposa querrá tener lista este fulano.

—Le he dicho que borde una cruz de Tierra Santa en rojo y oro
—Guapo vas a estar
—Ssajodío. El más guapo
—Anda que no tienes ganas ni nada de Fin de Semana Cidiano
—Ahí estoy el primero desde 2009, chaval

Tooooma. *Fin de Semana Cidiano* con este animal disfrazado de cruzado de mercadillo. El *chaval* es un borrachuzo setentón que le aplaude todas las gracias.

—Y este año voy a caballo

—No jodas

—Que sí. A ver si una vez ahí arriba, con la cota de malla y la armadura y la espada

—Y la capa

—Y la capa…, pues eso, a ver si soy capaz de aguantarme lass ganass

—Las ganas de qué

—De qué va a ser… De echar al mar hasta al último puto negro, puto moro, puto apache y puto judío y a toda la mierda que está jodiendo esta ciudad y Españña entera ¡coñño!

—Oiga. Se cobra, por favor

—Ahora mismo. Al mar, al mar: que se vuelvan nadando a sus putos países o que se los coman los putos peces

—Serías capaz

—Como me llamo…, aquí tiene. Vuelva cuando quiera

—Gracias. Oiga ¿sabe cuándo terminan las reformas de La Mejillonera?

—Que falta le hacían. Ni idea, tienen tajo para rato

—Vaya… Menuda faena

—¿Por…?

—Porque las bravas de aquí son una completa porquería. Hasta siempre

—… … Pe… Pero… ¡será… ¡giiliipoooollaas!! Pero ¿quién se ha creído ese tío? … ¡¡Oiga!!


Ese tío baila sobre las gafas del general Yagüe según pisa la acera. Nora aprieta fuerte tu mano y baila contigo, ranura los ojazos con orgullo y guasa, zumba su voz 'Cagaamos…, volvió mi Carlitos Monzón, el patotero superstar…' 'Nora… Nora, yo…, tú…'

Estás hablando solo.

Y te alejas solo, un conato de escalofrío en la nuca previo a que te descrismen con una maza de seis aletas al grito de Santiago y cierra España. Bonito día para bautizar hijos de puta. Alzas la vista del suelo, barres los alrededores buscando amparo, una parejita de munipas. Tienes miedo, lo natural. Madurez.

# III

# QUE SIRVA PARA ALGO

Nacimos y vivimos y morimos en un mundo hostil. En una sociedad hostil de un planeta hostil de un universo hostil.

F. Vallejo


Las cosas no eran lo que parecían. Quiso ayudarlas.

J. Doce

ABC

MARTES 30 DE SEPTIEMBRE DE 1975, p. 74

## BURGOS: DRAMÁTICO FINAL DE UNA FAMILIA

UN CAPITÁN MATA A SU MUJER Y A SUS TRES [*sic*] HIJOS Y SE QUITA LA VIDA

**El parricida, que había discutido poco antes con su esposa, sufría últimamente desequilibrios nerviosos**

*Burgos. 29. (De nuestro corresponsal, por teléfono.)* A primeras horas de la mañana se extendió por la ciudad un rumor, según el cual en la zona de la barriada militar había ocurrido una espantosa tragedia familiar. Los rumores fueron clarificándose, a medida que trascendió la verdad de lo ocurrido. Un oficial del Ejército, de la escala auxiliar, presa de un ataque de locura, había dado muerte a su esposa y a sus cuatro hijos, poniendo también fin a su vida.

Alrededor de las seis y media de la mañana se oyeron unos disparos que procedían de la barriada militar y que, escalonadamente, llegaron a prolongarse hasta las siete menos cuarto, con intervalos. Previamente, antes de las seis y media, se recibió en determinado organismo policial una llamada telefónica hecha presuntamente por el propio parricida y suicida, el cual anunciaba que iba a poner fin a su vida. Parece que análoga llamada cursó a un amigo suyo que a su vez, trató de disuadirle.

**De permiso oficial.–** Desgraciadamente se cumplió el macabro aviso por parte del protagonista de este crimen, Victorino Moradillo Alonso, natural de Rioseras (Burgos), de cuarenta y dos años, casado, capitán de Infantería de la escala auxiliar y destinado en la Jefatura de Automovilismo de la VI Región, quien, por cierto, se hallaba en disfrute de permiso oficial.

Cuando la Policía gubernativa, al conocer lo ocurrido, recabó, a su vez, la presencia en el lugar del suceso, barriada militar, bloque 21, tercer piso, del magistrado juez de primera Instancia e Instrucción del Juzgado número 2 de guardia, en una habitación aparecían muertos por disparos de pistola el parricida, su esposa, María Cristina López Rodrigo, natural de Barrios de Colina, provincia de Burgos, de treinta y ocho años y los hijos del matrimonio, María Cristina, de catorce años; María Concepción, de trece; Victorino, de diez años, y David, de dos meses. Todos se hallaban vestidos.

Apenas la autoridad judicial se constituyó en el referido domicilio, ante el que se congregaron numerosas personas, en su mayoría vecinos de la barriada y de las calles próximas y, una vez que el juez civil instruyó la primera diligencia ocular, compareció el juez militar de la plaza, que se hizo cargo del sumario y, tras la práctica de sus propias diligencias, ordenó el levantamiento de los cadáveres y su traslado al depósito judicial militar en el Hospital Militar, lo que se hizo inmediatamente.

**Desavenencia conyugal.**– Según noticias, a las dos de la madrugada, es decir, cinco horas antes del suceso, el desventurado matrimonio fue visto en la calle discutiendo por presuntas desavenencias conyugales.

En otro orden de cosas, el capitán Moradillo Alonso venía sufriendo un sensible desequilibrio nervioso, crisis que debió agudizarse hasta revestir los caracteres apuntados de ataque de enajenación mental que le llevaron a la terrible decisión de sacrificar a los suyos y de quitarse la vida. Hace un año sufrió la trepanación de un oído.

El suceso ha llenado de consternación al vecindario y, dentro del mismo, a la propia familia militar.–J. SALGADO

*El parricida, que había discutido poco antes con su esposa, sufría últimamente desequilibrios nerviosos.* Nervios los del responsable del titular, porque los hijos asesinados fueron *cuatro*. En fin: la última vez que pasé por Caput Castellae repescando imposibles no tenía más información sobre el asunto Moradillo-López que mis tres recuerdos y la noticia recuperada de la hemeroteca digital del *ABC*. Una, por razón de varia especie, estupenda noche en La Iwana con Luis y su peña despejó la dificultad de acceder a la que sin duda debió de publicar el *Diario de Burgos*. Previamente a la siguiente escapada escribo a Martín Serrano, amigo de Luis desde la época común en *Diario 16* y actual redactor jefe de Deportes, Provincia, Suplementos y Edición-Cierre. Al tiempo he solicitado ayuda a Blanca, quien me dirige a un general del Cuerpo Judicial a quien conoce de los años de destino en Burgos y con el que he concertado una cita telefónica para el 19.

*Viernes 14 octubre 2011*

Martín, Luis Mena y Alberto Labarga me reenvían hacia ti. Recurrí a mi viejo amigo Luis a propósito de la posibilidad de consultar una noticia publicada en el *Diario de Burgos* (que no sé si dispone de hemeroteca y caso de haberla, si es de acceso libre o necesito permiso previo: el fondo digitalizado no cubre más allá de los últimos diez o doce años) a finales de septiembre de 1975. Te agradeceré mucho cualquier ayuda o indicación que puedas proporcionarme. Y disculpa esta irrupción.

Tenemos hemeroteca (mejorable), aunque no para consulta pública, pero si viene algún conocido no hay problema en que busque lo que necesita.

De todas formas, si me dices la fecha y el tema te lo puedo buscar yo. Si son varias cosas, te puedes pasar un día y te acompaño.

Muchas gracias. La noticia debió de salir el 30 de septiembre de 1975, ignoro si tuvo seguimiento posterior: tiene que ver con un quíntuple homicidio seguido del suicidio del autor, Victorino Moradillo Alonso. Te adjunto el pdf de lo que salió en el *ABC*, lo único que he podido conseguir hasta el momento. No me supone el menor problema acercarme a donde me indiques

—o quizá te resulte más sencillo mandármela a esta dirección. Gracias de nuevo.

Creo que no te voy a ser de mucha ayuda, pues el *Diario de Burgos* no se extendió en la cobertura de esta noticia. Con los parámetros periodísticos de hoy, resulta sorprendente que el hecho de que un tipo mate a su mujer y a sus hijos y luego se suicide no se merezca ni una *llamada* en Primera. Y en las páginas interiores, como verás en el documento que te adjunto, tampoco fue la noticia más destacada. Aunque seguro que sí fue la más leída. Pero era 1975, y un militar…

En el 1 de octubre no venía ninguna reseña sobre este asunto.

Supongo que estarás buscando documentación para algún proyecto literario. Si llega a buen puerto y se convierte en libro, avísame antes de la presentación oficial y hacemos una información amplia y detallada sobre el mismo.

Magnífico, un millón de gracias. En realidad no esperaba mucho más, lo significativo en este caso es la falta de cobertura informativa y hasta donde recuerdo (dada la conmoción en mi casa, vecinos de la Barriada Militar, la hija mayor era mi condiscípula y amiga) el Telediario Único no dijo ni mu. Las razones de una censura tan eficaz creo que son más o menos evidentes: Franco preagonizaba y las repercusiones internacionales de las últimas ejecuciones de la dictadura, los casos Otaegui y Garmendia, etcétera, sumado a que un crimen tan horroroso fuese obra de un militar parecen invitar más o menos obviamente a que se sofocara el asunto por orden de las altas instancias, algo impensable, como dices, *desde los parámetros periodísticos actuales*: pero da medida cierta del camino recorrido desde no hace tanto y a qué punto vivíamos secuestrados. Y sí, todo esto tiene que ver con lo que estoy escribiendo. Difícilmente se publicará antes de un par de años pero te mando un cerro de gratitud añadida por tu ofrecimiento de darle resonancia en su momento. Palabra tomada, me gustaría coincidir algún día contigo para invitarte a unos vinos.

# DIARIO DE BURGOS

## 30 DE SEPTIEMBRE DE 1975

## PRESA DE UN ATAQUE DE LOCURA

### MATA A SU MUJER Y A SUS CUATRO HIJOS Y DESPUÉS SE SUICIDA

**El horrible suceso se registró ayer en nuestra ciudad**

A primeras horas de la mañana de ayer se extendió por la ciudad un rumor insistente según el cual en la zona residencial de la Barriada militar, correspondiente a los nuevos bloques, había ocurrido una espantosa tragedia familiar: un oficial del Ejército de la escala auxiliar, presa de un ataque de locura acababa de dar muerte a su esposa y a sus cuatro hijos poniendo también fin a su vida.

Sin concesiones al "periodismo amarillo", en el más serio deber de informar a nuestros lectores, pasamos a referir la versión del trágico suceso, a tenor de los datos recogidos y contrastados seriamente en nuestra Redacción.

Alrededor de las seis y media de la madrugada se oyeron unos disparos que procedían de la Barriada militar, disparos que, escalonadamente, llegaron a prolongarse hasta las siete menos cuarto.

Poco antes de las seis y media se recibió en cierto organismo policial una llamada telefónica hecha presuntamente por el propio parricida y suicida, el cual anunciaba que iba a poner fin a su vida. Parece que análoga llamada cursó a un amigo suyo y en ambos casos se trató de disuadirle.

Desgraciadamente, y sin tiempo a intervenir, dada la rapidez con que se sucedieron los hechos, se cumplió el macabro aviso por parte del protagonista de este espeluznante y masivo crimen, Victorino Moradillo Alonso, natural de Rioseras de 42 años, casado, capitán de Infantería de la escala auxiliar y destinado en la Jefatura de Automovilismo de la VI Región, quien se encontraba de disfrute de permiso oficial.

Cuando la Policía gubernativa, al tener conocimiento de lo ocurrido, recabó, a su vez, la presencia en el lugar del suceso, Barriada militar, bloque 21-3°, del magistrado-juez de Primera Instancia e Instrucción del Juzgado número 2, de servicio de guardia, Sr. Azpeurrutia, en una habitación aparecían muertos, por disparo de pistola, el parricida; su esposa María Cristina López Rodrigo, natural de Barrios de Colina, de 38 años y los hijos del matrimonio, María Cristina, de 14 años; María Concepción, de 13; Victorino, de 10 años y David, de dos meses.

Todos se hallaban vestidos y uno de los hijos, metido en la cama.

Apenas la indicada autoridad judicial se constituyó en el referido domicilio, ante el que se congregaron numerosas personas, en su mayoría vecinos de la barriada y de la calle de Vitoria, y una vez que el Sr. Azpeurrutia instruyó la primera diligencia ocular, compareció el juez militar de la plaza, teniente coronel Lacalle que se hizo cargo del sumario y tras la práctica de sus propias diligencias, ordenó el levantamiento de los cadáveres y su traslado al depósito judicial militar en el Hospital militar, lo que se hizo inmediatamente.

Según nuestras noticias, a las dos de la madrugada —es decir, unas cinco horas antes— el desventurado matrimonio fue visto en la calle y discutiendo, motivo por el cual la Policía municipal intervino, invitándole a que acompañaran a los agentes a la Inspección de Guardia de la Comisaría del Cuerpo General de Policía. Por tratarse de presuntas desavenencias conyugales, no hubo ninguna clase de actuación, recomendándose a los señores de Moradillo que resolvieran sus diferencias lo más amistosamente posible.

En otro orden de cosas, parece que el capitán Moradillo Alonso venía sufriendo un sensible desequilibrio nervioso, crisis que debió agudizarse hasta revestir los caracteres de un ataque de enajenación mental que le llevaron a la terrible decisión de sacrificar a los suyos y quitarse la vida.

Hace un mes fue operado de trepanación de un oído en Barcelona y sólo mes y medio que había ascendido al empleo de capitán.

Parece que de su puño y letra dejó escritas unas líneas.

El suceso constituyó ayer el principal tema de conversación en la ciudad y llenó de consternación a toda la población.

*Viernes 21 octubre 2011, 14.30 h*
*En cierto organismo policial. Policía gubernativa.* Dejo la maleta en el salón y mientras nos celebramos modestamente con un porrito y una Mahou en la terraza —nos hemos besado antes con mucho amor, tal como venimos aprehendiéndolo— saco la documentación que he acopiado el día anterior. Tropezón inesperado: cuando propongo oír la voz del juez en mi primera entrevista grabada, el único contenido de la memoria son nuestras propias voces en la prueba de funcionamiento, hace tres días. Es comprensible su gesto, muy contenido pero al fin expresivo, de *atontao* en masculino destilado. Acude un consolador *déjà vu*, bisoñeces del estilo en periodistas consagrados admitiendo aquel lejano error de pardillo, tipo *Olvidé llevar carretes* o *Me dejé las pilas de repuesto*. Cómo sentirse ofendido.

Flashback breve a continuación.

*Miércoles 19 octubre 2011, 10.00 h-11.30 h. Burgos, TSJ de Castilla*
El juez ha dado instrucciones al cuerpo de seguridad para que me dejen entrar sin cacheo y por coincidencia están arreglando el arco detector de metales cuando informo de nuestra cita en recepción, ergo podría llevar dos Uzi encima y montar ladediós, empezando por la espina dorsal de la cortés ujiera que me guía al segundo piso del palacete, la *Casa de Hacienda* para los burgaleses antañones. Ya en su despacho panelado en madera, cálido y sobrecargado de retratos oficiales, fotos semiprivadas, banderas y banderines, metopas y patriotismo de vieja escuela, el magistrado de la Sala de lo Civil y Penal del Tribunal Superior de Justicia de Castilla, general

Ignacio de las Rivas Aramburu (IRA) cordial y muy vivo, macizo y carraspeante, me tiende a los dos minutos la *carpetilla* donde se da cuenta del sobreseimiento de la causa por muerte del homicida. A botepronto he caído en las mejores manos: sus dos primeros casos como recién estrenado teniente fiscal fueron el consejo de guerra a Otaegui, Garmendia et alii y el asesinato múltiple Moradillo-López.

IRA considera que no hubo ningún tipo de censura o al menos él no recibió la menor presión o instrucción para neutralizar la resonancia del caso. Ante mi objeción de que (citando a Martín Serrano) desde parámetros periodísticos actuales resulta cuando menos sorprendente que la noticia (publicada sin relevancia de portada —una *llamada* en primera— y relegada a páginas de interior entre otras comparativamente, claro, triviales) no dejara rastro en los días siguientes ni en el *ABC* ni en el *DdeB*, responde que no había nada en puridad que investigar: no había *caso* debido a la muerte del homicida y el sobreseimiento definitivo era poco menos que automático:

Si bien los hechos relatados constituyen delito de asesinato según el artículo 405 del Código Penal, a tenor del n.° 4 del artículo 719 del Código Castrense y en virtud de los artículos 725 y 726 del Código de Justicia, se solicita el sobreseimiento definitivo de la causa por fallecimiento del procesado.

Naturalmente, aclara, hoy muy probablemente los parientes se habrían querellado contra el Estado si es que, ejemplo, se hubiera empleado el arma reglamentaria. Y por supuesto, la muy activa asociación local contra el *maltrato de género* no falla como denunciante en casos similares. No sé si empleó el arma reglamentaria o una de colección. De caza no era.

De lo que se sigue que no pone en duda que se trató de un caso de enajenación mental transitoria y el supuesto comportamiento errático de Victorino Moradillo (VM) desde su trepanación respalda la hipótesis. Afirma que su competencia y conducta profesionales parecían intachables y era hombre apreciado por sus compañeros.

Menciono la discusión conyugal testificada por la Policía Municipal –que los instó, tras paso (o no, el *DdeB* es confuso) por la Inspección de Guardia de la Comisaría del Cuerpo Nacional de Policía, *a que resolvieran sus diferencias lo más amistosamente posible*– y a riesgo de ponerme *novelisto* o morbosillo lanzo al aire un par de alternativas a la enajenación: uno, los rumores más o menos fundados de casos de incesto padre/hija en la barriada (el tipo forzaba a su(s) hija(s) y su mujer lo descubrió o se negó a seguir tolerándolo) y/o dos, la escasa probabilidad de que, habiendo sido sometido a una operación delicada *un año* antes (*ABC*) VM se pusiera a engendrar un hijo durante el postoperatorio, el bebé tiene *dos meses* en el momento de su muerte. Lo que sugeriría un obvio adulterio. Concede el beneficio de la duda –y me siento absurdamente orgulloso de que un alto magistrado de su veteranía me conceda el beneficio de la duda. Destripando esta última ocurrencia, me percato después, el *DdeB* afirma que la trepanación tuvo lugar *un mes*, no *un año* antes. Trituro cualquier despojo de orgullo en un segundo. Quizá el *permiso oficial* se debiera a la operación reciente, imposible saberlo hasta ver la hoja de servicios. Los dos diarios coinciden *literalmente* (hasta en el *En otro orden de cosas*) a favor de IRA, en el siguiente párrafo: *En otro orden de cosas, [parece que, DdeB] el capitán Moradillo Alonso venía sufriendo un sensible desequilibrio nervioso, crisis que debió agudizarse [sic en ambos] hasta revestir los caracteres [apuntados, ABC] de un ataque de enajenación mental que le llevaron [sic en ambos] a la terrible decisión de sacrificar a los suyos y [de, ABC] quitarse la vida.*

A la pregunta de por qué VM mata a todos sin excepción, IRA aventura que quizá la hija mayor se interpuso y pudo morir antes que la madre: a partir de ahí, la ejecución fue pura inercia fatal. Sin mucho fundamento, en mi opinión, dice que pudo no usar el arma reglamentaria del 9 mm largo sino la típica 9 mm corto, tan corriente como segunda arma y mucho más *insegura* (?) de manejo: pudo disparársele montándola mientras Cristina trataba de impedirlo. Saber el modelo y calibre del arma empleada supone acceder a las diligencias.

Por preservar la intimidad de las familias de ambos no se publicó la nota del suicida (*DdeB, Parece que de su puño y letra dejó escritas unas líneas*) Según IRA, fueron escritas sobre la portada del *DdeB* del 28 de septiembre (¿que daba cuenta del fusilamiento el día anterior de Otaegui, Txiki y los FRAP?) y recuerda su contenido en el sentido de LA CULPA LA TIENE TU FAMILIA.

IRA me informa de que Barrios de Colina, pueblo de M.ª Cristina López Rodrigo (CL) tiene un pequeño cementerio y se puede comprobar si ella y sus hijos están enterrados allí. Es lo más probable, dice. Lamentablemente, el viejo cura (D. José M.ª Alonso Marroquín, párroco de San Juan de Ortega, *el cura de las sopas de ajo*, muy querido de los peregrinos del Camino de Santiago y célebre, justo, por sus hospitalarias sopas) falleció en 2008 a los ochenta y un años. Una lástima, parece que fue el memorioso cronista de la feligresía de la zona en las últimas cuatro o cinco décadas. Escribir al Ayuntamiento de Rioseras para localizar la tumba de Moradillo caso de haberla.

Anécdota a propósito de la trepanación: IRA recuerda a un otorrino militar de pésima fama por estar manifiestamente perturbado. No parece verosímil por chocante —pero tiene su punto picudo— enlazar ambas locuras: *el cirujano tronado deja tronado al paciente* hasta confirmar dónde lo operaron. Según *DdeB*, en Barcelona: lo que IRA reinterpreta con gracia, tras la especulación inicial, como espantá, claro, del prestigio macabro del Otorrino Loco —que en otro caso lo habría intervenido de todas todas en el Hospital Militar de Burgos.

La recogida y transporte de los cadáveres corrió a cargo de soldados voluntarios de la Cruz Roja. Uno de ellos sufrió allí mismo una crisis nerviosa de tal violencia que fue hospitalizado. Estuvo durante años en tratamiento psiquiátrico.

IRA me redirige, después de la oportuna llamada, hacia el Gobierno Militar. El comandante auditor y juez togado militar Esteban Hernando Zamanillo me procurará copia del resto de la *carpetilla* que me ha fotocopiado y me indicará el procedimiento de solicitud de diligencias a los juzgados de La Coruña para que a su vez los pidan al archivo de El Ferrol.

Tomamos un café, no recuerdo la última vez que pedí un café en la barra de un bar, en el España. Comentamos la fama y nombradía del conspicuo Gerardo y sus mortíferos *preparaos*, el mentado nos vigila desde un óleo en el que el brochista ha difuminado (piedad involuntaria, sospecho, derivada de una técnica exigua) el narigo de berenjena y las ojeras lastradas de aquel santo bebedor, infatigable en abrevar a la parroquia. Pero bravo, ha conseguido pillarle un porcentaje relevante de socarronería —y qué hago, en cualquier caso, desafiando con un pellizco de mordacidad los jirones de una memoria que justo acaba de realimentarse de ese retrato mucho más fiel que el que se pudría en ella. Compara los preparaos con los *gallos* que mezclaba el Peces en el bar del hotel Tirol (mando mentalmente un guiño a mi primo Jesús) y no perdonaba —otro lugar perdido, lo informo— cuando bajaba a Madrid. Picando aquí y allá, me cuenta que el balazo en la sien a José Antonio Garmendia se lo dispararon *en el suelo* con intención de tiro de gracia tras el enfrentamiento en San Sebastián en que también resultó gravemente herido Tanke Arruabarrena: pero el guardia civil mutado en verdugo lo remató mal —'A mí me fusilaron en la guerra, pero me fusilaron mal' evocaba Gila— y la *chapuza* le valió el indulto. Qué tiempos más asilvestrados, joder. De vuelta pasamos por la entrañable Luz y Vida y reconozco su olor con el olor de mi primera adolescencia (*Burgos, ciudad bravía, ciento cincuenta tabernas y ninguna librería*) El general encarga mi última novela. La conversación ha delatado a un lector omnívoro —y con retentiva de juez— cuya mujer no le deja meter ni un libro más en casa, motivo añadido de gratitud. Otro, ya tengo cubierto el horizonte de ventas del próximo semestre.

Se despide disertando con acierto y un brochazo de sorna acerca de las diferencias entre declararse monárquico o juancarlista. Un hombre *entero*, de ideas firmes y muy estimable cabeza. Le encanta oírse pero sabe escuchar, es cultivado y de curiosidad ancha, tiene sentido del humor y en lo que me respecta ha gastado mucho rumbo con su horario laboral. Última recomendación: solicitar al comandante que me enseñe la sala de justicia. Un etarra furibundo arrojó un tintero, ahora sería el móvil de su abogado, contra el retrato de Franco y ahí quedó el lamparón hasta su relevo por otro y el mismo.

*19 octubre, 13.00 h*
El comandante Hernando es persona circunspecta y cortés. Saludable, estructura de mediofondista, transmite fibra y concentración. No solicitaré ciceroneos a un señor que obviamente evita despilfarrar un segundo en tonterías, aún menos si se las han colado de matute. Me proporciona copia de otra *carpetilla* complementaria a la de IRA y me indica cómo solicitar el sumario a La Coruña, él se encargará de tramitarlo.
Fin del flashback.


*Miércoles 23 noviembre 2011*
Ida y vuelta a Burgos en el día para entregar la solicitud redactada a partir de los inestimables consejos de Blanca previo asesoramiento de, si no he entendido mal, un *¿coronel del cuerpo judicial experto en protocolo?* (¿existe tal cosa?)
Hernando da el visto bueno y sella entrada con el n.º 3299 y fecha 23/11/11.

Ilmo. Sr. Coronel Auditor Presidente del Tribunal Territorial n.º 4
El Ferrol, Coruña

Estimado Coronel:
Perdóneme por robarle unos instantes. Soy escritor y en estos momentos me ocupa una obra de carácter o propósito históri-

co-biográfico para cuya investigación y obligatorio contraste de datos, en tanto se refieren hechos reales, me sería imprescindible acceder a un Sumario residente en sus archivos. Me permito, pues, dirigirme a usted para solicitarle que me permita consultar el Sumario n.º 125/1975, instruido en Burgos por el asesinato de la familia y posterior suicidio del Capitán D. Victorino Moradillo Alonso o, caso de no resultar posible, someter a su consideración la posibilidad de ponerme en contacto con alguien conocedor del contenido del Sumario en la absoluta seguridad de que sólo con su autorización mencionaría las fuentes.

Agradeciéndole su atención y ayuda, me pongo a su entera disposición.

Un saludo

He aquí el texto más contrario a mi naturaleza, mis palabras, conocimientos, inclinaciones y aptitudes que haya redactado en la vida salvo cuando pretendí una beca de doctorado. Sólo me reconozco —parcialmente— en *Un saludo*. Gracias, oh coronel de protocolo. Yo solo no habría sido capaz ni harto de vinos.

*Miércoles 30 noviembre 2011, 14.15 h*

Buenos días, soy Miguel Franco, el Secretario Relator del Tribunal Militar Territorial IV (A Coruña). Me pongo en contacto con Vd. a través de esta vía para comunicarle que el procedimiento de su interés se encuentra depositado en la Secretaría de este Órgano Judicial. Puede Vd., si lo desea, establecer contacto telefónico con este Tribunal al objeto de ser informado sobre la solicitud planteada a través de los números de teléfono siguientes ...............

*Jueves 1 diciembre 2011*

Contestación a llamada y e-mail del comandante Miguel Ángel Franco García (MF) Secretario Relator del Tribunal

Militar Territorial IV (La Coruña) informándome de que *el procedimiento de su interés* se encuentra depositado en su Secretaría ¡admirable fluidez la de la burocracia militar! ¡Aprended, civilones! Muy educado y amable al teléfono −cordialidad coherente con haber firmado simplemente *Miguel*, no sé si por lapsus calami− me dice que tengo el original a mi disposición para consulta y opción de mandar copia completa a Burgos.

Albricias. Acabo de adquirir conciencia de ir muy bien recomendado.

*Miércoles 7 diciembre 2011*
Conversación con MF. Queda en mandar inmediatamente copia del procedimiento a Burgos, con un poco de suerte llega en la semana del 12.

*Fuga a Burgos, viernes 16 diciembre 2011*
Pretextando la rotura catastrófica del calentador sumada a las obras que han hecho un infiernito de la casa rompemos con el pésimo ambiente huyendo, un arranque genial de M, lejos de *esto*. A la mañana siguiente, temprano y con un regañón −elocuente nombre local del cierzo de toda la vida− de bigotes sajando los párpados, paseote hasta el Gobierno Militar. Arguyo una vaga visita por motivos personales, he aprovechado para acercarme, etcétera. Muy pobre, más teniendo en cuenta que el comandante Hernando estaba ausente en un curso y a los subordinados a quienes he tenido que explicar todo desde el principio les importaba un carajo lo casual o no de mi presencia: puede sentarse ahí, siéntese de una vez. Tres llamadas después, me informan de que no ha llegado el procedimiento. Devuelvo el pase en la ventanilla de seguridad con una estupenda sonrisa de gilipollas.

*Madrid, lunes 19 diciembre 2011*

Llamada del Secretario del Gobierno Militar de Burgos informando de que el procedimiento será enviado directamente desde La Coruña a Madrid sin pasar por sus manos. Como si mi tan inesperada como inoportuna visita les hubiera echado un avispero a los huevos y a ver si nos libramos de una vez de este pelmazo. *Es tan fácil ser un pelmazo.* Mi padre afirmaba con mucha convicción —y la habitual vehemencia adherida a sus convicciones— que *uno de los grandes problemas de España es el desproporcionado monto de pelmazos por metro cuadrado.*

*Madrid, martes 20 diciembre 2011*

Llamada de MF informando de que el procedimiento se ha remitido al Tribunal Togado n.º 11 de Madrid.

*Madrid, lunes 9 enero 2012*

Llamada del Tribunal Territorial n.º 1. Miguel Moreno (MM) me comunica la llegada del procedimiento. Ahora bien, *sólo se me permite consultarlo y/o fotografiarlo* (!!!) De saberlo, me habría plantado en El Ferrol desde el principio y al paso aprovechaba para fumarme un porrito asomado al puerto. El sobre con las fotocopias les ha llegado sin la menor indicación de qué hacer con él, esto es, sin el llamado IRD, el Informe de Remisión de Documentación imprescindible para que me lo entreguen. De hecho, la primera conversación con MM transcurre y termina sin que sea capaz de convencerlo de que Lo Mío no es una consulta guerracivilista, no busco por fortuna los pobres huesos de ningún pariente ni es necesario que hurgue en sus archivos. Triunfo a la segunda, pero aun así sólo los puedo consultar y/o fotografiar, etcétera.

A lo largo de la mañana, llamadas a y de La Coruña. Finalmente, MF me asegura que el procedimiento salió destinado al Tribunal Togado n.º 11 con instrucciones precisas de ponerlo en mis manos y *no logra comprender* cómo se ha desviado al Tribunal Territorial n.° 1. Yo tampoco. O: pues anda que yo. No había escrito nada en el tal IRD porque habló en persona con el Secretario del Tribunal Togado. Le doy nombre y teléfono de MM.


*Madrid, martes 10 enero 2012*
Llamada de MF. Ha tomado las disposiciones pertinentes para que me entreguen el procedimiento *en su actual paradero.*


*Madrid, miércoles 11 enero 2012*
Recojo el procedimiento en el Paseo de Moret, n.° 3, Pabellón n.° 4. Rapidito y sin más trámites que la identificación en la entrada.


*Madrid, jueves 12 enero 2012*
Releído el procedimiento. Son fotocopias de fotocopias, claro está: la maquinaria burocrática manda que el que ha llegado sin IRD permanezca ahí aunque sea por error y a mí se me entregue copia ad hoc. No se han hecho con mucho esmero, hay déficit de márgenes. Y de peso: he recibido veintidós (22) de los sesenta y nueve (69) folios útiles *más índice y cubierta* de que da fe el Secretario que lo firmó y entregó en Auditoría de Guerra el 6 de noviembre de 1975. Auditoría de Guerra. Caray. Se indica *instrucción o ejecución de las diligencias de autopsia, fotografía forense, croquis topográfico y otras de menor importancia.* Me los han ahorrado. Escribo a MF

Estimado Miguel,
lo primero, agradecerle de nuevo y muy sinceramente su interés y sus gestiones, me han sido de una utilidad inestimable. Ayer pude recoger la fotocopia del procedimiento en el TMT I sin más contratiempo, lo he leído y quisiera consultarle lo si-

guiente: en diversos lugares aparecen ordenadas o ejecutadas las diligencias referidas a

1) levantamiento de un croquis por peritos topógrafos
2) reportaje de fotografía forense
3) informes de autopsia

y otras de menor relevancia (entrega del arma o relación de objetos, muebles y enseres) que se suponen anejadas al procedimiento pero no lo están: es de imaginar que forman parte de la diferencia entre las páginas de que da fe el Secretario, 69 más índice y cubierta y las 22 de que dispongo. ¿Es posible que residan en otro(s) archivo(s)? Por hacer una conjetura ignorante, no sé si los informes de autopsia se volvían a remitir al Hospital Militar donde se realizaron. O quizá se hayan traspapelado o perdido o desmembrado cuando, pongamos por caso, se hizo el traslado a El Ferrol. Si se le ocurre dónde podrían hallarse, en la medida en que pretendo un tratamiento del asunto lo más exhaustivamente informado y objetivo posible, engrosará mi deuda de gratitud con usted.

La respuesta es la propia a una entrada marrada. En ningún caso debería haber sugerido un error, pérdida o traspapelado por parte de las instancias a que recurro (¡ajjuaamm, yo pretendía ser *amable*, no *condescendiente*!) sino haber dado por supuesto que han censurado parte del material y reiterar (recurriendo a una batería completa de persuasión)

1) comprendo lo delicado del asunto y les garantizo que no cae en las manos inadecuadas y etcete

2) nada más lejos de mis intenciones que tratar esto bajo una burda perspectiva sensacionalista (ese *periodismo amarillo* que entrecomillaba el anónimo cronista del *DdeB*)

3) me comprometo de nuevo ¡por si no quedó clarinete! a firmar los acuerdos de confidencialidad que requieran, a trasladarme allí sólo con papel y bolígrafo y más etcete

más los 4) y 5) y 6) que añadan: pero releyendo la contestación creo que habría sido la misma, una mezcla de *Esto es lo que hay* y *Yo me lavo las manos* tan propia del conducto reglamentario que nos enculaban como premisa inicial para *entender* el servicio militar y troquelar esa genuina, *operativa* asunción de la jerarquía que uno había barruntado malamente en sus experiencias pedagógicas previas.

Buenos días. Siento informarle que, aparte de las fotocopias que por orden del Coronel, Presidente del Tribunal, se le han remitido, no dispongo de más datos en relación con el asunto. Quedo no obstante a su disposición.

Pe-pe-pero, coño, Miguel: ¿qué te ha pasado? ¡Es como si de repente me hubieras firmado *Comandante Franco*!
Hace un mes me sentía el tipo con más potra del barrio. Ahora estoy MUY cabreado ¡¡¡joddder!

*(sin fecha)*

GOBIERNO MILITAR DE BURGOS - JEFE DE DÍA
A V.E. da parte el Comandante que suscribe de que a las 09.30 horas se personó ante mí el Teniente Jefe de la Sección de Policía Militar de esta Plaza, el cual me comunicó que según orden telefónica recibida de V.E. a través del Oficial de Servicio de ese Gobierno, me personase con el citado oficial en el domicilio sito en la Barriada Militar Bloque 21-3.º drcha. en información de los hechos que allí habían acaecido. Personado en el citado domicilio y según información recibida del Teniente de Información de la Guardia Civil D. MANUEL LÓPEZ GAÑO, en el mismo yacían el capitán de Infantería D. VICTORINO MORADILLO ALONSO, su esposa y cuatro hijos; parece ser que sobre las 07.00 horas los vecinos debieron oír ruidos, los cuales, se prolongaron hasta las 08.00 horas, hora esta en que se personaron Fuerzas de Orden Público, también se ha sabido que sobre las 07.30 horas, se recibió en la Comisaría de Policía una llamada de voz varonil, la cual dijo que en el citado domicilio el comunicante había dado muerte a su familia y que se iba a matar él. Parece ser que

a las 08.00 horas el vecino de arriba llamó también a la citada Comisaría expresando que había un gran revuelo en el piso inferior. Las muertes al parecer fueron producidas por pistola.

De regreso de haberme personado en el domicilio anteriormente citado y después de haber dado a V. E. novedades verbales, me comunica el Teniente Jefe de la Sección de Policía que ha recibido de la Pareja de Policía Militar de vigilancia en el edificio de Gobierno Militar la siguiente información: Que sobre las 02.30 horas de la madrugada pasada, fueron llamados desde la plazoleta que separa las calles Vitoria y Cruz Roja, por una mujer que forcejeaba con un hombre, dicha Pareja acudió en ayuda de la llamada, pero al acercarse el hombre les manifestó que no tomasen parte en los hechos pues él era militar, coincidió que en ese momento pasaba por la calle Vitoria un coche patrulla de la Policía Municipal, siendo requerido por la citada pareja de los que se hicieron cargo. Personado el Teniente de la Sección de Policía Militar en el Cuartel de la Policía Militar se le informó que a las 02.45 una patrulla móvil de la citada Policía, fue requerida por D.ª MARÍA CRISTINA LÓPEZ RODRIGO, esposa del capitán del Ejército D. VICTORIANO [*sic*] MORADILLO ALONSO, la señora había sido maltratada por su marido, la citada pareja, fue conducida a la Comisaría de Policía. Personado el Teniente anteriormente citado en la citada Comisaría se le comunicó: Que sobre las 03.00 horas se presentaron ante el inspector de guardia la pareja anteriormente citada, el cual les preguntó si querían hacer alguna denuncia a lo cual la señora contestó que no, que lo único que quería era enterarse de lo que tenían que hacer para separarse, pues no podían convivir; el inspector de guardia les informó de lo que tenían que hacer y ambos abandonaron la citada Comisaría. La anteriormente citada Pareja de Policía Militar, los vio que iban por la calle de la Cruz Roja sobre las 03.30 horas con dirección a la Barriada Militar.

Lo que comunico a V. E. para su conocimiento y efectos.

Burgos, 29 de septiembre de 1975

EL COMANDANTE JEFE DE DÍA (firma ilegible)

Pobrecita mía, rodeada de tipos rudos y uniformados, cosecha de postguerra. Sin redaños para poner una denuncia al individuo que ha intentado intimidar con su grado de capitán a dos calimeros para seguir zurrándola sin interrupciones. Pobrecita mía, se buscó la ruina propia y la de sus hijos. Pero también cabe preguntarse qué disposiciones hubieran tomado *entonces* en una comisaría burgalesa mediando una denuncia: ¿habrían retenido a VM mientras ella empaquetaba o habrían salido de allí igualmente juntos, sin custodia y el final habría sido el mismo?

La calle de Vitoria, a la que el nativo ha ahorrado de siempre el *de*, confluye con Cruz Roja en una plazoleta triangulada con la de Justo, triángulo que hoy acoge un jardincillo atildado, prohibido pisar el césped, enfrente mismo del Gobierno Militar. Cruz Roja se prolonga en la calle Dos de Mayo con una suave curva a izquierda y no se tardan más de cinco o seis minutos a pie en llegar desde el último avistamiento –en la misma plazuela y por la misma pareja de vigilancia que había respondido a los gritos de la mujer una hora antes– del matrimonio Moradillo-López hasta su domicilio en el n.º 21. Debían de estar entrando en el 3.º derecha hacia las 03.35 h–03.40 h. VM era lo que se conocía en el gremio (y fuera de él) con la mayor naturalidad –y sin pararse un segundo en lo ofensivo– como un capitán *patata*, reducción del original *patatero*, variante de *chusquero*. Uno de los fines de la creación de la escala auxiliar en la postguerra fue reparar una, otra *injusticia histórica* recompensando por ley las legítimas aspiraciones de ascenso y mando del soldado de reemplazo que quería hacer carrera en la milicia: y el tópico del recluta pelando patatas y sumando penosamente galón a galón mientras en el fondo no deja de pelar patatas, limitado a *tareas tácticas y burocráticas*, se mantenía vivo y prendió con éxito merced también al ingenio, es de imaginar, de los oficiales de carrera, sensibilizados por el intrusismo de los alféreces provisionales que sobrevivieron a la escabechina civil copando media cúpula de mando. A los cuarenta y dos –considerando que su techo alcanzaba hasta comandante y *patatas* diez años más viejos iban a pasar a la reserva con dos estrellas de teniente– al recientemente ascendido capitán Moradillo no le iba mal. Vivía enfrente de su destino en la Jefatura de Automóviles. Disfrutaba de un permiso oficial y había sido padre por cuarta vez dos meses antes.

La Barriada Militar General Yagüe (general que también apellidaba la Ciudad Deportiva Militar, la Residencia de Oficiales o el Hospital Militar) fue construida en los años cuarenta a impulso del tal, represor de Asturias, sublevado en Ceuta, conquistador de Mérida y Badajoz y cabeza del ejército marroquí que entró en Barcelona en enero del 39: nombrado tras la guerra capitán general de la VI Región se dedicó, ahí restan sus logros, al mecenazgo gremial y hasta civil, impulsado por profundas convicciones falangistas de corte social compatibles, al parecer, con la brutalidad que le ganó el apelativo de El Carnicero de Badajoz. Las viviendas destinadas a altos mandos o mandos consentidos ocupaban un plácido islote de verdura sembrado de coquetos chalets de ladrillo con esa apariencia vagamente anglosajona que pide una hiedra espesa tapizándolos: disponían de chimenea, un jardincillo individual, dos plantas de superficie generosa y cresterías y faldones de metal ornando tejados y balcones. Las de los jefes de menor rango o sin recomendación, oficiales y suboficiales, ocupaban, segregadas de esa ínsula por una ancha franja de terreno –donde se alzaría como un parapeto en los sesenta el colegio de la Sagrada Familia y en los setenta la iglesia de los dominicos– dos cuadrados abiertos por un lado y encajados uno en otro en torno a la plaza del Dos de Mayo. La porción de edificio adosado correspondiente a cada portal se denominaba *bloque*. La U interior acogía con preferencia a capitanes veteranos y comandantes bisoños y no superaba las cuatro alturas. La U exterior que la abrazaba, de cinco, dedicaba el lienzo norte a comandantes veteranos, tenientes coroneles y coroneles bisoños que podían aspirar legítimamente a un chalet vacante y los otros dos a suboficiales y oficiales de la escala auxiliar. Las fachadas viraban del amarillo tiznado al azafrán desvaído y sus desconchones siguen proclamando hoy un presupuesto de mantenimiento tirando a mezquino o destinado a menesteres más apremiantes que mejorar la imagen de un colectivo caído a menos –aunque no vivía mejor en la cumbre de su popularidad como carrera. Desde afuera no hay modo de distinguir en esos ortoedros soldados, coronados por torrecillas a cuatro aguas y de vanos regularmente distribuidos, la estabulación interna o qué secciones corresponden a qué grados, esfumando la correspondiente división horizontal de los metros cuadrados asignados a un tecol (teniente coronel, Tte. Col.) o a un sargento de banda, manifestación de discreto igualitarismo, por lo demás muy perspicaz a la hora de contener el potencial resentimiento del vecino subordinado o del paseante civil dentro de sus diques. Los pisos eran medio abominables sin distinción de grado o superficie y dependía enteramente de las esposas, más o menos hacendosas o negligentes o resignadas o conformistas o peleonas, convertir esa grisalla en un hogar. La familia Moradillo López vivía en el lienzo sur.

*Lunes 16 enero 2012*

Copia de la inspección ocular *militar*. Entre corchetes, las divergencias o matices relevantes aportados por la *previa* inspección ocular *civil*, previa a que el juez militar pusiera al civil en la calle. Correcciones mínimas de ortografía y puntuación.

DILIGENCIA DE INSPECCIÓN OCULAR. En la Plaza de Burgos a veintinueve de septiembre de mil novecientos setenta y cinco.

Constituido el señor Juez con mi asistencia en el domicilio del Capitán de Infantería DON VICTORINO MORADILLO ÁLVAREZ

ALONSO, Barriada Militar, Bloque veintiuno, tercero derecha, para llevar a efecto la diligencia acordada en providencia de fecha veintinueve por disposición de S. S.ª se procedió al reconocimiento del sitio así como de las inmediaciones del mismo, dando dicho acto como resultado que sobre las nueve horas del día de la fecha fueron encontrados los cadáveres de las seis personas siguientes:

Cabeza de familia: Victorino Moradillo Alonso, nacido el día seis de marzo de mil novecientos treinta y tres, en Rioseras (Burgos), hijo de Constantino y Teresa, Capitán de Infantería, con destino en la Jefatura de Automóviles de esta Región Militar, domiciliado en la misma vivienda, titular del Documento Nacional de Identidad n.º 13.008.961, expedido en Burgos el día veintisiete de abril de mil novecientos setenta y uno. Esposa del anterior: María Cristina López Rodrigo, nacida en Barrios de Colina (Burgos) el día veintiuno de julio de mil novecientos treinta y siete, sus labores, hija de Máximo y Florencia [*sic* por Florentina] con el mismo domicilio, titular del D. N. I. n.º 12.009.873, expedido el día veintisiete de julio de mil novecientos setenta y cuatro. Hijos: María Cristina Moradillo López, de catorce años de edad; María Concepción Moradillo López, de doce años de edad; Victorino Moradillo López, de diez años de edad; y David Moradillo López, de dos meses de edad. Por el Juez actuante se ha procedido a la práctica de una inspección ocular, la que ha dado el siguiente resultado: Se trata de una casa de vecindad, propiedad del Ejército y ocupada por inquilinos todos militares, con dos viviendas en cada piso. No se advierte nada anormal en el exterior de la vivienda. A la llegada del Juzgado la puerta de la vivienda estaba abierta del todo, con la llave de la cerradura puesta en la parte interior. La referida vivienda se compone de las piezas que se citan a continuación, relatándose así mismo lo observado en ellas: Un pasillo recto, que parte de la puerta y llega hasta el dormitorio matrimonial, y desde el que se accede a todas las piezas de la casa; en este pasillo existe una consola adosada a la pared de la izquierda, sobre la que ha aparecido perfectamente doblada una chaqueta de punto de color claro y en la que al ser desdoblada se han advertido manchas de sangre y de grasa de máquina o de herramienta, como si hubiese sido utilizada para limpiar una herramienta o las manos. En este mismo pasillo y en el centro aproximadamente, ha aparecido un casquillo de proyectil de pistola automática de calibre 9 mm corto y otro al final del pasillo, junto a la puerta de la habitación donde se encontraban los cadáveres. A la derecha de este pasillo, según se entra en la vivienda, hay una sala de estar en perfecto orden y sin que se observe nada anormal. A continuación existe un dormitorio con dos camas hechas, una mesilla entre ambas y a los pies de las camas un armario ropero, y entre el armario y los pies de las dos camas una maleta con equipaje, perfectamente ordenada con la tapa de la maleta sobre la ropa pero sin cerrar [una maleta con ropa en su interior y dos bolsos de señora (...) En la maleta encontramos una tarjeta o carnet de asistencia en el Hospital Militar a nombre de VICTORIANO [sic] MORADILLO ALONSO que es capitán del Ejército en servicio activo, y como familiares figuran los siguientes: MARÍA CRISTINA LÓPEZ RODRIGO de 38 años, hijos: MARÍA CRISTINA de catorce años,- MARÍA CONCEPCIÓN de doce,- VITORINO [sic] de 10,- y DAVID de 17 días]; tampoco en ésta se observa nada anormal. A continuación, la habitación donde han aparecido los cadáveres cuya descripción detallada se hará al final, al hacer el recorrido de las restantes piezas de la vivienda. A continuación, el dormitorio matrimonial, cuya entrada está al final del pasillo antes descrito y contigua a la habitación donde estaban los cadáveres. En ella hay una cama matrimonial hecha, un armario ropero y algún otro mueble, todo en perfecto orden. El balcón de esta habitación, que da a la calle, tenía una de sus hojas abierta y la persiana cerrada hasta la mitad. Por el lado izquierdo del pasillo entrando a la vivienda, está la cocina en la cual está un teléfono de pared n.º 225938 y otro supletorio de mesa, con el mismo número; sobre el poyo de la cocina y sobre una mesa, la guía telefónica, un biberón vacío, pero con restos de papilla en su interior, una botella vacía, que había tenido vino [La cocina, salvo sin recoger algunos cacharros y botellas que hay sobre la mesa, no aparenta ningún desorden]. Salvo estos efectos, normalmente colocados, no se advierte anormalidad alguna. A continuación otro cuarto de estar, en el que entre otros muebles hay un armario-biblioteca y una mesa centro, encima de la cual han aparecido un bolígrafo [apreciándose sobre la mesita que en él hay, la existencia de un bolígrafo negro] y un ejemplar del Diario de Burgos de fecha veintisiete de los corrientes en cuya primera página, mitad superior, escrito a mano y con bolígrafo se lee: "Todos en casa me hacen la vida imposible. Les mato y me mato. (Que sirva para algo.) Siento no llevarme por delante al promotor de estas desavenencias y promotores tíos de mi mujer. La sorda (esta palabra no se lee bien) y Primi. Mujer que va a Barcelona para ayudar y en casa se niega a curarme". No hay firma [En el pasillo hay una mesita, que tiene como adorno un cañón y existe un periódico que corresponde al Diario de Burgos del día 27 del actual en el que, y escrito a bolígrafo, existe ocupando la mitad superior de la primera página el siguiente texto: "Todos en casa me hacen la vida imposible. "Les mato y me mato" (que sirva para algo). Siento no poder llevarme por delante al promotor de estas desavenencias y promotores tíos de mi mujer. La sorda y Primi. Mujer que va a Barcelona a ayudar y en casa se niega a curarme"]. Toda la habitación se halla en orden. A continuación, otra habitación destinada al parecer a cuarto trastero, en la cual entre otras cosas hay un armario, unas estanterías, objetos de escritorio, libros, herramientas, etc. [otro cuarto de estudios ya que en él hay gran cantidad de libros en estanterías y en un armario]. En el centro de esta habitación, y sobre el suelo, han aparecido unos quince o veinte libros, todos esparcidos [El cuarto de estudios, presenta en el suelo, una gran cantidad de libros escolares que están algo revueltos], dando la impresión de que han sido tirados allí al vaciar alguna estantería o parte del contenido del armario, en el cual había una caja de veinticinco cartuchos de pistola de 9 mm corto. Salvo lo expuesto la habitación está ordenada. A continuación existe un cuarto de aseo en el que no se observa anormalidad.

Descripción de la habitación donde han aparecido los cadáveres [en la última habitación de la derecha, antes de la destinada al matrimonio y que como se dice tiene dos camas y una cunita todo ello muy junto pues apenas queda un pasillo de 50 cm para poder pasar]: La puerta abierta; en el dintel el cadáver del cabeza de familia sobre el suelo, en posición decúbito lateral izquierdo; los miembros inferiores algo flexionados en el pasillo, el tronco algo flexionado hacia adelante entre ambos marcos de la puerta y la cabeza junto al marco derecho, con la cara mirando al suelo y sin llegar a tocar éste, debajo de la cabeza un charco de sangre y en la sien derecha un orificio cuyo exterior tiene unas dimensiones de una moneda de cinco pesetas; estaba vestido de calle, incluso con chaqueta y calzaba calcetines y zapatillas de paño [el cuerpo de un hombre que viste traje completo de color gris, y calza unas zapatillas marrones, corbata negra y un reloj de pulsera en la muñeca izquierda]. A sus pies, y tapada en parte por éstos, una pistola automática marca Star, calibre 9 mm corto, número D 194.914 con un cartucho en la recámara y tres en el cargador. En el bolsillo inferior exterior izquierdo de la chaqueta, una caja de munición con un cartucho; otra caja con once y catorce cartuchos sueltos y un frasco de medicinas (gotas para el oído), en el bolsillo interior de la americana una cartera con la documentación personal. En el interior de esta habitación hay los siguientes muebles: Frente a la puerta, adosada a la pared izquierda y con la cabecera en la pared de enfrente donde está la ventana una cama de las llamadas de matrimonio; paralela a ésta una cama unipersonal con la cabecera en sentido contrario que es parte de un mueble-cama-biblioteca, adosado a la pared de la derecha y una cama de niño metálica, con su lado derecho junto a la pared de la puerta y cabecera junto al mueble antes descrito. Situación de los cinco cadáveres restantes: Sobre la cama de matrimonio el cadáver de una niña, al parecer la mayor [de una niña que aparenta unos doce años, la cual presenta en la cabeza un orificio que corresponde a un disparo de arma de fuego y por el que ha salido abundante cantidad de sangre, que abarca el centro de la cama], en posición decúbito supino atravesada en la mitad trasera, el cuerpo estirado y con las manos sobre el vientre, apreciándose una herida inciso cortante en la yema del dedo pulgar derecho; la cabeza pendiente en parte del borde derecho de la cama, con coágulos de sangre en las sienes y en el cráneo, del cual ha caído sangre hasta el suelo donde se encontraba el cadáver de otra hermana que posteriormente se reseñará. Se encontraba vestida y calzada [vistiendo un jersey verde, falda escocesa gris a cuadros], con manchas de sangre en uno de los zapatos; sobre el vientre un pañuelo empapado de sangre; a los pies de la cama y sobre ésta una toalla blanca con manchas de sangre y en la parte delantera izquierda de la cama una cuna de [el cunacho de un] coche de niño, con su colchón y mantilla encima y encima un albornoz blanco con manchas de haber empapado sangre y una mancha en la pared al parecer ocasionada al echar el albornoz en ese sitio; esta cama estaba abierta hasta su mitad, aunque el cadáver estaba al descubierto y en el centro de la misma, sobre la sábana inferior se aprecia un charco de sangre. En la cama unipersonal del mueble-biblioteca, el cadáver del niño de diez años [el cadáver de un muchacho tapado con la colcha], acostado sobre su lado izquierdo, en posición natural; se hallaba vestido [tiene puesto un jersey verdoso] y cubierta la parte inferior del cuerpo por la ropa de la cama, de forma corriente. Se observa un orificio de bala entre ceja y ceja, y delante de la cabeza y tronco, partículas de masa encefálica y una gran mancha de sangre, que ha corrido hasta el borde de la cama y caído hasta el suelo, entre esta cama y la anterior descrita. Hay un proyectil sobre la almohada y un casquillo sobre la mancha de sangre, en la cama. En la cama-cuna, el cadáver de un bebé, acostado en posición natural sobre su lado derecho [En la cunita se encuentra el cadáver de un niño que representa unos tres meses, vistiendo un pijama color naranja (...) ... sobre una estantería, que hay sobre la cabecera de la cunita, hay un proyectil de bala]; se observa orificio de bala debajo del pómulo izquierdo, algo de sangre en el mismo y en la oreja. El niño estaba normalmente arropado sin desórdenes en la cama-cuna. Entre la cama matrimonial y la unipersonal, el cadáver de una niña, al parecer la segunda [otra muchacha que representa unos catorce años, la cual viste un jersey blanco y pantalones azules de los llamados vaqueros], sobre el suelo, vestida, calzada, en posición de decúbito supino, con la cabeza hacia la ventana y sangre coagulada por la boca y la nariz [sin que de esta posición se puedan apreciar las lesiones que motivan la sangre que mana de la boca]; el carrillo derecho ligeramente inflamado; las manos sobre el pecho; el dedo medio derecho tiene una herida inciso cortante y presenta aspecto de fractura en una falange; en la ropa correspondiente al vientre y la entrepierna, se observa que está empapada de sangre, como si hubiera caído de los cadáveres que había sobre las dos camas. La esposa [una señora que representa alrededor de los cuarenta años], es decir su cadáver, aparece sobre el suelo, vestida [vistiendo un jersey blanco, una falda blanca] y descalza, pero con las zapatillas [unas babuchas azules] al lado de los pies, en posición decúbito lateral derecho, mirando hacia la ventana, con la cabeza debajo del ángulo anterior derecho de la cama unipersonal; la parte posterior de todo el tronco pegando al lado izquierdo de la cama del bebé y la delantera de las extremidades inferiores pegando a la parte inferior de la cama matrimonial; la cara y cabeza ensangrentadas, los párpados muy inflamados y negros y debajo de la cabeza un charco de sangre; se observa orificio de bala debajo del pecho izquierdo y una herida en su brazo izquierdo en su parte superior y exterior. En esta habitación que tenía la luz eléctrica encendida, se observan esparcidos por el suelo varios casquillos de bala, y un cartucho debajo de la cama matrimonial. Las contraventanas semiabiertas. Salvo lo descrito no se observa desorden en esta habitación, ni incluso en los objetos que hay en los estantes del mueble-biblioteca; la descripción de esta habitación y los seis cadáveres se ha realizado sin mover nada y sin tocar los cuerpos, por lo que no se describen posibles heridas de bala en los mismos, aparte de las mencionadas. Salvo en esta habitación no se han observado manchas de sangre ni de otras materias en el resto de la vivienda, ni casa, a excepción de la chaqueta de punto que ya se ha reseñado al hablar de la consola del pasillo. A excepción de la habitación de los cadáveres, la luz eléctrica estaba apagada en todas las piezas.

Como S. S.ª llamó repetidas veces a los interfectos sin obtener contestación alguna, ordenó que fueran reconocidos por el médico Don Bernardo Rodríguez al objeto de que emitiera informe sobre su estado; y examinados por el citado facultativo, manifestó previo el juramento que se le recibió al efecto, que los sujetos que acababa de reconocer eran cadáveres, los cuales presentan las heridas señaladas anteriormente las cuales les causaron la muerte y que después de efectuada la autopsia señalará en el informe si hubiese alguna más y el tiempo probable del fallecimiento.

Inmediatamente el señor Juez ordenó que los cadáveres fueran trasladados al depósito del Hospital Militar de esta Plaza.

En este estado y no teniendo que hacer constar nada más digno de mención, se dio por terminado el acto, y leída por mí el Secretario la firman con S. S.ª los concurrentes a ella; de lo que doy fe.

(firmas ilegibles)

Me pongo malo cada vez que releo esto.

*Martes 17 enero 2012*
En lo referente a balística y autopsias, se me hurta:
cómo se reparten los impactos (¡se cuentan 29 vainas vacías! ¿todas disparadas esa noche?) entre los cinco cadáveres.
Y sacando la cartilla de medicina forense
distancias de disparo
incidencia de los proyectiles
trayectos
posición de las víctimas al recibir los disparos
grado de supervivencia y capacidad de movimiento
orden sucesivo de las lesiones
diferencia entre lesiones vitales y postmortem

Más:

resultados de alcohol en sangre: si VM había bebido y cuánto o estaba, hay que concederle esa presunción, sobrio (*una* o *varias* botellas de vino vacías en la cocina dependiendo de la inspección militar o civil)

si *los párpados muy inflamados y negros* de su mujer son consecuencia de un hematoma ocular (hemorragia cerebral acumulada en la zona frontal, v.g.) o había sido golpeada con saña antes de morir

identidad de las hermanas (aunque sea *conjeturable* que la de la cama es Concepción)

si habían sido lesionadas con puño, pistola y/o con arma blanca: *herida inciso cortante en la yema del dedo pulgar derecho, carrillo derecho ligeramente inflamado, dedo medio derecho tiene una herida inciso cortante y presenta aspecto de fractura en una falange* —¿las denominadas *heridas de defensa?* Lo que tal vez apoyaría el comentario de IRA, Cristina y/o su hermana habrían tratado de impedir la agresión (intentando arrebatarle el arma o abrazarlo o ambas cosas) siendo *repelidas con contundencia* y confinadas al fondo de la alcoba para que no repitan, una en la cama, la otra al lado

si la sangre que mancha la chaquetita de la entrada con restos de grasa proviene de haber limpiado la pistola y el origen de esa sangre: haber golpeado con ella o haber disparado a bocajarro o ambas cosas

y más, mucho más. No dejo de ser un aficionado que se ahoga en trivialidades.


*(sin fecha)*

[Corchetes a propósito del arma: se trata de una pistola automática Star de 9 mm corto con n.° 194.914 (cifra tan inquietante que desencadena de inmediato y sin poder evitarlo —pero es tardísimo, estoy medio cocido y con la cabeza reventando de este escenario que he empezado a resoñar todas las noches en carrusel— perversas fantasías numerológicas: 1+9+4=14, la edad de Cristina, 14+14=28, la edad de su padre cuando nació, 14+14+14=42, la edad de su padre cuando la mató: o siguiendo la regla de hallar el número que rige tu destino reduciendo el 10 a 1, 1+9=10=1, 1+4=5, cinco asesinatos y delirios del estilo) y *guía de pertenencia*

necesaria para el uso y posesión de un arma, además de la licencia correspondiente. En ella consta el número del DNI y los datos personales del propietario del arma, así como los de la licencia o permiso correspondiente. Contiene una reseña completa del arma, y la acompañará siempre en los casos de uso, depósito y transporte

de tipo E, n.º 108.979. La *E* no se refiere al tipo de licencia que agrupa bajo esa letra las armas de tiro deportivo y caza menor —a VM le correspondería la *A*, sólo obtenible por miembros de las Fuerzas Armadas, Fuerzas y Cuerpos de Seguridad del Estado y Servicio de Vigilancia Aduanera— sino a la *reseña completa del arma*: a partir de 1927, las armas españolas que se prueban en el Banco de Pruebas Oficial de Éibar (donde precisamente radicaba STAR, Bonifacio Echeverría S. A.) (y tantas otras firmas si es fiel el wikidato de que a principios del siglo XX contaba con 1.149 armeros sobre una población de 6.583 habitantes) son marcadas con grabación, normalmente hecha sobre la armazón, en la que aparece el año de fabricación codificado en letras: la E corresponde a 1932. No he conseguido fotografía del modelo exacto pero sí bastante aproximada, teniendo en cuenta que los modelos C (1929) D (1931) E (1932) F (1933) H (1935) I (1936) M (1941) y P (1945) parecen formar la familia derivada (no sé si en doble calibre, 9 mm corto y 7,65 mm) de la Star de 1919 modelo Policía. La Policía era paradójicamente conocida como *del sindicalista* por ser la favorita de los anarcos de la CNT, así como la Astra 300 o *purito* —hermana pequeña de la *puro*, la Astra 400 que colgaba de la cintura de mi viejo cuando tocaba– era la predilecta de los pistoleros de Falange. Fin de los corchetes]

*Miércoles 1 febrero 2012*

Martín, me permito molestarte de nuevo: sigo ocupado en el mismo asunto y desde hace unos días dispongo del procedimiento del caso, remitido desde el archivo militar de El Ferrol. Comoquiera que me ha llegado notablemente aligerado de peso y no han considerado oportuno poner a mi disposición, v.g., los informes de autopsia o el reportaje de fotografía forense, voy recogiendo migas aquí y allí. Voy a lo que te toca: en las inspecciones oculares se registra que la última nota del homicida/suicida está escrita a bolígrafo sobre la página de cubierta del *Diario de Burgos* del 27 de septiembre de 1975 ¿Tendrías la bondad de mandarme el pdf de la tal cubierta? También me la han ahorrado aunque está indexada…, habría pagado un informe grafológico con gusto. En fin, no hay apremio: y si te causo el menor contratiempo, me reconduces.

Cuenta con ello, pero ya el viernes. Ahora estamos liados con el cierre de páginas y las portadas. No te lo puedo mandar en pdf, pero sí que me hagan una buena foto de la portada.

*Viernes 10 febrero 2012*
Gracias, Martín. Recibida la portada del *Diario de Burgos* del 27 de septiembre de 1975, AÑO LXXXV – n.º 26.082, Dep. Legal BU.5.1958, precio del ejemplar 8 pesetas = 0,05 euros (en el día en que reviso esto, pago por el periódico 1,40 euros = 232 púas largas, 28 veces más) La cubren las siguientes noticias: la principal, a mucho cuerpo, negrita y capitales ocupa aproximadamente la mitad de la superficie

Son: Ángel Otaegui, José H.[umberto] Francisco Baena,
Ramón García, José Luis Sánchez-Bravo Sollas y Juan Paredes Manotas.

El Jefe del Estado ejerce la gracia de indulto para José Antonio Garmendia, Manuel Blanco Chivite, Vladimiro Fernández, Concepción Tristán, María Jesús Dasca y Manuel Caña-
veras.

El ministro de Información y Turismo –maravilla echar
un vistazo al amplísimo arco de incumbencias del tal ministerio (1951-1977) en la página al efecto publicada por el
actual M.º de Educación, Cultura y Deporte: pasan las décadas y los ministerios siguen gastando el mismo sentido
del humor– León Herrera y Esteban, tautologa que *el privilegio de que ha usado el Jefe del Estado no comporta una decisión que, externa o formalmente haya de ser fundada, se funda en
la propia facultad de ejercer el derecho de gracia que de acuerdo a
la Ley tiene el Jefe del Estado*. En cuanto a *darse por enterado*
el gobierno, se refiere a la notificación de la sentencia por
parte de la Justicia Militar: según el artículo 871 del Código aplicado, esa notificación supone el comienzo de la
cuenta atrás para la ejecución. A propósito de una noticia
emitida por la BBC según la cual siete u ocho ministros
habrían presentado (o insinuado instinto para presentar) su
dimisión, el reincidente humorista señor Herrera y Esteban
arriesgó que *se trata de una fábula tan hermosa como cualquiera de las que figuran en un libro de Samaniego*. Un coro de
carcajadas aturdió el estadio.


Es que era para estar acojonados. En torno a esta *noticia* se
maquetan las siguientes en la mitad restante, alternando tinta
roja y negra. Titulares en rojo:

LOS PRÍNCIPES PRESIDEN EL HOMENAJE AL DR. OCHOA.
**Inauguraron el Centro de Biología Molecular que lleva el nombre del ilustre sabio**

encabezando una foto que al parecer no tiene mucho que ver con el meollo porque el futuro rey está concediendo audiencia en el palacete de La Quinta —¿de Los Molinos, ese estupendo palacete de Cort que remeda al palacio Stocklet? Pues no, es el palacio de La Quinta *de El Pardo*: pero la elusión incluso sugiere que hasta en La Quinta de Burgos hubo un palacete en que recibir a ese *Intendente Municipal de la ciudad de Buenos Aires, general de División D. José Embrioni.*

Sigue en rojo cursivo

*Cortina y Kissinger negociarán hasta llegar a un acuerdo*
**Cree el ministro español que el martes acabarán**

*El martes acabarán*, he ahí una muestra de hispano aplomo reformulando un *el martes acabaremos de joderla.* Pedro Cortina Mauri, ministro de Asuntos Exteriores a la sazón, se entrevistó durante dos horas y quince minutos cronometrados con su homólogo, Nobel del Horror, a propósito de la renovación del Acuerdo de Amistad y Cooperación contraído con Estados Unidos en 1970 después de pasarlas pirulas sosteniendo la *amistad y cooperación* que se iniciaron en 1950 y acabaron por firmarse con sangre en 1976, como crujiente y bravamente predijo el ministro de Aquí sin arredrarse

> Estamos los dos en manos con la negociación y no la dejaremos hasta que esté terminada, lo cual quiere decir que no hay solución de continuidad entre el acuerdo de 1970 y el nuevo acuerdo que será enteramente nuevo

Requetenuevo, por si no hubiese quedado clarinete. En negro pero enmarcado en un zigzag rojo cabe un filete a la izquierda a media altura

## Se habla de un incremento del diez por ciento

y a apechar con las secuelas del 73. En un recuadro situado al sursudeste y enmarcado con rombitos negros en greca, se siguen dos titularcillos y un subtitularcillo en tipografías disonantes

INTERESANTES HALLAZGOS EN LA ZONA ESPAÑOLA DEL MEDITERRÁNEO

para quitarnos el mal sabor del diez por ciento de al lado, de las trastadas de la OPEP desde la guerra de Yom Kippur y seguir alimentando la fantasía de la autarquía, La Lora y La Bureba ¡España podría exportar más petróleo que Libia! ¡Rrribasspañña! Y debajo

SE FIJA EL NUEVO TIPO IMPOSITIVO DE CUOTAS DE LA SEGURIDAD SOCIAL

y

ACUERDOS ADOPTADOS EN LA REUNIÓN DE AYER POR EL GABINETE ESPAÑOL

id est, el mismo que se dio por enterado de las sentencias suprascritas. La portada del n.º 26.082 culmina con lo que –si pudiéramos imaginarla como una españeta en formato dinatrés– caería hacia Huelva con la fotografía intitulada

GUAPA Y SONRIENTE GINA

en la que la aludida, la única Gina o Llina para un paisanaje cuya lengua se avergonzaba de pronunciar *vagina* pero de ningún modo *fajina* alza el brazo derecho (saluda con la mano extendida, no desorbitemos el ambiente filofascista) mostrando una axila que curumbu, dibuja una vagina por esas ironías del cuerpo en plegarse equívocamente ¿culo o codo? sobre el escote imperio o premamá del que hizo marca, acompañada de un circunspecto [Miguel de] Echarri antes de hacer la entrega de premios de la XXIII edición del Festival de Cine de San Sebastián −entonces creo que ni de coña siquiera se subtitulaba Donostia Zinemaldia.

Es en la mitad superior de ese periódico donde VM escribió con el bolígrafo negro hallado en la mesa de centro de la segunda salita, con transcripción ortográfica diferente según la inspección ocular sea civil o militar:

Todos en casa me hacen la vida imposible. Les mato y me mato (que sirva para algo). Siento no poder llevarme por delante al promotor de estas desavenencias y promotores tíos de mi mujer. La sorda y Primi. Mujer que va a Barcelona para ayudar y en casa se niega a curarme.

¿Las palabras de un enajenado o de un tipo intratable?

Casi cinco meses después de la matanza, una carta de la Industrial Mueblera Julio Galarreta Conde (Nájera, 18 de febrero de 1976) dirigida a la Secretaría de Justicia de Capitanía General de la VI Región Militar reclama una factura impagada por valor de 53.900 pesetas, equivalente a unos ¿3.000 euros de hoy? Aplicando el mismo incremento de precio del *Diario de Burgos* de 1975 con respecto al periódico de esta mañana salen 9.000 ¿quizá la familia de ella se había comprometido a aportar la suma y luego se retractó? ¿una deuda de 54.000 pelas cuyo impago atribuye a (la familia de) la esposa es el cebo para *matarla y matar a sus cuatro hijos* en un rapto de ofuscación?

En consecuencia, solicito de V.E. tenga a bien indicar el conducto viable para la amortización del indicado capital adeudado por el finado Capitán.

Qué retórica.

Y ¿a qué *promotor de estas desavenencias* se refiere VM aparte de los *promotores* familiares? ¿unos cuernos apoyando mi hipótesis inicial ante el juez De las Rivas? Que al paso, demostró un recuerdo muy fiable, a treinta y muchos años de distancia, de la *orientación* del mensaje.

*Martes 14 febrero 2012*

El paréntesis especulativo acerca del arma está completamente marrado. Repasando la inspección ocular del juez militar, aparece la numeración completa (D 194.914) que NO se señala en las dos Diligencias de Unión, una acusando recibo de la pistola por parte del Parque y Maestranza de Artillería de Burgos y la otra de la guía de pertenencia (tipo E y n.° 108.979) por parte de la Subinspección. Sin duda se trata de una Star 9 mm corto D, fabricada, pues, en 1931 y de estética mucho más próxima a la Browning que las descendientes de la *sindicalista*: de hecho, acoquinantemente semejante a la Star que mi padre bautizó *la chata* por sus dimensiones, tan discretas que apenas abultaba bajo una chaqueta de paisano.

*Martes 6 de marzo de 2012*

Embotado. Noticia recuperada de *La Vanguardia* del 30/ IX/1975. Reitera *la gran conmoción que ha producido el hecho* pero ocupa aproximadamente la misma superficie de página que

**Santa Cruz de Tenerife: un taxista asesinado**
**Filipinas: los secuestradores de un barco japonés se rinden incondicionalmente**
**Bangkok e India, Fin de Año por 48.800 pts. con Ultramar Express**

y sólo superior a

**Inglaterra: diez soldados muertos durante unas maniobras militares**

más el conteo de veintisiete muertos en accidente de tráfico durante el pasado fin de semana (es martes: los lunes no había periódicos salvo *La Hoja del Lunes*) y los sueltos precedidos por un SUCEDIÓ EN..., habituales, se me antoja, en la prensa de la época: refieren a

**Un hombre muerto por intoxicación**
**Barcelona: tres heridos graves en sendos accidentes de circulación**
**Tarrasa: arrollado y muerto por el tren**
**Villalonga: importante incendio forestal**

encabezamientos en los que empiezo a sospechar a estas horas y en cualeste estado que el *libro de estilo* no escrito de una época irremontable ordenaba poco menos que escribir el nombre del sujeto, el suceso o la localidad, fueren cuales fueren su magnitud, superficie o relevancia, seguida de dos puntos y *el resto* so pena de despido. Caso de este par de joyas reunido en la misma página

**Kissinger: un amigo de España**

y

**Marqués de Villaverde: primer trasplante de corazón**

y para redundar, las dos noticias que usurpan un espacio privilegiado en esa página 13, sección CRÓNICA DE SUCESOS, cuyos titulares rezan

**Madrid: tres niños muertos en una explosión de gas**
**Londres: tres jamaicanos mantienen a seis rehenes desde hace dos días**

pero nada tienen que hacer frente a las ciclópeas dimensiones del anuncio de la ENCICLOPEDIA DE AVIACIÓN Y ASTRONÁUTICA de Carrogio, proporcional a sus ocho grandes tomos de 18 x 26 cm ilustrados con miles de dibujos, gráficos y fotografías, *indispensable para el profesional de cualquier actividad aérea, el aficionado a las cosas del aire* .

¡sopla! ¡las *cosas* del aire! y ¡¡resopla!! ¡¡estoquea con un *y para el estudioso del progreso científico de la humanidad*!!

Lo dicho. *El hecho* ha producido *gran conmoción*. Una gran conmoción en pequeñito.

*Un hombre: muerto por intoxicación.* He ahí un titular como se debe.

*Lunes 12 marzo 2012*
Qué pretendo. Eludir la sociología, pervertidora de la novela, *vide* Benet sobre Galdós: *Pero ni Zola ni Galdós lograron encontrar la libertad que concede un lenguaje artístico: el diktat sociológico redactaba todos sus párrafos de tal suerte que sólo hicieron una novela asertórica, exactamente esa clase de novela que la sociedad —no demasiado enterada de la no-necesidad de una obra así— "esperaba que hiciese",* etcétera. Refrescar la memoria propia, la ajena me la pendulea. Que la opción elegida para afollar la primera haya sido un *diario de adolescente en tercera persona* arrastra tanta pega —la impostación de una voz que huye de *eso* que uno *imagina recordar* de cómo hablaba y *se* hablaba mientras enfatiza con una sonrisita facultativa las caídas de tono que voluntariamente delatan su falsificación ¡ejemplo!— que no sé si ha sido elegida justo en razón de su dificultad, de la vanidad de *ponerse a prueba.* Y me consuela poco que se trate de un problema tan obvio y reductible a un absurdo *escribir para adolescentes* o *escribir como un adolescente* o

aun *escribir para adolescentes como un adolescente*, síntoma de que realmente no he progresado desde los tiempos de las primeras letritas: se sintetiza en su *necesidad*.

De siempre he pretendido mover a pasar la página, pero cómo invita a pasar la página la cochambre setentera de una ciudad de cola —en la que la máxima sofisticación social consistía en coincidir en la discoteca Roma con el lindo Chanel, amante, se decía, de Miguel Bosé— es el reflujo que me desayuno a diario. Estragado por la relectura de las inspecciones oculares, tratando de sacar un relato *limpio, informado, veraz y sin repeticiones* de la escabechina. Sueños. De los de sudor y apnea.

*(sin fecha)*
Te duermes entresoñando la discusión de esa pareja a las dos de la mañana en la grisalla, no sabes si velada por la llovizna o la neblina de madrugada, de un cuarto menguante, la luna nueva cayó en 5 de octubre. En septiembre de 1975 llovió tres (3) días, bajó la niebla cinco (5) y descargó una (1) tormenta. La temperatura media fue de 16,6°, la máxima la marcó el día 3 con 28° y la mínima el 16 con 6°, la visibilidad media fue de 17,4 km y la velocidad media del viento de 8,1 km/h. Pero careces de las condiciones meteorológicas *precisas* de esa noche *precisa*, un dramón. Tu delirio te conduce a un despacho de estuco marmorizado: sonriente cual merece, Vargas Llosa agita una banderola cuadriculada de color orina donde figuran con letra milimétrica los mil datos que te faltan y un par de instantáneas borrosas, prendidas con clip a una esquina, del matrimonio disputando bajo una farola. Este Mario, te admiras, nadie como Varguitas a la hora de documentarse. De haber sido él quien dormía a veinte metros del asesinato aquella madrugada no habría resquicio que pesquisar ni sudor en tus noches... 'Estas fotos las sacaste tú' sonríe con

todos los dientes justo antes de que lo devore el cocodrilo de su Lacoste.

*Jueves 31 mayo 2012*
Abandono.

*(sin fecha)*
Entre los papeles de mi padre que rebuscó mamá espigo dos textos que dan cuenta de los años de plomo y del acojono con que amanecía este país. Me permito incluirlos aquí a pesar de las cautelas *sociologizantes* mencionadas porque esta parte no se declara *ficticia* salvo por cópula con las anteriores: y creo que son impagables como recreación de una sociedad pinzada entre dos antagonistas, el búnker guerracivilista y ETA —y no menos extraordinaria evidencia de la papilla de sesos que se batía y aún se bate, aún y aún (aauuh) en según qué cráneos.

El primero, una circular progolpista clandestina sin fechar, posterior al intento de golpe del 23F (*... sibilina maniobra golpista de clara inspiración del CESID...*) y a aquel Manifiesto (aquí *escrito*) de los 100

> Los insultos y ataques a nuestros compañeros [Tejero, Milans, etc.] los consideramos dirigidos a la colectividad [militar] con las consecuencias [a] que ello dé lugar; pues tenemos el Código de Justicia Militar para corregir debidamente al que cometa alguna falta y nuestra fama y prestigio no puede estar en boca de cualquiera

de diciembre de ese año, por el que se arrestó y/o expedientó a un centenar de mandos. Sin *sic* salvo excepción relevante, se respeta ortografía y puntuación:

Quienes no son fieles a sus juramentos jamás podrán ser fieles a sí mismos. El Ejército se empieza a hundir en el DESHONOR y el deshonor trae siempre consigo la división, el odio y el enfrentamiento. El año que ha finalizado ha hecho célebre el aforismo de que en esta extraña democracia que padecemos no hay sitio para el HONOR. Sigue leyendo y lo comprobarás.

Casi medio millar de patriotas asesinados a manos del contubernio partitocrático-secesionista (de ellos, unos trescientos pertenecían a las FAS y Cuerpos de Seguridad del Estado). Dos millares de Jefes, oficiales y suboficiales sancionados pendientes de depurar, bajo variopintas acusaciones formuladas por el frente popular socialista-comunista. Medio centenar de procesados en una sibilina maniobra golpista de clara inspiración del CESID y complicidades a los más altos niveles. Un centenar de arrestados o sujetos a procedimiento por el solo delito de decir lo que los oficiales generales no han exigido para que se respete el art. [?] de las Reales Ordenanzas. Cuatro millares de solidarizaciones personales (sin contar las civiles) y tres centenares de Estados de Opinión de las Unidades (portavoces de casi veinte millares de cuadros) favorables al "escrito de los cien" sufren el secuestro informativo ordenado por el Gobierno. Etc., etc.

Ante esta avalancha estadística no tiene nada de extraño que el MIEDO agarrote a los políticos y los ciegue en su incruenta y creciente represión militar. Por eso hoy, te hacemos llegar ese otro centenar de "indeseables" que, de una forma o de otra están contribuyendo a la praxis leninista de: Sin destruir al Ejército no es posible hacer triunfar los idearios marxistas. Cualquiera de los seguidamente relacionados podrás tú encontrarlos en alguno de los TRES GRUPOS que configuran la actual fauna de militares lacayos de un servilismo político suicida:

UMEDOS [*sic*: de la Unión Militar Democrática, UMD] Y SIMPATIZANTES

En este grupúsculo se integran todos los que un día militaron en la clandestinidad y, algunos de los cuales, fueron más culpables de los entonces expulsados del Ejército. Ahora tratan de hacer méritos para justificar su cobardía de antaño. Son relativamente pocos pero muy activos y organizados. Reciben apoyos económicos del PCE y especialmente del PSOE. Algunos cobran como liberados. Cuentan con proyección externa a través de ciertos medios de comunicación que los manipulan y se honran con sus colaboraciones. Son enemigos irreconciliables de los servicios de información militar. Pioneros de la depuración castrense y siempre pregoneros de un ejército democrático, popular y apolítico. Sus cabezas visibles: BUSQUETS, OTERO, REINLEIN, etc.

### DEMÓCRATAS-CONSTITUCIONALISTAS

Aquí encuadrados a los que tienen a gala pregonar el ser "demócratas-de-toda-la-vida". Virtudes militares como: Amor a España, una sola Bandera y todas las demás que configuran nuestra forma de ser, las consideran conceptos vacíos y reliquias de un patriotismo trasnochado. Su Ejército ideal es el "GRAN MUDO" y como decía Ortega son la degeneración del guerrero corrompido por la sociedad industrial. Son tecnócratas y sólo piensan en jornadas laborales, salarios y vacaciones. Se jactan de ser los auténticos profesionales, entendiendo la profesionalización dentro de una rígida disciplina ajena al entorno nacional. No quieren pensar, sólo obedecen. Son el prototipo de militar conformista que desean tener los políticos a su servicio. Con tal de no verse inmersos en unas FAS [Fuerzas Armadas] responsables y consecuentes con su razón de ser, son fácilmente captables por las corrientes liberales. Su número tiende a incrementarse y forman la comparsa de "tontos útiles" que hábilmente manejan los "úmedos" y los partidos.

### ARRIVISTAS [sic]

Podíamos también definirlos como ambiciosos, presuntuosos,ególatras, etc., es decir poseedores de las virtudes que no se contemplan en el arquetipo militar ortodoxo. Son un grupo elitista, reducido pero activo y estratégicamente colocado para manipular a las FAS. Siempre buscan satisfacer su status. Ayer, fueron franquistas, hoy, son monárquicos y, mañana, serán lo que venga.

Son los chaqueteros de caqui. Alérgicos a la escala cerrada pero partidarios del nepotismo político siempre que les beneficie. Sus sentimientos y opiniones, en especial las de sus subordinados, jamás llegarán al escalón superior si con ello van a peligrar sus prebendas, su fajín o su destino. El propio interés priva [*sic*] por encima del compañerismo. Un slogan los define: El Ejército a mi servicio.

OBSERVACIONES

Habrás observado que no se han incluido los Ttes. Generales, pues, salvo muy mínimas excepciones, son reos de alta traición. Tampoco figuran los de otros Ejércitos, así como ÚMEDOS ya expulsados del Ejto. La cifra que figura entre paréntesis es la promoción de la AGM [Academia General Militar] a la que pertenecen. ¡DIFUNDIR! ¡COMPLETARLA!

[Sigue una lista con <u>nombre, dos apellidos, n.° promoción y destino</u> de:]

GENERALES DE DIVISIÓN Y DE BRIGADA . . . . . . . . . . .    9

CORONELES
Infantería . . . . . . . . . . . . . . . . . . . . . . . . . . . . . . . . . . . .    4
Caballería. . . . . . . . . . . . . . . . . . . . . . . . . . . . . . . . . . . .    2
Artillería. . . . . . . . . . . . . . . . . . . . . . . . . . . . . . . . . . . . . .    2
Ingenieros . . . . . . . . . . . . . . . . . . . . . . . . . . . . . . . . . . .    3
                            Total . . . . . . . . . . . . . . . . . . .   11

TENIENTES CORONELES
Infantería . . . . . . . . . . . . . . . . . . . . . . . . . . . . . . . . . . . .    7
Caballería. . . . . . . . . . . . . . . . . . . . . . . . . . . . . . . . . . . .    5
Artillería. . . . . . . . . . . . . . . . . . . . . . . . . . . . . . . . . . . . . .   18
Ingenieros . . . . . . . . . . . . . . . . . . . . . . . . . . . . . . . . . . .    3
Cuerpos y servicios. . . . . . . . . . . . . . . . . . . . . . . . . . . .    1
                            Total . . . . . . . . . . . . . . . . . . .   34

COMANDANTES

Infantería . . . . . . . . . . . . . . . . . . . . . . . . . . . . . . . . . 17

Caballería . . . . . . . . . . . . . . . . . . . . . . . . . . . . . . . . . 9

Artillería . . . . . . . . . . . . . . . . . . . . . . . . . . . . . . . . . . 6

Ingenieros . . . . . . . . . . . . . . . . . . . . . . . . . . . . . . . . 11

Cuerpos y servicios . . . . . . . . . . . . . . . . . . . . . . . . . . 1

Total . . . . . . . . . . . . . . . . . . 44


CAPITANES

Infantería . . . . . . . . . . . . . . . . . . . . . . . . . . . . . . . . . 5

Caballería . . . . . . . . . . . . . . . . . . . . . . . . . . . . . . . . . 2

Artillería . . . . . . . . . . . . . . . . . . . . . . . . . . . . . . . . . . 9

Ingenieros . . . . . . . . . . . . . . . . . . . . . . . . . . . . . . . . 6

Cuerpos y servicios . . . . . . . . . . . . . . . . . . . . . . . . . . 1

Total . . . . . . . . . . . . . . . . . . 23


TOTAL . . . . . . . . . . . . . . . . **121**


Aunque no Fernández Campos o Íñiguez del Moral, se echan en falta unos cuantos mandos (en puestos de responsabilidad, digamos, poco ordinaria) de los avalados por mi viejo: y mi viejo era autoridad fiable en la materia. Lo que delata una información insuficiente —y por fortuna: con motivo de otras listas ya habíamos empezado a inspeccionar los bajos del coche todas las mañanas— que en absoluto descarta una futura inserción bajo ese castrense

¡COMPLETARLA!

La segunda muestra, cronológicamente anterior, es el comunicado oficial de ETA tras el asesinato del general Sánchez Ramos y su ayudante, teniente coronel Pérez Rodríguez, en el Parque de las Avenidas el 21 de julio de 1978, el mismo día en que según informa (y titulaba en primera) *El País* 22/ VII/78, *el Congreso de los Diputados, elegido el 15 de junio del año pasado en las primeras elecciones libres celebradas en España desde el final de la guerra civil, daba fin a la tarea de dotar a nuestro país de un texto constitucional.* Nada como celebrar una Constitución con una lluvia de tripas, había antecedentes. Los sin duda *lamentables* sucesos aludidos infra son, uno, la muerte el 8 de julio en Pamplona de Germán Rodríguez, 27 años, por herida de bala durante los enfrentamientos con la policía que bautizaron los desde entonces deplorablemente recordados como *Sanfermines del 78.* Dos, la muerte de José Ignacio Barandiarán (así lo llaman los etarras y quién soy yo para enmendarlos con un *Joseba Barandiaran*) 19 años, por herida de bala (también) partida desde los cuerpos de seguridad durante las manifestaciones de protesta en San Sebastián el 11 de julio (apuntado en *Un después*, a propósito de María Luz Nájera y Arturo Ruiz, una sangría de jóvenes brotaba de rebelarse contra la muerte de otros jóvenes) Y tres, la ocupación vandálica de Rentería por una compañía de la policía armada que sembró terror, ruina y asco disparando pelotas de goma a las ventanas o al que pillara, astillando decenas de escaparates a patadas y culatazos en versión castiza de la Kristallnacht y meando y *cagando* en los portales. Literalmente: como esos cacos hijoputas que tras violar tu domicilio y aliviarte de lo prescindible se ciscan en tu cama para que los recuerdes con más cariño si cabe. Sí, la mismísima Bestia enculaba a la ultracatólica España.

Fechado el 22 de julio, no señalo los innumerables *sic* salvo excepción *extremezedora* y respeto sintaxis, puntuación y ortografía —no deja de ser de una comicidad siniestra que apenas atinen a escribir correctamente una sola palabra en euskera.

COMUNICADO DE ETA AL PUEBLO VASCO

ETA, organización socialista revolucionaria vasca de liberación nacional [MLNV, *Movimiento de Liberación Nacional Vasco* ratificó ¡Aznar! en 1998] asume la responsabilidad de la doble ejecución llevada a cabo ayer 21 de julio en Madrid, contra los miembros del ejército español, General de Brigada Sánchez Ramos y teniente coronel Pérez Rodríguez.

El pueblo vasco acaba de sufrir la primera, 15 de julio, una de las agresiones más brutales y planificadas que podamos recordar desde la toma del poder franquista hace cuarenta años. Los lamentables sucesos de Iruña, Donostia (barrio de Eguia) y Renteria, han supuesto una escalada represiva perfectamente coordinada, cuyo alcance político rebasa ampliamente los planteamientos meramente gubernamentales de competencia policial. Por mucho que el Gobierno español y su ministro del interior, Martín Villa, se esfuercen por encubrir y justificar la realidad de los hechos, bajo una cortina de argumentaciones sin sentido que intentan reducir su gravedad al comportamiento descontrolado o irresponsable de ciertos mandos de las fuerzas represivas, cuya actuación califican de "error inexplicable", ETA tiene la completa seguridad de que tales actuaciones han obedecido a un plan cuidadosamente elaborado y dirigido desde las más altas esferas del vértice supremo que ostenta el poder real del régimen de la dictadura militar: el Ejército español.

Somos conscientes de que nuestra tajante decisión posiblemente causará sorpresa en la inmensa mayoría de la opinión popular, incluidos los sectores políticos más preocupados de analizar las causas y presentar soluciones a la problemática situación en que se debate el pueblo trabajador vasco, en su enfrentamiento con el Estado español opresor. Sin embargo, no nos cabe la menor duda, volvemos a repetir, expresándolo con mayor claridad, que los acontecimientos que han provocado la muerte del luchador Germán Rodríguez y decenas de heridos en plena celebración de San Fermín en Iruña, prólogo inicial de una extremezedora [*sic*] secuela represiva, cuya continuidad se ha extendido a Donostia con la muerte de otro luchador, José Ignacio Barandiarán, y en Renteria con varios heridos de bala y salvajes desmanes por todos conocidos han sido protagonizados bajo responsabilidad directa del Ejército español con concretas directrices emanadas de su Alto Estado Mayor. Asesinatos, actos de vandalismo y pillaje, uso indiscriminado de las armas de fuego, etc., etc., han sido el funesto balance, fruto de las órdenes dictadas por los altos mandos militares a determinadas unidades de las Fuerzas represivas para cumplir el objetivo propuesto de intervenir a sangre y fuego contra Euskadi.

En definitiva, una intervención que no desmerece lo más mínimo de las llevadas por el Ejército francés y sus tristemente célebres paracaidistas en sus guerras colonialistas contra los pueblos argelino, vietnamita, etc., o cualquiera de las protagonizadas por las Fuerzas armadas de los estados capitalistas europeos y norteamericanos sobre los pueblos colonizados, sometidos a su yugo y a sus ansias de expansión colonialista. En el caso de Euskadi, el Ejército español se ha servido de ciertos batallones especiales de la Policía Armada para desencadenar sobre ciertas zonas de nuestro pueblo lo que en términos militares se denomina una operación de castigo. La causa que ha motivado esta operación militar es fácilmente comprobable: El pueblo trabajador vasco no ha sucumbido en la sutil tela de araña que hábilmente el Gobierno de Suárez, junto a los partidos e instituciones reformistas habían tejido a su alrededor con los hilos integradores de su programa de reforma.

Día a día, los trabajadores vascos hemos tomado conciencia del engaño que suponía la falsa democracia española que se nos quería imponer y hemos comprendido que los intereses nacionales y sociales, que como pueblo y como clase defendemos, solamente podemos conquistar arrancándoselos a la burguesía centralista, mediante la lucha combinada de la acción de masas y la acción armada. En este sentido se deben ir consolidando en el pueblo unas formas de organización y auto-organización asamblearia que, al margen de las vías parlamentarias del pacto y la negociación, desarrollan la lucha de movilización popular y la lucha armada de ETA y han hecho fracasar, estrepitosamente, los planes de asentamiento y estabilización de la reforma en Euskadi.

Hasta el momento presente, el Ejército, haciendo gala de su supuesta neutralidad política asistía aparentemente impasible a la marcha del proceso político aprobándolo o criticándolo desde la sombra en la medida que éste respondía a sus intereses concretos. Simplemente le era suficiente con exhibir en determinadas ocasiones, como en el caso del último "Haberieguna" [*sic* por Aberri Eguna] y del debate sobre Canarias, la fuerza política de las armas para crear un ambiente de amenaza real y de disuasión frente a cualquier grupo o línea política que propugnase actitudes progresistas que en el fondo, minaban o atacaban sus sacrosantos principios de defensa de la unidad de la patria, Monarquía y seguridad del Estado burgués.

No hay más que fijarse en las empalagosas adulaciones y gestos reverenciales del PCE y PSOE ante las Fuerzas Armadas para advertir el miedo que les infunden. Sin embargo en Euskadi la lucha popular, con que se inscribe la actividad armada de ETA ha cobrado una fuerza tal que pone en serio peligro estos principios tan fervorosamente defendidos por el Ejército.

¿Cuál ha sido su actitud ante este hecho? La mentalidad castrense sólo conoce una fórmula de buscar solución a los problemas: aplicando la ley marcial, la ley de las armas, que unida a la ideología fascista de que se halla revestida toda su honorífica estructura jerárquica nos da como resultado la operación de castigo que acabamos de sufrir varias zonas de Euskadi Sur. Por otra parte, el objetivo a cumplir en esta maniobra militar era muy simple: represaliar aquellas zonas en que las fuerzas revolucionarias del pueblo han adquirido y desarrollado un mayor grado de combatividad. Así son elegidos como blancos concretos de sus ataques Iruña, Renteria y ciertos barrios de Donosti, por ser lugares todos ellos en los que el proceso de lucha ha logrado un nivel de concienciación elevado que ha traído como consecuencia una mayor radicalización en el enfrentamiento. La operación de castigo indiscriminada pero coordinada sistemativamente [*sic*], se dirige a masacrar el conjunto de la población con objeto de imponer un clima de inseguridad y terror colectivo que sirva de correctivo ejemplar para impedir o al menos minimizar futuras actividades del movimiento popular. Al mismo tiempo hace patente la presencia en la calle de un potencial armado que está dispuesto a intervenir a cualquier precio con tal de mantener y reafirmar la autoridad del Estado burgués y las leyes fundamentales establecidas bajo su batuta. Un procedimiento [?]gico al que recurren todas las dictaduras militar[es] cuando el [?]sico aparato institucional y represivo de Gobierno se ve incapaz de frenar el auge creciente de las posiciones revolucionarias.

Es en el contexto de este análisis donde ETA ha decidido consecuentemente atacar directamente al Ejército español en su territorio, Madrid, ejecutando a dos de sus miembros más cualificados y representativos de la jerarquía del poder militar, como respuesta en represalia a la España organizada por éste contra el pueblo vasco.

Hemos esperado a que pasase el 18 de julio pudiendo haber efectuado antes esta acción, para no dar pie a falsas interpretaciones, que pudiesen manipular el significado de esta acción presentándola como una venganza conmemorativa de esta fecha histórica para el fascismo español. ETA nunca ha actuado, actúa o actuará por venganza. Sencillamente hemos realizado una acción militar que devuelve el golpe que el enemigo en este caso el Ejército español ha empleado inicialmente contra nuestro pueblo. Sirva esta advertencia de hecho como un aviso de que ETA no está dispuesta a tolerar más abusos y agresiones contra los derechos nacionales y sociales de los trabajadores vascos. Y si ETA se [lo] propone sabrá responder de la forma más adecuada y en el momento más oportuno. Siempre en el convencimiento de proseguir la lucha revolucionaria a que el objetivo final sea una Euskadi independiente reaunicada [¡supersic!] socialista y Euskaldunm [sic].

Especialmente recalcamos esta advertencia al Ejército español insistiendo que si vuelve a provocar nuevas intervenciones militares contra nuestro pueblo o adopta medidas que perjudiquen sus inmediatas aspiraciones políticas, nos veremos en la obligación de salir en su defensa atacándole allí donde más les [sic] duele.

GORA EUSKDI [sic] ASTATUTA [sic]. GORA EUSKADI SOCIALISTA [sic]

Lo de *en el contexto de este análisis* apenas ha cambiado en forma y contenido en las homilías abertzales. Y cuán puretas (*ETA nunca ha actuado, actúa o actuará por venganza*) cogiéndosela con papel de fumar para distinguir una *venganza* de una *acción militar*. Con lo bíblicamente bien que encajan de siempre y siguen encajando hoy y ahí mismo, ejemplo, en Tierra Santa.

*(sin fecha)*
Mi tío Montxo Pastor (trocado en *tío Lorenzo* en *Un entonces* explotando un error de identificación, Ramón Lorenzo en lugar de Ramón Antonio) fue con probabilidad alta el secuestrado más breve en los anales de ETA o en los de paraetarras y metaetarras: ETAm y ETApm jamás admitieron responsabilidad ninguna. Mecanografió en los días siguientes a su excarcelamiento unos folios prietos con los que me habría encajado prolongar el Comunicado para dar una visión desde dentro y hasta donde se me antoja insólita de preparación ante la muerte. Un espanto para familia y próximos, sería confortador poder decir *para todos*, atizado por el precedente inmediato (18 de marzo de 1976) de Ángel Berazadi, el primero de los asesinados durante su secuestro: aviso del infame ultimátum previo a la ejecución de Miguel Ángel Blanco veinte años después. Estadísticas: ETA ha secuestrado a 79 personas, de las cuales asesinó a 12 y tiroteó las piernas a 14 antes de soltarlas, 6 fueron liberadas por las fuerzas de seguridad. Berazadi, un fiambre arrojado a la cuneta con gafas de soldador caladas y un tiro en la nuca, la foto de un nueve largo, quizá el que lo *ajustició*, apuntándole a un palmo de la cabeza mientras simula leer un fanzine etarra —la horrenda y eficaz iconografía del arma amenazando ultimar con un tic de dedo la vida de un desdichado reduciéndola en ese tic a valor cero, ETA, la RAF, Al Qaeda, da igual: último apercibimiento del tiro de gracia, el degüello o la decapitación de validez y vigencia indiscutible, sólo

se trata de rimar audiencia con truculencia para lograr el efecto pretendido. El cautiverio de Berazadi duró veintidós días. Pedían doscientos millones de pesetas de la época ¡diez millones largos de euros ahora mismo!: quién carajo salvo Wesley Snipes pide un rescate de diez millones de euros. La familia se mostró, claro, más que dispuesta a apoquinar y apoquinó, se dijo, una cantidad cercana a los ciento cincuenta kilos: pero *algo falló* en una transacción, por lo demás, vigilada de cerca por Fraga, ministro de la Gobernación, para abortarla —quizá tanto la cuantía disparatada cuanto la cercanía de Berazadi al PNV lo sometieron con mayor *razón de Estado* a la regla de no ceder por principio a la extorsión ni financiar el terrorismo. Ejecutarlo cuando al parecer la dirección de ETAm había ordenado ponerlo en libertad fue decisión de la llamada facción *berezi* (*especial*) (qué cosas, poco después parte de esos mismos comandos Bereziak, tan especiales, negociarían su inclusión en esa ETAm cuyas órdenes se pasaban por el forro). *Por el hilo sale el ovillo; y tras él, siempre… una SIGMA. Para la mujer de hoy, una máquina de hoy: líneas nuevas y calidad eterna.* Los trabajadores de Sigma velaron por turnos al así *ajusticiado* y portaron su ataúd a hombros. Los trabajadores de IESA firmaron una carta pidiendo la liberación inmediata de mi tío y reclamando, justo, autonomía plena para reivindicar sus derechos sin intermediarios no solicitados —*estoy convencido de que la nota aprobada por los obreros de la fábrica de Rentería contribuyó a mi liberación*— y menos tratándose del, cito de nuevo, *ejecutivo más querido por sus subordinados*, sentimiento compartido y contrastado que no sorprendió a nadie: no recuerdo quién de la familia, quizá mi padre, dijo *si dejan hablar a Montxo lo sueltan entre abrazos y quedando para comer el domingo.* Hablando de comer, el corresponsal del *servicio especial*, G. E., suelta en el *ABC* del 23 de diciembre de 1976 bajo el epígrafe *COMIDA EXQUISITA*:

Un caso curioso fue la primera comida que le dieron. Lo saturaron de comida, exquisita por cierto. El señor Pastor, que según su esposa y su hermano es una persona muy equilibrada y no se altera, les dio las gracias diciéndoles: "Me habéis dado una buena comida».

Hombre, claro: no por terrorista va a dejar uno de ser vasco, hotztia. El hermano mentado era mi padrino, un maravilloso piantado de quien el mismo G. E. decía (bajo el epígrafe ERROR): *Uno de sus hermanos, visiblemente afectado por la horas pasadas en blanco y también por la alegría que lo embargaba en esos momentos, se avino a contar lo que sabía. Su conversación era deshilvanada al estar todavía bajo la intensa emoción de la liberación de su hermano.* Así era, las emociones lo deshilvanaban por completo.

Abundando en la autoría, es notable este diálogo (cito del *ABC* sin *sic*):

–¿Usted cree que somos de "E.T.A."?

–Sí, es posible. Respondió él. Lo dijo porque constantemente hablaban en eusquero, lo que el señor Pastor no comprendía, a pesar de hablar varios idiomas.

–Pues no somos de "E.T.A.". ¿Cree que somos del "F.R.A.P."? Pues no somos del "F.R.A.P.". ¿Cree que somos del "G.R.A.P.O."? Pues tampoco lo somos. En realidad somos unos quinquis.

El hecho de admitir que eran unos quinquis podía hacer suponer que habían pasado ya por la cárcel, pues es una expresión en estas personas que han pasado por la prisión. Por otra parte, al secuestrado le extrañó que siendo vascos blasfemaran de aquella forma.

Pobre tío Montxo, imbuido de religiosidad, caballerosidad y nobleza vascongadas. Como si no supiera que los vascos blasfeman como monjas poseídas. Y siempre en castellano, la lengua de la imprecación y el juramento. Los tales quinquis –*uno era una mujer*– estaban capitaneados por un mozo agresivo y conminatorio del que en estas décadas me saltaban errónea, obsesivamente los nombres del temible, durísimo Apala (Miguel Ángel Apalategui, homicida en serie desde los diecinueve y coautor con Pakito de la eliminación de su compatriota Pertur) o de Argala (José Miguel Beñarán, muerto por una bomba del Batallón Vasco Español en 1978) harto improbable autor dado su papel de *ideólogo y analista político*. Una conversación con mi primo José Ramón en diciembre pasado me aclaró que al parecer el tal jefe era un jovencísimo Miguel Antonio Goicoechea o Mikel Goikoetxea, Txapela, jefe del comando Goierri (o Gohierri-Costa, donde también formaron Zapatones o el sanguinario Dienteputo) desarticulado y reconstruido después. Txapela fue asesinado por los GAL en 1983. El listado de grupos armados surgidos de sucesivas escisiones y reagrupaciones desde mediados de los setenta se antoja interminable: *Comandos Autónomos Anticapitalistas 21 de Septiembre, Comandos Autónomos y Autogestionarios 23 de Octubre, Comandos Autónomos Zapa-Roberto, Comandos Autónomos 3 de Marzo, Comandos Autónomos Iparraguirre, Comandos Autónomos Independentistas Herri Armatua, Zuzen Ekintza, Organización Militar Autónoma, Comandos Autónomos 27 de Septiembre, Grupo Autónomo Txikia, Comandos Autónomos Libertarios, Comando Autónomo Independentista y Socialista, Talde Autonomoak, Gatazka, Comando Autónomo Herri Armatua, Comandos Autónomos Txindoki, Comandos Autónomos Mendeku, Comandos Autónomos San Sebastián, Comandos Autónomos Bereterretxe, Talde Autónomo Independentista Anticapitalista y Autogestionario...* Como para ponerse de acuerdo en matar con orden y concierto.

Bien, me habría gustado anejar las páginas que escribió mi tío vertiendo todo lo que recordaba y había sentido, pensado y padecido pero la familia Pastor Gili no ha logrado encontrarlas a pesar de su empeño revistando armarios y trasteros. Nuria, mi portavoz y comisionada en la tarea, se da al fin por vencida y me escribe:

El testimonio de papá tiene que estar en una de las mil cajas de mamá en el trastero. Miramos en su casa en verano, porque estaba decidida a que lo tuvieras (me dijo "Quién mejor que el primo") pero allí no estaba. (...) Ni rastro. Era una carpeta de anillas que tenía su diario testimonial y recortes de prensa de la época. (…) Tendrá que aparecer. Cuándo. Vacilo.

Lo que recuerdo:

El sábado 18 de diciembre [1976] salí a comprar a la panadería Argi, en Pasaia Kalea 1 (en aquel entonces creo que se escribía Argui y era la calle Pasajes, sin complejos…) Eran sobre las siete de la tarde, noche cerrada, humedad y un incesante txirimiri. Regresando a casa, un chico delgado y alto (a esa edad [9 años] todos me parecían altos) caminaba a un metro detrás y a un lado, al tiempo que un vehículo subía la calle a mi izquierda, en paralelo. Sólo miré un instante y viendo que quien ocupaba el asiento del acompañante me miraba, aceleré el paso, asustada, mientras ellos aumentaban la velocidad. Llegué a casa con taquicardia, después de empujar aquel portalón de hierro y cristal que milagrosamente estaba sin la llave echada… Al llegar lo conté a mis padres. Me preguntaron y tranquilizaron. Yo era ajena a las amenazas que mi padre sufría desde hacía tiempo, incluso desde dentro de la empresa, en forma de correos anónimos mezclados con las cartas que le repartían y de los que supuestamente nadie sabía el origen.

Recuerdo que el 20 de diciembre era lunes y último día de cole y estaba inquieta, preguntando a mi madre insistentemente sobre la hora de llegada de mi padre. Mi madre hizo varias llamadas, pues hacia las dos de la tarde le había llamado un compañero de papá para saber si estaba enfermo. Llamó a varios compañeros y amigos, alguno de ellos la tranquilizó sugiriendo que lo habrían mandado de viaje a Barcelona. Nada. Nadie sabía nada. Mamá dejó de prestarnos la atención habitual. Había muchos nervios contenidos. Mi casa se empezó a llenar de gente y mi madre nos repartió por el vecindario. Sólo fui a casa para responder a la policía acerca de lo que me había pasado volviendo de Argi dos días antes. En la tele de mis vecinos había reconocido a mi tío Javier y mi tío José Luis. Sabía de sobra que a mi padre le pasaba algo malo y bajando la escalera pensé en lo bueno que era, en que no volvería a verlo. Es la primera vez que entendí que en el mundo había gente muy mala. Un día después di un beso a Martín Villa, que estaba sentado en el salón con mi madre.

Mi padre había salido del garaje sobre las ocho de la mañana hacia su trabajo en Rentería. En un semáforo en rojo, en la misma avenida de Navarra, le abrieron la puerta del conductor y la puerta izquierda trasera: dos individuos armados, uno apuntándole en la sien izquierda que lo empujó al asiento del acompañante y se adueñó del volante. El otro encañonándole la nuca desde el asiento trasero. Mi madre solía asomarse para verlo salir, pero ese día no lo hizo. Mi padre contó que giraron a la derecha, en dirección opuesta a Rentería. Le pusieron un pañuelo con olor a cloroformo y aunque se atontó, recuerda que el coche entró inmediatamente en un garaje cercano. Lo trasladaron a la parte de atrás de una furgoneta robada, encapuchado. Allí notó el cuerpo de otra persona, Felipe Oñatibia Espinosa, el dueño, que había sido amenazado y reducido. El coche de mi padre apareció en el apeadero de ferrocarril de Gros. Su paraguas y sus inseparables gafas dentro de la furgoneta de Felipe…

Fue llevado a un zulo en una fábrica en Villabona. Creo que había un acceso en el suelo a un sótano y lo bajaron, atravesando una habitación y entrando en un cuartucho contiguo, con las únicas compañías del miedo, la humedad, la capucha, un saco de dormir y un váter. ¡Ah! y su fe inquebrantable. Creo recordar que no cabía estirado del todo, en el suelo. Mi padre me contó que cuando tuvo un momento de lucidez, se concentró y pensó en mi madre. Quería transmitirle que estaba vivo. Que estaba "bien". Permaneció sedado y solo salvo cuando le daban de comer, entonces lo espabilaban y hablaban. Cuando le quitaban la capucha para comer ellos la llevaban puesta, también llevaban gafas de sol. El que se encargaba de inyectarle y alimentarlo le preguntó si hablaba euskera. Mi padre dijo que no (aunque sí lo suficiente para entender algunas cosas) y ello les permitió hablar delante de él sin cuidarse mucho del volumen. Su primera comida fue copiosa y "exquisita". Mi padre les dijo que le habían dado de comer muy bien. Antes le habían preguntado si padecía de algún problema de estómago. También le preguntaron si pensaba que eran de la ETA. Papá respondió que era posible pero no estaba seguro. "No somos de ETA. ¿Crees que somos del GRAPO?, pues no. ¿O del FRAP? pues tampoco. Somos quinquis." Pero al tiempo afirmaban que iban a reducir Euskadi a cenizas y reconstruirían una nueva Euskadi sobre ellas.

Les pidió que le dejaran mandar una carta a mi madre y como se negaron él trataba de concentrarse para transmitirle tranquilidad. Mi madre llegó a comentar que había *notado* que mi padre estaba vivo. Los secuestradores parecían gente con estudios. Preguntaron a mi padre por su dinero y respondió que tenía cuatro hijos y vivían con lo justo. Creo recordar que el día del secuestro llevaba una suma importante en metálico para pagar la reforma del cuarto de mis hermanos, casualidad. Pero en veinticuatro horas estaban decepcionados porque sus contactos bancarios ya les habían confirmado que de rico, nada. "Nos has dicho la verdad." El día de su liberación le dieron a elegir la comida y él pensó que era el fin. Lo drogaron de nuevo y por la noche, sobre las tres, creía, lo depositaron en la parte trasera de un coche que abrieron rompiendo el cristal. Recuerda que alguien lo despertó zarandeándole. Era el dueño del coche, un empleado de la cercana fábrica Gasor. Lo tomó por un borracho y lo meneó bien. "Soy Pastor."… "¡Joder, y encima cura!"… "Pastor…, me han secuestrado."

Recuerdo que la acera que rodeaba mi portal estaba abarrotada de gente y periodistas, policías, coches. Salió de un coche, demacrado y más delgado. A mi hermano mayor lo apartó cuando fue a darle un beso, nunca lo ha podido olvidar. Mi padre quería abrazarlo cuando estuviese decente, aunque sólo queríamos estrecharlo fuerte contra nosotros. En prensa, recuerdo una foto de papá abrazando a los hermanos Odriozola, tía Amaro miraba. Y a pie de foto "Emocionado abrazo de D. Ramón Lorenzo (gazapo, era Antonio…) a sus hijos (!) mientras su viuda (!!) mira la escena felizmente". Bueno, recuerdo muchos detalles, pero esto tal vez te sirva. Mi padre quiso declarar antes de ir a casa para dar datos con la memoria fresca. Siempre dijo que los había perdonado. Pensó que iba a morir y se preparó para ello, mental y espiritualmente, sobre todo cuando le dieron a elegir comida el día 22, día de la "liberación". Se equivocaron de objetivo. Un error que nos cambió la vida a todos y le robó más horas de vida de lo que parece. Siempre quedan secuelas. Lo recuerdo bastante nítidamente y recuerdo lo que sentí, y algunas cosas cambiaron para no volver a ser como antes.

*(sin fecha)*
De Fernando Fulgosio, *Crónica de la provincia de Guipúzcoa* (1868)

El clima es húmedo y sano por más que ambas cosas parezcan incompatibles a los españoles del Centro, Mediodía y costa de Levante, hechos al continuo sol que abrasa sus escuetos montes y convierte sus caminos en ríos de polvo, cuya reverberación, y el nitro de que abundan, son mortales para la vista y abrasan las entrañas.

*Viernes 17 mayo 2013*
Casi un año, sumo, sin tocar los Papeles Moradillo, devorado por los dos capítulos ficticios y problemas muy diferentes –v.g. si puedo inventar una adolescencia veraz, si la madurez que invento quiere resonar (respirar) y ser resonada (respirada) en esa adolescencia.

Impulsar: dispongo de los testimonios de los vecinos de entonces (probar a localizar algún superviviente sin alzheimer). Y como el simpa del coronel del Archivo también me ahorró las cédulas de enterramiento, localizar las tumbas, pesquisa que dejé colgando. Por algo se recomienza.

## Declaraciones

### Inspección ocular civil

Nos manifiesta ÁNGEL SANZ que vive en el piso inmediatamente inferior que sobre las 6.30 a 7 menos cuarto de la mañana, ha oído algunos disparos y andar sobre la vivienda y que a eso de las 8 se han oído voces de mujer y más disparos y que con frecuencia, se oían discusiones familiares deduciéndose que las relaciones conyugales no eran nada cordiales.

Según nos manifiestan, en la Comisaría de Policía se ha recibido una llamada telefónica sobre las 8 de la mañana dando cuenta del suceso, llamada que al parecer ha debido efectuar el citado Sr. Moradillo y posteriormente se ha debido suicidar, pues, en virtud de tal llamada, la Comisaría desplazó a unos Policías Armados quienes cuando han subido por la escalera han oído disparos, sin entrar en la casa, pero posteriormente y al cesar los disparos, y como la puerta estaba abierta, es cuando ya han pasado y se han encontrado con el espectáculo [!!] referido.

### Inspección ocular militar

Al folio 34 [expurgado] obra declaración del Teniente de Artillería retirado Don Juan Martín Martín, en el que dice: Que el día veintinueve de Septiembre último, sobre las ocho menos cuarto de la mañana, recibió una llamada telefónica del Capitán citado al domicilio del declarante en la que le comunicaba que acababa de matar a toda su familia, compuesta por la esposa y cuatro hijos y que había llamado por teléfono a la Comisaría de Policía para comunicarles lo ocurrido y como no se hubiesen presentado le rogó al declarante que insistiese en una nueva llamada, llamando a continuación, diciéndole el Inspector que ya había recibido la llamada y había enviado una pareja de la Policía Armada al lugar de los hechos, quedándose el declarante en su domicilio por si recibía alguna llamada de los mismos y a los veinte minutos de no recibir comunicación alguna se dirigió al lugar de los hechos y viendo que estaban unos compañeros comentando lo ocurrido se quedó con ellos hasta que cada uno marchó a su cometido.

Dijo del Capitán Moradillo que era una excelente persona y un gran compañero, con mucha educación y muy respetuoso. Dice que no le consta tuviera desavenencias con la familia, y tampoco cree se dedicase a la bebida.

Al folio 34 vuelto [expurgado], obra declaración del Teniente de Artillería Don Jesús Galván Arribas, en el que dice: Que el día veintinueve de Septiembre último, sobre la una de la madrugada, oyó ruidos de puertas que al parecer se abrían y cerraban y conversaciones en alta voz de varias personas sin apreciar lo que decían ni achacarlo a una discusión, considerando que se trataba de una despedida o algo similar, despertándole estos ruidos ya que el dicente se encontraba en la cama. Quedándose dormido. Y a eso de las seis de la madrugada se despertó al oír unos ruidos fuertes que creía procedían de una ventana que golpeaba con el viento. Posteriormente sobre las ocho menos cuarto volvió a oír como dos explosiones, alarmándose, y asomándose a la ventana para cerciorarse de lo que pudiera ocurrir, viendo en la calzada un coche de la Policía y varios agentes que se encontraban en la calle, vistiéndose el declarante a continuación y al salir para el cuartel donde presta servicio, en el rellano de la escalera se encontró con dos policías armados quienes le comunicaron que el vecino de enfrente se había suicidado y que no sabían dónde se encontraba la familia ya que no habían penetrado en la misma, viendo el declarante la puerta abierta desde donde vio al fondo del pasillo, el cuerpo del vecino tumbado en el suelo ensangrentado. Después de pedir permiso a sus superiores para no acudir al cuartel, se dirigió a su domicilio para acompañar a su esposa y por si fuera necesaria su presencia en algún momento, sobre las diez horas de la mañana se personaron en su domicilio dos Inspectores de la Comisaría de Policía, que le preguntaron si sabía algo de lo ocurrido. Posteriormente se enteró de lo ocurrido al resto de la familia. Añadió el declarante que no le constaba tuviera desavenencias, el Capitán Moradillo, con la familia, ni que se dedicase a la bebida. Así mismo declaró que tanto el Capitán Moradillo como su familia eran de trato normal y educado, comportándose como buenos vecinos. No teniendo nada más que manifestar.

*Lunes 20 mayo 2013*
(Al Ayto. de Barrios de Colina)

Estoy investigando desde hace unos años el caso de la familia Moradillo López, víctima de un tristísimo suceso en 1975. La consulta que quisiera hacerles es: ¿tendrían la bondad de informarme de si Dña. Cristina López Rodrigo (hija de Máximo y Florentina, nacida en Barrios de Colina el 21 julio 1937) y sus cuatro hijos M.ª Cristina, M.ª Concepción, Victorino y David Moradillo López están enterrados en el cementerio de la localidad? Mi gratitud de antemano por su tiempo y por cualquier información que puedan proporcionarme.

*Martes 21 mayo 2013*
(Del Ayto. de Barrios de Colina)

Buenos días
Están enterrados en Burgos
Saludos cordiales, el alcalde
Emiliano

(Al Ayto. de Valle de las Navas)

Desde hace unos años investigo el período de los setenta y la Transición en Burgos. ¿Tendrían la bondad de informarme de si D. Victorino Moradillo Alonso, nacido en Rioseras el 6-III-1933 (y fallecido en un lamentable suceso el 29-IX-1975) está enterrado en el cementerio de su localidad? Mi gratitud de antemano por su tiempo y por cualquier información que puedan proporcionarme.

He cambiado un pelín el abordaje (*Transición* en lugar de *tristísimo suceso*) por si hiero alguna susceptibilidad. No es lo mismo ¿no? dirigirse al pueblo del victimario que al de las víctimas ¿NO?

(Del Ayto. de Valle de las Navas)

Buenos días, atendiendo a su correo, decirle que ahora mismo no podemos contestarle, a primeros de junio intentaremos darle alguna respuesta.

### Jueves 23 mayo 2013

Llego a La Horra a las 11.30 h. Es pueblo vinícola, rodeado de viñedos y bodegas, descarnado, i.e., sin carne a la vista, apenas un par de pasantes desafiando el regañón. O sea, corre un frío grosero para una visita cordial a finales de mayo y no atisbo más que puertas cerradas. Pillo al fin a un vejete bastante erosionado, le pregunto por un bar. Muy amablemente me encamina a un local atendido por una moza eslava echada p'alante y visiblemente popular entre la parroquia masculina, escasita a esa hora. Mientras me deschapa un botellín me informa de cómo llegar a la Casa de los Hermanos, en la misma plaza de la iglesia. Allá voy. Un edificio de ladrillo de medianas dimensiones y estética típicamente abominable desde que la Iglesia se quedó sin arquitectos de gusto, un gran patio cercado por una tapia más alta que yo. Cuando pulso el timbre suenan muy al fondo los primeros acordes de un lugar común de Mozart. Aguardo, insisto, aguardo, insisto. Pulso unas cuantas veces más por diversión. Espero hasta las 13.00 h fumándome una pajita, vacío el cenicero del coche en un contenedor y me voy después de volver a aturdir seis veces con Mozart esas paredes vacías ¿Ni un solo fraile en tal casoplón? Mi segunda tentativa —ya he pasado por el colegio— de topar con algún superviviente de entre mis ineducadores empieza bien. Por cierto, la iglesia del pueblo tiene más que un pasar y una hermosa portada. La Casa de los Hermanos no la dignifica. O pensándolo media vez, sí: es inevitable desviar la vista de *eso* en dirección a la iglesia. Preciosísima portada, vaya. Adiós muy buenas.

En Burgos, cariño, porros y birras en la cocina de Luis con su sobrina María y Pi. Atardecer teatral, la calidez de siempre. Retirada temprana, ceno en la barra del Pancho. El camarero, otro Luis, digno heredero del Capitán Tan, me cuenta de su viaje por la Ruta 66, de Chicago a Los Ángeles, enumerándome sin dejarse una las etapas relevantes de los ocho estados que ha cruzado. Me anticipa un próximo periplo por Sudáfrica si logra que la Junta le pague los mil cuatrocientos eurazos que le ha costado reparar el coche después de empotrarlo contra un jabalí de ciento treinta kilos. Como en casa.

### Viernes 24 mayo 2013

Recién pasadas las 10.00 h entro en las oficinas del cementerio de San José. Abordo con sonrisa anchota, test de inicio habitual para puntuar la potencial adhesión de mi interlocutor, a la joven que me atiende: me la devuelve *bien*. Requetebién, de hecho: hay curros en los que pinta remoto practicar una sonrisa tan estupenda. Trato de localizar unas tumbas, doy los datos, se pone inmediatamente a ello. Cuando ve la misma fecha en las cinco muertes pega un brinquito en la silla 'La madre...', y los niños ¡entre los catorce años y los dos meses! ¿Fue un accidente?' 'En realidad, no. El marido y padre los mató'

Shock calculado, a veces más eficaz que un rodeo discreto. Queda pensativa. Y con la mayor seriedad '¿*Violencia de género*?' ay, qué encanto 'Hasta donde voy reuniendo datos no debía de tener una vida muy feliz' pausa y con más seriedad aún '¿El asesino se suicidó?' 'Sí'

No sé definir el gesto a continuación. Aunque contenido, dibuja una confusa intersección de alivio, rabia, resignación, justicia natural y fatiga existencial. Recompenso su *buena disposición* y *abierta curiosidad* con datos sueltos aquí y allá, pregunto si Moradillo también está enterrado en el cementerio. Inquiere a la pantalla: pues no. Le cuento la rápida respuesta del Ayuntamiento de Barrios −que me ha llevado a su oficina− y la (juro que no me he permitido un *sospechosamente*) demorada del Ayuntamiento de Valle de las Navas. Salta ella misma 'Suena *raro*' '¿Verdad, verdad?' 'Espera. Como ya hemos comprobado que el padre no está *aquí*, puedo consultar…, veamos…'

Tampoco. VM no aparece donde busca pero me encomienda al Registro Civil, en Reyes Católicos ('Mmm…, justo justo enfrente de Cañas y Tapas') para solicitar un certificado de defunción. Y al Archivo Diocesano, otra posibilidad. La verdad es que me habría quedado de charleta un rato −creo que no soy presuntuoso intuyendo que Azucena, así se llama este querubín, me seguiría la corriente− pero tocaba apechar. Cristina López Rodrigo, sus cuatro hijos y su madre están enterrados en

Zona 15

Patio de San Ignacio

Fila IV

Números 12-13

hacia donde enfilo después de permutar besetes y prometer invitarla a unos vinos. Cumpliré. Qué cabeza más maja, despierta y eficiente, joder. Más gente de esa gente, más.

Emprendo con pachorra profiláctica el eje cardo −y sin fotografiar el plano con la cámara para consulta posterior en pantalla, a tal punto soy poco ocurrente en el uso de estas utilísimas asistencias tecnológicas: ejemplo, me lastra el bolsillo un provecto, inoperante telefonino prestado que me presta el mismo servicio que una piedra− distrayendo el puntillo de ansiedad con la atención al tramo noble del cementerio y sus panteones de gente principal. Un templete siciliano, una falsa ruina tapizada de falso jazmín, un osado *aggiornamento* de mastaba, un refugio antibombardeo con la fachada acristalada por el sobrino tonto de Mies. Poco a poco las tumbas se van aplebeyando. El cruce con el eje decumano o por ahí lo ocupa el tonelaje escultórico que prensa los huesos de Félix Rodríguez de la Fuente. Deplorable. Si es que se pretendía una empatía duradera, puede no ser el caso. Ante un murete que no aporta ninguna novedad al del Cuartel de la Montaña se recuesta un altanero, inescrutable déspota de la selva mirando al tendido con un cruce de zorro y lobato rindiéndole pleitesía sin que el domador le haga ni puto caso. Es del peor Pablo Serrano, el mismo que ahuecó la estatua de Unamuno en Salamanca o me descubrió que Machado era el gemelo de Gil Robles. Es una lata ese histrionismo metafísico, la búsqueda de la *esencia* del retratado fracasada en *ese* trazo grueso. Me desfonda. Enjutez desbastada a golpes de una hachuela que revienta de trascendencia: una especie de anti Moore, tipo que no me arrebata pero pongo en otro escalón del podio.

Como anunciaba mi subconsciente, el patio de San Ignacio está *peor señalizado* que el de San Mariano, San Efrén, San Federico, San Calixto, San Rafael y Santa Inés, inmediatamente localizados en la Zona 15. Pero NO el de San Ignacio. Trato de determinar mi posición recurriendo a un GPS bípedo, un jardinero solitario que se afana en arrancar el soplahojas con éxito nulo. Le agradezco efusivamente que me envíe a la Zona 16 (¡'Ahí..., ahí..., *segurísimo* que está el de San Ignacio'!) y en cuanto se pira, justo, a soplar hojas, le he dado suerte con la bujía, cruzo al lado contrario a hurtadillas como el Coyote del Correcaminos. Bip bip. Por qué se rebaja uno a ciertas cautelas a ciertas edades, un misterio: pero el tipo se había mostrado tan..., tan abominablemente seguro de adónde carajo me mandaba, tan agradecido al solitario gilipollas surgido de un horizonte de lápidas que va y le pregunta algo. Pues a mejor extraviarlo y a qué detenerme en prospectar mis ganas de agradar. Bip bip.

Tiro a nerviosito.

El cartel de San Ignacio estaba abatido, hincado de canto en un parterre. Cuento cuatro filas de derecha a izquierda y doce tumbas. Bueno. *Ahí están.* Llevo un cuarto de hora cabreado con mis palpitaciones, atacado por un brote de ansiedad de perfil bajo.

Dos sepulturas unidas por el cabecero, FAMILIA LÓPEZ RODRIGO-MORADILLO LÓPEZ inscrito en una banderola borlada de mármol. En la de la izquierda un crucificado, la de la derecha con el pedestal trunco, quedan restos fracturados del mortero que fijaba lo que fuere que lo coronaba. Opinión de profano: de aquí *han arrancado* algo —otro crucifijo, quizá una Máter Dolorosa o unos amorcillos como los que he avistado adornando otras tumbas infantiles. En la lápida izquierda

D.E.P.
D.ª M.ª CRISTINA LÓPEZ RODRIGO
† EL 29-9-1975 A LOS 38 AÑOS

FLORENTINA RODRIGO DELGADO
† EL 6-2-1995 A LOS 86 AÑOS

En la lápida derecha

D.E.P. LOS NIÑOS
M.ª CRISTINA – M.ª CONCEPCIÓN
VICTORINO Y DAVID
MORADILLO LÓPEZ
FALLECIERON A LOS 14 – 13 – 10 AÑOS
Y 2 MESES RESPECTIVAMENTE
EL 29 DE SEPTIEMBRE DE 1975

No dejo nada sobre ella salvo un minuto de mano extendida.

Saco fotos, no me decido a marcharme: orgulloso de haber alcanzado una cima que en verdad requería poco esfuerzo pero me superaba hace sólo un año. Leve sensación de sonambulismo hasta la salida. Entremedias y como terapia de descompresión emocional he documentado al amigo Félix para mandárselo a mi hermana, alentó la vocación de la entregada profesora de Biología que es hoy. Serrano lo ha hiperprognatado, como si lo necesitara, en Mr. Incredible. Me siento muy cascado de pronto. Y no recuerdo haber leído nunca *respectivamente* en una lápida.

Decido aproar por la directa hacia Barrios de Colina. Un poco de oído, Gamonal y N-I adelante. Consigo equivocarme una sola vez, irrelevante probatina dirección Villafría rápidamente rectificada. Si ya la autovía iba fluidísima de tan vacía, no encuentro un solo coche desde que tomo la bifurcación a la BU-701 —hoommbree, siquiera porque es la que lleva a los mundialmente influyentes yacimientos de Atapuerca. Sucesión de chopos, castaños, sembrados. Ni trino ni mugido. La vía del tren perfila tramos del horizonte derecho durante un trecho sin otra música que la de los neumáticos comiendo asfalto. Barrios de Colina es un caserío desperdigado a los dos lados de la carretera y no avisto un solo edificio religioso o público de referencia, una torre de iglesia o una plaza de la Constitución presidida por la fachada del Ayuntamiento. Lo cruzo y lo dejo atrás antes de darme cuenta y sin haber percibido actividad humana ni de otra clase, siquiera dos perros quilando. Doy media vuelta y me meto por una vía, no propiamente calle, que se limita a conectar yo qué sé con no sé qué hasta detectar ¡por fin! dos semovientes vestidos con monos azules, vacían sacos de la pala alzada de un bulldozer en el altillo de una nave.

'Buenos días' (sonrisa anchota) '¿podrían indicarme dónde está el Ayuntamiento?' y el de la izquierda '¿A quién busca?' (sonrisa cero) 'A don Emiliano Lucas, el alcalde' pausa larga 'Yo soy'

Toma chamba. *Ego sum*. En la fugacidad de la conversación pesa (literalmente) el abandono del curro, el compa se ha quedado estibando los sacos que no le tocaban. Y poquito después la aparición de *otro* coche en ese pueblo desalmado, un tipo que viene a gestionar algo con urgencia.

Emiliano resulta ser persona simpática no obstante haber cateado el test. Me tutea con automatismo rural. Había empezado a hacer la mili en Ceuta cuando sucedió *aquello*, así que se enteró primero a distancia y después de refilón. Cristina López era hija única de Máximo y Florentina. *Como tal*, creció sobreprotegida. De carácter retraído, no podía decirse que tuviese *amigas de verdad*. No sabe cómo conoció a Victorino. Ya matrimoniados, en temporada de siega y trilla él se ocupaba de reparar las averías de la maquinaria, sabía mucho de motores. Tenía un *carácter fuerte* y *prontos de respeto* cuando bebía. Y en los últimos tiempos bebía más de lo acostumbrado o más de la cuenta. A partir de no sabe cuándo ella pasaba temporadas en el pueblo con los niños y sin su marido, parece que el matrimonio *iba regular*.

Estira las comisuras con incredulidad cuando le menciono la enajenación mental transitoria, la operación de oído, etcétera. 'Las cosas les iban regular' reconcluye. La madre viuda y la familia (¿… *los tíos de mi mujer. La sorda y Primi* de la nota de suicidio?) vendieron casa y tierras y desaparecieron de allí, no sabe adónde (lo informo de que acabo de estar en el cementerio y la abuela Florentina murió en el 95) La casa fue demolida y se construyó otra 'La habrás visto a la entrada del pueblo, a la derecha, grandona' '¿No queda nadie de la familia con quien hablar? ¿No se le ocurre alguien…?' 'Seguro que mi cuñado Pablo podría decirte más que yo. Estaba haciendo la mili en Automóviles y se veían a diario como quien dice' '¿Dónde lo localizo?' 'Es policía y trabaja en la oficina del DNI de Burgos. Sabes, en la glorieta de Bilbao, ahí en la avenida de Cantabria…, en la comisaría de la Junta de Castilla y León. Si sales ahora llegas antes de que cierren'

Para mí la avenida de Cantabria sigue siendo General Vigón, como Príncipe de Vergara es General Mola, hay que joderse lo que me cuesta destroquelarme (improbablemente) de catolicismo y guerracivilismo. Salgo pitando entre floridas muestras de gratitud acogidas con impaciencia y pelín de sorna.

### 13.30 h, Burgos, Comisaría Junta de Castilla y León

Cuatro policías miran casi pornográficamente la pantalla del mismo ordenador tras el sucinto mostrador de INFORMA-CIÓN —tengo universalizado que cuanto más sucinto es un mostrador de INFORMACIÓN menos información despachan. Pregunto (sonrisa, etcétera) por don Pablo Sanz. Arriesgando una contractura al apartar los ojos de Loquesea, uno de ellos lanza un vistazo por cima de Su Propio Hombro Izquierdo y masculla que ha debido de ir a los servicios. Espere por ahí mientras se envaina su sonrisa de gilipollas. Aprovecho para desaguar, como el policía señor Sanz. Diecisiete minutos después, el contracturado alza los ojos, topa con los míos…, los entorna…, los entorno…, ¿recuerdas…?, recuerda…, ¡recuerda! Vuelve a crujirse las cervicales con un reojo a la vidriera y me hace un gesto de barbilla 'Número 3'

Gracias, potxolo, eres un encanto. Pablo Sanz (PS) tramita la renovación del DNI a dos ancianas esdrújulas, tan simpáticas como decrépitas. Muestra una paciencia indudable y hasta un puntillo de afabilidad a apreciar. Según las señoras aciertan a incorporarse me cuelo antes de que pulse el botón de ¡Siguiente! (078 en el tablero de leds) Me presento (sonrisa) lo informo de quién me envía, me invita a sentarme (1/2 sonrisa, aprobado) Intento condensar y atraer su interés a mi doble interés, *profesional y personal*: vuelvo a estar muy restado de tiempo —ajeno.

PS hacía la mili en la misma unidad en la que servía VM de teniente, no lo recuerda de recién ascendido capitán. Se cruzaban con frecuencia en la Base. El día anterior a la escabechina toparon y le preguntó si pensaba ir a Barrios ese fin de semana '¡Hombre, claro!' respondió Victorino *con su simpatía habitual* '¿Era buena persona?' 'Una *muy* buena persona. Cuando me dijeron lo que había hecho no me lo podía creer. De otro a lo mejor…, de Victorino no… Pero ahí estaban…'

'¿Llegó a verlos?' 'El capitán Calvo era amigo y vecino, con destino en la misma unidad, nos conocíamos. Me avisó y subimos. Horrible… El que más me impresionó, claro, fue el bebé…'

Confirma a grandes rasgos la personalidad introvertida y tímida de CL o la habilidad mecánica de VM, *era un manitas en todo*. En cuanto a ocasionales fugas al pueblo de CL y sus hijos, desdice a su cuñado: lo que sucedía es que la familia estilaba largos veranos de casi tres meses, las vacaciones de los críos. Y él iba y venía.

La operación de oído, la enajenación mental transitoria le merecen una mueca copiada de la del alcalde. También resulta que últimamente iba mucho a clubs. *A clubs* o *al club*, no distingo bien. Dada la oferta municipal y la época, podría concebir la fidelidad a entre uno y tres puticios, cinco sería ya competir con Costa Fleming. O vaya usted a saber: estoy completamente pez en puticios burgaleses de ayer, hoy y siempre.

Emiliano Lucas: *bebía de más.* Pablo Sanz: *iba mucho al club.* El sueldo de un capitán, sea de escala auxiliar o de academia de oficiales, no daba ni da para beber con regularidad cubatas aguados a precio de dos botellas de jotabé acompañado de verdísimas señoritas y mantener al tiempo con mínima dignidad a una esposa y cuatro hijos. O cruje la economía doméstica o dispone de fuentes de ingresos complementarias. Vale: las unidades militares ocupadas en intendencia, talleres, construcción, suministros y etcete eran un reconocido sumidero con el que de siempre se ha engordado por la retabufa un sueldo exiguo hasta extremos obscenos. La frase ha salido campanudamente ambigua: aclaro, los sueldos eran casi obscenamente exiguos y se robaba impune y hasta obscenamente. Mencionaría como ejemplos al pesto la puesta en orden de la contabilidad y el corte tajante con los *suministradores habituales* de pan, carne, verdura o pescado para equis mil mozos cuando mi padre sucedió en el CIR n.º 1 al chorizo que se había construido un chaletón en la sierra con las mondas de patata que borboteaban en el rancho. O mis cuadradísimos estadillos de cocina en el PCT de El Pardo que contribuyeron a pagar el Escort descapotable en rojo picota y cuero blanco ¡de un *sargento primero*!

Con un nivel de gastos poco realista, quizá quepa ahora dar más relevancia a la deuda de cincuenta y cuatro mil pelas que reclamaba el fabricante de muebles de Vitoria a Capitanía General. Y a que los tíos de CL insistieran, dada la priva y las andanzas, en que debía plantar a su marido de una vez, tras un historial matrimonial que se intuye siniestro: el *promotor*, la sorda y Primi se habrían añadido a las cinco víctimas de haber asomado por ahí, elevando los muertos a nueve –pero qué más da: papá Stalin tuvo aquella lucidez de *Una sola muerte es una tragedia, un millón es una estadística*. El origen de la frase también se atribuye a Tucholsky, arriesgo esta versión de su *Chiste francés*:

Se habla de los horrores de la guerra y va un diplomático del Quai d'Orsay y dice: '¿La guerra? ¡No la encuentro tan terrible! La muerte de un hombre es una catástrofe, cien mil muertos una estadística'

Amenazar de muerte desde la tumba. *Que sirva para algo.*
Pregunto a PS si advirtió algún comportamiento raro, agresivo en VM 'Bueeno…, últimamente repetía que el último hijo, el bebé, había salido *medio negro…*' 'Eepa…, ¿sospechaba que no era suyo?' 'Mira, yo lo conocí y te puedo asegurar que de *medio negro* nada… Era… *normal…*'
Tendría su aquel que el oscuro *promotor* fuese el sospechoso de una paternidad indiscreta. PS también me tutea, no sé si por deje rural y/o costumbre policial.
Un caso perdido, no llevo encima el croquis topográfico de la *escena del crimen* que dibujé a partir de las inspecciones oculares para contrastarlo ahora con su recuerdo. Y tampoco

soy capaz de precisar *exactamente* la nota de suicidio, eché el último vistazo un año atrás y no hice las tareas de repasarlas antes de venir, a tal punto, me doy cuenta, salí repugnado y me repugna volver sobre *esto*. Termino

'La familia estaba agrupada en la misma habitación... Y lo que parece es —según los testimonios de los vecinos— que hubo dos tandas de disparos, la primera en mitad de la madrugada y la segunda cuando la policía estaba ya subiendo las escaleras. Varios disparos aparte del que terminó con su vida. Así que es conjeturable que primero acabase con su mujer y las niñas y al amanecer ejecutase con un disparo limpio' se anticipa señalándose el entrecejo con un índice 'en la frente al niño y al bebé..., en la cara...' 'Lo que *se dijo* es que el niño encontró la forma de salir corriendo cuando su padre empezó a disparar..., abrió la puerta de la calle y llegó a la escalera pero Victorino lo alcanzó y se lo volvió a subir' [¡Coñññño!] '¡Eso no se menciona en ningún sitio!' 'Pues así fue. Salió detrás y lo trincó, no sé si un piso más abajo'

Me estremezco, mira si soy convencional. PS ojea el reloj *significativamente*

'Lamento estar robándole su tiempo...' 'Es que cerramos en nada y queda curro' 'Claro. ¿Podría hablar con usted en alguna otra ocasión? ¿Quizá entretenerle diez minutos ahora, cuando termine?' 'Es complicado. Y yo no te puedo contar mucho más' '¿Sabe de alguien...?' 'Pues... El capitán que te he dicho antes, el que me avisó y con el que subí a la casa. Juventino Calvo San Miguel. Era el que más lo conocía' '¿¡Juventino!? ¿El que daba clase de gimnasia en la Sagrada Familia?' 'El mismo'

(¡Mi último profesor de gimnasia en la SaFa! ¡Aquel tipo tan..., tan cautivador!)

'Estuve charlando con él hace seis o siete meses, vino a renovar el carnet' '¿Sabe cómo podría localizarlo?' 'Bueno..., vive en esas casas militares de la calle Vitoria..., a la altura del puente Gasset, no sé el portal' 'Y... ¿no tendrá su número de teléfono?' 'NO'

Ya me piro, ya me piro, el tío está hasta los huevos de mí aunque no haya perdido un gramo de cortesía. Pero mientras me levanto estrechándole la mano con gratitud, aprovecho

'Oiga, Pablo…, ¿no le parece muy raro que en una barriada militar… ni un vecino se inquiete por el escándalo que se debió de montar ahí? Disparos…, gritos de dolor y pánico, un niño corriendo por la escalera con su padre detrás, portazos, llantos… ¡yo-yo qué sé…! ¡Es mucho ruido!' 'Pues…, ¡pues eso mismo preguntamos Juventino y yo a los vecinos que estaban en el rellano!' '¿Y…?'

Alza las cejas, curva la boca en una U invertida y encoge los hombros volviendo las palmas hacia arriba.

A continuación aprieta el botón de ¡Siguiente! (079)

*14.40 h, un hotel del que no voy a dar el nombre*
Solicito en recepción que busquen el teléfono de Juventino Calvo (JC) En un nuevo alarde de bisoñez, juzgo, de este hotelito recién puesto a rodar —las explicaciones deficientérrimas acerca del diabólico aparcamiento, la ilocalización de la reserva ¡la *imposibilidad* de hacer una llamada al exterior desde el teléfono de la habitación…, y yo con mi móvil-piedra!— no aparece en ninguna parte. Decepción guapa, ya andaba completamente lanzado. Descanso cuatro minutos en la 502 jugando con las cortinas eléctricas de las claraboyas para bajar adrenalina y me najo a embuchar las últimas bravas en La Mejillonera, llego justo antes de que cierren. Los últimos vinos en el Pancho. Hoy pillo a Begoña, me estampa unos besetes antes de invitarme a una tapa de sus reputados callos, receta materna que calca de cuando en cuando. Encomio el tinto de Covarrubias que me han propuesto y me presentan por la directa al bodeguero, tapeaba en la otra punta de la barra. Lo dicho, como en casa. Después —en la mesa de una terraza a pie de catedral como el turistón que soy— redacto las notas de la jornada con un whisky delante, alzando la vista de cuando en cuando al precioso tajo de luz de té que parte el cimborrio. Seis euros. Bueeno. En Madrid te cobran nueve por lo mismo mirando los grafitis del

Mercado de la Cebada. Y sin ese vistosísimo chuchutrén modelo Disney solazándote cada diez minutos.

### 18.30 h, Teatro del Centro Cultural Caja de Burgos

En la cabina de control del teatro con Rafa y su colega Pablo, un tío bien majo y tolerante con el intruso en su centro de mando. Tras el cristal, allá lejos, se suceden sobre el escenario grupos de danzarinas del vientre agitando lorzas y vibrátiles tongoleles, un contrapunto absurdo muy coherente con el transcurso del día: de la puta fosa al paraíso de las setenta huríes. Rafa me ilustra en el manejo del joystick de movimiento de cámara y del zoom, la fantasía de un voyeur cincuentón pasado de vueltas a esta hora. Sigo, seguimos ahora de cerca los desplazamientos de una negrita guapísima y de un par de morenas, una quizá demasiado lúbrica, a las que apetecería invitar a un piquenique en Fuentes Blancas. Alterno esa mortificante cosificación con un informe somero de mis pesquisas y ante el fracaso con el teléfono de Juventino promete consultar a su hermano, funcionario del Ayuntamiento. Albricias. Entra y sale, baja a comprobar si han abierto las taquillas. Va a dar comienzo el vistoso espectáculo –un carrusel de las escuelas de danza oriental burgalesas ¡Centros de Danza Oriental en Burgos, Virgen santísima!– que he visto gratis en ensayos reencarnado en Valerio Lazarov. Me saca por el pasillo central hasta el escenario, aprovecho para mostrar mi reconocimiento a esos ombligos ultraterrenos con pulgares arriba, sonrisitas y aplausitos rijosos. Rafa y yo quedamos citados para esa noche. No aparecerá ¿una hurí…?

Me retiro agotado a la 1.00 h, lento paseo hasta el hotel desde la casa-estudio de Alberto y Belén. Amparado por luna cuasillena. Luis y Alberto han pasado tarde y noche, hasta que me he rajado, embebidos en los carteles del 50.º cumpleaños de Bonilla y en el último Mórbido, *No Hay Dios Sin Tres*. Hotelito de los cojones. Penosa insonorización interior, anoche me tocó un argentino chillón y andariego embarcado en una interminable conversación que presumí transatlántica –callose a la segunda tanda de golpes en el tabique, casi lo tiro abajo— y hoy el sólito polvo con gemidos por la muralla sudeste —cantadísimo desde el rellano: ebrias risas juveniles y un portazo siete minutos antes— más los sólitos ronquidos polifémicos desde allí mismo donde ayer se desgañitaba el argentino. Cuatro de la madrugada.

*Jueves 30 mayo 2013*
De Rafa:

Mis investigaciones en relación con D. Juventino Calvo no han sido del todo satisfactorias (no tengo el número de teléfono) pero puedo darte datos que te conduzcan a él. Su domicilio es xxx. El ratito que pasamos juntos en la cabina del teatro fue muy divertido.

Aquí está mi viejo Rafa cumpliendo óptimamente y reviviendo viejos contentos. A la vuelta y mientras redactaba estas notas le mandé el prometido ejemplar de *Mate Jaque* recordándole —de balde, se ha demostrado— la oferta de prospección y reiterando nombre y dos apellidos del indagado. Y me interesa más, superada la inercia de la visita, disponer de la dirección de JC que de su teléfono. Prefiero escribirle una carta exponiéndole el asunto con orden y ejem, *persuasión*.

*Lunes 10 junio 2013*
Del Ayto. de Valle de las Navas:

Disculpe la tardanza en contestarle a su correo, pero ha llegado de viaje hace poco la persona que podía tener alguna información al respecto, de lo que nos solicitó, y me dijo que D. Victorino Moradillo Alonso, está enterrado en Burgos, no en Rioseras.

O sea, al parecer no había nada *raro* en la demora. Pero en la oficina del cementerio de San José me dijeron que VM *no* estaba enterrado allí.

*Martes 11 junio 2013*

Llamo: ahí está mi Azucena tan encantadora y servicial al teléfono como en persona, hay quien se bipolariza. Yo mismo, pero ella es funcionaria y persona de una pieza. La informo de la respuesta de Valle de las Navas, ruego corroboración de que efectivamente VM no figura en sus archivos. La pantalla vuelve a responder NO pero ofrece *consultar los libros*, los datos están parcialmente informatizados y es posible que dada la fecha, 1975, VM no haya sido (aún) inventariado en el sistema.

O, se me ocurre *ahora* —vaya, las tres treinta y tres aeme, hora de las ocurrencias— que *la tierra sagrada le es negada al suicida*, más tratándose del fautor de una monstruosidad. Admitiendo que estoy salpicado de un nacionalcatolicismo más que residual —nunca se borrarán las huellas de ese ácido— haber obviado tal topicazo me abre una pequeña esperanza de regeneración moral.

Quedó en llamarme entre hoy y mañana. Recordar preguntarle por un, ejemplo, *Registro de Impíos Enterrados Extramuros*.

*Registro de impíos*, bonito título. Me sobran letras.

*Miércoles 12 junio 2013*

Llamada de Azucena. Ha encontrado los huesos de VM. Su sepultura no era adquirida en propiedad, como las de su familia, por lo que al cabo de diez años quedaba liberada y en 1988 sus restos fueron trasladados al osario. VM se esparce en el osario. Fin de la historia por ese lado. Pero cuando pregunto de dónde lo exhumaron, recita 'A ver, a ver... Zona 15, patio de San Ignacio, fila IV, n.º 11'

Estupefacción: ¡el asesino suicida adosado a sus víctimas! También lo podrían haber puesto *entre* ellas por joder. Si esto no es una estupenda exhibición de la puta hipócrita españeta luciendo toda su indecente capacidad de disimulo y escarnio de la memoria debida, la coniunctio fatal del decoro social, el uniforme y la sotana barriendo la mierda debajo de la alfombra, no sé qué carajo pueda ser −¿la familia de él va a *imponer* que permanezca junto a la mujer y los hijos que mató? ¿La familia de ella va a *tolerarlo*?

Renuevo mi promesa de invitarla a unos vinos cuando vuelva por allí. Cumpliré, cumpliré.


*Jueves 13 junio 2013*

El Código de Derecho Canónico de 1917, vigente hasta que lo reemplazó el de 1983, añadía (canon 1.240) a las *Causas de negación de exequias y suelo santo* que se citan más abajo la aplicable a *quien con libertad y dominio de sus facultades se matara a sí mismo* (§ 3) así como (una curiosidad) a *los muertos en duelo* (§ 4) Es el canon que la Iglesia supuestamente debería haber aplicado a VM por asesinar y asesinarse. Por no hablar del punto 3 infra.

CDC 1983, canon 1.184: (fuente, Luis Antequera)

Se han de negar las exequias eclesiásticas, a no ser que antes de la muerte hubieran dado alguna señal de arrepentimiento:

1. A los notoriamente apóstatas, herejes o cismáticos.

2. A los que pidieron la cremación de su cadáver por razones contrarias a la fe cristiana [muy bueno: debe de venir de las grandes pestes]

3. A los demás pecadores manifiestos, a quienes no pueden concederse las exequias eclesiásticas sin escándalo público de los fieles.

Parece que algo han abierto la mano. Suicidas católicos: si no el cielo, al menos el entierro intramuros os está asegurado. Ánimo.

*Miércoles 26 junio 2013*
A Juventino Calvo Sanmiguel (JC):

El motivo que me lleva a acudir a usted es el siguiente: estoy trabajando en un libro centrado en el período 1975-1977 en Burgos en que se dedica un capítulo a la investigación de la muerte de la familia de D. Victorino Moradillo y Dña. Cristina López. En el origen de mi interés hay un impulso personal, soy hijo de militar y fui amigo de barriada y condiscípulo de Cristina, la hija mayor del matrimonio. La impresión que me causó la experiencia cercana de aquella tragedia permaneció viva hasta que finalmente me dispuse a profundizar un poco más allá de la escasísima información que se publicó en su momento y a tratar de contextualizarla en unos años indudablemente muy complicados. Y en la medida en que usted era amigo y vecino de D. Victorino Moradillo y uno de los primeros testigos oculares del suceso, me sería de una utilidad inestimable toda la información que pudiera aportarme, de ahí mi petición: ¿tendría la bondad de contestarme a unas preguntas para aportar sus recuerdos, sus impresiones y su punto de vista acerca de todo aquello? Caso de acceder, mi deuda de gratitud sería impagable y me pongo a su disposición del modo que prefiera: mandándole un cuestionario por correo o por e-mail o manteniendo con usted una conversación, por teléfono o en persona si acordamos fecha, hora y lugar que le convengan para acercarme a Burgos. Será un placer saludarlo, le agradezco de antemano su atención y aguardo sus noticias.

He aquí el último tiro al aire en lo que respecta a la familia Moradillo López. Con lo que me diga JC —contando con que me diga algo— doy por cerrado, si no me abre otra vía, el acopio de información sobre el terreno.

Nunca dejaré de lamentar las cuarentaitantas páginas de procedimiento que me ahorró el coronel jefe del Archivo Militar. Para acotar al mínimo el demasiado espacio concedido a la conjetura, esa zorra. Y porque intuyo que apurar hasta la madre el horror completo habría tenido un efecto rebote de catarsis, como la dexedrina sosiega a un niño hiperquinético. Huecos sin relleno alimentando mi insomnio y este calor de mierda.

*Viernes 28 junio 2013*

Llamada desde un 947. Burgos. Acerco el cuestionario que preparé de antemano y no se ha separado del teclado. Leve taquicardia. Descuelgo.

'Soy Juventino Calvo' '¡Juventino! ¿Cómo está usted?' 'Pues con los achaques típicos de la edad, pero tampoco vamos a quejarnos. He recibido su carta y estoy dispuesto a contarle lo que quiera acerca de Moradillo cuando vuelva a Burgos, ahora estoy fuera' '¡Muchísimas gracias! Me es de una ayuda inapreciable, etcétera.' '¡Hombre! Es que mi hijo se libró de la matanza por los pelos' '¡Qué…, me…, dice!' 'Mire, mi hijo era muy amigo de Otín –así llamábamos a Victorino hijo– y no era raro que durmiera en su casa. Y esa noche no la pasó allí por pura casualidad. Pero le repito que cuando vuelva a Burgos le contesto a todas sus preguntas, por e-mail o como sea'

¡Albricias! ¡Jjjoder! Nos usteamos hasta el final. Pero nos despedimos con *un abrazo*. Empezó él.

Certeza difusa de que *desea* hablar con la vehemencia de quien ha esperado a que alguien le preguntase por el asunto desde hace casi cuarenta años. Vaciarse. A ello, a ello. No me ha dado fecha de vuelta.

*Lunes 15 julio 2013*

Consternación. Recién retornados del paraíso de Camp de Mar descuella en el cerrito de correo electrónico acumulado una desconocida Marian Ortega: me adjunta uno de esos irritantes dossieres fotográficos de Lo Que Sea encabezado por un con postalicas secuenciadas tipo *YO NO ELEGÍ NACER EN ES-PAÑA… SIMPLEMENTE TUVE ESE HONOR* o *SOY ESPAÑOL Y NO ME AVERGÜENZO DE ELLO. EN TODO CASO ME AVERGÜENZO DE QUIENES SÍ SE AVERGÜENZAN DE SERLO* entre legionarios alzando a pulso al Cristo de la Buena Muerte y cazabombarderos incensando estelas rojigualdas. La identidad de esta patriota es despejada por un segundo e-mail, en esta ocasión pegado sin piedad ni *sic* por dar cuenta cabal del impacto en mi entrecejo fruncido:

HAS pedido a Juventino que te dijera el crimen de los MORA-DILLOS yo soy su mujer el no tiene internete y quizás yo sepa mas DE ESA TRAJEDIA PORQUEmis hijos eran muy amigos dime lo que quieras saber la mujer se llamaba CRISTINA Sus hijos CRISTINA CONCHITA VICTORINO Y DAVID les mato el 8 de septiembre pero el año no me acuerdo la reseña vino en A B C dime lo que quieras SABER MAS KO SE CASI TODO

Quién iba a decirme que las fenomenales expectativas abiertas por Juventino iban a sufrir la intervención de una perturbada ¿o no? ¿iletrada, sin más? ¿iletrada pero poco diestra con el teclado? ¿nerviosísima? ¿vehemente? ¿muy mayor? Una faena. Cómo contesto para no ofender —ni perder la fuente. Deslizándole si fuere el caso que estoy vacunado contra cualquier *ser* en cuadrículas de meridianos y paralelos, ergo soy inmune —pero vamos: inmune inmune— a ese puntillo de reafirmarme en cualesquiera putas maneras de *ser* que pretendan distinguirme, defenderme, distanciarme, arrojarme, desentenderme de los demás. Ser español o ser de cualquier parte carece de intención y mérito. Desconocida Marian: no sigas el juego a esos nacionalismos de mierda, tan ordinarios y catetos, curts de gambals i grollers, kirtenak eta katetoak, pailáns e badocos.

*Martes 16 julio 2013*
A Marian Ortega (MO):

Muchas gracias, es una suerte contar con su ofrecimiento. Sin duda me resultaría de gran ayuda beneficiarme de los testimonios tanto de usted como de su marido porque hay cuestiones de ámbito militar, amistoso o de vecindad que, estoy seguro, podrían aclararme entre ambos. Dispongo de las noticias del *ABC* y del *Diario de Burgos* del 30 de septiembre del 75 y mi intención era ampliar en lo posible esa información desde una óptica cercana. Ofrecí a Juventino la posibilidad de concertar un encuentro en Burgos o de, si lo prefiere, remitirle un cuestionario: caso de acceder a contestar los dos, no tendría el menor inconveniente en elaborar un segundo cuestionario, diferenciado en algunas preguntas y coincidente en otras. Así que en cuanto me indiquen lo que mejor les conviene, procedo. Aún estaré en Madrid una semana más: si no he recibido noticias suyas, volveré a ponerme en contacto con ustedes a finales de agosto o principios de septiembre. Gracias de nuevo y un saludo muy afectuoso.

Tiro al aire.


*Miércoles 24 julio 2013*
Que no convoca nada ni a nadie. Hasta la vuelta. Nos vemos, nos vamos. Hechos viruta.


*Miércoles 18 septiembre 2013*
A JC:

Tengo que pasar por Burgos en la primera semana de octubre y, si usted no tiene inconveniente, sería una buena oportunidad para saludarlo y cambiar impresiones. Disfruto de cierta flexibilidad de fechas, así que si me indica día, hora y lugar de encuentro que le convengan para una conversación que, le prometo, le robará poco tiempo, le estaré de nuevo muy agradecido y me permitirá cerrar definitivamente la sección testimonial de mi libro. Le recuerdo mi teléfono, etcétera.

Otra salva.

*Jueves 26 septiembre 2013*
Ocho días sin respuesta. Contestó a la carta anterior en cuarenta y ocho horas. Tiento segunda vía, un e-mail a MO. La tercera, llamar al único teléfono que tengo, el de la hermana de JC en el pueblo en que está empadronado. La cuarta, plantarme directamente en el portal picando el telefonillo.

A MO:

Escribí a Juventino hace una semana avisándolo de mi paso por Burgos la que viene, primera de octubre, y solicitándole un encuentro que hago, naturalmente, extensivo a ustedes dos si acordasen esa posibilidad. Me temo que no ha debido de recibir mi carta porque no he obtenido respuesta. Así que me dirijo a usted por la única vía alternativa de que dispongo, ya que carezco de teléfono de contacto, para saber si estaría(n) dispuesto(s) a concederme un rato, pasaré por Burgos entre el miércoles 2 y el jueves 3. Le agradezco infinito su tiempo y lamentaría que mi petición fuese una molestia para ustedes.

Transcurre el resto del día —bastante mohíno: me angustia abortar el cierre previsto de la parte *documental* (al cabo, de la *novela* propiamente dicha)— y hacia las diez de la noche, justo cuando estoy poniendo al corriente a Blanca y Jon de penúltimas peripecias, llama JC por teléfono. Muy cordial, me cuenta que siguen en el pueblo —bendita jubilación con veraneos de cuatro meses en una casa de pueblo: posibilidad, la de que no hubieran vuelto, sugerida de antemano por mi entorno pero sojuzgada mero consuelo cariñoso– y suelen acercarse a Burgos uno o dos días a la semana. Me da a escoger entre 1, 4 y 8 de octubre, quedamos el viernes 4 a las 13.30 h en el bar Elba, calle Vitoria, al lado del Corte Inglés. Me previene de que irá acompañado de su mujer, a cuyo correo debo agradecer, parece, haber retomado el hilo. Según me dice, ella sabe más de la intimidad de la familia Moradillo López que él. Simpático de verdad, las vacaciones parecen haberle sentado de putifa. Si no he entendido mal se me conceden unos tres cuartos de hora. Siempre pillado.


*Viernes 4 octubre, 13.15 h, Burgos*

La cafetería Elba es profunda y angosta, estrechez compensada con una distribución en cuatro seminiveles. La decoración despide un tufillo ajado inequívocamente setentero y se nota que he llegado con un cuarto de hora de margen para absorber y escupir *ambiente*. Me instalo en la barra del nivel -1/2, tengo una panorámica razonable de la entrada. Cómo pueda estar Juventino después de más de treinta y cinco años sin vernos me empieza a inquietar a los diez minutos de retraso sobre la hora prevista y el segundo doble. En un señor mayor, calvo, sin gafas y con perilla he creído identificar *aquella mirada*, más severa, quizá, por la insistencia con que me he empeñado en clavarle los ojos las dos veces que nos hemos cruzado. Pero no, según acabo de preguntar al camarero ('Sí, hombre, yo te lo indico') asoma, muy reconocible. Y mucho más sociable y campechano de como lo recuerdo: claro que los profesores de gimnasia (a fuer de militar y judoka en este caso) de entonces, ignoro cómo las gastan ahora, practicaban un simulacro de autoridad castrense –de ahí la sobreabundancia de excedentes reciclados de Falange o campamentos de la OJE– manifiesto en el matiz de despotismo con que puteaban a sus sudorosas huestes o el desprecio y hasta crueldad que mostraban hacia los torpes. Chusqui me recordó aquel bulo gracioso según el cual no pasaba de cinturón marrón porque en el tatami era un fullero. Bueno, aquí está: todavía con pelo, con gafas, fibroso, bien afeitado y conservado. Y solo. Nos saludamos '¿Y su esposa, no iba a acudir?' La telefonea y nos sentamos en una mesita tras pasarle un par de charletas de reencuentro con los habituales. Hombre, ya vamos con retraso. Me cuenta que sigue practicando judo, además de lucha Sambo y no sé qué más. Llega Marian Ortega en menos de cuatro minutos, debía de estar atenta y con el bolso en bandolera a vueltaesquina, estampa que me resulta irresistiblemente grata. De anciana nada, la señora luce espléndida y de lo más espabilada. Salpica la conversación de interjecciones que dan cuenta de su carácter vivo —vivísimo— y de la opinión que le merece *Moradillo* —su memoria— desde el minuto cero. Me alegra y me alivia haber reducido las hipótesis derivadas de aquel e-mail tirando a caótico (precedido por una para mí muy antipática ristra de laimotines patrióticos) a *poço diestra con el teclado* y tal como se muestra, *vehemente*. Por detalles de trato con su marido o el camarero, de armas tomar.

JC conoció a VM por coincidencia de destino en la Base. La relación entre los matrimonios era *la justa* (por destino y proximidad, vivían con un bloque de por medio) y subrayan, *en absoluto* íntima: sin embargo su hija mayor y su hijo eran muy buenos amigos de Cristina y de Otín, al punto de quedarse a dormir con frecuencia en casa de los Moradillo-López. Jamás al contrario, VM no lo permitía.

Al hueso: en diez minutos me enteran de que era un borracho, un jugador y un tipo violento *en su casa*. Tales virtudes no eran desconocidas para el vecindario inmediato. Ahora bien, *jamás* bebía en la Base y *siempre* se comportó de puertas afuera como hombre educado, respetuoso y muy correcto —MO:'Un hipócrita'— aunque fuese corriente ver a su mujer con avería diversa, evidente para cualquiera. Nunca puso la mano encima a sus hijos, la víctima *habitual* de sus palizas era CL. Quien por su parte, confirman, responde al retrato previo de hija única, solitaria, poco habladora, retraída y sin amigas 'Una lerda por no rebelarse, una apocada que no se atrevía a levantar la vista del suelo cuando estaba con ese bestia. Y él un taimado con dos caras: lo pillé desde el primer momento porque cuando hablábamos jamás me miraba a los ojos' (MO) Victorino y Cristina se conocieron en las fiestas de Rioseras, el pueblo de él.

He subrayado *habitual* porque Marian y Juventino me aseguran que VM maltrataba físicamente y ofendía gravemente de palabra a su familia política: a su suegro Máximo, ciego para más vileza, a su suegra Florentina (a quien llaman siempre *Flores*, como a Victorino hijo *Otín* y a M.ª Concepción *Conchita*) y *a los promotores tíos de mi mujer*, la Sorda y Primitivo, a los que lamenta no tener a mano para ajusticiarlos junto al tenebroso *promotor de estas desavenencias*. El responsable, al parecer, de que VM se refiriera a su bebé como *medio negro*, —así que me sobresalto cuando cuentan que su camarada de farras era Martín el Negro, de análoga reputación tabernaria. Se trata del teniente de Artillería retirado Juan Martín Martín, vecino de los chalets militares frente a la trasera de la SaFa, receptor de la llamada de VM en la madrugada del crimen y declarante:

> Dijo del Capitán Moradillo que era una excelente persona y un gran compañero, con mucha educación y muy respetuoso. Dice que no le consta tuviera desavenencias con la familia, y tampoco cree se dedicase a la bebida.

VM y el Negro y alguno más salían mucho, jugaban mucho, puteaban lo que podían y volvían a las tantas bien pimplados. En casa de los Moradillo López las disputas se podían prolongar, cotidianamente, mordida la madrugada —a no ser que los niños Calvo Ortega estuvieran durmiendo allí: jamás informaron a sus padres de una sola bronca. Ángel Sanz, vecino del 2.º derecha:

(…) con frecuencia, se oían discusiones familiares deduciéndose que las relaciones conyugales no eran nada cordiales.

Y tanto: en una ocasión, CL salió al balcón gritando auxilio '¡Que me mata! ¡Quiere matarme!' con su marido detrás empuñando una pistola. Lo disuadieron de ir a peor los soldados alertados en las garitas del Parque de Automóviles, justo enfrente: sin embargo, no fue siquiera amonestado por sus superiores ni mucho menos importunado por la policía 'Una vergüenza y una aberración' (MO, clavando una mirada inculpatoria a su marido que abarca a todas las Fuerzas de Seguridad del Estado) Al parecer entendía lo suyo de automóviles (*un manitas*) y se le estimaba profesionalmente, también por ese señalado carácter educado y respetuoso 'Era un pelota y un acomplejado' (MO)

Más o menos por aquella época montó un negocio de compraventa de coches al lado de Capitanía, enfrente de la Clínica Vara o del Doctor Vara —hoy reconvertida en parque y con sólo uno de sus pabellones en pie, la Oficina Municipal de Información al Consumidor— del que salió por pies. Pérdida de confianza de su socio: 'Irregularidades' JC ase el aire con gesto universalizado de *mangante* 'Y el juego. Y la afición a la bebida'

Como se quejaba de dolores de cabeza —relacionados, al parecer, con la perforación de tímpano— se sometió a una timpanoplastia en [supuestamente, el Hospital Militar de] Barcelona alrededor de un mes y medio antes del asesinato y desde entonces no abandonó el tapón de algodón. El postoperatorio de una reparación de tímpano suele ser breve y simple, basta observar una serie de precauciones básicas durante unos días: cambiar los tapones con higiene y asiduidad, no levantar pesos ni hacer movimientos bruscos, no permitir que entre agua en el oído, estornudar con la boca abierta, *no beber alcohol*, etcétera. Jjjoder: *recordé* en ese instante el tapón de algodón insertado en la oreja de este tipo. O a este tipo con un tapón de algodón insertado en la oreja, no sé.

Como el alcalde y el policía, no advirtieron la menor desviación de comportamiento entre el VM de antes y después de la operación. Esto es, *nada* de que últimamente

> (…) venía sufriendo un sensible desequilibrio nervioso, crisis que debió agudizarse hasta revestir los caracteres apuntados de ataque de enajenación mental (…)

diferente del desequilibrio o la enajenación que ya padeciera desde que lo conocían.

Me descubren a un hombre diestro en el disimulo, un impostor que puede ser brutal —y selectivo: sus hijos se libran de las tundas pero no su mujer ni la familia de su mujer— con picos de violencia inaudita (la huida al balcón, v.g.) agudizados por su inmoderado —pero de nuevo selectivo: jamás de servicio— abuso del alcohol, problemas económicos derivados, que se sepa, de su querencia a los puticlubs, el juego 'Llegó a apostar y perder en el tapete la piara de su suegro' (JC) la quiebra reciente de un negocio, una deuda de cierta cuantía por unos muebles impagados. Con permiso y en posesión de armas. Sin que sea posible determinar si intervenían unos celos otelianos o se trataba de crueldad pura y simple, alimentaba su inquina refiriéndose al niño que les había nacido descolgado como *medio negro*, atribuido al adulterio de su mujer con un anónimo *promotor* de sus *desavenencias* 'Qué…, qué hijo de la gran puta ¡Esa… *bendita*… iba a tener un lío con nadie…! ¡Si vivía aterrada…!' (MO) y tras matarla le añade el delito de no curarlo con la devoción debida. Un perfil tópico y letal, tolerado por un vecindario que no se inmiscuye ni permite que nadie se inmiscuya en lo que suceda de puertas adentro. Para mejor lamentar a toro pasado: *se veía venir.*

La paliza de la madrugada del 29 debió de ser entusiasta, MO afirma haber visto al día siguiente restos de sangre con pelos pegados en un esquinazo de la SaFa. Las discusiones se hicieron audibles hacia la una despertando al teniente Galván Arribas

(…) oyó ruidos de puertas que al parecer se abrían y cerraban y conversaciones en alta voz de varias personas sin apreciar lo que decían ni achacarlo a una discusión, considerando que se trataba de una despedida o algo similar (…).

Asoma verosímil que el ensañamiento alcanzase tales picos durante la hora larga siguiente que CL saliera de estampía camino de ese cuartelillo —donde iban a acabar inopinadamente— con ánimo de presentar una denuncia: se dirigían en línea recta a Cardenal Bellonch (a mediados de los sesenta, la Comisaría Provincial de Burgos se trasladó a los bajos del n.º 1 de esa calle) cuando a medio trayecto intervinieron los policías del Gobierno Militar en respuesta a sus gritos. Recogidos por una patrulla de la policía municipal, llegó visiblemente macerada pero ello no supuso levantar un parte de lesiones o la detención del agresor. Conocido su carácter apocado y acoquinada por una escalofriante ausencia de empatía, renunció, *si es que era su intención cuando se echó a la calle pasadas las dos de la madrugada*, a presentar denuncia contra un tipo al que deberían haber encerrado allí mismo después de llamar a un médico.

Por tratarse de presuntas desavenencias conyugales, no hubo ninguna clase de actuación, recomendándose a los señores de Moradillo que resolvieran sus diferencias lo más amistosamente posible. (*DdeB*)

*Sábado 5 octubre 2013*
Correo de MO:

te mando las fotos que te prometi y mira si ese tipejo no tenia cara de asesino y fijate en ella no levanta los ojos del suelo

Qué sindoblez.

*Martes 8 octubre 2013 y ss.*

Y qué formalidad. Abro –gratitud y nervio– un sobre con siete fotografías en color escaneadas, cinco del verano de 1974. Conservaba las caras de Otín y sus padres muy frescas por una foto de la primera comunión de mi hermana: pero volver a contemplar la de Cristina después de treinta y ocho años es conmovedor. Temía que al primer vistazo sus rasgos *reales* rectificarían hasta el bochorno la imagen espuria que he sostenido durante este tiempo. En las décimas en que la sustitución se completa, fundiendo esos dos rostros como los de Peter Fonda y Richard Robbins en *Falso culpable*, compruebo que la memoria fisiognómica me ha traicionado lo justo. Sólo me sorprende el grosor de las cejas, jodida herencia de su asesino: quizá a los catorce, mi último recuerdo de ella, había empezado a practicar la común coquetería de depilárselas. La *misma* sonrisa, la *misma* melena, los labios muy rojos, el *mismo* óvalo de rostro en una versión aún infantil que desarrolló cuerpo y aire de *teen* en el año y pico que le quedaba de vida. Así son esas edades crecederas.

Hay dos fotos turbadoras. Un retrato de familia, Marian y sus dos hijos varones junto al matrimonio Moradillo López con Cristina y Otín. Pose de grupo en la escalinata de acceso a la Colonia Infantil General Varela en Quintana del Puente, Palencia, hoy vandalizada y en ruinas, un sanatorio antituberculoso construido por prisioneros de guerra y desde 1955 hasta 1988 internado y colonia veraniega, según tocaba, para hijos de militares. Cristina corona la escalinata, entre sus padres, apoya los brazos en los hombros de los dos con seguridad, camaradería, sonriendo, una sortija relumbra en su anular derecho. VM también sonríe, su mujer casi por cortesía y bajo una mirada incompatible con cualquier sonrisa. La otra, una estampa clásica de piquenique, al fondo un Simca 1200 amarillo limón con la umbría del pino ya desplazada (bien podría ser el Simca BU-6424-A cuya devolución al Parque de Automóviles se consigna tras la matanza) y en primer plano la mesita y las sillas plegables en solysombra, el hule con restos de tortilla y Marian sentada a la derecha, en biquini de época, muy natural, en medio un relajado VM sonríe abiertamente con una cerveza delante, a la izquierda su esposa ensimismada: mira hacia abajo, ajena, en la mano izquierda un café, la derecha se entretiene con una esquina del mantel. Según MO, era *exactamente* su actitud cuando estaba junto a su marido. *Fíjate en ella, no levanta los ojos del suelo.*

*Martes 15 octubre 2013, 5.05 h*
Me arranca del sueño y me incorpora en la cama un géiser de reflujo esofágico. Arcadi Espada laminaba la novela sin compasión entre los rodillos de la *fiction* y la *faction*. Mi chica murmura qué pasa. Cómo explicártelo sin desvelarnos, mi almax.

*Jueves 17 octubre 2013*
Blanca, ángel de la guarda desde que me dio por enfundarme el mono de recoger chapapote, me ha proporcionado los protocolos de Valoración Policial del Riesgo (VPR) y de Valoración Policial de la Evolución del Riesgo (VPER) y les aneja un caso modelo, ejemplo de aplicación práctica de los tales. Ficción: si CL hubiera llegado a una comisaría *ideal* de hoy en día, esto es, una que no sea un *bolsillo de mala praxis* en términos de la experta Gemma Galdon a propósito de la de El Raval

> Son lugares en los que se producen prácticas irregulares y nadie las para. Los que no están de acuerdo piden el traslado. El resto, se quedan. La mala praxis expulsa a los buenos y atrae a los malos.

en circunstancias similares, lo primero que le habrían preguntado es si desea ser asistida por un abogado especializado en violencia contra la mujer –sorprende poco saber que la inmensa mayoría son mujeres– de modo que, caso de aceptar, no le toman declaración hasta que se haya entrevistado con el tal: y caso de rechazarlo, la asistiría el de guardia lo quiera o no. Examen de las lesiones por parte del médico de guardia y/o de la con frecuencia instantáneamente requerida intervención del SAMUR. Por principio el presunto agresor es separado de la presunta víctima y esa noche no duerme en su cama.

El formulario VPR consta de dieciséis indicadores a valorar *obligatoriamente*, dirigidos a cuatro *fuentes* (Víctima, Autor, Testigos, Informe técnico) y con seis opciones de *intensidad* en la respuesta: NS (no sabe) ND (no se da) B (baja) M (media) A (alta) E (extrema). Los indicadores son:

Violencia física, con y sin lesiones
Violencia sexual
Empleo de armas u objetos contra la víctima
Amenazas o planes dirigidos a causar daño físico/psíquico a la víctima
Incremento y/o repetición de episodios o amenazas de violencia
Violencia psíquica del agresor hacia la víctima
Daños sobre la vivienda, bienes u otros objetos
Incumplimiento de disposiciones judiciales cautelares
Quebrantamiento de penas o de medidas penales de seguridad
Conducta desafiante y/o de menosprecio del agresor hacia la autoridad, sus agentes o hacia la víctima en presencia de éstos
Antecedentes penales/policiales del agresor, especialmente aquellos en los que empleó violencia
Abuso de sustancias tóxicas (estupefacientes), alcohol o medicamentos por parte del agresor
El agresor manifiesta celos exagerados y/u obsesión por la víctima
Problemas patentes en la relación de pareja
Problemas laborales y/o financieros del agresor
Tendencia suicida del agresor

Una vez cumplimentados, el programa proporciona esa *valoración de riesgo* con la que el analista puede o no estar de acuerdo pero *nunca a la baja*, especificado. Me detengo para mejor subrayar la desemejanza entre el llamado Sistema de Seguimiento Integral de los casos de Violencia de Género (VdG) publicado por el Gabinete de Coordinación y Estudios de la Secretaría de Estado de Seguridad del Ministerio del Interior y aquel cepo para hembras que pisó CL. La policía puede, ejemplo, a instancias de la autoridad judicial o porque se hayan producido *cambios significativos*, revisar la nota del VPR y prolongar el seguimiento mediante el VPER, dirigido a las mismas cuatro fuentes citadas y con cinco posibilidades de respuesta: No se sabe / No / En ocasiones / Con frecuencia / Sí. Los diecisiete indicadores son:

El autor tiene imposibilidad de agredir a la víctima. Ha ingresado en prisión u otro centro de internamiento, se ha trasladado a otro país o está incapacitado físicamente

El autor se ha distanciado de la víctima. No molesta a la víctima, ha cambiado su residencia a un lugar alejado, cumple con las medidas judiciales (si existen) incluidas las telemáticas (pulseras)

El autor muestra una actitud pacífica desde la denuncia. Asume su situación respecto a la víctima, sin ánimo de venganza contra ella o su entorno

El autor cumple con el régimen de separación y cargas familiares

El autor exterioriza una actitud respetuosa con la ley y colabora con los agentes

El autor tiene una situación social, laboral y económica estable

El autor muestra arrepentimiento y/o se acoge voluntariamente a programas de ayuda

La víctima cuenta con apoyo social favorable para su seguridad

La víctima ha trasladado su residencia a un lugar con escasas posibilidades de ser conocido por el autor

Avance en el tiempo sin incidentes desde la última valoración

El autor está fugado y/o en paradero desconocido

El autor muestra celos exagerados y/o obsesión por la víctima

El autor muestra tendencias suicidas, problemas psicológicos, psiquiátricos o de adicciones

La víctima propicia incumplimientos de medidas judiciales, muestra deseo de retirar la denuncia o de renunciar a la protección

La víctima tiene una relación de pareja que el autor no acepta y/o presenta demanda de separación/divorcio

La víctima presenta problemas psicológicos, psiquiátricos y/o de adicciones

La víctima o el autor tienen en su entorno personas que suponen una amenaza real contra la integridad de la víctima

Bien, ya sabemos que la aplicación de las buenas iniciativas topa con desinterés y hasta befa ultramontana, falta de medios, imprevisibilidad, presión social, exceso de horas de servicio y todo ese etcétera que sigue cosechando una media abominable de mujeres cosificadas en cadáver al año, pero también propicia que sólo en 2010 se condenara a 16.027 varones por violencia sobre la mujer según datos del Ministerio de Sanidad, Política Social e Igualdad: luego algo parece haberse progresado desde 1975.

En la comisaría ideal a que aspira el sistema, la víctima de violencia de género es informada de los derechos que le reconoce la Ley Orgánica 1/2004 del 28 de diciembre: a la información, a la asistencia jurídica, a la asistencia social integral, a la percepción de ayudas sociales, derechos laborales y de seguridad social… Firma igualmente, dándose por enterada, el folio con los servicios de atención, de asesoramiento jurídico, de urgencias o policiales de que puede hacer uso en su comunidad como víctima de malos tratos. Puede solicitar al juzgado una orden de protección, omitiré el prolijo cuestionario. Basta volver a los anteriores y conjeturar las respuestas que habría dado CL para concluir en un perfil de altísimo riesgo.

*Viernes 18 octubre 2013*

La discusión de esa noche parece, pues, que excede o culmina las anteriores: CL sale de su casa seguida de VM y apenas diez minutos después, a la altura del Gobierno Militar (2.30 h) los policías abandonan el puesto de guardia para auxiliarla. VM alega su recién adquirido grado de capitán para mandarlos de vuelta a la patria –inevitable asociar a tal abuso de autoridad las correspondientes coacciones y potenciales represalias– cuando en ese tira y afloja pasa (2.45 h) una patrulla móvil de la policía municipal por la calle Vitoria. CL se abalanza al coche y los conducen a Cardenal Bellonch, el presumible destino inicial. Ahora hay que volver a hacer el esfuerzo de imaginar a aquella mujer en aquella comisaría y en aquel general ambiente de mugre moral en el que el curato de turno se escaquea repartiendo cachetitos condescendientes como un Rouco cualquiera mientras el vecindario observa con muda conmiseración. A las 3.00 h la pareja está ante el inspector de guardia

> Por tratarse de presuntas desavenencias conyugales, no hubo ninguna clase de actuación, recomendándose a los señores de Moradillo que resolvieran sus diferencias lo más amistosamente posible.

Esto es, el espanto colosal que se sofoca una y otra vez bajo el odioso remoquete de las *desavenencias conyugales* es territorio vetado a cuerpos extraños, incluidos los cuerpos de seguridad: y predicar amor cuesta tan poco esfuerzo y da tanto gustirrinín como a Simón del Desierto bendecir al orbe desde su columna. Siquiera y a falta de leyes de protección y protocolos –por misericordia, *hombría* bien entendida (¿siquiera *caballerosidad*?) sensibilidad y/o sentido común: ella llegaba con heridas y/o tumefacciones visibles– podrían haber *abochornado* al machito, haber llevado a su mujer a urgencias o a casa, haberse apostado abajo una horita o dos por ver cómo evolucionaba el *asunto*. No había tal *asunto*. El sopapo doméstico socialmente asumido 'Hijita, hemos venido a esta vida a sufrir *en silencio*' (y ante el silencio) era bastante común y podía juzgarse con comprensión y hasta simpatía dependiendo del ambientazo y la parroquia. El inspector de guardia suspira de satisfacción o de alivio cuando confirma que CL no quiere presentar denuncia. Y al informarla (?) de *lo que tiene que hacer* (??) la advierte, muy probablemente, de que puede ser acusada del delito de *abandono de familia*, penado con pérdida de la custodia de los hijos y hasta prisión. En fin, cumple con su deber, su conciencia y la colectiva cuando los *invita* a resolver *amistosamente* sus diferencias.

La intervención del Estado en la esfera íntima de la familia ha sido tradicionalmente vista con bastante recelo, precisamente por partir de una concepción de la misma como grupo sociológico dotado de funcionalidad propia y capaz de resolver sus conflictos internos. Por esta razón, hasta tiempos relativamente recientes fue común estimar que el conjunto de derechos y deberes que se manifiestan en el seno de la familia era una materia propia del Derecho Privado y, en coherencia con tal planteamiento, que el Estado no debía intervenir con el instrumento punitivo en caso de violación de los mismos, pues la pena que se impusiera, lejos de enmendar el desorden familiar, acarrearía nefastas consecuencias.

(Fuente: Eva María Domínguez, Introducción a *Las figuras de abandono de familia en sentido estricto*)

Los mismos policías militares que intervinieron en la plazoleta una hora antes dan parte de que el matrimonio emboca Cruz Roja a las 3.30 h, luego debía de estar entrando en su domicilio antes de las 3.40 h. Conjetura obvia: CL se reafirma en irse esa noche, empieza a hacer la maleta, indica a sus hijos que se vistan si era el caso, probablemente permanecían despiertos, ella misma —o cualquiera de las niñas, el instinto maternal se hiperestimulaba desde edades tempranas— da un biberón al bebé, consulta el listín (que queda abierto en la cocina) para pedir un taxi —si no lo usó su marido para buscar el número de la comisaría cuando llamó a hechos aparentemente consumados. VM bebe una cantidad indeterminada de vino (las inspecciones oculares discrepan: ¿*una botella* o *botellas?*) Se ha puesto las pantuflas de paño sin quitarse la chaqueta ni aflojarse la corbata y se exaspera in crescendo al comprobar que su mujer no cede, como ha hecho tantas otras veces, bajo amenazas y golpes. Sin duda llevaba promediados esos párpados *muy inflamados y negros* cuando aparecieron ante el inspector. Consecuencia de las palizas previas a su muerte y no de, v.g., un disparo en la base del cráneo con trayectoria al hueso frontal como especulé en su momento.

Las dos horas largas que transcurren entre las 3.40 h y las 6.00 h debieron de ser lo más cercano al puto infierno que vivió esa familia bajo régimen cotidiano de terror. La maleta reposa en el suelo a falta de echar el cierre, ella y los niños están vestidos y listos para partir, el *cunacho* preparado para llevar al bebé. VM ha ido al cuarto de estudios (o *cuarto trastero* según una y otra de las inspecciones oculares) y sacado pistola y munición de su escondite —escondite poco funcional que no parece indicar un uso frecuente del arma, i. e., pericia como tirador (y para qué: era de Automóviles)— en una estantería, tras unos quince o veinte libros que arroja al suelo. El estrépito, colateralmente, vuelve a acreditar la profundidad del sueño de los vecinos. Armado, les impide salir: de hecho los reúne en el mismo dormitorio previniendo fugas. Bajo amenazas energuménicas de ejecución colectiva —en puridad, enfrentados, él y su familia, *por primera vez* a esa situación— cualquier escenario detonante es concebible: quizá CL intenta abrirse paso o desarmarlo y es rechazada a tiros, las hijas se abalanzan sobre su padre y son repelidas a golpes, quizá con concurso de arma blanca —de la que, por otro lado, no hay noticia (con respecto a Conchita, *apreciándose una herida inciso cortante en la yema del pulgar derecho*: con respecto a Cristina, *el dedo medio derecho tiene una herida inciso cortante y presenta aspecto de fractura en una falange / sangra de la boca y de la nariz sin* que de esta posición se puedan apreciar las lesiones que motivan la sangre que mana de la boca / el carrillo derecho ligeramente inflamado)– o sirviéndose de la pistola como porra las hace retroceder y dispara sobre una y otra. O las chicas tratan de conmoverlo o de abrazarlo o de trabarlo, son golpeadas, la madre sale en su defensa y comienza a disparar a bulto mientras sus hijas retroceden hacia la cama y la ventana.

*Jueves 24 octubre 2013 y ss.*

La Star 9 mm corto empleada tiene una capacidad de ocho balas en cargador más una en la recámara y asoma improbable que la guardase montada, es una imprudencia de librillo. En privación de los informes pertinentes, se podría especular que vació un cargador completo y parcialmente un segundo –en la pistola quedan tres balas más la de la recámara– porque parece indudable que los cuerpos de su mujer y las hijas acumulan más de cinco impactos entre las tres (a una bala por cabeza tocan Otín, el bebé y él mismo más una cuarta que postularé para Conchita) a no ser que se tratase de un tirador excepcional y no hubiese evidencias de esa resistencia previa (fracturas, cortes) que hace suponer varios disparos en tiro reactivo-defensivo de escasa precisión –v.g., la herida en el brazo izquierdo de su mujer, cuchillada o impacto tangencial antes del balazo bajo el pecho izquierdo, presumiblemente mortal, más los que revelase la autopsia.

En esa primera descarga, siga el orden que siga, vacía el peine: mata instantáneamente a CL y a Cristina y deja (muy) malherida a Conchita. Me apoyo en que aparezca sobre la cama, extendida bocarriba, acomodada ahí con cierto cuidado, con un pañuelo empapando la sangre del vientre y un albornoz que parece haberla enjugado antes, arrojado después contra la pared y dejando ahí su firma. Los coágulos de sangre en las sienes y el cráneo secundan la posibilidad de uno o dos tiros de gracia más adelante o en la tanda definitiva. Son las 6.00 h según el vecino Galván Arribas:

Y a eso de las seis de la madrugada se despertó al oír unos ruidos fuertes que creía procedían de una ventana que golpeaba con el viento

Resulta que el teniente de *Artillería* Galván, subrayo *Artillería*, no ha oído un tiro en su vida: o verosímilmente, ha oído tanto tiro, tanto tiro suelto en este país de tiros que se quedó, justo, teniente (4.ª acepción del DRAE: *algo sordo, o tardo en el sentido del oído*: 'Repítemelo, estoy algo teniente' o '¿Qué pasa, estás teniente?' son retrancas ya perdidas) Tendría que conceder, sin ironías, el beneficio de la duda: los artilleros eran tradicionalmente conocidos por *los sordos* en los tres ejércitos. También entre ellos.

A partir de aquí se inicia otro lapso de horror durante el cual hasta es probable que a VM se le haya encasquillado el arma, hay cartuchos sin disparar entre los casquillos esparcidos por el suelo: o es fácil que se le hayan caído metiendo y sacando una mano temblona de adrenalina mientras recargaba, el bolsillo izquierdo de la chaqueta iba pertrechado para alimentar tres cargadores (*una caja de munición con un cartucho, otra caja con once y catorce cartuchos sueltos*) En cuanto al número de vainas (29) consignado, Juventino me informó de que era habitual recogerlas y guardarlas tras los ejercicios de tiro para cambiarlas por cajas de munición nueva, recordé haber visto hacerlo a mi padre. VM limpia el arma de restos de sangre –proviene de haber golpeado a sus hijas con ella y quizá de disparar a cortísima distancia– con una chaquetita del bebé que vuelve a doblar cuidadosamente.

Otín aprovecha un descuido para escapar: quizá cuando su padre está acomodando a Conchita en la cama o trajinando con la pistola encasquillada o meando el nervio. MO y JC afirman que no llegó a bajar las escaleras sino que su huida terminó en el rellano, donde gritó 'No me mates, papá, no me mates' Es estremecedor que algún vecino llegara a oír eso *sin hacer nada*. Más: que luego tuviera el cuajo de contarlo. *Y que lo mató allí mismo*. Pero en las inspecciones oculares no hay mención alguna de sangre en otro lugar que el dormitorio (*Salvo en esta habitación no se han observado manchas de sangre ni de otras materias en el resto de la vivienda, ni casa, a excepción de la chaqueta de punto que ya se ha reseñado al hablar de la consola del pasillo*) así que suena plausible que lo arrastrara de vuelta tras un portazo y lo obligase a estar tumbado en su cama hasta su turno de ejecución sumaria.

Ángel Sanz, vecino del 2.º dcha., inmediatamente debajo, declara que entre las 6.30 h y las 6.45 h *ha oído algunos disparos y andar sobre la vivienda*. Pueden ser los mismos que ha oído Galván y el desfase de treinta/cuarenta minutos entre uno y otro se explica por la somnolencia y turpidez propias del que ha sido despertado bruscamente a horas intempestivas. O quizá Conchita lleva treinta/cuarenta minutos gimiendo y su padre decide *acabar con su sufrimiento*.


*Lunes 28 octubre 2013*

Pero no, creo que se trata de la misma secuencia de tiros. Sin pudor por reiterarme, lo que Galván tramitó como *ruidos fuertes que creía procedían de una ventana que golpeaba con el viento* y allá él con su conciencia, Sanz lo ha identificado como *disparos*. Que vuelva a dormirse plácidamente —de siempre hay un saloon ahí al lado, los cowboys beodos suelen montar el tararira y sólo ha oído *algunos* disparos— o permanezca ojiplático y aguardando acontecimientos con la colcha subida hasta el bigote da igual: no se levanta para, sin más, llamar a la policía y decir 'Soy militar y he reconocido disparos en el piso de mis vecinos de arriba' Dado que es el único que admite que *con frecuencia se oían discusiones familiares, deduciéndose que las relaciones conyugales no eran nada cordiales* quizá decidió que mejor se mataban de una puñetera vez y se acabó ese coñazo de familia. Allá él también con su conciencia. Acaso fue el que oyó los gritos de Otín. Y lo contó luego. Desbarro. Corto.

*Martes 29 octubre 2013*

Tanto el *DdeB* como su clon imperfecto del *ABC* coinciden con Sanz, quizá fue la fuente, en que

> Alrededor de las seis y media de la madrugada se oyeron unos disparos que procedían de la Barriada Militar, disparos que, escalonadamente, llegaron a prolongarse hasta las siete menos cuarto (*DdeB*)

> Alrededor de las seis y media de la mañana se oyeron unos disparos que procedían de la barriada militar y que, escalonadamente, llegaron a prolongarse hasta las siete menos cuarto, con intervalos (*ABC*)

(tiene su miguita eso de que los disparos procedan de la barriada militar entera y no de un piso concreto) Fueran las 6.00 h de Galván o se sucedieran *escalonadamente* de 6.30 h a 6.45 h, ahí no se movió nadie.

*Miércoles 30 octubre 2013*

Estos lapsos de silencio estuporoso que siguen a la disputa y los disparos, a los gritos de dolor y de intimidación —libros cayendo, casquillos tintineando en el suelo, carreras, portazos— ¿no subrayan el asombro de VM porque todavía *nadie* ha dado señal o voz ninguna de alarma, aún no ha oído golpes en la puerta, aquello de '¡Policía! ¡Abran a la Autoridad!'? ¿No lo exalta esa impunidad? ¿No lo espanta? Y a sus víctimas ¿cuándo se les agotó la última, diminuta esperanza de oír esos golpes en la puerta…, siquiera de que un matrimonio con batín y rulos llamara al timbre para preguntar 'Pero ¿qué es este escándalo, Victorino?'?

Viví ocho años allí, a veinte metros. Los tabiques no eran exactamente de papel pero dos hileritas de ladrillo hueco no impedían que la voz ronca del vecino impartiendo clase a delineantes en ciernes vibrara puntualmente a la caída de la tarde en mi habitación, sus graves monótonos emborronando aún más ese problema de matemáticas que se reía de mi inteligencia.

El parte del jefe de día registra una llamada a las 7.30 h a la comisaría. VM dice que ha matado a su familia y va a suicidarse. Sin embargo, todavía están vivos Otín, el bebé David y quizá Conchita. Tiene escrita la nota de suicidio en la portada del periódico anunciando la obra por completarse: *les mato y me mato.* Pero esa llamada podría apuntar a una petición de auxilio: *impídanme terminar lo que he empezado* o *ayúdenme a no terminarlo, solo no puedo.* Daría cuenta de esa misma ansiedad llamar a su compinche el Negro a las 7.45 h diciendo lo mismo: *acababa de matar a toda su familia…, había llamado por teléfono a la Comisaría de Policía para comunicarles lo ocurrido y como no se hubiesen presentado le rogó al declarante que insistiese en una nueva llamada…*

Es concebible un freno (los dos *varoncitos* de la casa, uno aún bebé, la hija agonizante) a las intenciones ya despeñadas de VM. Por ejemplo, llamar a la policía, pegarse un tiro a continuación y dejar dos, quizá tres huérfanos detrás. Bien jodidos para siempre: pero *vivos.* La decisión final lleva a pensar lo contrario: el carácter ejemplarizante del asesinato (*que sirva para algo*) aguarda su ocasión pública para obtener la apropiada resonancia. A la misma hora, 07.45 h, en que el vecino Galván declara haberse asomado a la ventana tras *oír como dos explosiones* y constata la presencia de *un coche de la Policía y varios agentes,* VM está llamando al Negro porque la policía no ha aparecido. A las 8.00 h el Negro llama a comisaría (así lo afirman el parte del jefe de día y la inspección civil) y le contestan que se ha enviado una patrulla inmediatamente después de haber recibido la llamada. Al final de la instrucción del procedimiento se lee

… la Comisaría desplazó a unos Policías Armados quienes cuando han subido por la escalera han oído disparos, sin entrar en la casa, pero posteriormente [?] y al cesar los disparos, y como la puerta estaba abierta, es cuando ya [¿ya?] han pasado y se han encontrado con el espectáculo referido.

Galván se viste, no con lo más a mano para pesquisar qué carajo pasa después de asomarse y ver coches de policía, sino de uniforme, disponiéndose *a salir para el cuartel donde presta servicio* —y con pachorra, en un cuarto de hora: caga por los pelos, el café se lo echa encima y la ducha, el sabadete— y topa en el rellano con dos policías que lo informan de que

el vecino de enfrente se había suicidado y que no sabían dónde se encontraba la familia ya que no habían penetrado en la misma, viendo el declarante la puerta abierta...

Ángel Sanz, 2.° dcha., declara que

a eso de las 8 [de la mañana] se han oído voces de mujer y más disparos.

*Viernes 8 noviembre 2013*
Recapitulo. Un coche de policía despepitado por el Burgos de 1975 a las siete y media de la mañana no debería haber demorado *en ningún caso* más de diez o doce minutos en cubrir el trayecto entre comisaría y barriada militar, con sirena y pisándole lo haces en cinco —y aun en aquel jurásico es concebible una llamada por radio a una patrulla cercana. A partir del momento en que llega la policía, se despereza otro interminable cuarto de hora durante el cual los agentes —un par de ellos, al menos— se limitan a subir las escaleras sin hacer el menor intento de disuadir, siquiera de palabra, a un pistolero que ha dejado la puerta franca.

Seguramente habría que mencionar aquí las inevitables precauciones que se tenían —y sin duda se tienen ahora si la profesión o las aficiones del sujeto a reducir o detener le dan derecho a guardar, usar, portar armas– con el gremio militar: y no me cuesta el menor esfuerzo imaginar a dos munipas, uno bisoño, el otro con la jubilación a vueltaesquina –o dos bisoños o dos prejubilares o, sin más, dos profesionales de lo suyo incompetentes para la tarea– encogidos de terror en la escalera incluso después de haber avistado el cadáver del presunto cruzado en el pasillo, ya disipado el olor a pólvora. Cuidado con los militares, sus casas son arsenales, están como cabras, se lían a tiros, dejan huérfanos a tus niños. Pero en fin: la ineficiencia derivada de su falta de preparación y de redaños pierde peso en el desenlace si es que ya entonces VM había decidido llevar a las últimas consecuencias su exculpación moral, la del hombre ecuánime que había soportado hasta donde buenamente pudo que *todos en casa* le hicieran *la vida imposible*, a quien hasta su mujer se negaba, con un bastardo en brazos, a echarle gotas en el oído. Cuidaos de la cólera del hombre recto y paciente, será terminante.

Lo que presumo: VM aguarda, tras requerirla bajo hechos supuestamente consumados, a oír a la policía en la escalera para rematar a Conchita, ejecutar a Otín y al bebé a cañón tocante y descerrajarse un tiro en la sien. *Que alguien testifique en directo su voluntad*, indoblegable a la injusticia. Voluntad expresada de antemano por escrito, palabras que quedan para siempre, realimentan esa perseverancia en su cumplimiento y la certifican. Son exactamente las cuatro balas que faltan en el último peine si lo cargó canónicamente con ocho. Así que sintiese o no resquebrajarse durante un instante su coraza de brutalidad, cediera a la inercia acumulada durante cuatro horas de impunidad rematadas con una intervención policial perfectamente inoperante o no se desviase un milímetro de lo que venía urdiendo horas, días o semanas atrás, *la presencia de testigos refuerza la ejemplaridad de un acto cargado de razón*.

Cierto, cierto: el supuesto enajenado era un grandísimo hijo de la grandísima puta.

*Miércoles 13 noviembre 2013*

Sin duda, fue ese *ataque de enajenación mental* —citado en la diligencia de sobreseimiento de la causa por suicidio del homicida— el que propició que a un hombre de siempre cabal y sólo breve, circunstancialmente ofuscado lo pusieran a descansar junto a su familia, la que había cocreado y extinguido en menos de veinte años, hasta que mandaron sus restos al osario. Se añaden para consumar la chuscada neorrealista todas las cautelas a adoptar, en esos tiempos frágiles —al Pequeño Sachem le resta poco más de una luna y media de aliento en bombona— para que el brazo armado del Régimen no sufra el menor descrédito interior, los cinco fusilados de pocos días antes han saturado el exterior y rebosado cumplidamente el cupo de muertos tolerable para las democracias de acullá a manos de una dictadura a la que en medio pispás (6 de noviembre) va a humillar hasta Marruecos, esa excolonia rebelde. Prietas las filas en un nuevo ejemplo de voluntaria autosegregación de la sociedad civil —esto fue asunto exclusivo y privado de *la gran familia militar* desde el mismo momento en que la justicia ordinaria se inhibió o fue inhibida— y arropados por el manteo mugriento de una Iglesia que se pasaba los Cánones de su Derecho, justo, por los cánones de la entrepierna, a Victorino Moradillo Alonso lo sepultan, hisopan y rezan en tierra que se jacta de ser sagrada. En un remedo soez de aquella desdichada cama matrimonial, al lado de su mujer. Su suegra no tuvo que tolerar la vileza formal de soportar la vecindad del asesino de su única hija y sus nietos, falleció una década después de que exhumaran sus huesos. No tengo noticia de caso similar: también por el sarcasmo postmortem se distingue esta masacre amordazada.

'Aquello fue una monstruosidad. Pero Flores era una mujer mayor, estaba alelada por el dolor, de ningún modo pudo oponerse' me dijeron Marian y Juventino.

Añadieron que el bebé David fue enterrado en brazos de su madre, luego la inscripción de las lápidas miente. En este caso, al menos, para mejor conmover. A quien sabiéndolo sepa conmoverse.

*Miércoles 20 noviembre 2013*

Voy a darme el dudoso gustazo de empanarme en el penúltimo ¿verdad? 20-N del novelín: a casi cuarenta años de la muerte del bellaco ferrolano que timoneó, sin más temblor de pulso que el derivado del párkinson (*enfermedad de Parkinson, cardiopatía, úlcera digestiva aguda y recurrente con hemorragias abundantes y repetidas, peritonitis bacteriana, insuficiencia renal aguda, tromboflebitis, bronconeumonía, choque endotóxico y parada cardíaca* reza el parte médico oficial) cuarenta años de ruina en este país alzándose en rebeldía y traicionando sediciosamente su juramento, encendiendo una guerra del peor encono, alimentando el agravio y el ultraje tras su victoria y perpetuándose como un faraón enano en la cripta del Valle de los Caídos de un lado, jamás del otro. Cuando el cirujano de opereta y marqués chuloplaya lo desconectó de Esto –a solas, para engordar el dossier fotográfico que vendería a Peñafiel, el Bob Woodward de la lefa patria– en la madrugada del 20-N, una demora en verdad cruenta teniendo en cuenta el pálpito de los despojos, prosperó un par de conjeturas numerológicas: la evidente, coincidir con el aniversario de José Antonio, compadre de tumba –de nuevo inquietante, ayuntar a dos tipos que se querían tan poco– fusilado el 20 de noviembre de 1936. La ingeniosa, evitar que su muerte cayera en 19/11, fecha que resultaría de sumar las fechas de comienzo y fin de la guerra civil, 1/4 y 18/7. En realidad lo podían haber dejado destaponado, sin más, el 2 de noviembre, cuando sufrió una hemorragia que evacuaba sangre a más velocidad de la que podían transfundirle. Soy un tío piadoso, no hay muerte tan dulce como desangrarse y ¡encima! cojonudamente sedado. Pero unas semanitas más de supervivencia, así fuese vegetaloide, interesaban a los planes de sucesión sin transición del búnker, a partir de aquí el que quiera que lea y guglee. Bien, confieso el regocijo simplex que me excita el que treinta y ocho años después los tifosi del Movimiento no puedan celebrar su jodida misa por el alma y la memoria del desalmado cuya memoria, en forma de herencia envenenada, no sólo no se ha perdido sino que perdura y por temporadas progresa. Ejemplo, la insonrojable *Gaceta* de la fecha lamenta nada entre líneas que Patrimonio les haya cerrado ese templete agrietado *por motivos de seguridad* −¡tuve un sueño! ¡goteras pacientes filtrando brecha en el granito, el gneis y la escoria, abriendo un torrente salvaje que arrastraba los ángeles de la muerte de la galería, hundía el tonelaje de esa cruz inmunda sobre la interminable bóveda de cañón y del tal sitio sólo sobrevivía la bibliografía!− y que su marcha de las antorchas, tan viril y brandenburgo, tenga que discurrir espantando jabalíes por un tramo del Camino de Santiago que deseo quebrado, tenebroso, inhóspito: previa resolución judicial, les han cerrado los chulescos accesos de la A-6 y la carretera de Castilla, también *por razones de seguridad* −que se trate de *motivos* o de *razones* se la suda al redactor, sea del periódico, sea de la Delegación de Gobierno− pero en este caso *vial*. Choca que un gobierno que se limpia y limpiaría el culo con cualesquiera leyes de memoria histórica dé cañita a una porción relevante de sus votantes: lo que lleva a pensar que esos *motivos* y *razones* son *técnicamente* determinantes −la diagnosis profesional imponiéndose sobre la ideología ¡como en el juicio del *Prestige*!− y hasta adecuados a alguna normativa europea. Bravo.


*Lunes 25 noviembre 2013*
Acostumbra a pasarme durante los largos períodos de escritura: la ficción convoca realidad mediante *casualidades* que ya he dejado de considerar tales −recuerdo el sobresalto, luego confortación, de que inauguraran bajo mi domicilio de entonces una Cafetería Oskar cuando estaba, justo, por dar matarile al último capítulo de *Fragmenta*. Cada libro invita a sus fantasmas con una oportunidad que pivota entre la sincronicidad junguiana y lo causalmente ineluctable, así como la frase cazada al vuelo en la acera o haciendo cola en la caja del

supermercado se articula a medida de esa línea que *esperas* desde tres días antes. La obsesión parece contaminar los hechos, ponerse a escarbar en Hellín o Billy el Niño y que unos meses después Hellín y Billy el Niño aparezcan en los papeles después de décadas de justificable anonimato y cambios de identidad se encaja sin sorpresa: era cuestión de *tiempo* y yo tardo, en opinión de depende quién, *demasiado* tiempo en terminar un libro, Blas Piñar seguía vivo cuando lo empecé y de pronto ya no, a cambiar la línea. En cualquier caso: que un despreciable fulano, Raúl G.G., declare, después de ultimar a patadas a su mujer (¡a *patadas*! ¡a *su mujer*!) 'La tenía que matar, *me hacía la vida imposible*' se suma al extraño recuento de coincidencias nimias trabadas entre la realidad y los sueños agitados de estos últimos años, sea una mascletà nupcial en honor de unos novios valencianos estrepitando en el preciso instante en que leía por primera vez, a principios de 2011, el pasaje de la inspección ocular civil donde el vecino Ángel Sanz *oyó como dos explosiones*, sea el brinco sobrecogido cuando aquel gorrión rebotó contra el cielo reflejado en mi ventana, rubricándola con un esputito de sangre en el mismo segundo en que escribía *así nos sorprende la resurrección*. Pues ¡poommm! pero tras la corta barrena y el planeo atolondrado se aferró…, *milagrosamente* a una rama: hasta que más o menos recuperado del topetazo —se balanceó como un borrachín durante cinco minutos, pasó los cinco siguientes reordenando el neuronaje— y ya *enseñado*, como se oía por el agro castellano en tiempos más pasivos, sacudió las alas dos, tres veces y desapareció en un segundo. Con la brecha fresca cauterizándose al viento. Una lección de cielo.

*Martes 26 noviembre 2013*

Vuelvo a planear atolondradamente sobre el principio de *todo esto* y sobre aquel periodismo en que era más evidente la polaridad entre integridad y abyección. Espigo sobre la *información* que se dio del *drama*:

Del *ABC*, para ahí donde caiga: *Los rumores fueron clarifi-cándose*, a medida que *trascendió la verdad* de lo ocurrido.

Del *DdeB*, lo mismo: Desgraciadamente, y *sin tiempo a in-tervenir, dada la rapidez* [¡entre 6.30 h y 8.00 h: eso es desen-fundar!] *con que se sucedieron los hechos*, se cumplió el macabro aviso por parte del *protagonista* de este *espeluznante y masivo* crimen.

Ítem más, el *desventurado matrimonio* fue visto en la calle y discutiendo.

Ítem más, *En otro orden de cosas*, parece que el capitán Mo-radillo Alonso venía sufriendo un sensible desequilibrio ner-vioso, crisis que debió agudizarse hasta revestir los caracteres de un ataque de enajenación mental que le llevaron a *la terri-ble decisión de sacrificar a los suyos y quitarse la vida*.

Í.m., el suceso constituyó ayer el principal tema de con-versación en la ciudad y llenó de consternación a toda la población.

Subrayados míos.

Certeza de que se encargaron eficazmente de que la cons-ternación fuese limitada y breve. Rezumando fatalismo, am-parados en el tópico, resignados de antemano a la sentencia.

N.º 4474-3
S.O. 125-75
BURGOS

EXCMO. SR.

Examinadas la presente causa n.º 125/75 instruida contra el Capitán de Infantería D. VICTORIANO [*sic*] MORADILLO ALONSO por el presunto delito de Asesinato y

RESULTANDO: Que el día 29 de Septiembre de 1.975 el cita-do Capitán hallándose en su domicilio le sobrevino un ataque de enajenación mental y tomando la pistola mató a su esposa y cuatro hijos y finalmente se suicidó el mismo.

CONSIDERANDO: Que si bien los hechos relatados en el re-sultando primero son constitutivos de un delito de asesinato del artículo 405 del Código Penal, del que responde el procesado, se está en el caso de decretar el sobreseimiento definitivo de la Causa a tenor del n.º 4 del artículo 719 del Código Castrense, toda vez que el procesado después de matar a su esposa e hijos se quitó la vida suicidándose.

En su virtud, vistos los artículos citados, así como el 725 y 726 del Código de Justicia Militar.

Procede que V. E. acuerde el sobreseimiento definitivo de la presente Causa por fallecimiento del procesado.

Si V. E. procede de conformidad, volverá lo actuado a su Instructor para su notificación, cumplimiento, deducción y curso de los oportunos testimonios y demás diligencias de ejecución que procedan, elevando posteriormente los autos en consulta de archivo.

V. E. no obstante resolverá.

Burgos, 12 de noviembre de 1.975

EXCMO. SR.

EL AUDITOR

(ilegible)

*Jueves 28 noviembre 2013*

Ilegible. Lo normal es firmar ilegiblemente, mi firma es ilegible. El resto de los papeles de que dispongo también están firmados ilegiblemente. Dan cuenta de los trámites de entrega del arma homicida, los procedimientos de abintestato –los hermanos de VM renuncian a sus derechos sobre una herencia que recibe íntegra, deudas incluidas, supongo, la abuela Flores: en el mismo escrito en que se da cuenta de que *los bienes del fallecido* están a disposición de la heredera en un local de la Base de Automóviles, se solicitan órdenes acerca del *destino que ha de darse a 29 vainas y 8 cartuchos de pistola que figuran en inventario*– y de una multa impuesta al coche familiar por exceso de velocidad (en usufructo, como el piso: el Simca matrícula BU-6424-A) el 8 de octubre, una semana larga después del asesinato. Un portento ¿no? La infracción fue atribuida al teniente de Infantería Jaime Albelda Alonso, receptor de las llaves de coche y piso, durante el traslado del *citado vehículo*. Vale la pena reproducir un par de líneas de esa retórica turbadora que ha estado provocándome arritmias desde el comienzo

> … manifestando que al efectuar el arranque del vehículo, éste ofreció cierta dificultad; síntoma que bien podría delatar la carencia de su uso en varios días.

Pues sí: bien podría delatar carencia de uso. También se designa un equipo de limpieza y desinfección.

*Lunes 2 diciembre 2013*
Ilegible: como todo esto. Adiós, Cristina. Si cumplieras con aquel viejo anhelo de Buñuel…, me viene en un repente que es el mismo que dijo *Yo he llegado a compadecer a Franco, a quien se mantuvo artificialmente vivo durante meses a costa de sufrimientos increíbles.* Lo dejó por escrito un viejo exiliado de *su* país, vilipendiado y censurado en *su* país acerca de un muerto consumido en sus odios y querencias, odios y querencias que encendió y atizó durante cuarenta años hasta lograr hacerse odioso y odiado salvo por Yasesabe, la calva, diosa de verdugos, la que nada distingue y a nadie desdeña. Apliquese a estos dos personajes la (magnífica) cita en el Blecua-Gili Gaya de José López de la Huerta (*Sinónimos castellanos*, 1830):

> El *odio* es pasión ciega y arraigada en el corazón viciado por el capricho, por la envidia, por las pasiones; un afecto que en ningún caso deja de ser bajo e indigno de un ánimo honrado y generoso. El *aborrecimiento* es un afecto nacido del concepto que forma nuestra imaginación de las calidades del objeto *aborrecido*, y compatible con la honradez, cuando su objeto es el vicio. De aquí es que llamamos implacable al *odio*, y no aplicamos ordina-

riamente este adjetivo al *aborrecimiento*, porque miramos a aquel como una pasión ciega, que nunca perdona, antes bien anda siempre acompañada del rencor y de la mala voluntad; y al *aborrecimiento* lo miramos como efecto de una persuasión, que la razón o el desengaño pueden llegar a destruir. Un hombre honrado perdona la ofensa de un traidor, de un asesino, porque no cabe el *odio* en su noble corazón: pero no puede dejar de *aborrecer* tan execrables monstruos de la sociedad. El *aborrecimiento* nos hace mirar con disgusto a su objeto; el *odio* nos lo hace mirar con ira.

O al mismo y al que viene ocupándome. Si yo fuese *ese* novelista ad hoc y/o un periodista engolosinado por la adhocidad –papeles concluyentemente interpretados en, ejemplo, *Anatomía de un instante*– tendería un hilo conductor entre el dictador de uniforme que firmó otras cinco muertes antes del telele y el canalla de uniforme que ejecutó por su mano a su esposa y sus cuatro hijos antes de desatascar de un tiro la mierda empozada en su cabeza: y cómo el segundo nació y creció en la guerra y postguerra que el primero provocó y cómo mamó hambre y odio y miedo y hambre, odio y miedo lo hicieron fuerte. Impune. Permitiéndolo *matar* en tiempo de paz y en dos o tres tandas ante el silencio, fuera resignado o aterrado, *cómplice* del público asistente. Cómplice desde años atrás. Habría dado igual que perpetrase la matanza en una casa aislada en mitad de la campa: cómplice, callado, temeroso. Como este país. Cuando Ginsberg calificó los años cincuenta en Estados Unidos de *liberadores*, Gore Vidal respondió con un lacónico 'Conformismo, miedo y silencio' Pues anda que aquí. Luciano Rincón soltó con sorna su versión castiza, abochornado ante la insólita avalancha de antifranquistas reciclados 'Aquí más que resistencia lo que ha habido es mucha aguantancia'

El anhelo de Buñuel nacía de su lamento por no saber lo que iba a pasar tras su muerte, por *abandonar el mundo en pleno movimiento, como en medio de un folletín*: y era simplicísimo, alzarse de entre los muertos (*cada diez años*) para acercarse a un quiosco, comprar los periódicos, enterarse de lo mal que va el mundo y volver a refugiarse en la tumba sin lamentar su ausencia.

Si pudieras cumplir con ese anhelo, decía, asomarte a los periódicos de otra españeta distinta a la que entonces propició el pisoteo concienzudo de vuestras tumbas te darías de bruces, tras otros cuarenta años, con una así llamada *crisis global* que multiplica la del 73 y de paso nos ha devuelto a humildes emigrantes en lugar de patrones ingratos con ese pasado que aún se me antoja tan fresco. Mientras millones se frotan las manos de frío unos pocos se las frotan de satisfacción, se están forrando. El porcentaje de apellidos y linajes que se ha perpetuado repartido en finanzas, servicios, medios de comunicación, banca, consejos de administración, la estructura heredada por esta democracia prenúbil de aquellos, cual se demuestra, demócratas *in nuce* adaptables a cualesquiera circunstancias, es notable, cabe decir, casi invariable. En lo que importa, estructurar ciudadanos libres, iguales, laicos, instruidos, rectos y cívicos se ha progresado poco. Mi carnal Pepe, en otra coincidencia *rara* —nada sabía él de que en ese momento estuviera inmerso en protocolos de violencia de género— me avisó de la siempre penúltima ocurrencia del arzobispo de Granada, un retrasado moral (o *submoral*) de larga y señalada trayectoria, responsable del lanzamiento de un tochaco intitulado *Cásate y sé sumisa* firmado por una esclava italiana, del que no me molestaré en espigar ni uno de entre la docena de extractos publicados: aunque sólo sea por mínimo respeto al coste terrorífico del único y último acto de *insumisión* de tu madre. El tal fulano es uno más de los perros cojoneros de su jefe…, te pongo en antecedentes: en un insólito arranque, el anterior pontífice (desde que te mataron van cuatro) un viejuno perverso, se expapó o despapó antes de diñarla, una extravagancia. Fue sucedido por su —bueh, ya veremos— negativo, Zapatones, argentino que se está ganando general aprobación merced a su condición de hombre sencillo, común, *normal* —ejemplo, desafecto a encular infantes o ribetearse de armiños– hàsta donde un cardenal puede aspirar a serlo y chamulla un discurso que ha dejado de estar dirigido a la estratosfera para atender a lo que pasa en la trastienda y bajo el poyete. La compasión, el sentido de la justicia, la sensibilidad social, la voluntad de cambio y el realismo de Zapatones sacan de quicio al mentado *jefe*, el de la Iglesia española, Sacodecaca, a su mano derecha, Farruquita y claro, a la mentada jauría de perrucos rabiosos que les tironean las sotanas solicitando algún despojo, tan tolerantes con la pederastia como adictos al coche oficial, las inmatriculaciones de terrenos ajenos y la joyería de lujo. A quienes por fortuna –en puridad, me la trae flojérrima– ya han buscado sustitutos, en breve los jubilarán de las conferencias de prensa y los papeles. Algo es algo: algo siempre es poco. Donde quiero parar es en que *no encontrarías la menor diferencia de temperamento* entre la jerarquía católica que enterró a tu asesino al calor de la familia y Sacodecaca, Farruquita y su cuadrilla, incluido el submoral de Granada. Su desprecio mayúsculo, su hostilidad por la mujer no han cedido un milímetro: ponen facilón acudir de nuevo al *envuelta en sus andrajos, desprecia cuanto ignora* de Abel Martín ¿hein? ¡última hora!: a Sacodecaca lo acusan de pretender expoliar ilegalmente –sería el único ornato *digno* en su hilarante kikotedral– unos valiosos tapices flamencos, propiedad de una pía y pequeña institución (Santa Rita de Casia) que ¡oh casualidad! dedica los ingresos de su préstamo y alquiler *a la ayuda de mujeres maltratadas*. Como es obvio, acerca de las mujeres maltratadas y/o asesinadas, Sacodecaca y Farruquita, la mano que le hace las gallardas, comparten la opinión de que… *algo habrán hecho*. Es esa… esa maldita, maldecida…, condenada de antemano…, *naturaleza femenina*.

La religión quiere puntuar en la media académica lo mismo que la biología o la física mientras, como y desde siempre, niega las evidencias que van rascando del Alrededor biología, física y etcétera y el sentido común: hace sólo unos añitos hasta un papa tan sobrao cuan perjudicao se permitía la guapeza de indultar a Galileo —¿*indultar a Galileo?* Ma…, ma vaffanculo! No, *eppur si muove!*— mientras bendecía y amparaba a un delincuente con sotana, un menorero morfinómano que contribuyó con donativos colosales a *liberar* Polonia y ahorita mismo y por los siglos de los siglos se purifica en una hoguera inextinguible con el papa que lo bendecía, son de los que van directos a asarse según les pican el billete. Por este lado te has perdido poco.

*Martes 3 de diciembre 2013*

En la sección FFAA del periódico, el ejército de mi padre y del cabrón de tu papá semeja otra cosa: depurado de los más recalcitrantes tras el 23-F —el general Armada ha empezado a criar malvas en lugar de camelias a los noventa y tres— y con problemas de reemplazo desde que se acabó la mili (sí, se acabó el servicio militar obligatorio) empufado hasta las cachas por una modernización optimista emprendida en nuestros años de nuevos ricos y hasta vejado por ¡sopla! un gobierno belicista que no tuvo reparo en mezclar los huesos de sesenta y dos de sus abnegados servidores (*shaken or stirred?*) en sesenta y dos cocteleras de pino y escanciarlo a sus esposas, padres, hijos como si fuera lo que habían pedido. Como si hubieran pedido algo. El *head waiter*, lejos de haber sido despedido ipsofacto con un escarmiento ejemplar, se ocupa, no sé…, en seleccionar un *butler* competente para la embajada londinense. Esto es, ese infame *nos representa*. Por cierto —sí, sí: se trata de otro más ¡otro más! de *esos* apellidos ¡desopílese después de horripilarse!— que su padre, nombrado en 1969 gobernador civil de Burgos, tenía la festiva costumbre de celebrar su santo, San Federico, invitando al facherío más rancio y recalcitrante a pimplarse con los cócteles de Leoncio, rey local de la media combinación y el dry martini en el entonces casi sofisticado bar-cafetería Rhin ¿Que en qué cae San Federico, obispo de Utrecht? Parece Vd. tonto, hombre: en 18 de julio.

Aun con su carga de opacidad y *esprit de corps* esclerotizado, a pesar de no escapar a esa gangrena de codicia desatada que ha tunelado el territorio o tolerar graves abusos a sus empleadas (sí, sí: les costó lo suyo pero hay mujeres militares) creo que el Ejército de hoy y de aquí no habría articulado tal bisagra con la Iglesia de aquí y de hoy para salvar las apariencias con una desfachatez tan insolente: su influencia en lo civil ha divergido a favor de Sacodecaca y el manteo humilla en poder al uniforme –por supuesto siguen manteniendo lazos estrechos y cocelebrando protocolos prietamente trenzados en un pasado remotísimo– mientras no tenga que responder a una invasión fronteriza y los curas se dediquen, mayormente, a la ocupación secundaria de asperjar ataúdes.

*Jueves 5 de diciembre 2013*

Y el resto, te leo, mejor o peor enmascarado. En la españeta escasea de siempre la virtud de saber admirar, luego nos queremos poco y mal. Ahora mismo padecemos, ejemplo, un gobierno ecoico con un Ministerio del Interior en el que retumba, ejemplo, el de la Gobernación y (ejemplo) otro de Justicia donde ha hallado cobijo un apellido de esos que mencionaba antes, decidido a pasar a la historia nacional de la infamia junto al resto de sus secuaces. Ejemplo, una ministra de Trabajo (sí, sí, costó lo suyo: pero Soledad Becerril sucedió cuarenta y cinco años después a Federica Montseny y desde entonces ha habido unas cuantas *ministras*) que después de contribuir activamente a follarse en comandita el precario estar de unos millones de compatriotas llama *alborotadores* a unos padres de alumnos que sacrifican un día para disentir de la mierda de ley que ha sacado un compinche, converso al Opus de pasado fangoso. Resurge con naturalidad el intimidante *no sabe usted con quién está hablando* –hasta tiene patrona en el devocionario, santa Espe de Kaspa– y los muertos de hambre que huyen de sus infiernos a cuerpo bravo son fileteados por un ingenio que alguien con raro sentido del humor bautizó *con-*

*certina*: como si un bandoneón pachanguero abriera tajos a golpe de corchea en lugar de invitar a entrar al local a calentarse y beber entre pares. Todos mienten, no paran de cagar mentiras. La mentira ha encontrado letrina ancha y profunda, la izquierda democrática se inmoralizó, amoralizó y desmoralizó con la contribución decisiva de sus popes, la derecha democrática puede regodearse en su antañona, viscosa ética de siempre, los enteraos y los catetos del landismo se han perpetuado en unos pocos listos, los demás somos tontos perdidos. Gobiernan unos mediocres colosales, de una ordinariez y arrogancia ofensivas: también por eso mienten tanto, no reparan en la vulgaridad de sumar a su descomunal mediocridad la de ser unos mentirosos tenaces, enfermizos. Mentira a mentira y falseando presente, pasado y futuro este cadáver se descompone en agravios comparativos, nacionalismos bastardos, usurpación y desfalco de la historia, demagogia prebélica y un monto de malísima hostia en la población que hace tiempo dejó de ser mensurable. Y sin embargo, créeme: *nos tienen acojonados*. Y no ceden en acojonarnos, ejemplo: una nueva ley urdida por el mentado cristiano renacido va a poner muy pero que muy excitante echarse a la calle para informarlos de su naturaleza y condición y gritárselo: embusteros, corruptos, cínicos, estafadores sin que te disuadan de por vida de que has cometido un gravísimo error. Los periodistas decentes andan acojonados, en cuanto desafinan les cae un ERE, quién se pone a decapar tanta mentira. Mentira, mediocridad, pauperización, autoritarismo, control de la información, de sus medios, incautación de las instituciones, victimización egopática, uso turbio y hasta ilegítimo de una Constitución que costó cuarenta años reescribir: te suena y no te suena este escenario regresivo. La misma mentira rechaza abrir las fosas comunes cavadas en aquel largo invierno. Se alega con el cotidiano, insolente desdén por *lo sabido* que reavivaría odios soterrados —los suyos se orean de siempre, como aquellas aceras esputadas y agitadas por una galería de muñones sonrosados— en lugar de considerarlo un acto imprescindible, un acto honroso, un acto hermoso y honorable de reparación, de reconciliación. Suelen saber dónde llevar flores a sus muertos: a qué reivindicar huesos arados. Ejemplo, escucha a este miserable

Esto de remover las tumbas… Algunos se han acordado de su padre, parece ser, cuando había subvenciones para encontrarle [sic]

al que es fácil identificar mientras su culo caldee el butacón detrás del Jefe: mira, sonríe los discursos de su Jefe con el vomitivo arrobo de Nancy Reagan durante la jura de su tarugo y en sus labios se lee un nítido '¡Muy bien!' cuando el Jefe remata un enésimo alarde de acefalia desplomándose *empoleirado e galloufeiro* –lo más cercano a la chulería que puede gastar un gallego. *Todo el poder para el Jefe ¡Jefe, Jefe, Jefe!* rezaban los telones de fondo en los mítines de la CEDA, una foto de aquel libro de Historia que forraste y apenas pudiste hojear. Quizá sea osado comparar en bajeza a este fulano con esa morralla que apedreaba a grito pelao

*LOS NUESTROS EN LA CALLE*
*LOS VUESTROS EN EL HOYO*

contra un homenaje reciente a las víctimas de ETA, de siempre insisto en conectar extremos por ver si se aniquilan mutuamente entre chisporroteos sulfurosos: pero no hay caso. Si el movimiento implica cambio de posición con respecto al entorno, aquí, no sé en tu inexistente allá, el entorno quiere paralizar eficazmente cualquier movimiento. Las aceras que repugnaron y amedrentaron a mi madre a vuelta de exilio amenazan con volver a estar sembradas de esputos y agitadas por muñones: y rescatar a los muertos de debajo de tanto lapo es un ejercicio de decencia, humilde y elemental. Como señalar a quienes se encargaron de enterrar a un asesino junto a sus víctimas, desfigurando unas lápidas con nombres y apellidos en otra fosa común despojada de memoria.

*(sin fecha)*

Adiós, Cristina. Has salido de tu tumbita, hemos sesgado las noticias juntos y te devuelves a la nada como entonces, apenas cumplida, sin consuelo posible para nadie. Empezábamos a llamarte Cris, te borraron de la foto según estrenábamos familiaridad. Quizá no hubiéramos ido más allá, quizá no hubiéramos vuelto a coincidir, nos habríamos desentendido sin mayor privación. No te sabría tan precozmente acabada. Estoy agradecido, te estoy agradecido y no sé bien por qué: lo meridiano, tomar cuenta cabal de mi suerte enfrentada a la tuya, desoladora. Por palpitar durante cuarenta años en un altillo de mi memoria, solicitando sin ruido que desatranque la puerta y pase una vela por los rincones. Que vuelva a inflamar los copos de polen de chopo que La Quinta acopiaba puntualmente en los bordillos de la barriada. Me sentiré aliviado cuando deshagamos este abrazo.

Tal como te evoco, tu padre ahorró al mundo un proyecto de buena persona: incluso a esa edad, es algo que diría de muy poca gente. Qué chavala más maja, joder. Vuelvo a la cara de tu hermano Otín y..., pues qué chaval más majo, jjoder: no puede impedir iluminarse cada vez que lo miran. *Una fotografía no es una reproducción sino la acción devastadora de cada día; pues todas las fotografías están tomadas por la muerte.* Dijo alguien. Si fuera novelista quizá descifraría en la mirada grave y ausente de tu madre, de pie en la escalera de un edificio expoliado –como mi memoria y la vuestra– la de una mujer que se sabe embarazada y protege su vientre de una intuición atroz. O desea deshacerse de un espejismo y pregunta con timidez al objetivo, rodeada de una familia *normal*, qué error la ha llevado a posar junto a unos hijos paridos con dolor y condenados con ella por ese tipo que sonríe, de frente y sin remordimientos.

*Estamos solos, viajamos con los muertos.* Viajar contigo me ha dado miedo, viajar contigo me ha sanado miedos.

# APÉNDICE FOTOGRÁFICO

*Barriada Militar, bloque 21. Señalada, habitación de los hechos.*

*Primera comunión de Otín, 1972. Detrás, sus padres Victorino
Moradillo y Cristina López.*

*Victorino Moradillo Alonso, 1972.*

*Comida campestre, prob. 1974. De izquierda a derecha, Cristina López, Victorino Moradillo, Marian Ortega.*

*Colonia Infantil General Varela, Quintana del Puente 1974.*
*De arriba abajo y de izquierda a derecha, Victorino Moradillo,*
*Cristina, Cristina López, Marian Ortega, Alejandro Calvo,*
*Otín, David Calvo.*

*Cementerio de San José. Tumbas de las familias López Rodrigo y Moradillo López.*

*Lápida de la tumba de los hermanos Moradillo López.*

# AGRADECIMIENTOS

Desordenadamente,

se da la peculiaridad chocante de que Andreu Jaume ha estado implicado en las distintas circunstancias de publicación de mis tres novelas anteriores y en especial en el origen y final de ésta: él fue quien tras un inolvidable vermuteo en Sierra hacia 2009 me persuadió para concentrar energías en *Fosa común* y posponer el texto que entonces dividía mis jornadas, quien la tuteló, discutió y mejoró con sus sugerencias y hasta supo abreviar sagazmente una manufactura que —me conoce no poco— podría haberse prolongado sine die

sin el auxilio y la guía de mi carnal la magistrada Blanca Rodríguez el acceso a las instancias jurídico-militares habría sido, a no dudarlo, tan errático como laborioso

instancias representadas amable y pacientemente por el general Ignacio de las Rivas, el comandante Esteban Hernando y el comandante Miguel Ángel Franco

Martín Serrano, redactor jefe del *Diario de Burgos*, atendió con rapidez y estupenda disposición mis peticiones

así como mi prima Nuria Pastor, no dejando *gamella sin mirar ni azafate por vaciar* mi madre y mi hermana han aportado, grapado à su amor, material diverso del fondo familiar

aparte de cooperar de manera decisiva y generosa, Luis Mena y Rafa Rayón demuestran sin fisuras a qué punto un reencuentro puede ser bienaventurado y las décadas de ausencia transcurridas no pesan salvo en las lorzas respectivas

las conversaciones sostenidas al hilo de la escritura con Chusqui Rodríguez y cuarenta años de amistad ininterrumpida reiteran junto a los dos citados que algo sólido y bueno supimos plantar en aquel tiempo y lugar

la dulce Azucena cuyo apellido ignoro, persona encantadora y funcionaria ejemplar del cementerio de San José, recibirá su botella de vino

Emiliano Lucas, alcalde de Barrios de Colina, me echó no poca mano dirigiéndome con acierto hacia su cuñado, el muy considerado policía Pablo Sanz

quien a su vez me encaminó a Juventino Calvo y su esposa Marian Ortega, a los que adeudo haberme aproximado a un final categóricamente imposible sin su concurso y el detalle impagable de compartir conmigo su álbum de fotos

Alfonso de la Viuda estuvo al quite mandándome el libro de su primo Luis Ángel

los hermanos Jairo y Juan José en el colegio y el hermano Antonio Ramos en su casa desolada me recibieron y ciceronearon muy atentamente, desconocían o habían olvidado mis antecedentes y los de mi peña

Arantxa Azurmendi y su amatxo Pilar Muñoa, Victoria Zorraquín, José Bercetche y Chesi Pérez Álvarez han contribuido con agudas y en ocasiones descacharrantes aportaciones léxicas

a Paco Uzcanga debo haber bautizado *Arzain* a mi personaje, aún no lo sabe y se lo digo aquí

como digo a mi primo Jesús Isasa que su indesmayable inquietud por mis letritas es, desde que me dio por juntarlas, un combustible de óptimo octanaje

he tenido una suerte extravagante con mis editoras anteriores, Esther Tusquets, Ana María Moix y Mónica Carmona: vaya para las dos primeras un recuerdo muy emocionado y para la última mi devoción en presente

Maite, destinataria implícita de todo lo que escribo, sabe que sin ella habría sido, sin más, peor gente o eso que suele llamarse un infeliz

## FUENTES, AUTORES Y TEXTOS CITADOS

Las citas en cursiva cuyo autor no se ha mencionado expresamente pertenecen a Juan Benet, Teju Cole, René Girard, Andreu Jaume, Elsa Kuntz, A. Olivera Huarte, Dorothy Parker, Hernando del Pulgar, José Ángel Valente y Luis Ángel de la Viuda.

Me he servido de los fondos de *ABC*, *El País*, *El Mundo*, *Diario de Burgos*, *Diario 16*, *El Norte de Castilla*, *La Vanguardia*, *Tiempo*, *20 Minutos*, *El Diario*, *BOE* y de las páginas o blogs del Archivo Histórico Militar, Wikipedia, Burgospedia, Burgosdijital, Fundación Transición Española, Milicia y Democracia, El oficio del plumín, El Siglo de Europa, Retreta en los cuarteles del Cid, Çedille.

Francisco Blanco, Luis Castro, Ignacio Escolar, Julio López Cid, Carlos Parma, Ana Pardo de Vera, Antonio Rodríguez y José María Rodríguez Méndez aparecen en mis notas como suministradores de información diversa.

Me ha sido de utilidad y a menudo de provecho la lectura o consulta de M.ª Paz Aguiló Alonso, *La fortuna de las colecciones de artes decorativas españolas*, Josefina Cuesta Bustillo, *Tiempo y recuerdo: dimensiones temporales de la memoria política (España 1936-2000)*, Juan José Montijano Ruiz, *Historia del teatro olvidado. La revista (1864-2009)*, A. Oliveras Huarte, *Monasterio de Las Huelgas, palacio de La Isla y Monasterio de Sta. Clara de Tordesillas*, H. Antonio Ramos Ortega, *Fundaciones de los hermanos de la Sagrada Familia en España*, Luis Ángel de la Viuda, *Burgos de memoria*.

Cualquier omisión es puro despiste, acto no voluntario por el que resulta retórico pero de buen tono disculparme de antemano.

*Doble Dos*, Gonzálo Suárez
*F*, Daniel Kehlmann
*Racimo*, Diego Zúñiga
*Sueños de trenes*, Denis Johnson
*El año del pensamiento mágico*, Joan Didion
*El impostor*, Javier Cercas
*Las némesis*, Philip Roth
*Esto es agua*, David Foster Wallace
*El comité de la noche*, Belén Gopegui
*El Círculo*, Dave Eggers
*La madre*, Edward St. Aubyn
*Lo que a nadie le importa*, Sergio del Molino
*Latinoamérica criminal*, Manuel Galera
*La inmensa minoría*, Miguel Ángel Ortiz
*El genuino sabor*, Mercedes Cebrián
*Nosotros caminamos en sueños*, Patricio Pron
*Despertar*, Anna Hope
*Los Jardines de la Disidencia*, Jonathan Lethem
*Alabanza*, Alberto Olmos
*El vientre de la ballena*, Javier Cercas
*Goat Mountain*, David Vann
*Americanah*, Chimamanda Ngozi Adichie
*La parte inventada*, Rodrigo Fresán
*El camino oscuro*, Ma Jian
*Pero hermoso*, Geoff Dyer
*La trabajadora*, Elvira Navarro
*Constance*, Patrick McGrath
*La conciencia uncida a la carne*, Susan Sontag
*Sobre los ríos que van*, António Lobo Antunes
*Constance*, Patrick McGrath
*La trabajadora*, Elvira Navarro
*El camino oscuro*, Ma Jian
*Pero hermoso*, Geoff Dyer
*La parte inventada*, Rodrigo Fresán
*Americanah*, Chimamanda Ngozi Adichie
*Goat Mountain*, David Vann

*Tercer libro de crónicas*, António Lobo Antunes
*La vida interior de las plantas de interior*, Patricio Pron
*El alcohol y la nostalgia*, Mathias Énard
*El cielo árido*, Emiliano Monge
*Momentos literarios*, V. S. Naipaul
*Los que sueñan el sueño dorado*, Joan Didion
*Noches azules*, Joan Didion
*Las leyes de la frontera*, Javier Cercas
*Joseph Anton*, Salman Rushdie
*El País de la Canela*, William Ospina
*Ursúa*, William Ospina
*Todos los cuentos*, Gabriel García Márquez
*Los versos satánicos*, Salman Rushdie
*Yoga para los que pasan del yoga*, Geoff Dyer
*Diario de un cuerpo*, Daniel Pennac
*La guerra perdida*, Jordi Soler
*Nosotros los animales*, Justin Torres
*Plegarias nocturnas*, Santiago Gamboa
*Al desnudo*, Chuck Palahniuk
*El congreso de literatura*, César Aira
*Un objeto de belleza*, Steve Martin
*El último testamento*, James Frey
*Noche de los enamorados*, Félix Romeo
*Un buen chico*, Javier Gutiérrez
*El Sunset Limited*, Cormac McCarthy
*Aprender a rezar en la era de la técnica*, Gonçalo M. Tavares
*El imperio de las mentiras*, Steve Sem Sandberg
*Fresy Cool*, Antonio J. Rodríguez
*El tiempo material*, Giorgio Vasta
*¿Qué caballos son aquellos que hacen sombra en el mar?*, António
  Lobo Antunes
*El rey pálido*, David Foster Wallace
*Canción de tumba*, Julián Herbert
*Parrot y Olivier en América*, Peter Carey
*La esposa del tigre*, Téa Obreht
*Ejército enemigo*, Alberto Olmos

*Elegía*, Philip Roth
*Un hombre: Klaus Klump*, Gonçalo Tavares
*Estambul*, Orhan Pamuk
*La persona que fuimos*, Lolita Bosch
*Con las peores intenciones*, Alessandro Piperno
*Ninguna necesidad*, Julián Rodríguez
*Fado alejandrino*, António Lobo Antunes
*Ciudad total*, Suketu Mehta
*Parménides*, César Aira
*Memorias prematuras*, Rafael Gumucio
*Páginas coloniales*, Rafael Gumucio
*Fantasmas*, Chuck Palahniuk
*Vida y época de Michael K*, J. M. Coetzee
*Las curas milagrosas del Doctor Aira*, César Aira
*El pecho*, Philip Roth
*Lunar Park*, Bret Easton Ellis
*Incendios*, David Means
*Extinción*, David Foster Wallace
*Los ríos perdidos de Londres*, Javier Calvo
*Shalimar el payaso*, Salman Rushdie
*Hombre lento*, J. M. Coetzee
*Vidas de santos*, Rodrigo Fresán
*Guardianes de la intimidad*, Dave Eggers
*Un vestido de domingo*, David Sedaris
*Memoria de elefante*, António Lobo Antunes
*La conjura contra América*, Philip Roth
*El coloso de Nueva York*, Colson Whitehead
*Un episodio en la vida del pintor viajero*, César Aira
*La Habana en el espejo*, Alma Guillermoprieto
*Error humano*, Chuck Pahniuk
*Mi vida de farsante*, Peter Carey
*Yo he de amar una piedra*, António Lobo Antunes
*Port Mungo*, Patrick McGrath
*Jóvenes hombres lobo*, Michael Chabon
*La puerta*, Magda Szabó
*Memoria de mis putas tristes*, Gabriel García Márquez

*Segundo libro de crónicas*, António Lobo Antunes
*Drop city*, T. C. Boyle
*La casa de papel*, Carlos María Domínguez
*Esperando a los bárbaros*, J. M. Coetzee
*El maestro de Petersburgo*, J. M. Coetzee
*Diario. Una novela*, Chuck Palahniuk
*Las noches de Flores*, César Aira
*Foe*, J. M. Coetzee
*Miguel Street*, V. S. Naipaul
*Suttree*, Cormac McCarthy
*Buenas tardes a las cosas de aquí abajo*, António Lobo Antunes
*Elizabeth Costello*, J. M. Coetzee
*Ahora sabréis lo que es correr*, Dave Eggers
*Mi vida en rose*, David Sedaris
*El dictador y la hamaca*, Daniel Pennac
*Jardines de Kensington*, Rodrigo Fresán
*Canto castrato*, César Aira
*En medio de ninguna parte*, J. M. Coetzee
*El dios reflectante*, Javier Calvo
*Nana*, Chuck Palahniuk
*Asuntos de familia*, Rohinton Mistry
*La broma infinita*, David Foster Wallace
*Juventud*, J. M. Coetzee
*La edad de hierro*, J. M. Coetzee
*La velocidad de las cosas*, Rodrigo Fresán
*Vivir para contarla*, Gabriel García Márquez
*Los juegos feroces*, Francisco Casavella
*El mago*, César Aira
*Las asombrosas aventuras de Kavalier y Clay*, Michael Chabon
*Cíclopes*, David Sedaris
*Pastoralia*, George Saunders
*Asfixia*, Chuck Palahniuk
*Cumpleaños*, César Aira
*Huérfanos de Brooklyn*, Jonathan Lethem
*Algo supuestamente divertido que nunca volveré a hacer*, David Foster
  Wallace